DE SANGUE E CINZAS

Obras da autora publicadas pela Galera Record

Série Sangue e Cinzas

De sangue e cinzas

Um reino de carne e fogo

A coroa de ossos dourados

A guerra das duas rainhas

Série Carne e Fogo

Uma sombra na brasa

O problema do para sempre

JENNIFER L.
ARMENTROUT

DE SANGUE E CINZAS

Tradução
Flavia de Lavor

19ª edição

Galera
RIO DE JANEIRO
2025

EDITORA-EXECUTIVA
Rafaella Machado

COORDENADORA EDITORIAL
Stella Carneiro

EQUIPE EDITORIAL
Juliana de Oliveira
Isabel Rodrigues
Manoela Alves

PREPARAÇÃO
Aline Vieira

REVISÃO
Cristina Freixinho
Alessandra Ramalho

DIAGRAMAÇÃO
Abreu's System

CAPA
Capa adaptada do design original
de Hang Lee

TÍTULO ORIGINAL
From Blood and Ash

CIP-BRASIL. CATALOGAÇÃO NA PUBLICAÇÃO
SINDICATO NACIONAL DOS EDITORES DE LIVROS, RJ

A76d
19 ed.

Armentrout, Jennifer L.
De sangue e cinzas / Jennifer L. Armentrout; tradução Flavia de Lavor. – 19. ed. – Rio de Janeiro: Galera Record, 2025.

Tradução de: From blood and ash
ISBN 978-65-5981-002-4

1. Romance americano. I. Lavor, Flavia de. II. Título.

21-72784 CDD: 813
CDU: 82-31(73)

Meri Gleice Rodrigues de Souza – Bibliotecária – CRB-7/6439

Texto revisado segundo o novo Acordo Ortográfico da Língua Portuguesa.

Direitos exclusivos de publicação em língua portuguesa somente para o Brasil
adquiridos pela
EDITORA RECORD LTDA.
Rua Argentina, 171 – Rio de Janeiro, RJ – 20921-380 – Tel.: (21) 2585-2000,
que se reserva a propriedade literária desta tradução.

Impresso no Brasil

ISBN 978-65-5981-002-4

Seja um leitor preferencial Record.
Cadastre-se no site www.record.com.br e receba informações
sobre nossos lançamentos e nossas promoções.

Atendimento e venda direta ao leitor:
sac@record.com.br

Para você, o Leitor.

Capítulo 1

— Encontraram Finley esta noite, nos arredores da Floresta Sangrenta, morto.

Tirei os olhos das cartas, passando pela superfície pintada de vermelho, e olhei para os três homens sentados à mesa. Tive um motivo para escolher aquele lugar. Eu... não senti nada emanando deles conforme caminhava por entre as mesas lotadas mais cedo.

Nenhuma dor, física ou emocional.

Geralmente, eu não insistia para ver se havia alguém sofrendo. Fazer isso sem motivo me parecia incrivelmente invasivo, porém, no meio de uma multidão era difícil controlar o quanto eu me permitia sentir. Havia sempre alguém cuja dor era tão profunda, tão crua, que a angústia se tornava uma entidade palpável que eu nem precisava aguçar os sentidos para perceber, que não conseguia evitar nem me distanciar. Aquelas pessoas projetavam agonia no mundo à sua volta.

Eu era proibida de fazer qualquer coisa além de ignorar. De falar sobre o dom que os Deuses me concederam e de nunca, jamais, agir a respeito do que senti.

Não que eu sempre fizesse o que deveria.

É óbvio.

Mas aqueles homens estavam bem quando agucei os sentidos para evitar as pessoas em sofrimento profundo, o que era surpreendente em vista de sua profissão. Eram guardas da Colina, a muralha montanhosa construída a partir do calcário e do ferro minerados dos Picos Elísios. Desde o término da Guerra dos Dois Reis, havia quatro séculos, a Colina cercava todo o território da Masadônia, e todas as cidades do Reino de Solis foram protegidas por uma Colina. Versões menores rodeavam vilarejos e postos de treinamento, comunidades agrícolas e outras cidades parcamente povoadas.

As coisas que os guardas testemunhavam diariamente, assim como as que eram obrigados a fazer, muitas vezes os deixavam angustiados, fosse pelos ferimentos ou pelo que ultrapassava a pele machucada e os ossos quebrados.

Nesta noite, além da ausência de angústia, eles também não vestiam suas armaduras e uniformes. Em vez disso, usavam camisas folgadas e calças de camurça. Ainda assim, eu sabia que, mesmo fora de serviço, eles se mantinham atentos aos sinais da temida névoa e dos terrores que a acompanhavam, e alertas àqueles que se empenhavam contra o futuro do reino. Permaneciam armados até os dentes.

E eu também.

Oculto sob as dobras da capa e do vestido fino que eu usava por baixo, o punho frio da adaga que nunca esquentava com o calor da minha pele estava embainhado contra a coxa. Presente do meu aniversário de dezesseis anos, aquela não era a única arma que eu tinha, nem era a mais letal, mas era a minha favorita. O punho era forjado com os ossos de um lupino extinto há muito tempo — uma criatura que não era nem homem nem fera, mas ambas as coisas —, e a lâmina era feita com uma pedra de sangue amolada até ficar fatalmente afiada.

Posso estar prestes a fazer algo incrivelmente imprudente, inapropriado e absolutamente proibido mais uma vez, mas não sou tola o bastante para entrar em um lugar como o Pérola Vermelha sem proteção, a habilidade para usá-la e os meios necessários para sacar a arma e empregá-la sem a mínima hesitação.

— Morto? — perguntou o outro guarda, um mais jovem, com cabelos castanho-claros e um rosto simpático. Acho que ele se chamava Airrick, e não podia ser muito mais velho que os meus dezoito anos. — Ele não estava apenas morto. Finley teve o sangue drenado e a pele mastigada como se cães selvagens o tivessem abocanhado e o deixado em pedacinhos.

As cartas ficaram borradas na minha mão conforme diminutas bolas de gelo se formavam no meu estômago. Cães selvagens não faziam isso. Além do mais, não havia nenhum cão selvagem perto da Floresta Sangrenta, o único lugar no mundo onde as árvores sangravam, manchando a casca e as folhas de carmesim. Havia rumores a respeito de outros animais, roedores e carniceiros de tamanho exagerado que atacavam os cadáveres daqueles que permaneciam tempo demais na floresta.

— E vocês sabem o que isso significa — continuou Airrick. — Eles devem estar por perto. Um ataque vai...

— Não tenho certeza se esta é uma conversa apropriada — interrompeu um guarda mais velho. Já ouvi falar dele. Phillips Rathi. Ele estava havia anos na Colina, algo praticamente inédito. Os guardas não tinham uma vida muito longa. Ele acenou com a cabeça na minha direção. — Você está na presença de uma dama.

Uma dama?

Somente as Ascendidas eram chamadas de Damas, mas eu tampouco era o tipo de pessoa que alguém, especialmente os homens naquele recinto, esperaria que estivesse no Pérola Vermelha. Se fosse descoberta, eu estaria... bem, muito mais encrencada do que jamais estive antes, e precisaria encarar sérias consequências.

O tipo de punição que Dorian Teerman, o Duque de Masadônia, adoraria infligir. E que o seu fiel confidente, o Lorde Brandole Mazeen, certamente adoraria presenciar.

A ansiedade veio à tona quando olhei para o guarda de pele negra. Era impossível que Phillips soubesse quem eu era. A parte superior do meu rosto estava coberta pela máscara de dominó branca que encontrei jogada no Jardim da Rainha séculos atrás, e eu vestia uma capa simples de pintarroxo azul que tinha, ãh, pegado *emprestada* de Britta, uma das muitas empregadas do castelo que ouvi falando sobre o Pérola Vermelha. Com sorte, Britta não daria falta do agasalho desaparecido antes que eu o devolvesse pela manhã.

Além disso, mesmo sem a máscara, eu podia contar nos dedos de uma das mãos o número de pessoas na Masadônia que tinham visto o meu rosto, e nenhuma delas estaria ali naquela noite.

Por ser a Donzela, a Escolhida, um véu normalmente cobria o meu rosto e meus cabelos o tempo inteiro, tudo a não ser pelos lábios e maxilar.

Eu duvidava que Phillips pudesse me reconhecer exclusivamente por aqueles traços e, se ele tivesse me reconhecido, ninguém continuaria sentado ali. Eu já estaria sendo levada, ainda que gentilmente, de volta para os meus tutores, o Duque e a Duquesa da Masadônia.

Não havia motivo para entrar em pânico.

Depois de forçar os músculos dos ombros e pescoço a relaxarem, abri um sorriso.

— Não sou nenhuma Dama. Fique à vontade para falar sobre tudo o que quiser.

— Seja como for, um assunto menos mórbido seria mais do que bem-vindo — retrucou Phillips, olhando de modo intenso na direção dos outros dois guardas.

Airrick me encarou.

— Eu peço desculpas.

— Desculpas desnecessárias, mas aceitas.

O terceiro guarda baixou o queixo, olhando atentamente para as cartas na mão enquanto repetia as palavras. Suas bochechas ficaram coradas, o que achei bastante adorável. Os guardas que ficavam de vigia na Colina passavam por um treinamento violento, se tornando habilidosos em todas as formas de combate armado e corpo a corpo. Ninguém que sobrevivia à primeira incursão do lado de fora das muralhas da Colina voltava sem derramar sangue e testemunhar a morte.

Ainda assim, aquele homem corou.

Pigarreei, querendo saber mais a respeito de quem era Finley, se ele era um Guarda da Colina ou um Caçador, uma divisão do exército que transmitia as comunicações entre as cidades e escoltava os viajantes e as suas mercadorias. Eles passavam metade do ano do lado de fora da proteção da Colina. Era de longe o trabalho mais perigoso de todos, de modo que eles jamais viajavam sozinhos. Alguns nunca retornavam.

Infelizmente, alguns poucos não voltavam os mesmos. Fles voltavam com a morte implacável em seu encalço.

Amaldiçoados.

Pressentindo que Phillips silenciaria qualquer conversa a respeito, não fiz nenhuma das perguntas que dançavam na ponta da minha língua. Se havia outros homens com ele que também foram feridos pelo que muito provavelmente tinha matado Finley. eu descobriria de um jeito ou de outro.

Só esperava que não fosse por meio de gritos de horror.

O povo da Masadônia não fazia ideia de quantos voltavam amaldiçoados do lado de fora das muralhas da Colina. Viam apenas alguns gatos pingados, mas não faziam ideia da realidade. Se eles soubessem, o pânico e o medo certamente tomariam conta de uma população que não tinha noção do terror do lado de fora da Colina.

Não como eu e meu irmão Ian tínhamos.

E foi por isso que, quando o assunto à mesa mudou para coisas mais banais, eu tive que me empenhar para fazer com que o gelo que cobria as minhas entranhas derretesse. Vidas incontáveis foram dadas e tiradas nos esforços para manter as pessoas dentro das muralhas da Colina em segurança, mas eles estavam fracassando — havia tempo — não apenas ali, mas por todo o Reino de Solis.

A morte...

A morte *sempre* encontrava uma maneira de entrar.

Pare, ordenei a mim mesma conforme a sensação de inquietude ameaçava transbordar. Esse não era o momento para pensar em tudo o que eu sabia e não deveria saber. Esta noite era para ser aproveitada, não para ficar acordada a noite inteira, sem conseguir dormir, sozinha e sentindo que... que não tinha nenhum controle nem... nem ideia de quem eu era, só o *que* eu era.

Recebi outra mão ruim, e já joguei o suficiente com Ian para saber que não havia como me recuperar das cartas que eu tinha. Quando anunciei que estava fora da partida, os guardas assentiram conforme eu me levantava da mesa, me desejando uma boa noite.

Ao caminhar entre as mesas, aceitei a taça de champanhe que um garçom usando luvas me ofereceu e tentei recobrar o entusiasmo que fervilhava nas minhas veias mais cedo nesta mesma noite.

Cuidava da minha própria vida enquanto estudava o aposento, mantendo meus sentidos voltados para mim. Mesmo tirando aqueles que conseguiam projetar angústia no ambiente à sua volta, eu não precisava tocar em alguém para saber se a pessoa estava sofrendo. Só tinha que olhar para essa pessoa e me concentrar. Sua aparência não mudava se ela estivesse sofrendo com algum tipo de dor nem quando eu me concentrava nela. Eu simplesmente *sentia* a sua angústia.

A dor física era quase sempre quente, mas e o tipo de dor que não podia ser vista?

Essa era quase sempre fria.

Gritos e assovios obscenos me arrancaram dos meus pensamentos. Havia uma mulher vestida de vermelho sentada na beirada da mesa ao lado. Ela usava um vestido feito de pedaços de cetim vermelho e musselina que mal cobria suas coxas. Um dos homens agarrou um pedaço da diminuta saia diáfana.

Depois de dar um tapa na mão dele com um sorriso provocante nos lábios, ela se inclinou para trás, fazendo uma curva sensual com o corpo. Os cachos grossos e loiros dos cabelos se derramaram sobre as moedas e fichas esquecidas.

— Quem quer me ganhar hoje à noite? — Sua voz era grave e sensual enquanto ela deslizava as mãos pela cintura do espartilho cheio de babados. — Garanto que vou durar mais do que qualquer pote de ouro, rapazes.

— E se der empate? — perguntou um dos homens, cujo corte elegante do casaco sugeria que ele devia ser um comerciante bem-sucedido ou algum tipo de empresário.

— Então a noite será muito mais divertida para mim — respondeu ela, deslizando a mão sobre o ventre e descendo ainda mais até chegar no meio das suas...

Com as bochechas em chamas, rapidamente desviei o olhar enquanto tomava um gole do champanhe borbulhante. Meu olhar encontrou o seu caminho até o brilho deslumbrante de um candelabro de bronze. O Pérola Vermelha devia dar dinheiro, e os seus proprietários deviam ser muito bem relacionados. A eletricidade era cara e controlada pela Corte Real. Fiquei imaginando quem faria parte da clientela para um luxo como aquele estar disponível.

Sob o candelabro, havia outro jogo de cartas em andamento. Havia mulheres ali também, com os cabelos trançados em penteados elaborados no alto da cabeça e enfeitados com cristais, e as roupas muito menos ousadas do que as das mulheres que trabalhavam ali. Seus vestidos eram de tons vibrantes de roxo e amarelo e matizes pastel de azul e lilás.

Eu só podia usar branco, não importava se estivesse no meu quarto ou em público, o que não acontecia com muita frequência. Sendo assim, eu estava fascinada com a maneira com que as diferentes cores favoreciam a pele e os cabelos das mulheres. Fiquei imaginando que, na maior parte do tempo, eu devia parecer um fantasma, perambulando pelos corredores do Castelo Teerman vestida de branco.

Aquelas mulheres também usavam máscaras de dominó que cobriam metade do rosto, protegendo a sua identidade. Fiquei me perguntando quem eram. Esposas audaciosas que foram deixadas sozinhas em casa vezes de mais? Jovens que não tinham se casado ou que talvez fossem viúvas? Empregadas ou mulheres que trabalhavam na cidade, aproveitando a noite? Será que havia damas e cavalheiros de companhia entre as mulheres mascaradas sentadas à mesa ou entre a multidão? Será que aquelas pessoas foram até ali pelo mesmo motivo que eu?

Tédio? Curiosidade?

Solidão?

Se for esse o caso, nós somos mais parecidas do que eu tinha pensado, muito embora fossem segundas filhas e filhos, entregues à Corte Real no seu décimo terceiro aniversário durante o Ritual anual. E eu... eu era Penellaphe, do Castelo Teerman, Herdeira dos Balfour e favorita da Rainha.

Eu era *a* Donzela.

A Escolhida.

E dali a menos de um ano, no meu décimo nono aniversário, eu irei Ascender, assim como todas as damas e cavalheiros de companhia. Nossas Ascensões serão diferentes, mas será a maior delas desde a primeira Bênção dos Deuses que aconteceu após o fim da Guerra dos Dois Reis.

Quase nada aconteceria com elas caso fossem pegas ali, mas eu... eu enfrentaria o descontentamento do Duque. Meus lábios se estreitaram conforme um grão de fúria fincou raízes, se fundindo com um resíduo incômodo de repulsa e vergonha.

O Duque era uma praga de mãos excessivamente saidinhas e tinha uma sede anormal por castigos.

Mas eu também me recusava a pensar nele. Ou a me preocupar em ser disciplinada. Seria melhor voltar logo para o meu quarto se fosse ficar me agoniando com isso.

Ao desviar os olhos da mesa, me dei conta de que havia mulheres sorridentes e risonhas no Pérola que não usavam máscaras nem ocultavam a identidade. Estavam sentadas junto de guardas e comerciantes, ou de pé em alcovas sombrias enquanto conversavam com mulheres mascaradas, com homens e com os trabalhadores do Pérola Vermelha. Não tinham vergonha nem medo de serem vistas.

Fosse lá quem fossem, elas possuíam a liberdade que eu cobiçava profundamente.

Uma independência que eu buscava naquela noite, já que, mascarada e desconhecida, ninguém além dos Deuses saberia que eu estava ali. E, quanto aos Deuses, eu havia decidido que eles tinham mais o que fazer do que perder tempo me vigiando. Afinal de contas, se eles estivessem prestando atenção, teriam me repreendido por inúmeras coisas que eu já havia feito e que me eram proibidas.

Sendo assim, eu poderia ser *qualquer pessoa* esta noite.

A liberdade que havia nisso era uma sensação muito mais inebriante do que eu tinha imaginado. Mais até do que a sensação que as sementes verdes de papoula proporcionavam àqueles que as fumavam.

Hoje à noite, eu não sou a Donzela. Não sou Penellaphe. Sou apenas Poppy, um apelido que lembro que minha mãe usava, algo que apenas meu irmão Ian e poucas pessoas me chamavam.

Como Poppy, não havia regras estritas a seguir nem expectativas a cumprir, nenhuma futura Ascensão que estava chegando mais rápido do que eu estava preparada. Não havia medo, nem passado nem futuro. Naquela noite, eu poderia viver um pouco, mesmo que por algumas poucas horas, e acumular o máximo de experiências antes de voltar para a capital, para a Rainha.

Antes que eu fosse entregue aos Deuses.

Um arrepio desceu de mansinho pela minha espinha — incerteza, junto com uma pontada de aflição. Eu abafei a sensação, me recusando a dar asas àquilo. De nada adiantava ficar ruminando sobre o que estava por vir e não podia ser mudado.

Além disso, Ian tinha Ascendido havia dois anos e, a julgar pelas cartas que eu recebia todo mês, ele ainda era o mesmo. A única diferença é que, em vez de contar as histórias com sua própria voz, ele o fazia por meio das palavras em cada carta. No mês passado, ele escreveu a respeito de duas crianças, um irmão e uma irmã, que nadaram até o fundo do mar de Stroud e fizeram amizade com o povo da água.

Abri um sorriso enquanto erguia a taça de champanhe, sem fazer ideia de onde ele tirava aquelas coisas. Até onde eu sabia, nadar até o fundo do Mar de Stroud era impossível e não existia povo da água.

Logo depois da Ascensão, sob as ordens da Rainha e do Rei, ele havia se casado com Lady Claudeya.

Ian nunca falava a respeito da esposa.

Será que ele era feliz no casamento? A curva dos meus lábios murchou conforme eu baixava os olhos para a bebida rosada e borbulhante. Eu não sabia ao certo, mas eles mal se conheciam antes de se casarem. Como isso poderia ser o bastante para passar o resto da vida com alguém?

E os Ascendidos tinham uma vida muitíssimo longa.

Ainda me era estranho pensar em Ian como um dos Ascendidos. Ele não era um segundo filho, mas, já que eu era a Donzela, a Rainha pediu aos Deuses por uma rara exceção à ordem natural e eles permitiram que ele Ascendesse. Eu não teria de encarar a mesma coisa que Ian, um casamento com um estranho, com outro Ascendido, que certamente devia cobiçar a beleza acima de tudo, pois a atratividade era vista como algo divino.

E muito embora eu fosse a Donzela, a Escolhida, nunca seria vista como divina. De acordo com o Duque, eu não era bela.

Eu era uma *tragédia*.

Sem perceber, meus dedos roçaram a renda áspera no lado esquerdo da máscara. Afastei a mão dali.

Um homem que reconheci como guarda se levantou de uma mesa e se virou para uma mulher que usava uma máscara branca, como a minha. Ele estendeu a mão para ela enquanto pronunciava algumas palavras baixo demais para que eu pudesse ouvir, mas ela respondeu com um aceno de cabeça e um sorriso antes de colocar a mão sobre a dele. Ela se levantou e as saias do seu vestido lilás se derramaram como um líquido ao redor das pernas conforme ele a conduzia por entre o salão na direção das duas únicas portas acessíveis aos convidados, uma de cada lado dos aposentos contíguos. A da direita levava à saída. A da esquerda, ao andar de cima, para quartos privativos onde Britta dissera que todo tipo de coisa acontecia.

O guarda levou a mulher mascarada para a esquerda.

Ele tinha pedido. Ela tinha dito que sim. Seja lá o que eles fossem fazer lá em cima, seria algo apreciado e escolhido por ambos, não importava se durasse algumas horas ou a vida toda.

Mantive a atenção fixa na porta por muito tempo após ela ter se fechado. Será que aquele era outro motivo de eu ter vindo aqui esta noite? Para... para vivenciar o prazer com alguém que eu escolhesse?

Eu poderia fazer isso se quisesse. Já tinha ouvido as conversas das damas de companhia, que não precisavam se manter intocadas. De acordo com elas, havia... muitas coisas que uma mulher poderia fazer capaz de trazer prazer ao mesmo tempo em que conservava a sua pureza.

Pureza?

Eu detestava aquela palavra, o significado por trás dela. Como se a minha virgindade determinasse a minha bondade, a minha inocência, como se sua presença ou ausência fossem, de algum modo, mais importantes do que as centenas de escolhas que eu fazia todos os dias.

Havia até uma parte de mim que se perguntava o que os Deuses fariam se eu fosse entregue a eles já não sendo mais uma "donzela de verdade". Será que eles desconsiderariam tudo o que eu fiz e deixei de fazer só porque não era mais virgem?

Eu não sabia ao certo, mas esperava que não. Não porque planejava fazer sexo agora ou na semana que vem ou... algum dia, mas porque eu queria poder ser capaz de fazer essa escolha.

Muito embora eu não soubesse como me encontraria em uma situação onde essa opção surgisse. Mas imagino que haveria participantes dispostos a fazer as coisas que eu ouvi as damas de companhia falarem a respeito do Pérola Vermelha.

Uma agitação nervosa retumbou no meu peito enquanto eu me forçava a tomar outro gole de champanhe. As borbulhas doces faziam cócegas na minha garganta, aliviando um pouco da secura na boca.

Para dizer a verdade, esta saída tinha sido uma decisão de última hora. Na maioria das noites, eu não conseguia dormir antes que estivesse quase amanhecendo. E, quando dormia, eu quase desejava que não tivesse caído no sono. Só naquela semana, acordei de um pesadelo três vezes, com meus próprios gritos ecoando nos ouvidos. Quando vinham assim, em grupos, pareciam até um presságio. Um instinto muito parecido com a habilidade de pressentir a dor, berrando um sinal de alerta.

Respirando fundo, voltei o olhar para a cena de antes. A mulher de vermelho não estava mais sobre a mesa. Em vez disso, ela estava sentada no colo do comerciante que havia perguntado o que aconteceria caso dois homens vencessem. Ele estava examinando as cartas, com a mão no lugar onde a dela estava mais cedo, mergulhada profundamente entre as suas coxas.

Meus Deuses.

Mordendo os lábios, me afastei dali antes que o meu rosto inteiro pegasse fogo. Fui para um espaço separado por uma meia-parede, onde outra rodada de jogos era disputada.

Havia mais guardas ali, alguns que eu até reconheci como pertencentes à Guarda Real, soldados como aqueles que trabalhavam na Colina, mas que protegiam os Ascendidos. Era por isso que os Ascendidos também tinham guardas pessoais. Algumas pessoas já haviam tentado sequestrar membros da Corte em troca de resgate. Normalmente, ninguém se machucava gravemente naquelas situações, mas houve outras tentativas que surgiram de razões muito diferentes e mais violentas.

Parada perto de um vaso de plantas frondosas que exibiam pequenos botões vermelhos, eu não sabia muito bem o que fazer. Podia participar de outro jogo de cartas ou iniciar uma conversa com qualquer uma das pessoas que perambulavam em volta das mesas, mas eu não era tão boa assim em ficar de conversa fiada com estranhos. Não tinha a menor dúvida de que eu deixaria escapar algo bizarro ou faria uma pergunta aleatória que não faria muito sentido para a conversa, de modo que aquilo estava fora de cogitação. Talvez devesse voltar para os meus aposentos. Já devia estar ficando tarde e...

Uma estranha percepção tomou conta de mim, começando como uma sensação de formigamento na nuca e se intensificando mais a cada segundo.

Parecia que... eu estava sendo observada.

Examinando o salão, não vi ninguém prestando atenção particular em mim, mas esperava encontrar alguém por perto. A sensação era realmente intensa. O desconforto brotou na boca do meu estômago. Já ia me virando para a entrada quando as notas suaves e prolongadas de algum tipo de instrumento de corda chamaram a minha atenção para a esquerda, e o meu olhar pousou nas cortinas transparentes vermelho-sangue que balançavam com o movimento das pessoas no estabelecimento.

Fiquei paralisada, ouvindo a cadência do ritmo que logo foi acompanhada pelo som pesado de um tambor. Eu me esqueci de como era a sensação de estar sendo observada. Eu me esqueci de muitas coisas. Aquela música... não se parecia com nada que eu já tivesse ouvido antes. Era mais profunda, mais densa. Diminuindo a velocidade e em seguida acelerando. Era... sensual. O que foi mesmo que Britta, a empregada, tinha dito sobre o tipo de dança que acontecia no Pérola Vermelha? Ela abaixara a voz quando falou sobre aquilo, e a outra empregada com quem Britta estava conversando pareceu ficar escandalizada.

Abri caminho pelos cantos do salão e me aproximei das cortinas, estendendo a mão para separá-las.

— Acho que você não gostaria de entrar ali.

Sobressaltada, me virei ao ouvir aquela voz. Havia uma mulher atrás de mim — uma das damas que trabalhavam no Pérola Vermelha. Eu a reconheci. Não porque ela estava de braços dados com um comerciante ou empresário assim que eu entrei, mas porque ela era incrivelmente bonita.

Seus cabelos densamente cacheados eram de um preto intenso e a sua pele negra tinha uma bela tonalidade. Ela usava um vestido vermelho sem mangas, com um decote profundo e feito de um tecido que colava-se ao seu corpo como se fosse líquido.

— Como? — perguntei, sem saber mais o que dizer conforme abaixava a mão. — Por que não? Eles estão apenas dançando.

— Apenas dançando? — Ela olhou para a cortina por cima do meu ombro. — Algumas pessoas dizem que dançar é como fazer amor.

— Eu... eu nunca tinha ouvido falar nisso. — Lentamente, olhei para trás. Pelas cortinas, eu podia distinguir as silhuetas dos corpos oscilando no ritmo da música, os movimentos cheios de uma graça hipnotizante e fluida. Alguns dançavam sozinhos, com suas curvas e formas nitidamente delineadas, enquanto outros...

Arfei e voltei o olhar para a mulher diante de mim.

Ela repuxou os lábios pintados de vermelho em um sorriso.

— É a primeira vez que você vem aqui, não é?

Abri a boca para negar, mas pude sentir o calor se espalhando por todas as partes visíveis do meu rosto. Aquilo por si só já dizia tudo o que era preciso saber.

— É tão óbvio assim?

Ela riu e o som era gutural.

— Não para a maioria das pessoas. Mas, para mim, sim. Eu nunca a vi aqui antes.

— Como você saberia se tivesse me visto antes? — Toquei na minha máscara só para ter certeza de que ela não havia escorregado.

— A máscara está no lugar. — Havia um estranho brilho de cumplicidade nos olhos dela, que eram uma mistura de dourado e castanho. Não exatamente cor de avelã. O dourado era brilhante e quente demais para isso. Eles me lembravam de outra pessoa que tinha os olhos da cor de um citrino. — Sei reconhecer um rosto, mesmo que meio escondido, e nunca vi o seu aqui antes. É a sua primeira vez.

Sinceramente, eu não tinha a menor ideia de como responder àquilo.

— E também é a primeira vez do Pérola Vermelha. — Ela se aproximou de mim e abaixou o tom. — Já que nunca havíamos recebido a Donzela em nosso estabelecimento.

Uma onda de choque percorreu o meu corpo enquanto eu segurava com força a taça de champanhe escorregadia.

— Não sei o que você quer dizer. Eu sou uma segunda filha...

— Você se *parece* com uma segunda filha, mas não da maneira que pretendia — interrompeu ela, tocando levemente no meu braço coberto pela capa. — Está tudo bem. Não há nada a temer. O seu segredo está a salvo comigo.

Olhei para ela pelo que me pareceu um minuto inteiro antes de conseguir recuperar a capacidade de falar.

— Se isso fosse verdade, por que um segredo desses estaria a salvo?

— Por que não estaria? — retrucou ela. — O que eu teria a ganhar contando a alguém?

— Você ganharia o favor do Duque e da Duquesa. — Meu coração martelou dentro do peito.

O sorriso da mulher sumiu do rosto ao mesmo tempo que o seu olhar se endurecia.

— Eu não preciso dos favores de um Ascendido.

A maneira como ela disse aquilo foi como se eu tivesse sugerido que ela quisesse angariar favores de um monte de lama.

Quase acreditei nela, mas ninguém que vivesse no reino perderia a oportunidade de ganhar a estima de um Ascendido, a menos que...

A menos que não reconhecesse a Rainha Ileana e o Rei Jalara como os legítimos soberanos. A menos que apoiasse aquele que se chamava Príncipe Casteel como o verdadeiro herdeiro do trono.

Mas ele não era nem príncipe nem herdeiro. Ele não passava de um remanescente de Atlântia, o reino corrupto e depravado que sucumbiu no fim da Guerra dos Dois Reis. Um monstro que provocou o caos e causou derramamento de sangue, a personificação do próprio mal.

Ele era o Senhor das Trevas.

E, ainda assim, havia pessoas que apoiavam a ele e à sua reivindicação. Descendidos que tinham participado de motins e do desaparecimento de muitos Ascendidos. No passado, os Descendidos criavam tumulto por meio de pequenos comícios e protestos, e, mesmo assim, aqueles eventos eram raros e bastante espaçados devido à punição aplicada aos suspeitos de serem Descendidos. Os julgamentos não podiam sequer ter esse nome. Não havia segundas chances. Nem prisão perpétua. A morte era rápida e brutal.

Mas as coisas haviam mudado nos últimos tempos.

Muitos acreditavam que os Descendidos eram os responsáveis pelas mortes misteriosas de Guardas Reais do alto escalão. Vários guardas na Carsodônia, a capital, tinham despencado inexplicavelmente da Colina. Dois deles foram mortos por flechas na parte de trás da cabeça em Pensdurth, uma pequena cidade na costa do Mar de Stroud, próximo à capital. Outros simplesmente desapareceram enquanto passavam pelos vilarejos e nunca mais foram vistos.

Alguns meses atrás, uma revolta violenta terminou em derramamento de sangue em Três Rios, uma fervilhante cidade comercial localizada logo depois da Floresta Sangrenta. A Mansão Brasão de Ouro, a Sede Real em Três Rios, foi queimada e destruída, junto com os Templos. O Duque Everton morreu no incêndio, assim como muitos empregados e guardas. Foi apenas por um milagre que a Duquesa de Três Rios escapou.

Os Descendidos não eram somente os Atlantes ocultos entre o povo de Solis. Alguns dos seguidores do Senhor das Trevas não tinham sequer uma gota de sangue Atlante nas veias.

Estreitei o olhar e me concentrei na bela mulher. Será que ela era uma Descendida? Eu não conseguia entender como alguém podia apoiar o reino deposto, não importa o quanto a sua vida fosse difícil ou o quanto fosse infeliz. Não quando os Atlantes e o Senhor das Trevas eram os responsáveis pela névoa, pelo que apodrecia dentro dela. Pelo que muito provavelmente tinha acabado com a vida de Finley — e tirado inúmeras outras vidas, incluindo a dos meus pais, e deixado o meu corpo coberto de lembretes do terror que vicejava na névoa.

Afastando as minhas suspeitas por um momento, agucei os sentidos para descobrir se havia algum sofrimento profundo dentro dela, algo que ia além do físico e decorria do pesar ou da amargura. O tipo de dor que leva as pessoas a fazerem coisas terríveis para tentar aliviar a angústia.

Não havia sinal de nada disso emanando dela.

Mas não significava que ela não fosse uma Descendida.

A mulher inclinou a cabeça.

— Como disse antes, você não tem nada com que se preocupar a meu respeito. Agora, com ele já é outra história.

— Ele? — repeti.

Ela se moveu para o lado quando a porta principal se abriu e uma súbita rajada de ar frio anunciou a chegada de mais clientes.

Um homem entrou e logo atrás dele havia um cavalheiro mais velho, com cabelos loiros da cor da areia e um rosto fustigado e bronzeado pelo sol.

Arregalei os olhos conforme a descrença tomava conta de mim. Era Vikter Wardwell. O que ele estava fazendo no Pérola Vermelha?

Uma imagem das mulheres de vestidos curtos e seios parcialmente expostos me veio à mente, e pensei sobre o motivo de eu estar ali. Meus olhos se arregalaram.

Ah, Deuses.

Não queria mais pensar no motivo da sua visita. Vikter era um membro experiente da Guarda Real, um homem de quarenta anos de idade, mas ele era mais do que isso para mim. A adaga presa à minha coxa tinha sido um presente dele, e foi ele quem quebrou o costume e garantiu que eu não apenas soubesse usá-la, mas também aprendesse a manejar uma espada, a acertar um alvo invisível com uma flecha e, mesmo quando desarmada, a derrubar um homem com o dobro do meu tamanho.

Vikter era como um pai para mim.

Ele também era o meu guarda pessoal e tinha sido assim desde que cheguei à Masadônia. Mas não era o meu único guarda. Compartilhava os deveres com Rylan Keal, que tinha substituído Hannes depois que o último morreu dormindo havia pouco menos de um ano. Foi uma perda inesperada, já que Hannes tinha um pouco mais de trinta anos e estava em excelente estado de saúde. Os Curandeiros acreditavam que fosse alguma doença cardiovascular desconhecida. Ainda assim, era difícil imaginar como alguém poderia dormir com saúde e nunca mais acordar.

Rylan não sabia que eu era tão bem treinada assim, mas sabia que eu conseguia manejar uma adaga. Ele não sabia para onde eu e Vikter íamos quando saíamos do castelo com tanta frequência.

Era gentil e muitas vezes descontraído, mas nós não éramos nem de longe tão próximos quanto eu e Vikter. Se fosse Rylan quem estivesse ali, eu poderia facilmente ter escapado da sua atenção.

— Droga — praguejei, virando para o lado enquanto puxava o capuz da capa por sobre a cabeça. Meus cabelos eram de um tom bastante perceptível de cobre queimado, mas, mesmo com eles agora escondidos e com todo o meu rosto oculto, Vikter me reconheceria.

Ele tinha aquele sexto sentido que só os pais possuíam e que surgia sempre que o filho tramava alguma coisa.

Ao olhar para a entrada, senti um nó no estômago quando o vi sentado em uma das mesas de frente para a porta — a única saída.

Os Deuses me odiavam.

Eles me odiavam de verdade, pois eu não tinha a menor dúvida de que Vikter me veria. Ele não iria me denunciar, mas eu preferia me enfiar em um buraco cheio de baratas e aranhas a tentar explicar a ele, dentre todas as pessoas, o que eu estava fazendo no Pérola Vermelha. E haveria um belo sermão. Não os discursos e punições que o Duque adorava proferir, mas do tipo que penetrava no fundo da sua alma e fazia com que você se sentisse péssima por dias a fio.

Ainda mais após ter sido pega fazendo algo pelo qual merecia ser repreendida.

E, francamente, eu não queria ver a cara de Vikter quando ele descobrisse que percebi sua presença ali. Dei outra espiada e...

Ah, Deuses, uma mulher se ajoelhou ao lado dele e pousou a mão na sua perna!

Tive que esfregar os olhos.

— Aquela é Sariah — explicou a mulher. — Assim que Vikter chega, ela vai para junto dele. Acho que tem uma queda por ele.

Lentamente, olhei para a mulher ao meu lado.

— Ele vem sempre aqui?

Ela repuxou o canto da boca.

— O bastante para saber o que acontece atrás da cortina vermelha e...

— Chega — eu a interrompi. Agora eu tinha que esfregar o meu cérebro até esquecer. — Não preciso ouvir mais nada.

Ela deu uma risada suave.

— Parece que você precisa de um esconderijo. E, sim, aqui no Pérola Vermelha é muito fácil identificar essa necessidade. — Ela habilmente pegou a minha taça de champanhe. — No andar de cima, há quartos desocupados no momento. Abra a sexta porta à esquerda. Vai encontrar abrigo ali. Eu irei buscá-la assim que for seguro.

A suspeita aumentou quando encontrei seu olhar, mas deixei que a mulher pegasse o meu braço e me levasse para a esquerda.

— Por que você está me ajudando?

Ela abriu a porta.

— Porque todo mundo devia poder viver um pouco, mesmo que só por algumas horas.

Fiquei boquiaberta quando ela repetiu o que eu estava pensando alguns minutos atrás. Atordoada, continuei parada ali.

Depois de me dar uma piscadela, ela fechou a porta.

Não podia ser uma coincidência que ela tivesse descoberto quem eu era. Repetir para mim o que eu estava pensando antes? Era impossível. Uma risada rouca escapou dos meus lábios. A mulher poderia ser uma Descendida ou, no mínimo, não ser muito fã dos Ascendidos. Mas também poderia ser uma Vidente.

Eu achava que não havia restado nenhum deles.

E *ainda* não conseguia acreditar que Vikter estava ali — que ele frequentava aquele estabelecimento o bastante para que uma das mulheres de vermelho gostasse dele. Não sabia muito bem por que estava tão surpresa. Não era como se a Guarda Real fosse proibida de buscar prazer ou até mesmo de se casar. Muitos deles eram bastante... promíscuos, já que as suas vidas eram repletas de perigos e por vezes curtas demais. A questão era que Vikter tivera uma esposa que faleceu muito antes que eu o conhecesse, morrendo no parto junto com o bebê. Ele ainda amava a sua Camilia como quando ela era viva.

Mas o que podia ser encontrado ali não tinha nada a ver com amor, não é? E todo mundo se sentia solitário às vezes, não importava se o seu coração pertencesse a alguém que não poderia mais ter.

Um pouco triste com isso, me virei na escada estreita e iluminada por arandelas a óleo na parede. Soltei o ar com força.

— No que eu me meti?

Só os Deuses sabiam, e agora não havia como voltar atrás.

Enfiei a mão dentro da capa, mantendo-a ao alcance da adaga enquanto subia os degraus até o segundo andar. O corredor era mais amplo e surpreendentemente silencioso. Eu não sabia o que esperava encontrar, mas pensei que ouviria... sons.

Balançando a cabeça, contei até alcançar a sexta porta à esquerda. Experimentei a maçaneta e descobri que estava destrancada. Comecei a abrir a porta, mas parei. O que eu estava fazendo? Qualquer pessoa ou coisa poderia estar à espera atrás daquela porta. Aquela mulher lá embaixo...

O som de uma risada masculina preencheu o corredor quando a porta ao meu lado se abriu. Em pânico, recuei rapidamente para o quarto à minha frente, fechando a porta atrás de mim.

Com o coração descompassado, olhei em volta. Não havia lâmpadas, apenas um candelabro sobre a cornija e um divã diante de uma lareira vazia. Mesmo sem olhar para trás, eu sabia que a outra peça de mobiliário só podia ser uma cama. Respirei fundo, sentindo o cheiro das velas. Canela? Mas havia algo mais, algo que me lembrava especiarias e pinho. Comecei a me virar...

Um braço me envolveu pela cintura, me puxando contra um corpo muito rígido e masculino.

— Isso — sussurrou uma voz grave — é inesperado.

Capítulo 2

Pega de surpresa, olhei para cima, um erro que Vikter me ensinou a nunca cometer. Eu deveria ter desembainhado a minha adaga, mas, em vez disso, fiquei ali parada enquanto aquele braço apertava minha cintura, com a mão pousada no meu quadril.

— Mas é uma surpresa bem-vinda — continuou ele, afastando o braço.

Saindo do meu estupor, eu me virei para encará-lo, mantendo o capuz da capa no lugar enquanto minha mão tateava a adaga. Ergui o olhar... e, em seguida, um pouco mais.

Ah, meus Deuses.

Congelei. O choque absoluto percorreu o meu corpo e acabou com todo o meu bom senso assim que vi o rosto dele sob o brilho suave da luz das velas.

Eu sabia quem ele era, muito embora nunca tivesse falado com ele antes.

Hawke Flynn.

Todo mundo no Castelo Teerman ficou sabendo quando o Guarda da Colina chegou da capital, Carsodônia, alguns meses atrás. Até eu.

Gostaria de mentir para mim mesma e dizer que era por sua altura impressionante, pois o homem era quase trinta centímetros mais alto que eu. Ou porque ele se movia com a mesma graça e fluidez predatória inerente aos grandes felinos cinzentos das cavernas, que normalmente vagavam pelas Terras Devastadas, mas que eu tinha visto uma vez no palácio da Rainha quando era criança. O temido animal selvagem havia sido enjaulado, e a maneira como ele andava sem parar de um lado para o outro do pequeno recinto me fascinava e horrorizava igualmente. Eu já tinha visto Hawke andando da mesma maneira em mais de uma ocasião, como se ele também estivesse enjaulado. Podia ser por causa do senso de autoridade que parecia emanar dos seus poros, embora ele não pudesse ser muito mais velho que eu — talvez da mesma idade do meu irmão ou um ou dois anos mais velho. Ou talvez fosse por causa de sua habilidade com a espada. Certa manhã, quando eu estava ao lado da Duquesa em uma das muitas varandas do Castelo Teerman, com vista para o pátio de treinamento lá embaixo, ela me disse que Hawke tinha vindo da capital com recomendações entusiasmadas e estava prestes a se tornar um dos Guardas Reais mais jovens. Seu olhar estava fixo nos braços suados dele.

Assim como o meu.

Desde a sua chegada, eu me escondi nas alcovas sombrias várias vezes, observando enquanto ele treinava com os outros guardas. A não ser pelas sessões semanais do Conselho da Cidade, realizadas no Salão Principal, eram as únicas vezes em que eu o via.

O meu interesse podia muito bem ser porque Hawke era... bem, ele era belo.

Não era sempre que se podia dizer isso a respeito de um homem, mas eu não conseguia pensar em uma palavra melhor para descrevê-lo. Ele tinha cabelos escuros e espessos, que ondulavam na nuca e frequentemente caíam para a frente, roçando as sobrancelhas igualmente escuras. As superfícies e os ângulos do seu rosto me faziam ansiar por ter algum talento com o pincel ou a caneta. As maçãs do rosto eram proeminentes, e o nariz surpreendentemente alinhado para um guarda. Muitos deles tinham quebrado o nariz pelo menos uma vez. O maxilar quadrado era firme, e a boca, bem-feita. Nas poucas vezes em que eu o vi sorrir, percebi que o lado direito dos seus lábios se curvava para cima e uma covinha profunda aparecia. Não sabia se ele tinha uma covinha igual na bochecha esquerda. Mas os olhos eram, de longe, o seu traço mais cativante.

Eles me lembravam o mel fresco, uma cor marcante que eu nunca tinha visto antes. E ele tinha um jeito de olhar que fazia você se sentir nua. Sabia disso porque senti seus olhos em mim durante os Conselhos realizados no Salão Principal, muito embora ele nunca tivesse visto meu rosto ou meus olhos antes. Eu tinha certeza de que a atenção dele se devia ao fato de eu ser a primeira Donzela em séculos. As pessoas sempre reparavam em mim quando eu estava em público, não importava se fossem guardas, cavalheiros e damas de companhia ou plebeus.

Seu olhar também podia ser somente fruto da minha imaginação, impulsionado pelo meu desejo oculto de que ele estivesse tão curioso a meu respeito quanto eu estava sobre ele.

Pode ser que ele tenha despertado a minha atenção por todas essas razões, mas havia outro motivo que me deixava até um pouco envergonhada de admitir.

Eu propositalmente agucei meus sentidos assim que o vi. Sabia que era errado fazer aquilo quando não havia um bom motivo, algo que justificasse a invasão. E eu não tinha nenhuma desculpa além de ficar imaginando o motivo que o fazia andar de um lado para o outro como um felino da caverna enjaulado.

Hawke estava *sempre* sofrendo.

Não era uma dor física, era mais profundo do que isso. Assemelhava-se a lascas de gelo contra a minha pele. Era pronunciado e parecia infindável. Mas a angústia parecia segui-lo como uma sombra que nunca o dominava. Se eu não tivesse insistido, nunca a teria sentido. De alguma forma, ele mantinha aquele tipo de dor sob controle, e eu não conhecia mais ninguém que fosse capaz de fazer isso.

Nem mesmo os Ascendidos.

Isso porque nunca senti *nada* vindo deles, embora soubesse que sentiam dor física. O fato de nunca ter que me preocupar em captar alguma dor residual devia me fazer procurar sua existência, mas, em vez disso, aquilo me dava arrepios.

— Eu não esperava que você viesse hoje à noite — disse Hawke. Ele estava me lançando um sorrisinho, aquele que não mostrava os dentes e fazia a covinha na bochecha direita aparecer, mas que nunca alcançava os seus olhos. — Faz apenas alguns dias, queridinha.

Queridinha?

Abri a boca, mas a fechei assim que me dei conta. Pisquei os olhos. Ele achava que eu fosse outra pessoa! Alguém que certamente já o encontrou ali antes. Olhei de relance para a minha capa — a peça de roupa emprestada. Era bastante peculiar, de um azul pálido com acabamento em pelo branco.

Britta.

Ele achava que eu era Britta?

Ela e eu tínhamos quase a mesma altura, um pouco abaixo da média, e a capa escondia o formato do meu corpo, que não era nem de longe tão magro quanto o dela. Por mais ativa que eu fosse, não conseguia alcançar a estrutura esbelta da Duquesa Teerman ou de algumas das outras damas.

Inexplicavelmente, havia uma pequena parte de mim, a mesma parte que estava escondida, que ficou... decepcionada, e talvez até com um pouco de inveja da bela mulher.

Examinei Hawke com o olhar. Ele vestia a túnica e as calças pretas que todos os guardas usavam sob a armadura. Será que veio direto para cá depois do turno? Dei uma olhada rápida pelo quarto. Havia uma pequena mesa ao lado do divã, com duas taças. Hawke não estava sozinho antes de eu chegar ali. Será que ele estava com outra? Atrás dele, a cama estava arrumada e não parecia que alguém tivesse... dormido nela.

O que devo fazer? Virar e sair correndo? Isso seria estranho. Ele certamente perguntaria a Britta a respeito, mas, desde que eu devolvesse a capa e a máscara sem que ela percebesse, eu me safaria.

Só que Vikter ainda devia estar lá embaixo, assim como aquela mulher.

Meus Deuses, ela só podia ser uma Vidente. Meu instinto me avisou que ela sabia que o quarto estava ocupado. A mulher me mandou entrar ali de propósito. Será que ela sabia que Hawke estava ali e que muito provavelmente me confundiria com Britta?

Parecia irreal demais para acreditar.

— Pence disse que eu estava aqui? — perguntou ele.

Fiquei sem ar enquanto o meu coração batia como um martelo contra as costelas. Lembrei que Pence era um Guarda da Colina, da mesma idade de Hawke. Um loiro, se me lembrava bem, mas eu não o tinha visto lá embaixo. Balancei a cabeça em negativa.

— Então você estava me observando? Me seguindo? — perguntou ele, fazendo um som baixo de desaprovação. — Vamos ter que conversar sobre isso, não é mesmo?

Havia uma ameaça estranha em sua voz, o que me deu a impressão de que não estava tão satisfeito assim com a ideia de Britta segui-lo.

— Mas não hoje à noite, ao que parece. Você está estranhamente quieta — observou ele. Até onde eu conhecia Britta, ela não costumava ser reservada.

Mas, assim que falasse algo, ele saberia que eu não era Britta e... eu não estava preparada para que ele descobrisse isso. Não sabia muito bem para o que estava preparada. Minha mão não estava mais sobre a adaga, e eu não sabia o que aquilo significava. Tudo o que sabia era que meu coração ainda estava disparado.

— Nós não precisamos conversar. — Ele pegou a bainha da túnica e, antes que eu pudesse tomar fôlego outra vez, ele a puxou por cima da cabeça e a jogou para o lado.

Entreabri os lábios e arregalei os olhos. Eu já tinha visto o peito de um homem antes, mas não o dele. Os músculos que flexionavam e se agitavam sob as camisetas finas com que os guardas treinavam estavam agora expostos. Ele tinha os ombros e o peito largos, com os músculos esguios definidos por anos de treinamento intenso. Havia uma fina camada de pelos abaixo do umbigo que desaparecia dentro das calças. Meu olhar desceu mais ainda e o calor voltou, de um tipo diferente que não somente corava a minha pele, mas também invadia o meu sangue.

Mesmo à luz de velas, eu podia ver como as calças eram apertadas e se ajustavam ao corpo dele, deixando muito pouco para a imaginação.

E eu tinha uma vasta imaginação, graças à tendência frequente que as damas tinham de compartilhar demais e à *minha* própria de ficar ouvindo as conversas dos outros.

Uma estranha sensação embolou o meu ventre. Não era desagradável. De modo algum. Era quente e formigante, me fazendo lembrar do primeiro gole do champanhe borbulhante.

Hawke deu um passo na minha direção e os meus músculos tensionaram para fugir dali, mas eu me mantive imóvel por pura força de vontade. Sabia que deveria ter me afastado. Deveria ter falado alguma coisa e revelado que não era Britta. Deveria ter saído dali imediatamente. A maneira com que ele espreitava na minha direção, com as longas pernas diminuindo a distância entre nós, me alertava sobre a sua intenção, mesmo que ele não tivesse tirado a túnica. E embora eu tivesse pouca experiência

— certo, absolutamente *nenhuma* —, sabia instintivamente que, se me alcançasse, Hawke tocaria em mim. Ele poderia até fazer mais do que isso. Poderia me beijar.

E isso era proibido.

Eu era a Donzela, a Escolhida. Sem contar que ele achava que eu era outra mulher e que nitidamente tinha estado com outra pessoa naquele quarto antes de mim. Não significava que ele havia *estado* com alguém, mas podia muito bem ter acontecido.

Ainda assim, eu não me mexi nem falei nada.

Fiquei esperando, com o coração batendo tão rápido que parecia que ia desmaiar. Pequenos tremores atingiram minhas mãos e pernas.

E eu nunca tremia.

O que você está fazendo?, sussurrou uma voz sensata e mentalmente sã na minha cabeça.

Vivendo, eu sussurrei de volta.

E sendo incrivelmente burra, retrucou a voz.

E estava mesmo, mas permaneci ali ainda assim.

Com os sentidos em alerta, observei quando Hawke parou na minha frente e ergueu a mão, segurando a parte de trás do meu capuz. Por um momento, pensei que ele fosse puxá-lo, acabando com a farsa, mas não foi o que ele fez. O capuz escorregou apenas alguns centímetros para trás.

— Não sei que tipo de jogo você está fazendo hoje à noite. — Sua voz grave estava rouca. — Mas estou disposto a descobrir.

Ele envolveu a minha cintura com o outro braço. Deixei escapar um suspiro quando ele me puxou contra o peito. Aquilo não se parecia em nada com os breves abraços que eu recebia de Vikter. Eu nunca fui segurada por um homem daquele jeito. Não havia nem um centímetro entre o peito dele e o meu. O contato foi um choque para os meus sentidos.

Ele me ergueu na ponta dos pés e em seguida me tirou do chão. Sua força era impressionante, já que eu não era exatamente leve. Atordoada, pousei as mãos sobre os seus ombros. O calor da sua pele rija parecia arder através das minhas luvas, da capa e do fino vestido branco que eu geralmente usava para dormir.

Ele inclinou a cabeça e eu senti o calor do seu hálito nos meus lábios. Um breve arrepio de expectativa percorreu a minha espinha, ao mesmo tempo que senti a dúvida embrulhar meu estômago. Não havia tempo para que as duas emoções opostas entrassem em conflito. Ele girou o corpo e caminhou para a frente com a mesma graça felina que eu já tinha visto antes. Em um átimo de segundo, ele nos guiou para baixo, com um aperto firme, porém cuidadoso, como se tivesse ciência da própria força Ele se deitou em cima de mim, com a mão ainda atrás da minha cabeça. Seu peso foi um choque quando me pressionou sobre a cama, e logo a sua boca estava na minha.

Hawke me beijou.

Não havia nada de doce nem de suave como eu tinha imaginado que fosse um beijo. Era firme, arrebatador, suplicante, e quando eu respirei fundo, ele se aproveitou, aprofundando o beijo. Sua língua tocou a minha, me sobressaltando. O pânico explodiu na boca do meu estômago, mas o mesmo aconteceu com outra coisa, algo muito mais poderoso, um prazer que eu nunca havia experimentado antes. Ele tinha o gosto do licor dourado que provei certa vez, e senti a carícia da sua língua por todo o meu corpo. Nos arrepios que irromperam em minha pele, no peso inexplicável no meu peito, naquela agitação abaixo do meu umbigo e ainda mais para baixo, onde uma pulsação súbita e latejante irrompeu no meio das minhas pernas. Estremeci, cravando os dedos em sua carne, e de repente desejei não estar de luvas, pois queria sentir a sua pele, e duvidava que pudesse estar em condições de me concentrar no que ele estava sentindo. Ele inclinou a cabeça e senti o roçar do seu...

Sem aviso, ele interrompeu o beijo e ergueu a cabeça.

— Quem é você?

Com os pensamentos estranhamente lentos e a pele entorpecida, abri os olhos. Seus cabelos escuros caíam sobre a testa. Suas feições estavam sombreadas pela luz suave e bruxuleante, mas notei que seus lábios pareciam tão inchados quanto os meus.

Hawke agiu rápido demais para que eu pudesse acompanhar o movimento, puxando o capuz para trás e expondo o meu rosto mascarado. Ele arqueou as sobrancelhas ao mesmo tempo que a névoa se dissipava dos meus pensamentos. Meu coração saltou dentro do peito por uma razão completamente diferente, muito embora os meus lábios ainda formigassem devido ao beijo.

O meu primeiro beijo.

Hawke voltou seu olhar dourado para a minha cabeça e tirou a mão de trás da minha nuca. Fiquei tensa quando ele pegou uma mecha dos meus cabelos, puxando-a de modo que brilhasse em um tom de castanho-avermelhado sob a luz das velas. Ele inclinou a cabeça para a esquerda.

— Você definitivamente não é quem eu pensei que fosse — murmurou ele.

— Como você descobriu? — deixei escapar.

— Porque na última vez que beijei a dona dessa capa, ela quase engoliu a minha língua.

— Ah — sussurrei. Eu devia ter feito isso? Não parecia algo agradável.

Ele olhou para mim, me avaliando enquanto continuava com metade do corpo em cima do meu. Uma das suas pernas estava enfiada entre as minhas e eu não fazia ideia de quando aquilo tinha acontecido.

— Você já foi beijada antes?

Meu rosto ardeu. Ah, Deuses, será que era tão óbvio assim?

— Já!

Ele repuxou o canto dos lábios.

— Você sempre mente?

— Não! — menti de imediato.

— Mentirosa — murmurou ele, com um tom de voz quase provocante.

O constrangimento inundou o meu organismo, sufocando o prazer trêmulo, como se eu tivesse ficado encharcada por uma chuva fria de inverno. Empurrei o seu peito nu.

— Você devia sair de cima de mim.

— Eu estava planejando fazer isso.

O modo como ele disse aquilo me fez estreitar os olhos.

Hawke riu e foi... foi a primeira vez que eu o vi fazer isso. Toda vez que o via no Salão, ele estava sempre quieto e impassível como a maioria dos guardas, e eu só tinha visto aquele seu sorrisinho enquanto ele treinava. Mas nunca uma risada. E com a angústia que eu sabia que pairava sob a superfície, não estava tão certa assim de que ele fosse capaz de rir.

Mas ele tinha rido agora, e o som parecia genuíno, profundo e agradável, ressoando através de mim até chegar na ponta dos meus pés. Eu demorei a me dar conta de que nunca o tinha ouvido falar tanto. Ele tinha um leve sotaque, uma cadência quase musical na voz. Não fui capaz de distinguir de onde, mas só estive na capital, e era raro que as pessoas falassem comigo ou perto de mim quando sabiam que eu estava presente. Até onde eu sabia, aquele sotaque poderia ser bastante comum.

— Você realmente devia se mexer — eu disse a ele, apesar de gostar do seu peso.

— Estou bastante confortável aqui — retrucou ele.

— Bem, mas eu não.

— Não vai me dizer quem você é, Princesa?

— Princesa? — repeti. Não havia nem princesas nem príncipes em todo o reino além do Senhor das Trevas, que se autointitulava assim. Não desde os tempos em que Atlântia governava.

— Você é bastante exigente. — Ele encolheu os ombros. — Imagino que uma princesa seja exigente.

— Não sou nada exigente — afirmei. — Saia de cima de mim.

Ele arqueou a sobrancelha.

— É mesmo?

— Pedir para você se mexer não é ser exigente.

— Vamos ter que discordar nisso. — Ele fez uma pausa. — Princesa.

Meus lábios contraíram-se com a ironia daquilo, mas consegui reprimir o sorriso.

— Você não devia me chamar assim.

— Então como devo chamá-la? Que tal me dizer o seu nome?

— Eu... eu não sou ninguém — disse a ele.

— Ninguém? Que nome estranho. É comum que as meninas com esse nome usem as roupas dos outros?

— Eu não sou uma menina — retruquei.

— Certamente espero que não. — Ele fez uma pausa, repuxando os cantos dos lábios para baixo. — Quantos anos você tem?

— O suficiente para estar aqui, se é com isso que você está preocupado.

— Em outras palavras, idade suficiente para se disfarçar, permitindo que alguém acredite que você é outra pessoa e depois a beije...

— Sei aonde você quer chegar — eu o interrompi. — Sim, eu tenho idade suficiente para todas essas coisas.

Ele arqueou uma sobrancelha.

— Vou lhe dizer quem sou, embora tenha a sensação de que você já sabe. Meu nome é Hawke Flynn.

— Oi — eu o cumprimentei, me sentindo tola por fazer isso.

A covinha em sua bochecha direita se aprofundou.

— Essa é a parte em que você me diz o seu nome.

Nem os meus lábios nem a minha língua se moveram.

— Então vou ter que continuar chamando você de Princesa. — Os olhos dele estavam muito mais calorosos agora, e eu queria ver se a sua dor havia diminuído, mas consegui resistir ao impulso. Achei que talvez a dor dele tivesse desaparecido. Se fosse o caso... — O mínimo que você pode fazer é me contar por que não me impediu — acrescentou ele antes que eu cedesse à curiosidade e aguçasse os meus sentidos.

Eu não fazia a menor ideia de como responder àquilo, já que nem eu mesma entendia o motivo.

Ele repuxou o canto da boca.

— Tenho certeza de que não foi só por causa da minha beleza encantadora.

Franzi o nariz.

— É óbvio que não.

Ele deixou escapar outra risada curta e surpresa.

— Acho que você acabou de me insultar.

Estremeci, estarrecida.

— Não foi o que eu quis dizer...

— Você feriu os meus sentimentos, Princesa.

— Duvido muito disso. Você deve ser bastante consciente da sua própria aparência.

— Sou mesmo. Minha aparência levou muitas pessoas a fazerem escolhas questionáveis na vida.

— Então por que você disse que foi insultado? — perguntei, antes de me dar conta de que ele estava me provocando e me sentindo uma tola por não ter percebido logo. Empurrei o peito dele outra vez. — Você continua deitado em cima de mim.

— Eu sei.

Respirei fundo.

— É muito rude da sua parte continuar fazendo isso quando deixei explícito que gostaria que você saísse daqui.

— É muito rude da sua parte invadir o meu quarto vestida como...

— Como a sua amante?

Ele arqueou a sobrancelha.

— Eu não a chamaria assim.

— Como você a chamaria?

Hawke pareceu refletir sobre isso enquanto continuava com metade do corpo esparramado sobre o meu.

— Uma... boa amiga.

Parte de mim ficou aliviada por ele não ter se referido a ela de modo depreciativo, como já ouvi outros homens fazerem quando falavam sobre mulheres com quem tinham intimidade, mas uma boa amiga?

— Não sabia que amigos se comportavam dessa maneira.

— Aposto que você não sabe muito sobre esse tipo de coisa.

Era difícil de ignorar a verdade daquela afirmação.

— E você aposta tudo isso só por causa de um beijo?

— Só um beijo? Princesa, você pode aprender uma infinidade de coisas a partir de um único beijo.

Ao olhar para ele, eu não pude deixar de me sentir... muito inexperiente. A única coisa que eu era capaz de dizer a partir do seu beijo foi o que ele me fez sentir. Como se estivesse tentando me possuir.

— Por que você não me impediu? — O olhar dele baixou da máscara até o lugar onde percebi que a capa havia se aberto, expondo o vestido fino e o decote bastante ousado. Sinceramente, não sei o que eu tinha na cabeça quando vesti aquela roupa. Parecia até que eu estava, inconscientemente, me preparando para... alguma coisa. Senti um nó no estômago. Era mais provável que o vestido fosse uma falsa bravata.

O olhar de Hawke encontrou o meu.

— Acho que estou começando a compreender.

— Isso quer dizer que você vai se levantar para que eu possa me mexer?

Por que você não fez com que ele se levantasse?, sussurrou aquela voz idiota, mas muito sensata e lógica. Era uma boa pergunta. Eu sabia como usar o peso de um homem contra ele. Além disso, eu estava com a minha adaga e tinha livre acesso a ela. Mas não a tinha sacado nem tentado me afastar dele. O que aquilo significava? Eu... eu acho que me sentia segura. Pelo menos, por enquanto. Podia até não saber muito a respeito de Hawke, mas ele não era um estranho ou, pelo menos, não é o que me parecia, e eu não tinha medo dele.

Hawke sacudiu a cabeça.

— Tenho uma teoria.

— Mal posso esperar para ouvi-la.

Aquela covinha em sua bochecha direita apareceu mais uma vez.

— Acho que você veio até este quarto com um objetivo em mente.

Ele estava certo sobre aquilo, mas eu duvidava que Hawke soubesse o verdadeiro motivo.

— Foi por isso que você não falou nada ou tentou corrigir a minha suposição sobre quem era. Talvez a escolha da capa que pegou emprestada também tenha sido muito bem calculada — continuou ele. — Você veio até aqui porque quer algo de mim.

Comecei a negar o que ele sugeriu, mas nenhuma palavra saiu da minha boca. O silêncio não era uma negativa nem uma concordância, mas senti o estômago embrulhado mais uma vez.

Ele se mexeu ligeiramente, pousando a mão sobre a minha bochecha direita, com os dedos espalmados.

— Estou certo, Princesa?

Com o coração batendo descompassado, eu tentei engolir, mas minha garganta estava seca.

— Pode ser... pode ser que eu tenha vindo aqui para... para conversar.

— Conversar? — Ele arqueou as sobrancelhas. — Sobre o quê?

— Um monte de coisas — respondi.

A expressão em seu rosto se suavizou.

— Como o quê?

Minha mente ficou repentinamente vazia por vários segundos e então soltei a primeira coisa que me veio à cabeça.

— Por que você decidiu trabalhar na Colina?

— Você veio até aqui esta noite para me perguntar isso?

Nada em seu tom de voz ou olhar indicava que ele tinha acreditado em mim, mas assenti enquanto acrescentava que aquele era mais um exemplo de como eu era péssima em puxar papo com as pessoas.

Ele ficou calado e depois respondeu:

— Pela mesma razão que a maioria.

— E qual é? — perguntei, muito embora conhecesse grande parte dos motivos.

— O meu pai era agricultor, e aquela não era a vida que eu queria para mim. Não há muitas oportunidades disponíveis além de ingressar no Exército Real e proteger a Colina, Princesa.

— Você tem razão.

Ele estreitou os olhos quando a surpresa cintilou em seu rosto.

— O que você quer dizer com isso?

— Quero dizer que não existem muitas oportunidades de os filhos se tornarem algo diferente do que seus pais foram.

— Você quer dizer que não há muitas chances de as crianças melhorarem de vida, de se saírem melhor do que aqueles que vieram antes?

Assenti com a cabeça o melhor que pude.

— A... a ordem natural das coisas não permite isso. O filho de um agricultor se torna um agricultor ou então...

— Ele decide se tornar um guarda, arrisca a vida por um salário estável e provavelmente não viverá tempo suficiente para desfrutar dele? — completou. — Não parece exatamente uma opção, não é?

— Não — admiti, mas eu já tinha pensado sobre aquilo. Havia outros empregos que Hawke poderia ter buscado, tais como comerciante e caçador, mas esses também tinham os seus riscos, pois exigiam a saída frequente da Colina. Só não eram tão perigosos quanto entrar para o Exército Real e ser Guarda da Colina. Será que a fonte de sua angústia era algo que ele testemunhou enquanto guarda? — Pode até não haver muitas opções, mas eu ainda acho... Não, eu sei que se juntar à guarda exige um certo nível de força e coragem inatas.

— Você acha isso de todos os guardas? Que eles são corajosos?

— Acho, sim.

— Nem todos os guardas são homens bons, Princesa.

Estreitei os olhos.

— Eu sei disso. Bravura e força não são equivalentes a bondade.

— Nisso nós dois concordamos. — Ele baixou o olhar para a minha boca e senti o peito inexplicavelmente apertado.

— Você disse que seu pai era um agricultor. Ele está... ele já foi se encontrar com os Deuses?

Algo surgiu em seu rosto, mas desapareceu rápido demais para que eu pudesse decifrar.

— Não. Ele está vivo e bem de saúde. E o seu?

Balancei a cabeça em negativa.

— O meu pai... o meu pai e a minha mãe já se foram.

— Lamento ouvir isso — disse ele, e parecia sincero. — A perda de um dos pais ou de um membro da família permanece por muito tempo depois que eles partem. A dor diminui, mas nunca termina. Anos depois você ainda se pega pensando que faria qualquer coisa para tê-los de volta.

Ele tinha razão, e eu achei que talvez aquela fosse a fonte da dor que Hawke sentia.

— Parece que você está falando por experiência própria.

— Estou.

Pensei em Finley. Será que Hawke o conhecia bem? A maioria dos guardas era próxima, desenvolvendo uma ligação mais importante que um laço de sangue, mas, mesmo que ele não conhecesse Finley, certamente havia outros que Hawke conhecia que já haviam morrido.

— Sinto muito — disse. — Sinto muito por quem você perdeu. A morte é...

A morte é constante.

E eu já tinha visto muitas mortes. Não deveria, protegida como eu era, mas via a morte com bastante frequência.

Ele inclinou a cabeça, espalhando um feixe de mechas escuras sobre a testa.

— A morte é como uma velha amiga que faz uma visita: às vezes, surge quando menos se espera, e outras, quando você está esperando por ela. Não é a primeira nem a última vez que a morte faz uma visita, mas ela não deixa de ser dura e implacável.

A tristeza ameaçou se firmar no meu peito, suprimindo o calor.

— É verdade.

Ele abaixou a cabeça de repente, aproximando os lábios dos meus.

— Duvido que a necessidade de conversa a tenha trazido até este quarto. Você não veio aqui para falar sobre coisas tristes a respeito das quais nada podemos fazer, Princesa.

Eu sabia por que tinha ido ao Pérola Vermelha esta noite e Hawke estava certo outra vez. Não foi para conversar. Foi para viver. Para experimentar. Para escolher. Para ser outra pessoa, e não quem eu era. Nada disso incluía conversar.

Mas eu tinha dado o meu primeiro beijo. Poderia parar por aí ou poderia ser uma noite de muitas estreias, todas por minha própria escolha.

Será que eu estava...? Será que eu estava mesmo considerando aquilo, fosse lá o que fosse? Deuses, eu estava. Pequenos tremores sacudiram o meu corpo. Será que ele podia senti-los? Os tremores se amontoaram no meu estômago, formando pequenos nós de expectativa e medo.

Eu era a Donzela. A Escolhida. Minhas convicções prévias sobre o que dizia respeito aos Deuses enfraqueceram. Será que eles me considerariam indigna? O pânico não me dominou como deveria. Em vez disso, uma centelha de esperança surgiu, e aquilo me perturbou mais do que qualquer coisa. O pequeno vislumbre de esperança me parecia traidor e absolutamente preocupante, já que ser considerada indigna resultava na mais grave das consequências.

Se eu fosse considerada indigna, enfrentaria a morte certa.

Seria exilada do reino.

Capítulo 3

Até onde eu sabia, houve apenas uma pessoa considerada indigna durante a Ascensão. Seu nome havia sido apagado da história, assim como qualquer informação sobre quem era e o que fez para ser exilada. Ela fora proibida de viver entre os mortais e, sem família, apoio ou proteção, enfrentou a morte certa. Até mesmo as aldeias e os agricultores, com suas Colinas e guardas em menor proporção, tinham taxas de mortalidade surpreendentes.

Embora a minha Ascensão fosse diferente das outras, eu ainda poderia ser considerada indigna e imaginava que minha punição seria tão grave quanto qualquer outra, mas não tinha condições de lidar com aquilo.

Não.

Isso era mentira.

Eu não *queria* lidar com aquilo. Eu deveria, mas não queria sair do quarto. Não queria impedir Hawke. Eu já tinha me decidido, mesmo que não entendesse por que ele ainda estava ali comigo.

Umedecendo o lábio inferior com a língua, eu me senti tonta e até um pouco fraca, e nunca me sentia *fraca*. Aqueles cílios incrivelmente volumosos baixaram, e o olhar dele estava tão atento à minha boca que parecia uma carícia. Estremeci.

Os olhos dele pareciam ainda mais brilhantes do que antes, enquanto traçava o contorno da minha máscara com o dedo até chegar onde a fita de cetim desaparecia sob os meus cabelos.

— Posso tirar isso?

Incapaz de falar, fiz que não com a cabeça.

Hawke parou por um momento e então aquele sorrisinho apareceu — dessa vez, sem covinhas. Ele afastou o dedo da máscara e em seguida o deslizou ao longo do meu maxilar até a garganta, onde a capa estava presa.

— E isto aqui?

Assenti.

Com dedos habilidosos, ele afastou a capa e então deslizou a ponta do dedo ao longo do decote, seguindo o movimento irregular do meu peito. Uma profusão de sensações acompanhou seu dedo, tantas que eu não conseguia dar conta de todas.

— O que você quer de mim? — perguntou ele, brincando com o pequeno laço entre os meus seios. — Diga-me, e eu farei o que você quiser.

— Por quê? — perguntei. — Por que você... faria isso? Você nem me conhece e pensou que eu fosse outra pessoa.

Um lampejo de divertimento passou pelos traços marcantes de seu rosto.

— Não tenho nada para fazer agora e fiquei intrigado.

Arqueei as sobrancelhas.

— Isso porque não tem nada para fazer agora?

— Você prefere que eu declame uma poesia sobre como estou encantado com a sua beleza, muito embora só consiga ver metade do seu rosto? Que, aliás, pelo que posso perceber, é bastante agradável. Ou que eu diga que estou cativado pelos seus olhos? Eles têm um belo tom de verde, ao que me parece.

Comecei a franzir a testa.

— Bem, não. Não quero que você minta.

— Nada disso foi mentira. — Ele puxou o laço enquanto abaixava a cabeça, roçando os lábios nos meus. O toque suave despertou uma onda de sensações pelo meu corpo. — Eu disse a verdade, Princesa. Estou intrigado com você, e não é comum alguém me intrigar.

— E daí?

— E daí — repetiu ele com uma risada, conforme os seus lábios deslizavam ao longo do meu maxilar — que você mudou a minha noite. Eu tinha planejado voltar aos meus aposentos. Quem sabe ter uma boa e tediosa noite de sono. Mas suspeito que esta noite será tudo menos tediosa se eu a passar com você.

Respirei fundo, estranhamente lisonjeada, e ainda assim confusa com suas motivações. Gostaria que alguém estivesse ali para que eu pudesse perguntar, mas mesmo se houvesse alguém, aquilo seria estranho — e constrangedor.

As duas taças ao lado do divã surgiram em minha mente.

— Você... você estava com alguém aqui antes de mim?

Ele ergueu a cabeça e me encarou.

— Essa é uma pergunta aleatória.

— Há duas taças ao lado do divã — expliquei.

— Além de aleatória, é uma pergunta muito *pessoal*, feita por alguém que sequer sei o nome.

Senti minhas bochechas arderem. Ele tinha razão.

Hawke ficou calado por tanto tempo que a dúvida se infiltrou em minha mente. Talvez eu não devesse me importar se ele estava com outra pessoa naquela noite, mas eu me importava, e se isso significava alguma coisa, era que aquilo era um erro. Eu estava fora de mim. Não sabia nada sobre ele, sobre o que estava...

— Eu estava com alguém — respondeu ele, e a decepção aumentou. — Uma pessoa que não é nada parecida com a dona dessa capa. Uma pessoa que eu não vejo há um bom tempo. Estávamos conversando sobre a vida, em particular.

O desalento diminuiu e eu decidi que ele devia estar dizendo a verdade. Hawke não precisava mentir para ficar comigo quando poderia ter qualquer uma das várias garotas ansiosas para deixá-lo *intrigado*.

— Então, Princesa, vai me dizer o que quer que eu faça?

Puxei o ar descompassadamente outra vez.

— Qualquer coisa?

— Qualquer coisa. — Em seguida, ele levou a mão até o meu seio, mantendo-a ali enquanto deslizava o polegar.

Era um toque leve, mas eu ofeguei quando raios de prazer passaram por mim. Meu corpo reagiu por conta própria, arqueando sob o seu toque.

— Estou esperando — disse ele, deslizando o polegar mais uma vez e dispersando os meus pensamentos já desconexos. — Diga-me do que você gosta para que eu possa fazer com que você adore.

— Eu... — Mordi o lábio. — Eu não sei.

O olhar de Hawke voou de encontro ao meu, e passou tanto tempo que comecei a me perguntar se tinha dito a coisa errada.

— Vou lhe dizer o que eu quero. — Seu polegar se moveu em círculos lentos e apertados sobre uma parte muito sensível. — Quero que você tire a máscara.

— Eu... — Uma excitação aguda e pulsante percorreu o meu corpo, seguida de perto por um assombro inebriante. O que eu senti... Eu nunca tinha sentido nada parecido antes. Uma sensação intensa e doce, como um tipo diferente de angústia. — Por quê?

— Porque eu quero vê-la.

— Você está me vendo.

— Não, Princesa — disse ele, abaixando a cabeça até que os seus lábios roçassem o decote do meu vestido. — Eu quero vê-la de verdade quando fizer isso sem o vestido entre você e a minha boca.

Antes que eu pudesse perguntar o que ele queria dizer, senti o deslizar úmido e quente da sua língua através do vestido fino de seda. Arfei, chocada com o gesto e com a onda de calor líquido que isso provocou, mas então ele ergueu o olhar para mim conforme a sua boca se fechava sobre o bico do meu seio. Ele chupou com intensidade e por bastante tempo, e o suspiro se transformou em um grito que certamente me deixaria envergonhada mais tarde.

— Tire a máscara. — Ele ergueu a cabeça enquanto deslizava a mão sobre os meus quadris. — Por favor.

Ele não me reconheceria se eu a tirasse. Hawke nunca saberia quem eu sou com ou sem a máscara, mas...

Se eu tirasse a cobertura facial, será que ele diria o que o Duque costumava dizer? Que eu era tanto uma obra-prima como uma tragédia? E quando ele sentisse as faixas irregulares de pele ao longo do meu estômago e das minhas coxas, será que afastaria a mão com nojo?

Senti a pele esfriar.

Eu não tinha pensado bem nisso.

De modo algum.

O calor maravilhoso e estimulante diminuiu. Hawke não era um Ascendido, mas se parecia com eles, quase impecável. Eu nunca tinha sentido vergonha das cicatrizes antes. Não quando eram a prova do horror a que eu havia sobrevivido. Mas e se ele...

Hawke deslizou a mão pela minha coxa direita até o lugar onde o vestido se abria e parou, bem acima do punho da adaga.

— O que...?

Antes que eu pudesse tomar fôlego, ele desembainhou a lâmina, quase tocando uma das cicatrizes. Eu me sentei na cama, mas ele foi mais rápido, recuando para trás.

A luz das velas cintilava na lâmina vermelha.

— Pedra de sangue e osso de lupino.

— Devolva isso — exigi, me ajoelhando na cama.

Ele tirou os olhos da adaga e me encarou.

— É uma arma sem igual.

— Eu sei. — Meu cabelo caiu para a frente, sobre os meus ombros.

— Do tipo que não é nada barata — continuou ele. — Por que você anda com isso por aí, Princesa?

— Foi um presente. — O que era verdade. — E eu não sou tola o bastante para vir a um lugar deste desarmada.

Ele olhou para mim por um momento e depois estudou a adaga outra vez.

— Carregar uma arma e não fazer a menor ideia de como usá-la não te faz sábia.

A irritação ganhou vida com a mesma intensidade do desejo que ele tinha provocado em mim alguns momentos antes.

— O que faz você pensar que eu não sei como usá-la? Só porque eu sou mulher?

— Você não pode se surpreender por eu ter ficado chocado. Aprender a manejar uma adaga não é exatamente comum para as mulheres em Solis.

— Você tem razão, mas eu sei usá-la. — E tinha mesmo. Não era socialmente apropriado que as mulheres soubessem manejar uma arma ou fossem capazes de se defender, algo que sempre me incomodava. Se a minha mãe soubesse se defender, talvez ainda estivesse viva. — Mas eu sei.

Ele repuxou o canto direito da boca.

— Agora estou realmente intrigado.

Hawke se moveu incrivelmente rápido, enfiando a lâmina da adaga na cama. Arfei, imaginando o que os donos do Pérola Vermelha pensariam a respeito, mas então ele atacou. Ele me deitou novamente sobre o colchão, me cobrindo com o seu peso mais uma vez e pressionando o corpo contra o meu de um modo que fez com que todas as partes interessantes se encontrassem. Hawke alinhou a boca com a minha.

Um punho bateu na porta, silenciando o que ele estava prestes a perguntar.

— Hawke? — soou uma voz masculina. — Você está aí?

Ele se retesou em cima de mim, com o hálito quente contra os meus lábios enquanto fechava os olhos.

— É Kieran. — O homem disse um nome que eu não reconheci.

— Como se eu já não soubesse disso — murmurou Hawke baixinho e deixei escapar uma risadinha. Ele abriu os olhos e aquele sorrisinho surgiu em seu rosto.

— Hawke? — Kieran bateu mais uma vez na porta.

— Acho que você devia atender — sussurrei.

— Droga — praguejou ele. Olhando por cima do ombro, ele gritou:

— Estou bem ocupado no momento!

— Lamento ouvir isso — respondeu Kieran conforme Hawke voltava a atenção para mim. Ele bateu na porta novamente. — Mas a interrupção é inevitável.

— A única coisa inevitável que vejo é a sua mão quebrada se você bater nessa porta mais uma vez — advertiu Hawke, e eu arregalei os olhos. — O que foi, Princesa? — Ele baixou o tom de voz. — Eu disse que estava mesmo intrigado.

— Então eu devo arriscar ter a mão quebrada — respondeu Kieran.

Um grunhido de frustração retumbou do fundo da garganta de Hawke, um som estranhamente animalesco. Arrepios tomaram conta da minha pele.

— O... emissário chegou — acrescentou Kieran através da porta.

Uma sombra perpassou pelo rosto de Hawke. Seus lábios se moveram como se ele estivesse murmurando alguma coisa, mas o som foi muito baixo para que eu que pudesse ouvir.

Um calafrio afugentou um pouco do calor.

— Um... emissário?

Ele assentiu.

— Os suprimentos que estávamos esperando — explicou ele. — Eu tenho que ir.

Assenti em concordância, compreendendo que ele tinha que ir embora enquanto puxava a barra da capa presa entre nós dois.

Por um longo momento, Hawke não se moveu, mas então se afastou de mim e se pôs de pé. Ele berrou para Kieran enquanto pegava a túnica do chão. Puxei a adaga esquecida do colchão, embainhando-a rapidamente, enquanto ele vestia a túnica por cima da cabeça e ajustava um boldrié sobre os ombros, prendendo o cinto na cintura. Havia duas bainhas de cada lado para as armas — armas que eu nem tinha reparado que existiam até aquele momento.

Ele pegou duas espadas curtas no baú perto da porta, e eu pensei que talvez devesse ficar mais atenta ao que me cercava da próxima vez que invadisse um quarto.

As lâminas eram afiadas de um modo cruel e letal, destinadas ao combate corpo a corpo, e cada lado era serrilhado e projetado para cortar carne e músculo.

Eu também sabia como usá-las, mas guardei a informação para mim mesma.

— Voltarei assim que puder. — Ele embainhou as espadas na lateral do corpo. — Eu prometo.

Assenti mais uma vez.

Hawke olhou para mim.

— Diga que você vai esperar por mim, Princesa.

Meu coração deu um salto dentro do peito.

— Sim, eu vou.

Virando-se, ele caminhou até a porta e em seguida parou e me encarou.

— Estou ansioso para voltar.

Eu não disse nada quando ele saiu do quarto abrindo a porta apenas o suficiente para que pudesse passar. Quando a porta se fechou atrás dele, soltei o fôlego que estava segurando e olhei para a frente do meu vestido. A área acima dos meus seios ainda estava úmida, o tecido branco, quase transparente. Senti as bochechas corarem conforme me levantava da cama, com os joelhos surpreendentemente bambos.

Encarei a porta e fechei os olhos, sem saber se estava desapontada ou aliviada pela interrupção. Para ser sincera, era uma mistura de ambas as coisas, pois eu tinha mentido para Hawke.

Eu não estaria mais ali quando ele voltasse.

*

— O que você fez ontem à noite?

A pergunta levou minha atenção do biscoito que eu devorava para a dama de companhia sentada à minha frente.

Tawny Lyon era a segunda filha de um comerciante bem-sucedido, entregue à Corte Real aos treze anos, durante o Ritual. Alta e atlética, com a pele negra e lindos olhos castanhos, ela era absolutamente invejável. Algumas das damas e cavalheiros de companhia recebiam tarefas além da preparação para ingressar na Corte após a Ascensão, e, já que tínhamos a mesma idade, ela havia sido designada como minha acompanhante logo após seu Ritual. Seus deveres variavam desde me fazer companhia até me ajudar com o banho ou me vestir, se eu precisasse.

Tawny era uma das poucas pessoas que me faziam rir das coisas mais bobas. Na verdade, ela era uma das poucas pessoas que tinham permissão para falar comigo. Era o mais próximo do que eu poderia chamar de amizade, e eu me importava demais com ela.

Eu acreditava que ela também se importava comigo, ou pelo menos gostava de mim, mas Tawny era obrigada a ficar comigo, a menos que eu a dispensasse pelo resto do dia. Se ela não tivesse recebido a tarefa de ser minha acompanhante, nós nunca teríamos falado uma com a outra. Não por ela em si, mas porque ela seria como todos os outros, ou proibida de socializar comigo ou desconfiada da minha presença.

Saber disso pesava no meu peito como mais um pedaço de gelo, mas, muito embora entendesse que a nossa amizade era baseada no dever, eu confiava nela.

Pelo menos até certo ponto.

Ela sabia que eu recebia treinamento, mas não que eu ajudava Vikter de vez em quando e nem tinha ciência dos meus dons. Guardava essas coisas só para mim, pois compartilhar essas informações colocaria outras pessoas, ou até mesmo ela, em perigo.

— Eu fiquei aqui. — Limpando as migalhas amanteigadas dos dedos, gesticulei para o aposento bastante esparso. Estávamos na pequena antessala que dava para o meu quarto. Havia apenas duas cadeiras perto da lareira, um armário, um baú, uma cama, uma mesinha de cabeceira e um pesado tapete de pele sob os nossos pés. Outros aposentos tinham mais... regalias mundanas. Tawny tinha uma linda espreguiçadeira no quarto e revestimento de pelúcia no assoalho, e eu sabia que algumas das outras damas e cavalheiros de companhia tinham penteadeiras ou escrivaninhas, paredes cobertas de estantes de livros e até eletricidade.

Ao longo dos anos, aqueles itens foram retirados dos meus aposentos por conta de uma infração ou outra.

— Você não estava no seu quarto — disse Tawny. Um coque simples tentava, sem sucesso, manter a massa de cachos castanhos e dourados afastados do rosto dela. Várias mechas haviam escapado e se ajeitavam ao redor das suas bochechas. — Eu vim procurá-la logo depois da meia-noite, mas você não estava aqui.

Meu coração pulou no peito. Será que tinha acontecido alguma coisa para que o Duque ou a Duquesa mandassem Tawny me buscar? Nesse caso, Tawny não poderia mentir, mas imaginei que, se isso tivesse acontecido, eu já saberia.

Já teria sido convocada para o escritório pessoal do Duque.

— Por que você veio me procurar? — perguntei.

— Achei que tivesse ouvido a sua porta abrindo e fechando, então decidi investigar, mas não havia ninguém aqui. — Ela fez uma pausa. — Ninguém. Nem você.

Era impossível que ela tivesse me ouvido voltar. Eu tinha usado a entrada antiga dos empregados e, embora aquela porta rangesse tanto quanto um saco de ossos, seu quarto ficava do outro lado de onde estava a minha cama. Aquela porta era uma das razões pelas quais eu nunca tinha pedido para ser transferida para a parte mais nova e reformada da fortaleza. Por ali, eu podia acessar quase qualquer parte do castelo e ir e vir sem ser notada.

Compensava em muito a falta de eletricidade e a corrente de ar frio que sempre parecia entrar pelas janelas, por mais ensolarado que o dia estivesse.

Senti as mãos úmidas conforme olhava para a porta fechada que dava para o corredor. Será que havia alguém à minha procura? Bem, eu já saberia disso a essa altura, de modo que era provável que Tawny tivesse imaginado que ouviu alguma coisa.

Conhecendo Tawny tão bem, sabia que ela não deixaria aquilo passar em branco se eu não dissesse algo.

— Não estava conseguindo dormir ontem à noite.

— Pesadelos?

Assenti com a cabeça, me sentindo um pouco culpada pela simpatia que surgiu nos olhos dela.

— Você tem tido muitos pesadelos ultimamente. — Ela se recostou na cadeira. — Tem certeza de que não quer experimentar um dos tônicos para dormir que o Curandeiro fez para você?

— Tenho. Não gosto da ideia de...

— Perder completamente os sentidos? — concluiu ela por mim. — Não é tão ruim assim, Poppy. Você dormiria profundamente e, para ser sincera, você dorme tão pouco que acho que seria bom pelo menos tentar.

A simples ideia de tomar algo que me faria dormir um sono tão profundo a ponto de um exército precisar marchar pelo meu quarto para me acordar me fazia suar frio. Eu ficaria completamente indefesa, e isso era algo que nunca deixaria acontecer.

— Então, o que foi que você fez? — Uma pausa. — Ou, melhor dizendo, aonde você foi? — Ela estreitou os olhos enquanto eu ficava absorta pelo ornamento delicado do guardanapo. — Você deu uma escapadela, não foi?

Naquele momento, Tawny provou que me conhecia tão bem quanto eu a conhecia.

— Não sei por que você pensaria algo desse tipo.

— Porque você nunca fez isso antes? — Tawny riu quando olhei para ela. — Vamos lá, me conte o que você fez. Tenho certeza de que é mais emocionante do que o que eu estava fazendo, ou seja, ouvindo a Senhora Cambria tagarelar sobre como o comportamento daquela dama ou daquele cavalheiro de companhia era inapropriado. Fingi estar com uma forte dor de estômago só para poder sair de lá.

Dei uma risada, pois sabia que Tawny era capaz de fazer aquele tipo de coisa.

— As Senhoras são muito difíceis de lidar.

— Você está sendo gentil demais — observou ela.

Sorrindo, peguei a xícara de café com creme. As Senhoras eram as empregadas da Duquesa que a ajudavam a administrar a casa, mas também se encarregavam das damas de companhia. A Senhora Cambria era um demônio que assustava até mesmo a mim.

— Eu dei uma escapadela, sim — admiti.

— Aonde você foi sem mim?

— Acho que você vai ficar chateada quando souber.

— É bem capaz.

Olhei para ela de relance.

— Ao Pérola Vermelha.

Ela arregalou os olhos até que ficassem do tamanho dos pires dispostos no carrinho de chá.

— Você está falando sério?

Assenti.

— Eu não acredito... — Ela pareceu respirar fundo. — Como?

— Peguei emprestada a capa de uma das empregadas e usei aquela máscara que encontrei.

— Sua... sua ladrazinha safada.

— Devolvi a capa hoje de manhã, então acho que você não pode me chamar de ladra.

— Quem se importa se você devolveu? — Ela inclinou o corpo para a frente. — Como foi lá?

— Interessante — respondi, e quando ela pediu mais detalhes, eu contei o que tinha visto. Tawny ficou encantada, prestando atenção a cada palavra que eu dizia como se estivesse compartilhando com ela o próprio ritual que completava a Ascensão.

— Não acredito que não me levou com você. — Ela recuou na cadeira com um beicinho, mas logo deu um salto para a frente outra vez. — Viu alguém conhecido? Loren diz que vai lá quase todas as noites.

Loren, outra dama de companhia, fala demais.

— Eu não a vi, mas... — Parei de falar, sem saber ao certo se deveria contar a ela a respeito de Hawke.

Eu saí de lá não mais do que dez minutos depois de Hawke, aliviada por descobrir que Vikter também não estava em lugar algum. Nem a estranha mulher que sabia mais do que devia. Eu tinha feito tudo ao meu alcance para não pensar no que havia acontecido naquele quarto com ele.

O que significava que tinha falhado no instante em que voltei para a cama. Fiquei deitada ali até que a exaustão tomasse conta do meu corpo, revivendo tudo o que ele tinha me dito... tudo o que ele tinha feito. Acordei com a mais estranha frustração, uma dor no peito e na barriga.

— Mas o quê? — perguntou ela.

Eu queria contar a ela. Deuses, como eu queria compartilhar com alguém o que tinha acontecido com Hawke. Eu tinha uma centena de perguntas na ponta da língua, mas a noite passada foi diferente. Eu havia cruzado uma fronteira importante e, embora não sentisse que havia me corrompido ou feito algo realmente errado, sabia que meus tutores não concordariam comigo. Nem os Sacerdotes e Sacerdotisas. Ir ao Pérola Vermelha era uma coisa. Entregar-me de algum modo a outra pessoa era completamente diferente. Aquele conhecimento podia se tornar uma arma contra mim.

Eu confiava em Tawny, mas, como disse antes, apenas até certo ponto.

E muito embora só de pensar em Hawke o meu estômago se revirasse até me causar náusea, aquilo era algo que jamais aconteceria outra vez. Quando eu o visse durante as sessões do Conselho da Cidade, ele não saberia que tinha sido a mim quem chamara de *Princesa*. Ele não faria a menor ideia de que havia me dado o meu primeiro beijo.

O que havíamos feito... pertencia apenas a mim.

E tinha que continuar assim.

Soltei o ar lentamente, ignorando o súbito nó que arranhava a minha garganta.

— Mas havia muitas pessoas de máscara. Ela podia muito bem estar lá e eu nem ficaria sabendo. Qualquer um poderia estar lá.

— Se você for ao Pérola Vermelha sem mim outra vez, vou fazer buracos na sola dos seus sapatos — advertiu ela, brincando com as contas brancas que pontilhavam o decote do seu vestido cor-de-rosa.

Deixei escapar uma risada de choque.

— Uau.

Ela riu.

— Para ser sincera, ainda bem que você não foi comigo. — Quando ela franziu a testa, eu acrescentei rapidamente: — Eu não devia mesmo ter ido lá.

— Sim, é proibido ir ao Pérola Vermelha, e aposto que é tão proibido quanto receber treinamento para manejar uma adaga ou espada como se fosse um Guarda da Colina.

Aquilo era algo que eu não tinha sido capaz de esconder de Tawny, e ela nunca tinha contado a mais ninguém, uma das razões pelas quais eu sabia que podia confiar nela para a maioria das coisas.

— Sim, mas...

— Assim como quando você escapou para ver um ringue de luta. Ou quando me convenceu a tomar banho no lago...

— Essa ideia foi sua — corrigi. A disposição de Tawny para me ajudar a fazer coisas proibidas era a outra razão pela qual ela detinha quase toda a minha confiança. — E também foi sua a ideia de nadar sem roupas.

— E quem toma banho vestido? — perguntou ela, arregalando os olhos de modo inocente. — E foi uma ideia nossa, muito obrigada. Acho que devíamos fazer isso novamente em breve, antes que esfrie demais para sair. Mas eu podia passar a manhã inteira listando as coisas que você fez que foram proibidas pelo Duque e pela Duquesa, ou que não são permitidas para a Donzela e, até agora, nada de mais aconteceu. Os Deuses não apareceram nem a consideraram indigna.

— Isso é verdade — reconheci, enquanto alisava um vinco na saia do meu vestido.

— De fato é. — Ela pegou uma tortinha redonda e farinhenta e colocou na boca. De algum modo, ela conseguiu não derramar nem um grão de açúcar. Por outro lado, se eu apenas respirasse na direção daquelas tortas, acabaria com uma fina camada de pó branco em lugares que não faziam o menor sentido. — Então, quando vamos voltar lá?

— Eu... acho que não devia fazer isso.

— Você não quer?

Abri a boca e em seguida a fechei, tentando não cair na toca do coelho. O problema era que eu queria voltar.

Quando eu estava deitada na cama sem pensar de modo obsessivo sobre o tempo que passei com Hawke, revivendo o desejo e a excitação profundos que o seu beijo havia provocado em mim, fiquei imaginando se ele voltara como tinha prometido, e se eu tinha feito a coisa certa ao ir embora.

É óbvio que tinha sido a coisa certa sob o ponto de vista dos meus tutores e dos Deuses, mas e quanto a mim? Será que eu deveria ter ficado lá e experimentado uma infinidade de sensações antes que não houvesse mais nenhuma chance?

Ergui o olhar para as janelas que davam vista para a parte oeste da Colina. O único movimento era das silhuetas escuras dos guardas que patrulhavam a borda da muralha. Será que

Hawke estava ali? Por que eu sequer estava me perguntando isso?

Porque uma grande parte de mim queria ter ficado, e eu sabia que levaria muito tempo antes que parasse de imaginar o que teria acontecido se tivesse esperado por ele. Será que ele teria feito tudo o que eu quisesse?

Eu nem sabia o que aquilo implicaria. Tinha uma vaga ideia. Tinha imaginação. Tinha as histórias das outras pessoas sobre as suas experiências, mas elas não eram minhas. Eram apenas cópias débeis e rasas da realidade.

Mas eu sabia que, se voltasse, seria na esperança de que ele estivesse lá. Era por isso que eu não deveria voltar.

Ao olhar para o armário aberto, a primeira coisa que vi foi o véu branco com delicadas correntes de ouro, e um fardo recaiu sobre mim. Eu já conseguia sentir seu peso substancial, embora o material fosse feito da seda mais fina e leve. Quando o véu cobriu a minha cabeça pela primeira vez aos oito anos de idade, entrei em pânico, mas depois de dez anos eu já deveria ter me acostumado com ele.

Embora eu não sentisse mais incômodo para respirar ou enxergar através dele, o véu ainda me parecia um fardo.

Pendurada ao seu lado estava a única peça colorida do meu guarda-roupa, um toque de vermelho em meio a um mar de branco. Era um vestido cerimonial feito sob medida para o próximo Ritual. O vestido havia chegado na manhã anterior e eu ainda não o havia experimentado. Seria a primeira vez que eu teria permissão de participar — e permissão para usar algo que não fosse branco e de ser vista sem o véu. Claro, eu estaria de máscara, como todo mundo.

A única razão pela qual me permitiram participar daquele Ritual, quando todos os outros foram proibidos, era porque seria o último Ritual antes da minha Ascensão.

Qualquer entusiasmo que eu sentisse a respeito do Ritual era suprimido pelo fato de que seria o último.

Tawny se levantou e foi até uma das janelas.

— A névoa não vem há um bom tempo.

Tawny tinha o hábito de pular de um assunto para o outro, mas aquela mudança foi chocante.

— O que fez você pensar nisso?

— Não sei. — Ela enfiou um cacho solto atrás da orelha. — Na verdade, sei sim. Ouvi Dafina e Loren conversando ontem à noite — disse ela. — Elas disseram ter ouvido um dos Caçadores contar que a névoa estava se formando além da Floresta Sangrenta.

— Eu não sabia disso. — Senti um embrulho no estômago quando me lembrei de Finley e desejei não ter comido tantas fatias de bacon.

— Acho que eu não devia ter mencionado isso. — Ela se virou da janela. — É só que... faz décadas desde a última vez que a névoa se aproximou da capital. Não é algo com que tenhamos de nos preocupar.

Não importava onde estivéssemos, a névoa sempre seria motivo de preocupação. Só porque ela não havia se aproximado em décadas não queria dizer que não chegaria nunca, mas eu não disse isso.

Ela se afastou da janela, voltando para a mesa e se ajoelhando perto de mim.

— Posso ser sincera com você?

Arqueei as sobrancelhas.

— E você não é sempre sincera?

— Bem, sim, mas isso... é diferente.

Mais do que curiosa para saber o que Tawny estava pensando, eu assenti para que ela seguisse em frente.

Ela respirou fundo.

— Sei que as nossas vidas são diferentes, assim como o nosso passado e o nosso futuro, mas você trata a Ascensão como se ela pudesse muito bem significar a sua morte, quando é exatamente o contrário. É a vida. Um novo começo. Uma bênção...

— Você está começando a falar como a Duquesa — eu provoquei Tawny.

— Mas é verdade. — Ela estendeu a mão e apertou a minha. — Você não vai morrer daqui a alguns meses, Poppy. Vai estar viva e não mais sujeita a essas regras. Além de estar na capital.

— Eu serei entregue aos Deuses — eu a corrigi.

— E isso não é incrível? Você vai ter uma experiência que poucas pessoas têm. Eu sei... sei que você tem medo de não voltar, mas você é a Donzela favorita da Rainha.

— Eu sou a única Donzela.

Ela revirou os olhos.

— Você sabe que não é por isso.

Eu sabia.

A Rainha havia feito mais por mim do que era exigido, mas isso não mudava o fato de que a minha Ascensão não seria nada parecida com a dela.

— E quando você voltar, Ascendida, eu estarei ao seu lado. Pense só nas travessuras que vamos aprontar. — Tawny apertou a minha mão e percebi que ela acreditava mesmo naquilo.

E podia até acontecer.

Mas não era uma certeza. Eu não fazia a menor ideia do que realmente significava ser entregue aos Deuses. Embora cada detalhe da história do reino parecesse estar documentado, havia algumas coisas que não foram descritas. Eu nunca consegui encontrar nada sobre as Donzelas anteriores e tinha perguntado à Sacerdotisa Analia uma centena de vezes o que significava ser entregue aos Deuses, mas a resposta era sempre a mesma.

Uma Donzela não questiona os desígnios dos Deuses. Ela tem fé neles, mesmo sem esse conhecimento.

Talvez eu não fosse mesmo digna de ser uma Donzela, pois achava difícil ter fé em qualquer coisa sem o devido conhecimento.

Mas Tawny tinha. Assim como Vikter e Rylan, e literalmente todo mundo que eu conhecia. Até mesmo Ian.

No entanto, nenhum deles havia sido entregue aos Deuses.

Estudei os olhos de Tawny, procurando pelo menor sinal de medo.

— Você não está com medo, está?

— Da Ascensão? — Ela se levantou, juntando os dedos à frente do corpo. — Nervosa? Sim. Receosa? Não. Estou animada para começar um novo capítulo.

Começar uma vida própria em que ela pudesse acordar e comer quando quisesse, passar os dias como preferisse e com quem desejasse, em vez de ser sempre a minha sombra.

É óbvio que ela não estava com medo. E embora eu não me sentisse assim, nunca havia levado em consideração o que aquilo significava para ela.

Na maior parte do tempo, Tawny estava sempre mais do que disposta a participar de qualquer aventura que eu inventasse, e muitas vezes ela mesma sugeria alguma. Mas se os Deuses a estivessem observando, ainda mais tão perto da Ascensão, eles poderiam considerá-la indigna por participar. Não era a primeira vez que eu pensava nisso, mas ainda não tinha me dado conta com tanta nitidez que a minha atitude em relação à Ascensão pudesse arruinar a empolgação dela.

A culpa veio à tona com um gosto amargo na minha garganta.

— Eu sou tão egoísta.

Tawny pestanejou, atordoada.

— Por que você acha isso?

— Eu devo ter estragado o seu entusiasmo com toda a minha melancolia — disse a ela. — Não tinha me dado conta do quanto você devia estar animada.

— Bem, quando você coloca as coisas dessa maneira — disse ela e em seguida deu uma risada suave e calorosa. — É sério, Poppy, você não tem o que temer. Os seus sentimentos a respeito da Ascensão não afetaram o modo como me sinto.

— Fico aliviada por saber disso, mas ainda acho que devia ficar mais animada por sua causa. É o que... — Respirei fundo. — É o que os amigos fazem.

— Você ficou animada por minha causa? Feliz? — perguntou ela. — Mesmo que esteja preocupada consigo mesma?

Assenti.

— É óbvio que fiquei.

— Então você está fazendo o que uma amiga faz.

Talvez aquilo fosse verdade, mas prometi a mim mesma que seria uma amiga melhor e não arriscaria mais a Ascensão de Tawny ao envolvê-la nas minhas aventuras. Eu poderia viver com as terríveis consequências de ser considerada indigna, pois era a minha vida e as minhas ações, mas não faria isso com Tawny.

Eu não poderia viver com aquilo.

*

Depois de jantar no meu quarto mais tarde naquela noite, Vikter bateu na minha porta. Quando olhei para o rosto dele, bronzeado e fustigado pela vida na Colina e por anos de sol, não pensei sobre onde ele estava na noite passada nem no constrangimento que advinha desse conhecimento. Vi a sua expressão e logo soube que tinha acontecido alguma coisa.

— O que aconteceu? — perguntei num sussurro.

— Fomos convocados — respondeu ele, e o meu coração disparou dentro do peito. Havia apenas duas razões pelas quais nós seríamos convocados. Uma seria por causa do Duque e a outra seria igualmente terrível, mas por razões muito diferentes. — Há um amaldiçoado.

Capítulo 4

Sem desperdiçar nem um segundo, saímos do meu quarto e do Castelo pela antiga entrada usada pelos empregados. Em seguida, andamos como fantasmas pela cidade até nos depararmos com uma porta velha e craquelada.

O lenço branco pregado logo abaixo da maçaneta era a única razão pela qual a casa na Ala Inferior da Masadônia se distinguia das casas estreitas e atarracadas amontoadas uma em cima da outra.

Depois de olhar por cima do ombro para onde dois Guardas da Cidade conversavam sob o brilho amarelo de um poste, Vikter rapidamente arrancou o lenço da porta e o enfiou dentro do bolso da capa escura. O pequeno pano branco era o símbolo da rede de pessoas que acreditavam que a morte, não importava o quão violenta ou destrutiva, merecia dignidade.

Também era uma prova de alta traição e deslealdade à Coroa.

Descobri por acidente no que Vikter estava metido quando tinha quinze anos. Ele tinha saído às pressas de uma das nossas sessões de treinamento certa manhã e, sentindo que havia algo de errado com base na dor mental que o mensageiro emanava, eu o segui.

É claro que Vikter não ficou nem um pouco satisfeito. O que ele estava fazendo era considerado um ato de traição, e ser pego não era o único perigo. No entanto, eu sempre tinha ficado incomodada pela maneira como aquelas coisas eram tratadas. Exigi que ele me deixasse ajudar. Ele disse que não — deve ter repetido isso uma centena de vezes —, mas eu fui implacável e, além disso, era particularmente bem equipada para auxiliar em tais assuntos. Vikter sabia o que eu era capaz de fazer, e a sua empatia pelas outras pessoas se uniu ao meu desejo de ajudar.

Fazíamos aquilo havia cerca de três anos agora.

Nós não éramos os únicos. Havia outros. Alguns eram guardas. Outros eram cidadãos. Nunca conheci nenhum deles. Até onde eu sabia, Hawke poderia ser um de nós.

Senti um embrulho no estômago antes de tirar qualquer pensamento sobre Hawke da minha cabeça.

Vikter bateu baixinho na porta com os nós dos dedos e em seguida levou a mão enluvada até o punho da espada. Alguns segundos depois, as dobradiças estalaram quando a velha porta encarquilhada abriu com um rangido, revelando o rosto pálido e redondo e os olhos vermelhos e inchados de uma mulher. Ela devia ter quase trinta anos, mas a ruga tensa no meio da testa e os vincos ao redor da sua boca a faziam parecer décadas mais velha. A causa da sua aparência desgastada tinha a ver com um tipo de dor mais profunda que a física e vinha do cheiro que emanava da casa logo atrás dela. Sob a fumaça densa e desagradável do incenso terroso, havia aquele inconfundível aroma azedo e enjoativamente doce de putrefação e decomposição.

De uma maldição.

— Você precisa de ajuda? — perguntou Vikter em voz baixa.

A mulher brincou com o botão da sua blusa amassada, desviando o olhar cansado de Vikter para mim.

Aguceì os sentidos em sua direção. Uma dor profunda irradiava dela em ondas que eu não conseguia enxergar, mas era tão pesada que quase se tornava uma entidade tangível ao seu redor. Eu podia *sentir* a dor passando pela minha capa e roupas e arranhando a minha pele como unhas enferrujadas e gélidas. Ela parecia uma pessoa à beira da morte, mas sem que tivesse sofrido uma única lesão ou doença, tamanha a intensidade da sua dor.

Lutando contra o impulso de me afastar dali, estremeci dentro da capa pesada. Meu instinto exigia que eu mantivesse a distância entre nós, que me afastasse o máximo possível. A dor dela forjava correntes de ferro ao redor dos meus tornozelos, me prendendo ali com o seu peso conforme se apertava em volta do meu pescoço. A emoção obstruiu a minha garganta, com gosto de... de algo como desespero amargo e desamparo pungente.

Acalmei os meus sentidos, mas tinha me aberto para ela por tempo demais. Já estava sintonizada com a sua angústia.

— Quem é essa aí? — perguntou ela, com a voz rouca pelas lágrimas que eu sabia que tinham deixado seus olhos inchados.

— Alguém que pode ajudá-la — respondeu Vikter de um jeito que eu conhecia muito bem. Ele usava aquele tom de voz calmo toda vez que eu estava prestes a agir de forma impensada e totalmente imprudente, o que, segundo Vikter, acontecia com bastante frequência. — Por favor, deixe-nos entrar.

Com os dedos imóveis no botão logo abaixo da garganta, ela assentiu bruscamente e então deu um passo para trás. Segui Vikter para dentro da casa, examinando o cômodo penumbroso que era uma mistura de cozinha e sala de estar. Não havia eletricidade na casa, somente lâmpadas a óleo e velas grossas e cerosas. Aquilo não era nenhuma surpresa, muito embora a eletricidade fosse fornecida à região da Ala Inferior para iluminar as ruas e algumas lojas. Apenas os ricos possuíam luz dentro de casa, e eles não são encontrados na Ala Inferior. Moravam mais perto do centro da Masadônia, próximo do Castelo Teerman e o mais longe possível da Colina.

Mas aqui a Colina se destacava.

Respirando fundo, tentei não me concentrar em como a dor da mulher pintava as paredes e o chão com uma escuridão densa. Sua dor se acumulara ali, entre as quinquilharias e pratos de barro, mantas acolchoadas com barras puídas e móveis desgastados. Apertando as mãos debaixo da capa, respirei fundo mais uma vez e olhei em volta.

Havia uma lanterna em cima de uma mesa de madeira, ao lado de vários incensos acesos. Ao redor da lareira de tijolos havia várias cadeiras. Fixei a atenção na porta fechada do outro lado da lareira. Inclinei a cabeça encapuzada enquanto estreitava os olhos para enxergar melhor. Sobre a cornija, mais perto da porta, avistei a ponta estreita de uma lâmina bordô sob a luz fraca.

Uma pedra de sangue.

A mulher estava pronta para cuidar daquilo sozinha, mas, do jeito que ela se sentia, seria desastroso.

— Qual é o seu nome? — perguntou Vikter, estendendo a mão para abaixar o capuz. Ele sempre fazia isso. Mostrava o rosto para confortar os familiares e amigos, para deixá-los à vontade. Uma mecha de cabelos loiros caiu sobre a sua testa quando ele se virou para a mulher.

Eu não revelei o meu rosto.

— A-Agnes — respondeu ela, engolindo com dificuldade. — Eu... eu ouvi falar a respeito do lenço branco, mas... não tinha certeza se alguém viria. Fiquei me perguntando se era alguma espécie de mito ou truque.

— Não é nenhum truque. — Vikter podia ser um dos guardas mais letais de toda a cidade, se não do reino, mas eu sabia que, quando Agnes viu os seus olhos azuis, tudo o que enxergou foi bondade. — Quem está doente?

Agnes engoliu em seco mais uma vez, enrugando a pele ao redor dos olhos como se os tivesse fechado.

— Meu marido, Marlowe. Ele é um caçador a serviço da Colina e... e ele voltou para casa dois dias atrás... — Ela prendeu a respiração e então soltou o ar pesadamente. — Ele estava viajando havia meses. Fiquei tão feliz em revê-lo. Sentia muito a sua falta e, a cada dia que se passava, eu temia que ele tivesse morrido na estrada. Mas ele voltou.

Meu coração ficou apertado. Pensei em Finley. Será que ele era um caçador e fazia parte do grupo de Marlowe?

— Ele parecia um pouco desanimado no começo, mas isso não era incomum. Seu trabalho é exaustivo — continuou ela. — Mas ele começou... ele começou a mostrar sinais naquela mesma noite.

— Na mesma noite? — Uma pequena nota de alarme se infiltrou na voz de Vikter, e arregalei os olhos de consternação. — E você esperou até agora?

— Nós esperávamos que fosse outra coisa. Um resfriado ou uma gripe. — Ela voltou a tocar os botões. A linha estava começando a aparecer ao longo dos discos de madeira. — Eu... eu não sabia até a noite passada que era algo a mais. Ele não queria que eu soubesse. Marlowe é um bom homem, sabe? Não estava tentando esconder nada. Ele planejava tomar conta disso sozinho, mas...

— Mas a maldição não permitiria — Vikter concluiu por ela, e a mulher assentiu.

Olhei de volta para a porta. A maldição progredia de maneira diferente em cada caso. Às vezes se apoderava de uma pessoa em questão de horas, enquanto em outras podia levar um ou dois dias. Mas eu não conhecia nenhum caso que ultrapassasse três. Era uma questão de tempo antes que ele sucumbisse, possivelmente horas... ou minutos.

— Está tudo bem — assegurou Vikter. Só que não estava. — Onde ele está agora?

Levando a outra mão à boca, ela apontou com o queixo na direção da porta fechada. A manga da sua blusa estava manchada com alguma substância escura.

— Ele ainda é o mesmo. — Suas palavras saíram abafadas. — Ele... ele ainda está ali. É assim que quer se encontrar com os Deuses. Como ele mesmo.

— Tem mais alguém aqui?

Ela fez que não com a cabeça, deixando escapar outra respiração entrecortada.

— Você já se despediu? — perguntei.

A mulher estremeceu ao ouvir o som da minha voz, arregalando os olhos. Minha capa era um pouco disforme, então imaginei que ela tivesse ficado surpresa ao se dar conta de que eu era mulher. Uma mulher seria a última coisa que se esperava em situações como aquela.

— É você — sussurrou ela.

Fiquei paralisada.

Mas não Vikter. Pelo canto do olho, eu o vi pousar a mão no punho da espada.

Agnes se moveu de repente, e Vikter se preparou para desembainhar a arma, mas antes que ele ou eu pudéssemos reagir, ela caiu de joelhos diante de mim. Curvando a cabeça, a mulher cruzou as mãos sob o queixo.

Arregalei os olhos sob o capuz enquanto voltava o olhar lentamente para Vikter.

Ele arqueou uma sobrancelha.

— Já ouvi falar sobre você — sussurrou ela, sacudindo o corpo em movimentos curtos e bruscos. Meu coração deve ter parado de bater. — Dizem que você é a filha dos Deuses.

Pisquei os olhos repetidamente enquanto pequenos arrepios cobriam a minha pele. Meus pais eram de carne e osso. Eu definitivamente não era a filha dos Deuses, mas sabia que muitas pessoas de Solis viam a Donzela desse modo.

— Quem disse isso? — perguntou Vikter, me lançando um olhar que dizia que nós conversaríamos sobre aquilo depois.

Agnes ergueu as faces manchadas de lágrimas, sacudindo a cabeça.

— Eu não quero causar problemas a ninguém. Por favor. Ninguém falou nada para espalhar boatos ou maldades. É só que... — Ela parou de falar e olhou para mim. Sua voz virou quase um sussurro. — Dizem que você tem o *dom*.

Alguém definitivamente estava falando demais. Um calafrio sutil percorreu a minha espinha, mas eu o ignorei quando a dor da mulher pulsou e então explodiu.

— Eu não sou ninguém importante.

Vikter puxou o ar ruidosamente.

— Agnes. Por favor. — Sob a capa, tirei as luvas e as guardei no bolso. Deslizei minha mão pela abertura das dobras pesadas, oferecendo-a à mulher enquanto olhava de relance para Vikter.

Ele estreitou os olhos na minha direção.

Eu ia *escutar* muito sobre isso mais tarde, mas, fosse lá qual fosse o sermão que seria obrigada a ouvir, valeria a pena.

Agnes olhou para a minha mão e lentamente ergueu o braço e colocou sua palma sobre a minha. Enquanto ela se levantava, fechei os dedos ao redor da sua mão fria e pensei na areia dourada e cintilante que cercava o Mar de Stroud, e em calor e risos. Vi os meus pais, com as feições não mais distintas, mas perdidas pelo tempo, borradas e indefinidas. Senti a brisa quente e úmida nos cabelos e a areia sob os meus pés.

Era a última lembrança feliz que tinha deles.

O braço de Agnes tremeu quando ela respirou fundo de repente.

— O quê...? — Ela parou de falar, relaxando a boca conforme os seus ombros caíam. A angústia sufocante se retraiu, desmoronando sobre si mesma como um castelo de cartas em um vendaval. Seus cílios umedecidos piscaram rapidamente e um rubor surgiu em suas bochechas.

Soltei a mão dela no instante em que a sala pareceu mais... aberta e leve, mais fresca. Ainda havia uma pontada aguda de dor pelas sombras, mas agora era mais fácil para ela lidar com aquilo.

E para mim também.

— Eu não... — Agnes colocou a mão no peito, sacudindo a cabeça levemente. Franziu a testa assim que olhou para a mão direita. Quase hesitante, ela voltou o olhar na minha direção. — Sinto que consigo respirar de novo. — O entendimento surgiu em seu rosto, seguido de perto pelo brilho de assombro em seus olhos. — O *dom*.

Enfiei a mão de volta sob a capa, consciente da tensão que crescia dentro de mim.

Agnes estremeceu. Por um momento, fiquei com medo que a mulher se prostrasse aos meus pés outra vez, mas ela não o fez.

— Obrigada. Muito obrigada. Meus Deuses, obrigada...

— Não há nada para agradecer — eu a interrompi. — Você já se despediu? — perguntei mais uma vez. O tempo estava escapando por entre os nossos dedos, tempo que não tínhamos de sobra.

As lágrimas brilhavam em seu rosto quando ela assentiu, mas o pesar não a dominou como antes. O que eu tinha feito não duraria muito tempo. A dor ressurgiria. Com sorte, até lá ela já estaria em condições de lidar com o luto. Caso contrário, a dor sempre persistiria, como um fantasma que assombraria todos os momentos felizes da sua vida, até que se tornasse tudo o que ela conhecia.

— Vamos vê-lo agora — anunciou Vikter. — Seria melhor se você ficasse aqui fora.

Fechando os olhos, Agnes assentiu.

Vikter tocou o meu braço quando se virou, e eu o segui. Meu olhar recaiu sobre o sofá mais próximo da lareira assim que Vikter chegou à porta. Havia uma boneca de pelúcia de cabeça flexível, com os cabelos loiros feitos de lã, parcialmente escondida atrás da almofada fina. Pequenos arrepios irromperam pela minha pele enquanto uma inquietação se agitava na boca do meu estômago.

— Você poderia...? — perguntou Agnes. — Você poderia facilitar a passagem dele?

— Certamente — respondi, me virando na direção de Vikter Pousei a mão em suas costas e esperei que ele abaixasse a cabeça Mantive o tom de voz baixo enquanto dizia: — Há uma criança aqui.

Vikter parou com a mão na porta e eu inclinei a cabeça na direção do sofá. Ele baixou os olhos para o lugar que indiquei. Eu não conseguia sentir as pessoas, apenas sua dor assim que as via. Se houvesse uma criança ali, ela devia estar escondida, e muito provavelmente não fazia ideia do que estava acontecendo.

Mas então por que Agnes não tinha dito que havia uma criança ali?

A inquietação cresceu dentro de mim e o pior cenário veio à minha mente.

— Vou lidar com isso. Você cuida *daquilo.*

Vikter hesitou, os olhos azuis cautelosos encarando a porta.

— Posso cuidar de mim mesma. — Lembrei a Vikter do que ele já sabia. Era só por causa dele que eu era capaz de me defender sozinha.

Ele deixou escapar um suspiro pesado enquanto murmurava:

— Não quer dizer que você sempre tenha que fazer isso. — Apesar disso, ele recuou e olhou para Agnes. — Seria demais pedir algo quente para beber?

— Ah, não. É óbvio que não — respondeu Agnes. — Eu posso fazer um chá ou café.

— Será que você teria um chocolate quente? — perguntou Vikter, e eu sorri. Embora aquilo fosse algo que uma mãe poderia ter à disposição e pudesse ser encarado como Vikter procurando mais provas da existência de uma criança, a bebida também era a sua maior fraqueza.

— Tenho, sim. — Agnes pigarreou e ouvi o som de uma despensa se abrindo.

Vikter assentiu para mim, e eu dei um passo a frente, pousando a mão sobre a madeira e abrindo a porta.

Se eu não estivesse preparada para o cheiro demasiado doce e azedo, o fedor teria me derrubado. Uma ânsia de vômito ameaçou tomar conta de mim conforme os meus olhos se adaptavam ao quarto à luz de velas. Eu só teria que... não respirar com tanta frequência.

Parecia ser um bom plano.

Examinei o quarto com uma olhadela. Exceto pela cama, por um armário alto e por duas mesinhas de cabeceira de aparência precária, o quarto estava vazio. Mais incenso queimava ali, mas era incapaz de conter o cheiro. Voltei a atenção para a cama e para a silhueta que jazia impossivelmente imóvel no meio dela. Entrei no cômodo, fechei a porta atrás de mim e comecei a avançar, levando a mão direita para dentro da capa até a minha coxa. Fechei os dedos ao redor do punho sempre frio da adaga enquanto me concentrava no homem. Ou no que restava dele.

Ele era jovem, pelo que pude ver, com cabelos castanho-claros e ombros largos e trêmulos. Sua pele havia assumido uma palidez acinzentada e seu rosto estava encovado como se ele não se alimentasse bem há semanas. Sombras escuras brotavam sob as pálpebras que se contraíam a cada dois segundos. A cor dos seus lábios estava mais para azul do que rosada. Respirei fundo e agucei os sentidos outra vez.

Ele estava com muita dor, tanto física quanto emocional. Não era igual à de Agnes, mas não deixava de ser intensa ou opressiva. Ali, a angústia não dava espaço para a luz e era mais que sufocante. Estrangulava e arranhava a garganta com o entendimento de que não havia como escapar daquilo.

Um tremor percorreu o meu corpo quando me forcei a sentar ao lado dele. Desembainhei a adaga e a mantive oculta sob a capa enquanto erguia a mão esquerda e puxava o lençol para baixo com cuidado. Seu peito estava nu, e os arrepios aumentaram quando o ar frio do quarto atingiu a pele muito pálida. Baixei os olhos até o seu estômago oco.

Vi o ferimento que ele havia escondido da esposa.

Havia quatro rasgos irregulares na pele acima do quadril direito. Dois, lado a lado, cerca de três centímetros acima de mais dois ferimentos idênticos.

Ele fora mordido.

Alguém que não tivesse conhecimento poderia pensar que algum tipo de animal selvagem o tinha pego, mas aquela ferida não fora provocada por um animal. Ela purgava sangue e algo mais escuro, oleoso. Linhas tênues e azul-avermelhadas irradiavam da mordida, se espalhando por seu ventre e desaparecendo debaixo do lençol.

Um gemido devastado me fez erguer o olhar. Ele entreabriu os lábios, revelando como estava perto de um destino pior do que a morte. Suas gengivas sangravam, manchando os dentes.

Dentes que já estavam se transformando.

Dois na arcada de cima e mais dois na arcada de baixo — os caninos — já haviam se alongado. Olhei para a mão dele, pousada ao lado da minha perna. Suas unhas também haviam crescido, se tornando mais animalescas que humanas. Dali a uma hora, tanto os dentes quanto as unhas endureceriam e afiariam. Seriam capazes de rasgar e mastigar pele e músculos.

Ele se tornaria um *deles*.

Um Voraz.

Impulsionado por uma fome insaciável de sangue, ele mataria todos ao redor. E se alguém sobrevivesse ao ataque, acabaria se tornando igual a ele.

Bem, nem todo mundo.

Eu não tinha me tornado.

Mas ele estava se transformando naquilo que existia fora das muralhas da Colina e que vivia no meio da névoa espessa e sobrenatural — a maldade com que o Reino de Atlântia havia amaldiçoado aquelas terras. Cerca de quatrocentos anos após o término da Guerra dos Dois Reis, eles ainda eram uma praga.

Os Vorazes eram uma criação dos Atlantes, o produto do seu beijo venenoso, que agia como uma infecção, transformando adultos e crianças inocentes em criaturas famintas, cujo corpo e mente se deturpavam e deterioravam com a fome incessante.

Muito embora a maioria dos Atlantes tenha sido caçada até a extinção, muitos ainda existiam, e só bastava um Atlante vivo para criar uma dúzia de Vorazes, se não mais. Eles não eram completamente irracionais. Podiam ser controlados, mas somente pelo Senhor das Trevas.

E aquele pobre homem tinha sido atacado e conseguira fugir, mas devia saber o que a mordida significava. Desde o nascimento, todos nós sabíamos. Fazia parte da história sangrenta do reino. Ele foi amaldiçoado e não havia mais nada a ser feito. Será que voltou para se despedir da esposa? De uma criança? Será que ele achou que seria diferente? Que seria abençoado pelos Deuses?

Escolhido?

Não importava.

Suspirei e troquei o lençol, deixando a parte superior do seu peito descoberta. Tentando não respirar fundo, pousei a palma da mão em sua pele. Sua carne parecia... errada, como couro frio. Eu me concentrei nas praias da capital e nas deslumbrantes águas azuis do Stroud. Lembrei-me das nuvens, tão cheias e fofas. Como elas transmitiam paz. E pensei no Jardim da Rainha, nos arredores do Castelo Teerman, onde podia simplesmente ser eu mesma e não pensar nem sentir nada, onde tudo, incluindo a minha própria mente, se aquietava.

Pensei no calor que aqueles breves momentos com Hawke haviam trazido à tona.

Os arrepios de Marlowe desapareceram e os espasmos em seus olhos fechados diminuíram de intensidade. A pele enrugada nos cantos dos olhos se suavizou.

— Marlowe? — chamei, ignorando a dor incômoda que começava a brotar atrás dos meus olhos. Uma dor de cabeça estava a caminho. Ela sempre vinha quando eu aguçava os sentidos repetidamente ou usava o meu dom.

O peito debaixo da minha mão subiu profundamente e os cílios grudados tremeram. Ele abriu os olhos e eu fiquei tensa. Eram azuis. Predominantemente azuis. Havia raios vermelhos irradiando das íris. Logo não restaria mais azul, somente a cor do sangue.

Ele entreabriu os lábios ressecados.

— Você é... você é Rhain? Veio me levar até o meu fim?

Ele achou que eu fosse o Deus do Povo e dos Términos, um deus da morte.

— Não. Não sou. — Sabendo que a sua dor seria aliviada por tempo suficiente para que aquilo fosse finalizado, ergui a mão esquerda e fiz a única coisa que era expressamente proibida de fazer. Não apenas pelo Duque e pela Duquesa da Masadônia ou pela Rainha, mas também pelos Deuses. Fiz o que Hawke tinha me pedido em relação à máscara e eu havia recusado. Abaixei o capuz e tirei a máscara branca de dominó que usava caso a minha capa escorregasse e revelei o meu rosto.

Imaginei, ou pelo menos esperei, que os Deuses fizessem uma exceção naqueles casos.

Ele deslizou o olhar carmesim sobre as minhas feições, começando pelas mechas de cabelos cor de cobre queimado na minha testa e seguindo para o lado direito do meu rosto, e então para o esquerdo. Ele se demorou ali, sobre a evidência do que as garras de um Voraz eram capazes de fazer. Fiquei imaginando se ele estava pensando a mesma coisa que o Duque sempre pensava.

É uma pena.

Aquelas três palavras pareciam ser as favoritas do Duque. Assim como *Você me decepcionou.*

— Quem é você? — perguntou ele, com a voz rouca.

— Meu nome é Penellaphe, mas meu irmão e alguns poucos me chamam de Poppy.

— Poppy como de papoula? — perguntou ele com um sussurro.

Assenti.

— É um apelido estranho, mas a minha mãe costumava me chamar assim. Pegou.

Marlowe piscou os olhos lentamente.

— O que…? — Os cantos da boca dele racharam, e das novas feridas escorreram sangue e escuridão. — O que você está fazendo aqui?

Forçando um sorriso, apertei o punho da adaga e fiz outra coisa que poderia fazer com que eu fosse arrastada até o Templo, mas ainda não havia acontecido, pois aquela não era a primeira vez que eu me revelava a um moribundo.

— Eu sou a Donzela.

Seu peito subiu com uma inspiração aguda e ele fechou os olhos. Um tremor percorreu o corpo do homem.

— Você é a Escolhida: *nascida no manto dos Deuses, protegida mesmo dentro do útero, velada desde o nascimento.*

Aquela era eu.

— Você... você está aqui por minha causa. — Ele abriu os olhos e notei que o vermelho havia se espalhado até que restasse somente um vestígio de azul. — Vai... me dar dignidade.

Confirmei.

Uma pessoa amaldiçoada pela mordida de um Voraz não morria deitada em sua cama de maneira calma e pacífica. Não recebia essa gentileza ou simpatia. Em vez disso, normalmente era arrastada até a praça da cidade e queimada viva na frente de uma turba de cidadãos. Não importava que a maioria tivesse sido amaldiçoada enquanto protegia aqueles que aplaudiam a sua morte terrível ou trabalhava na melhoria do reino.

Marlowe desviou o olhar para a porta fechada atrás de mim.

— Ela é... ela é uma boa mulher.

— Ela me disse que você é um bom homem.

Ele voltou aqueles olhos assustadores para mim.

— Não serei um... — Ele repuxou o lábio superior, exibindo um dente mortalmente afiado. — Não serei um bom homem por muito tempo.

— Não, não será.

— Eu... eu tentei fazer isso sozinho, mas...

— Tudo bem. — Lentamente, tirei a adaga de debaixo da capa. O brilho de uma vela próxima cintilou na lâmina de tom vermelho vivo.

Marlowe estudou a adaga.

— Pedra de sangue.

Antes de qualquer sinal da maldição, um mortal poderia ser morto de várias maneiras, mas, assim que houvesse sinais, somente o fogo e a pedra de sangue eram capazes de matar os amaldiçoados. Somente a pedra de sangue ou um pedaço de madeira da Floresta Sangrenta, afiado até virar uma estaca, era capaz de matar um Voraz completamente transformado.

— Eu só... eu só queria me despedir. — Ele estremeceu. — Só isso.

— Entendo — disse a ele. Muito embora desejasse que ele não tivesse voltado ali, eu não precisava concordar com as suas ações para compreendê-las. Sua dor estava começando a ressurgir, aumentando em pulsos agudos e depois diminuindo. — Você está pronto, Marlowe?

Ele olhou novamente para a porta fechada e em seguida fechou os olhos. Assentiu com a cabeça.

Com o peito pesado, e sem saber ao certo se era o meu pesar ou o dele que me oprimia, me movi ligeiramente. Havia duas maneiras de matar um Voraz ou alguém amaldiçoado, desde que você tivesse uma lâmina de pedra de sangue ou um pedaço de madeira de uma árvore da Floresta Sangrenta. Perfurar o coração ou destruir o cérebro. A primeira opção não era imediata. Podia levar alguns minutos até que ele perdesse todo o sangue e era doloroso... e caótico.

Pousei a mão esquerda na sua bochecha fria e me inclinei sobre ele.

— Eu não fui... não fui o único — sussurrou ele.

Meu coração congelou.

— O quê?

— Ridley... ele também... ele também foi mordido. — Ele deixou escapar uma respiração ofegante. — Ele queria se despedir do pai. Não... não sei se ele cuidou disso sozinho ou não.

Se aquele tal de Ridley tivesse esperado até que a maldição começasse a apresentar sinais, ele não teria conseguido fazer isso. Fosse lá o que houvesse no sangue de um Voraz — de um Atlante — desencadeava uma espécie de instinto primitivo de sobrevivência.

Meus Deuses.

— Onde o pai dele mora?

— Duas quadras acima. A terceira casa. Azul... acho que tem persianas azuis, mas Ridley... ele mora no dormitório junto com... os outros.

Meus bons Deuses, aquilo podia dar muito errado.

— Você fez a coisa certa — disse a ele, desejando que ele tivesse me contado antes. — Obrigada.

Marlowe fez uma careta e abriu os olhos novamente. Não havia mais nenhum vestígio de azul. Ele estava muito perto. Era uma questão de segundos.

— Eu não tenho...

Avancei tão rápido quanto as víboras que se escondiam nos vales que levavam aos Templos. A ponta da adaga afundou no ponto fraco na base do seu crânio. Inclinada para a frente e entre as vértebras, a lâmina penetrou profundamente, cortando o tronco cerebral.

Marlowe estremeceu.

Isso foi tudo. Ele deu o último suspiro antes mesmo de se dar conta disso. A morte foi tão instantânea quanto possível.

Arranquei a lâmina dali enquanto me levantava da cama. Os olhos de Marlowe estavam fechados. Era... era uma pequena bênção. Agnes não veria o quão perto ele estava de se transformar em um pesadelo.

— Que Rhain possa acompanhá-lo até o paraíso — sussurrei, limpando o sangue da adaga em uma toalha que havia sido colocada sobre a mesinha de cabeceira. — E que você encontre a paz eterna com aqueles que morreram antes.

Afastei-me da cama, embainhei a adaga e, em seguida, recoloquei a máscara e levantei o capuz, puxando-o sobre a cabeça.

Ridley.

Caminhei na direção da porta.

Se Ridley ainda estivesse vivo, ele devia estar a poucos minutos de se transformar. Já era noite, e se ele estivesse naquele dormitório onde os outros guardas de folga dormiam...

Estremeci.

Não importava como eles fossem bem treinados, os guardas eram tão vulneráveis quanto qualquer pessoa enquanto dormiam. Uma preocupação por um certo Guarda da Colina veio à tona, e o medo invadiu o meu peito.

Um massacre poderia estar a caminho.

Pior ainda, a maldição se espalharia, e eu sabia melhor do que ninguém com que rapidez poderia devastar uma cidade até que não restasse nada além de sangue pelas ruas.

Capítulo 5

Deixamos Agnes no quarto com a mão inerte do marido pressionada contra o peito enquanto ela afastava os cabelos do rosto dele com cuidado.

Era uma imagem da qual eu não me esqueceria por um bom tempo.

Mas não podia ficar pensando nisso agora. Fiquei sabendo por Vikter que o casal tinha uma filha, mas, felizmente, ela estava com amigos depois de saber que o pai ficou doente. Vikter não via motivo para duvidar de Agnes. Fiquei aliviada ao saber que o meu pior medo não havia se tornado realidade. Que a criança não havia sido amaldiçoada também. Uma vez que alguém fosse amaldiçoado, sua mordida passaria a maldição adiante e, mesmo que Marlowe ainda não estivesse completamente transformado, ele estaria propenso a uma fúria e sede de sangue incontroláveis desde o momento em que fora mordido.

Mas agora eu estava diante de outra diminuta casa, nas sombras do beco estreito e coberto de terra, ouvindo uma nova tragédia. No instante em que compartilhei com Vikter o que Marlowe tinha me dito, fomos direto para a casa do pai do rapaz, já que era mais perto que os dormitórios. Fiquei mais do que agradecida por não poder ver o homem, pois conseguia ouvir a comoção em sua voz conforme ele contava a Vikter o que tinha acontecido, e a minha cabeça já latejava de dor. Se eu visse o pobre pai, iria querer aliviar a sua dor de alguma maneira. O velho soube exatamente por que Vikter estava ali assim que perguntou se ele tinha visto o filho.

Ridley não tinha sido capaz de cuidar daquilo sozinho.

No entanto, o seu pai tinha.

Ele mostrou a Vikter onde havia enterrado Ridley no quintal, debaixo de uma pereira. Havia tirado a vida do filho no dia anterior.

Eu ainda estava pensando sobre isso quando Vikter e eu deixamos a Ala Inferior, usando a área densamente arborizada nos arredores da Cidadela para evitar os Guardas da Cidade. Muitos anos atrás, animais como veados e javalis eram abundantes no Bosque dos Desejos, mas depois de anos de caça, só restaram animais menores e grandes aves predadoras. O Bosque agora servia mais ou menos como uma fronteira entre os ricos e os pobres, com a fileira densa das árvores praticamente obliterando de vista as moradias apertadas da grande maioria do povo da Masadônia daqueles que viviam em casas com o triplo do tamanho daquela em que Agnes agora vivia seu luto. Uma parte do Bosque, mais próxima do centro da cidade, havia sido desmatada, criando um parque onde eram realizadas feiras e celebrações, e onde as pessoas costumavam andar a cavalo, vender mercadorias e fazer piqueniques nos dias de calor. O Bosque seguia direto para dentro dos muros internos do Castelo Teerman. Literalmente.

Poucas pessoas viajavam pelo Bosque, acreditando que o lugar fosse assombrado por qualquer um que tivesse morrido lá. Ou pelos espíritos dos guardas? Ou dos animais caçados que vagavam entre as árvores? Eu não sabia muito bem. Havia tantas versões diferentes. De qualquer maneira, aquilo funcionava para nós, pois podíamos sair facilmente do Jardim da Rainha e entrar no Bosque sem sermos vistos, desde que ficássemos de olho nos guardas de patrulha. Do Bosque, podíamos ir a qualquer lugar.

— Precisamos conversar sobre o que aconteceu naquela casa — anunciou Vikter enquanto caminhávamos pela floresta com apenas uma réstia de luar para nos guiar. — As pessoas têm comentado sobre você.

Eu sabia que aquilo estava por vir.

— E usar o seu dom lá não ajudou em nada — acrescentou ele, mantendo a voz baixa, muito embora fosse improvável que fôssemos ouvidos por qualquer coisa além de um guaxinim ou um gambá. — Você praticamente confirmou quem era.

— Se as pessoas estiverem comentando, então não disseram nada de mais — respondi. — E eu tinha que fazer alguma coisa. A dor daquela mulher era... era insuportável para ela. Ela precisava de um alívio.

— E se tornou insuportável para você também? — presumiu ele. Quando eu não disse nada, ele acrescentou: — Está com dor de cabeça?

— Não é nada — fiz pouco caso.

— Nada — rosnou ele. — Eu entendo por que você quer ajudar. E respeito isso. Mas é um risco, Poppy. Ninguém disse nada, por enquanto. Talvez as pessoas se sintam em dívida com você, mas isso pode mudar, e você precisa tomar mais cuidado.

— Eu tomo cuidado — respondi. Muito embora não pudesse ver a sua expressão, já que ele também havia coberto o rosto com o capuz, eu sabia que ele havia me lançado um olhar de descrença. Dei um sorriso fugidio. — Sei quais são os riscos.

— E está preparada para enfrentar as consequências caso o Duque descubra o que você anda fazendo? — desafiou ele.

Senti um embrulho no estômago enquanto brincava com um fio solto da minha capa.

— Estou.

Vikter xingou baixinho. Se a situação fosse outra, eu teria rido dele.

— Você é tão corajosa quanto qualquer Guarda da Colina.

Tomando aquilo como um grande elogio, eu sorri.

— Bem, obrigada.

— E tão tola quanto qualquer recruta.

Meu sorriso sumiu.

— Retiro o meu agradecimento.

— Eu jamais deveria ter permitido que você começasse a fazer isso. — Ele pegou um galho baixo, afastando-o para o lado. — Andar no meio das pessoas representa um grande risco de ser descoberta.

Curvei o corpo para passar debaixo do galho e olhei para ele.

— Você não permitiu que eu fizesse nada — lembrei a ele. — Apenas não pôde me impedir.

Ele parou, me pegou pelo braço e me virou para que eu o encarasse.

— Entendo o motivo de você querer ajudar. Não pôde fazer isso por seus pais.

Estremeci.

— Isso não tem nada a ver com eles.

— Não é verdade e você sabe disso. Você está tentando compensar o que não conseguiu fazer quando era criança. — Ele baixou tanto a voz que eu mal podia ouvi-lo por entre a brisa que agitava as folhas acima das nossas cabeças. — Mas é mais do que isso.

— E o que é?

— Acho que você quer ser pega.

— O quê? Você realmente acha isso? — Dei um passo para trás, me desvencilhando dele. — Você sabe o que o Duque faria se descobrisse.

— E sei mesmo. É improvável que eu me esqueça de uma daquelas ocasiões em que tive de ajudá-la a voltar para o seu quarto. — Sua voz ganhou um tom duro, e um calor me subiu à face.

Eu odiava isso.

Odiava como eu me sentia por algo que outra pessoa tinha feito comigo. Eu absolutamente *odiava* a imensa vergonha que ameaçava me sufocar.

— Você corre riscos demais, Poppy, mesmo sabendo que não teria de se justificar apenas para o Duque ou para a Rainha — continuou ele. — Às vezes, eu me pergunto se você não gostaria de ser considerada indigna.

A irritação inflamou dentro do meu peito, e uma parte de mim reconhecia que era porque Vikter estava desenterrando velhas mágoas e chegando muito perto de uma verdade oculta que eu não gostaria de descobrir e na qual não gostaria de me aprofundar.

— Pega ou não, os Deuses já não sabem o que faço? Não há nenhum motivo para correr mais riscos, já que nada escapa a eles.

— Não há motivo para você correr risco algum.

— Então por que você passou os últimos cinco anos me treinando? — exigi saber.

— Porque sei por que você precisa sentir que consegue se defender — retrucou ele. — Depois de tudo o que você sofreu e do que tem de suportar, entendo a necessidade de se proteger com as próprias mãos. Mas se soubesse que isso a levaria a se colocar em situações em que correria o risco de ser exposta, eu nunca a teria treinado.

— Bem, é tarde demais para mudar de opinião.

— Isso é verdade. — Ele suspirou. — E uma maneira de evitar o que acabei de dizer.

— Evitar o quê? — perguntei, fingindo ignorância.

— Você sabe muito bem do que eu estou falando.

Balançando a cabeça, eu me virei e comecei a andar.

— Eu não ajudo as pessoas porque quero que os Deuses me considerem indigna. Não ajudei Agnes porque esperava que ela contasse a alguém e a notícia se espalhasse. Ajudo porque é uma tragédia que não precisa ser agravada forçando as pessoas a assistirem aos seus entes queridos serem queimados até a morte. — Pisei sobre um galho de árvore caído, sentindo a minha dor de cabeça piorar. Mas não tinha nada a ver com o meu dom e sim com a conversa. — Desculpe por arruinar a sua teoria, mas eu não sou sádica.

— Não — disse ele atrás de mim. — Não é. Você só está com medo.

Virei o corpo bruscamente e olhei para ele de boca aberta.

— Medo?

— Da sua Ascensão. Sim. Você está com medo. Não há vergonha em admitir isso. — Ele avançou, parando na minha frente. — Pelo menos, não para mim.

Mas para os outros, como os meus tutores ou os Sacerdotes, não seria algo que eu pudesse admitir. Eles encarariam aquele medo como um sacrilégio, como se a única razão pela qual eu pudesse ter medo fosse algo horrível e não pelo fato de não fazer a menor ideia do que aconteceria comigo durante a Ascensão.

Se eu iria sobreviver.

Ou morrer.

Fechei os olhos.

— Eu entendo — repetiu Vikter. — Você não faz a menor ideia do que irá acontecer. Entendo mesmo. Mas, Poppy, não importa se você corre riscos desnecessários propositalmente, nem se está com medo ou não, o resultado final não será alterado. Tudo o que você vai conseguir é provocar a ira do Duque. Só isso.

Abri os olhos e não vi nada além de escuridão.

— Pois não importa o que você faça, não será considerada indigna — concluiu Vikter. — Você vai Ascender.

*

As palavras de Vikter me mantiveram acordada durante a maior parte da noite, e acabei faltando à nossa sessão de treinamento matinal realizada em um dos antigos aposentos da parte quase abandonada do castelo. Sem nenhuma surpresa, Vikter não bateu na porta dos empregados.

Se aquilo não fosse prova suficiente de como ele me conhecia bem, eu não sabia o que mais podia ser.

Eu não estava brava com ele. Para ser sincera, eu podia ficar irritada e chateada com ele todos os dias, mas nunca ficava brava com Vikter. Não creio que ele achasse que eu me sentia assim. Ele apenas... tinha atingido um ponto sensível na noite passada e estava ciente disso.

Eu estava com medo da minha Ascensão. Sabia disso. Vikter sabia disso. Quem não estaria? Embora Tawny acreditasse que eu voltaria como uma Ascendida, ninguém poderia saber ao certo. Ian não era como eu. Não havia regras impostas a ele quando estávamos na capital ou enquanto crescíamos aqui. Ele tinha Ascendido porque era o irmão da Donzela, da Escolhida, e porque a Rainha havia pedido uma exceção.

Então, sim, eu estava com medo.

Mas será que eu estava propositalmente quebrando regras e dançando alegremente na corda bamba na esperança de ser considerada indigna e despojada da minha posição?

Isso era... isso seria incrivelmente irracional.

Eu podia ser bastante irracional.

Como quando vi uma aranha e me comportei como se ela fosse do tamanho de um cavalo e tão calculista quanto um assassino. Aquilo foi irracional. Mas ser considerada indigna provocaria o meu exílio, e aquilo seria uma sentença de morte. Se eu tinha medo de morrer durante a Ascensão, então ser exilada não melhorava muito a minha situação.

E eu tinha medo de morrer, mas a minha desconfiança da Ascensão era mais que isso.

Não era a minha escolha.

Eu nasci para aquilo, do mesmo modo que todos os segundos filhos e filhas. Muito embora nenhum deles parecesse temer o futuro, também não haviam escolhido aquilo.

Eu não estava mentindo ou tentando encobrir um plano oculto quando ajudei Agnes ou me expus a Marlowe. Fiz aquilo porque podia — porque era a *minha* escolha. Treinei para usar uma espada e um arco porque era a *minha* escolha. Mas será que havia outro motivo por trás de me esgueirar para assistir a lutas ou nadar nua? De visitar covis de jogos ou espreitar em partes do castelo proibidas para mim e ouvir conversas que não deveria ouvir? Ou quando deixava os meus aposentos sem Vikter ou Rylan só para espionar os bailes realizados no Salão Principal e observar as pessoas no Bosque dos Desejos? E quanto ao Pérola Vermelha? Deixar que Hawke me beijasse? Me tocasse? Eu tinha feito todas aquelas coisas porque era a *minha* escolha, mas...

Mas será que também poderia ser o que Vikter tinha sugerido?

E se, no fundo, eu não estivesse apenas tentando viver e experimentar tudo o que pudesse antes da minha Ascensão? E se eu estivesse, em algum nível inconsciente, tentando garantir que a Ascensão nunca acontecesse?

Aqueles pensamentos me incomodaram ao longo do dia e, pela primeira vez, não me senti tão irrequieta no meu confinamento. Pelo menos não até que o sol começasse a se pôr. Após ter dispensado Tawny horas antes do jantar, já que não havia motivo para que ela ficasse sentada ali enquanto eu não fazia nada além de olhar sombriamente pelas janelas, finalmente fiquei irritada comigo mesma e abri a porta com um safanão.

E dei de cara com Rylan descansando do outro lado do corredor.

Estanquei de susto.

— Vai a algum lugar, Pen? — perguntou ele.

Pen.

Rylan era a única pessoa que me chamava assim. Eu gostava. Soltei a porta, que se moveu lentamente para trás, batendo no meu ombro.

— Não sei.

Ele sorriu para mim enquanto passava a mão pelos cabelos castanho-claros.

— Já está na hora, não é?

Olhando para trás pelas janelas, vi que já estava anoitecendo. Fiquei surpresa. Eu tinha perdido um dia inteiro em autorreflexão.

A Sacerdotisa Analia ficaria maravilhada se soubesse disso, mas não com os motivos. De qualquer modo, tive vontade de me dar um soco na cara.

Mas já *está* na hora. Assenti e comecei a sair...

— Acho que você está se esquecendo de alguma coisa — disse ele, batendo com o dedo no rosto barbado.

Meu véu.

Bons Deuses, eu quase tinha saído no corredor sem o véu ou o capuz. Além dos meus tutores — o Duque e a Duquesa — e de Tawny, somente Vikter e Rylan podiam me ver sem o véu. Bem, a Rainha e o Rei também podiam, assim como Ian, mas é óbvio que eles não estavam ali. Se houvesse mais alguém no corredor, era bem possível que a pessoa caísse desmaiada no chão.

— Já volto!

Ele abriu ainda mais o sorriso quando eu me virei e corri de volta para o quarto, deslizando o véu sobre a cabeça. Levei pouco mais que alguns minutos para conseguir fechar todas as correntinhas de modo que ele ficasse no lugar. Tawny era muito mais rápida do que eu nisso.

Comecei a voltar.

— Sapatos, Pen. Você devia calçar os sapatos.

Baixando os olhos para mim mesma, soltei um rosnado nada feminino.

— Deuses! Um momento.

Rylan deu uma risada.

Completamente avoada, coloquei os meus sapatos mais confortáveis, feitos apenas de cetim com uma fina sola de couro, e depois abri a porta novamente.

— Tendo um dia ruim? — cogitou Rylan conforme se juntava a mim no meu quarto.

— Tendo um dia estranho — retruquei, caminhando até a velha entrada dos empregados. — Um dia cheio de esquecimentos.

— Deve ser para você perder a hora.

Rylan tinha razão. A menos que algo estivesse acontecendo, ele e Vikter sempre estavam prontos para mim logo antes do anoitecer.

Descemos a escada estreita e empoeirada com passos ligeiros. Ela dava para uma área ao lado da cozinha e, embora usássemos a antiga entrada para evitar sermos vistos, aquilo não era completamente evitável. Aqueles que trabalhavam na cozinha pararam no meio do caminho quando Rylan e eu passamos por eles, com as roupas marrons e toucas brancas tornando-os quase indistinguíveis uns dos outros. Ouvi o ruído de uma cesta de batatas caindo no chão, seguida por uma reprimenda dura e mordaz. Pelo canto do olho, vi rostos borrados curvarem a cabeça como se estivessem em oração.

Reprimi um gemido enquanto Rylan agia como de costume e fingia que não havia nada de estranho com o comportamento deles.

Você é a filha dos Deuses.

As palavras de Agnes voltaram à minha mente. A única razão para que as pessoas achassem isso era o véu, os quadros e as várias obras de arte que representavam a imagem da Donzela.

Além das raras vezes em que me viam.

Caminhamos na direção do salão de banquetes. Dali nós podíamos entrar no vestíbulo e chegar ao Jardim da Rainha. Haveria mais pessoas por lá, mas realmente não havia outra maneira de acessá-lo de dentro do castelo que não exigisse escalar algum muro. Chegamos à metade da mesa comprida quando uma das muitas portas de cada lado se abriu atrás de nós.

— Donzela.

Uma onda de arrepios se espalhou pela minha pele em repulsa. Reconheci aquela voz e tive vontade de continuar andando — de fingir que tinha subitamente perdido a audição.

Mas Rylan havia parado de andar.

Se eu continuasse andando, aquilo não acabaria nada bem para mim.

Respirei fundo e me virei para encarar o Lorde Brandole Mazeen. Não via nele o que a maioria das pessoas via: um homem de cabelos pretos que parecia ter um pouco mais de vinte anos, bonito e alto. Eu via um valentão.

Via um homem cruel que tinha esquecido há muito tempo como era ser mortal.

Ao contrário do Duque, que parecia me desprezar sem nenhum motivo, eu sabia exatamente por que Lorde Mazeen sentia tanto prazer em me atormentar.

Ian.

E tudo resultou do motivo mais vaidoso e inconsequente possível. Um ano antes que meu irmão Ascendesse, ele havia derrotado o Lorde Mazeen em um jogo de cartas, e ele logo acusou Ian de trapaça. Eu, que nem deveria estar presente no jogo, dei uma risada. Até porque o Lorde era péssimo no pôquer.

A partir daquele momento, o Lorde tentava irritar Ian e a mim sempre que tinha uma oportunidade. Aquilo piorou ainda mais depois que Ian Ascendeu e o Lorde começou a... ajudar o Duque com as suas *lições*.

Juntando as mãos, eu não disse nem uma palavra enquanto ele caminhava na minha direção, com as pernas compridas envoltas em calças pretas. Ele usava uma camisa preta, e o tom fechado das suas roupas criava um contraste marcante com a pele pálida e os lábios da cor de frutas vermelhas e maduras. Os olhos dele...

Eu não gostava de olhar para os seus olhos. Pareciam insondáveis e vazios.

Como todos os Ascendidos, eles eram de um preto tão intenso que as pupilas não eram visíveis. Fiquei imaginando qual seria a cor dos seus olhos antes da sua Ascensão, ou se ele sequer se lembrava. O Lorde podia até parecer estar na segunda década de vida, mas eu sabia que ele havia Ascendido após a Guerra dos Dois Reis, junto com o Duque e a Duquesa. Ele tinha centenas de anos.

Lorde Mazeen deu um sorriso tenso quando eu não respondi.

— Estou surpreso por vê-la aqui.

— Ela está dando seu passeio noturno — respondeu Rylan, com um tom de voz monótono. — Como é permitido.

Ele estreitou seus olhos de obsidiana para o guarda.

— Eu não perguntei nada para você.

— Estou dando um passeio — intervim, respondendo antes que Rylan dissesse mais alguma coisa.

Aquele olhar enervante e insondável se virou para mim.

— Vai para o jardim? — Ele repuxou o canto dos lábios quando notou a minha surpresa. — Não é para lá que você sempre vai a essa hora?

Era, sim.

E era mais que desconcertante que o Lorde soubesse disso.

Assenti.

— Ela precisa ir agora — interrompeu Rylan. — Como você sabe, a Donzela não deve se demorar.

Em outras palavras, eu não tinha permissão para interagir, nem mesmo com os Ascendidos. O Lorde sabia disso.

Mas ele desconsiderou essa regra.

— A Donzela também deve ser respeitosa. Desejo falar com ela e tenho certeza de que o Duque ficaria muito desapontado em saber que ela não estava disposta a fazê-lo.

Empertiguei as costas quando uma onda de fúria tomou conta de mim tão bruscamente que *quase* peguei a adaga presa à minha coxa. A reação me chocou de certo modo. O que eu teria feito com a adaga se não tivesse parado por um momento? Será que eu o apunhalaria? Quase dei uma risada.

Mas nada disso era engraçado.

A ameaça velada de falar com o Duque foi eficaz. O Lorde nos deixou acuados, pois, ainda que eu não devesse interagir, o Duque não fazia o Lorde Mazeen seguir as mesmas regras que os outros. Se eu fosse embora, seria punida. E Rylan também. E apesar de meu castigo não ser algo que eu devesse levar na brincadeira, não seria nada comparado ao que Rylan enfrentaria.

Ele poderia ser destituído da Guarda Real, e o Duque garantiria que todos soubessem que ele havia caído em desgraça. Rylan logo ficaria sem emprego e, portanto, desonrado. Não era a mesma coisa que ser exilado, mas a sua vida se tornaria infinitamente mais difícil.

Endireitei os ombros.

— Nada me traria mais prazer do que falar com você.

Um olhar de presunção surgiu em seu belo rosto e eu tive uma vontade enorme de chutar a cara dele.

— Vamos. — Ele estendeu a mão, envolvendo os meus ombros com o braço. — Gostaria de falar com você em particular.

Rylan deu um passo à frente.

— Está tudo bem — disse a ele, embora não estivesse. Olhei para ele e tentei convencê-lo. — De verdade, está tudo bem.

Rylan retesou o maxilar enquanto encarava o Lorde, e pude notar que ele não estava nada feliz com aquilo, mas assentiu secamente.

— Estarei bem aqui.

— Estará sim — respondeu o Lorde.

Deuses.

Nem todos os Ascendidos eram como o Lorde, que brandia o seu poder e a sua posição como uma espada envenenada, mas ele não era sequer o pior exemplo.

Ele me guiou para a esquerda, quase fazendo com que uma empregada deixasse cair a cesta que carregava. Parecia não tomar conhecimento da existência dela enquanto seguia em frente. Qualquer esperança que eu tivesse de que ele pretendia falar comigo a poucos passos de distância acabou assim que ele nos levou até uma das alcovas sombrias entre as portas.

Eu já devia saber.

Ele afastou as cortinas brancas e pesadas e praticamente me puxou para o espaço estreito, onde a única fonte de luz era uma pequena arandela acima de uma espreguiçadeira acolchoada. Eu não sabia para que aqueles cômodos meio ocultos serviam, mas já tinha ficado presa neles em mais de uma ocasião.

Dei um passo para trás, um pouco surpresa que o Lorde tenha permitido isso. Ele ficou me observando, com o sorriso de volta aos lábios, enquanto eu me posicionava de modo a ficar perto de uma das cortinas. Ele se sentou na espreguiçadeira, esticando as pernas enquanto cruzava os braços sobre o peito.

Com o coração disparado, escolhi as palavras com cautela.

— Eu não posso mesmo me demorar. Se alguém me visse aqui, eu arranjaria problemas com a Sacerdotisa Analia.

— E o que aconteceria se a boa Sacerdotisa dos Templos soubesse que você estava se demorando aqui? — perguntou ele, com o corpo parecendo solto e relaxado, mas eu sabia das coisas.

As aparências podiam ser enganosas. Os Ascendidos eram rápidos quando queriam ser. Eu já os tinha visto se movendo de modo que não passavam de um mero borrão.

— Ela denunciaria o seu mau comportamento ao Duque? — continuou ele. — Aprecio muito as lições dele.

O nojo era uma erva daninha que fincava raízes dentro de mim. É óbvio que ele apreciava as *lições* do Duque.

— Não sei muito bem o que ela faria.

— Pode valer a pena descobrir — ponderou ele, distraidamente. — Pelo menos, para mim.

Fechei a mão em punho.

— Não quero desagradar ao Duque nem à Sacerdotisa.

Ele baixou o olhar.

— Aposto que não.

Uma dor intensa e ardente irradiou do lugar onde cravei as unhas na palma da mão.

— Sobre o que você gostaria de falar comigo?

— Você não fez a pergunta do jeito adequado.

Procurando me conter e acalmar, fiquei agradecida pelo véu. Se o Lorde pudesse ver o meu rosto por inteiro, saberia exatamente como eu me sentia.

Saberia que eu estava em brasas, com um *ódio* ardente.

Eu não sabia por que o Lorde achava tão divertido me assediar nem o motivo pelo qual encontrava tanto prazer em me deixar desconfortável, só que vinha agindo assim nos últimos anos. Mas ele era ainda pior com os empregados do Castelo. Eu já tinha ouvido os avisos sussurrados para a nova equipe: "Evite chamar a sua atenção ou desagradá-lo." Apesar de tudo, havia um limite para o que ele podia fazer comigo. Com os empregados, não creio que ele pensasse que havia sequer uma fronteira que não devesse ultrapassar.

Ergui o queixo.

— O que você gostaria de discutir comigo, *Lorde* Mazeen?

O vislumbre de um sorriso frio surgiu em seu rosto.

— Percebi que fazia um bom tempo que eu não a via.

Fazia dezesseis dias desde a última vez em que ele tinha me encurralado. Não era nem de longe tempo suficiente.

— Senti a sua falta — acrescentou ele.

Eu tinha as minhas dúvidas.

— Meu Lorde, eu tenho de ir... — Respirei fundo quando ele se levantou. Em um instante, ele estava deitado na espreguiçadeira. No seguinte, estava diante de mim.

— Me sinto insultado — disse ele. — Eu disse que senti a sua falta e a única resposta que você me dá é me dizer que tem de ir embora? Você me deixou magoado.

O fato de ele ter dito quase as mesmas palavras que Hawke não mais que duas noites atrás não me passou despercebido. Nem as reações completamente opostas que tive ao ouvi-las. Enquanto Hawke tinha pronunciado aquelas palavras como uma provocação, Lorde Mazeen as usou como um alerta. Não me deixou encantada, mas revoltada.

— Não tive a intenção — forcei-me a dizer.

— Tem certeza? — perguntou ele, e senti o seu dedo no meu maxilar antes mesmo de vê-lo mover a mão. — Tenho a nítida impressão de que era exatamente o que você pretendia fazer.

— Não era. — Eu me inclinei para trás.

Ele fechou a mão ao redor do meu queixo, prendendo a minha cabeça ali. Quando puxei o ar, achei que tivesse sentido o cheiro de... alguma flor, almiscarada e doce, nos dedos dele.

— Você devia tentar ser mais convincente se quiser que eu acredite nisso.

— Lamento se não sou tão convincente quanto deveria ser. — Tive de me esforçar para manter a voz firme. — Você não devia tocar em mim.

Ele deu um sorriso fingido enquanto deslizava o polegar frio pelo meu lábio inferior. Tive a sensação de que milhares de insetos minúsculos saltavam sobre a minha pele.

— E por quê?

O Lorde sabia muito bem por quê.

— Eu sou a Donzela — respondi mesmo assim.

— Isso é verdade. — Ele deslizou os dedos pelo meu queixo até chegar à renda áspera que cobria o meu pescoço. Sua mão seguiu adiante, roçando a minha clavícula.

A palma da minha mão ardia com a necessidade de sentir o punho da adaga e meus músculos se retesavam com o conhecimento e a habilidade para reagir — para fazer com que ele parasse com aquilo. Um tremor percorreu o meu corpo enquanto eu lutava contra o ímpeto de revidar. Não valia a pena o que aconteceria depois. Fiquei repetindo aquilo para mim mesma conforme ele descia os dedos pelo meio do meu vestido. Não era só por causa do medo de uma punição. Se eu mostrasse do que era capaz, o Duque ficaria sabendo que eu tinha recebido treinamento e duvidava muito que ele precisasse dar um grande salto de lógica para determinar que Vikter tinha sido o responsável. Mais uma vez, fosse lá o que eu fosse enfrentar, não seria nada em comparação ao que Vikter enfrentaria.

Mas havia um limite para o que eu conseguia tolerar.

Dei um passo para trás, aumentando a distância entre nós.

Lorde Mazeen inclinou a cabeça e então riu suavemente. Meu instinto despertou e me apressei para sair através da cortina, mas não fui rápida o bastante. Ele me pegou pelo quadril e me virou. Não tive sequer um segundo para reagir antes que ele me enlaçasse pela cintura e me puxasse contra o seu corpo. A outra mão permaneceu onde estava, entre os meus seios. O contato do corpo dele contra o meu, aquela *sensação*, me provocou uma onda de repulsa.

— Você se lembra da sua última lição? — Seu hálito era gélido contra a minha pele logo abaixo do véu. — Não acredito que você tenha se esquecido.

Eu não tinha me esquecido de lição alguma.

— Você não emitiu nenhum som, e eu sei que doeu. — Ele apertou ainda mais a minha cintura e, mesmo com o meu conhecimento tão limitado, eu sabia o que sentia contra o corpo. — Tenho de admitir que fiquei impressionado.

— Fico emocionada ao ouvir isso — respondi por entre os dentes.

— Ah, aí está — murmurou ele. — Esse tom de voz tão inapropriado para uma Donzela. Isso já lhe causou problemas uma ou duas vezes ou talvez até uma dúzia de vezes. Fiquei imaginando quando ele apareceria. Aposto que você também se lembra do que aconteceu na última vez que o usou.

É óbvio que eu também me lembrava daquilo.

Meu temperamento tinha levado a melhor sobre mim. Retruquei algo que o Duque dissera e ele me bateu com tanta força que desmaiei. Quando voltei a mim, me sentia como se tivesse sido atropelada por um cavalo e me deparei com o Duque e o Lorde esparramados no divã, parecendo ter bebido uma garrafa inteira de uísque enquanto eu estava desacordada no chão. Durante dias, eu me senti como se estivesse gripada. Creio que sofri algum tipo de concussão.

Ainda assim, ver o choque no olhar normalmente sem emoção do Duque tinha valido a pena.

— Talvez eu mesmo procure o Duque — ponderou ele. — Para dizer a ele como você tem sido desrespeitosa.

A fúria ferveu o sangue nas minhas veias enquanto eu olhava para as pedras cinzentas da parede.

— Solte-me, Lorde Mazeen.

— Você não pediu com jeitinho. — Ele pressionou os quadris contra os meus e a minha pele ficou vermelha de raiva. — Não pediu por favor.

Eu não imploraria para ele de jeito nenhum. As consequências que fossem para o inferno, eu já tinha aguentado demais. Não era o seu brinquedinho. Eu era a Donzela e, embora ele fosse incrivelmente mais rápido e forte, sabia que podia machucá-lo. Tinha o elemento surpresa ao meu lado, e as minhas pernas estavam livres. Endireitei a postura assim que senti algo úmido no meu maxilar.

Um grito ecoou pela alcova, surpreendendo o Lorde o suficiente para que ele afrouxasse a mão. Eu me desvencilhei e virei o corpo para encará-lo, com o peito arfando enquanto deslizava a mão pela fenda do vestido até o punho da adaga.

O Lorde murmurou algo baixinho quando os gritos soaram mais uma vez, agudos e cheios de horror.

Aproveitando a distração, saí de trás da cortina em vez de desembainhar a adaga e cortar fora o que podia apostar que era o bem mais precioso do Lorde.

Ele puxou as cortinas para o lado conforme avançava, mas os gritos trouxeram outras pessoas até o salão de banquetes. Empregados. Guardas Reais. Não havia mais nada que o Lorde Mazeen pudesse fazer naquele momento. Através do véu, o meu olhar encontrou o dele. Eu sabia. As narinas dele estavam dilatadas. Ele sabia.

Os gritos vieram novamente, ecoando de um dos cômodos ali perto e chamando a minha atenção. A segunda porta descendo o corredor estava aberta.

Rylan surgiu ao meu lado.

— Pen...

Passei por ele e caminhei na direção do som. O que aconteceu naquela alcova com o Lorde ficou para trás enquanto os meus dedos se fechavam ao redor do cabo da adaga. Gritos nunca eram um bom sinal.

Uma mulher saiu correndo dali — aquela que estava carregando a cesta. Seu rosto perdeu toda a cor conforme ela abria e fechava a mão sobre a garganta. Ela se afastou, balançando a cabeça.

Cheguei ao aposento ao mesmo tempo que Rylan e olhei ali dentro.

Eu a vi imediatamente.

Ela estava deitada em um divã cor de marfim, com o vestido azul-claro amassado e enrolado em volta da cintura. Um braço pendia frouxamente ao lado do corpo e a sua pele estava pálida como giz. Não precisei aguçar os sentidos para saber que ela não sentia dor.

Que ela nunca mais sentiria nada.

Ergui os olhos. A cabeça dela estava apoiada em uma almofada, com o pescoço torcido em um ângulo artificial e...

— Você não deveria ver isso. — Rylan me puxou e, dessa vez, não me afastei dele. Não o impedi quando ele me arrastou dali, mas eu já tinha visto.

Aquelas feridas profundas.

Capítulo 6

Rylan prontamente me acompanhou de volta ao quarto enquanto Lorde Mazeen permanecia parado na porta, cercado por um monte de pessoas, com o olhar fixo na garota morta. Tive vontade de empurrá-lo para o lado e fechar a porta. Mesmo que não fosse pelo estado de sua nudez, com tanta carne à mostra, era uma falta de dignidade toda aquela curiosidade mórbida.

Ela era uma pessoa e, embora o que ficasse para trás não passasse de uma casca, a garota era filha, irmã, amiga de alguém. Mais que tudo, as pessoas ficariam falando sobre o estado em que ela havia sido encontrada, com as saias do vestido levantadas e o corpete preso na cintura. Ninguém precisava ver aquilo.

Eu não tive essa chance, no entanto.

E agora o Castelo Teerman estava em confinamento interno enquanto os mais de cem aposentos eram vasculhados à procura do culpado ou de mais alguma vítima.

Tawny apertava os botões de pérola do corpete conforme andava de um lado para o outro em frente à lareira.

— Foi um Voraz — disse ela, com o vestido violeta farfalhando ao redor das pernas. — Só pode ter sido um Voraz.

Olhei de relance para Rylan, que estava encostado na parede, de braços cruzados. Geralmente, ele não ficava dentro do meu quarto, mas aquela noite era diferente. Vikter estava ajudando nas buscas, mas imaginei que voltaria em breve.

Sem o impedimento do véu, o olhar de Rylan encontrou o meu. Ele tinha visto aquela garota.

— Você acha que foi um Voraz?

Rylan não disse nada.

— O que mais pode ter sido? — Tawny se virou para onde eu estava sentada. — Você mesma me disse que ela tinha sido mordi...

— Eu disse que *parecia* uma mordida, mas... não parecia ser a mordida de um Voraz — disse a ela.

— Sei que você já viu o que um Voraz é capaz. — Ela se sentou diante de mim, com os dedos retorcendo as pérolas do corpete do mesmo modo que Agnes tinha feito com os botões da blusa. — Mas como pode ter tanta certeza?

— Os Vorazes têm quatro caninos alongados — expliquei, e ela assentiu. Aquilo era do conhecimento de todos. — Mas ela só tinha duas marcas, como se...

— Como se duas presas afiadas tivessem penetrado na sua garganta — concluiu Rylan. Tawny se virou na direção dele.

— E se foi um amaldiçoado? Alguém que ainda não havia se transformado por completo? — perguntou ela.

— Se fosse um amaldiçoado, as marcas pareceriam ser de dentes normais ou da mordida de um Voraz — respondeu Rylan, balançando a cabeça enquanto olhava a Colina pela janela. — Eu nunca vi nada assim antes.

Tive que concordar com ele.

— Ela... ela estava pálida e não apenas pela mortalha da morte. Era como se ela não tivesse uma gota de sangue nas veias, e mesmo que tivesse sido um Voraz de duas presas... — Franzi o nariz. — O ataque teria sido... mais caótico, e não tão preciso. Ela parecia...

— Parecia o quê?

Baixei os olhos para as mãos quando a imagem da mulher ressurgiu na minha mente. Ela estava com alguém, por vontade própria ou não, e até onde eu sabia, os Vorazes não se interessavam por nada além de sangue.

— É só que parecia que havia alguém ali naquela sala com ela.

Tawny se recostou na cadeira.

— Se não foi um Voraz, então quem faria algo assim?

Havia muitas pessoas dentro e fora do castelo — empregados, guardas, visitantes... os Ascendidos. Mas isso também não fazia sentido.

— A ferida parecia estar localizada em sua jugular. Era para haver sangue por toda parte e eu não vi nem sequer uma gota.

— Isso... isso é muito estranho.

Concordei.

— E o pescoço dela estava evidentemente quebrado. Não conheço nenhum Voraz que faça isso.

Tawny cruzou os braços sobre o corpo.

— E eu não quero conhecer ninguém que seja capaz de fazer algo assim.

Nem eu, mas nós sabíamos que as pessoas eram capazes de todo tipo de atrocidades, assim como os Ascendidos. Afinal de contas, eles um dia já foram mortais, e a capacidade para a crueldade parecia ser um dos poucos traços que alguns mantinham consigo.

Meus pensamentos vagaram para o Lorde Mazeen. Ele era cruel, um valentão e, com base na nossa última interação, suspeitava que ele pudesse ser algo bem pior. Mas será que ele era capaz de fazer algo assim? Estremeci. E se fosse, por que ele faria isso e como? Eu não sabia como responder a essas perguntas.

Havia apenas uma coisa que eu achava que fosse capaz de fazer aquilo, mas parecia irreal demais para acreditar.

— Você... você a reconheceu? — perguntou Tawny suavemente.

— Não, mas creio que era uma dama de companhia ou talvez uma visitante, por causa do vestido — respondi a ela.

Tawny assentiu em silêncio, voltando a retorcer as pérolas do corpete. O silêncio recaiu no aposento, e Vikter chegou logo depois, entrando no quarto para falar baixinho com Rylan. Eu me sentei na beirada da cadeira assim que ele se afastou de Rylan, suspirando enquanto se acomodava em cima do baú ao pé da minha cama.

— Cada centímetro do castelo foi revistado e não encontramos mais nenhuma vítima nem Voraz algum — disse ele, inclinando-se para a frente. — O Comandante Jansen acredita que a área esteja segura. — Ele fez uma pausa, estreitando os olhos conforme levantava o olhar. — De certo modo, quero dizer.

— Você... você a viu? — perguntei, e ele assentiu. — Acha que foi o ataque de um Voraz?

— Eu nunca vi nada assim antes — respondeu ele, repetindo o que Rylan dissera.

— E o que isso significa?

— Não sei — afirmou ele, esfregando a mão na testa.

Voltei a atenção para ele, notando como ele massageava a testa e como semicerrou os olhos quando olhou para onde estávamos sentadas, perto das lâmpadas a óleo. Às vezes, Vikter tinha dores de cabeça. Não como as que eu tinha depois de aguçar os sentidos ou de usar demais o meu dom, mas bem mais severas, em que as luzes e o som o deixavam enjoado e faziam sua cabeça pulsar.

Agucei os sentidos e imediatamente senti uma dor aguda atrás dos olhos. Logo cortei a conexão e foi como visualizar um fio que me conectava a ele sendo cortado em dois. A última coisa que eu queria era acabar com outra dor de cabeça latejante me mantendo acordada a noite inteira.

— Se não foi um Voraz, há outro suspeito? — perguntou Tawny.

— O Duque acredita que foi obra de algum Descendido.

— O quê? — perguntei, enquanto me punha de pé.

— Aqui? No Castelo? — berrou Tawny.

— É nisso que ele acredita. — Vikter ergueu a cabeça conforme eu caminhava até ele, com um olhar cauteloso.

— E no que você acredita? — perguntou Rylan do seu lugar ao lado da porta. — Porque não sei como um Descendido conseguiria causar aquelas feridas sem deixar nenhum rastro de sangue.

— Concordo com você — murmurou Vikter enquanto me observava. — Seria impossível limpar algo assim, ainda mais que a vítima tinha sido vista menos de uma hora antes.

— Então por que o Duque diria que foi obra de um Descendido? — perguntou Tawny. — Ele não é estúpido. Também teria pensado nisso.

Pousei a mão casualmente na nuca de Vikter enquanto pegava uma manta de pelúcia. Sua pele estava quente e seca e então pensei nas praias e na risada da minha mãe. Percebi que tinha aliviado a sua dor assim que ele respirou fundo, estremecendo.

— Não sei por que o Duque acredita nisso, mas ele deve ter os seus motivos. — Vikter me lançou um olhar agradecido quando afastei a mão e voltei para a minha cadeira, ajeitando a manta sobre o colo.

Tawny olhou de esguelha para mim e em seguida inspirou profundamente antes de voltar a atenção para Vikter.

— Você sabe quem ela era?

Sentado ereto, ele estava definitivamente mais alerta quando voltou a falar.

— Ela foi identificada por uma das empregadas. O nome da vítima era Malessa Axton.

O nome não me era familiar, mas Tawny sussurrou:

— Ah.

Eu me virei para ela.

— Você a conhecia?

— Não muito bem. Quero dizer, eu sei *quem* ela é. — Ela sacudiu a cabeça ligeiramente, soltando vários cachos do coque. — Acho que ela chegou à Corte na mesma época que eu, mas era sempre vista em companhia de uma mulher que mora na Viela Radiante. Lady Isherwood, creio eu — acrescentou ela.

Viela Radiante era o apelido dado à fileira de casas mais próximas do Castelo e do parque do Bosque dos Desejos. Muitas das casas opulentas eram de propriedade dos Ascendidos.

— Ela era tão jovem. — Tawny baixou a mão no colo. — E tinha tantos motivos para viver.

Agucei os sentidos e descobri que a tristeza dela ecoava a minha. Não era a dor profunda da perda que surgia quando se tratava de alguém que você conhecia, mas a tristeza que acompanhava qualquer morte, ainda mais uma morte tão sem sentido.

Rylan pediu a Vikter para irem para fora. Depois de alguns instantes, Tawny pediu licença para voltar ao seu quarto. Consegui me conter para não tocar nela. Sabia que se eu fizesse isso, sofreria a sua dor, muito embora já tivesse feito isso antes sem que ela percebesse. Acabei indo até a janela e estava olhando para o brilho constante das tochas além da Colina quando Vikter voltou.

— Obrigado — disse ele assim que se juntou a mim na janela. — A dor de cabeça estava me matando.

— Fico feliz em poder ajudar.

— Não precisava. Eu tenho o pó que o Curandeiro fez para mim.

— Eu sei, mas aposto que o meu dom lhe trouxe um alívio muito mais rápido e sem a tontura nem a sonolência — disse.

Aqueles eram dois dos muitos efeitos colaterais que o pó branco-amarronzado costumava causar.

— Isso é verdade. — Vikter permaneceu calado por um bom tempo, e eu sabia que os pensamentos dele eram tão conturbados quanto os meus.

Eu tinha muita dificuldade de acreditar que aquilo havia sido obra de um Descendido, embora imaginasse que algo como um picador de gelo pudesse ter causado aquelas feridas. No entanto, a possibilidade de apunhalar alguém na jugular e não derramar sangue por toda a parte me parecia muito improvável, e o motivo era ainda mais desconcertante. Como aquele tipo de ferida beneficiaria a causa deles? Pois a única coisa que eu sabia ser capaz de causar aquele tipo de ferimento ia contra tudo o que os Descendidos acreditavam.

— Rylan falou comigo.

Olhei para Vikter com as sobrancelhas arqueadas.

— E?

Ele inspecionou o meu rosto com aqueles olhos da cor do mar.

— Ele me contou a respeito do Lorde Mazeen.

Meu estômago afundou quando desviei o olhar. Não é que eu tivesse me esquecido do meu encontro com o Lorde, aquilo só não era a coisa mais preocupante ou traumática que havia acontecido nas últimas horas.

— Ele fez alguma coisa, Poppy? — perguntou ele.

Um calor sufocante e ardente surgiu no meu rosto, e pressionei a bochecha contra a vidraça. Não queria pensar nisso. Nunca quis. A náusea se agitou dentro de mim, e havia um... constrangimento incômodo que deixava a minha pele grudenta e suja. Eu não entendia por que me sentia assim. Sabia que não tinha feito nada para chamar a atenção do Lorde e, mesmo que tivesse, ele ainda estava errado. Mas quando pensava sobre como ele se sentia no direito de me tocar, tinha vontade de arrancar a minha própria pele.

E não queria pensar em como tinha ficado agradecida ao ouvir os gritos da empregada, sem fazer a menor ideia da causa.

Deixei tudo isso de lado para que pudesse vir à tona mais tarde, muito provavelmente quando eu estivesse tentando dormir.

— Ele não fez nada além de ser um aborrecimento.

— De verdade?

Fiz que sim com a cabeça, embora aquilo parecesse muito distante da verdade, mas eu não me importava de mentir. O que Vikter poderia fazer com a verdade? Nada. Ele era esperto o bastante para saber disso.

Um músculo pulsava em seu maxilar.

— Ele precisa deixar você em paz.

— Concordo, mas sei lidar com ele.

Mais ou menos.

Eu não queria pensar em como cheguei perto de fazer algo absolutamente imperdoável. Se tivesse desembainhado a adaga e a usado contra o Lorde, não haveria mais esperança para mim. Mas, Deuses, eu não me sentiria nada culpada por isso.

— Você não deveria precisar fazer isso — respondeu Vikter — E ele deveria saber se comportar.

— Ele deveria, e acho que sabe, mas não creio que se importe — admiti, me virando e encostando no parapeito da janela. — Você sabe que eu vi a garota. Vi como... a deixaram ali. Acho que ela estava com alguém, por vontade própria ou não.

Ele assentiu.

— O Curandeiro que examinou o corpo acredita que ela teve algum tipo de relação sexual antes da morte, mas não encontrou nenhuma evidência de agressão. Não há sangue seco nem pele sob suas unhas, mas não é possível afirmar com toda a certeza.

Franzi os lábios.

— Eu estava pensando que não faz o menor sentido um Descendido deixar aquele tipo de ferimento, mesmo que conseguisse fazer isso sem que fosse... caótico. Que tipo de mensagem isso transmitiria? Pois a única coisa capaz de fazer o que foi feito com a garota é...

O olhar de Vikter encontrou o meu.

— Um Atlante.

Aliviada por ele ter dito aquilo primeiro, eu assenti. O Duque devia saber disso. Qualquer pessoa que visse aquelas feridas teria de pensar nisso e questionar por que um Descendido imitaria algo que poderia ser facilmente atribuído a um Atlante.

— É por isso que não acredito que tenha sido obra de um Descendido — disse ele, e senti um aperto no peito. — Acho que foi um Atlante.

*

Um Descendido andando livremente pelo Castelo Teerman era algo preocupante, mas a possibilidade de que um Atlante entrasse ali sem que ninguém percebesse era algo verdadeiramente assustador.

Queria encontrar algo que provasse que aquilo não passava de uma paranoia nossa, de modo que, ao raiar do dia, quando o Castelo ainda estava tranquilo e Rylan patrulhava o quarto do corredor, eu me esgueirei até o andar principal e passei pela cozinha estranhamente silenciosa.

Depois que o sol nascia, eu não precisava me preocupar em encontrar o Lorde Mazeen nem qualquer Ascendido.

Ao entrar no salão de banquetes, fui para a esquerda, até a segunda porta, onde normalmente me encontrava com a Sacerdotisa Analia para as aulas semanais. Assim que entrei, olhei através do corredor mal-iluminado para a sala onde Malessa havia sido encontrada.

A porta estava fechada.

Desviando o olhar, fechei a porta silenciosamente e corri até a cadeira de madeira, onde encontrei o livro que nunca havia imaginado que leria por vontade própria.

Até porque parecia que eu tinha lido *A História da Guerra dos Dois Reis e do Reino de Solis* cerca de um milhão de vezes. Levei o livro até a única janela do aposento e o abri rapidamente, segurando-o sob uma réstia de sol. Folheei as páginas finas com cuidado, sabendo que, se eu rasgasse uma delas, a Sacerdotisa Analia ficaria bastante aborrecida. Encontrei a seção que estava procurando. Eram apenas alguns parágrafos que descreviam a aparência dos Atlantes, as suas características e do que eles eram capazes.

Infelizmente, tudo o que havia ali confirmava o que eu já sabia.

Na verdade, eu nunca tinha visto um Atlante — ou pelo menos achava que não, e esse era o problema. Os Atlantes se *pareciam* com os mortais. Até mesmo o extinto lupino, que vivia junto com os Atlantes em Atlântia, poderia facilmente ser confundido com um mortal, muito embora jamais tenha sido um. A capacidade dos Atlantes de se misturar com a população que subjugavam e caçavam fazia com que eles fossem predadores hábeis e letais. Um Atlante poderia passar por mim e eu não saberia. Nem os Ascendidos. Por alguma razão, os Deuses não haviam levado nada disso em consideração quando iniciaram a Bênção.

Relendo os parágrafos, uma palavra se destacou e fez o meu estômago revirar. *Presas*. Embora eu já soubesse o que estava escrito, li as frases assim mesmo.

Entre os 19 e os 21 anos de idade, os descendentes de sangue dos Atlantes deixam o estado vulnerável da imaturidade, quando os maus espíritos em seu sangue se tornam ativos. Durante esse período, é notável um aumento perturbador na força e na capacidade de se recuperar da maioria das feridas letais à medida que continuam amadurecendo. Deve-se notar também que, antes da Guerra dos Dois Reis e da extinção do lupino, um ritual de compromisso era realizado entre um Atlante de determinada classe e um lupino. Não se sabe muito a respeito desse vínculo, mas acredita-se que o lupino em questão tinha o dever de proteger o Atlante.

Em um verdadeiro Atlante, os dois caninos superiores formarão presas alongadas e afiadas, mas não serão perceptíveis aos olhos destreinados.

Pensei nas duas feridas no pescoço de Malessa. As presas de um Atlante podiam até não ser tão grandes e perceptíveis quanto as de um Voraz, mas o Duque poderia ordenar que as bocas de todos os habitantes do castelo fossem examinadas.

Reconheço que isso seria invasivo.

Continuei lendo.

Após o surgimento das presas, a próxima fase do desenvolvimento se inicia, na qual eles começam a ter sede de sangue. Contanto que as suas necessidades sobrenaturais sejam atendidas, o processo de envelhecimento de um Atlante diminui drasticamente. Acredita-se que um ano para os mortais é equivalente a três décadas para um Atlante. O Atlante mais velho já conhecido foi Cillian Da'Lahon, que viveu por 2.702 anos civis antes de morrer.

Aquilo significava que um Atlante podia parecer ter cerca de vinte anos, mas, na verdade, ter mais de cem, possivelmente até duzentos ou mais. Mas eles ainda envelheciam, ao contrário dos Ascendidos, aqueles que eram Abençoados pelos Deuses e que paravam de envelhecer com a idade que tinham quando recebiam a Bênção. Somente os mais velhos dos Ascendidos pareciam ter mais de trinta anos, e eles *podiam* viver por uma eternidade.

No entanto, tanto os Atlantes quanto os Ascendidos viviam por uma extensão de tempo incomensurável, a coisa mais próxima da imortalidade — e dos Deuses.

Eu não conseguia sequer imaginar viver por tanto tempo assim. Sacudi a cabeça de leve e continuei lendo.

Nessa época, os Atlantes são capazes de transmitir os maus espíritos do seu sangue para os mortais, gerando uma criatura violenta e destrutiva conhecida como Voraz, que compartilha algumas das características físicas dos seus criadores. Essa maldição é passada adiante por meio de um beijo venenoso...

O beijo venenoso não se referia a lábios com lábios. Os Atlantes faziam a mesma coisa que os Vorazes, embora não de modo tão... caótico. Os Atlantes mordiam e bebiam o sangue dos mortais, algo que tinham de fazer para sobreviver.

Sua longevidade, assim como sua força e capacidade regenerativa, vinha de sua principal fonte de alimentação, os mortais. Estremeci.

Somente um Atlante poderia ter mordido e se alimentado de Malessa, o que explicava como não havia nenhum derramamento de sangue aparente e por que ela parecia tão incrivelmente pálida.

Aquilo só não explicava por que o Atlante havia quebrado o pescoço dela, matando-a antes que a maldição pudesse se espalhar. Por que o Atlante não permitiria que ela se transformasse? Por outro lado, a mordida não estava exatamente em um lugar onde pudesse ser facilmente escondida. A mordida, por si só, serviria de alerta para todos que a vissem.

Havia um Atlante entre nós.

Fechei o livro e o coloquei de volta sobre o banco, pensando que a minha Ascensão aconteceria no meu aniversário de dezenove anos e que os Atlantes alcançavam a maioridade por volta da mesma época. Não era exatamente uma surpresa. Afinal de contas, os nossos Deuses também foram os deles em algum momento.

Mas os Deuses não apoiavam mais os Atlantes.

Ao sair da sala, comecei a andar na direção da cozinha quando o meu olhar recaiu sobre o aposento em que Malessa havia sido encontrada. Eu tinha que voltar para os meus aposentos antes que os funcionários começassem a trabalhar, mas não foi o que fiz.

Atravessei o corredor e fui até a porta, encontrando-a destrancada assim que girei a maçaneta. Antes que pudesse pensar sobre o que estava fazendo e onde estava, entrei na sala, agradecida pelas arandelas de parede que lançavam um brilho suave por toda a parte.

O divã havia sido retirado, deixando o espaço vazio. As cadeiras continuavam ali, assim como a mesa de centro redonda com uma espécie de arranjo floral cuidadosamente colocado no meio. Segui em frente, sem saber o que estava procurando e imaginando se ficaria sabendo assim que encontrasse.

Além da mobília que não estava mais ali, nada aparentava estar fora do lugar, porém, a sala parecia estranhamente fria, como se uma janela estivesse aberta, só que não havia janelas daquele lado do salão de banquetes.

O que será que Malessa estava fazendo ali? Lendo um livro ou esperando por uma das damas de companhia, ou quem sabe por Lady Isherwood? Ou será que ela tinha entrado ali para se encontrar com alguém em quem confiava? Será que foi surpreendida pelo ataque?

Um arrepio percorreu a minha espinha. Eu não sabia o que era pior — ser traída ou pega de surpresa.

Na verdade, eu sabia sim. Ser traída era pior.

Dei um passo à frente, parando assim que olhei para baixo. Havia alguma coisa atrás da perna de uma das cadeiras. Abaixei-me e estendi a mão para debaixo da cadeira e peguei o objeto. Inclinei a cabeça conforme deslizava o polegar sobre a superfície branca e macia.

Era... uma pétala.

Franzi as sobrancelhas assim que senti o perfume. Jasmim. Por algum motivo, senti um embrulho no estômago, o que era estranho. Eu costumava gostar daquele aroma.

Endireitei-me e olhei para o vaso, encontrando a sua origem. Havia vários lírios brancos dispostos por todo o arranjo. Nada de jasmim. Franzi o cenho e olhei para a pétala. De onde vinha aquilo? Sacudi a cabeça enquanto caminhava até o buquê, onde coloquei a pétala junto com as outras flores e dei uma última olhada pelo aposento. Não havia sangue no tapete creme, que certamente o teria manchado se tivesse sido derramado ali.

Eu não tinha a menor ideia do que estava fazendo. Se alguma prova tivesse sido encontrada, não estaria mais ali, e, mesmo que ainda estivesse, eu não tinha nenhuma experiência com aquilo. Só queria ser capaz de fazer alguma coisa ou de encontrar algo que acabasse com os nossos piores temores.

Mas não havia nada a ser feito ou encontrado ali além do que comprovava a realidade mais provável, e o que eu acreditava sobre a verdade? Que ela poderia ser aterrorizante, de fato. Mas que com a verdade vinha o poder.

E eu nunca fui de me esconder da verdade.

*

Voltei para o meu quarto naquela manhã sem nenhum imprevisto e acabei passando o dia inteiro ali dentro, o que não era tão diferente assim de qualquer outro dia.

Tawny passou por lá brevemente, até que uma das Senhoras a convocou. Ninguém foi posto em isolamento, mas achei que, no mínimo, o ataque fosse atrasar os preparativos para o Ritual.

De fato, foi um pensamento tolo. Duvido que até mesmo um terremoto atrapalhasse o Ritual.

Passei muito tempo pensando sobre o que tinha acontecido com Malessa. E quanto mais eu pensava sobre o motivo que levaria o Duque a mentir sobre o agressor ser um Descendido, mais aquilo começava a fazer sentido. Ele estava agindo como Phillips, o Guarda da Colina, que não queria falar sobre a morte de Finley para impedir que o pânico e o medo fincassem raízes e se espalhassem.

Mas aquilo não explicava por que o Duque não estava sendo honesto com a Guarda Real. Se houvesse mesmo um Atlante entre nós, os guardas tinham que estar preparados.

Pois embora os Ascendidos fossem poderosos e fortes, os Atlantes também o eram, se não mais.

Pouco antes do anoitecer, Rylan bateu na minha porta.

— Você quer tentar ir até o jardim? Pensei em vir perguntar.

— Não sei. — Olhei de relance para as janelas. — Você acha que vai ficar tudo bem?

Rylan assentiu.

— Acho que sim.

Eu bem que podia desfrutar de um pouco de ar fresco e de um tempo longe dos meus próprios pensamentos. Era só que... eu não sabia muito bem. A noite parecia estranhamente comum, apesar de não terem se passado nem 24 horas após a morte de Malessa.

— Você não precisa ficar aqui — insistiu Rylan, e olhei de volta para ele. — A menos que queira. O que aconteceu ontem à noite, com aquela pobre garota e com o Lorde, não tem nada a ver com o que você gosta de fazer.

Um sorrisinho surgiu nos meus lábios.

— E você já deve estar cansado de ficar parado no corredor.

Rylan riu.

— É possível.

Sorri e me afastei da janela.

— Vou pegar o véu.

Levei somente alguns minutos para ajeitar a grinalda e ficar pronta. Dessa vez, não houve nenhuma interrupção no caminho até o jardim. Embora alguns empregados parassem para nos observar, conforme eu seguia na direção de um dos meus lugares favoritos em todo o Castelo, as minhas preocupações e pensamentos obsessivos desapareceram, como sempre. Enquanto estava no amplo jardim, a minha mente se acalmou e tudo parou de me incomodar.

Não fiquei pensando em Malessa ou no Atlante que tinha invadido o Castelo. Não fui assombrada pela imagem de Agnes segurando a mão frouxa do marido, ou pelo que havia acontecido no Pérola Vermelha com Hawke. Nem sequer pensei a respeito da minha iminente Ascensão e do que Vikter havia me dito. No Jardim da Rainha, eu simplesmente... *existia*, em vez de ficar presa no passado ou em um futuro repleto de hipóteses.

Não sabia muito bem por que o jardim tinha aquele nome. Até onde eu sabia, a Rainha não vinha para a Masadônia havia muito tempo, mas imaginei que o Duque e a Duquesa tivessem dado o nome dela ao jardim como uma espécie de homenagem.

Durante o tempo em que morei com a Rainha, eu nunca a vi pisar no luxuoso jardim do palácio.

Olhei para Rylan. Geralmente, a única ameaça que ele poderia enfrentar seria uma chuva inesperada, mas esta noite estava mais alerta do que nunca ali no jardim. Rylan examinava sem parar as inúmeras trilhas. Eu costumava achar que aqueles passeios o entediassem, mas ele nunca tinha reclamado. Vikter, por outro lado, ficava resmungando sobre literalmente qualquer coisa que poderíamos estar fazendo em vez daquilo.

Agora que pensei a respeito, Rylan realmente parecia apreciar aqueles passeios, e não só porque não estava mais parado no corredor do lado de fora do meu quarto.

Um vento frio soprou pelo jardim, agitando as inúmeras folhas e erguendo a bainha do meu véu. Gostaria de poder tirar a grinalda. Era transparente o bastante para que eu conseguisse enxergar, mas dificultava um pouco os passeios depois do anoitecer e em lugares pouco iluminados.

Passei por um enorme chafariz com uma estátua de mármore e calcário de uma Donzela velada. A água jorrava incessantemente da jarra que ela segurava, e o som me fez lembrar das ondas que batiam contra a enseada no mar de Stroud. Várias moedas brilhavam debaixo d'água, uma oferenda para os Deuses na esperança de que um desejo fosse concedido.

Aproximei-me da área externa do jardim, que dava em um pequeno e denso bosque de jacarandás que camuflava o muro interno e mantinha o Castelo Teerman separado do restante da cidade. As árvores eram altas, atingindo mais de quinze metros de altura, e, na Masadônia, as suas flores cor de lavanda e em forma de trombeta brotavam o ano todo. Era somente nos meses mais frios, quando a neve se insinuava, que as folhas caíam e cobriam o chão em um mar púrpura. As flores eram deslumbrantes, mas eu as apreciava não apenas pela beleza, mas também pelo que elas proporcionavam.

Os jacarandás escondiam uma parte em ruínas do muro que Vikter e eu costumávamos usar para sair do castelo sem sermos vistos e ir até o Bosque dos Desejos.

Parei em frente à massa de trepadeiras entrelaçadas que subiam por treliças de madeira tão largas quanto as árvores de jacarandá eram altas. Olhei para o céu que escurecia rapidamente e então fixei o olhar adiante.

Rylan me seguiu e parou logo atrás de mim.

— Chegamos bem a tempo.

Repuxei o canto dos lábios antes que o meu sorriso desaparecesse por completo.

— Esta noite, sim.

Poucos momentos se passaram, e então o sol concedeu a derrota à lua. Os últimos raios de sol se afastaram das videiras. Centenas de botões de flores espalhados pelas videiras estremeceram e então se abriram lentamente, revelando as pétalas exuberantes da cor de uma meia-noite sem estrelas.

Rosas que floresciam à noite.

Fechei os olhos e inalei o aroma levemente adocicado. Elas eram mais perfumadas ao desabrochar e assim que amanhecia.

— São muito bonitas — comentou Rylan. — Elas me fazem lembrar de... — Ele terminou a frase com um grunhido estrangulado.

Abri os olhos subitamente, me virei e um grito de terror ficou preso na minha garganta quando vi Rylan cambaleando para trás, com uma flecha saindo do peito. Um olhar de descrença destacava as suas feições assim que ele ergueu o queixo.

— Corra — arfou ele, com o sangue escorrendo pelo canto dos lábios. — *Corra.*

Capítulo 7

— Rylan! — Corri até ele, envolvendo-o com um braço conforme suas pernas amoleciam. Rylan era muito pesado e, quando caiu, caí junto com ele, estalando os joelhos ao atingir o chão da trilha. Nem senti o impacto enquanto pressionava as mãos ao redor do ferimento de Rylan, tentando estancar o fluxo de sangue. Agucei os sentidos para ele e esperei sentir alguma dor.

— Rylan...

Fosse lá o que eu pretendesse dizer, as palavras morreram na minha garganta, com o gosto de cinzas.

Eu... eu não senti *nada*, e aquilo não estava certo. Ele devia estar com muita dor, e eu podia ajudá-lo. Podia aliviar a sua dor, mas não senti *nada*, e quando olhei para o rosto de Rylan, não quis enxergar o que vi ali. Seus olhos estavam abertos, o olhar fixo no céu acima. Sacudi a cabeça, mas o peito dele não se movia debaixo das minhas mãos.

— Não — sussurrei, com o sangue se transformando em gelo e lama. — Rylan!

Não houve resposta, nenhuma reação. Debaixo dele, uma poça de sangue se espalhava pela trilha, penetrando nos símbolos entalhados na pedra. Um círculo com uma flecha cravada no meio. Eternidade. Poder. O Brasão Real. Pressionei o peito dele com as mãos trêmulas e encharcadas de sangue, me recusando a acreditar.

Passos ecoaram como um trovão atrás de mim.

Virei o corpo. Havia um homem a poucos metros de mim segurando um arco. Uma capa com capuz escondia o seu rosto.

— Você vai fazer o que eu mandar, Donzela — disse o homem com uma voz que soava como cascalho. — E ninguém será ferido.

— Ninguém? — perguntei, ofegante.

— Bem, ninguém *mais* será ferido — corrigiu ele.

Olhei para o homem e... e o peito de Rylan *permanecia* imóvel sob as minhas mãos. No meu inconsciente, eu sabia que ele nunca mais iria respirar. Já estava morto antes mesmo de cair no chão. Rylan se *foi*.

A dor, tão aguda e real, tomou conta de mim. Algo quente atingiu as minhas veias e se derramou no meu peito, preenchendo o espaço vazio. Minhas mãos pararam de tremer. O ataque de pânico e choque diminuiu, substituído pela raiva.

— Levante-se — ordenou ele.

Levantei-me com cuidado, ciente de como meu vestido, pegajoso pelo sangue de Rylan, grudava nos joelhos das ceroulas que eu usava por baixo. Meu coração desacelerou assim que deslizei a mão pela fenda na lateral do vestido. Será que aquela era a mesma pessoa que tinha matado Malessa? Nesse caso, ele era um Atlante, e eu teria que ser rápida se quisesse ter alguma esperança de escapar.

— Vamos sair daqui — declarou ele. — Você vai ficar em silêncio e não me causar nenhum problema, não é, Donzela?

Fechei os dedos ao redor do cabo frio da adaga e fiz que não com a cabeça.

— Ótimo. — Ele deu um passo na minha direção. — Não quero machucá-la, mas, se você me der algum motivo, eu não hesitarei.

Fiquei completamente imóvel, com o calor da minha fúria crescendo dentro de mim e fervilhando até chegar à superfície.

Rylan havia morrido por minha causa. Era o seu dever como meu guarda pessoal, mas ele foi morto porque aquele homem achou que poderia me sequestrar. Malessa deve ter sido atacada e depois assassinada, e por qual motivo?

Se ele fosse um Atlante ou um Descendido, não pediriam resgate. Eu seria usada para mandar uma mensagem, assim como os três Ascendidos que haviam sido sequestrados em Três Rios. Eles foram devolvidos em *pedacinhos*.

Naquele momento, eu não ligava para os planos do homem. Tudo o que importava era que ele havia matado Rylan, que achava as rosas que floresciam à noite tão bonitas quanto eu. Além disso, ele podia ser o assassino de Malessa, que deixou o corpo dela exposto de um jeito tão descuidado e desrespeitoso.

— Muito bem — elogiou ele. — Você está se comportando. Isso demonstra esperteza da sua parte. Continue assim, e isso será indolor para você. — Ele estendeu a mão na minha direção.

Desembainhei a adaga e avancei, passando por baixo do braço dele.

— O quê...?

Eu me ergui atrás dele e agarrei a parte de trás da capa do homem. Enfiei a adaga em suas costas, mirando no lugar onde Vikter havia me ensinado.

No coração.

Mesmo pego de surpresa, ele foi rápido e deu um salto para o lado, mas não foi rápido o bastante para evitar a adaga por completo. O sangue quente jorrou quando a lâmina afundou na lateral do seu corpo, errando o coração por alguns centímetros.

Ele gritou de dor, e o som me lembrava o ganido de um cachorro. Ele arrancou a adaga, e um som totalmente diferente escapou da sua garganta. Um rosnado estrondoso que deixou os pelos do meu corpo arrepiados e despertou todos os meus instintos.

Era um som tão... *inumano*.

Segurei a adaga com força e avancei para enfiá-la profundamente nas suas costas mais uma vez. Ele girou o corpo e eu só vi o seu punho quando a dor explodiu no meu maxilar e no canto da minha boca, afetando a minha pontaria. Senti o gosto de algo metálico. Sangue. A adaga feriu a lateral do corpo dele, cortando fundo, mas não o bastante.

— *Puta* — grunhiu ele, dando um murro na lateral da minha cabeça.

O golpe foi súbito e atordoante. Cambaleei para trás enquanto via pontinhos de luz dançando nos meus olhos e a minha visão ficava turva. Quase caí, mas consegui me manter de pé por pura força de vontade. Se caísse, eu sabia que nunca mais me levantaria. Vikter também me ensinou isso.

Pisquei os olhos repetidamente, tentando apagar os feixes de luz na minha visão enquanto o homem se virava para mim. O capuz da sua capa havia caído para trás. Ele era jovem, possivelmente só alguns anos mais velho do que eu, e tinha os cabelos pretos e desgrenhados. O homem pressionou a mão ao lado do corpo. O sangue jorrava com rapidez por entre seus dedos. Eu devo ter atingido algum ponto vital.

Ótimo.

Ele entreabriu os lábios com um grunhido feroz e olhou para mim. Mesmo à luz da lua, eu pude ver seus olhos. Eram da cor de água congelada. Um azul pálido e luminoso.

— Você vai pagar por isso — rosnou ele, com a voz ainda mais áspera, como se sua garganta estivesse cheia de pedregulhos.

Eu me preparei enquanto o instinto me alertava que, se eu saísse correndo, ele me perseguiria como qualquer outro predador. E que se eu chegasse perto dele outra vez, era melhor que não errasse o alvo.

— Dê mais um passo na minha direção e não vou errar o seu coração pela terceira vez.

Ele riu e um calafrio percorreu o meu corpo. O som era muito grave, muito *alterado*.

— Vou gostar de arrancar a pele dos seus ossos fracos e frágeis. Não me importo com o que ele pretende fazer com você. Vou me banhar no seu sangue e me banquetear com suas entranhas.

O medo ameaçava fincar raízes, mas eu não podia ceder a ele.

— Que delícia.

— Ah, será mesmo. — Ele sorriu, com os dentes manchados de sangue, e deu um passo na minha direção. — Os seus gritos...

Um assobio agudo e penetrante veio de algum lugar no meio das árvores, fazendo com que ele se calasse. Ele parou, dilatando as narinas. O som ecoou outra vez e ele pareceu tremer de raiva. A pele ao redor da sua boca empalideceu conforme ele recuava.

Eu empunhava a adaga com firmeza, mas uma câimbra começou a subir pelas minhas pernas enquanto eu o observava, me recusando a tirar os olhos dele.

O homem pegou o arco caído, estremecendo enquanto endireitava o corpo. Seu olhar encontrou o meu mais uma vez.

— Vejo você em breve.

— Mal posso esperar — respondi por entre os dentes.

Ele deu um sorriso enviesado.

— Juro que vou me certificar de que essa sua insolência seja bem recompensada.

Eu duvidava muito que fosse o tipo de recompensa que gostaria de receber.

Depois de recuar até que estivesse longe das rosas, ele se virou e partiu a passos largos dali, desaparecendo rapidamente sob as pesadas sombras das árvores. Fiquei onde estava, soltando o ar em arquejos curtos e breves, preparada no caso de aquilo ser uma armadilha e que ele estivesse só esperando que eu desse as costas. Não sei muito bem quanto tempo fiquei ali, mas a câimbra já tinha chegado à minha mão quando me dei conta de que ele não voltaria mais.

Abaixei a adaga lentamente e reparei nos respingos de sangue onde ele havia estado. Deixei escapar mais um suspiro assim que ergui o olhar até as rosas. Gotas de sangue cintilavam nas pétalas cor de ônix.

Um arrepio sacudiu o meu corpo da cabeça aos pés.

Eu me forcei a me virar.

Rylan continuava no mesmo lugar onde havia caído, com os braços relaxados ao longo do corpo e o olhar vazio. Abri a boca, mas nenhuma palavra saiu dos meus lábios, e, de qualquer modo, eu não fazia a menor ideia do que poderia dizer.

Olhei para a adaga e senti um grito se avolumando na minha garganta, me arranhando por dentro.

Se recomponha. Se recomponha.

Eu tinha que encontrar alguém para ajudar Rylan. Ele não podia ficar caído ali daquele jeito, e ninguém podia me ver com uma adaga ensanguentada. Ninguém podia saber que eu tinha enfrentado o meu agressor. Senti os lábios trêmulos quando franzi a boca.

Se recomponha.

Então, de repente o tremor cessou e o meu coração desacelerou. Eu ainda não conseguia respirar fundo direito, mas dei um passo adiante, me abaixei e limpei a lâmina nas calças de Rylan.

— Eu sinto muito — sussurrei, me remoendo de culpa pelas minhas ações, mas aquilo tinha que ser feito. Com a cabeça e o rosto latejando, embainhei a adaga. — Vou chamar alguém para cuidar de você.

Não houve resposta. Nunca mais haveria.

Comecei a percorrer o caminho de volta sem registrar o que estava fazendo. Uma dormência invadiu o meu corpo, penetrando nos meus poros e se assentando sobre os meus músculos. As luzes das janelas do castelo me guiavam conforme eu contornava o chafariz, parando de repente. Ouvi o som de passos logo adiante. Deslizei a mão até a adaga, fechando os dedos ao redor dela.

— Donzela? Nós ouvimos gritos — chamou uma voz. Era um Guarda Real que costumava proteger os cavalheiros e as damas de companhia. Ele arregalou os olhos ao me ver. — Isso é... meus Deuses, o que aconteceu com você?

Tentei responder, mas não consegui fazer com que minha língua formasse as palavras. Outro guarda praguejou, e então uma silhueta alta de cabelos dourados passou pelos dois guardas, com o rosto fustigado e sereno. *Vikter*. Ele me examinou, demorando o olhar nos meus joelhos e nas minhas mãos, até chegar na parte do meu rosto que não estava coberta pelo véu.

— Você está machucada? — Ele me segurou pelos ombros, seu aperto era suave e seu tom de voz ainda mais. — Poppy, você está ferida?

— É Rylan. Ele está... — Olhei para Vikter, parando de falar assim que me lembrei do que Hawke dissera sobre a maneira como a morte surgia sem aviso. Era algo que eu já sabia, mas que ainda conseguia me chocar.

A morte é como uma velha amiga que faz uma visita: às vezes, surge quando menos se espera, e outras, quando você está esperando por ela.

A morte tinha mesmo feito uma visita inesperada.

*

— Como isso aconteceu? — exigiu saber a Duquesa Teerman. A joia no formato de flor que prendia os seus cabelos castanhos cintilava sob a luz do lustre enquanto ela andava de um lado para o outro da sala normalmente reservada para receber convidados. — Como foi que alguém entrou no jardim e quase a sequestrou?

Provavelmente do mesmo modo como alguém entrou no castelo e matou a dama de companhia no dia anterior.

— Os outros guardas estão vasculhando a área interna dos muros neste exato momento — disse Vikter, em vez de responder à pergunta. Ele estava postado atrás do divã de veludo onde eu me sentei na beirada do estofado, temendo manchar de sangue as almofadas douradas. — Mas imagino que o culpado tenha entrado pela área que foi danificada pelos jacarandás.

A mesma área que Vikter e eu costumávamos usar para sair do castelo sem sermos notados.

Os olhos escuros da Duquesa brilharam de raiva.

— Quero que todos os jacarandás sejam derrubados — ordenou ela.

Eu arfei, atônita.

— Desculpe, minha senhora — murmurou o Curandeiro, passando um pano úmido sob os meus lábios e em seguida entregando o tecido a Tawny, que ofereceu um pano limpo a ele. Ela foi convocada assim que eu fui trazida para a sala de estar.

— Está tudo bem — assegurei ao homem de cabelos grisalhos. A minha reação não foi causada pelo que o Curandeiro estava fazendo. É verdade que o líquido adstringente ardia, mas a minha surpresa se devia ao que a Duquesa Teerman havia exigido. — Aquelas árvores estão ali no jardim há centenas de anos...

— E tiveram uma vida longa e saudável. — A Duquesa se virou para mim. — Mas você não, Penellaphe. — Ela caminhou na minha direção, com as saias do vestido carmesim se avolumando ao redor dos tornozelos e me fazendo lembrar do sangue que havia se acumulado em volta de Rylan. Tive vontade de me afastar, mas não queria ofendê-la. — Se aquele homem não tivesse sido afugentado, ele a teria levado consigo, e a última coisa com a qual você estaria preocupada seria com essas árvores.

Ela tinha razão.

Somente Vikter sabia o que havia acontecido — que eu tinha conseguido ferir o homem antes que ele fugisse. Embora não pudéssemos contar os detalhes, pois corríamos o risco de ser expostos, Vikter avisaria aos Curandeiros da cidade para ficar de olho em qualquer pessoa ferida daquela maneira.

Mas as árvores...

Elas podiam até ter causado a deterioração do muro, mas ele estava daquele jeito havia muito tempo. Eu podia apostar que o Duque e a Duquesa já sabiam a respeito do muro e não ordenaram que ele fosse consertado.

— Ela está muito machucada? — a Duquesa perguntou ao Curandeiro.

— São ferimentos superficiais, Vossa Alteza. Ela vai ficar com alguns hematomas e um pouco de desconforto, mas nada duradouro. — O casaco comprido e escuro do velho Curandeiro pendeu dos seus ombros curvados conforme ele se erguia sobre as juntas rígidas e rangentes. — Você tem muita sorte, jovem Donzela.

Não foi sorte.

Eu estava preparada.

E era por isso que eu estava sentada ali só com uma têmpora dolorida e um lábio rasgado. Ainda assim, eu assenti.

— Obrigada pela sua ajuda.

— Você pode dar algo a ela para a dor? — perguntou a Duquesa.

— Sim, certamente. — Ele se arrastou até a bolsa de couro em cima de uma mesinha. — Tenho o remédio perfeito. — Depois de vasculhar a bolsa até encontrar o que procurava, ele exibiu um frasco de pó branco e rosado. — Isso vai aliviar a dor, mas também a deixará com sono. Tem um efeito sedativo.

Eu não tinha a menor intenção de tomar fosse lá o que fosse que estivesse naquele frasco, mas ele foi entregue a Tawny, que o guardou no bolso do vestido.

Depois que o Curandeiro saiu da sala, a Duquesa se virou para mim.

— Deixe-me ver o seu rosto.

Suspirei, cansada daquilo, e estendi a mão até as correntinhas, mas Tawny veio para o meu lado.

— Eu cuido disso — murmurou ela.

Comecei a impedi-la, mas meu olhar se deteve nas minhas mãos. Elas haviam sido limpas assim que fui trazida para a sala de estar, mas o sangue tinha entrado debaixo das minhas unhas e ainda havia alguns salpicos de sangue seco nos meus dedos.

Será que o corpo de Rylan ainda estava no pátio perto das rosas?

O corpo de Malessa ficou naquela sala por horas a fio antes de ser retirado dali. Fiquei pensando se ela havia sido devolvida para a família ou se o corpo dela fora queimado, por precaução.

Tawny soltou o véu, tirando-o com cuidado para que não se enroscasse nas mechas de cabelo que tinham escapado do coque em que o prendi naquela manhã.

A Duquesa Teerman se ajoelhou diante de mim, roçando seus dedos frios na pele em volta dos meus lábios e, em seguida, minha têmpora direita.

— O que você estava fazendo no jardim?

— Eu estava admirando as rosas. Faço isso quase todas as noites. — Ergui o olhar. — Rylan sempre vai comigo. Ele nem... — Limpei a garganta. — Ele nem chegou a ver o agressor. A flecha o atingiu no peito antes que ele percebesse que havia alguém ali.

Os olhos insondáveis da Duquesa estudaram os meus.

— Parece que ele não estava tão alerta quanto deveria. Ele jamais deveria ter sido pego desprevenido.

— Rylan era muito hábil — disse. — O homem estava escondido...

— Seu guarda era tão hábil que foi derrubado por uma flecha? — perguntou ela suavemente. — Será que aquele homem era metade fantasma para não fazer nenhum barulho? Nenhum sinal de alerta?

Senti as costas retesadas quando pensei no som que o homem havia feito e como não se parecia com nada humano.

— Rylan estava alerta, Vossa Alteza...

— O que foi que eu disse para você antes? — Ela ergueu as sobrancelhas delicadamente arqueadas.

Esforçando-me para ter paciência, eu respirei fundo.

— Rylan estava alerta, *Jacinda* — eu me corrigi, usando o seu nome. De vez em quando, ela exigia aquilo e eu nunca sabia quando a Duquesa iria querer que eu a chamasse pelo nome ou não. — Aquele homem... ele foi muito silencioso, e Rylan...

— Estava despreparado — concluiu Vikter por mim.

Eu virei a cabeça tão rápido que senti uma rajada de dor em minha têmpora. A descrença me invadiu.

Os olhos azuis de Vikter encontraram os meus.

— Rylan apreciava os seus passeios noturnos pelo jardim. Ele jamais imaginou que pudesse haver alguma ameaça e, infelizmente, tornou-se complacente demais. A noite passada deveria ter mudado isso.

A noite passada *tinha* mudado isso. Rylan estava inspecionando os arredores o tempo todo. Encolhi os ombros, e então o meu cérebro mudou de direção. *Ian.*

— Por favor, não contem nada para o meu irmão. — Meu olhar oscilava entre a Duquesa e Vikter. — Não quero que ele fique preocupado, e ele vai ficar, mesmo que eu esteja bem.

— Preciso informar à Rainha o que aconteceu, Penellaphe. Você sabe disso — respondeu ela. — E não posso controlar para quem ela conta. Se a Rainha achar que Ian precisa saber, ela dirá a ele.

Afundei ainda mais dentro de mim mesma.

Ela tocou o meu rosto com a ponta dos dedos frios, do lado esquerdo. Eu me virei para ela.

— Você entende o quanto é importante, Penellaphe? Você é a Donzela. Você foi *Escolhida* pelos Deuses. A Ascensão de centenas de damas e cavalheiros de companhia, por todo o reino, está vinculada à sua. Será a maior Ascensão desde a primeira Bênção. Rylan sabia, assim como todos os Guardas Reais sabem, o que está em jogo se alguma coisa acontecer com você.

Eu gostava da Duquesa. Ela era gentil, ao contrário do marido, e, por um breve instante, pensei que ela estivesse realmente preocupada comigo, mas era o que eu significava que a deixava realmente preocupada. O que seria perdido se alguma coisa acontecesse comigo. Não era apenas a minha vida, mas o futuro de centenas de pessoas que estavam prestes a Ascender.

A pior parte foi a pontada de tristeza que senti quando já deveria saber disso.

— Se os Descendidos conseguirem impedir a sua Ascensão de algum modo, seria o seu maior triunfo. — Ela se pôs de pé, alisando o vestido com as mãos. — Seria um ataque demasiado cruel contra a nossa Rainha, o nosso Rei e os Deuses.

— Então a senhora... a senhora acha que ele era um Descendido? — perguntou Tawny. — Que ele não estava tentando sequestrá-la para pedir resgate?

— A flecha que acertou Rylan tinha uma inscrição — respondeu Vikter. — Ela carregava o juramento do Senhor das Trevas.

O juramento dele.

O ar ficou preso em minha garganta enquanto eu olhava para Tawny. Sabia o que aquilo significava.

De Sangue e Cinzas.

Nós Ressurgiremos.

Era o juramento que o Senhor das Trevas havia feito ao seu povo e seguidores, àqueles espalhados por todo o reino, de que eles ressurgiriam mais uma vez. Um juramento que tinha sido rabiscado em fachadas vandalizadas de todas as cidades e entalhado nas ruínas de pedra do que restara da Mansão Brasão de Ouro.

— Devo ser franca com você — disse a Duquesa, olhando de relance para Tawny. — E creio que o que estou prestes a dizer não se tornará um sussurro nos lábios de outras pessoas.

— Com certeza não — prometeu Tawny, ao mesmo tempo que eu assentia.

— Há... motivos para crer que o agressor da noite passada era um Atlante — disse ela, e Tawny respirou fundo. Não tive nenhuma reação ao ouvir aquela notícia, já que Vikter e eu já suspeitávamos disso. — É uma notícia que não queremos que se espalhe por aí. O tipo de pânico que isso poderia causar... bem, não faria bem a ninguém.

Olhei para Vikter e vi que ele observava a Duquesa atentamente.

— Você acha que foi ele quem me atacou hoje à noite? O mesmo homem responsável pela morte de Malessa?

— Não posso afirmar se era o mesmo homem, mas acreditamos que o responsável pelo tratamento vergonhoso que a nossa dama de companhia recebeu fazia parte de um grupo que nos visitou ontem — explicou ela, caminhando na direção do aparador ao longo da parede dos fundos. Ela se serviu de uma bebida cintilante da jarra de vidro. — Depois que o castelo foi vasculhado à procura de qualquer pessoa que não devesse estar aqui, nós achamos que o criminoso tivesse ido embora e que o ato fosse para mostrar como uma invasão seria fácil. Pensamos que a ameaça imediata já tivesse passado.

Ela tomou um gole da bebida, com os lábios trêmulos enquanto engolia.

— Evidentemente, nós estávamos errados. Eles podem até não estar mais no castelo, mas estão na cidade. — Ela me encarou, a pele de alabastro ainda mais pálida. — O Senhor das Trevas está atrás de você, Penellaphe.

Estremeci, e o meu coração deu um pulo dentro do peito.

— Vamos protegê-la — continuou ela. — Mas eu não ficaria surpresa se depois que o Rei e a Rainha ficarem sabendo do que aconteceu, eles adotassem medidas drásticas para garantir a sua segurança. Eles podem exigir que você vá para a capital.

Capítulo 8

— Não acho que o homem que vi no jardim era o Senhor das Trevas — disse a Vikter assim que saímos da sala de estar, passando sob os grandes estandartes brancos gravados com o Brasão Real em ouro. Ele estava escoltando a mim e a Tawny de volta ao meu quarto. — Quando ele disse que iria se banquetear com partes do meu corpo, mencionou outra pessoa, dizendo que não se importava com o que ele havia planejado. Se o Senhor das Trevas está por trás disso, imagino que os planos sejam dele.

— Suspeito que o homem no jardim fosse um Descendido — admitiu Vikter, com a mão no punho da espada curta enquanto examinava o amplo saguão como se os Descendidos estivessem escondidos atrás dos vasos de lírios e das estátuas.

Havia várias damas de companhia reunidas ali, que permaneceram em silêncio enquanto passávamos. Algumas delas colocaram a mão sobre a boca. Se ainda não sabiam o que havia acontecido, agora perceberam que algo mais se passara pela quantidade de sangue que manchava o meu vestido.

— Devíamos ter pego o caminho antigo — murmurei. Era raro que elas me vissem, e me ver daquele jeito seria a fofoca da semana.

— Ignore-as. — Tawny se moveu de modo a bloquear a visão de grande parte de mim enquanto atravessávamos o saguão. Ela ainda levava consigo o frasco com o pó branco que sabia que eu não tinha a menor intenção de usar.

— Pode ser bom que elas a vejam. — Vikter decidiu depois de um momento. — O que aconteceu ontem à noite e agora há pouco pode servir como um lembrete oportuno de que estamos em um momento de inquietação. Todos devemos ficar alertas. Ninguém está a salvo.

Um calafrio desceu pela minha espinha. A dormência continuava ali e tudo aquilo me pareceu surreal até que pensei em Rylan. Meu peito doía mais do que o meu maxilar e a minha têmpora machucada.

— Quando... quando Rylan será enterrado?

— Provavelmente pela manhã. — Vikter olhou de relance para mim. — Você sabe que não pode ir.

Os Ascendidos, assim como os cavalheiros e as damas de companhia, não deveriam comparecer ao funeral de um guarda. Na verdade, aquilo nunca acontecia.

— Rylan era o meu guarda pessoal e ele era... ele era um amigo. Eu não me importo com o que deve ou não ser feito. Não compareci ao funeral de Hannes por causa do protocolo, mas queria estar presente. — A culpa ainda me consumia, geralmente às três da manhã, quando não conseguia dormir. — Quero prestar as minhas homenagens a Rylan.

Tawny parecia querer discutir o assunto, mas pensou melhor. Vikter apenas deu um suspiro.

— Você sabe que Sua Alteza não vai aprovar isso.

— Ele raramente aprova alguma coisa. Pode muito bem ser mais um item para acrescentar à lista crescente de desapontamentos que causei.

— Poppy — advertiu Vikter, retesando o maxilar e me fazendo lembrar da discussão que tivemos na noite passada. — Você pode continuar agindo como se irritar o Duque não fosse grande coisa, mas sabe que isso não vai diminuir o peso da sua ira.

Eu já sabia disso, mas aquele conhecimento não mudava nada. Estava mais do que disposta a lidar com as consequências, assim como quando se tratava de ajudar as pessoas que tinham sido infectadas pelos Vorazes.

— Não me importo. Rylan morreu bem na minha frente e eu não pude fazer nada. Eu limpei... — Minha voz falhou. — Limpei a minha lâmina nas calças dele.

Vikter parou de andar assim que entramos no vestíbulo e pousou a mão no meu ombro.

— Você fez o que podia. — Ele apertou o meu ombro com delicadeza. — Fez o que tinha de fazer. Você não é responsável pela morte dele. Rylan estava cumprindo o seu dever, Poppy. O mesmo seria se eu morresse defendendo você.

Meu coração parou de bater.

— Não diga isso. Jamais diga isso. Você não vai morrer.

— Vou morrer algum dia. Posso ter sorte e o deus Rhain me buscar enquanto durmo, mas também pode acontecer por meio de uma espada ou de uma flecha. — Os olhos dele encontraram os meus, mesmo através do véu, e senti um nó na garganta. — Não importa como ou quando acontecer, a minha morte não será culpa sua, Poppy. E você não vai perder nem um minuto se sentindo culpada.

Minhas lágrimas deixaram o rosto dele visivelmente alterado. Eu não podia nem pensar na possibilidade de que alguma coisa acontecesse com Vikter. Perder Hannes e agora Rylan, que não eram tão próximos de mim quanto Vikter, já era bastante difícil. Além de Tawny, Vikter era a única pessoa na minha vida que sabia o que me mantinha acordada à noite e por que eu precisava sentir que era capaz de me proteger sozinha. Ele me conhecia mais que o meu próprio irmão. Seria como perder os meus pais outra vez, mas pior ainda, pois as lembranças deles, os seus rostos e o som das suas vozes haviam desaparecido com o passar do tempo. Eles ficaram para sempre presos no passado, apenas fantasmas de quem foram, mas Vikter estava no presente, distinto e em detalhes vívidos.

— Diga que compreende isso. — A voz dele suavizou.

Eu não compreendia, mas assenti mesmo assim, pois era o que ele precisava ouvir.

— Rylan era um bom homem. — Sua voz engrossou e, por um instante, a dor tomou conta do seu olhar, provando que ele tinha sido afetado pela sua morte. Só era muito hábil em não demostrar. — Sei que não foi o que pareceu quando estávamos com Sua Graça. Reitero o que disse. Rylan ficou complacente demais, mas isso pode acontecer com qualquer um. Ele era um bom guarda e cuidou de você. Não ia querer que você se sentisse culpada. — Ele apertou o meu ombro mais uma vez. — Venha. Você precisa se limpar.

Assim que chegamos ao meu quarto, Vikter verificou o recinto, se certificando de que o acesso à entrada dos empregados estivesse trancado. Era bastante perturbador pensar que ele sentia a necessidade de verificar a minha suíte, mas achei que estivesse agindo com a mentalidade de que era melhor prevenir do que remediar.

Antes que ele saísse, eu me lembrei do que a Duquesa tinha dito.

— Aquele grupo que a Duquesa mencionou... Você sabe quem são?

— Eu não estava ciente de grupo nenhum. — Vikter olhou para Tawny, que levava uma braçada de toalhas limpas para a sala de banho. Ele costumava falar abertamente na frente dela, mas aquilo... tudo aquilo parecia diferente. — Mas não sou informado sobre as idas e vindas dentro do castelo, por isso não é nenhuma surpresa.

— Então o Duque estava apenas tentando evitar o pânico — presumi.

— A Duquesa sempre foi mais franca, mas imagino que ele tenha dito a verdade ao Comandante. — Ele retesou o maxilar. — Eu devia ter sido informado imediatamente.

Devia mesmo, e não importava que ele já suspeitasse da verdade.

— Tente descansar um pouco. — Ele pousou a mão no meu ombro. — Estarei ali fora, caso você precise de alguma coisa.

Assenti.

Um banho quente foi rapidamente preparado e colocado perto da lareira, e então Tawny levou o vestido sujo dali. Eu não queria vê-lo nunca mais. Mergulhei na água fumegante e comecei a esfregar as mãos e os braços até que ficassem rosados com o calor e a fricção. Sem nenhum aviso, a imagem de Rylan surgiu na minha mente, com o rosto em choque enquanto olhava para o peito.

Fechando os olhos com força, eu me abaixei ainda mais e deixei que a água cobrisse a minha cabeça. Fiquei ali até que senti os pulmões ardendo e não vi mais o rosto de Rylan. Só então subi à superfície. Permaneci ali, com os joelhos machucados dobrados contra o peito, até minha pele ficar enrugada e a água começar a esfriar.

Levantei-me da banheira, vestindo um roupão grosso que Tawny havia deixado em um banquinho próximo, e andei descalça sobre o assoalho de pedra aquecida até um espelho solitário. Usei a palma da mão para limpar um pouco do vapor e olhei para os meus olhos verdes. Ian e eu tínhamos herdado a cor dos olhos do nosso pai. A nossa mãe tinha olhos castanhos. Eu me lembrava disso. Certa vez, a Rainha me disse que, exceto pelos olhos, eu era uma réplica perfeita da minha mãe quando ela tinha a minha idade. Eu tinha a sua testa proeminente e seu rosto oval, as maçãs do rosto angulosas e a boca carnuda.

Inclinei o rosto. A pele levemente avermelhada e machucada ao longo da têmpora e no canto da boca eram quase imperceptiveis. Fosse lá o que o Curandeiro tinha esfregado na minha pele, acelerou bastante o processo de cicatrização.

Devia ser a mesma mistura que eu usava para sarar os vergões que frequentemente marcavam as minhas costas.

Afastei esse pensamento enquanto olhava para o lado esquerdo do meu rosto. Aquilo também havia sarado, mas deixou uma marca.

Eu não olhava para as cicatrizes com muita frequência, mas fiz isso naquele instante. Estudei a faixa irregular de pele, de um tom rosado mais pálido que o resto, que começava no couro cabeludo e descia pela têmpora, passando perto do meu olho esquerdo. A lesão terminava no meu nariz. Havia outro ferimento menor mais para cima, que atravessava a minha testa e sobrancelha.

Ergui os dedos úmidos e toquei na cicatriz maior. Eu sempre achei que tinha os olhos e a boca grandes demais para o meu rosto, mas a Rainha havia me dito que a minha mãe era considerada uma mulher muito bela.

Toda vez que a Rainha Ileana falava sobre a minha mãe, ela o fazia com carinho. Elas tinham sido muito amigas, e eu sabia que ela se arrependia de ter concedido à minha mãe a única coisa que ela havia pedido.

Permissão para recusar a Ascensão.

Minha mãe era uma dama de companhia entregue à Corte durante o Ritual, mas o meu pai não era um cavalheiro. Ela havia escolhido o meu pai em troca da Bênção dos Deuses, e aquele tipo de amor... era, bem, eu não sabia nada a respeito daquilo. Muito provavelmente nunca saberia e duvidava que a maioria das pessoas compreendesse, não importando qual fosse o seu futuro. O que a minha mãe tinha feito era algo inédito. Ela foi a primeira e a última a fazer aquela escolha.

A Rainha Ileana havia me dito mais de uma vez que, se a minha mãe tivesse Ascendido, ela poderia ter sobrevivido àquela noite, mas talvez aquela noite nunca tivesse acontecido. Eu não existiria. Nem Ian. Ela não teria se casado com o nosso pai e, se tivesse Ascendido, não poderia ter filhos.

As crenças da Rainha eram irrelevantes.

Mas quando a névoa veio atrás de nós naquela noite, se os meus pais soubessem se defender, ainda poderiam estar vivos. Era por isso que eu estava ali e não como a prisioneira de um homem determinado a derrubar os Ascendidos, mais do que disposto a derramar sangue para alcançar isso. Se Malessa soubesse se defender, o seu fim poderia até ter sido o mesmo, mas pelo menos ela teria uma chance.

Olhei de novo para o meu reflexo. O Senhor das Trevas não vai me levar. É uma promessa pela qual eu mataria e morreria para manter.

Abaixei a mão e me afastei lentamente do espelho. Coloquei um vestido, deixando uma lâmpada acesa ao lado da porta, e me deitei na cama. Não se passaram nem vinte minutos antes que uma batida suave soasse na porta adjacente e a voz de Tawny me chamasse.

Me virei em direção à entrada.

— Estou acordada.

Tawny entrou, fechando a porta atrás de si.

— Eu... eu não consegui dormir.

— Eu ainda nem tentei — admiti.

— Posso voltar para o meu quarto se você estiver cansada — sugeriu ela.

— Você sabe que eu não vou dormir tão cedo. — Dei um tapinha no local ao meu lado na cama.

Apressando-se pela curta distância, ela puxou a ponta do cobertor e entrou ali debaixo. Deitou de lado e me encarou.

— Não consigo parar de pensar em tudo o que aconteceu e eu nem estava lá. Mal posso imaginar o que está se passando pela sua cabeça. — Ela fez uma pausa. — Na verdade, deve ser algo que envolva uma vingança sangrenta.

Abri um sorriso, apesar de tudo o que tinha acontecido.

— Isso não deixa de ser verdade.

— Olha a minha expressão de assombro — respondeu ela, e então o seu sorriso sumiu. — Fico pensando em como tudo isso parece irreal. Primeiro Malessa, e agora Rylan. Eu o vi logo após o jantar. Ele estava vivo e bem de saúde. Eu tinha passado por Malessa ontem de manhã. Ela estava sorridente e parecia feliz, carregando um buquê de flores. É como... eu não consigo nem processar que eles se foram. Aqui em um instante e não mais no próximo, sem nenhum aviso.

Tawny era uma das poucas pessoas que não haviam sido tocadas intimamente pela morte. Seus pais, assim como o irmão e a irmã mais velhos, estavam vivos. Além de Hannes, ninguém que ela conhecia bem ou via com frequência havia morrido.

Mas embora eu estivesse familiarizada com ela, a morte ainda era um choque para mim e, como Hawke dissera, não menos dura ou implacável.

Engoli em seco.

— Não sei como foi para Malessa. — O que eu sabia era que devia ter sido assustador, mas dizer aquilo não ajudaria em nada. — Mas para Rylan, a morte veio rápido. Vinte ou trinta segundos — disse a ela. — E então ele se foi. Não houve muita dor, e o que ele sentiu acabou logo.

Ela respirou fundo, fechando os olhos.

— Eu gostava de Rylan. Ele não era tão severo quanto Vikter nem tão reservado quanto Hannes ou os outros guardas. Dava para conversar com ele.

— Eu sei — sussurrei, sentindo uma queimação na garganta.

Tawny ficou em silêncio por alguns momentos e depois disse:

— O Senhor das Trevas. — Ela abriu os olhos. — Ele parecia ser um...

— Um mito?

Ela assentiu.

— Não é que eu não acreditasse que ele fosse real. É só que as pessoas falam dele como se ele fosse o bicho-papão. — Ela se aconchegou, puxando o cobertor até o queixo. — E se era mesmo o Senhor das Trevas no jardim e você conseguiu feri-lo?

— Isso seria... muito impressionante, e eu me gabaria até o final dos tempos com você e Vikter. Mas, como disse antes, não acho que era ele.

— Graças aos Deuses que você sabia o que fazer. — Ela estendeu o braço sobre a coberta, encontrando a minha mão e apertando-a. — Se não...

— Eu sei. — Em momentos como esse, era difícil lembrar que foi o dever que nos uniu e criou um vínculo entre nós. Apertei a mão dela de volta. — Ainda bem que você não estava lá comigo.

— Gostaria de poder dizer que queria estar lá para que você não tivesse que enfrentar isso sozinha, mas, para ser sincera, ainda bem que não estava — admitiu ela. — Eu não teria passado de uma distração histérica.

— Não é verdade. Eu mostrei a você como usar uma adaga...

— Saber o básico sobre o manejo de uma lâmina e usá-la em outra pessoa viva são coisas muito diferentes. — Ela soltou a minha mão. — Eu certamente ficaria parada lá aos berros. Não tenho vergonha de admitir isso, e os meus gritos provavelmente chamariam a atenção dos guardas mais cedo.

— Você teria se defendido. — Eu acreditava piamente nisso. — Vi como você fica furiosa quando resta apenas um bolinho.

A pele em volta dos seus olhos se enrugou quando ela riu.

— Mas isso é por um bolinho. Eu empurraria a Duquesa da varanda para conseguir o último.

Deixei escapar uma risadinha.

Outro sorriso surgiu e então desapareceu enquanto Tawny brincava com um fio solto do cobertor.

— Acha que o Rei e a Rainha vão exigir que você vá para a capital?

Os músculos dos meus ombros se retesaram.

— Não sei.

Isso não era verdade.

Se eles achassem que eu não estava mais a salvo na Masadônia, exigiriam que eu voltasse para a capital quase um ano antes da minha Ascensão.

Mas não foi isso que fez com que a frieza no meu peito se espalhasse por todo o meu corpo. A Duquesa havia provado mais cedo que garantir que a Ascensão não fosse frustrada era a sua maior preocupação. Só havia uma maneira de garantir isso.

A Rainha poderia pedir aos Deuses que realizassem a Ascensão mais cedo.

*

Logo após o amanhecer, quando o sol brilhava mais do que eu me lembrava para uma manhã tão perto do inverno, eu estava ao lado de Vikter. Estávamos no sopé das Colinas Imortais e logo abaixo dos Templos de Rhahar, o Deus Eterno, e de Ione, a Deusa do Renascimento. Os Templos pairavam acima de nós, construídos com a pedra mais escura do Extremo Oriente, e tão imensos quanto o Castelo Teerman, lançando metade do vale nas sombras, mas não onde estávamos. Era como se os Deuses brilhassem sobre nós.

Ficamos em silêncio enquanto assistíamos ao corpo envolto em linho de Rylan Keal ser colocado sobre a pira.

Vikter se resignou quando me juntei a ele, não preparada para treinar, mas vestida de branco e com o véu. Ele sabia que não ia me dissuadir daquilo e não disse nada conforme caminhávamos para o local onde os funerais de todos os habitantes da Masadônia eram realizados. Embora a minha presença tivesse atraído muitos olhares chocados, ninguém exigiu saber por que eu estava presente enquanto fazíamos a caminhada até a pira. E mesmo que alguém tivesse dito alguma coisa, eu não teria mudado de ideia. Devia a minha presença a Rylan.

Cercados por membros da Guarda Real e pelos guardas da Colina, ficamos no fim da procissão. Não quis me aproximar por respeito aos guardas. Rylan era o meu guarda pessoal e amigo, mas era irmão deles, e a sua morte os afetava de um modo diferente.

Enquanto o Sumo Sacerdote, vestido com uma túnica branca, falava da força e da bravura de Rylan, da glória que ele encontraria na companhia dos Deuses e da vida eterna que o aguardava, uma dor gélida crescia no meu peito.

Rylan parecia tão pequeno em cima da pira, como se tivesse diminuído de tamanho quando o Sacerdote aspergiu óleo e sal sobre o seu corpo. Um aroma doce encheu o ar.

O Comandante da Guarda Real, Griffith Jansen, deu um passo à frente, com o manto branco drapeado sobre os ombros ondulando na brisa conforme trazia a tocha solitária. O Comandante Jansen se virou em nossa direção e esperou. Levei algum tempo para me dar conta do motivo.

Vikter.

Como colega de trabalho de Rylan, ele receberia a tarefa de acender a pira. Vikter começou a dar um passo à frente, mas parou e olhou para mim. Era evidente que ele não queria sair do meu lado, nem mesmo quando eu estava cercada por dezenas de guardas e era altamente improvável que algo acontecesse.

Ah, Deuses! Foi então que percebi que a minha presença ali interferia com o desejo ou necessidade de Vikter de prestar homenagem a Rylan. Eu não tinha imaginado nem por um segundo que era por isso que ele havia resistido à ideia de eu vir ao funeral na noite passada e não tinha parado para pensar em como aquilo o afetaria.

Sentindo-me uma pirralha egoísta, comecei a dizer a ele que ficaria em segurança enquanto ele prestava a homenagem.

— Eu cuido dela — disse uma voz grave atrás de mim, que não deveria soar familiar, mas era.

Senti um embrulho no estômago, como se eu estivesse na beira de um precipício, enquanto o meu coração batia descompassado dentro do peito. Eu nem precisava me virar para saber quem era.

Hawke Flynn.

Ah, Deuses.

Depois de tudo o que aconteceu, eu quase tinha me esquecido de Hawke. *Quase* era a palavra-chave, pois naquela manhã mesmo eu tinha acordado desejando ter esperado que ele voltasse ao Pérola Vermelha.

Ser sequestrada e usada da maneira mais terrível que os meus inimigos pudessem julgar ou ser morta antes que eu tivesse a chance de experimentar todas as coisas que as pessoas contavam aos cochichos me parecia ser uma realidade assustadora demais.

O olhar azul-acinzentado de Vikter passou por cima do meu ombro. Um momento longo e tenso se passou enquanto vários guardas observavam a cena.

— Cuida?

— Com minha espada e com minha vida — respondeu Hawke, aproximando-se de mim.

Meu estômago se revirou outra vez em resposta ao seu juramento, mesmo sabendo que era o que todos os guardas diziam, não importava se eram da Colina ou se protegiam um Ascendido.

— O Comandante me disse que você é um dos melhores guardas da Colina. — Vikter retesou o queixo enquanto falava baixinho, para que apenas Hawke e eu pudéssemos ouvir. — Que fazia anos que ele não via ninguém com o seu nível de habilidade com o arco e a espada.

— Eu sou bom no que faço.

— E o que é? — desafiou Vikter.

— Matar.

A resposta simples e curta vinda de lábios que me pareceram tão macios quanto firmes veio como um choque. Mas aquela única palavra não me deixou assustada. Eu tive a reação oposta, e isso deveria ter me incomodado. Ou, no mínimo, preocupado.

— Ela é o futuro deste reino — advertiu Vikter, e eu me contorci com uma mistura inusitada de vergonha e afeição. Ele disse o que todo mundo dizia, desde a Duquesa até a Rainha, mas eu sabia que Vikter tinha falado aquilo por *quem* eu era e não pelo que eu representava. — Saiba quem está ao seu lado.

— Eu sei quem está ao meu lado — respondeu Hawke.

Uma risada histérica subiu pela minha garganta. Sinceramente, Hawke não fazia a menor ideia de quem estava ao lado dele. Pela graça dos Deuses, eu consegui suprimir a risada.

— Ela está segura comigo — acrescentou Hawke.

Estava, sim.

E não estava, não.

Vikter olhou para mim e tudo o que pude fazer foi assentir com a cabeça. Não podia falar. Se eu falasse, Hawke poderia reconhecer minha voz, e então... Deuses, eu não podia nem imaginar o que aconteceria.

Com um último olhar de advertência na direção de Hawke, Vikter girou nos calcanhares e caminhou até o guarda que segurava a tocha. Meu coração ainda não tinha desacelerado quando me atrevi a dar uma espiada na direção de Hawke.

Imediatamente desejei que não o tivesse feito.

No sol brilhante da manhã, com os cabelos preto-azulados afastados do rosto, as suas feições eram mais duras, mais severas e, de alguma forma, ainda mais bonitas. A curva dos seus lábios era firme. Não havia nem sinal da covinha. Ele usava o mesmo uniforme preto que vestia naquela noite no Pérola Vermelha, mas agora também trajava a armadura de couro e ferro da Colina, com a espada larga ao lado, a lâmina de pedra de sangue da cor de um rubi.

Por que será que ele tinha se oferecido para me proteger? Havia Guardas Reais ali. Dezenas de homens que deveriam ter feito aquilo. Examinei a multidão e percebi que nenhum deles parecia olhar na minha direção por muito tempo, e fiquei imaginando se era porque era raro que eles me vissem, ou se temiam receber uma punição do Duque ou dos Deuses por sequer olharem para mim.

O dever ditava que eles deveriam dar a vida por alguém que não poderiam encarar por muito tempo ou abordar sem permissão, pois seria considerado um grave desrespeito. A ironia perturbadora daquilo era um fardo sobre os meus ombros.

Mas Hawke era diferente.

Não havia como ele saber que era eu no Pérola Vermelha. Ele nunca tinha ouvido a minha voz antes, e eu duvidava que o meu maxilar e boca fossem *tão* reconhecíveis assim.

A Duquesa tinha dito que ele viera da capital com recomendações entusiasmadas e estava prestes a se tornar um dos Guardas Reais mais jovens. Se era o que Hawke queria, agir desse modo certamente ajudaria a sua carreira. Afinal de contas, agora havia uma vaga repentina e inesperada na Guarda Real.

E não era uma suposição sombria de se fazer?

Ele flexionou um músculo do maxilar de modo fascinante. Então eu me lembrei de por que estava ali, e não era para ficar espiando Hawke por trás do véu. Desviei o olhar para Vikter, que se aproximava da pira.

Com a respiração entrecortada, tive vontade de desviar o olhar, de fechar os olhos enquanto ele abaixava a tocha. Mas não o fiz. Fiquei assistindo enquanto as chamas lambiam o pavio e o som do crepitar da madeira preenchia o silêncio. Senti as minhas entranhas se retorcerem quando o fogo se acendeu rapidamente, espalhando-se sobre o corpo de Rylan enquanto Vikter se ajoelhava diante da pira e abaixava a cabeça.

— Você o honra com a sua presença — disse Hawke baixinho, mas as suas palavras me assustaram. Virei a cabeça em sua direção. Ele estava olhando para mim com os olhos tão brilhantes que parecia que os Deuses tinham polido o âmbar e o colocado ali. — Você honra a todos nós com a sua presença.

Abri a boca para dizer a ele que Rylan e todos os guardas mereciam muito mais do que a honra da minha presença, mas me contive. Não podia correr esse risco.

Hawke baixou os olhos para o meu maxilar e se demorou no canto da minha boca, onde eu sabia que a pele estava inflamada.

— Você foi ferida. — Não era uma pergunta, mas uma declaração proferida em um tom de voz duro como o granito. — Pode ter certeza de que isso nunca mais vai acontecer.

Capítulo 9

O suor umedeceu a minha pele quando eu me abaixei e girei o corpo, com a trança grossa dos meus longos cabelos chicoteando ao meu redor. Dei um chute e o meu pé descalço atingiu a lateral da canela de Vikter. Pego de surpresa, ele cambaleou e eu me pus de pé ao seu lado. Ele começou a revidar, mas ficou paralisado assim que percebeu a adaga que eu empunhava contra a sua garganta.

Ele repuxou o canto dos lábios para baixo.

Eu abri um sorriso.

— Venci.

— Não se trata de vencer, Poppy.

— Não? — Abaixei a adaga e dei um passo para trás.

— Se trata de sobreviver.

— E não é a mesma coisa que vencer?

Ele me lançou um olhar de soslaio enquanto enxugava a testa com o braço.

— Suponho que você possa encarar as coisas dessa maneira, mas nunca é um jogo.

— Eu sei disso. — Guardei a adaga na coxa. Vestida com um par de calças grossas e uma velha túnica de Vikter, atravessei o piso de pedra até uma mesa antiga de madeira. Peguei o copo d'água e tomei um longo gole. Se pudesse me vestir assim o dia todo, todos os dias, eu seria uma garota feliz. — Mas se fosse um jogo, eu ainda teria vencido.

— Você só teve a vantagem duas vezes, Poppy.

— Sim, mas em ambas as vezes eu poderia ter cortado o seu pescoço. Você conseguiu ficar com a vantagem três vezes, mas não seria capaz de me causar nada além de feridas superficiais.

— Feridas superficiais? — Ele soltou uma risada curta e inesperada. — Só você pensaria que estripar alguém seria uma ferida insignificante. Você é uma péssima perdedora.

— Você não disse que não era um jogo?

Ele resfolegou.

Sorrindo, dei de ombros enquanto o encarava. A poeira dançava sob a luz do sol que entrava pelas janelas abertas. A vidraça fora retirada havia muito tempo e a sala ficava fria pelo vento que entrava, quase gélida no inverno e insuportavelmente quente no verão. Mas ninguém nunca nos procurou ali, então ficava mais fácil suportar as variações extremas de temperatura.

Era a manhã seguinte ao funeral de Rylan, muito cedo para que grande parte do Castelo estivesse de pé. Quase todos os empregados, além dos outros habitantes da fortaleza, seguiam os horários dos Ascendidos; assim como o Duque e a Duquesa, eles acreditavam que eu ainda estava de cama. Apenas Tawny sabia onde eu estava. Rylan nunca nem soube, pois Vikter sempre tinha tarefas matinais comigo.

— Como está a sua cabeça? — perguntou ele.

— Bem.

Ele arqueou uma sobrancelha loira.

— Você está falando a verdade?

Tudo o que restava era um leve hematoma roxo-azulado na minha têmpora. A pele ao redor da minha boca não estava mais avermelhada. Havia um corte superficial no interior da minha bochecha em que qualquer grão de sal parecia entrar, mas, fora isso, eu *estava* bem. Não que eu fosse admitir, mas a sugestão de

Vikter para que eu pegasse leve e descansasse ontem provavelmente tinha muito a ver com isso.

Após o funeral de Rylan, passei o dia nos meus aposentos, lendo um dos livros que Tawny havia trazido para mim. Era sobre a história de dois amantes, um amor escrito nas estrelas, mas trágico. O volume se enquadrava na pilha de coisas proibidas para Penellaphe "ler", que praticamente incluía tudo que não fosse algum tipo de material educativo ou os ensinamentos dos Deuses. Terminei o romance ontem à noite e fiquei imaginando se Tawny poderia me trazer outro. Eu duvidava muito. A preparação para o Ritual iminente consumia muito do seu tempo livre. Toda vez que Tawny não conseguia trazer um livro para mim, eu simplesmente entrava furtivamente no Ateneu e escolhia alguma coisa. Além disso, depois da tentativa de sequestro e do que tinha acontecido com Malessa, eu não queria que ela ficasse perambulando por aí.

O que significava que eu também não devia ficar perambulando por aí desprotegida, mas o Ateneu não era muito longe. Ficava somente a alguns quarteirões do castelo e era facilmente acessível pelo Bosque. Disfarçada, ninguém saberia que eu era a Donzela, mas ainda me parecia imprudente e estúpido demais fazer algo assim logo depois do atentado.

— Doeu um pouco na noite passada, mas não desde que acordei. — Fiz uma pausa. — O homem tinha um soco fraco.

Vikter bufou quando se aproximou de mim, deslizando a espada curta na bainha.

— Você dormiu bem?

Pensei em mentir.

— Parece que não?

Ele parou na minha frente.

— Você raramente dorme bem. Imagino que o que aconteceu com Rylan tenha piorado ainda mais o seu padrão de sono.

— Ah, você está preocupado comigo? — provoquei. — Você é um ótimo pai.

Ele ficou com uma expressão impassível no rosto.

— Pare de desviar do assunto, Poppy.

— Por quê? Eu sou tão boa nisso.

— Não é, não.

Revirei os olhos e suspirei.

— Demorei um pouco para cair no sono, mas faz tempo que não tenho pesadelos.

Vikter estudou o meu olhar como se tentasse decidir se eu estava mentindo — e era provável que o homem fosse capaz de fazer isso. Eu não estava mentindo... não exatamente. Não tive mais pesadelos desde a noite em que fui ao Pérola Vermelha e não sabia muito bem o porquê.

Pode ser que dormir pensando sobre o que havia acontecido no Pérola Vermelha tenha mudado as engrenagens do meu cérebro, afastando-o dos traumas passados. Nesse caso, eu é que não iria olhar os dentes de um cavalo dado.

— Quem você acha que irá substituir Rylan? — Mudei de assunto antes que ele continuasse o interrogatório.

— Não tenho certeza, mas presumo que será decidido em breve.

Pensei imediatamente em Hawke, mesmo que ele não pudesse estar concorrendo, afinal, havia tantos guardas da Colina que já estavam no castelo fazia mais tempo. Mas a pergunta meio que escapuliu de qualquer maneira.

— Você acha que vai ser o guarda que acabou de chegar da capital? Aquele que ficou ao meu lado no funeral?

E que me garantiu que eu nunca mais seria ferida?

— Você está falando sobre Hawke? — perguntou Vikter, guardando a outra espada.

— Ah, esse é o nome dele?

Ele me encarou.

— Você é uma péssima mentirosa.

— Não sou, não! — Eu fiz uma careta. — Sobre o que eu estaria mentindo?

— Você quer me dizer que não sabia o nome dele?

Rezando para que o rubor nas minhas bochechas não me entregasse, eu cruzei os braços sobre o peito.

— Por que eu saberia?

— Todas as mulheres da cidade sabem o nome dele.

— O que isso tem a ver com alguma coisa?

Os lábios de Vikter tremeram como se ele estivesse reprimindo um sorriso.

— Ele é um jovem muito bonito, pelo que me disseram, e não há nada de errado em prestar atenção nele. — Ele desviou o olhar. — Contanto que seja só isso que você faça.

Foi então que as minhas bochechas coraram, pois eu tinha feito muito mais que simplesmente prestar atenção em Hawke.

— Quando exatamente eu tive a oportunidade de fazer outra coisa além de prestar atenção, o que, devo lembrá-lo, é estritamente proibido?

Vikter riu outra vez, e franzi ainda mais o cenho.

— Quando foi que a proibição de fazer alguma coisa a impediu?

— *Isso* é diferente — retruquei, imaginando se os Deuses me atingiriam com um raio por mentir tão descaradamente. — E quando eu teria a chance de fazer algo assim?

— Na verdade, ainda bem que você mencionou isso. As suas aventuras vão ter que acabar.

Senti o estômago revirar.

— Eu não faço a menor ideia do que você está falando.

Ele ignorou o que eu disse.

— Eu não falei nada antes a respeito das suas escapadas com Tawny, mas, depois do que aconteceu no jardim, isso vai ter que acabar.

Fechei a boca.

— Você achava que eu não sabia? — Vikter abriu um sorriso lento e presunçoso. — Eu estou de olho mesmo quando você acha que não.

— Bem, isso é... sinistro. — Eu nem queria saber se ele sabia que eu tinha ido ao Pérola Vermelha.

— Sinistro ou não, lembre-se do que eu disse na próxima vez que você pensar em sair escondida no meio da noite. — Antes que eu pudesse responder, ele continuou: — E quanto a Hawke, eu diria que a idade dele dificultaria que se tornasse o seu guarda pessoal.

— Mas? — O meu coração começou a martelar dentro do peito e sequer notei quando Vikter tirou o copo da minha mão.

— Mas ele é excepcionalmente qualificado, mais do que muitos dos Guardas Reais que temos no momento. Eu não estava massageando o ego dele quando disse isso ontem. Ele veio para cá tido em alta consideração pela capital, e parece ser próximo do Comandante Jansen. — Ele terminou de beber a água do meu copo. — Eu não ficaria tão surpreso se ele *fosse* promovido em detrimento de outros.

Agora o meu coração batia de encontro às costelas.

— Mas... mas se tornar o *meu* guarda pessoal? Alguém mais familiarizado com a cidade certamente se adequaria melhor ao cargo.

— Na verdade, alguém novo e com menos probabilidade de ser complacente seria melhor — replicou ele. — Ele veria as coisas de modo diferente de muitos de nós que já estamos aqui há anos. Veria as fraquezas e as ameaças que poderíamos ignorar por tédio. E ontem ele demostrou que não tem nenhuma dificuldade em tomar a frente enquanto todos os outros ficaram de braços cruzados.

Aquilo fazia sentido, mas... mas ele não podia se tornar o meu Guarda Real pessoal. Se Hawke fosse o meu guarda pessoal, eu teria que falar com ele em algum momento e, se fizesse isso, ele acabaria me reconhecendo.

E, então, o que aconteceria?

Se for próximo do Comandante e estiver determinado a subir na hierarquia, ele certamente me denunciaria. Afinal de contas, os guardas de alto escalão que tinham a chance de viver para receber uma aposentadoria generosa eram os Guardas Reais que protegiam o Duque e a Duquesa da Masadônia.

*

O Salão Principal era um dos aposentos mais belos de todo o castelo, especialmente durante o dia, quando o sol estava alto no céu. Ali era onde as reuniões semanais da Câmara Municipal e as grandes celebrações eram realizadas.

As janelas eram mais altas que a maioria das casas da cidade e eram espaçadas a cada seis metros, permitindo que o sol quente e brilhante inundasse as paredes e o piso de pedra calcária branca e polida. Elas proporcionavam uma vista do jardim à esquerda e dos Templos no topo das Colinas Imortais.

Tapeçarias brancas e pesadas pendiam da extensão das janelas e entre elas. O Brasão Real dourado estava gravado em alto-relevo no centro de cada estandarte. Colunas de um branco cremoso, adornadas com respingos de ouro e prata, estavam dispostas por toda a câmara comprida e ampla. Flores de jasmim brancas e roxas saíam de urnas prateadas, perfumando o ar com o seu aroma doce e terroso.

O teto pintado à mão era a verdadeira obra-prima do Salão Principal. Lá de cima, os Deuses nos observavam. Ione e Rhahar. A ruiva flamejante Aios, a Deusa do Amor, da Fertilidade e da Beleza. Saion, o Deus de pele negra do Céu e do Solo — ele era a Terra, o Vento e a Água. Ao seu lado estava Theon, o Deus dos Tratados e da Guerra, e a sua irmã gêmea, Lailah, a Deusa da Paz e da Vingança. Também havia Bele, a Deusa da Caça, com os seus cabelos escuros e armada com um arco. E Perus, o Deus do Ritual e da Prosperidade, pálido e de cabelos brancos. Ao seu lado estava Rhain, o Deus do Povo e dos Términos. E havia a minha xará, Penellaphe, a Deusa da Sabedoria, da Lealdade e do Dever — o que eu achava muito irônico. Todos os rostos estavam representados em detalhes vívidos e impressionantes — exceto por Nyktos, o Rei de todos os Deuses, que havia concedido a primeira Bênção. Seu rosto e silhueta não passavam de um luar prateado e cintilante.

Mas enquanto eu me mantinha de pé sobre o estrado elevado à esquerda da Duquesa sentada no trono, a luz do sol não entrava mais pelas janelas, mas apenas a noite escura. As numerosas arandelas e lâmpadas a óleo dispostas para fornecer o máximo de luz possível lançavam um brilho dourado por todo o Salão.

Os Deuses não caminhavam sob o sol.

Nem os Ascendidos.

Como foi que Ian conseguiu se acostumar com aquilo? Se o dia estivesse ensolarado, ele sempre ficava fora de casa, rabiscando em um dos seus diários, registrando as histórias que a sua mente inventava. Será que agora ele escrevia ao luar? Eu descobriria isso em breve se fosse chamada de volta à capital.

A ansiedade brotou dentro de mim e eu afastei esse pensamento da mente antes que a inquietação pudesse se espalhar. Examinei a multidão que enchia o Salão Principal, fingindo que não estava procurando por um rosto em particular, e falhando miseravelmente.

Eu sabia que Hawke estava ali. Ele sempre estava, mas eu ainda não o tinha visto.

Nervosa, eu retorcia as mãos enquanto alguém — um banqueiro — continuava a elogiar os Teerman.

— Você está bem? — Vikter inclinou a cabeça na minha direção, mantendo a voz baixa o bastante para que somente eu pudesse ouvir.

Virei-me ligeiramente para a esquerda e assenti.

— Por que a pergunta?

— Porque você não para de se remexer, como se tivesse aranhas dentro do vestido, desde o início da reunião — respondeu ele.

Aranhas dentro do vestido?

Se houvesse aranhas dentro do meu vestido, eu não estaria me remexendo. Estaria aos berros e tirando a roupa. Eu nem me importaria com quem visse aquilo.

Eu não sabia muito bem o que estava me deixando tão inquieta. Bem, havia uma infinidade de coisas, levando em consideração tudo o que tinha acontecido nos últimos dias, mas parecia que... era mais que isso.

Tudo começou depois que deixei Vikter, com uma leve dor de cabeça que atribuí ao soco e ao treino exagerado. Não que eu fosse admitir, mas depois do almoço, a dor desapareceu e foi substituída por um intenso nervosismo. Aquilo me fez lembrar da mistura de grãos de café que Ian tinha mandado da capital. Tawny e eu bebemos apenas meia xícara da bebida e nenhuma das duas conseguiu sossegar pelo resto do dia.

Fazendo um esforço mais consciente para permanecer quieta, eu olhei para a esquerda até o jardim, onde antes costumava encontrar tanta paz. Senti um aperto no peito. Eu não tinha ido ao jardim ontem à noite e nem hoje. O acesso à área não havia sido proibido, mas eu sabia que se colocasse um pé lá fora seria cercada por guardas.

Eu nem podia imaginar como seria o próximo Ritual.

Mas achava que nunca mais conseguiria voltar ao jardim, não importava o quanto eu amasse aquele lugar e as suas rosas. Mesmo agora, só olhar para os contornos sombrios das plantas através da janela me fez lembrar do olhar vazio de Rylan.

Com a respiração rasa, desviei a atenção do jardim para a frente do salão. Os membros da Corte, aqueles que tinham Ascendido, estavam mais próximos, ladeando o estrado. Atrás deles estavam as damas e os cavalheiros de companhia. Os Guardas Reais estavam no meio deles, com um manto branco com o Brasão Real sobre os ombros. Comerciantes, empresários, aldeões e trabalhadores lotavam o salão, todos ali para pedir à Corte uma coisa ou outra, expor as suas queixas ou obter favores de Vossa Alteza.

Muitos dos rostos nos encaravam com olhos arregalados e o queixo caído de admiração. Para alguns deles, aquela era a primeira vez que viam a beldade de cabelos castanhos, a Duquesa Teerman, ou o belo e frio Duque, que tinha os cabelos tão loiros que pareciam quase brancos. Para muitos, era a primeira vez que eles chegavam tão perto de um Ascendido.

Parecia até que eles estavam na presença dos próprios Deuses, e, de certa forma, acho que estavam mesmo. Os Ascendidos eram descendentes dos Deuses, por sangue, se não pelo nascimento.

E então havia... eu.

Praticamente nenhum dos plebeus que estava no Salão Principal havia visto a Donzela antes. Por causa disso, eu recebia muitos olhares furtivos e curiosos. Imaginei que a notícia da morte de Malessa e da minha tentativa de sequestro também já tivessem se espalhado bastante àquela altura, e podia apostar que aquilo tinha ajudado a aumentar a curiosidade e o zumbido de inquietação que parecia permear o salão.

A não ser por Tawny. Ela parecia meio adormecida de pé ali, e eu mordi o interior da bochecha quando ela reprimiu um bocejo. Nós já estávamos naquele lugar havia quase duas horas, e fiquei imaginando se o traseiro dos Teerman estava doendo tanto quanto os meus pés.

Provavelmente não.

Os dois pareciam extremamente confortáveis. A Duquesa estava vestida em seda amarela, e até mesmo eu tinha de admitir que o Duque parecia bastante elegante com a calça e o fraque pretos.

Ele sempre me lembrava da cobra pálida que uma vez encontrei perto da praia quando era menina. Bonito de se ver, mas sua mordida podia ser dolorosa e muitas vezes letal.

Engoli um suspiro quando o banqueiro começou a falar da sua grande liderança, e desviei o olhar na direção dos Templos.

E o vi ali.

Hawke.

Senti um pequeno e inusitado sobressalto no peito ao vê-lo. Ele estava entre duas pilastras, com os braços cruzados sobre o peito largo. Como ontem, não havia nenhum sorrisinho zombeteiro nos lábios dele, e as suas feições podiam ser consideradas severas se não fossem pelos fios de cabelo rebeldes e pretos como a meia-noite que caíam na sua testa, suavizando a expressão.

Um senso de consciência percorreu a minha espinha, espalhando pequenos choques por toda a minha pele. Hawke olhava para o estrado onde eu estava, e mesmo do outro lado do salão e por trás do véu, eu podia jurar que os nossos olhares haviam se cruzado. O ar escapou dos meus pulmões, e o salão pareceu desaparecer, ficando em silêncio enquanto nos encarávamos.

Meu coração batia descompassado conforme eu abria e fechava as mãos. Ele estava olhando para mim, assim como muitos outros. Até os Ascendidos costumavam ficar me encarando.

Eu era uma curiosidade, uma atração à parte exibida uma vez por semana para servir como um lembrete de que os Deuses podiam intervir ativamente nos nascimentos e nas vidas.

Mas as minhas pernas pareciam bambas e o meu pulso estava acelerado, como se eu tivesse passado a última hora treinando diferentes técnicas de combate com Vikter.

Magnus, o valete do Duque, anunciou os próximos a falar, chamando a minha atenção:

— O senhor e a senhora Tulis pediram a palavra, Vossa Alteza.

Vestidos com roupas simples e limpas, o casal de cabelos loiros saiu de um grupo de pessoas que esperavam na parte de trás do salão. O marido estava com o braço em volta dos ombros da esposa, que era mais baixa, mantendo-a perto de si. Com os cabelos afastados do rosto pálido, a mulher não usava joias, mas segurava um pequeno embrulho nos braços. A trouxa se remexeu quando eles se aproximaram do estrado, esticando o cobertor azul-claro com os bracinhos e as perninhas. Os dois olhavam para o chão, com as cabeças ligeiramente curvadas. Não ergueram o olhar até que a Duquesa desse permissão.

— Podem falar — disse ela, com a voz assustadoramente feminina e infinitamente suave. Ela parecia alguém que nunca havia erguido a voz ou a mão em um momento de fúria. Ambas as coisas eram verdadeiras e, pela centésima vez, eu fiquei imaginando o que ela e o Duque tinham em comum. Não conseguia me lembrar da última vez que eu os vi se tocarem — não que aquilo fosse necessário para que os Ascendidos se casassem.

Ao contrário de outras pessoas, o Sr. e a Sra. Tulis evidentemente tinham uma riqueza de sentimentos um pelo outro. Era nítido pela maneira como o Sr. Tulis abraçava a esposa e pelo modo como ela ergueu o olhar, primeiro para ele e depois para a Duquesa.

— Obrigada. — O olhar nervoso da esposa disparou na direção da parte masculina da Realeza. — Vossa Alteza.

O Duque Teerman inclinou a cabeça em reconhecimento.

— O prazer é nosso — disse ele a ela. — O que podemos fazer por você e pela sua família?

— Estamos aqui para apresentar o nosso filho — explicou ela, virando o embrulho para o estrado. O rostinho da criança estava enrugado e vermelho quando ele piscou os olhos grandes.

A Duquesa se inclinou para a frente, com as mãos entrelaçadas no colo.

— Ele é adorável. Qual é o nome do bebê?

— Tobias — respondeu o pai. — Ele se parece com a minha esposa, belo como um botão de flor, se me permite a expressão, Vossa Alteza.

Meus lábios se curvaram em um sorriso.

— É uma graça mesmo — assentiu a Duquesa. — Espero que esteja tudo bem com vocês e com o bebê.

— Está, sim. Eu estou com a saúde perfeita, assim como o bebê, e ele tem sido uma alegria, uma verdadeira bênção. — A Sra. Tulis se endireitou, segurando o bebê perto do peito. — Nós o amamos muito.

— Ele é o seu primeiro filho? — perguntou o Duque.

O pomo de adão do Sr. Tulis subiu e desceu quando ele engoliu em seco.

— Não, Vossa Alteza. Ele é o nosso terceiro filho.

A Duquesa bateu palmas.

— Então Tobias é uma verdadeira bênção e receberá a honra de servir aos Deuses.

— É por isso que estamos aqui, Vossa Alteza. — O homem tirou o braço dos ombros da esposa. — O nosso primeiro filho, nosso amado Jamie, ele... ele faleceu três meses atrás. — O Sr. Tulis pigarreou. — Foi uma doença do sangue, como nos disseram os Curandeiros. Aconteceu muito rápido, sabe? Um dia, ele estava bem, correndo por aí e se metendo em todo tipo de confusão. E então, na manhã seguinte, ele não acordou mais. Permaneceu inconsciente por alguns dias, mas então nos deixou.

— Lamento muito por essa notícia. — A tristeza transbordava da voz da Duquesa conforme ela se recostava na cadeira. — E o seu segundo filho?

— Nós o perdemos para a mesma doença que levou Jamie. — A mãe começou a tremer. — Ele só tinha um ano de vida.

Quer dizer que eles haviam perdido dois filhos? Meu coração já doía de pesar pelo casal. Mesmo com as perdas que tive na vida, eu não conseguia sequer imaginar o tipo de angústia que uma pessoa deve sentir quando perde um filho, muito menos dois. Se sentisse a dor deles, eu sabia que iria querer fazer algo a respeito, e não podia. Não ali. Ocultei o meu dom.

— Isso é realmente uma tragédia. Espero que vocês encontrem consolo ao saber que o seu amado Jamie está com os Deuses, junto com o seu segundo filho.

— Encontramos, sim. É o que nos faz suportar a perda. — A Sra. Tulis embalou gentilmente o bebê. — Viemos aqui hoje na esperança de pedir... — Ela parou de falar, parecendo incapaz de terminar a frase.

Foi o marido que a completou por ela:

— Viemos aqui hoje para pedir que o nosso filho não seja considerado para o Ritual quando atingir a maioridade.

Um arquejo ecoou pela câmara, vindo de todos os lados ao mesmo tempo.

O Sr. Tulis retesou os ombros, mas seguiu em frente:

— Eu sei que é pedir muito a vocês e aos Deuses. Ele é o nosso terceiro filho, mas perdemos os dois primeiros e a minha esposa, por mais que deseje ter mais bebês, foi aconselhada pelos Curandeiros a não engravidar de novo. Ele é o único filho que nos resta. E será o último.

— Mas ele ainda é o seu terceiro filho — respondeu o Duque, e senti um vazio no peito. — Não importa se o primeiro vingou ou não, isso não muda o fato de que o seu segundo e agora o terceiro filho estejam destinados a servir aos Deuses.

— Mas não temos outro filho, Vossa Alteza. — O lábio inferior da Sra. Tulis tremia conforme o seu peito arfava. — Se engravidar de novo, eu posso morrer. Nós...

— Eu entendo isso. — O Duque não alterou o seu tom de voz. — E você entende que, embora tenhamos recebido um enorme poder e autoridade dos Deuses, a questão do Ritual não é algo que possamos mudar.

— Mas vocês podem falar com os Deuses. — O Sr. Tulis fez menção de se aproximar, mas parou quando vários Guardas Reais se adiantaram.

Um murmúrio baixo surgiu da plateia. Olhei de relance para Hawke. Ele estava assistindo ao que eu acreditava ser a terceira tragédia dos Tulis, encenada bem diante de nós, com o maxilar tão duro quanto o calcário à nossa volta. Será que ele tinha um segundo ou terceiro irmão ou irmã que havia sido entregue ao Ritual? Alguém que poderia servir à Corte e receber a Bênção dos Deuses, e outro que nunca mais poderá ver?

— Vocês podem interceder aos Deuses por nós. Não é verdade? — perguntou Sr. Tulis, com a voz áspera como areia. — Nós somos boas pessoas.

— Por favor. — Lágrimas escorreram pelo rosto da mãe, e senti os dedos coçando para tocá-la, para aliviar a sua dor, mesmo que por pouco tempo. — Nós imploramos que vocês ao menos tentem. Sabemos que os Deuses são misericordiosos. Oramos a Aios e a Nyktos todas as manhãs e todas as noites por essa dádiva. Tudo o que pedimos é que...

— O que vocês pedem não pode ser concedido. Tobias é o seu terceiro filho, e essa é a ordem natural das coisas — afirmou a Duquesa. A mulher deixou escapar um soluço agudo. — Eu sei que é difícil e que agora dói, mas o seu filho é uma dádiva para os Deuses, não deles para vocês. É por isso que nunca pediríamos isso a eles.

Por que não? Que mal havia em perguntar? Decerto havia muitas pessoas servindo aos Deuses para que um único garoto perturbasse a ordem natural das coisas.

Além disso, algumas exceções já foram feitas no passado. O meu irmão era um exemplo disso.

Muitas pessoas na plateia pareciam completamente chocadas, como se não pudessem acreditar na audácia do pedido. Por outro lado, havia pessoas com os rostos repletos de compaixão e cheios de raiva. Elas olhavam fixamente para o estrado — para o Duque e para a Duquesa Teerman — e para mim.

— Por favor. Eu imploro a vocês. Eu imploro. — O pai caiu de joelhos, com as mãos entrelaçadas como se estivesse em oração.

Ofeguei, com o peito apertado. Não sei muito bem como ou por que aquilo aconteceu, mas eu perdi o controle sobre o meu dom e aguicei os sentidos sem me dar conta. Respirei fundo quando a dor se derramou dentro de mim em ondas gélidas. A intensidade deixou os meus joelhos bambos e eu mal podia respirar.

Um instante depois, senti a mão de Vikter nas minhas costas e percebi que ele estava preparado para me segurar caso eu tentasse ir até o casal. Precisei me controlar muito para ficar parada lá sem fazer nada.

Tirei os olhos do Sr. Tulis e procurei respirar calmamente. Examinei a multidão com os olhos arregalados enquanto imaginava uma barreira tão grande quanto a Colina, tão alta e robusta que nenhuma dor poderia penetrar. Aquilo sempre tinha dado certo no passado, e agora também. As garras da tristeza afrouxaram o aperto sobre mim, mas...

Um homem loiro chamou a minha atenção. Ele estava várias fileiras para trás, com o queixo abaixado e a maior parte do rosto oculta pela cortina de cabelos que caía para a frente. Senti... *alguma coisa* queimando através da barreira que eu havia construído, mas não parecia angústia. Era quente, como uma dor física, mas senti... senti um gosto amargo no fundo da garganta, como se eu tivesse engolido ácido. Ele só podia estar sentindo dor, mas...

Amedrontada, fechei os olhos e reconstruí a barreira até sentir apenas as batidas do meu coração. Depois de alguns segundos, consegui respirar mais fundo e finalmente a estranha sensação desapareceu. Abri os olhos enquanto o pai continuava implorando:

— *Por favor*. Nós amamos o nosso filho — lamentava ele. — Queremos criá-lo para ser um bom homem, para...

— Ele será criado nos Templos de Rhahar e Ione, onde será cuidado enquanto estiver a serviço dos Deuses, como tem sido feito desde a primeira Bênção. — A voz do Duque não estava aberta a discussões, e os soluços da mulher se intensificaram. — Por meio de nós, os Deuses protegem todos vocês dos horrores que existem do lado de fora da Colina. Daquilo que vem junto com a névoa. E tudo o que temos de fazer é servir a eles. Você está disposto a desafiar os Deuses só para ter um filho em casa, para que ele envelheça ou possivelmente adoeça e morra?

O Sr. Tulis balançou a cabeça em negativa, perdendo toda a cor.

— Não, Vossa Alteza. Nós não gostaríamos de causar nada do tipo, mas ele é o nosso filho...

— No entanto, é isso o que vocês estão pedindo — interrompeu o Duque. — Ao completar um mês, vocês entregarão o bebê aos Sumos Sacerdotes e se sentirão honrados em fazê-lo.

Incapaz de olhar para os rostos cheios de lágrimas, fechei os olhos outra vez e desejei poder, de algum modo, abafar os sons do desalento do casal. No entanto, mesmo que pudesse fazer isso, eu não me esqueceria deles. E, para falar a verdade, eu precisava ouvir a dor deles. Eu precisava testemunhar aquilo e lembrar. Servir aos Deuses nos Templos era uma honra, mas aquilo não deixava de ser uma perda.

— Parem de chorar — rogou a Duquesa. — Vocês sabem que isso é o certo e que é um pedido dos Deuses.

Só que aquilo não parecia certo. Que mal havia em pedir que um filho ficasse em casa com os pais? Para que ele crescesse, vivesse e se tornasse um membro útil da sociedade? Nem o Duque nem a Duquesa infringiriam as regras por conceder um favor tão simples. Como um mortal podia ficar indiferente aos apelos e ao choro de uma mãe e à desesperada desolação do seu marido?

Mas eu já sabia a resposta.

Os Ascendidos já não eram mortais.

Capítulo 10

Abafei um bocejo enquanto Tawny me ajudava a prender o véu no lugar, sentindo que não tinha descansado nada.

Minha mente se recusou a desligar na noite passada. Eu não conseguia parar de pensar em Malessa e Rylan, na ameaça do Senhor das Trevas e no que havia acontecido com a família Tulis. A total desesperança estampada no rosto da mãe conforme o marido a levava embora da câmara me deixou assombrada, assim como a multidão que se abriu e manteve distância do casal para que eles passassem. Era como se o pedido tivesse deixado uma mancha infecciosa neles. Quando saíram embalando o bebê, a sua desolação se materializara, tornando-se uma entidade tangível e persistente.

Mas não era só aquilo que me atormentava.

A expressão no rosto de Hawke enquanto ele observava o casal inconsolável também continuava voltando à minha mente. A raiva havia endurecido a sua mandíbula e apertado os seus lábios em uma linha firme e inflexível. E ele não foi o único presente a demonstrar algo que poderia ser facilmente interpretado como um sinal de ressentimento. Lembrei do homem loiro que tinha visto e no que senti emanando dele. Só podia ser algum tipo de dor, pois era a única coisa que eu podia sentir nas outras pessoas. Mas aquilo me lembrava da raiva estampada no rosto de Hawke e dos outros presentes.

Pessoas de diferentes classes sociais que não olharam para os Tulis com desgosto, mas que ficaram encarando o estrado sem conseguir ocultar o descontentamento e a amargura. Será que eles haviam entregado os terceiros filhos e filhas aos Sacerdotes, ou logo veriam os segundos filhos e filhas se juntarem à Corte após o Ritual?

Será que o Duque e a Duquesa haviam notado aqueles olhares? Eu duvidava disso, mas tinha certeza de que os Guardas Reais notaram.

Como Vikter dissera antes, era uma época de inquietação, que estava se espalhando por todo o reino. Eu não achava que podíamos culpar os Descendidos por tudo. Parte da culpa poderia ser atribuída à *ordem natural das coisas*, ao Ritual, que começava a parecer artificial quando circunstâncias atenuantes como o sofrimento dos Tulis eram ignoradas.

Será que o modo como as coisas eram feitas podia mudar? Aquilo foi outra coisa que me manteve acordada. Decerto que os Deuses tinham pessoas suficientes para servi-los. Eles tinham o reino inteiro, e talvez cada caso pudesse ser estudado em separado quando se tratava daqueles que serviriam aos Deuses quando chegasse a época do Ritual. Muitos pais ficavam honrados por entregar os filhos, e, para alguns, uma vida inteira de servidão aos Deuses seria muito melhor do que a vida que teriam se permanecessem em casa. Será que eu poderia mudar a ordem das coisas quando voltasse à capital antes de Ascender? Será que eu tinha esse poder? De fato eu tinha mais poder do que as damas e os cavalheiros de companhia, já que era a Donzela. Eu poderia interceder junto à Rainha pelos Tulis e, se voltasse dos Deuses como uma dos Ascendidos, poderia continuar lutando por mudanças.

Eu podia pelo menos tentar, o que era mais do que o Duque e a Duquesa estavam dispostos a fazer. Foi isso que decidi fazer antes de finalmente adormecer, só para acordar algumas horas mais tarde para me encontrar com Vikter.

— Parece que você precisa tirar um cochilo — comentou Tawny enquanto prendia a última corrente do meu véu.

— Quem me dera poder fazer isso. — Dei um suspiro.

— Eu não sei como você não consegue cochilar durante o dia. — Ela deu um passo para o lado, ajeitando as pontas do véu para que a grinalda descesse pelo meio das minhas costas. — É só me oferecer uma cadeira confortável e...

— Você desmaia em uma questão de minutos. Isso me deixa com tanta inveja. — Calcei as sapatilhas brancas de solas muito finas. — Depois que o sol nasce, eu não consigo dormir.

— É porque você não suporta ficar sem fazer nada — respondeu ela. — E dormir exige uma certa ociosidade, algo em que eu sou excelente.

Dei uma risada.

— Todo mundo é bom em alguma coisa.

Ela me lançou um olhar de esguelha um instante antes que uma batida soasse na porta, seguida pela voz de Vikter. Soltei um muxoxo enquanto ia até a porta que dava para o corredor, embora estivesse esperando a chegada dele. Eu devia me encontrar com a Sacerdotisa Analia para fazer as minhas orações, mas, na verdade, aquele tempo costumava ser gasto com a Sacerdotisa criticando tudo, desde a minha postura até os vincos do meu vestido.

— Se quiser fugir, eu posso dizer a Vikter que você pulou da janela — sugeriu Tawny.

Eu bufei.

— Isso só me daria uns cinco segundos de vantagem.

— É verdade. — Tawny alcançou a porta antes de mim, abrindo-a de supetão. No momento em que vi o rosto de Vikter, fiquei tensa. Havia sulcos profundos de apreensão ao redor da sua boca.

— O que foi que aconteceu? — perguntei.

— Você foi convocada pelo Duque e pela Duquesa — anunciou ele, e eu me contorci de pavor.

Tawny me lançou um olhar rápido e nervoso.

— Para quê?

— Creio que tem a ver com o substituto de Rylan — respondeu ele e, em vez de ficar aliviada como Tawny, cujos ombros relaxaram de imediato, minha inquietação só aumentou.

— Você sabe quem é? — Eu o segui até o corredor.

Ele balançou a cabeça em negativa, fazendo com que uma mecha de cabelo loiro caísse na sua testa.

— Eu não fui informado.

Aquilo não era exatamente incomum, mas eu achava que, já que Vikter trabalharia em conjunto com o substituto de Rylan, ele seria um dos primeiros a saber.

— E a Sacerdotisa Analia? — perguntei, ignorando as sobrancelhas arqueadas que Tawny dirigiu a mim assim que surgiu ao meu lado. E, sim, eu também fiquei surpresa de perguntar, já que pular da janela seria quase preferível a passar uma tarde inteira ouvindo tudo de errado que havia a meu respeito. Mas um mau pressentimento enraizou-se em meu estômago.

— Ela já foi avisada que não haverá sessão esta semana — respondeu Vikter. — Aposto que você ficou decepcionada com isso.

Tawny abafou uma risadinha quando eu mostrei a língua pelas costas de Vikter. Chegamos ao final da ala praticamente vazia do castelo e seguimos para o corredor estreito que dava acesso à escada principal. Os largos degraus de pedra levavam a um amplo vestíbulo, onde os empregados espanavam as estátuas de Penellaphe e Rhain. As estátuas de pedra calcária, que tinham quase três metros de altura e ficavam no centro do espaço circular, eram limpas todas as tardes. Eu não sabia como podia haver um mísero grão de poeira ou sujeira em alguma parte daquelas estátuas.

O vestíbulo dava para a parte da frente do castelo, onde ficavam o Salão Principal, as salas de estar e o átrio. No entanto, Vikter nos fez circundar as estátuas pela direita, passando pelo arco adornado com uma guirlanda verde e exuberante. A grande mesa de banquete projetada para acomodar dezenas de pessoas estava vazia, a não ser por um vaso dourado no centro, que continha várias rosas de caule longo que só floresciam à noite. Prendendo o fôlego, fiquei encarando as rosas enquanto contornávamos a mesa na direção de uma das portas à direita, que tinha sido deixada entreaberta. A visão das flores, o seu aroma...

Eu quase podia sentir o cheiro de sangue.

Tawny tocou de leve no meu ombro, chamando a minha atenção. Soltei o ar, forçando um sorriso. Ela continuou olhando para mim de modo apreensivo enquanto Vikter abria a porta de um dos muitos escritórios que os Teerman tinham no castelo, usado para reuniões menos íntimas. Examinei a sala e senti o meu coração disparar.

Não porque o Duque estivesse sentado atrás da mesa pintada de preto, com a cabeça pálida curvada enquanto estudava o documento que tinha nas mãos. Nem porque a Duquesa estivesse à direita da mesa, conversando com o Comandante Jansen. O que causou a reação foi o jovem de cabelos escuros parado ao lado do Comandante, vestido de preto com a armadura de couro e ferro.

Entreabri os lábios enquanto o meu coração despencava até a boca do estômago. Tawny parou de andar de repente, piscando os olhos como se tivesse acabado de encontrar um dos Deuses ali. Lentamente, ela olhou para mim e repuxou o canto dos lábios. Parecia curiosa e entretida, e eu sabia que, se ela pudesse ver o meu rosto, eu estaria com a cara de alguém que estava prestes a sair correndo daquela sala.

Naquele momento, desejei ter contado a ela sobre Hawke e o Pérola Vermelha.

Eu não conseguia pensar em outra razão pela qual Hawke estaria ali com o Comandante, mas me apeguei desesperadamente à esperança de que Vikter estivesse errado e que aquilo não tivesse nada a ver com a substituição de Rylan. Mas o que mais poderia ser?

Um novo medo repentino tomou conta de mim. E se Hawke tivesse descoberto que era eu lá no Pérola Vermelha? Ah, meus Deuses. Aquilo parecia pouco provável, mas Hawke se tornar o meu guarda também não era? O meu coração pareceu recomeçar a bater e agora estava em uma corrida consigo mesmo.

O Duque ergueu os olhos do documento, com seu rosto friamente belo não me dando nenhuma indicação do que estava prestes a acontecer.

— Por favor, feche a porta, Vikter.

O escritório imponente se destacava em detalhes vívidos conforme Vikter obedecia ao pedido. O Brasão Real pintado em dourado na parede de mármore branco atrás do Duque era ofuscante, e as paredes nuas contrastavam com os frisos das cadeiras pretas que ladeavam todo o comprimento e a largura da sala. Havia apenas uma cadeira além daquela em que o Duque estava sentado. Era a poltrona macia de cor creme que a Duquesa normalmente ocupava. As únicas outras opções de assento eram os bancos de pedra calcária dispostos em três fileiras.

O aposento era tão frio quanto o Duque, mas ainda assim muito melhor do que a sala que ele costumava preferir. Aquela para onde eu era convocada com muita frequência.

— Obrigado. — Teerman assentiu com a cabeça para Vikter, sorrindo de boca fechada enquanto colocava o documento em cima da mesa. Seus olhos pretos e insondáveis se voltaram para mim, de pé ao lado da porta. Ele franziu os lábios e fez um sinal para que eu entrasse. — Por favor, sente-se, Penellaphe.

Com as pernas estranhamente dormentes, eu me forcei a atravessar a curta distância, ciente de que o olhar de Hawke me acompanhava a cada passo. Eu nem precisava virar o rosto para saber que ele estava me observando. Seu olhar sempre tinha essa intensidade. Sentei-me na beirada do banco do meio, entrelaçando as mãos sobre o colo. Tawny ocupou o banco atrás de mim e Vikter se posicionou à minha direita, de modo a ficar entre mim e o Comandante e Hawke.

— Espero que você esteja se sentindo bem, Penellaphe — disse a Duquesa enquanto se sentava na poltrona ao lado da mesa.

Na esperança de que apenas me fizessem perguntas simples, eu assenti.

— Fico aliviada. Tive receio de que comparecer à Câmara Municipal logo após o atentado seria demais para você — disse ela.

Pela primeira vez, fiquei muito agradecida pelo véu, pois se o meu rosto estivesse visível, eu não conseguiria esconder como aquele temor era ridículo. Eu só estava um pouco machucada. Não gravemente ferida e nem com uma flecha atravessada no peito como Rylan. Eu ficaria bem — eu *estava* bem. Rylan nunca ficaria.

— O que aconteceu no jardim é a razão de estarmos todos aqui — declarou o Duque, e os músculos do meu pescoço e das minhas costas começaram a ficar tensos. — Com a morte de... — Ele franziu as sobrancelhas claras enquanto a descrença tomava conta de mim. — Qual era o nome dele? — ele perguntou à Duquesa, que também franziu a testa. — Do guarda?

— Rylan Keal, Vossa Alteza — respondeu Vikter antes que eu deixasse escapar o nome.

O Duque estalou os dedos.

— Ah, sim. Ryan. Com a morte de Ryan, você perdeu um guarda.

Fechei as mãos em punhos. Rylan. O nome dele era *Rylan*. Não Ryan.

Ninguém o corrigiu.

— Mais uma vez — acrescentou o Duque após uma pausa, com uma leve torção dos lábios imitando um sorriso. — Dois guardas perdidos no período de um ano. Espero que isso não se torne um hábito.

Ele disse aquilo como se fosse minha culpa.

— De qualquer forma, com a iminência do Ritual e à medida que você se aproxima da Ascensão, Vikter não pode ser o único de vigia — continuou Teerman. — Precisamos substituir o Ryan.

Mordi o interior da bochecha.

— O que, como eu tenho certeza de que você percebe agora, explica por que o Comandante Jansen e o guarda Flynn estão aqui — concluiu ele.

Eu devo ter parado de respirar nesse momento.

— O guarda Flynn tomará o lugar de Ryan imediatamente — disse o Duque, confirmando o que eu já tinha adivinhado no instante em que entrei na sala. Mas ouvi-lo dizer aquilo em voz alta era completamente diferente. — Sei que é uma surpresa, pois ele acabou de chegar à cidade e é muito jovem para ser um membro da Guarda Real.

Era exatamente o que eu estava pensando. O Duque também parecia estar em dúvida.

— Há vários Guardas da Colina esperando uma promoção, e trazer Hawke parece ser uma desfeita a eles. — O Duque se recostou na cadeira, cruzando as pernas. — Mas o Comandante nos garantiu que Hawke é mais adequado para a tarefa.

Eu não podia acreditar que aquilo estava acontecendo.

— O guarda Flynn pode ser novo na cidade, mas isso não é uma fraqueza. Ele é capaz de encarar as possíveis ameaças com novos olhos — afirmou o Comandante Jansen, quase repetindo o que Vikter tinha dito antes. — Muitos guardas teriam descartado a possibilidade de uma invasão no Jardim da Rainha. Não por falta de habilidade...

— Isso é questionável — murmurou o Duque.

O Comandante sabiamente continuou sem prestar atenção ao comentário.

— Mas porque há uma falsa sensação de segurança e complacência que geralmente ocorre quando alguém está em determinada cidade há muito tempo. Hawke não tem essa familiaridade.

— Ele também tem uma experiência recente com os perigos do lado de fora da Colina — interveio a Duquesa, e fixei os olhos nela. — Sua Ascensão é daqui a pouco menos de um ano, mas, mesmo que você seja convocada mais cedo que o esperado, ter alguém com esse tipo de experiência é inestimável. Não teremos que nos fiar em nossos Caçadores para garantir que a sua viagem até a capital seja a mais segura possível. Os Descendidos e o Senhor das Trevas não são as únicas coisas a temer lá fora, como você bem sabe.

E sabia mesmo.

E o que ela disse fazia sentido. Havia poucos Caçadores, e nem todos os guardas eram adequados para a viagem fora da muralha da Colina. Eles tinham que ser especialistas em...

Matar.

Não foi nisso que Hawke disse que era muito bom?

— A possibilidade de você ser convocada para a capital inesperadamente desempenhou um papel importante na minha decisão — afirmou Jansen. — Planejamos as viagens para além dos muros da Colina com pelo menos seis meses de antecedência, e pode ser que na ocasião em que a Rainha solicitar a sua presença na capital, nós tenhamos que esperar pela volta dos Caçadores. Com Hawke designado como o seu guarda pessoal, nós poderíamos evitar essa situação.

Os Deuses me odiavam.

E não era nenhuma surpresa, levando em conta todas as coisas proibidas que eu fazia. Talvez eles estivessem mesmo me observando e aquele fosse o meu castigo, pois como era possível que o Comandante não encontrasse outro Guarda da Colina que fosse mais adequado ou qualificado?

Será que Hawke era *tão* bom assim?

Foi então que mexi a cabeça sem querer. Olhei na direção de Hawke e me deparei com o seu olhar fixo em mim. Senti um arrepio na espinha. Ele inclinou a cabeça em reconhecimento, e eu podia jurar que havia um ligeiro brilho naqueles olhos cor de âmbar, como se ele estivesse se divertindo com tudo isso. Mas aquilo só podia ser coisa da minha cabeça.

— Como membro da Guarda Real pessoal da Donzela, é provável que ocorra uma situação em que você a veja sem o véu. — O tom de voz da Duquesa era suave, até um pouco simpático, e então eu me dei conta. Sabia o que estava prestes a acontecer. — Pode ser uma distração ver o rosto de alguém pela primeira vez, ainda mais da Escolhida, e isso pode interferir na sua capacidade de protegê-la. É por isso que os Deuses permitem a violação dessa regra.

Por algum motivo, eu fiquei com tanto medo de ser descoberta que me esqueci do que tinha acontecido quando Rylan viera trabalhar com Vikter.

— Comandante Jansen, por favor, saia do recinto — pediu o Duque, e eu o encarei com os olhos arregalados. Havia um sorriso em seu rosto, totalmente satisfeito e nem um pouco forçado nem fingido.

Eu nem percebi que o Comandante havia saído até que me assustei com o clique da porta se fechando atrás dele.

— Você está prestes a presenciar o que somente alguns poucos podem ver: uma Donzela sem o véu — Teerman anunciou a Hawke, mas o seu olhar estava fixo em mim, onde minhas mãos tremiam sobre o colo. Um sorriso genuíno surgiu no seu rosto, deixando o meu estômago embrulhado. — Penellaphe, por favor, mostre o seu rosto.

Capítulo 11

Houve uma dezena de vezes na minha vida em que realidade e sonho se confundiram.

A noite em que ouvi os gritos da minha mãe e os berros do meu pai era uma delas. Tudo parecia nebuloso, como se eu estivesse lá, mas de alguma forma desconectada do meu corpo. O assassinato dos meus pais era algo muito mais sério e traumatizante do que o que acontecia naquele momento. Ainda assim, eu estava prestes a ser descoberta. E se Hawke contasse ao Duque onde estive...

Senti a boca seca e um aperto no peito.

Talvez houvesse alguma verdade no que Vikter dissera sobre eu querer ser considerada indigna. Mas mesmo que fosse verdade, meu desejo era estar o mais longe possível do Duque se e quando isso acontecesse.

Hawke não tinha visto o meu rosto inteiro naquela noite no Pérola Vermelha, mas vira o suficiente para me reconhecer. Em algum momento, ele acabaria ligando os pontos. Muito provavelmente depois que ouvisse a minha voz. No entanto, eu não havia cogitado que aquele momento fosse se passar ali, na frente do Duque e da Duquesa.

— Penellaphe. — O tom de voz do Duque carregava uma ligeira ameaça. Eu estava demorando muito. — Nós não temos o dia todo.

— Dê um momento a ela, Dorian. — A Duquesa se virou para o marido. — Você conhece o motivo da sua hesitação. Nós podemos esperar.

Eu *não* estava hesitando pelo motivo que eles acreditavam — a razão pela qual o Duque havia sorrido com tamanho prazer. É óbvio que eu ficava incomodada de mostrar o meu rosto, as minhas *cicatrizes*, para Hawke. Mas, na verdade, essa era a menor das minhas preocupações no momento, embora o Duque devesse estar comemorando internamente de forma perversa.

Aquele homem me detestava.

Dorian Teerman fingia que não, que pensava que eu fosse um milagre, uma Escolhida, como a sua esposa acreditava. Mas eu sabia muito bem. O tempo gasto em seu outro *escritório* era a prova suficiente de como ele se sentia em relação a mim.

Eu não entendia muito bem por que ele me odiava, mas tinha que haver algum motivo. Até onde eu sabia, ele era no mínimo razoável com as damas e os cavalheiros de companhia. Mas comigo? Ele adorava descobrir algo que me deixasse desconfortável só para usar isso contra mim. E se eu quisesse deixá-lo feliz, era só fazer alguma coisa que o desapontasse, dando um motivo para que ele prosseguisse com as suas *lições*.

Com o rosto queimando — mais de raiva e frustração do que de vergonha —, estendi a mão para os fechos das correntes no exato momento em que Tawny se levantou, quase quebrando os fechos enquanto eu os abria. O véu se soltou e, antes que pudesse cair, Tawny o pegou pela barra e me ajudou a tirar a grinalda.

O ar frio beijou-me nas faces e na nuca. Olhei fixamente para o Duque. Não sei ao certo o que ele viu no meu rosto, mas o seu sorriso desapareceu e os seus olhos se transformaram em cacos de obsidiana. Ele retesou o maxilar, e eu sei que não devia fazer isso, mas não pude evitar...

Eu sorri.

Foi apenas o vislumbre de um sorriso, que não devia ser perceptível para ninguém além do Duque, mas ele tinha visto. Eu sabia que sim.

E sabia que pagaria por aquilo mais tarde, mas, naquele momento, não me importei.

Alguém se aproximou de mim, encerrando a minha batalha épica de troca de olhares com o Duque e me lembrando de que não éramos os únicos na sala. Ele não era a única pessoa que olhava para mim.

O lado visível do meu rosto para Hawke era o direito, o lado que o Duque costumava dizer que era bonito. O lado que eu imaginava que combinava com o rosto da minha mãe.

Respirando fundo, virei a cabeça até ficar de frente para Hawke. Nada de perfil. Nada de esconderijo ou de máscara que cobrisse as duas cicatrizes. O meu cabelo estava preso em uma trança e arrematado por um coque, de modo que também não ocultava nada. Ele via tudo o que se desnudara no Pérola Vermelha e ainda mais. Via as cicatrizes. Eu me preparei como o Duque sabia que faria, pois, lá no fundo, mesmo que Teerman não soubesse o motivo, a reação de Hawke iria me afetar.

Mais do que deveria.

Mas eu estaria condenada se deixasse que alguém percebesse.

Erguendo o queixo, esperei pelo olhar de choque ou repulsa, ou pior, de pena. Eu não esperava nada menos que isso. A beleza era altamente cobiçada e venerada, e a perfeição ainda mais.

Porque a beleza era considerada divina.

O olhar dourado de Hawke percorreu o meu rosto de modo tão intenso que parecia uma carícia nas minhas cicatrizes, nas minhas bochechas e então nos meus lábios. Senti um arrepio nos ombros quando ele ergueu o olhar para mim. Nossos olhos se encontraram. Ficaram ali. O ar parecia ter abandonado a sala, e eu me senti corada como se tivesse me exposto ao sol por tempo demais.

Não sei o que vi quando olhei para ele, mas não havia choque nem repulsa em seu rosto e, principalmente, nem um pingo de pena. Ele não estava exatamente impassível. Havia *alguma coisa* ali, nos olhos e na curva da sua boca, mas eu não fazia a menor ideia do que era.

E então o Duque falou com seu tom de voz enganosamente agradável:

— Ela é verdadeiramente única, não é?

Eu retesei o corpo.

— Metade do seu rosto é uma obra-prima — continuou o Duque, e senti a pele mudar de temperatura enquanto o meu estômago embrulhava. — A outra metade é um pesadelo.

Um tremor desceu pelos meus braços, mas eu mantive o queixo erguido e resisti ao impulso de pegar alguma coisa, *qualquer coisa*, e jogar na cara do Duque.

A Duquesa disse alguma coisa, embora eu não soubesse dizer o quê. Hawke manteve o olhar fixo no meu conforme avançava na minha direção.

— Ambas as metades são tão belas quanto o todo.

Entreabri os lábios em uma respiração aguda. Eu nem consegui olhar para perceber qual era a reação do Duque, embora pudesse apostar que não era nada menos que calamitosa.

Hawke pousou a mão no punho da espada e fez uma ligeira reverência, sem tirar os olhos de mim.

— Com a minha espada e com a minha vida, eu juro mantê-la em segurança, Penellaphe — disse ele, com a voz grave e suave, me fazendo lembrar do sabor requintado de um chocolate. — Deste momento até o fim, eu sou seu.

*

Fechando a porta do quarto atrás de mim, inclinei-me contra ela e respirei ofegante. Ele tinha dito o meu nome quando fez o voto como meu guarda. Não o que eu era, mas *quem* eu era, e isso...

Não era assim que devia ser.

Com a minha espada e com a minha vida, eu juro mantê-la em segurança, Donzela, a Escolhida. Deste momento até o fim, eu sou seu.

Foi assim que Vikter fez o seu juramento, assim como Hannes e depois Rylan.

Será que o Comandante não havia informado a Hawke quais eram as palavras corretas? Eu não poderia imaginar que ele se esqueceria disso. A expressão no rosto do Duque depois que Hawke endireitou o corpo podia ter incendiado grama úmida.

Tawny se virou para mim, com o vestido azul-claro farfalhando ao redor dos pés.

— Hawke Flynn é o seu guarda, Poppy.

— Eu sei.

— Poppy! — Ela repetiu o meu nome, praticamente gritando. — Aquele... — Ela apontou para o corredor. — ...é o seu guarda!

Meu coração deu um sobressalto.

— Fale baixo. — Eu me afastei da porta e peguei a mão dela, puxando-a para dentro do recinto. — Ele deve estar lá fora...

— Como o seu guarda pessoal — afirmou ela pela terceira vez.

— Eu *sei*. — Puxei Tawny na direção da janela, com o coração aos pulos.

— E sei que isso vai parecer horrível, mas eu tenho que dizer. Não consigo me conter. — Os olhos dela estavam arregalados de excitação. — É uma grande melhoria.

— Tawny — repliquei, soltando a mão dela.

— Eu sei. Reconheço que foi horrível, mas eu tinha que dizer. — Ela pressionou a mão contra o peito enquanto olhava de volta para a porta. — Ele é muito... interessante de se ver.

De fato.

— E ele está visivelmente interessado em subir na hierarquia.

Ela franziu as sobrancelhas quando se voltou para mim.

— Por que você está dizendo isso?

Eu a encarei, imaginando se Tawny tinha prestado atenção ao que o Duque dissera.

— Você já ouviu falar de um Guarda Real tão jovem?

Ela franziu o nariz.

— Não, nunca ouviu. É isso o que acontece quando você faz amizade com o Comandante da Guarda Real — salientei, com o coração disparado. — Não acredito que não houvesse outro Guarda Real tão qualificado quanto ele.

Ela abriu e fechou a boca, e em seguida estreitou os olhos.

— Você está tendo uma reação muito estranha e inesperada.

Cruzei os braços.

— Não sei o que você quer dizer com isso.

— Ah, não sabe? Você o viu treinando no pátio...

— Não vi, não! — Eu vi, sim.

Tawny inclinou a cabeça para o lado.

— Eu estava com você em mais de uma ocasião enquanto você observava os guardas treinando da varanda, e você não ficava olhando para qualquer guarda. Você ficava olhando para *ele*.

Fechei a boca.

— Você parece quase zangada por ele ter sido nomeado como seu guarda pessoal, e a menos que haja alguma coisa que você não tenha me contado, eu não entendo o motivo.

Havia muita coisa que eu não tinha contado a ela.

A suspeita no olhar de Tawny aumentou conforme ela me encarava.

— O que foi que você não me contou? Ele já falou com você antes?

— Quando ele teria tido uma oportunidade de falar comigo? — perguntei fracamente.

— Você se esgueira tanto pelo castelo que aposto que ouve muita coisa sem precisar que ninguém fale com você — salientou ela e então deu um passo à frente. Abaixou o tom de voz: — Você o ouviu dizer algo ruim?

Eu sacudi a cabeça.

— Poppy...

A última coisa que eu queria era que ela pensasse que Hawke havia feito algo errado. Foi por isso que deixei escapar o que fiz. Ou talvez porque eu tivesse que dizer alguma coisa.

— Eu o beijei.

Ela abriu a boca.

— O quê?

— Ou ele me beijou — corrigi. — Bem, nós nos beijamos. Houve um beijo mútuo...

— Já entendi! — gritou ela e então respirou fundo. — Quando isso aconteceu? Como isso aconteceu? E por que eu só estou sabendo disso agora?

Eu afundei em uma das poltronas perto da lareira.

— Foi... foi na noite em que fui ao Pérola Vermelha.

— Eu sabia. — Tawny bateu com o pé no chão. — Eu sabia que tinha acontecido alguma coisa. Você estava muito estranha, preocupada demais. Ah! Eu vou dar na sua cara! Não acredito que não me contou nada. Eu contaria isso aos berros do topo do castelo.

— Você contaria aos berros porque pode fazer isso. Nada iria acontecer com você. Mas e comigo?

— Eu sei. Eu sei. É proibido e tudo o mais. — Ela correu até a outra poltrona e se sentou, inclinando-se na minha direção. — Mas eu sou sua amiga. É o tipo de coisa que a gente conta às amigas.

Amiga.

Eu queria tanto acreditar que éramos amigas — que seríamos amigas mesmo que ela não estivesse vinculada a mim.

— Sinto muito por não ter contado a você. É só que... eu já fiz um monte de coisas que não deveria, mas isso... isso é diferente. Pensei que se eu não dissesse nada, então não... sei lá...

— Não daria em nada? Que os Deuses não ficariam sabendo? — Tawny sacudiu a cabeça. — Se os Deuses sabem agora, então eles já sabiam antes, Poppy.

— Eu sei — sussurrei, me sentindo péssima, mas eu não podia contar a ela o motivo de ter guardado aquilo para mim. Eu não queria magoá-la e senti que a deixaria triste. Não precisava do meu toque para saber disso.

— Eu a perdoo por não ter dito nada antes se você me contar o que aconteceu com todos os mínimos detalhes — disse ela.

Abri um sorriso e então fiz isso. Bem, quase. Enquanto tirava o véu lentamente e o colocava sobre o colo, eu contei a ela como fui parar no quarto com Hawke e como ele achou que eu fosse Britta. Contei a ela como Hawke se ofereceu para fazer o que eu quisesse depois que percebeu que eu não era ela e como pediu que eu esperasse por ele. Mas não contei como ele tinha me beijado em *outro lugar*.

Tawny olhou para mim com mais assombro que Agnes quando se deu conta de que eu era a Donzela.

— Ah, meus Deuses, Poppy.

Assenti lentamente com a cabeça.

— Eu queria tanto que você tivesse ficado.

— Tawny... — Suspirei.

— O que foi? Não vai me dizer que você não gostaria de ter ficado. Nem só um pouquinho.

Eu não podia dizer isso.

— Aposto que você não seria mais uma Donzela se tivesse ficado.

— Tawny!

— O que foi? — Ela riu. — Eu estou brincando, mas aposto que você *quase* escaparia de não ser mais uma Donzela. Me diz uma coisa, você... gostou? Do beijo?

Mordi os lábios, quase desejando poder mentir.

— Sim, gostei.

— Então por que você está tão chateada por ele ser o seu guarda?

— Por quê? Seus hormônios devem estar afetando o seu cérebro.

— Meus hormônios estão sempre afetando o meu cérebro, muito obrigada.

Eu bufei.

— Ele vai me reconhecer. Vai descobrir quem eu sou assim que ouvir a minha voz, não vai?

— Imagino que sim.

— E se ele procurar o Duque e contar que eu fui ao Pérola Vermelha? Que eu... deixei que ele me beijasse? — E mais que isso, mas, a essa altura, o beijo já seria ruim o suficiente. — Ele deve ser um dos Guardas Reais mais jovens, isso se não for o *mais* novo. É óbvio que ele está interessado em subir na carreira, e não existe maneira melhor de conseguir isso do que cair nas graças do Duque. Você sabe como os guardas e empregados favoritos dele são tratados! Melhor que os membros da Corte.

— Não acho que ele tenha interesse em cair nas graças de *Sua Alteza* — contestou ela. — Ele disse que você era bonita.

— Aposto que ele estava apenas sendo gentil.

Ela olhou para mim como se eu tivesse admitido que gostava de comer os pelos de um cachorro.

— Primeiro, você é bonita. Sabe disso...

— Não estou dizendo isso para ganhar elogios.

— Eu sei, mas senti uma enorme necessidade de lembrá-la disso. — Ela me deu um sorriso rápido e franco. — Ele não tinha que dizer nada em resposta à babaquice habitual do Duque.

Meus lábios estremeceram.

— Hawke podia simplesmente ter ignorado o comentário e prosseguido com o juramento da Guarda Real, que, a propósito, ele disse como se fosse... algo *sexual* — continuou ela.

— É — admiti, pensando que não teria percebido isso antes da noite no Pérola Vermelha. — É, disse mesmo.

— Eu quase precisei me abanar, só para você ficar sabendo. Mas voltando à parte mais importante dos acontecimentos. Você acha que ele já a reconheceu?

— Não sei. — Repousei a cabeça contra o assento. — Eu estava de máscara naquela noite e ele não a tirou, mas acho que eu conseguiria reconhecer uma pessoa com ou sem máscara.

Ela assentiu.

— Gostaria de pensar que sim, e definitivamente espero que um Guarda Real consiga.

— Então isso significa que ele decidiu não dizer nada. — Ele não tinha dito nada enquanto nos acompanhou de volta até os meus aposentos, junto com Vikter. — Embora talvez ele não tenha me reconhecido. Aquele quarto era muito mal-iluminado.

— Se ele ainda não sabe, então imagino que vai descobrir assim que ouvir a sua voz, como você bem disse. Não dá para ficar calada toda vez que estiver perto dele — afirmou ela. — Isso seria muito suspeito.

— Obviamente.

— E estranho.

— Concordo. — Eu brinquei com as correntes do véu. — Eu não sei. Ou ele não me reconheceu, ou me reconheceu e decidiu não dizer nada. Talvez ele esteja planejando confundir minha cabeça ou algo do tipo.

Ela franziu as sobrancelhas.

— Você é uma pessoa incrivelmente desconfiada.

Comecei a negar, mas me dei conta de que não podia. Mudei de assunto:

— Ele provavelmente só não me reconheceu. — Senti uma estranha mistura de alívio e decepção junto com um arrepio de expectativa. — Quer saber de uma coisa?

— O quê?

— Não sei se estou aliviada ou decepcionada por ele não me reconhecer. Ou se estou ansiosa com a possibilidade de que ele tenha me reconhecido. — Sacudi a cabeça e ri. — Eu simplesmente não sei, mas não importa. O que... o que aconteceu entre nós foi só daquela vez. Foi só uma... coisa de nada. Não pode acontecer de novo.

— Certo — murmurou ela.

— Não que eu esteja pensando que ele fosse *querer* fazer aquilo novamente, ainda mais agora que sabe quem eu sou. Se é que ele sabe.

— Aham.

— Mas o que estou tentando dizer é que isso não é algo que eu deva levar em consideração. A única coisa que importa é o que ele vai fazer com a informação — concluí com um aceno de cabeça.

Tawny parecia estar prestes a bater palmas.

— Sabe o que eu acho?

— Estou quase com medo de ouvir.

Os olhos castanhos dela reluziram.

— As coisas estão prestes a ficar muito mais emocionantes por aqui.

Capítulo 12

No início da tarde, no dia seguinte, eu estava sentada no átrio arejado e ensolarado com Tawny quando não apenas uma, mas duas damas de companhia chegaram, e fiquei imaginando como tinha me metido naquela situação.

As incursões para fora dos meus aposentos eram sempre oportunas, ainda mais quando se tratava do átrio, para que ninguém além de mim estivesse no recinto. Quando cheguei, cerca de meia hora atrás, ele estava vazio como de costume.

Aquilo mudou alguns minutos depois que eu me sentei e peguei os canapés que Tawny confiscara de outra sala. Loren e Dafina chegaram e, embora estivesse sentada como me ensinaram — com as mãos entrelaçadas sobre o colo, os tornozelos cruzados e os pés escondidos atrás da barra cor de marfim do vestido —, eu não deveria estar ali.

Não enquanto as damas de companhia estivessem presentes, já que elas se acomodaram à mesa em que Tawny e eu estávamos sentadas. A situação poderia muito bem ser interpretada como se eu estivesse interagindo com elas, o que era uma das muitas coisas expressamente proibidas pelos Sacerdotes e Sacerdotisas A interação era, de acordo com eles, íntima demais.

Contudo, eu não estava interagindo. Imaginava que eu parecia a personificação da serenidade bem-educada. Ou que pudesse ser confundida com uma das estátuas das Donzelas de véu.

Eu podia até parecer calma, mas por dentro me sentia como uma pilha de nervos esgotada e exausta. Parte disso se devia à ausência de sono reparador na noite anterior — bem, para ser sincera, nos últimos dias. Mas também se devia ao fato de que eu sabia que seria culpada pela presença de Dafina e Loren. Eu nem sabia se tinha permissão para ficar no átrio. Aquilo nunca havia sido um problema antes e ninguém jamais tinha falado comigo a respeito. No entanto, ninguém além de um funcionário perdido ou um guarda tinha aparecido no átrio enquanto eu estava ali antes. Ainda assim, elas não eram o único motivo da minha inquietação.

A causa principal estava de pé na diagonal de onde eu estava, com a mão apoiada no punho da espada e os olhos cor de âmbar sempre alertas.

Hawke.

Era estranho olhar de esguelha e vê-lo parado ali. E não só porque geralmente era Rylan quem vigiava os lanches da tarde que Tawny e eu fazíamos no átrio de vez em quando. Mas porque a presença de Hawke era muito diferente. Geralmente, Rylan ficava olhando para o jardim ou passava a maior parte do tempo conversando com um dos Guardas Reais que estivesse ali por perto, enquanto ficava de pé ao lado da entrada. Hawke, não. Ele encontrou a única área do recinto de onde tinha a visão de todo o espaço bem iluminado, assim como dos jardins fora do átrio.

Felizmente, as janelas não tinham vista para as rosas.

Infelizmente, fiquei de frente para o chafariz com a Donzela de véu.

Em apenas um dia, tornou-se quase dolorosamente evidente como Rylan havia ficado negligente em termos de segurança. É verdade que nunca houve uma tentativa de ataque antes, mas ele *tinha* dado uma chance ao azar. Eu detestava ter que reconhecer isso. Parecia uma traição, mas não era apenas isso que tornava aquele lanche tão diferente dos anteriores.

A outra coisa era a aparição das duas damas de companhia. Eu suspeitava que aquela fosse a primeira vez que elas tinham ido ao átrio desde que chegaram ao Castelo Teerman após o Ritual.

Dafina, a segunda filha de um comerciante rico, abanava um leque dobrável de seda lilás como se estivesse tentando matar um inseto que só ela conseguia ver. Embora o sol do fim da manhã entrasse pelas janelas, o átrio continuava frio; e eu duvidava muito que Dafina tivesse ficado com tanto calor só de comer canapés de pepino e beber chá.

Ao seu lado, Loren, a segunda filha de um homem de negócios bem-sucedido, tinha desistido de costurar os minúsculos cristais na máscara que usaria durante o próximo Ritual e se dedicava a observar todos os movimentos do Guarda Real de cabelos escuros. Eu podia apostar que ela sabia exatamente quantas respirações Hawke dava em um minuto.

No fundo, eu sabia por que não tinha me levantado e saído do recinto como devia fazer e que Tawny esperava que eu fizesse. Entendia por que estava tão disposta a me arriscar a receber uma reprimenda apenas por ficar sentada ali cuidando da minha vida.

Eu estava *fascinada* com as trapalhadas das duas damas de companhia.

Loren já havia feito várias coisas para chamar a atenção de Hawke. Tinha deixado a bolsinha de cristais cair no chão — que Hawke galantemente a ajudou a recuperar — enquanto fingia estar absorta na observação de um pássaro de asas azuis que saltava de galho em galho em uma árvore perto da janela. Aquilo havia feito com que Dafina fingisse um desmaio, sei lá por qual motivo. De algum modo, o decote do seu vestido azul tinha deslizado tanto que fiquei imaginando como ela conseguia não sair de dentro dele.

Eu não poderia sair de dentro do vestido nem se ele estivesse pegando fogo.

O meu vestido tinha mangas esvoaçantes, miçangas minúsculas e um corpete que chegava quase à altura do pescoço. O tecido era fino e delicado demais para que eu pudesse embainhar a adaga na altura da coxa. Assim que conseguisse mudar de roupa, a lâmina voltaria para o seu lugar.

Sempre um cavalheiro, Hawke havia escoltado Dafina até uma espreguiçadeira e lhe trazido um copo de água com hortelã. Para não ficar para trás, Loren gemeu por causa de uma dor de cabeça repentina e inexplicável, da qual se recuperou assim que Hawke lhe lançou um sorriso, aquele que exibia a covinha na sua bochecha direita.

Não havia dor de cabeça nem desmaio coisa alguma. Curiosa, eu agucei os sentidos e não senti dor nem angústia emanando de nenhuma das duas, apenas uma pontada de tristeza. Achei que pudesse ter algo a ver com a morte de Malessa, muito embora elas não tenham falado sobre ela.

— Vocês sabem o que eu ouvi por aí? — Dafina estalou o leque conforme deslizava os dentes sobre o lábio inferior, olhando na direção de Hawke. — Alguém... — ela pronunciou a palavra e então abaixou a voz — ...tem visitado com bastante frequência um desses... — Ela olhou para mim. — Um desses antros da cidade.

— Antros? — perguntou Tawny, desistindo de fingir que elas não estavam ali. Não que eu pudesse culpá-la. Ela era amiga delas e, embora as damas de companhia soubessem que não deviam estar sentadas ali comigo, Tawny parecia tão entretida quanto eu com as suas trapalhadas.

Dafina lhe lançou um olhar penetrante.

— Você sabe, do tipo em que homens e mulheres costumam ir para jogar cartas e *outros* jogos.

Tawny arqueou as sobrancelhas.

— Você está falando sobre o Pérola Vermelha?

— Eu estava tentando ser discreta. — Dafina suspirou, seu olhar disparando na minha direção. — Mas, sim.

Eu quase ri da tentativa de Dafina de me proteger do conhecimento de tal lugar. Fiquei imaginando o que ela faria se soubesse que eu mesma já fui lá.

— E o que você ficou sabendo que ele faz em um lugar desses? — Tawny me cutucou debaixo da mesa com o pé. — Imagino que ele vá lá para jogar cartas, não é? Ou você...? — Pressionando a mão contra o peito, ela afundou na cadeira e deu um suspiro. Um cacho escapou da trança elaborada que tentava, sem sucesso, conter os seus cabelos. — Ou você acha que ele se envolve em algum tipo de jogo mais... ilícito?

Tawny sabia exatamente o que Hawke fazia no Pérola Vermelha.

Tive vontade de dar um chute nela... como uma Donzela faria, é óbvio.

— Aposto que ele só joga cartas lá. — Loren arqueou a sobrancelha enquanto pressionava o leque amarelo e vermelho contra o azul-escuro do vestido. O contraste do leque com o vestido era... horrível e também interessante. Baixei os olhos para a máscara dela. Havia cristais de todas as cores costurados no tecido. Eu podia apostar que iria parecer que um arco-íris havia vomitado em seu rosto depois que ela terminasse. — Se for só isso, seria uma... decepção e tanto.

— Imagino que ele deva fazer o que todo mundo faz quando vai lá — disse Tawny, com a ironia pingando das palavras como calda de açúcar. — Encontrar alguém para passar... um tempo de qualidade. — Ela lançou um olhar travesso para mim.

Vou trocar os torrões de açúcar que Tawny adora colocar no café por sal grosso.

Ela sabia que eu não iria entrar na conversa, que não podia. Eu não tinha permissão para falar com as damas, e ainda não tinha falado com Hawke e nem perto dele. E, além de me perguntar se eu gostaria de fazer alguma coisa depois do jantar na noite anterior, que respondi fazendo que não com a cabeça, ele também não tinha falado comigo.

Como antes, eu não sabia muito bem se estava aliviada ou decepcionada.

— Você não devia sugerir uma coisa dessas na presença da Donzela — sugeriu Dafina.

Tawny engasgou com o chá e, por trás do véu, eu revirei os olhos.

— Imagino que se a Senhorita Willa estivesse viva, ela já o teria apanhado na sua teia — disse Loren, despertando o meu interesse. Será que ela estava falando sobre *a* Willa Colyns? — E depois escrito a respeito dele em seu diário.

Estava, sim.

A Senhorita Willa Colyns foi uma mulher que viveu na Masadônia há cerca de duzentos anos. Aparentemente, ela tinha uma... vida amorosa muito ativa. Ela havia descrito os seus casos escandalosos de forma bastante explícita em um diário, que mais tarde foi arquivado no Ateneu da cidade como se fosse um relato histórico. Fiz uma anotação mental para pedir que Tawny pegasse aquele diário para mim.

— Ouvi dizer que ela só escreveu a respeito dos *parceiros* mais habilidosos — sussurrou Dafina com uma risadinha. — Então, se ele estivesse naquelas páginas, vocês já saberiam o que isso significa.

Eu *sabia* o que aquilo significava.

Por causa *dele*.

Desviei o olhar para Hawke. As calças e a túnica pretas moldavam o seu corpo como uma segunda pele, e eu não podia culpar Dafina ou Loren por olharem para ele a cada dois minutos. Hawke era alto, tinha músculos esguios e a espada embainhada na cintura, junto com a outra na lateral do corpo, demonstrava que ele estava preparado para lidar com muito mais do que apenas mulheres que desmaiavam. O manto branco da Guarda Real era uma novidade, pendurado sobre os seus ombros.

Mas ele também preenchia o ambiente com uma certa tensão desmedida, como se o recinto estivesse repleto de energia eletrizante. Todo mundo ao seu redor percebia isso.

Baixei o olhar para o peito dele e a lembrança de como os seus músculos eram firmes, mesmo sem a armadura, me fez enrubescer. Senti aquele peso familiar no peito, que fez com que a seda do meu vestido parecesse áspera contra a minha pele subitamente sensível e corada.

Talvez aqueles leques idiotas pudessem ter alguma utilidade.

Sufoquei um gemido e tive vontade de dar um tapa na minha cara. Mas como aquilo não era uma opção, eu tomei um gole de chá, tentando aliviar a secura inexplicável na garganta, e me concentrei em Dafina e Loren outra vez. Elas estavam falando sobre o Ritual, transmitindo um entusiasmo inebriante. A celebração aconteceria dali a uma semana, na noite da Lua da Colheita.

A animação delas era contagiante. Já que aquele seria o meu primeiro Ritual, eu iria mascarada, e não de branco. A maioria das pessoas não faria a menor ideia de que eu era a Donzela. Bem, os dois guardas que ficariam ao meu lado o tempo todo provavelmente me entregariam para qualquer um que prestasse atenção. Ainda assim, um arrepio de incerteza impregnada de expectativa percorreu o meu corpo conforme o meu olhar voltava lentamente para Hawke.

Senti o estômago revirado.

Se me visse de máscara, será que Hawke descobriria que era eu quem estava no quarto com ele? E isso importava? Quando chegar o Ritual, ele já vai ter percebido que eu sou a mesma garota daquela noite, não é? Isso se já não soubesse.

Ele estava de pé em posição de combate, com o olhar fixo no nosso pequeno grupo. A luz do sol quase parecia atraída por ele, acariciando as maçãs do seu rosto e a testa como uma amante. Seu perfil era impecável, com o contorno do maxilar esculpido como as estátuas que adornavam o jardim e o vestíbulo do castelo.

— Você sabe que isso significa que ele está por perto — Loren estava dizendo. — O Príncipe Casteel.

Virei a cabeça na direção dela, alarmada. Eu não fazia a menor ideia do que ela estava falando ou como aquele assunto havia surgido, mas não podia acreditar que ela tinha falado o nome dele em voz alta. Fiquei boquiaberta. Só os Descendidos se atreveriam a pronunciar o seu nome verdadeiro, e eu duvidava muito que algum deles fizesse isso dentro do castelo. Chamá-lo de príncipe era um ato de traição. Ele era o Senhor das Trevas.

Dafina estava franzindo a testa.

— Por causa do... — Ela olhou para mim, com as sobrancelhas franzidas. — Por causa do ataque?

Foi só então que percebi que elas deviam estar falando sobre a tentativa de sequestro enquanto eu estava...

Bem, enquanto eu estava fazendo a mesma coisa que elas fizeram mais cedo — admirando e pensando em Hawke.

— Além disso — Loren voltou a costurar um cristal vermelho-sangue na máscara —, eu ouvi Britta dizer isso hoje de manhã.

— A empregada? — bufou Dafina.

— Sim, a empregada. — A dama de companhia de cabelos escuros ergueu o queixo. — Elas sabem de tudo.

Dafina riu.

— Tudo?

Ela assentiu enquanto abaixava a voz.

— As pessoas falam a respeito de *qualquer coisa* na frente delas. Não importa quão íntimo ou particular seja o assunto. É quase como se elas fossem fantasmas. Não há nada que não fiquem sabendo.

Loren tinha razão. Eu já tinha visto esse comportamento da Duquesa e do Duque.

— O que Britta disse? — Tawny pousou a xícara em cima da mesa.

Os olhos escuros de Loren se viraram para mim e depois voltaram para Tawny.

— Ela disse que o Príncipe Casteel foi visto em Três Rios. Que foi ele quem causou o incêndio que tirou a vida do Duque Everton.

— Como alguém pode dizer uma coisa dessas? — Tawny exigiu saber. — Ninguém que já viu o Senhor das Trevas fala sobre a sua aparência ou viveu o suficiente para dar uma descrição dele.

— Não sei de nada disso — contestou Dafina. — Ramsey me disse que ele é careca, de orelhas pontudas e pálido como... você sabe o quê.

Eu resisti à vontade de bufar. Os Atlantes tinham a mesma aparência que nós.

— Ramsey? Um dos valetes de Vossa Alteza? — Tawny arqueou a sobrancelha. — Eu devia ter formulado melhor a pergunta: como alguém *digno de crédito* pode dizer uma coisa dessas?

— Britta diz que as pessoas que já viram o Príncipe Casteel falam que ele é muito bonito — acrescentou Loren.

— É mesmo? — refletiu Dafina.

Loren assentiu enquanto prendia o cristal na máscara.

— Ela disse que foi por isso que ele conseguiu entrar na Mansão Brasão de Ouro. — Ela abaixou a voz. — Que a Duquesa Everton iniciou um relacionamento de natureza física com o Príncipe sem perceber quem ele era e foi por isso que ele pôde se mover livremente pela mansão.

Parece que Britta falava demais, não é?

— Quase tudo o que ela diz acaba sendo verdade. — Loren deu de ombros enquanto cosia um cristal verde-esmeralda ao lado do vermelho. — Então ela pode estar certa a respeito do Príncipe Casteel.

— Você devia parar de pronunciar esse nome — aconselhou Tawny. — Se alguém a ouvir, você vai ser enviada aos Templos mais rápido do que consegue dizer "eu não sabia."

Loren deu uma risada casual.

— Eu não estou preocupada. Não sou tola de dizer essas coisas onde alguém possa me ouvir e duvido que alguém aqui diga alguma coisa. — Ela me lançou um breve olhar de cumplicidade. Ela sabia que eu não poderia dizer nada, pois teria que explicar como fiz parte da conversa.

O que, aliás, eu não fazia.

Só estava sentada ali.

— E se... e se ele estiver mesmo aqui? — Loren estremeceu ligeiramente. — Na cidade? E se foi assim que ele entrou no Castelo Teerman? — Os olhos dela se iluminaram. — Fazendo amizade com alguém daqui... quem sabe com a pobre Malessa?

— Você não me parece tão preocupada assim com essa possibilidade. — Tawny pegou a xícara novamente. — Para ser franca, você me parece animada.

— Animada? Não. Intrigada? Pode ser. — Ela baixou a máscara sobre o colo, suspirando. — Alguns dias são terrivelmente tediosos.

O choque da sua declaração me fez esquecer quem eu era e onde estava. Tudo o que eu pude fazer foi manter a voz baixa quando disse:

— Então quer dizer que uma boa e velha rebelião pode animar as coisas para você? Homens, mulheres e crianças mortos são uma fonte de entretenimento?

A surpresa cintilou no rosto dela e de Dafina. Devia ser a primeira vez que elas ouviam a minha voz.

Loren engoliu em seco.

— Creio que eu... eu possa ter falado besteira, Donzela. Peço desculpas.

Eu não disse nada.

— Por favor, ignore Loren — implorou Dafina. — Às vezes, ela fala sem pensar e não quer dizer nada disso.

Loren assentiu enfaticamente, mas não duvidei que ela quisesse dizer exatamente o que disse. Uma rebelião acabaria com a monotonia dos seus dias, e ela nem tinha pensado nas vidas que seriam afetadas ou perdidas, pois simplesmente não se importava.

Foi então que aconteceu, mais uma vez sem nenhum aviso, fazendo com que o meu corpo se movesse para a frente e a minha coluna ficasse retesada. O meu dom surgiu por conta própria e, antes que eu percebesse o que estava acontecendo, um elo invisível se formou entre Loren e eu. Uma sensação veio junto com a conexão, uma mistura que me fazia lembrar do ar fresco em um dia de calor e depois de algo ácido como um melão amargo. Eu me concentrei nas sensações enquanto o meu coração disparava contra as costelas. Elas se pareciam com... empolgação e medo enquanto Loren me encarava como se quisesse me dizer mais alguma coisa.

Mas eu não podia estar captando aquilo de Loren. Não fazia sentido. Aquelas emoções deviam estar vindo de mim mesma e, de alguma forma, influenciando o meu dom.

Dafina puxou a amiga pelo braço.

— Venha, temos que ir embora.

Sem escolha, Loren foi puxada da cadeira e rapidamente levada para fora do recinto enquanto Dafina cochichava em seu ouvido.

— Acho que você as assustou — disse Tawny.

Erguendo a mão trêmula, eu tomei um gole rápido da bebida doce de limão. Não fazia a menor ideia do que tinha acabado de acontecer.

— Poppy. — Tawny tocou o meu braço de leve. — Você está bem?

Eu assenti enquanto colocava a xícara sobre a mesa com cuidado.

— Sim, eu só estou... — Como eu poderia explicar? Tawny não sabia nada a respeito do meu dom, mas mesmo que soubesse, eu não conseguiria explicar aquilo nem tinha certeza de que alguma coisa realmente tinha acontecido.

Olhei para ela e agucei os sentidos. Como aconteceu a princípio com Dafina e Loren, tudo o que senti foi uma pontada de tristeza. Nenhuma dor profunda ou qualquer coisa que eu não devesse sentir.

Meu coração desacelerou e eu relaxei. Recostei-me na cadeira e fiquei imaginando se o estresse havia feito com que o meu dom se comportasse de maneira tão estranha.

Tawny olhou para mim com uma expressão apreensiva no rosto.

— Eu estou bem — disse a ela, mantendo a voz baixa. — Só não consigo acreditar no que Loren disse.

— Nem eu, mas ela sempre... se diverte com as coisas mais mórbidas. Como Dafina disse, ela não quis dizer nada com aquilo.

Eu assenti, pensando que se ela quisesse ou não dizer alguma coisa com aquilo, não importava de fato. Tomei outro gole da bebida, aliviada ao descobrir que a minha mão não estava mais trêmula. Sentindo-me voltando ao normal, atribuí a estranheza ao estresse e à falta de sono. Pensei novamente no Senhor das Trevas. Ele podia até ser o responsável pelos ataques e estar atrás de mim, mas isso não queria dizer que estava na cidade. Contudo, se ele estivesse...

Uma inquietação me invadiu quando pensei na Mansão Brasão de Ouro. Não era impossível que algo assim acontecesse ali, ainda mais levando em consideração que um Atlante e um Descendido já haviam invadido os domínios do castelo.

— O que você vai fazer? — sussurrou Tawny.

— Sobre o Senhor das Trevas estar na cidade? — perguntei, confusa.

— O quê? Não. — Ela apertou o meu braço. — Sobre ele.

— Ele? — Olhei de relance para Hawke.

— Sim. Ele. — Ela suspirou e soltou o meu braço. — A não ser que haja outro rapaz com quem você tenha se envolvido enquanto a sua identidade estava oculta.

— Sim. Há muitos rapazes. Eles têm até um clube — respondi secamente e ela revirou os olhos. — Não há nada que eu possa fazer.

— Você ao menos falou com ele? — Ela deu um tapinha no queixo conforme olhava para Hawke.

— Não.

Ela inclinou a cabeça.

— Você sabe que terá que falar na frente dele em algum momento.

— Estou falando agora — salientei, mesmo sabendo que não era aquilo que ela queria dizer.

Ela estreitou os olhos.

— Você está sussurrando, Poppy. *Eu* mal posso ouvi-la.

— Você pode me ouvir muito bem — disse a ela.

Ela parecia querer me dar outro chute por debaixo da mesa.

— Não sei como você ainda não o confrontou. Compreendo os riscos, mas se estivesse no seu lugar, eu teria que saber se ele tinha me reconhecido. E se reconheceu, por que ele não disse nada?

— Não é que eu não queira saber. — Olhei para Hawke. — Mas é que...

Fiquei paralisada quando Hawke olhou para mim e me encarou. Ele estava olhando diretamente para mim e, mesmo sabendo que não podia ver os meus olhos, ainda parecia que sim. Não havia como ele escutar a nossa conversa de onde estava e em um tom de voz tão baixo, mas o seu olhar era penetrante demais, como se ele pudesse não apenas ver através de mim, mas dentro de mim.

Tentei me livrar daquela sensação, mas quanto mais ele sustentava o meu olhar, mais a sensação aumentava. Devia ser por causa da cor dos seus olhos. Um tom de dourado tão exótico e deslumbrante. Uma pessoa podia imaginar todo tipo de coisa enquanto olhava para aqueles olhos.

Ele interrompeu o contato visual, se virando na direção da entrada. Respirei de modo entrecortado, com o coração disparado, como se eu estivesse correndo pela Colina outra vez.

— Isso foi... intenso — murmurou Tawny.

Pestanejei, sacudindo a cabeça enquanto me virava para ela.

— O quê?

— Isso. — Ela arqueou as sobrancelhas. — Você e Hawke se encarando. E não, eu não consigo ver os seus olhos, mas sei que vocês dois estavam em um duelo de olhares bem acirrado.

Eu podia sentir o calor invadir minhas bochechas.

— Ele só está cumprindo o seu dever e eu... eu apenas perdi a noção do que estava dizendo.

Tawny arqueou a sobrancelha.

— É mesmo?

— Exatamente. — Eu alisei o vestido com as mãos sobre o colo.

— Então ele estava apenas se certificando de que você ainda estava viva e...

— Respirando? — sugeriu Hawke, surpreendendo nós duas. Ele estava a uns trinta centímetros de onde nós estávamos, tendo se movido com a furtividade de um guarda treinado e a quietude de um fantasma. — Já que sou responsável por mantê-la viva, me certificar de que ela esteja respirando é uma prioridade.

Senti os ombros retesados. O que mais será que ele tinha escutado?

Tawny fez uma péssima tentativa de sufocar uma risadinha com o guardanapo.

— Fico aliviada por saber.

— Se não, eu estaria sendo negligente com os meus deveres, não é?

— Ah, sim, o seu dever. — Ela abaixou o guardanapo. — Entre proteger Poppy com a sua vida e recolher cristais caídos no chão, você está muito ocupado.

— Não se esqueça de levar as frágeis damas de companhia até a cadeira mais próxima antes que elas desmaiem — sugeriu ele. Aqueles olhos estranhos e hipnotizantes brilhavam com uma pitada de malícia, e eu estava... tão embevecida com ele como estive com as damas de companhia. Aquele era o Hawke que conheci no Pérola Vermelha. Um poço de dor escondido atrás de uma personalidade provocante e charmosa. — Sou um homem de muitos talentos.

— Tenho certeza que sim — respondeu Tawny com um sorriso enquanto eu lutava contra o impulso de aguçar os meus sentidos.

Ele olhou para ela e a covinha apareceu na sua bochecha direita.

— A sua fé nas minhas habilidades enche o meu coração de alegria — disse ele, voltando o olhar para mim. — Poppy?

Arregalei os olhos atrás do véu enquanto fechava a boca.

Tawny deu um suspiro.

— É o apelido dela. Só os amigos a chamam assim. E o seu irmão.

— Ah, aquele que mora na capital? — perguntou ele, ainda olhando para mim.

Fiz que sim com a cabeça.

— Poppy — repetiu ele de um jeito que parecia que o meu nome estava envolto em chocolate na sua língua. — Gostei.

Eu lhe lancei um sorriso tenso como os músculos do meu ventre naquele momento.

— Há alguma ameaça de cristais perdidos de que precisamos estar cientes ou você precisa de alguma coisa, Hawke? — perguntou Tawny.

— Há muitas coisas de que eu preciso — respondeu ele assim que voltou o olhar para mim. Tawny se inclinou para a frente como se mal pudesse esperar para ficar sabendo o que eram essas coisas. — Mas vamos ter que discutir isso mais tarde. Você foi convocada pelo Duque, Penellaphe. Devo levá-la até ele imediatamente.

Tawny ficou tão quieta que eu não sabia ao certo se ela ainda estava respirando. Senti um frio nas entranhas. Convocada pelo Duque tão cedo depois de ontem? Eu sabia que não era para uma conversa fiada. Será que o Lorde Mazeen havia cumprido a sua ameaça e procurado o Duque? Ou será que foi pela maneira como sorri para o Duque quando revelei o meu rosto? Será que ele descobriu que eu havia cravado a adaga no homem que tentou me sequestrar? Mesmo que a maioria das pessoas fosse comemorar que eu tivesse sido capaz de impedir o sequestro, o Duque Teerman se concentraria apenas no fato de que eu portava uma adaga. Será que alguém me viu no átrio e já tinha ido contar para ele? Será que ele descobriu a respeito do Pérola Vermelha? Senti o estômago afundar quando olhei para Hawke. Será que ele tinha dito alguma coisa?

Deuses, as opções eram realmente ilimitadas, e nenhuma delas era boa.

Com o estômago revirado, consegui esboçar um sorriso enquanto me levantava da cadeira.

— Vou esperar por você nos seus aposentos — disse Tawny, e eu assenti.

Hawke esperou até que eu passasse por ele antes de me seguir de perto, uma posição que lhe permitia reagir às ameaças vindas de frente e de trás. Segui para o saguão, onde tapeçarias brancas e douradas reluziam das paredes, e os empregados de vestidos e túnicas marrons corriam de um lado para o outro, realizando as inúmeras tarefas que mantinham o castelo em funcionamento.

Hawke não me levou na direção do salão de banquetes. Ele apontou para a escada e senti o estômago ainda mais embrulhado.

Atravessamos o vestíbulo e nos aproximamos do pé da ampla escadaria antes que ele perguntasse:

— Você está bem?

Fiz que sim com a cabeça.

— Você e a sua empregada pareceram ficar incomodadas com a convocação.

— Tawny não é uma empregada — deixei escapar e imediatamente praguejei todos os palavrões possíveis na minha cabeça. Foi uma tolice tentar não falar nada, mas seria melhor se aquilo tivesse acontecido quando não estávamos no vestíbulo, cercados por tantas pessoas.

E eu gostaria de ter conseguido ficar calada por pelo menos um dia.

Me preparei enquanto olhava de esguelha para ele.

Hawke ficou me encarando, com uma expressão impossível de decifrar. Se reconheceu a minha voz, ele não deu nenhuma indicação.

Aquela estranha mistura de decepção e alívio tomou conta de mim outra vez enquanto eu mantinha o meu olhar adiante. Será que ele não sabia mesmo que era eu naquele quarto? Por outro lado, por que eu estava surpresa? Ele havia pensado que eu fosse Britta e não viu nenhum problema em continuar quando percebeu que não era. Quem sabe quantas mulheres aleatórias ele...

— Não é? — indagou ele. — Ela pode até ser uma dama de companhia, mas eu fui informado de que ela tinha o dever de ser a sua dama de companhia. Sua acompanhante.

— Sim, mas ela não é... — Eu olhei para ele enquanto a escada de pedra fazia uma curva. Ele mantinha a mão sobre o punho da espada na cintura. — Ela é... — Ela tinha o dever de ser a minha acompanhante. — Não importa. Está tudo certo.

Ele olhou para mim então — bem, ele baixou os olhou para mim, embora eu estivesse um degrau acima dele. Hawke ainda era mais alto que eu, o que me pareceu injusto. Ele arqueou uma sobrancelha escura, de modo inquisitivo.

— O que foi? — perguntei, com o coração apertado assim que ergui o pé, mas não o suficiente. Tropecei. Hawke reagiu rápido, segurando o meu cotovelo e me firmando. O constrangimento tomou conta de mim conforme eu balbuciava: — Obrigada.

— Nenhum agradecimento dissimulado é exigido ou necessário. É o meu dever mantê-la em segurança. — Ele fez uma pausa. — Até mesmo de escadas traiçoeiras.

Respirei fundo.

— A minha gratidão não foi dissimulada.

— Peço perdão, então.

Eu não precisava olhar para Hawke para saber que ele estava sorrindo e aposto que aquela covinha idiota agraciava o mundo com a sua presença. Ele se calou e nós chegamos ao terceiro andar em silêncio. Um corredor levava à ala antiga — até os meus aposentos e os dos empregados do castelo. À esquerda estava a ala mais nova. Sentindo meu estômago embrulhado, virei à esquerda. Minha mente estava tão concentrada no que me aguardava que eu nem pensava sobre a aparente ausência de reconhecimento de Hawke ou no que significava se ele reconhecia quem eu era e apenas não dizia nada.

Hawke alcançou as portas largas de madeira no final do corredor e roçou o meu ombro com o braço conforme abria um dos lados. Ele esperou até que eu subisse na estreita escada em espiral. A luz do sol entrava pelas numerosas janelas ovais.

— Cuidado onde pisa. Se tropeçar aqui, é bem provável que me faça cair junto com você.

Eu bufei.

— Não vou tropeçar.

— Você acabou de tropeçar.

— Foi um caso isolado.

— Bem, então fico honrado de ter presenciado isso.

Senti-me grata por ele não poder me ver naquele momento, e não por medo de ser reconhecida, mas porque tinha certeza de que os meus olhos estavam tão arregalados que tomavam todo o meu rosto. Ele falava comigo de um jeito diferente dos outros guardas — exceto por Vikter. Nem mesmo Rylan era tão... íntimo. Era como se nós nos conhecêssemos havia anos em vez de horas... ou dias. Tanto faz. O modo casual com que ele falava comigo era desconcertante.

Ele passou por mim, alcançando a entrada para o quarto andar.

— Eu já a vi antes, sabe?

Parei de respirar por um segundo e foi apenas pela graça dos Deuses que não tropecei de novo.

— Eu a vi nas varandas inferiores. — Segurando a porta, ele fez um gesto para que eu entrasse. — Me observando treinar.

Um calor subiu até as minhas bochechas. Não era aquilo que eu esperava que ele fosse dizer.

— Eu não estava te observando. Estava...

— Tomando um pouco de ar fresco? Esperando pela sua dama de companhia, aquela que não é uma empregada? — Hawke pegou o meu braço quando passei por ele, me fazendo parar. Ele abaixou a cabeça até que seus lábios ficassem a meros centímetros do meu ouvido coberto pelo véu e sussurrou: — Talvez eu tenha me enganado e não fosse você.

Cercada pelo cheiro terroso e amadeirado dele, eu perdi o fôlego. Não estávamos nem perto de como ficamos na noite no Pérola Vermelha, mas se eu virasse a cabeça para a esquerda apenas alguns centímetros, a sua boca tocaria a minha. Aquela agitação voltou, se instalando ainda mais baixo no meu ventre.

— Você está enganado.

Ele soltou o meu braço e, quando ergui o olhar, vi que o canto dos seus lábios estava repuxado para cima. Meu coração batia de um modo estranho e inusitado dentro do peito quando entrei no saguão arejado, e minha pulsação acelerava.

Havia dois Guardas Reais parados do lado de fora dos aposentos particulares do Duque e da Duquesa. Muitos aposentos naquele andar eram usados para receber os membros do castelo e da Corte. Ambos tinham os próprios escritórios e suítes que se conectavam aos quartos, mas pela posição dos Guardas Reais, eu sabia que o Duque estava na suíte principal.

A inquietação voltou, correndo pelas minhas veias. Por um breve instante, eu tinha me esquecido dos motivos pelos quais podia ter sido chamada ali.

— Penellaphe? — chamou Hawke atrás de mim.

Foi só então que me dei conta de duas coisas. Primeiro, eu tinha ficado completamente paralisada no corredor e podia apostar que aquilo parecia estranho para ele. E segundo, era a segunda vez que ele me chamava pelo nome e não de *Donzela*. Ele não era Vikter. Nem Tawny. E os dois só me chamavam pelo nome quando estávamos a sós.

Eu sabia que devia corrigi-lo, mas não conseguia. Não queria e isso me assustava tanto quanto o que me aguardava no escritório do Duque.

Respirei fundo e entrelacei as mãos conforme endireitava os ombros e seguia em frente.

Os Guardas Reais evitaram o contato visual e fizeram uma reverência assim que nos aproximamos. O guarda negro se afastou para o lado, com a mão na porta. Ele começou a abri-la.

Por alguma razão, eu olhei para Hawke. Não fazia a menor ideia do motivo.

— Eu vou esperar por você aqui — garantiu ele.

Assenti e então olhei adiante novamente, me forçando a colocar um pé na frente do outro e dizendo a mim mesma que estava preocupada à toa.

Assim que entrei na suíte, a primeira coisa que notei foi que as cortinas estavam fechadas. O brilho suave das lâmpadas a óleo parecia ser absorvido pelos lambris de madeira escura e pelos móveis de mogno e veludo vermelho. Meu olhar se voltou para a grande escrivaninha e para o aparador ali atrás, onde havia inúmeras garrafas de cristal de tamanhos variados e cheias de uma bebida cor de âmbar.

Então eu o vi.

O Duque estava sentado no divã, com o pé em cima da mesa diante dele e um copo de licor na mão. Um calafrio percorreu o meu corpo quando ele olhou para mim com olhos tão escuros que quase não era possível ver as pupilas.

Aquilo me fez pensar que na próxima vez que eu visse Ian, os olhos dele não seriam mais verdes como os meus. Seriam como os do Duque. Escuros como o breu. Insondáveis. Mas seriam tão assustadores assim?

De repente, eu me dei conta de que o Duque não estava sozinho.

Lorde Mazeen estava sentado em frente a ele, com uma pose arrogante. Ele não tinha nenhuma bebida nas mãos, mas tamborilava os dedos distraidamente no joelho dobrado. Havia um sorriso malicioso em seus lábios bem delineados, e todos os meus instintos me diziam para sair correndo dali, pois não havia como lutar contra o que estava por vir.

A porta se fechou atrás de mim, me sobressaltando. Eu detestava aquela reação e esperava que o Duque não tivesse notado, mas percebi que sim assim que o vi sorrindo.

Teerman se levantou do divã em um movimento fluido, como se ele não tivesse ossos.

— Penellaphe, eu estou incrivelmente decepcionado com você.

Capítulo 13

Gelada até a medula, eu respirei fundo, comedida, enquanto o observava tomar um gole da bebida. Sabia que tinha que escolher as palavras com cuidado. Não mudariam o que estava por vir, mas poderiam determinar a gravidade.

— Sinto muito por ter decepcionado você — comecei. — Eu...

— Você ao menos sabe o que fez para me deixar tão decepcionado?

Os músculos dos meus ombros enrijeceram e desviei meu olhar do taciturno Lorde para o canto da suíte, onde havia várias tábuas estreitas de madeira marrom-avermelhada apoiadas contra uma estante de livros. Elas haviam sido confeccionadas com madeira de uma árvore que crescia na Floresta Sangrenta. Quando olhei de volta para o Lorde Mazeen, vi que ele estava sorrindo. Eu estava começando a achar que ele tinha contado alguma coisa ao Duque, mas, se estivesse errada, aquilo só aumentaria os meus problemas.

E Lorde Mazeen sabia disso enquanto olhava para mim. Ele não deu nenhuma indicação do papel que desempenhava naquilo, mesmo que estivesse ali para ser apenas uma mera testemunha. O Lorde raramente falava quando participava dessas lições. E embora o seu silêncio normalmente me causasse alívio, agora só aumentava a minha ansiedade.

Eu me forcei a falar, mas as palavras saíram todas erradas:

— Não, mas tenho certeza de que, seja lá o que for, é culpa minha. Você nunca se decepciona comigo sem motivo.

Aquilo estava longe de ser verdade.

Em certos momentos, parecia que o meu jeito de andar ou de cortar a comida no jantar já era uma decepção para o Duque. Eu podia apostar que até o número de respirações que eu dava em um minuto poderia ser uma ofensa para ele.

— Você tem razão. Eu não ficaria decepcionado sem motivo — concordou ele. — Mas, desta vez, fiquei surpreso com o que me disseram.

Senti o estômago revirado enquanto o suor brotava da minha testa. Meus Deuses, será que ele ficou sabendo da minha ida ao Pérola Vermelha?

Eu temia que Hawke dissesse alguma coisa; fiquei obcecada e preocupada com aquilo. Contudo, uma parte de mim não queria acreditar que fosse verdade, pois o sentimento de traição deixava um gosto amargo no fundo da minha garganta. Hawke não devia fazer a menor ideia do que acontecia naquela sala, mas ele sabia que haveria consequências, certo? Ele devia achar que eu só receberia um sermão. Afinal de contas, eu era a Donzela, a Escolhida.

Eu receberia uma bela reprimenda.

Mas duvidava muito que Hawke tivesse alguma ideia de que as lições do Duque não eram... normais.

Teerman deu um passo na minha direção e senti todos os meus músculos tensionarem.

— Tire o véu, Penellaphe.

Hesitei apenas por alguns instantes, muito embora não fosse incomum que o Duque ou a Duquesa fizessem tal pedido quando eu estava em sua presença. Eles não gostavam de falar com metade de um rosto. Eu não podia culpá-los por isso, mas geralmente o Duque me fazia continuar com o véu quando o Lorde Mazeen estava presente.

— Você não quer testar a minha paciência. — Ele segurou o copo com força.

— Sinto muito. É só que... nós não estamos sozinhos, e os Deuses me proibiram de mostrar o meu rosto — repliquei, sabendo muito bem que já tinha feito aquilo antes, mas em situações muito diferentes.

— Os Deuses não encontrarão nenhuma falha nos procedimentos de hoje — interrompeu o Duque.

É óbvio que não.

Forçando as mãos a ficarem firmes, eu as ergui e abri os fechos do véu perto das orelhas. A grinalda se afrouxou de imediato. Olhando para baixo como sabia que ele preferia, retirei o véu acima dos cabelos presos em um coque simples atrás da nuca. Minhas bochechas e testa expostas formigavam. Teerman veio até mim, pegou o véu das minhas mãos e o deixou de lado. Entrelacei as mãos e esperei. Eu odiava fazer isso.

Mas fiquei esperando.

— Olhe para mim — ordenou ele suavemente, e eu obedeci. Seu olhar de ébano percorreu as minhas feições lentamente, centímetro por centímetro, sem perder nada, nem mesmo as mechas de cabelo acobreado que eu sentia se enrolando na minha têmpora. O escrutínio durou uma eternidade. — A cada vez que eu a vejo, você está mais bonita.

— Obrigada, Vossa Alteza — murmurei, sentindo a repulsa borbulhar no estômago. Eu sabia o que estava por vir.

As pontas de seus dedos pressionaram a pele sob o meu queixo, inclinando a minha cabeça para a esquerda e depois para a direita.

Ele estalou a língua.

— É uma pena.

E lá estava.

Não falei nada enquanto olhava para a grande pintura a óleo dos Templos, onde mulheres de véu se ajoelhavam diante de um ser tão brilhante que rivalizava com a lua.

— O que você acha, Bran? — ele perguntou ao Lorde.

— É como você disse: uma pena.

Eu não dava a mínima para o que Lorde Mazeen pensava.

— As outras cicatrizes são fáceis de esconder, mas e essas? — O Duque suspirou, quase complacente. — Chegará um momento em que não haverá mais véu algum para esconder esse defeito infeliz.

Engoli em seco, resistindo ao impulso de me afastar quando os dedos dele deixaram o meu queixo para trilhar os dois sulcos irregulares que começavam na minha têmpora esquerda e continuavam para baixo, contornando meu olho e terminando ao lado do nariz.

— Você sabe o que aquele guarda novo disse?

O Lorde não respondeu nada, mas imagino que tenha respondido que não com a cabeça.

— Ele disse que ela era bonita — respondeu o Duque. — Metade dela é verdadeiramente deslumbrante. — Houve uma pausa. — Você se parece tanto com a sua mãe.

Olhei para ele, atordoada. O Duque conhecia a minha mãe? Ele nunca — nem sequer uma vez — havia mencionado isso antes.

— Você a conhecia?

Seus olhos encontraram os meus, e era difícil encarar uma escuridão sem fim.

— Sim, conhecia. Ela era... especial.

Antes que eu pudesse questionar aquilo, ele disse:

— Você sabe que o guarda nunca teria dito o contrário, não é? Ele nunca teria falado a verdade.

Estremeci, sentindo um vazio no peito.

Ao ver a minha reação, o Duque voltou a sorrir.

— Suponho que seja uma pequena bênção. O dano ao seu rosto poderia ter sido muito pior.

O dano poderia ter incluído a perda de um olho, ou pior ainda, a morte.

Mas não disse nada.

Olhei de volta para a pintura, imaginando como as palavras dele ainda eram capazes de me ferir depois de todos aqueles anos. Quando eu era mais jovem, elas me magoavam. As palavras me atingiam profundamente. Mas nos dois últimos anos, eu não sentia nada além de uma resignação entorpecida. As cicatrizes não eram algo que eu pudesse mudar. Eu sabia disso. Mas, naquele momento, as palavras dele me cortaram como se eu tivesse treze anos de novo.

— Você tem olhos tão bonitos. — Ele tirou os dedos das cicatrizes e tocou o meu lábio inferior. — E uma boca bem-feita. — Ele fez uma pausa, e eu podia jurar que sentia o seu olhar mais para baixo e demorado. — A maioria dos homens acharia o seu corpo agradável.

A bile subiu pela minha garganta e rastejou sobre a minha pele como se fossem milhares de aranhas. Com muita força de vontade, eu consegui permanecer perfeitamente imóvel.

— Para alguns, essas coisas já seriam suficientes. — Teerman passou o dedo pelo meu lábio inferior antes de baixar a mão. — A Sacerdotisa Analia veio me ver hoje de manhã.

Espere aí. O quê?

Meu coração começou a desacelerar assim que a confusão tomou conta de mim. A Sacerdotisa? O que ela podia dizer sobre mim?

— Você não tem nada a acrescentar? — perguntou Teerman, erguendo uma sobrancelha lívida.

— Não. Sinto muito. — Sacudi a cabeça. — Não sei o que a Sacerdotisa Analia teria a dizer. Eu a vi pela última vez na semana passada, na sala do segundo andar, e tudo parecia bem.

— Tenho certeza que sim, já que você só passou meia hora lá antes de sair inesperadamente — disse ele. — Fui informado de que você não tocou nos seus conjuntos de bordado nem conversou com as Sacerdotisas.

A irritação explodiu dentro de mim, mas eu sabia que não devia ceder a esse sentimento. Além do mais, se era por causa disso que ele estava chateado, era muito melhor do que eu temia.

— Eu estava ocupada com o meu Ritual — menti. O verdadeiro motivo pelo qual não conversei com as Sacerdotisas foi porque elas passaram o tempo todo falando mal das damas de companhia e como elas não mereciam a Bênção dos Deuses. — Eu devia estar sonhando acordada.

— Eu tenho certeza de que você está muito entusiasmada com o Ritual, e se essa fosse apenas uma situação isolada, eu ignoraria o seu mau comportamento.

Ele estava mentindo. O Duque *nunca* ignorava um mau comportamento.

— Mas fiquei sabendo que você estava no átrio agora há pouco — continuou ele, e meus ombros caíram.

— Estava, sim. Eu não sabia que não podia — respondi, e não estava mentindo. — Não vou lá com muita frequência, mas...

— Passar um tempo no átrio não é o problema, e você é esperta o bastante para saber disso. Não banque a inocente comigo.

Abri a boca e a fechei em seguida.

— Você estava conversando com duas damas de companhia — continuou ele. — Sabe que isso não é permitido.

Sabendo que aquilo estava por vir, eu permaneci em silêncio. Só não tinha me dado conta de que ele descobriria tão rapidamente. Alguém devia estar me vigiando. Talvez o valete do Duque ou um dos outros Guardas Reais.

— Você não tem nada a dizer? — perguntou ele.

Abaixei o queixo e olhei para o chão. Eu poderia dizer a verdade. Que não tinha dito mais de uma frase para as damas de companhia e que aquela, até onde eu sabia, tinha sido a primeira vez que elas visitavam o átrio. Mas de nada adiantaria. A verdade não funcionava com o Duque.

— Uma Donzela tão recatada — murmurou o Lorde.

Eu quase podia sentir minha língua afiar, mas suavizei as palavras o máximo que pude:

— Sinto muito. Eu devia ter saído assim que elas entraram, mas não o fiz.

— E por que não?

— Fiquei... curiosa. Elas estavam conversando sobre o próximo Ritual — respondi, erguendo o olhar.

— Não estou surpreso. Você sempre foi uma criança ativa, com uma mente curiosa que passava de uma coisa para outra, e avisei à Duquesa que você não perderia esse hábito com tanta facilidade — continuou ele, com as feições ficando tensas e um brilho de expectativa se formando em seus olhos. — A Sacerdotisa Analia também me disse que receia que o seu relacionamento com a empregada tenha se tornado íntimo demais.

Minha coluna travou quando ele se virou e endireitou o véu que havia colocado sobre uma cadeira. A parte de trás do meu crânio formigou quando respondi:

— Tawny tem sido uma dama de companhia maravilhosa, e se a minha gentileza e gratidão foram confundidas com qualquer outra coisa, eu peço perdão.

Ele lançou um olhar demorado na minha direção.

— Sei que pode ser difícil manter limites com alguém com quem você passa tanto tempo, mas uma Donzela não busca a intimidade do coração ou da mente daqueles que a servem, nem mesmo daqueles que se tornarão membros da Corte. Você jamais deve esquecer que não é igual a eles. Você foi Escolhida pelos Deuses no nascimento, e eles são escolhidos durante o Ritual. Vocês nunca serão iguais. Nunca serão amigos.

As palavras que me forcei a dizer feriram o meu coração:

— Eu compreendo.

Teerman deu mais um gole na bebida.

Quanto será que ele já havia consumido? Os meus batimentos cardíacos triplicaram. Certa vez, quando aborreci o Duque, a *lição* veio depois que ele se entregou ao que ouvi os guardas chamarem de "Ruína Vermelha", um licor fabricado nas Falésias de Hoar. O Lorde estava com ele naquela ocasião.

Foi naquela vez que ele me castigou com tanta severidade que levei vários dias até conseguir retomar o meu treinamento com Vikter.

— Acho que você não compreende, não. — Ele endureceu o tom de voz. — Você foi Escolhida no nascimento, Penellaphe. Somente uma pessoa além de você já foi escolhida pelos Deuses antes. Foi por isso que o Senhor das Trevas mandou o Voraz atrás da sua família. Foi por isso que os seus pais foram massacrados.

Estremeci mais uma vez, sentindo um vazio no estômago.

— Isso dói, não é? Mas é a verdade. Essa devia ser a única lição que você precisaria receber. — Colocando o copo na mesa, ele me encarou enquanto o Lorde descruzava as pernas. — Mas entre a sua falta de consciência em relação a ultrapassar os limites, a ausência de consideração com a Sacerdotisa Analia, o flagrante desprezo pelo que se espera de você hoje e... — ele se demorou na palavra, apreciando o momento — ...a atitude que dirigiu a mim ontem. O quê? Você achou que eu não notaria o seu comportamento enquanto discutíamos a substituição de Ryan?

O ar que respirei não foi suficiente para inflar os meus pulmões. Aquele não era o nome dele.

— Você olhou para mim como se quisesse me causar algum dano físico. — Ele riu, entretido com a ideia de que eu pudesse fazer uma coisa dessas. — A reunião teria acabado de modo muito diferente se não houvesse outras pessoas presentes e não estivéssemos ali para discutir a substituição de Ryan por Hawke...

— *Rylan* — retruquei. — O nome dele é Rylan. Não Ryan.

— Ah, aí está. — Lorde Mazeen repetiu as palavras que dissera na noite em que Malessa foi encontrada. Ele deu uma risada. — Não tão recatada agora.

Eu o ignorei.

Teerman inclinou a cabeça.

— Você quer dizer que o nome dele *era* Rylan?

Puxei o ar que parecia não ir a lugar nenhum.

— E isso importa? Ele era apenas um Guarda Real. Ficaria honrado por eu ter pensado nele.

Agora eu realmente tinha vontade de infligir um dano físico ao Duque.

— De qualquer forma, você acabou de provar que devo redobrar os esforços para fortalecer o compromisso de deixá-la pronta para a sua Ascensão. Parece que eu tenho sido muito maleável com você. — Os olhos dele cintilaram. — Infelizmente, isso significa que você precisa de mais uma lição. Espero que seja a última, mas, por alguma razão, eu duvido muito.

Senti um espasmo nos meus dedos entrelaçados. A raiva me invadiu tão rapidamente que fiquei surpresa por não ter exalado fogo quando soltei o ar. Aquela era a última coisa que Teerman esperava. Se não conseguisse encontrar nenhum motivo para me dar uma lição, ele teria um colapso completo.

— Sim — pronunciei a palavra entre os dentes, perdendo o controle. — Assim espero.

Ele me lançou um olhar penetrante e um momento longo e tenso se passou.

— Acredito que quatro chicotadas devam bastar.

Antes que pudesse lembrar quem eu era, *o que* Teerman era, a fúria ardeu no meu sangue, assumindo o controle. Nada do que ele alegara importava. Nada daquilo tinha a ver com os Descendidos e com o Senhor das Trevas ser o responsável pela minha tentativa de sequestro ou pelo assassinato de Rylan. Os Deuses abençoavam os Ascendidos com a imortalidade e uma força imensurável, e eles perdiam tempo se preocupando com quem eu conversava? Eu mal consegui me conter.

— Você tem certeza que isso é suficiente? Eu não gostaria que você achasse que não fez o bastante.

Ele endureceu o olhar.

— O que você acha de sete?

Senti uma pontada de apreensão, mas eu já tinha recebido dez antes.

— Vejo que esse número a satisfaz — disse ele. — O que você acha, Bran?

— Eu acho que é o suficiente. — Não havia como confundir a ansiedade em seu tom de voz.

O Duque olhou de volta para mim.

— Você sabe aonde ir.

De queixo erguido, eu tive que me conter para passar por ele e não o derrubar no chão. Aquela era a pior parte, caminhar até a superfície brilhante e limpa da sua mesa. Os Ascendidos eram mais fortes que os guardas mais habilidosos, mas nem Teerman nem Mazeen entravam em combate desde a Guerra dos Dois Reis. Eu poderia facilmente derrubá-lo de costas.

Mas o que aconteceria depois?

Haveria mais lições e a Rainha Ileana ficaria sabendo o que eu tinha feito. Ela ficaria genuinamente decepcionada e, ao contrário do Duque, eu me importava com o que a Rainha pensava e sentia. Não porque eu era a sua favorita, mas porque foi ela quem cuidou de mim quando eu era uma criança ferida e aterrorizada.

Ela trocou as minhas ataduras e segurou a minha mão enquanto eu gritava chamando meus pais. Ela ficou comigo quando eu não conseguia dormir, com medo do escuro. Ela fez coisas que nenhuma Rainha precisava fazer. Se não fosse por ela cuidando de mim como minha própria mãe teria feito, eu estaria perdida de tal modo que duvido que conseguiria me recuperar.

Parei em frente à mesa, as mãos tremendo com uma raiva mal contida. Eu acreditava com todo o coração que se a Rainha Ileana soubesse o que o Duque fazia naquela sala, as coisas não acabariam bem para os Ascendidos.

Pelo canto dos olhos, vi o Lorde se inclinando para a frente conforme Teerman apanhava a bengala vermelha e estreita, deslizando a mão ao longo da sua extensão.

Mas a Rainha não sabia.

As cartas enviadas para a capital eram sempre lidas, e eu não a veria antes de voltar. Mas e então? Então, eu contaria *tudo* a ela.

Pois se o Duque fazia aquilo comigo, eu tenho certeza de que ele fazia a mesma coisa com outras pessoas. Mesmo que ninguém nunca tenha falado a respeito.

Ele se aproximou de mim, com aquela avidez agora reluzindo nos olhos.

— Você não está pronta, Penellaphe. Já deveria saber o que fazer a esta altura.

Cerrando o maxilar, eu desviei o olhar enquanto levava as mãos até a fileira de botões. Meus dedos tremeram somente uma vez e depois pararam enquanto eu abria o corpete, ciente de que Mazeen havia escolhido o seu assento sabendo o que estava por vir. Ele tinha uma visão total.

O Duque permaneceu ao meu lado, observando o corpete do meu vestido se abrir e revelar a fina roupa de baixo. Ambos os lados deslizaram pelos meus ombros até se avolumarem ao redor da minha cintura. O ar frio soprou nas minhas costas e peito, e tive vontade de ficar ali como se não fosse afetada por aquela provação. Eu queria ser forte, corajosa e impassível. Não queria que eles vissem o quanto aquilo era humilhante, o quanto me incomodava ser vista daquele jeito, e não por alguém que escolhi — alguém que fosse digno.

Mas eu não consegui.

Com as bochechas coradas e os olhos ardendo, eu cruzei o braço sobre o peito.

— Isso é para o seu próprio bem — disse Teerman, com a voz se tornando sombria e áspera conforme ele andava atrás de mim. — É uma lição necessária, Penellaphe, para garantir que você leve os preparativos a sério e se comprometa com eles, de modo a não causar desonra aos Deuses.

Ele quase soava como se acreditasse no que estava dizendo, como se não estivesse fazendo aquilo simplesmente porque infligir dor o excitava. Mas eu sabia das coisas. Sabia o que Mazeen faria se pudesse e já tinha visto aquele olhar do Duque. Eu tinha visto aquilo inúmeras vezes quando cometi o erro de olhar. O tipo de olhar que me dizia que se eu não fosse a Donzela, ele me infligiria um tipo diferente de dor. E Mazeen também. Não consegui reprimir o arrepio que se seguiu a esse pensamento.

Um momento depois, senti a mão dele no meu ombro nu e me encolhi por inteiro. Não só por causa do toque da sua pele gélida contra a minha, mas também pelo que eu não sentia.

Eu não sentia *nada*.

Não havia nenhum traço da angústia que todas as pessoas carregavam dentro de si, não importava havia quanto tempo a fonte da mágoa infligira seu dano. Não havia nenhum tipo de dor e era assim com todos os Ascendidos. Embora aquilo devesse me trazer um certo alívio por não captar nenhuma dor, aquilo me dava calafrios.

Era um lembrete de como os Ascendidos eram diferentes dos mortais, o que a Bênção dos Deuses fazia.

— Prepare-se, Penellaphe.

Espalmei a mão sobre a mesa.

A sala estava silenciosa, exceto pelo som da respiração profunda do Lorde, e então ouvi o assovio suave da bengala cortando o ar um segundo antes de atingir a minha lombar. O meu corpo inteiro estremeceu quando uma dor lancinante ardente reverberou em minha pele. O primeiro golpe era sempre um choque, não importava quantas vezes tivesse acontecido antes ou que eu soubesse o que estava por vir. Outro golpe atingiu os meus ombros, empurrando uma rajada de ar quente quando o fogo varreu através deles.

Mais cinco.

Outro golpe me atingiu, e senti o corpo estremecer quando ergui o olhar. *Não vou dar nem um pio. Não vou dar nem um pio.* Meus quadris bateram contra a mesa com o golpe seguinte.

O divã rangeu assim que Lorde Mazeen se levantou.

Com a pele em chamas, mordi o lábio até sentir o gosto de sangue. Encarei através da névoa de lágrimas a pintura das adoradoras de véu, imaginando como os Atlantes deviam ser pessoas horríveis para que homens como o Duque de Masadônia e o Lorde Mazeen pudessem ser dignos de receber dos Deuses a Bênção da Ascensão.

Capítulo 14

Os Deuses me fizeram um pequeno favor quando saí da suíte do Duque. Hawke não estava esperando por mim, e isso foi uma bênção. Eu não fazia a menor ideia de como poderia esconder o que tinha acontecido.

Em vez disso, Vikter estava postado em silêncio ao lado dos dois Guardas Reais. Nenhum deles olhou para mim quando pisei no corredor, com a pele pálida e recoberta por uma camada de suor frio.

Será que eles sabiam o que tinha acontecido no escritório do Duque? Eu não tinha dado nem um pio, nem mesmo quando o Lorde Mazeen veio até o lado da mesa puxar o meu braço que escondia o peito e colocá-lo paralelo ao outro. Nem mesmo quando o sexto e o sétimo golpes pareceram relâmpagos atingindo as minhas costas, e Mazeen assistiu a cada açoite ser absorvido pelo meu corpo com os olhos ávidos.

Se os guardas estavam cientes, não havia nada que eu pudesse fazer a respeito disso e nem da pontada amarga de vergonha que ardia ainda mais que as minhas costas.

Mas Vikter sabia. O entendimento estava nos sulcos profundos ao redor da sua boca enquanto caminhávamos na direção da escada, com cada passo repuxando a minha pele inflamada. Ele esperou até que a porta da escada se fechasse atrás de nós e então parou no patamar, com a preocupação visível em seus olhos azul--claros enquanto olhava para mim.

— Foi muito ruim?

Senti as mãos trêmulas quando alisei as saias do vestido.

— Eu estou bem. Só preciso descansar.

— Bem? — Seu rosto bronzeado ruborizou. — Você está ofegante e caminhando como se cada passo fosse um desafio. Não precisa fingir para mim.

E não precisava mesmo, mas admitir como tinha sido ruim era como dar a Teerman o que ele queria.

— Poderia ter sido pior.

Vikter inflou as narinas.

— Isso não devia acontecer de forma alguma.

Eu não podia discordar disso.

— Ele feriu a sua pele? — exigiu saber ele.

— Não. Há somente alguns vergões.

— Somente vergões. — Ele deu uma risada áspera e sem humor. — Você fala como se fossem apenas alguns arranhões. Por que você foi punida desta vez?

— Desde quando ele precisa de um motivo? — Dei um sorriso exausto e frágil, que parecia capaz de rachar o meu rosto todo. — O Duque ficou irritado com a minha falta de comprometimento com o tempo que passo com as Sacerdotisas. E hoje, enquanto eu estava no átrio, duas damas de companhia apareceram. Ele não ficou nada satisfeito com isso.

— Como isso pode ser culpa sua?

— E precisa ser minha culpa?

Vikter olhou para mim em silêncio por um momento.

— Então foi por isso que ele a açoitou com a bengala?

Assenti e olhei para a janela oval mais próxima. O sol havia recuado no céu enquanto eu estava na suíte, e a escada não estava mais tão iluminada e arejada quanto antes.

— Ele também não gostou da minha atitude durante a reunião de ontem. Não foi nem de longe a ofensa mais insignificante pela qual fui punida.

— Foi por isso que eu disse que você devia tomar cuidado, Poppy. Se ele a açoita por estar em uma sala enquanto outras pessoas entram, o que você acha que ele faria se soubesse das suas aventuras?

— Ou se ele soubesse que eu venho treinando com o meu guarda há anos? — Retesei os ombros, e o movimento repuxou a minha pele. — Eu seria açoitada, obviamente. Mais de sete vezes.

Vikter empalideceu.

— Talvez ele pedisse à Rainha que me considerasse indigna. E talvez os Deuses já me considerem assim — continuei. — Mas como você disse antes, a minha Ascensão acontecerá não importa o que eu faça. Mas e quanto a você? O que aconteceria com você, Vikter, se ele descobrisse que você vem me treinando esse tempo todo?

— Não importa o que ele possa ou não fazer comigo. — Não houve sequer um segundo de hesitação ali. — Vale a pena correr o risco em troca de saber que você é capaz de se proteger. Eu receberia qualquer punição de bom grado e não me arrependeria nem um pouco do que fiz.

Ergui o queixo e sustentei o olhar dele.

— E ser capaz de defender o meu lar, aqueles que amo e a minha vida vale o risco de tudo que possa vir a acontecer.

Ele permaneceu calado por um instante e então fechou os olhos azuis invernais. Devia estar rezando para ter paciência, algo que eu sabia que Vikter tinha feito muitas vezes antes.

Aquilo me fez dar um sorrisinho.

— Eu sou cuidadosa, Vikter.

— Ser cuidadosa não parece adiantar muito. — Ele abriu aqueles olhos novamente. — Gosto da ideia de a Rainha exigir que você vá logo para a capital.

Estremeci quando comecei a descer as escadas.

— Pois desse modo eu não estaria mais sujeita às *lições* do Duque?

— Exatamente.

Eu ansiava por isso, especialmente porque pretendia contar tudo à Rainha.

— Ele estava sozinho? Eu perguntei aos guardas, mas eles agiram como se não soubessem quem estava na sala com o Duque — disse ele.

Eles sempre sabiam quem estava com o Duque. Só não queriam que Vikter soubesse e eu... eu também não.

— Ele estava sozinho.

Vikter não respondeu, e eu não sabia muito bem se isso significava que ele acreditava em mim ou não. Decidi que era hora de mudar de assunto.

— Como você sabia onde eu estava?

Vikter deu um passo atrás de mim.

— Hawke mandou um dos valetes do Duque me buscar. Ele estava... preocupado com você.

Meu coração deu um sobressalto.

— Por quê?

— Ele me disse que você e Tawny pareciam angustiadas com a convocação do Duque — respondeu Vikter. — E achou que eu poderia explicar o motivo.

— E você explicou?

— Eu disse a ele que não havia com o que se preocupar e que a acompanharia pelo resto do dia. — Vikter franziu a testa enquanto pegava o meu braço casualmente, para me apoiar. — Hawke não recebeu a ideia muito bem e tive de lembrá-lo de que o meu posto é mais alto que o dele.

Franzi os lábios.

— Aposto que tudo acabou bem.

— Tão bem quanto uma avalanche.

Chegamos ao próximo andar, e saber que eu estava chegando perto da minha cama me deu ânimo para seguir em frente enquanto refletia sobre o que Hawke havia feito.

— Ele é... bastante observador, não é? E intuitivo.

— Sim. — Vikter suspirou, certamente pensando que aquilo não era uma coisa boa. — Ele é.

*

Três dúzias de tochas reluziam além da Colina, as chamas formando um farol de luz na vasta escuridão, uma promessa de segurança para a cidade adormecida.

Lancei um olhar ansioso para a cama, deixando escapar um suspiro cansado enquanto torcia as pontas da minha trança. Pesadelos de uma outra noite me despertaram do sono, deixando a minha pele úmida pelo suor frio e o meu coração palpitando como um coelho preso em uma armadilha.

Por sorte, eu não tinha acordado Tawny com os meus gritos. Ela ficou acordada até tarde nas duas últimas noites. Na primeira, ela passou boa parte do tempo fazendo todo o possível para garantir que os vergões sarassem e, na noite anterior, Tawny foi chamada pelas Senhoras para ajudar com os preparativos para o Ritual.

Tawny tinha usado uma mistura que os Curandeiros criaram e que os guardas usavam com frequência em seus inúmeros ferimentos, esfregando a combinação de arnica e mel com cheiro de pinho e sálvia na pele inflamada das minhas costas. Era a mesma coisa que o Curandeiro usara na noite do sequestro. O unguento esfriou a pele e aliviou a dor quase que instantaneamente. Ainda assim, nós sabíamos que aquilo precisava ser reaplicado a cada duas horas para alcançar o efeito desejado.

E funcionou.

Já na noite de ontem restara apenas uma pontada de desconforto, embora a pele ainda estivesse mais rosada que o normal.

Eu não estava fazendo pouco caso do que tinha acontecido quando disse a Vikter e Tawny que poderia ter sido pior. Os vergões desapareceriam pela manhã e restaria pouca ou nenhuma dor. Eu tinha sorte por ter uma rápida cicatrização, e ainda mais por Teerman não estar bebendo Ruína Vermelha na tarde da minha lição.

O Duque conhecera a minha mãe. Como? Até onde eu sabia, ela nunca estivera na Masadônia, de modo que ele só poderia tê-la encontrado na capital. Era raro que os Ascendidos viajassem, ainda mais uma distância tão grande, mas era evidente que eles tinham se conhecido.

Havia uma expressão tão estranha no rosto de Teerman quando ele falou sobre ela. Uma mistura de nostalgia com... o quê? Raiva, talvez? Decepção. Será que a relação dele com a minha mãe culminou no modo como ele se comportava comigo?

Ou será que eu estava apenas procurando um motivo para o tratamento dele, como se houvesse algo que explicasse a sua crueldade?

Eu não sabia muito sobre a vida, mas sabia que, às vezes, não havia motivo. Uma pessoa, Ascendida ou não, era quem era sem explicação alguma.

Suspirei e mudei o peso de um pé para o outro. Eu estava escondida no meu quarto havia dias, principalmente porque o descanso assegurava que o unguento funcionasse o mais rápido possível, mas também porque estava evitando, bem... todo mundo.

Mas principalmente Hawke.

Eu não o via desde que entrei no escritório particular do Duque, e saber que ele tinha sentido que havia algo errado me deixou com uma sensação crescente de ansiedade e vergonha, mesmo que o que Teerman tivesse feito não fosse minha culpa.

Eu só não queria que Hawke descobrisse que algo estava errado, e ele era observador o bastante para fazê-lo.

É óbvio que ficar no meu quarto por dois dias seguidos também devia levantar suspeitas, mas pelo menos ele não havia presenciado como eu tinha que andar com cuidado enquanto as minhas costas saravam.

Eu não queria que Hawke me visse como uma pessoa fraca, apesar de ele esperar exatamente isso da Donzela.

E talvez tivesse algo a ver com a estranha mistura de alívio e decepção que eu sentia toda vez que ele não demostrava nenhum sinal de ter me reconhecido do Pérola Vermelha.

Tirei o olhar da cama e voltei a observar as tochas além da Colina. O fogo estava tranquilo hoje, assim como estivera por várias noites, mas e quando as chamas dançavam como espíritos loucos, impulsionadas pelos ventos do crepúsculo? Aquilo significava que a névoa não estava muito longe. E uma morte arrebatadora e terrível acompanhava a névoa branca e espessa.

Distraidamente, deslizei a mão pelas dobras finas da camisola até o cabo de osso da adaga presa à minha coxa. Fechei os dedos ao redor do punho frio, me lembrando de que eu estaria preparada se, e quando, a Colina tombasse.

Assim como eu estaria preparada se o Senhor das Trevas tentasse vir atrás de mim outra vez.

Minha mão passou do punho para alguns centímetros acima do joelho, roçando o pedaço de pele irregular na parte interna da minha coxa. Hawke havia chegado tão incrivelmente perto de tocar aquela cicatriz. O que será que ele teria feito se a tivesse tocado? Teria tirado a mão dali? Ou fingido que não tinha sentido nada?

Afastei a mão da coxa. Eu me recusava a pensar nisso. Fechei a mão em punho enquanto me desvencilhava daqueles pensamentos. Não havia razão para seguir por esse caminho. Nada de bom sairia dali. Não importava se ele me reconheceu ou não, já que eu era só mais uma das inúmeras garotas que ele beijava na penumbra daqueles quartos. E tampouco importava se ele voltou para o Pérola Vermelha, como havia prometido.

Sacudi a cabeça para me desvencilhar daqueles pensamentos, mas não funcionou. Uma coisa que descobri nos dois últimos dias de isolamento foi que eu podia continuar repetindo para mim mesma que aquilo não importava, mas importava sim.

Eu tinha dado o meu primeiro beijo em Hawke, mesmo que ele não soubesse disso.

O luar prateado se infiltrou nos meus aposentos conforme eu me esgueirava na direção das janelas do lado oeste. Toquei na vidraça gelada e contei as tochas. Doze na Colina. Vinte e quatro lá em baixo. Todas acesas.

Bom.

Aquilo era muito bom.

Encostei a testa no vidro fino que fazia muito pouco para impedir que o frio entrasse no castelo. No Oeste, onde a Carsodônia se aninhava entre o mar de Stroud e as planícies dos Salgueiros, não havia necessidade de janelas de vidro. O verão e a primavera eram eternos lá, enquanto o outono e o inverno reinavam para sempre aqui. Era uma das coisas pelas quais eu ansiava quando voltasse à capital. O calor. A luz do sol. O cheiro de sal e do mar, e de todas as baías e enseadas reluzentes.

Tawny, que nunca tinha visto uma praia antes, ficaria completamente apaixonada. Um sorriso cansado surgiu no canto dos meus lábios. Quando foi chamada por uma das Senhoras, Tawny me lançou um olhar que dizia que ela preferiria lavar a sala de banho a passar a noite tentando agradar alguém eternamente insatisfeito.

Era assim que eu me sentia quando tinha de me encontrar com a Sacerdotisa. Preferiria passar a noite arrancando os pelos das áreas mais sensíveis do meu corpo a passar horas com aquela megera.

Talvez eu precisasse esconder melhor como me sentia em relação a ela e às outras Sacerdotisas.

Ainda assim, eu não conseguia acreditar que ela tinha ido reclamar com o Duque só porque eu não passei metade do dia ouvindo enquanto ela e as outras falavam mal de todo mundo.

Abracei a mim mesma e desejei pela centésima vez que o meu irmão ainda estivesse na Masadônia. Ian também tinha pesadelos e, se ele estivesse ali, iria me distrair com histórias tolas e inventadas.

Será que ele ainda tinha pesadelos depois da Ascensão? Se não, então eu mal podia esperar.

Examinei a Colina atentamente e avistei um guarda de patrulha no topo da muralha.

Eu preferiria estar lá fora do que aqui dentro.

Um Ascendido ficaria chocado ao ouvir uma coisa dessas, como a maioria das pessoas. Só de pensar que eu — a Donzela, a Escolhida, aquela que seria entregue aos Deuses — gostaria de trocar de lugar com um plebeu, um guarda, seria uma afronta não apenas aos Ascendidos, mas também aos próprios Deuses. Em todo o reino, as pessoas fariam qualquer coisa para estar na presença dos Deuses. Eu era...

Eu era privilegiada, não importava o quanto sofresse, mas se eu estivesse lá fora na Colina, pelo menos poderia fazer algo produtivo. Eu protegeria a cidade e todos aqueles que tornavam possível que eu tivesse uma vida tão confortável. Em vez disso, eu estava ali, atingindo altos níveis de autopiedade quando, na verdade, a minha Ascensão faria mais do que proteger uma cidade.

Ela garantiria o futuro de todo o reino.

Isso não era fazer alguma coisa?

Eu não tinha tanta certeza assim, e só queria conseguir fechar os olhos e cair no sono, mas sabia que isso não aconteceria. Não por algumas horas.

Em noites assim, quando sabia que não conseguiria dormir, eu cedia ao ímpeto de me esgueirar pelo castelo e explorar a cidade silenciosa e escura até encontrar lugares que estivessem sempre abertos, lugares como o Pérola Vermelha. Infelizmente, aquela seria uma estupidez sem tamanho depois da tentativa de sequestro. Nem eu era tão imprudente assim e...

Uma chama começou a dançar atrás da Colina, fazendo eu me aproximar da janela. Encostei as duas mãos na vidraça, encarando o fogo e me recusando a tirar os olhos dali.

— Não é nada — disse para o quarto vazio. — É só uma brisa...

Outra chama se moveu, e depois outra e mais outra; a fileira inteira de tochas além da muralha ondulava descontroladamente, cuspindo faíscas conforme o vento aumentava. Respirei fundo, mas o ar não parecia alcançar os pulmões.

A tocha do meio foi a primeira a ser apagada, fazendo com que o meu coração batesse descompassado dentro do peito. As outras logo a seguiram, lançando a terra além da Colina na mais absoluta escuridão.

Eu me afastei da janela.

Dezenas de flechas de fogo dispararam no ar, passando por cima da Colina e depois descendo rapidamente e atingindo as trincheiras cheias de material inflamável. Uma cortina de fogo irrompeu, percorrendo toda a extensão da Colina. As chamas não eram uma defesa contra a névoa ou o que a acompanhava.

O fogo tornava visível o que havia na névoa.

Voltei para a janela, deslizei a trava e a abri. O ar frio e uma espécie de silêncio sobrenatural invadiram meus aposentos conforme eu me apoiava no parapeito e inclinava o corpo para a frente, estreitando os olhos.

Fumaça subia e se entremeava pelas chamas, se derramando no ar e sobre o chão.

Fumaça não se movia daquele jeito.

Fumaça não rastejava sob o carburante, em um branco espesso e turvo contra a escuridão da noite. Fumaça não cobria as chamas, sufocando-as até que fossem extintas e só restasse uma névoa pesada e anormal.

A névoa não estava vazia.

Estava cheia de formas retorcidas que já haviam sido mortais.

Trombetas soaram nos quatro cantos da Colina, quebrando a tensão do silêncio. Em segundos, as poucas luzes que brilhavam através das janelas se apagaram. Um segundo sinal de alerta ecoou e o castelo inteiro pareceu estremecer.

Entrando em ação, agarrei a janela e a tranquei antes de me virar. Eu teria cerca de três minutos, possivelmente menos, antes que todas as saídas fossem seladas. Comecei a avançar...

Um instante depois, a porta adjacente se abriu e Tawny entrou de supetão, com a camisola branca fluindo ao seu redor e a massa de cachos castanhos e dourados se derramando sobre os ombros.

— Não. — Tawny parou de repente, o branco de seus olhos arregalados contrastando com a pele negra. — Não, Poppy.

Ignorando-a, corri em direção ao baú, abri a pesada tampa e remexi ali dentro até encontrar o arco. Endireitei o corpo e o joguei em cima da cama.

— Você não pode estar pensando em ir lá fora — exclamou ela.

— Mas estou.

— Poppy!

— Eu vou ficar bem. — Coloquei a aljava nas costas.

— Bem? — Ela estava boquiaberta quando me virei para ela. — Não acredito que vou ter de dizer o óbvio, mas lá vai. Você é a Donzela. A *Escolhida*. Você não pode ir lá fora. Se não for morta, Sua Alteza a matará se descobrir.

— Ele não vai descobrir. — Peguei uma capa preta com capuz e a vesti sobre os ombros, prendendo-a no pescoço e no peito. — O Duque vai ficar escondido dentro do quarto atrás de uma dúzia de Guardas Reais, ao lado da Duquesa.

— Os Guardas Reais virão atrás de você.

Peguei o arco pela empunhadura.

— Estou certa de que Vikter foi para a Colina no instante em que ouviu as trombetas.

— E quanto a Hawke? É o dever dele proteger você.

— Vikter sabe que sou capaz de me defender sozinha, e Hawke nem vai ficar sabendo que eu saí do quarto. — Fiz uma pausa. — Ele não sabe a respeito da entrada dos empregados.

— Você está ferida, Poppy. Suas costas...

— Minhas costas estão quase completamente curadas. Você sabe disso.

— E o Senhor das Trevas? E se isso for uma armadilha...?

— Não é uma armadilha, Tawny. Eu os vi no meio da névoa — disse a ela, e seu rosto ficou cinza. — E se o Senhor das Trevas tentar vir atrás de mim, eu também estarei pronta para ele.

Ela me seguiu enquanto eu atravessava o quarto.

— Penellaphe Balfour, pare!

Surpresa, eu me virei e a encontrei parada atrás de mim.

— Tenho menos de dois minutos, Tawny. Vou ficar presa aqui...

— Onde é seguro — contestou ela.

Apertei o ombro dela com a mão livre.

— Se eles passarem pela muralha, tomarão a cidade e encontrarão uma maneira de entrar no castelo. E então não haverá como detê-los. Disso eu sei. Eles pegaram a minha família. Eles pegaram a mim. Eu não vou ficar sentada aqui esperando que isso aconteça outra vez.

Os olhos dela estudaram os meus freneticamente.

— Mas você não tinha a Colina para protegê-la naquela época.

Isso era verdade, mas...

— Nada é infalível, Tawny. Nem mesmo a Colina.

— E nem você — sussurrou ela, com o lábio inferior tremendo.

— Eu sei.

Ela respirou fundo, encolhendo o ombro sob a minha mão.

— Tudo bem. Se alguém vier aqui, eu vou dizer que você está morrendo de medo e se trancou na sala de banho.

Revirei os olhos.

— É óbvio que vai. — Soltei o ombro dela. — Há alguns punhais de pedra de sangue no baú e uma espada debaixo dos travesseiros...

— Por favor, me diga que você não deita a cabeça sobre uma espada toda noite — exigiu saber Tawny, com a voz cheia de descrença. — Não é à toa que você tem pesadelos. Só os Deuses sabem o azar que dá usar uma espada como travesseiro...

— Tawny — eu a interrompi antes que ela se empolgasse. — Se o castelo for invadido, pegue as armas. Você sabe como usá-las.

— Sei, sim. — E ela só sabia porque eu a forcei a aprender em segredo, assim como Vikter havia me ensinado. — Miro na cabeça ou no coração.

Assenti.

— Fique a salvo, Poppy. Por favor. Vou ficar muito decepcionada se receber a atribuição de servir à Duquesa. Ou, pior ainda, se for entregue ao Templo a serviço dos Deuses. Não que não seja uma honra servi-los — continuou ela, colocando a mão sobre o coração. — Mas essa coisa de celibato...

Abri um sorriso.

— Eu vou voltar.

— Acho bom, Poppy.

— Prometo. — Dei um beijo rápido em Tawny, me virei e segui em direção à entrada dos empregados ao lado da sala de banho. Foi por isso que eu quase implorei para ser transferida para aquele quarto na parte mais antiga e feia do castelo. Aqueles caminhos e acessos não eram mais usados, mas se conectavam a quase todos os cômodos da área antiga da fortaleza, incluindo a ponte de pedra que levava diretamente à parte sul da Colina.

As velhas dobradiças rangeram quando abri a porta. Aqueles caminhos permitiam que eu andasse despercebida pelo castelo. Nos últimos anos, eu os usava para me encontrar com Vikter em uma das salas que não eram mais utilizadas para treinar, e também era assim que conseguia sair do castelo sem ser vista.

Mas o principal era que as velhas escadas e corredores poderiam proporcionar uma fuga rápida, se fosse necessário.

— Poppy — gritou Tawny, me fazendo parar. — Seu rosto.

Fiquei confusa por um instante, e então me dei conta de que o meu rosto estava à mostra.

— Certo. — Levantei o capuz pesado e o ajeitei no lugar antes de pisar na escada estreita e sinuosa.

O metal deslizou contra a pedra quando as grossas portas de ferro chacoalharam e começaram a fechar assim que eu desci correndo os degraus de pedra rachados e tortos. As sapatilhas não eram o melhor calçado para isso, mas não tive tempo de tirar as únicas botas que possuía do esconderijo debaixo da cabeceira da cama. Se as empregadas as encontrassem, elas certamente falariam a respeito e a conversa acabaria chegando aos ouvidos de alguém.

Eu tinha menos de um minuto para conseguir sair.

Poeira e pedregulhos rolavam conforme o castelo estremecia. O luar atravessava as janelas rachadas e empoeiradas quando alcancei o último lance de escadas, saltando os dois últimos e escorregando para a despensa vazia. O movimento provocou uma centelha de dor onde os vergões ainda não tinham sarado.

Enfiando o arco nas dobras da capa, eu entrei na cozinha caótica, onde os empregados pediam acesso às salas seguras e secretas que também eram usadas para armazenar alimentos. Os guardas corriam na direção da entrada principal, onde a trava maior seria colocada em questão de segundos. Ninguém prestou atenção quando corri para o corredor dos fundos, onde uma das portas de ferro já estava quase fechada.

Cuspindo um xingamento que Vikter ficaria vermelho só de ouvir e Rylan teria... ele teria sorrido se ainda estivesse aqui, eu peguei impulso e depois mergulhei. As sapatilhas de seda e cetim ajudavam na descida. Deslizei por baixo da porta, quase perdendo o equilíbrio enquanto escorregava para o ar noturno. A pesada porta rangeu quando se firmou no lugar. Eu recuei e em seguida me virei, abrindo os lábios em um sorriso largo que Tawny teria achado não apenas preocupante, mas também perturbador.

Eu tinha conseguido chegar até a ponte.

Sem perder tempo, corri pela passarela estreita acima das casas e lojas da cidade. Não me atrevi a olhar para os lados, pois não havia corrimão. Um deslize e, bem...

O que havia na névoa não seria mais motivo de preocupação.

Cheguei à borda mais larga da Colina, joguei o arco por cima da muralha e escalei. A pele ferida das minhas costas se esticou, fazendo com que eu estremecesse quando a capa e o vestido se abriram, mostrando quase toda a extensão da minha perna. Gostaria de estar com as calças finas usadas sob certos modelos de vestido, mas não tive tempo para isso.

Peguei o arco e segui em direção à parte oeste da muralha, chegando no momento em que a névoa pareceu se tornar uma massa sólida, trazendo consigo o cheiro de metal e decomposição. Adiante, os arqueiros espreitavam dos seus ninhos de pedra como aves de rapina, com arcos e flechas na mão. Eu sabia que não deveria chegar muito perto, pois um Guarda da Colina poderia me notar ali e começar a fazer perguntas. E muito embora Tawny tivesse exagerado sobre a parte de me matar, eu teria de enfrentar mais uma *lição* do Duque.

Dei uma olhada ao redor. A cidade havia ficado completamente escura e silenciosa, exceto pelos Templos. Suas chamas jamais eram extintas. Desviando o olhar das chamas e da perturbação que elas costumavam despertar em mim, procurei por uma ameia vazia até encontrar uma. Se ela tivesse que ser ocupada por um guarda, já haveria alguém ali.

Permaneci perto das sombras junto à muralha e entrei na abertura. Sorri mais uma vez quando vi várias aljavas dispostas perto da pequena escada. Perfeito. Flechas de pedra de sangue, com as pontas feitas da madeira das árvores da Floresta Sangrenta, não eram fáceis de encontrar quando você era uma Donzela que não devia precisar delas. Agarrei um punhado de aljavas e subi a escada correndo.

Parcialmente escondida atrás do muro de pedra, coloquei as aljavas ao meu lado e puxei uma flecha. Foi então que ouvi um som que arrepiou todos os pelos do meu corpo.

Começou como um uivo baixo, que me fazia lembrar do vento durante o período mais frio do inverno, mas os lamentos deram lugar a gritos estridentes. Arrepios tomaram conta da minha pele, e senti o meu estômago revirar enquanto encaixava uma flecha. Eu nunca mais me esqueceria daquele som. Ele assombraria os meus sonhos, me fazendo acordar, noite após noite.

Gritos surgiram lá de baixo, uma ordem para disparar. Reprimindo um gemido de assombro, vi o céu se iluminar com as flechas ardentes. Elas rasgaram a névoa invasora conforme as chamas voltavam à vida por toda a Colina, transformando a noite em um crepúsculo prateado.

Os guardas aguardavam de pé em frente à Colina, com a armadura preta fazendo com que fosse quase impossível distinguir um do outro conforme eu procurava o familiar manto branco de um Guarda Real específico. Ali. Avistei os cabelos loiro-claros e o rosto fustigado de sol. Meu coração deu um sobressalto. Vikter estava bem ali no meio. Eu esperava encontrá-lo onde a morte se reunia, mas ainda assim senti uma pontada de medo no peito. Vikter era o homem mais corajoso que eu conhecia.

E quanto a Hawke? Eu não fazia a menor ideia se ele estava no castelo, a postos do lado de fora do meu quarto e acreditando que eu estivesse ali dentro, ou na Colina. Ou, assim como Vikter, talvez ele estivesse ali embaixo. A pontada aumentou, mas eu não podia deixar que o medo me dominasse.

Mantendo os olhos em Vikter, fechei os dedos ao redor da corda do arco e a puxei para trás enquanto ele colocava seu capacete. Outra rajada de flechas subiu, chegando ainda mais longe. Assim que atravessaram a névoa, ouvi os gritos.

E então eu os vi.

Seus corpos pálidos eram de um branco leitoso, desprovido de toda cor, os rostos eram encovados e vazios, e os olhos ardentes como carvão em brasas. As bocas se abriram, revelando dois conjuntos de dentes serrilhados e afiados. Os dedos terminavam em garras compridas. Tanto as presas quanto as garras eram capazes de esfolar a pele como se fosse manteiga.

Minhas cicatrizes eram prova disso.

Eles eram o que Marlowe e Ridley se tornariam se as suas vidas não tivessem sido tiradas antes que fosse tarde demais.

Eles surgiram da névoa, a fonte dos meus pesadelos, as criaturas enviadas pelo Senhor das Trevas havia mais de uma década para tirar a mim e ao meu irmão dos nossos pais em um massacre sangrento. Eram os seres cruéis que quase me mataram antes do meu sexto aniversário, arranhando e mordendo em um frenesi de sede de sangue.

Os Vorazes chegaram.

Capítulo 15

E agora eles pululavam entre os guardas do lado de fora da Colina, colidindo em uma massa que não conhecia o medo da morte. Gritos de dor e horror rasgavam a noite e eu mal conseguia respirar. Em uma questão de segundos, perdi Vikter de vista.

— Não — sussurrei, com os dedos tremendo ao redor da corda. Onde ele estava? Não podia ter sucumbido. Não tão rápido assim. Não Vikter...

Eu o encontrei, mantendo a sua posição enquanto brandia a espada no ar, cortando a cabeça de um Voraz enquanto outro se lançava sobre ele. Ele girou o corpo, evitando por pouco um golpe que teria rasgado a sua couraça.

Não havia tempo a perder. Desviei o olhar quando a flecha de pedra de sangue de um arqueiro atingiu a cabeça de um Voraz, arremessando-o para trás. O sangue escuro jorrou pela parte de trás do seu crânio. Eu me concentrei em outro Voraz, me acalmando até que a minha respiração ficasse profunda e lenta, como Vikter tinha me ensinado. Anos de treinamento firmaram a minha mão, assim como a experiência. Não era a primeira vez que eu ajudava os guardas da Colina.

Quando segurar a corda, o mundo ao seu redor deve deixar de existir. As instruções de Vikter ecoaram em minha mente. *Só restam você, o puxão da corda e o seu alvo. Nada mais importa.*

E era assim que devia ser.

Confiei na minha mira e lancei uma flecha. Ela voou pelos ares, atingindo um Voraz no coração. Coloquei outra flecha no arco antes mesmo que outro, que já havia sido o filho ou o pai de alguém, atingisse o chão. Encontrei mais um Voraz deitado em cima de um guarda e rasgando a sua armadura. Soltei a corda e sorri quando o projétil atravessou a cabeça do Voraz. Enquanto encaixava a próxima flecha, avistei Vikter enfiando a espada encharcada de sangue escuro no abdômen de um Voraz, e em seguida arrancando-a com um grito.

Outro Voraz emboscou Vikter por trás enquanto ele puxava a espada. Estiquei a corda. A flecha cortou o ar, atingindo a parte de trás do crânio de cabelos ralos da criatura. A coisa tombou para a frente, morta antes mesmo de cair no chão.

Vikter virou a cabeça, e eu podia jurar que ele tinha olhado diretamente para mim — ele sabia quem tinha atirado aquela flecha. E embora não pudesse ver o seu rosto, eu sabia que ele exibia aquela expressão que sempre fazia quando estava orgulhoso e, ainda assim, irritado.

Sorri, preparei outra flecha e... e pelo que pareceu uma pequena eternidade, eu me perdi na matança, derrubando um Voraz após o outro. Acabei com duas aljavas antes que um dos Vorazes ultrapassasse a fileira de guardas. Ele alcançou a muralha e cravou as garras na pedra, ganhando impulso.

Por um breve instante, fiquei paralisada enquanto ele soltava a mão e empurrava o corpo novamente, dessa vez mais alto, escalando a muralha.

— Meus Deuses — sussurrei.

O Voraz soltou um lamento estridente, que me tirou do estupor. Eu mirei, atirando a flecha diretamente no seu crânio. O impacto o derrubou da muralha...

Um grito à minha direita me fez virar a cabeça. Um arqueiro tombou para a frente, com o arco escorregando das mãos quando um Voraz o agarrou pelos ombros e afundou os dentes afiados em seu pescoço.

Bons Deuses, eles haviam alcançado o topo da muralha.

Girei o corpo, encaixei uma flecha e a disparei com rapidez. A flecha não provocou um golpe fatal, mas o impacto tirou o Voraz de cima do guarda e o derrubou no chão lá embaixo. Ele não foi o único que caiu. O guarda tombou para trás, caindo pelos ares. Sufoquei um grito, dizendo a mim mesma que o homem já estava morto antes que o impacto do seu corpo no chão me fizesse fechar os olhos por um breve instante.

As mentes dos Vorazes podiam até estar corrompidas, mas eles tinham o bom senso de ir atrás dos arqueiros. Certa vez, Vikter me dissera que a única coisa que rivalizava com a sede de sangue dos Vorazes era o seu instinto de sobrevivência.

Um grito agudo me fez entrar em ação. À minha direita, outro Voraz alcançou a borda da Colina, agarrando um arqueiro. O guarda largou o arco e agarrou-se ao Voraz, avançando para a frente.

Ele caiu no chão do lado de fora da Colina, levando o Voraz consigo.

Uma rajada de flechas em chamas se ergueu mais uma vez no ar, passando por cima da muralha e descendo em seguida, atingindo tanto mortais quanto monstros. Sob uivos e gritos sobrenaturais, ouvi o barulho de cascos batendo sobre o piso de paralelepípedos e terra batida, mas continuei olhando para o arqueiro caído, com o corpo cercado por Vorazes.

O guarda havia se sacrificado. Aquele homem desconhecido e sem nome tinha preferido a morte a deixar que um Voraz chegasse ao outro lado da Colina.

Pisquei para secar as lágrimas repentinas e sacudi a cabeça, sem palavras, enquanto gritos de batalha irrompiam, me forçando a entrar em movimento. Ergui-me apenas o suficiente para ver por cima da beirada e olhei para trás conforme mais guardas a cavalo saíam do portão, brandindo foices. Eles se dividiram em duas direções, tentando impedir o acesso à Colina. Assim que deixaram a entrada, os portões se fecharam atrás deles.

Um Voraz se lançou sobre um guarda, saltando no ar como um felino selvagem. Ele atingiu o guarda e o derrubou do cavalo. Os dois caíram no chão.

— Droga — sibilei, mirando no Voraz, que agora estava na metade do caminho até a Colina.

Eu o atingi no topo do crânio de cabelos ralos, derrubando-o da muralha. Coloquei outra flecha, procurando os Vorazes que estavam na Colina. Eles eram a ameaça mais iminente.

Logo ficou evidente que aqueles Vorazes eram diferentes. Pareciam menos... monstruosos. Ainda que a sua aparência fosse a essência de um pesadelo, os seus rostos eram menos encovados e os corpos, menos enrugados. Será que tinham sido transformados havia pouco tempo? É possível.

A batalha lá embaixo estava cessando, com os corpos sendo amontoados. Avistei Vikter quando ele enfiou a espada na cabeça de um Voraz caído no chão e me ajoelhei para poder espiar por cima do muro. A capa se abriu, expondo quase toda a extensão da minha perna, da panturrilha até a coxa, ao ar frio.

Restava apenas um punhado de Vorazes, metade deles mordendo e estripando os guardas feridos, inconscientes de tudo ao seu redor. Não consegui ver mais nenhum perto da Colina. Ajeitei uma flecha no arco e mirei em um Voraz que tinha rasgado a armadura de um guarda e aberto a cavidade do seu estômago, expondo as entranhas grossas e retorcidas. A bile subiu pela minha garganta. O guarda já estava morto, mas eu não podia deixar que o Voraz continuasse a profanar o cadáver do homem.

Eu me concentrei na boca manchada de sangue e disparei a flecha na direção dele. O contato derrubou o Voraz para trás.

Qualquer satisfação que eu sentia foi sufocada pela tristeza. A névoa começou a se dissipar, revelando a carnificina deixada para trás. Tantos homens haviam perecido naquela noite. Muitos.

Sentindo a pedra fria sob o joelho, peguei outra flecha enquanto procurava...

— Você deve ser a Deusa Bele ou Lailah assumindo a forma mortal — disse uma voz grave atrás de mim.

Respirei fundo e me virei sobre o joelho, girando a capa e o vestido ao redor das minhas pernas. Com a flecha encaixada e pronta, eu mirei para...

Hawke.

Ah, Deuses...

Senti uma pontada de alívio e consternação assim que olhei para baixo. Ele estava postado sob um raio de luar como se os próprios Deuses o tivessem abençoado com a luz eterna. Sangue escuro salpicava suas maçãs do rosto largas e proeminentes, e a linha reta do maxilar. Os lábios carnudos e expressivos estavam entreabertos como se ele só conseguisse respirar bem de leve, e aqueles olhos lindos e estranhos quase pareciam reluzir ao luar.

Ele empunhava a espada encharcada de sangue ao lado do corpo. Sua armadura de couro estava arranhada, mostrando como ele havia estado perto da morte.

Hawke estivera do lado de fora da Colina e, assim como Vikter, como Guarda Real, aquilo não era necessário. Mas ele tinha ido lá mesmo assim. O respeito cresceu dentro de mim, aquecendo o meu coração, e eu reagi sem pensar, aguçando os sentidos para ver se ele estava ferido.

Senti um ligeiro traço da angústia que residia dentro dele. A batalha tinha amenizado o sentimento, dando-lhe um escape como o meu toque também faria. Temporário, mas eficaz. Ele não foi ferido.

— Você é... — Seu olhar era intenso e fixo quando ele embainhou a espada ao lado do corpo. — Você é absolutamente magnífica. Linda.

Estremeci, chocada. Ele já tinha me dito que eu era bonita quando viu o meu rosto, e parecia que estava falando sério. Mas agora? Ele pronunciou palavras que muitas vezes não significavam nada e muito raramente significavam tudo. E dissera aquilo de tal maneira que fui tomada por uma sensação de aperto, tensa e ondulante no meu ventre, mesmo que ele não fizesse a menor ideia de quem eu fosse. Meu capuz pesado continuava no lugar.

Eu precisava fugir dali.

Olhei para trás, procurando o caminho mais fácil para escapar. Engoli em seco. Hawke podia não ter percebido ainda que eu era a garota do Pérola Vermelha, mas não podia deixar que ele soubesse que eu estava ali na Colina. Não tinha a menor ideia do que ele faria se descobrisse que eu era a Donzela.

— A última coisa que eu esperava era encontrar uma dama encapuzada, com talento para tiro ao alvo, ocupando uma das ameias. — A covinha surgiu em sua bochecha direita, e senti um repuxão no estômago.

Por que ele tinha que ter um sorriso tão... encantador? Era o tipo de sorriso que eu sabia que já havia seduzido várias mulheres.

Eu duvidava muito que alguma delas tivesse se arrependido.

Sabia que eu não tinha.

Ele estendeu a mão enluvada.

— Posso ajudá-la?

Engoli um gemido e abaixei o arco, segurando-o com apenas uma das mãos. Permaneci em silêncio para que ele não reconhecesse a minha voz e fiz um gesto para que ele recuasse. Com o arquear de uma sobrancelha escura, ele colocou a mão estendida sobre o peito e deu um passo para trás.

Hawke fez uma reverência.

Ele se curvou *de verdade*, com um floreio tão elaborado que uma risada subiu pela minha garganta. Consegui reprimi-la com muito custo enquanto pousava o arco na borda inferior, apoiando-o contra a parede. Mantendo meu olhar sobre Hawke, corri até a escada e desci lentamente, sem lhe dar as costas.

Os sons da luta haviam praticamente cessado lá embaixo. Eu precisava voltar para o quarto, mas não tinha como entrar no castelo pelo mesmo caminho que saí, não com Hawke ali. Aquilo despertaria suspeitas. Coloquei o arco sob a capa, prendendo-o nas costas. Estremeci assim que ele encostou nos vergões que ainda não tinham sarado.

— Você é uma... — Ele parou de falar, com uma expressão estranha no rosto. Eu não conseguia decifrar o que era. Suspeita? Divertimento? Algo completamente diferente? Hawke estreitou os olhos.

Lá embaixo, os pesados portões rangeram assim que reabriram para que os feridos e os mortos fossem resgatados. Os Vorazes seriam queimados no lugar onde estavam. Eu me mexi para sair da ameia.

Hawke bloqueou meu caminho com habilidade e senti meu coração disparar enquanto fechava as mãos em punhos. Forcei meus dedos a relaxarem. Aquela luz brincalhona havia se apagado dos olhos dele.

— O que você está fazendo aqui em cima?

Qualquer paciência que a curiosidade dele trouxera se foi. Passando por ele, eu sabia que teria de descer e despistá-lo no meio da multidão enquanto as pessoas começavam a deixar suas casas para fazer um balanço das perdas.

Não cheguei muito longe.

Hawke me puxou pelo braço.

— Eu acho que...

Meu instinto despertou e assumiu o controle. Girei o corpo e torci o braço que segurava o meu, ignorando a leve ardência nas minhas costas. O choque estampado em seu rosto me fez abrir um sorriso selvagem. Reaparecendo atrás dele, me abaixei e chutei suas pernas, dando-lhe uma rasteira. Ele soltou o meu braço para espalmar as mãos e não cair no chão.

Os xingamentos de Hawke ecoaram nos meus ouvidos conforme eu disparava, correndo para fora da ameia pela borda interna da Colina. A escada mais próxima ficava a vários metros dali.

Alguma coisa prendeu a minha capa. A força me fez girar e me empurrou contra o muro. Comecei a puxar o tecido, mas só consegui soltar alguns centímetros. Olhando para baixo, vi uma adaga prendendo a minha capa. Atordoada, fiquei boquiaberta.

Hawke veio na minha direção, com o queixo abaixado.

— Aquilo não foi muito gentil.

Bem, ele também não iria gostar nada disso.

Agarrei o punho da adaga e a soltei dali. Virei-a para segurá-la pela lâmina, inclinei meu braço para trás e...

— Não faça isso — advertiu ele, parando no meio do caminho.

Atirei a adaga em direção ao seu rosto irritantemente bonito. Ele se esquivou, como eu sabia que faria...

E pegou a adaga pelo cabo, parando-a no ar como se não fosse nada. Aquilo foi... impressionante. Fiquei com inveja. Eu jamais conseguiria fazer aquilo. Acho que nem Vikter conseguiria.

Com os olhos brilhantes como moedas de ouro, ele emitiu um som de desaprovação com a boca e avançou na minha direção mais uma vez.

Eu me afastei da muralha e comecei a correr novamente, vendo as escadas logo adiante. Se eu conseguisse chegar até lá...

Uma silhueta escura surgiu na minha frente. Meus pés derraparam e eu escorreguei, perdendo o equilíbrio. Malditas sapatilhas de sola macia! Caí com força em cima do quadril, sufocando um grito pela dor que subia pela minha lombar. Pelo menos, eu não tinha caído de *costas*.

Hawke se levantou da posição de agachamento, com a adaga no quadril.

— Isso, então, não foi nada gentil.

Como é que ele...? Olhei para o topo estreito da muralha ali em cima. Ele tinha corrido por ali? Só tinha alguns centímetros de largura.

Ele era louco.

— Sei que estou precisando cortar o cabelo, mas a sua mira está ruim — disse ele. — Seria melhor você treinar mais, já que tenho muito apreço pelo meu rosto.

A minha mira tinha sido perfeita.

Com um rosnado silencioso, esperei até que ele estivesse perto o suficiente e então dei um chute, atingindo-o na panturrilha. Ele grunhiu quando eu me levantei com um salto, ignorando a dor do quadril e traseiro machucados. Girei o corpo para a direita e ele pulou para me bloquear, mas eu corri para a esquerda. Ele veio atrás de mim e eu o chutei novamente.

Hawke me pegou pelo tornozelo. Ofegante, girei os braços para me equilibrar. De olhos arregalados, olhei para ele. Ele arqueou as sobrancelhas enquanto olhava para a minha perna desnuda.

— Que escândalo — murmurou ele.

Deixei escapar um grunhido de aborrecimento.

Ele deu uma risada.

— E que sapatilhas delicadas. De cetim e seda? Tão bem-feitas quanto a sua perna. O tipo de sapatos que nenhum Guarda da Colina usaria.

Que astuto da parte dele.

— A menos que receba um uniforme diferente do meu. — Hawke soltou o meu tornozelo, mas antes que eu pudesse correr, ele pegou o meu braço e me puxou para a frente. De repente, eu estava postada contra ele e na ponta dos pés.

O ar escapou dos meus pulmões com o contato repentino. Meus seios se achataram contra o couro e o ferro rígidos que cobriam seu abdômen. O calor do seu corpo parecia emanar através da armadura, penetrando na minha capa e no vestido fino por baixo dela. Um lampejo de calor percorreu o meu corpo enquanto eu respirava fundo. Além da podridão do sangue dos Vorazes, ele cheirava a especiarias e um fumo inebriante. Um rubor subiu até as minhas bochechas.

Ele dilatou as narinas e, por mais estranho que pareça, os seus olhos pareceram se aprofundar em uma cor de âmbar impressionante. Hawke ergueu o outro braço.

— Sabe o que eu acho...?

A lâmina que pressionava a pele da sua garganta o fez se calar. Ele apertou os lábios enquanto olhava para mim. Hawke não se mexeu nem me soltou, de modo que empurrei a ponta da adaga apenas o suficiente. Uma gota de sangue brotou logo abaixo de sua garganta.

— Correção — disse ele, e então riu conforme o fio de sangue escorria pelo seu pescoço. Não era uma risada áspera ou condescendente. Ele parecia *entretido*. — Você é uma criaturinha absolutamente deslumbrante e assassina. — Ele fez uma pausa e olhou para baixo. — Bela arma. Pedra de sangue e osso de lupino. Muito interessante... — Ele ergueu o olhar. — *Princesa*.

Capítulo 16

A adaga. Droga. Eu havia esquecido que ele tinha visto a adaga no Pérola Vermelha. Deuses, como eu podia ter esquecido daquilo? Afastei a lâmina, mas já era tarde demais.

E também foi um erro.

A outra mão de Hawke se moveu rapidamente, pegando o pulso da mão com que eu segurava a arma.

— Você e eu temos muito o que conversar.

— Nós não temos nada para conversar — vociferei, irritada comigo mesma por fazer não um, não dois, mas *três* movimentos incrivelmente tolos. E extremamente frustrada com Hawke, pois ele tinha recuperado a vantagem.

— Ela sabe falar! — Ele arregalou os olhos fingindo choque e depois abaixou o queixo, me deixando tensa. — Pensei que você gostasse de conversar, Princesa. — Ele fez uma pausa. — Ou é só quando você está no Pérola Vermelha?

Eu não tinha resposta para isso.

— Você não vai fingir que não faz ideia do que eu estou falando, não é? — perguntou ele. — Vai me dizer que você não é ela?

Puxei os braços.

— Solte-me.

— Ah, eu acho que não. — Ele se virou bruscamente e, de repente, as minhas costas e o arco estavam contra a muralha de pedra da Colina. O contato provocou uma onda de fogo nas minhas costas feridas, mas ele me imprensou ali, prendendo o meu corpo com o dele. Havia poucos centímetros entre nós dois.

— Depois de tudo que compartilhamos, você atira uma adaga contra o meu rosto?

— Tudo o que compartilhamos? Foram só alguns minutos e uns beijos — respondi, e a verdade daquilo me impressionou com uma nitidez surpreendente. Aquilo *foi* tudo o que compartilhamos. Deuses, eu era tão... *superprotegida*. Pois, com a minha experiência limitada, aquilo tinha se tornado... muito mais para mim. A consciência de que tinham sido apenas alguns beijos foi brutal.

— Foram mais do que alguns beijos. — Ele abaixou a voz. — Se você esqueceu, eu estou mais do que disposto a lembrá-la.

Senti espirais de tensão formando-se no meu estômago. Parte de mim queria ser lembrada do que eu certamente não havia me esquecido. Graças aos Deuses, a parte mais inteligente e lógica de mim venceu.

— Não aconteceu nada que valesse a pena lembrar.

— Agora você me insulta depois de atirar uma adaga em mim? Você feriu os meus mais profundos sentimentos.

— Profundos sentimentos? — bufei. — Não seja tão dramático.

— É difícil não ser dramático depois que você atirou uma adaga na minha *cabeça* e então cortou o meu pescoço — retrucou ele, me segurando de modo surpreendentemente gentil em comparação com a dureza do seu tom de voz.

— Eu sabia que você sairia do meu caminho.

— Sabia? Foi por isso que você tentou rasgar minha garganta? — Os olhos dourados dele ardiam sob os cílios volumosos.

— Eu fiz *uma incisão* na sua pele — corrigi-o. — Porque você se recusou a me soltar. Você nitidamente não aprendeu nada com isso.

— Na verdade, eu aprendi muito, Princesa. É por isso que suas mãos e sua adaga estão bem longe do meu pescoço. — Ele deslizou o polegar sobre o interior do meu pulso como um lembrete, e eu contraí os dedos ao redor do punho da arma. — Mas se você soltar a adaga, eu deixarei que as suas mãos passeiem por boa parte do meu corpo.

Engasguei-me com a respiração. Será que ele não tinha percebido com quem estava falando? O som da minha voz era tão comum que ele não fazia a menor ideia de quem eu era? Mas se ele não tivesse descoberto ainda, isso significava que eu estava com a vantagem. Pequena, mas já era alguma coisa.

— Como você é generoso — repliquei.

— Quando me conhecer, você vai descobrir que eu posso ser *bastante* benevolente.

— Não tenho a intenção de conhecê-lo.

— Então quer dizer que você costuma invadir sorrateiramente os aposentos dos rapazes para seduzi-los antes de fugir?

— O quê? — Arfei. — Seduzir rapazes?

— Não foi isso que você fez comigo, Princesa? — Ele deslizou o polegar outra vez ao longo do meu pulso.

— Você é ridículo — balbuciei.

— Estou *intrigado*, isso sim.

Rosnei e puxei os braços, e ele riu em resposta, com os olhos me fazendo lembrar de uma poça de mel quente.

— Por que você insiste em me segurar desse jeito?

— Bem, além do que já repassamos, sobre eu ter muito apreço pelo meu rosto *e* pescoço, você também não deveria estar aqui. Faz parte do meu trabalho detê-la e interrogá-la.

— Você costuma interrogar quem não conhece desse jeito? — Desafiei. — Que método mais estranho de interrogatório.

— Apenas mulheres bonitas com pernas desnudas e bem torneadas. — Ele se aproximou e, quando eu respirei fundo, meu peito encostou no dele. — O que você estava fazendo aqui em cima durante um ataque dos Vorazes?

— Dando um passeio relaxante à noite — retruquei.

Ele repuxou o canto dos lábios, mas a covinha não apareceu.

— O que você estava fazendo aqui, Princesa? — perguntou ele outra vez.

— O que parece que eu estava fazendo?

— Parece que você estava sendo incrivelmente tola e imprudente.

— Como é? — A descrença tomou conta de mim. — Como é que eu estava sendo imprudente enquanto matava um Voraz atrás do outro e...

— Será que há uma nova política de recrutamento que não estou sabendo e estamos precisando de damas seminuas na Colina? — perguntou ele. — Estamos tão desesperados assim por proteção?

A raiva incendiou as minhas veias.

— Desesperados? Por que a minha presença na Colina seria um sinal de desespero quando, como você viu, eu sei usar um arco muito bem? Ah, espere aí. É porque eu tenho seios?

— Conheci mulheres com seios menos bonitos que eram capazes de derrubar um homem sem pestanejar — disse ele. — Mas nenhuma dessas mulheres está aqui na Masadônia.

Eu gostaria de saber onde esse grupo de mulheres maravilhosas vivia — *espere aí*. Seios menos bonitos?

— E você é incrivelmente habilidosa — continuou ele, chamando a minha atenção de volta para ele. — Não apenas com uma flecha. Quem a ensinou a lutar e a manejar uma adaga?

Fechei a boca e me recusei a responder.

— Aposto que foi a mesma pessoa que lhe deu essa lâmina. — Ele fez uma pausa. — Pena que quem quer que seja não a ensinou a evitar uma captura. Bem, pena para *você*, quero dizer

A raiva tomou conta de mim mais uma vez, me dominando. Empurrei o joelho para cima, mirando em uma parte bastante sensível dele — aquela que de alguma forma o tornava mais qualificado que eu para lutar.

Hawke pressentiu o meu movimento e se esquivou, bloqueando o meu joelho com a coxa.

— Você é tão incrivelmente agressiva. — Ele fez uma pausa. — Acho que gosto disso.

— Me solte! — Vociferei.

— Para ser chutado ou apunhalado? — Ele enfiou a perna entre as minhas, impedindo algum chute posterior. — Nós já discutimos isso, Princesa. Mais de uma vez.

Afastei os quadris da muralha, tentando desequilibrá-lo, mas tudo o que consegui foi pressionar uma parte muito sensível do meu corpo contra a extensão firme da sua coxa. O atrito provocou uma súbita onda de calor tão poderosa que foi como ser atingida por um raio. Reprimi uma respiração ofegante e fiquei imóvel.

Hawke fez a mesma coisa, com o corpo grande cheio de tensão. Seu tórax subiu e desceu contra o meu. O que... o que estava acontecendo? Senti calor, apesar da altitude e do ar frio da noite. Minha pele parecia zumbir como se uma corrente de energia dançasse pela minha carne e um calor intenso e potente tivesse substituído a frieza latejante no meu corpo.

Um longo momento se passou entre nós e então ele disse:

— Eu voltei para vê-la naquela noite.

O barulho lá embaixo estava começando a abrandar. A qualquer momento, alguém poderia aparecer ali, mas eu *era* mesmo incrivelmente imprudente e tola, pois permiti que os meus olhos se fechassem enquanto absorvia as palavras dele.

Ele tinha voltado.

— Assim como prometi. Eu voltei, mas você não estava mais lá — continuou ele. — Você me prometeu, Princesa.

Uma pontada de culpa surgiu dentro de mim, e eu não sabia muito bem se era por mentir para ele ou por atirar a adaga contra o seu rosto. Provavelmente as duas coisas.

— Eu... eu não podia.

— Não podia? — Ele abaixou a voz de novo, que se tornou mais grave e densa. — Tenho a impressão de que, se for algo que você deseje bastante, nada a impedirá.

Deixei escapar uma risada dura e amarga.

— Você não sabe de nada.

— Talvez. — Ele soltou o meu braço e, antes que eu soubesse o que ele estava tramando, deslizou a mão por dentro do meu capuz. Seus dedos frios tocaram a pele sem marcas da minha bochecha direita. Ofeguei com o contato e comecei a recuar, mas não havia para onde ir. — Talvez eu saiba mais do que você imagina.

Uma pontada de inquietação percorreu o meu corpo.

Hawke inclinou a cabeça e pressionou a sua bochecha no lado esquerdo do meu capuz.

— Acha mesmo que eu não sei quem você é?

Cada músculo do meu corpo se retesou e senti a boca seca.

— Você não tem nada a dizer sobre isso? — Ele fez uma pausa e sua voz era pouco mais do que um sussurro quando disse: — *Penellaphe?*

Droga.

Soltei o ar ruidosamente, sem saber se estava aliviada ou com medo de não ter mais que ficar imaginando se ele sabia. A confusão levou a minha irritação a níveis antes desconhecidos.

— Você só descobriu isso agora? Nesse caso, fico preocupada que você seja um dos meus guardas pessoais.

Ele riu com gosto, o som irritantemente contagiante.

— Eu soube no momento em que você tirou o véu.

Entreabri os lábios e dei um suspiro.

— Então por que..., por que você não disse nada?

— Para você? — perguntou ele. — Ou para o Duque?

— Qualquer um dos dois — sussurrei.

— Eu queria ver se você mencionaria o assunto. Mas parece que ia fingir que não é a mesma garota que frequenta o Pérola Vermelha.

— Eu não frequento o Pérola Vermelha — corrigi. — Mas fiquei sabendo que você sim.

— Você ficou perguntando por aí a meu respeito? Fico lisonjeado.

— Eu não perguntei nada.

— Não sei muito bem se acredito nisso. Você conta um monte de mentiras, Princesa.

— Não me chame assim — exigi.

— Prefiro Princesa a como devo chamá-la. *Donzela*. Você tem um nome. E não é esse.

— Eu não perguntei o que você gosta ou deixa de gostar — retruquei, apesar de concordar de todo o coração com o desagrado dele a respeito de como eu devia ser tratada.

— Mas perguntou por que eu não contei ao Duque sobre as suas excursões — respondeu ele. — Por que eu faria isso? Sou o seu guarda pessoal. Se eu a traísse, você não confiaria em mim, e isso certamente tornaria o meu trabalho de mantê-la em segurança muito mais difícil.

O raciocínio lógico de Hawke para não ter dito nada me deixou um tanto decepcionada, e eu nem queria me aprofundar no motivo.

— Como pode ver, eu sou capaz de me manter a salvo.

— Estou vendo. — Ele recuou com as sobrancelhas franzidas e então arregalou ligeiramente os olhos, como se tivesse acabado de se dar conta de alguma coisa.

— Hawke! — berrou uma voz lá de baixo, fazendo o meu coração dar um salto dentro do peito. — Tudo bem aí em cima?

Ele estudou a escuridão do meu capuz por um instante e então olhou por cima do ombro.

— Tudo bem.

— Você tem que me deixar ir embora — sussurrei. — Alguém vai acabar vindo aqui em cima...

— E pegar você no flagra? Forçá-la a revelar a sua identidade? — Aqueles olhos cor de âmbar deslizaram de volta para mim. — Pode ser uma coisa boa.

Respirei fundo.

— Você disse que não me trairia...

— Eu disse que *não* a traí, mas isso foi antes de saber que você faria algo assim.

Senti a pele fria como o gelo.

— O meu trabalho seria muito mais fácil se eu não tivesse que me preocupar com você se esgueirando para lutar contra os Vorazes... ou se encontrando com homens aleatórios em lugares como o Pérola Vermelha — continuou ele. — E quem sabe o que mais você faz quando todo mundo acha que está em segurança nos seus aposentos.

— Eu...

— Imagino que, depois que contasse ao Duque e à Duquesa, eu não teria mais que me preocupar com a sua tendência de pegar um arco e subir até a Colina.

Fiquei em pânico e disparei:

— Você não tem a menor ideia do que o Duque faria se contasse a ele. Ele... — Eu parei de falar.

— Ele o quê?

Respirando devagar, eu ergui o queixo.

— Não importa. Faça o que achar necessário.

Hawke olhou para mim por tanto tempo que parecia que uma pequena eternidade havia se passado, e em seguida me soltou, dando um passo para trás. O ar frio soprou entre nós.

— É melhor você voltar logo para os seus aposentos, Princesa. Teremos que terminar essa conversa mais tarde.

A confusão me segurou nas suas garras por alguns instantes, mas eu logo me recompus. Afastei-me da muralha e saí em disparada e, mesmo que não tivesse olhado para trás, eu sabia que ele não tirava os olhos de mim.

*

Entrei pelo acesso dos empregados e não fiquei nem um pouco surpresa quando descobri que Tawny ainda estava nos meus aposentos, embora tivesse que esperar quase uma hora antes que os portões fossem levantados e eu pudesse entrar sorrateiramente no castelo.

Ela ofegou.

— Pensei que você nunca mais fosse voltar.

Fechei a porta rangente atrás de mim e a encarei, estendendo a mão lentamente para puxar o capuz para baixo.

Tawny parou de supetão.

— Você está... você está bem? — O olhar dela procurou o meu e vi um leve tremor percorrer o seu corpo. — Foi muito ruim? O ataque?

Abri a boca, sem saber por onde começar e me lembrando de tudo o que tinha acontecido. Eu me encostei na porta. Meu coração ainda estava sobressaltado por causa do confronto com Hawke. Minha cabeça estava uma bagunça e o meu estômago revirado por saber que os Vorazes haviam conseguido alcançar o topo da Colina.

— Poppy? — sussurrou ela.

Decidi começar pela parte mais importante.

— Havia um monte deles. Dezenas.

O peito dela se moveu quando respirou fundo.

— E?

Eu não tinha certeza se ela realmente queria saber, mas ficar no escuro era muito mais perigoso do que o medo da verdade.

— E vários deles chegaram ao topo da Colina.

Tawny arregalou os olhos.

— Ah, meus Deuses. — Ela pousou a mão sobre o peito. — Mas os escudos foram erguidos...

— Eles foram detidos, mas muitos... muitos guardas morreram hoje. — Afastei-me da porta enquanto desabotoava a capa com os dedos gelados. Fui até a lareira e fiquei ali por alguns minutos, permitindo que o calor afastasse um pouco do frio. — Havia tantos Vorazes que eles basicamente invadiram a linha de frente. Se houvesse mais...

— Eles teriam invadido a muralha?

— É bem possível. — Afastei-me do fogo e tirei a capa, deixando-a cair em uma pilha bagunçada. Tirei o arco e o guardei com cuidado no baú antes de fechar a tampa. — Os cavaleiros vieram em socorro, mas no mínimo dois Vorazes já haviam chegado ao topo da Colina naquele momento. Se esperarem tanto tempo assim na próxima vez, pode ser tarde demais. Mas não acho que... acho que ninguém esperava que os Vorazes fossem capazes de fazer isso.

Tawny se sentou na beira da cama.

— Você... matou algum deles?

Tirei as sapatilhas e olhei para ela.

— É óbvio que sim.

— Ótimo. — Ela olhou para a janela, onde as tochas agora ardiam intensamente na escuridão. — Muitas bandeiras de luto serão hasteadas amanhã.

É verdade. Cada casa que tinha perdido um filho, um pai, um marido ou um amigo hastearia a bandeira em memória. O Comandante Jansen visitaria cada um deles nos próximos dias. Muitas piras seriam acesas.

E temia que alguns dos homens que tinham enfrentado bravamente os Vorazes naquela noite voltassem para as suas casas ou dormitórios *mordidos*. Acontecia todas as vezes após um ataque.

Deitei-me na cama, sentindo o cheiro de madeira queimada nos cabelos. Antes que eu pudesse dizer mais alguma coisa, ouvi uma batida na porta.

— Eu atendo. — Tawny se levantou e eu não a impedi, imaginando que fosse Vikter ou outro Guarda Real verificando se estávamos bem. Enquanto ela atravessava o quarto, eu peguei a ponta da trança e comecei a desenrolar as mechas rapidamente quando ouvi Tawny abrir a porta e dizer: — A Donzela está dormindo...

— Duvido muito.

Com o coração disparado, eu pulei da cama e me virei no exato momento em que Hawke entrou pela porta. Fiquei boquiaberta, imitando a expressão de Tawny.

Hawke chutou a porta atrás de si.

— Está na hora daquela conversa, Princesa.

Capítulo 17

Ele havia limpado o sangue do rosto e os seus cabelos escuros estavam úmidos, ondulando contra as têmporas e a testa. A espada de folha larga não estava mais com ele, mas as duas espadas curtas continuavam presas à sua cintura. De pé ali nos meus aposentos, com a postura firme e o contorno do maxilar rígido, Hawke me lembrava muito de Theon, o Deus dos Tratados e da Guerra.

Ele não parecia menos perigoso do que na Colina.

E era evidente pelo fogo no seu olhar âmbar que não tinha vindo para fazer as pazes.

Ele olhou de relance para Tawny, tão silenciosa e imóvel quanto eu.

— Os seus serviços não são mais necessários esta noite.

Tawny ficou boquiaberta.

Saindo do meu estupor, eu tive uma reação bem diferente.

— Você não tem autoridade para dispensá-la!

— Não? — Ele arqueou uma sobrancelha escura. — Como seu Guarda Real pessoal, eu tenho autoridade para remover qualquer ameaça.

— Ameaça? — Tawny franziu a testa. — Eu não sou uma ameaça.

— Você representa a ameaça de inventar desculpas ou mentir em nome de Penellaphe. Assim como me disse que ela estava dormindo quando eu sei que ela estava na Colina — retrucou ele, e Tawny ficou de boca fechada.

Ela se virou para mim.

— Tenho a impressão de que estou perdendo uma informação importante.

— Não tive a chance de lhe contar — expliquei. — E não era tão importante assim.

Tawny arqueou as sobrancelhas.

Ao lado dela, Hawke bufou.

— Aposto que foi uma das coisas mais importantes que já aconteceram com você em um bom tempo.

Estreitei os olhos.

— Você tem um senso de participação na minha vida bastante desproporcional se acha mesmo isso.

— Acho que tenho uma boa noção do papel que desempenho na sua vida.

— Duvido muito — imitei-o.

— Fico me perguntando se você realmente acredita em metade das mentiras que conta.

O olhar de Tawny se alternava entre nós dois.

— Eu não estou mentindo, muito obrigada.

Ele sorriu, exibindo a covinha na bochecha direita.

— Se é isso que você precisa dizer a si mesma, Princesa.

— Não me chame assim! — Eu bati o pé no assoalho.

Hawke arqueou a sobrancelha.

— Isso a fez se sentir bem?

— Sim! Porque a outra opção seria dar um chute em você.

— Tão agressiva. — Ele deu uma risada.

Ah, meus Deuses.

Fechei as mãos em punhos.

— Você não devia estar aqui.

— Eu sou o seu guarda pessoal — respondeu ele. — Posso estar onde quer que eu seja necessário para mantê-la em segurança.

— E do que você acha que precisa me proteger aqui? — exigi saber, olhando em volta. — Uma cama desarrumada na qual eu possa bater o dedão do pé? Ah, espere aí, você está preocupado que eu possa desmaiar? Sei como você é bom em lidar com tais emergências.

— Você me parece mesmo um pouco pálida — respondeu ele. — A minha habilidade em socorrer mulheres frágeis e delicadas pode ser útil.

Respirei fundo.

— Mas pelo que pude perceber, além de uma tentativa de sequestro ou outra, você, Princesa, é a maior ameaça a si mesma.

— Bem... — Tawny começou a falar e, quando eu lancei a ela um olhar que devia tê-la deixado com vontade de sair correndo do quarto, ela deu de ombros. — Ele até que tem razão.

— Você não está ajudando.

— Penellaphe e eu precisamos conversar — disse ele, sem deixar de olhar para mim. — Garanto que ela está a salvo comigo e aposto que vai contar tudo o que discutirmos para você mais tarde.

Tawny cruzou os braços.

— Vai, sim. Mas não é tão divertido quanto testemunhar a conversa.

Suspirei.

— Está tudo bem, Tawny. Vejo você pela manhã.

Ela olhou para mim.

— Sério?

— Sério — confirmei. — Tenho a impressão de que, se você não for embora, ele vai ficar parado ali drenando todo o precioso ar do meu quarto.

— Enquanto permaneço excepcionalmente bonito — acrescentou ele. — Você esqueceu de mencionar isso.

Tawny deixou escapar uma risadinha furtiva.

Eu ignorei o comentário.

— E eu gostaria de descansar um pouco antes de o sol nascer.

Tawny soltou o ar com força.

— Tá bom. — Ela olhou de relance para Hawke. — *Princesa.*

— Ah, meus Deuses — murmurei, sentindo uma dor latejante atrás dos olhos.

Hawke observou Tawny, esperando até que ela passasse pela porta adjacente antes de dizer:

— Eu gosto dela.

— É bom saber — disse. — Sobre o que você gostaria de falar que não podia esperar até de manhã?

Ele voltou o olhar para mim.

— Você tem um cabelo lindo.

Pestanejei. O meu cabelo estava solto e, mesmo sem vê-lo, eu sabia que estava uma bagunça de ondas frisadas. Resisti ao impulso de tocar nele.

— Era sobre isso que você queria falar?

— Não exatamente. — Em seguida, ele baixou os olhos e me estudou lentamente, começando pelos meus ombros e descendo até as pontas dos pés. Seu olhar era pesado, quase como um toque, deixando um rubor em seu encalço.

Foi nesse exato momento que lembrei que não somente o meu rosto estava descoberto, como eu também estava apenas de camisola. Com a luz da lareira e das lâmpadas de óleo atrás de mim, eu sabia que bem pouco da forma do meu corpo estava oculta para Hawke. O rubor se aprofundou e se tornou mais intenso. Fiz menção de buscar o robe que jazia ao pé da cama.

Hawke repuxou os lábios em um sorrisinho de cumplicidade que me deixou extremamente irritada.

Parei e devolvi o seu olhar. Hawke podia até não ter visto todas as áreas sombrias visíveis sob a fina camisola branca, mas ele tinha feito mais do que sentir algumas delas com as mãos. Havia uma pequena parte de mim que pensava em ajeitar o cabelo para cobrir o lado esquerdo do rosto, mas ele já tinha visto as cicatrizes e eu não tinha vergonha delas. Eu me *recusava* a permitir que o que o Duque dissera sobre Hawke afirmar que eu era bonita tivesse algum impacto sobre mim. Esconder o rosto ou me cobrir era inútil e, além disso, eu podia jurar que tinha visto um desafio no olhar dele. Como se ele esperasse que eu fizesse ambas as coisas.

Eu não faria.

Um momento longo e tenso se passou.

— Era isso o que você vestia sob a capa?

— Não é da sua conta — respondi, enquanto mantinha os braços ao lado do corpo.

Algo cintilou em seu rosto, me fazendo lembrar do olhar que Vikter me lançava toda vez que eu o derrotava, mas desapareceu rápido demais para que eu pudesse ter certeza.

— Parece que devia ser — disse ele.

A rouquidão na sua voz deixou a minha pele arrepiada.

— Isso parece ser um problema seu, não meu.

Ele olhou para mim com aquela expressão estranha no rosto outra vez. Aquela que me fazia pensar que ele estava entretido e curioso.

— Você... você não é nada como eu esperava.

O jeito como ele disse aquilo soou tão genuíno que uma parte da minha irritação diminuiu.

— Por causa da minha habilidade com o arco e a adaga? Ou foi o fato de eu ter te derrubado?

— Você *quase* me derrubou — corrigiu ele. Ele baixou o queixo e cerrou as pestanas, protegendo aqueles olhos exóticos.

— Todas essas coisas. Mas você esqueceu de mencionar o Pérola Vermelha. Eu nunca pensei que fosse encontrar a Donzela lá.

Eu bufei.

— Imagino que não.

Seus cílios se ergueram, e havia uma infinidade de perguntas no olhar dele. Achei que não teria como evitá-las desta vez.

De repente, cansada demais para ficar ali e discutir, eu fui até uma das duas cadeiras perto da lareira, sabendo muito bem como as laterais do meu vestido se abriam, revelando quase toda a extensão da minha perna.

E sabendo muito bem que Hawke acompanhava cada passo.

— Aquela foi a primeira vez que estive no Pérola Vermelha. — Eu me sentei e pousei as mãos sobre o colo. — E subi até o segundo andar porque Vikter apareceu lá. — Franzi o nariz e estremeci de leve. — Ele teria me reconhecido, mascarada ou não. Subi porque uma mulher me disse que o quarto estaria vazio. — Eu ainda sentia que ela tinha me enganado, mas aquilo não estava em questão no momento. — Não estou lhe dizendo isso porque tenha que me explicar, só estou dizendo... a verdade. Não sabia que você estava no quarto.

Ele permaneceu onde estava.

— Mas você sabia quem eu era — disse ele, e não era uma pergunta.

— É óbvio. — Olhei para o fogo. — A sua chegada já tinha provocado bastante... burburinho.

— Fico lisonjeado — murmurou ele.

Meus lábios tremeram conforme eu observava as chamas ondularem sobre as grossas toras de madeira.

— O motivo pelo qual eu decidi ficar no quarto não está em discussão.

— Eu sei por que você ficou no quarto — disse ele.

— Sabe?

— Agora tudo faz sentido.

Pensei naquela noite e me lembrei do que ele dissera. Hawke parecia sentir que eu estava lá para ter experiências, para viver. Agora que ele sabia o que eu era, aquilo fazia sentido.

Mas isso ainda não era algo que eu estava disposta a discutir.

— O que você vai fazer a respeito da minha ida à Colina?

Ele não respondeu por um longo momento, e em seguida caminhou até onde eu estava, com o andar cheio de uma graça fluida.

— Posso? — Ele apontou para a cadeira vazia.

Assenti.

Ele se sentou diante de mim e se inclinou para a frente, apoiando os cotovelos nos joelhos dobrados.

— Foi Vikter quem treinou você, não foi?

Meu coração bateu acelerado, mas eu mantive o rosto impassível.

— Só pode ter sido ele. Vocês dois são muito chegados, e ele está com você desde que chegou na Masadônia.

— Você tem feito perguntas por aí.

— Eu seria burro se não tentasse descobrir tudo o que pudesse a respeito da pessoa que tenho o dever de proteger até a morte.

Ele até que tinha uma razão muito boa.

— Eu não vou responder à sua pergunta.

— Por que você tem medo que eu conte ao Duque, mesmo que não tenha feito isso antes?

— Você disse na Colina que devia fazer isso — lembrei a ele. — Que facilitaria o seu trabalho. Eu não vou prejudicar ninguém.

Ele inclinou a cabeça.

— Eu disse que *devia*, não que *faria* isso.

— Há alguma diferença?

— Você devia saber que sim. — Seu olhar cintilou sobre o meu rosto. — O que Sua Alteza faria se eu tivesse contado a ele?

Curvei os dedos para dentro.

— Não importa.

— Então por que você disse que eu não tinha a menor ideia do que ele faria? Parecia que você queria me dizer mais alguma coisa, mas se conteve.

Eu desviei o olhar, encarando o fogo.

— Eu não ia lhe dizer nada.

Hawke ficou calado por um longo momento.

— Você e Tawny reagiram de um modo estranho à convocação dele.

— Nós não esperávamos que ele me chamasse naquele momento. — A mentira deslizou da minha língua.

Houve outra pausa.

— Por que você ficou no seu quarto por quase dois dias depois de ter sido convocada por ele?

Senti uma dor aguda e cortante na palma da mão, onde cravei as unhas. As chamas estavam morrendo, bruxuleando suavemente.

— O que ele fez com você? — perguntou Hawke, com a voz muito suave.

Uma vergonha sufocante subiu pela minha garganta, com um gosto ácido.

— Por que você se importa?

— Por que não me importaria? — perguntou ele e, mais uma vez, parecia incrivelmente sincero.

Virei a cabeça antes que me desse conta do que estava fazendo. Ele se recostou, com as mãos fechadas nos braços da cadeira.

— Você não me conhece...

— Eu aposto que a conheço melhor do que a maioria das pessoas.

Um rubor subiu até as minhas bochechas.

— Isso não significa que você me conhece, Hawke. Não o bastante para se importar comigo.

— Sei que você não é como os outros membros da Corte.

— Eu não faço parte da Corte — salientei.

— Você é a Donzela. Você é vista como a filha dos Deuses pelos plebeus. Eles a têm em mais alta conta que um Ascendido, mas eu sei que você tem compaixão. Naquela noite, quando conversamos sobre a morte no Pérola Vermelha, você realmente sentiu empatia pelas perdas que eu havia sofrido. Não foi uma gentileza forçada.

— Como você sabe?

— Sou bom em avaliar o caráter das pessoas — afirmou ele. — Você não falou comigo por medo de ser descoberta até que eu me referi a Tawny como sua empregada. Você a defendeu mesmo correndo o risco de se expor. — Ele fez uma pausa. — Além disso, eu a vi.

— Viu o quê?

Ele se inclinou para a frente de novo, abaixando a voz:

— Eu a vi durante a reunião na Câmara Municipal. Você não concordava com o Duque e a Duquesa. Eu não podia ver o seu rosto, mas percebi que você estava desconfortável. Você se sentiu mal por aquela família.

— Tawny também.

— Sem querer ofender a sua amiga, mas ela parecia estar dormindo durante a maior parte do conselho. Duvido que ela soubesse o que estava acontecendo.

Eu não podia discordar daquilo, mas o desconforto que ele viu foi quando perdi o controle do meu dom por um breve instante. No entanto, isso não mudava o fato de que eu não concordava com o que havia acontecido com a família Tulis.

— E você sabe lutar. E bem. E mais que isso, você é nitidamente corajosa. Há muitos homens, homens *treinados*, que não iriam até a Colina durante um ataque dos Vorazes se não tivessem de fazer isso. Os Ascendidos poderiam ter ido até lá, e eles teriam mais chances de sobreviver, mas não foram. Você foi.

Eu sacudi a cabeça.

— Essas coisas são apenas traços de personalidade. Não quer dizer que você me conheça bem o bastante para se importar com o que acontece ou deixa de acontecer comigo.

Ele me encarou.

— Você se importaria com o que acontecesse comigo?

— Bem, sim. — Franzi a testa. — Eu me importaria...

— Mas você não me conhece.

Fechei a boca. Droga.

— Você é uma pessoa decente, Princesa. — Ele se recostou mais uma vez. — É por isso que se importa.

— E você não é uma pessoa decente?

Hawke baixou o olhar.

— Eu sou muitas coisas. Decente raramente é uma delas.

Eu não fazia a menor ideia de como responder àquele instante de honestidade.

— Você não vai me contar o que o Duque fez, vai? — Ele suspirou, curvando as costas ligeiramente na cadeira. — Sabe que eu vou acabar descobrindo de um jeito ou de outro.

Eu quase dei uma risada. Tinha certeza de que aquela era uma coisa sobre a qual ninguém jamais falaria.

— Se você acha isso.

— Eu sei que sim — respondeu ele, e um segundo se passou. — É estranho, não é?

— O quê?

Ele me encarou outra vez e senti um aperto no peito. Não conseguia desviar o olhar. Eu me sentia... enfeitiçada.

— Como parece que eu a conheço há muito mais tempo. Você também se sente assim.

Eu gostaria de poder negar, mas ele tinha razão, e era estranho mesmo. Eu não tinha dito nada antes porque não queria admitir isso. Seria como seguir por uma estrada que eu não podia cruzar. Saber disso me provocava um aperto profundo no peito, e eu também não queria admitir aquilo.

Pois parecia muito com a decepção. E isso não significava que eu já tinha começado a percorrer aquela estrada? Interrompi o contato visual e baixei os olhos para as mãos.

— Por que você estava na Colina? — perguntou ele, mudando de assunto.

— Não era óbvio?

— Não a sua motivação. Pelo menos me diga isso. Diga-me o que a levou a subir até lá para enfrentar os Vorazes.

Abri os dedos e deslizei dois deles sob a manga do meu braço direito. Eles roçaram a minha pele até encontrar duas cicatrizes irregulares. Havia mais outras, ao longo do abdômen e das coxas.

Seria fácil mentir, inventar uma série de motivos, mas eu não sabia ao certo se havia algum problema em contar a verdade. Será que se três pessoas soubessem da verdade em vez de apenas duas seria tão catastrófico assim? Eu achava que não.

— Você sabe como eu fiquei com a cicatriz no meu rosto?

— A sua família foi atacada por um Voraz quando você era criança — respondeu ele. — Vikter...

— Ele contou para você? — Um sorriso leve e cansado surgiu nos meus lábios. — Não é a única cicatriz. — Como ele não disse nada, tirei a mão da manga. — Quando eu tinha seis anos, os meus pais decidiram sair da capital e morar no Vale Niel. Eles queriam uma vida mais sossegada, ou pelo menos foi o que me disseram. Não me lembro muito bem da viagem, só que a minha mãe e o meu pai estavam incrivelmente tensos durante todo o percurso. Ian e eu éramos muito pequenos e não sabíamos quase nada a respeito dos Vorazes, então não ficamos com medo de estar lá fora nem de parar em um dos vilarejos, um lugar que, mais tarde me disseram, não tinha um ataque de Vorazes havia décadas. Havia apenas uma modesta muralha, como na maioria das cidades pequenas, e ficamos na estalagem por uma noite. O lugar cheirava a cravo e canela. Eu me lembro disso.

Fechei os olhos.

— Eles vieram à noite, com a névoa. Não havia mais tempo depois que eles apareceram. O meu pai... ele saiu para tentar afastá-los, enquanto minha mãe nos escondia, mas eles entraram pela porta e pelas janelas antes que ela pudesse fugir. — A lembrança dos gritos da minha mãe me fez abrir os olhos. Engoli em seco. — Uma mulher, alguém que estava hospedada na pousada, conseguiu pegar Ian e levá-lo para um quarto escondido, mas eu não quis abandonar a minha mãe e isso só... — Lampejos desarticulados daquela noite tentaram se encaixar na minha mente. Havia sangue no chão, pelas paredes, escorrendo dos braços da minha mãe. E então soltei a sua mão escorregadia e senti as mãos que me agarravam e o ranger dos dentes. As garras... Seguidas por uma dor ardente e esmagadora até que, finalmente, mais nada. — Acordei dias depois, de volta à capital. A Rainha Ileana estava ao meu lado. Ela me contou o que havia acontecido. Que os nossos pais tinham morrido.

— Eu sinto muito — disse Hawke, e eu assenti. — Sinto mesmo. É um milagre que você tenha sobrevivido.

— Os Deuses me protegeram. Foi o que a Rainha me disse. Que eu era a Escolhida. Mais tarde, fiquei sabendo que essa foi uma das razões pelas quais a Rainha havia implorado aos meus pais que não deixassem a segurança da capital. Que... que se o Senhor das Trevas ficasse sabendo que a Donzela estava desprotegida, ele mandaria os Vorazes atrás de mim. Ele queria que eu fosse morta naquela época, mas, pelo visto, parece que agora quer que eu viva. — Dei uma risada que me doeu um pouco.

— O que aconteceu com a sua família não é sua culpa, e pode haver inúmeras razões pelas quais eles atacaram aquele vilarejo. — Ele passou a mão pelos cabelos, afastando as mechas já secas da testa. — O que mais você lembra?

— Ninguém... ninguém naquela estalagem sabia como lutar. Nem os meus pais, nem as mulheres, nem mesmo os homens. Todos eles dependiam de guardas. — Esfreguei os dedos. — Se os meus pais soubessem se defender, eles poderiam ter sobrevivido. A chance podia até ser pequena, mas ainda assim seria melhor do que nada.

A compreensão iluminou o rosto de Hawke.

— E você quer ter essa chance.

Eu concordei com a cabeça.

— Eu não vou... eu me recuso a ser indefesa.

— Ninguém deveria ser.

Soltei um pouco de ar e parei de mexer os dedos.

— Você viu o que aconteceu hoje à noite. Eles alcançaram o topo da Colina. Se um deles conseguir entrar, outros seguirão no seu encalço. Nenhuma muralha é impenetrável e, mesmo que fosse, os mortais voltam do lado de fora da Colina amaldiçoados. Isso acontece com mais frequência do que as pessoas imaginam. A qualquer momento, essa maldição pode se espalhar pela cidade. Se eu tiver que morrer...

— Você vai morrer lutando — concluiu ele por mim.

Assenti.

— Como eu disse antes, você é muito corajosa.

— Eu não acho que seja coragem. — Voltei a encarar as minhas mãos. — Acho que é... medo.

— Medo e coragem costumam ser a mesma coisa. Podem transformá-la em uma guerreira ou em uma covarde. A única diferença é a pessoa em quem esses sentimentos residem.

Olhei para ele com um silêncio atordoado. Demorei um pouco para formular uma resposta.

— Você parece ser muito mais velho do que é.

— Apenas metade do tempo — disse ele. — Você salvou muitas vidas hoje à noite, Princesa.

Eu ignorei o apelido.

— Mas muitos morreram.

— Muitos mesmo — concordou ele. — Os Vorazes são uma praga interminável.

Repousei a cabeça no encosto da cadeira e sacudi os pés na direção do fogo.

— Enquanto um Atlante viver, haverá mais Vorazes.

— É o que dizem — disse ele, e quando eu olhei para Hawke, ele flexionava um músculo do maxilar enquanto encarava o fogo bruxuleante. — Você disse que mais homens voltam do lado de fora da Colina amaldiçoados do que as pessoas imaginam. Como sabe disso?

Abri a boca. Droga. Como eu *poderia* saber disso?

— Eu ouvi rumores.

Merda.

Ele olhou para mim.

— Não se fala muito a respeito disso, e no máximo em sussurros.

Uma inquietação se agitou dentro de mim.

— Você vai ter que me dar mais detalhes.

— Ouvi dizer que a filha dos Deuses ajuda aqueles que são amaldiçoados — disse ele, e eu fiquei tensa. — Que ela os ajuda a morrer com dignidade.

Eu não sabia muito bem se devia ficar aliviada por ele só ter ouvido falar sobre aquilo e não ter mencionado o meu dom. Mas o fato de que ele, que não estava na cidade havia muito tempo, já tinha ouvido aqueles rumores não era algo muito tranquilizador.

Se descobrisse que Hawke tinha ouvido isso, Vikter não ficaria nada feliz. Por outro lado, eu duvidava muito que ele me deixasse ajudá-lo novamente depois da última vez.

— Quem disse uma coisa dessas? — perguntei.

— Alguns guardas — respondeu ele, e meu estômago afundou. — Para ser sincero, eu não acreditei neles a princípio.

Controlei a minha expressão.

— Bem, você devia ter continuado com a sua reação inicial. Eles estão enganados se acham que eu cometeria um ato de traição à Coroa.

Seu olhar cintilou sobre o meu rosto.

— Eu não acabei de dizer que sou bom em avaliar o caráter das pessoas?

— E daí?

— E daí que eu sei que você está mentindo — respondeu ele. Fiquei imaginando o que exatamente o tinha feito pensar que os guardas estavam falando de mim. — E entendo por que você faria isso. Aqueles homens falam de você com tanta admiração que, antes mesmo de conhecê-la, eu meio que esperava que você fosse uma filha dos Deuses. Eles nunca a denunciariam.

— Pode até ser, mas você os ouviu falando a respeito. Outras pessoas também poderiam ouvi-los.

— Talvez eu devesse ser mais explícito em relação aos rumores. Na verdade, eles estavam falando comigo — esclareceu ele. — Pois eu também ajudo os amaldiçoados a morrer com dignidade. Fazia isso na capital e faço aqui também.

Entreabri os lábios e senti o estômago relaxar, mas o meu coração dava cambalhotas dentro do peito como se fosse um peixe fora d'água.

— Os homens que voltam amaldiçoados já deram tudo pelo reino. Não serem tratados como os heróis que são, mas arrastados para a morte diante uma plateia, é a última coisa pela qual eles ou as famílias deveriam passar.

Eu não sabia o que dizer enquanto o encarava. Ele estava falando exatamente o que eu pensava, e sabia que havia outros por aí que também acreditavam nisso. Obviamente. Mas saber que ele estava disposto a cometer um ato de alta traição para fazer o que era certo...

— Estou atrapalhando seu sono por tempo demais.

Eu arqueei a sobrancelha.

— Isso é tudo o que você tem a dizer sobre a minha ida à Colina?

— Eu só lhe peço uma coisa. — Ele se levantou e eu me preparei para ouvi-lo me dizer para ficar longe da Colina. Eu provavelmente diria a ele que sim. É óbvio que não obedeceria, e não achava que ele fosse acreditar em mim. — Na próxima vez que sair, use sapatos apropriados e uma roupa mais pesada. Essas sapatilhas vão acabar com você, e esse vestido... comigo.

Capítulo 18

Hawke não havia denunciado a minha presença na Colina, mas contou a uma pessoa.

Descobri isso quando acordei apenas algumas horas depois que ele partiu e fui ver se Vikter estava disposto a treinar. Não fiquei nem um pouco surpresa ao encontrá-lo esperando por mim e mais do que pronto para a ação. Eu queria falar com ele sobre o que tinha acontecido com a chegada dos Vorazes ao topo da Colina.

Vikter queria falar sobre o que Hawke havia contado a ele. Pelo que parecia, depois que saiu do meu quarto, ele foi procurar Vikter. Eu não fiquei muito brava com isso, apenas irritada que Hawke tivesse sentido a necessidade de contar a Vikter. Mas aquilo confirmou que ele achava que Vikter já sabia da minha ida à Colina ou, pelo menos, que não ficaria surpreso nem irritado com isso.

Hawke havia calculado mal a parte sobre não ficar irritado.

Vikter franziu a testa enquanto andava ao meu redor, examinando a minha postura. Ele estava verificando se as minhas pernas estavam bem apoiadas e os meus pés posicionados na largura dos ombros.

— Você não devia ter ido até a Colina.

— Mas fui.

— E foi pega. — Vikter parou na minha frente. — O que você faria se fosse outro guarda que a tivesse descoberto?

— Se fosse outro, eu não teria sido pega.

— Isso não é uma piada, Poppy.

— Eu não disse nada engraçado — retruquei. — Estou sendo sincera. Hawke é... ele é rápido e muito bem treinado.

— É por isso que estamos trabalhando no seu combate corpo a corpo.

Estreitei os lábios.

— As minhas habilidades na luta corpo a corpo não são ruins.

— Se isso fosse verdade, ele não teria te pego. Ataque! — ordenou Vikter.

Mantendo o queixo baixo, eu dei um soco. Ele bloqueou com o antebraço e eu me afastei, procurando uma abertura, embora não encontrasse. Então criei uma. Mudei de posição como se fosse dar um chute e ele baixou os braços alguns centímetros. Aproveitei a abertura e girei o corpo, socando o seu estômago.

Ele resmungou baixinho.

— Boa jogada.

Eu baixei a guarda e sorri.

— Foi mesmo, não foi?

Vikter sorriu, mas muito rapidamente.

— Sei que você deve estar cansada de ouvir isso — começou ele —, mas vou dizer mais uma vez. Você precisa ter mais cuidado. E está dando socos com o braço em vez de com o centro do corpo.

Eu *estava* cansada de ouvir isso.

— Eu sou cuidadosa e estou dando socos do jeito que você me ensinou.

— Seu ritmo está fraco. Hesitante. Não foi assim que eu lhe ensinei. — Ele agarrou o meu braço e o sacudiu como se fosse um macarrão cozido. — Você não tem muita força na parte superior do corpo. Sua força está aqui. — Ele colocou a mão na frente do meu abdômen. — Você causará muito mais dano dessa maneira. Quando você der um soco, o tronco e os quadris devem se mover junto com você.

Assenti e fiz o que ele disse. Errei o golpe, mas consegui sentir a diferença no balanço.

— Hawke não vai me denunciar a Sua Alteza.

— Você acha mesmo? — Ele bloqueou o meu soco seguinte. — Melhor.

— Se fosse dizer alguma coisa, ele já teria procurado o Duque.

— Pode haver inúmeros motivos pelos quais ele ainda não disse nada.

Até alguns dias antes, eu teria concordado com ele, mas não mais. Não depois do que Hawke tinha me confessado na noite anterior.

— Acho que ele não vai dizer nada, Vikter. Eu não tenho com o que me preocupar nem você. Não contei a ele que foi você quem me treinou.

— Poppy — disse ele. E pronunciou o meu apelido da mesma maneira quando perguntei se ele achava que eu poderia esconder um sabre sob o meu véu. Eu ainda acreditava que poderia. Só tinha que encontrar a posição certa. — Você não o conhece.

— Eu sei disso. — Cruzei os braços quando Vikter recuou. — Mas você também não.

— Você não sabe quais são as motivações dele, por que ele se calou a respeito de tudo isso.

Eu sabia o que ele tinha me dito sobre o Pérola Vermelha e estava certa de que aquilo também se aplicava à Colina. Mas era mais do que isso. O fato de que Hawke estava disposto a arriscar ser acusado de alta traição para ajudar os amaldiçoados falava muito sobre o tipo de pessoa que ele era. Contudo, não me parecia certo compartilhar aquilo com Vikter. Havia um motivo para não conhecermos a identidade das outras pessoas na rede.

Sendo assim, eu disse:

— Ele disse que sabia que eu não confiaria mais nele se ele contasse alguma coisa, o que dificultaria o seu trabalho. Você tem de admitir que ele tem razão.

— Sim, mas não significa que você não deva tomar cuidado. — Vikter ficou em silêncio por um momento. — E eu entendo. De verdade.

— Entende o quê?

— Como eu disse antes, ele é um jovem atraente...

— Não tem nada a ver com isso.

— E você está sempre cercada de velhos como eu.

— Você não é tão velho assim.

Ele pestanejou.

— Obrigado. — Uma pausa. — Acho.

— Não tem nada a ver com a aparência dele. Não estou dizendo que não o acho atraente. Eu acho, mas não é por isso que confio nele. — E era verdade. A minha fé não advinha de sua beleza. — Não sou tão tola assim.

— Eu não estou sugerindo isso. — Ele passou a mão pelos cabelos. — Então você confia nele?

— Eu... eu contei a ele por que tive que ir para a Colina. Contei a ele a respeito da noite em que a minha família foi atacada. E sabe como ele reagiu? Embora tenha dito a princípio que eu não deveria estar lá fora, Hawke ouviu os meus motivos e a única coisa que disse foi que eu tinha que usar sapatos mais apropriados. — Imaginei que seria melhor guardar a parte do vestido só para mim. — Eu confio nele, Vikter. Há algum motivo para não confiar?

Vikter suspirou pesadamente enquanto desviava o olhar.

— Ele não nos deu nenhum motivo para duvidar dele. Eu sei disso. Só que nós não o conhecemos e você é importante para mim, Poppy. Não porque é a Donzela, mas porque você é... você.

Um nó de emoção se formou no meu peito e subiu pela minha garganta. Não dei a Vikter a chance de compreender o que eu estava fazendo. Eu me lancei sobre ele, passando os braços ao redor da sua cintura e abraçando-o com força.

— Obrigada — murmurei contra o seu peito.

Vikter ficou tão empertigado quanto um guarda na Colina pela primeira vez, mas então colocou as mãos nas minhas costas. E me deu um tapinha.

Abri um sorriso.

— Você sabe que eu nunca serei um substituo para o seu pai, nem tentaria fazer isso, mas você é como uma filha para mim.

Eu o abracei mais apertado.

Ele me deu mais um tapinha.

— Eu fico preocupado. Em parte, porque é o meu trabalho, mas principalmente porque é você.

— Você também é importante para mim. — As palavras saíram abafadas contra o peito dele. — Mesmo que você ache que os meus socos são fracos.

Ele deu uma risada rouca enquanto pousava o queixo sobre o topo da minha cabeça.

— Os seus socos são fracos quando você não faz do jeito certo. — Ele se afastou e apertou as minhas bochechas. — Mas a sua mira é letal, garota. Jamais se esqueça disso.

*

— Os Deuses não falharam conosco. Os Ascendidos não falharam com vocês. — A voz do Duque veio da varanda da muralha do castelo naquela noite. Lá embaixo, uma turba de pessoas enchia o pátio aberto e, sob o brilho das lâmpadas a óleo e tochas, pude ver que muitas delas estavam vestidas de preto, a cor lúgubre do luto. Entre elas, havia guardas montados a cavalo, de olho na multidão agitada.

Eu não sabia de nenhuma outra ocasião em que Sua Alteza tivesse se dirigido ao povo daquela maneira. Ele e a Duquesa nunca ficavam na frente de tantas pessoas assim, nem mesmo durante os Conselhos ou o Ritual. Eu não poderia ter ficado mais surpresa quando Vikter e Hawke chegaram depois do jantar para me escoltar até a varanda.

Por outro lado, havia quantos anos um número tão significativo de Vorazes não alcançava a Colina?

Bandeiras pretas foram hasteadas em várias casas, e muitas piras funerárias foram acesas ao amanhecer. O ar ainda estava repleto de cinzas e incenso.

— Foi por causa da Bênção dos Deuses — continuou Teerman — que a Colina não foi invadida na noite passada.

Atrás dele, ao lado de Tawny e flanqueada por Vikter e Hawke, eu fiquei imaginando exatamente como a Bênção dos Deuses havia impedido que a muralha fosse invadida. Foram os guardas que impediram a invasão; homens como o arqueiro que preferiu a morte a permitir que os Vorazes chegassem ao topo.

— Eles alcançaram o topo! — gritou um homem. — Quase conseguiram invadir a Colina. Será que estamos a salvo?

— Quando acontecer novamente? — perguntou a Duquesa, a sua voz suave silenciando os murmúrios. — Porque isso vai acontecer novamente.

Atrás do véu, eu arqueei as sobrancelhas. Por cima do ombro direito, ouvi Hawke murmurar secamente:

— Isso certamente vai abrandar o medo da população.

Meus lábios estremeceram.

— A verdade não foi projetada para abrandar o medo de ninguém — respondeu Vikter.

— Então é por isso que contamos mentiras? — perguntou Hawke, e eu apertei os lábios.

Desde que chegaram para escoltar a mim e a Tawny, os dois estavam fazendo aquilo. Um deles dizia algo. Qualquer coisa. Então o outro discordava só para ter a última palavra. Começou com Hawke comentando que estava bastante quente naquela noite e que eu devia aproveitar, ao qual Vikter prosseguiu afirmando que as temperaturas certamente cairiam rápido demais para isso. Em seguida, Hawke perguntou a Vikter onde ele havia adquirido um conhecimento tão profético a respeito do clima.

No espaço de uma hora, as alfinetadas só aumentaram enquanto um tentava superar o outro.

Hawke estava vencendo por pelo menos três réplicas.

Mesmo depois de tê-lo defendido para Vikter — e eu não estava mentindo quando disse que confiava em Hawke —, ainda havia uma parte de mim que não conseguia acreditar no que ele dissera. Ele não me disse para nunca mais subir na Colina. Não exigiu que eu ficasse no meu quarto, onde era mais *seguro*. Em vez disso, ele ouviu os meus motivos para ir lá fora e aceitou tudo, somente pedindo para que eu usasse sapatos mais adequados.

E roupas adicionais.

O último pedido me deixou irritada e empolgada ao mesmo tempo, o que era bastante confuso. E algo que eu certamente não tinha compartilhado com Vikter naquela manhã.

Meu olhar se voltou para a Duquesa quando ela tomou a frente.

— Os Deuses não falharam com vocês — repetiu ela, colocando as mãos no parapeito ao lado do marido. — Nós não falhamos com vocês. Mas os Deuses *estão* infelizes. É por isso que os Vorazes alcançaram o topo da Colina.

Um murmúrio de consternação percorreu a multidão como uma tempestade.

— Nós conversamos com eles. Eles não estão satisfeitos com os últimos acontecimentos, nem aqui nem nas cidades vizinhas — disse ela, examinando os rostos pálidos e acinzentados lá embaixo. — Eles temem que o bom povo de Solis tenha começado a perder a fé nas suas decisões e estejam se voltando para aqueles que desejam comprometer o futuro deste grande reino.

Os sussurros se tornaram gritos de condenação, que assustaram os cavalos. Os guardas logo acalmaram o nervosismo dos equinos.

— O que achavam que aconteceria quando aqueles que seguem e conspiram com o Senhor das Trevas estão no meio de vocês agora mesmo? — perguntou o Duque. — Enquanto falo, neste exato momento, os olhares dos Descendidos me encaram, entusiasmados que os Vorazes tenham tirado tantas vidas na noite passada. Nessa multidão, há Descendidos que oram pela chegada do Senhor das Trevas. As mesmas pessoas que comemoraram o massacre de Três Rios e a queda da Mansão Brasão de Ouro. Olhem para os lados e talvez vejam alguém que ajudou a conspirar para o sequestro da Donzela.

Fiquei desconfortável quando dezenas de olhares pousaram sobre mim. Em seguida, um por um, como se os seus rostos fossem dominós montados lado a lado, eles se entreolharam como se estivessem vendo os vizinhos e conhecidos pela primeira vez.

— Os Deuses ouvem e sabem de tudo. Até o que não é dito, mas reside no coração — disse o Duque, e o meu estômago revirou de inquietação. — O que qualquer um de nós pode esperar? — repetiu ele. — Quando aqueles que os Deuses fizeram de tudo para proteger vêm até nós e questionam o Ritual?

Fiquei tensa. Imediatamente, a imagem do Sr. e da Sra. Tulis veio à minha mente. Ele não tinha dito o nome deles, mas podia muito bem tê-los gritado do topo do Castelo Teerman. Eu não os via no meio da multidão, mas isso não queria dizer que eles não estivessem lá.

— O que podemos esperar quando há quem deseje nos ver mortos? — perguntou Teerman, erguendo as mãos. — Quando somos Deuses em forma humana e a única coisa entre vocês e o Senhor das Trevas e a maldição que o seu povo lançou sobre esta terra?

E, no entanto, nem um único Ascendido — nem o Duque, nem a Duquesa, nem nenhum dos cavalheiros ou das damas — levantou uma das mãos para defender a Colina. Todos eles eram mais ágeis e fortes que qualquer guarda. Imagino que poderiam ter matado o dobro de Vorazes que eu matei com o arco e, como Hawke dissera, tinham mais chances de sobreviver a um ataque.

— O que vocês acham que teria acontecido se os Vorazes alcançassem o topo da Colina? — Teerman abaixou as mãos. — Muitos de vocês nasceram dentro das muralhas e nunca testemunharam o horror de um ataque dos Vorazes. No entanto, outros sabem como é. Aqueles que vêm de cidades menos protegidas ou que foram atacados nas estradas. Vocês sabem o que teria acontecido se alguns deles conseguissem passar pelos nossos guardas, se os Deuses virassem as costas para o povo de Solis. Teria sido um massacre de centenas de pessoas. Suas esposas. Seus filhos. Vocês mesmos. Muitos não estariam mais aqui. — Ele fez uma pausa e a multidão aumentou.

Aconteceu outra vez.

Percebi o controle dos meus sentidos fugir de mim, e não era nenhuma surpresa. Era difícil me resguardar diante de uma multidão como aquela, mas eu não... eu não senti apenas dor.

Algo tocou o fundo da minha garganta, fazendo com que eu me lembrasse do que senti no átrio com Loren.

Terror.

Eu *senti* o terror aumentando cada vez mais, vindo de tantas direções diferentes conforme o meu olhar passava de rosto em rosto. Outra sensação me atingiu. *Quente* e ácida. Não era dor física. Era raiva. Meu coração começou a bater acelerado. Eu não sentia dor, mas... devia estar sentindo alguma coisa. Não fazia sentido, mas eu podia sentir aquilo contra a minha pele como se fosse um ferro em brasa. Senti a garganta seca quando engoli com dificuldade. Algumas pessoas entrelaçavam as mãos sob o queixo e faziam preces aos Deuses. Dei um pequeno passo para trás. Outras olhavam para nós com uma expressão dura no rosto.

Vikter pousou a mão no meu ombro e perguntou:

— Você está bem?

Sim?

Não?

Eu não sabia muito bem.

Uma combinação de adrenalina com ansiedade me dominou completamente e eu sentia como se dedos gélidos tocassem a minha nuca. Senti uma pressão no peito. Tive vontade de fugir dali. Eu precisava ficar o mais longe possível das pessoas.

Mas eu não podia.

Fechei os olhos e me concentrei na minha respiração enquanto lutava para reconstruir a minha barreira mental. Continuei respirando, puxando e soltando o ar o mais profunda e lentamente possível.

— Se tiverem sorte, eles avançarão na sua garganta e vocês terão uma morte rápida — dizia o Duque. — Mas a maioria não terá tanta sorte assim. Os Vorazes vão rasgar a carne de vocês, se banqueteando com o seu sangue enquanto vocês gritam pedindo a ajuda dos Deuses em que perderam a fé.

— Esse deve ser o discurso menos tranquilizador já feito depois de um ataque — murmurou Hawke entre os dentes.

O comentário me tirou da espiral de pânico, a secura absoluta das palavras cortou o cordão que me ligava àquelas pessoas. Meus sentidos voltaram para dentro de mim e foi como uma porta se fechando, sendo trancada.

Eu senti... não senti nada além do meu coração batendo e do brilho do suor na minha testa. Ele havia conseguido mais do que apenas afrouxar o domínio que o medo do público tinha sobre mim, mas aniquilá-lo por completo. As sensações desapareceram com tanta rapidez que eu quase duvidei que tivesse sentido alguma coisa. Fiquei imaginando se a minha mente tinha me pregado alguma peça conforme os rostos diante de mim tornavam-se novamente nítidos, em uma ofensiva incessante de diversos níveis de medo e pânico.

Estreitei o olhar conforme encarava a multidão, me concentrando nos rostos que não demonstravam nenhuma emoção. Perturbada com aquelas expressões impassíveis, um arrepio de inquietação percorreu a minha espinha. Eu me concentrei em um dos homens. Ele era jovem e os seus cabelos loiros caíam sobre os ombros. Ele estava muito longe para que eu pudesse ver a cor dos seus olhos, mas encarava o Duque e a Duquesa com os lábios apertados e o maxilar firme e reto, enquanto aqueles que estavam ao seu redor trocavam olhares de terror.

Eu o reconheci.

Ele estava na Câmara Municipal com aquela mesma expressão e, em seguida, aquela *coisa* tinha acontecido, o estranho turbilhão de sensações que eu não deveria ser capaz de sentir.

Ou que não sabia que *era* capaz.

Examinei a multidão mais uma vez, distinguindo outros iguais a ele. Havia pelo menos uma dúzia que eu conseguia ver.

Votei a olhar para o homem loiro enquanto refletia sobre o que havia sentido quando estava com Loren. O que senti emanando dela fazia sentido agora, em vista do que tinha acontecido. Ela estava animada com a possibilidade de que o Senhor das Trevas estivesse por perto, por mais perturbador que aquilo fosse. E ela tinha razão de temer que eu dissesse alguma coisa. Aquele homem podia até não demonstrar nenhuma emoção, mas se ele não concordasse com o que havia sido feito com a família Tulis, não seria surpresa alguma que estivesse com raiva agora.

Talvez fosse coisa da minha cabeça. Talvez algo estivesse acontecendo com o meu dom. Será que ele estava evoluindo ao ponto de eu poder sentir outras emoções além de dor? Eu não sabia, e precisava descobrir, mas tinha que dizer alguma coisa agora, só por precaução.

Virei a cabeça para a direita, na direção de Vikter.

— Está vendo aquele homem? — sussurrei, descrevendo o homem loiro.

— Sim. — Vikter se aproximou.

— Há outros como ele. — Encarei a multidão.

— Estou vendo — disse ele. — Fique alerta, Hawke. Pode...

— Haver algum problema? — interrompeu Hawke. — Estou de olho no loiro há uns vinte minutos. Ele vem avançando lentamente. Outros três também se aproximaram.

Arqueei as sobrancelhas. Ele era muito observador.

— Estamos seguros? — perguntou Tawny, mantendo a atenção na multidão.

— Sempre — murmurou Hawke.

Assenti quando o olhar de Tawny encontrou o meu por um breve instante, esperando que ela se tranquilizasse. Levei a mão até a coxa. Minha adaga estava embainhada sob a túnica branca que descia até o chão. O toque no punho feito de osso me ajudou a aliviar o pânico que persistia.

O Duque continuava hipnotizando a multidão com histórias de horror e carnificina enquanto eu encarava o homem loiro. Ele usava uma capa escura sobre os ombros largos e inúmeras armas poderiam estar ocultas embaixo.

Eu sabia disso por experiência própria.

— Mas nós falamos com os Deuses em seu nome — soou a voz da Duquesa. — Dissemos a eles que o povo de Solis, especialmente aqueles que vivem na Masadônia, é digno. Eles não desistiram de vocês. Nós garantimos isso.

Os aplausos ecoaram e o clima da multidão mudou rapidamente, mas o loiro ainda não demonstrava nenhuma reação.

— E honraremos a sua fé no povo de Solis não protegendo aqueles que vocês suspeitam de seguir o Senhor das Trevas, aqueles que não buscam nada além da destruição e da morte — disse ela. — Vocês serão amplamente recompensados nesta vida e na próxima. Nós podemos prometer isso a vocês.

Houve outra rodada de aplausos e então alguém gritou:

— Vamos honrá-los durante o Ritual!

— Vamos, sim! — gritou a Duquesa, se afastando da beirada. — Existe uma maneira melhor de demonstrar a nossa gratidão aos Deuses do que celebrar o Ritual?

O Duque e a Duquesa se afastaram da varanda e, lado a lado, quase se tocando, mas não exatamente, pois ambos ergueram as mãos em lados opostos dos corpos e começaram a acenar.

— Mentiras! — gritou uma voz do meio da multidão. Era o homem loiro. — *Mentirosos.*

O tempo pareceu parar. Todos ficaram imóveis.

— Vocês não fazem nada para nos proteger enquanto se escondem no castelo, atrás dos guardas! Não fazem nada além de roubar crianças em nome de Deuses falsos! — gritou ele. — Onde estão os terceiros e quartos filhos e filhas? Onde eles estão de verdade?

Então houve um som, uma respiração aguda que veio de todos os lugares, dentro e fora de mim.

A capa do loiro se abriu quando ele tirou a mão dali. Houve um berro — um grito de alerta — lá embaixo. Um guarda montado a cavalo se virou, mas não foi rápido o bastante. O loiro inclinou o braço para trás e...

— Peguem-no! — gritou o Comandante Jansen.

O homem atirou alguma coisa. Não era uma adaga nem uma pedra. O formato era esquisito demais para isso enquanto rasgava o ar e seguia na direção do Duque de Masadônia. Ele se moveu incrivelmente rápido, se tornando apenas um borrão enquanto Vikter me empurrava para trás com o ombro. Hawke me enlaçou pela cintura e me puxou contra si quando o objeto passou voando por nós e bateu na parede. Ele caiu no chão e eu olhei para baixo para ver o que era.

Era... era uma mão.

Vikter se ajoelhou, pegou a mão e voltou a se levantar, com as linhas dos lábios tensas.

— O que, em nome dos Deuses, é isso? — murmurou ele.

Mas não era uma mão qualquer. Era a mão acinzentada e com garras de um Voraz.

Eu olhei para o homem loiro. Um Guarda Real o tinha derrubado de joelhos no chão, com os braços torcidos atrás das costas. Havia sangue em sua boca.

— De sangue e cinzas! — gritou ele, enquanto o guarda agarrava a parte de trás da sua cabeça. — Nós ressurgiremos! De sangue e cinzas, nós ressurgiremos! — Ele gritava as palavras repetidamente enquanto os guardas o arrastavam através da multidão.

O Duque se virou para a multidão e *riu*, o som frio e seco.

— E assim os Deuses revelaram pelo menos um de vocês, não foi?

Capítulo 19

Hawke rapidamente conduziu a mim e a Tawny de volta ao castelo enquanto Vikter foi falar com o Comandante.

— Onde aquele homem arrumou a mão de um Voraz? — perguntou Tawny, com a pele franzida ao redor da boca enquanto passávamos debaixo dos estandartes do Salão Principal.

— Ele pode ter ido até o lado de fora da Colina e cortado a mão de um dos mortos da noite passada — respondeu Hawke.

— Isso é... — Tawny pousou a mão sobre o peito. — Eu não tenho palavras para isso.

Nem eu, mas o membro também poderia ter pertencido a um amaldiçoado que se transformou dentro da Colina. Guardei aquela informação para mim mesma enquanto passávamos por vários empregados.

— Não acredito no que ele disse a respeito das crianças, dos terceiros e quartos filhos e filhas.

— Nem eu — concordou Tawny.

Que coisa horrível de se dizer. Aquelas crianças, muitas já adultas, estavam nos Templos, servindo aos Deuses. Embora eu não concordasse com o fato de não haver exceções, insinuar que elas tivessem sido roubadas para fins nefastos era ultrajante. Algumas poucas palavras proferidas eram o suficiente para que a ideia agisse como uma infecção, contaminando a mente das pessoas. Eu não queria sequer imaginar o que os pais daquelas crianças estavam pensando no momento.

— Eu não ficaria surpreso se mais pessoas pensassem a mesma coisa — comentou Hawke, e tanto eu quanto Tawny nos voltamos em sua direção. Ele caminhava ao meu lado, só um passo atrás. Arqueou as sobrancelhas. — Nenhuma daquelas crianças foi vista novamente.

— Elas foram vistas pelos Sacerdotes e Sacerdotisas e também pelos Ascendidos — corrigiu Tawny.

— Mas não pela família. — Ele olhou para as estátuas enquanto nos dirigíamos para as escadas. — Se as pessoas pudessem ver os filhos de vez em quando, essas crenças seriam facilmente descartadas, e os medos, dissipados.

Ele tinha razão, mas...

— Ninguém deveria fazer uma afirmação dessas sem provas — argumentei. — Tudo o que faz é causar preocupação e pânico desnecessários. Um pânico que os Descendidos criaram e então aproveitaram para explorar.

— Concordo. — Ele olhou para baixo. — Cuidado onde pisa. Não gostaria que você prosseguisse com o seu novo hábito, Princesa.

— Tropeçar uma vez não é um hábito — retruquei. — E se concorda, por que você disse que não ficaria surpreso se mais pessoas se sentissem da mesma maneira?

— Porque concordar não quer dizer que eu não entenda o motivo de algumas pessoas pensarem assim — respondeu ele, e eu me calei. — Se os Ascendidos estivessem mesmo preocupados com a credibilidade dessas afirmações, tudo o que tinham de fazer era permitir que as crianças fossem vistas. Não posso acreditar que isso interfira tanto com a servidão aos Deuses.

Não.

Eu achava que não.

Olhei para Tawny e vi que ela estava encarando Hawke enquanto caminhávamos pelo corredor do segundo andar na direção da parte mais antiga do castelo.

— O que você acha? — perguntei.

Tawny pestanejou quando olhou para mim.

— Acho que vocês dois estão dizendo a mesma coisa.

Um sorrisinho surgiu no rosto de Hawke e eu não disse mais nada enquanto subíamos as escadas. Hawke nos fez parar perto da porta do quarto de Tawny.

— Se você não se importa, preciso falar com Penellaphe em particular por um momento.

Arqueei as sobrancelhas atrás do véu enquanto Tawny me lançava um olhar mal disfarçado e repuxava o canto dos lábios. Em seguida, ela esperou que eu sinalizasse se estava tudo bem ou não.

— Está tudo bem — disse a ela.

Tawny assentiu e então abriu a porta, parando o tempo suficiente para dizer:

— Se precisar de mim, me chame. — Ela fez uma pausa. — *Princesa*.

Soltei um gemido.

Hawke riu.

— Eu gosto mesmo dela.

— Aposto que ela adoraria ouvir isso.

— Você gostaria de ouvir que eu gosto de você? — perguntou ele.

Meu coração pulou uma batida, mas eu ignorei aquele órgão estúpido.

— Você ficaria triste se eu dissesse que não?

— Eu ficaria arrasado.

Bufei.

— Aposto que sim. — Chegamos à porta do meu quarto. — Sobre o que você queria conversar?

Ele apontou para o quarto e, percebendo que o que ele tinha a dizer era algo que os outros não deveriam ouvir, fui abrir a porta.

— Eu deveria entrar primeiro, Princesa. — Ele passou por mim.

— Por quê? — Fiz uma careta para as costas dele. — Você acha que alguém pode estar esperando por mim?

— Se o Senhor das Trevas já veio atrás de você antes, então ele virá de novo.

Um calafrio percorreu a minha espinha quando Hawke entrou no quarto. Duas lâmpadas a óleo foram deixadas acesas ao lado da porta e da cama, e mais lenha foi adicionada à lareira, lançando um brilho suave e quente sobre o quarto. Não fiquei olhando para a cama por muito tempo e acabei olhando para as costas largas de Hawke enquanto ele examinava o quarto. As pontas dos seus cabelos roçavam a gola da túnica e as mechas pareciam tão... macias. Eu não havia tocado nos cabelos dele naquela noite no Pérola Vermelha, mas gostaria de ter feito isso.

Eu precisava de ajuda.

— Já posso entrar? — perguntei, entrelaçando as mãos. — Ou devo esperar aqui enquanto você inspeciona debaixo da cama à procura de poeira?

Hawke olhou por cima do ombro.

— Não estou preocupado com a poeira. Mas com degraus? Isso, sim.

— Ah, meus Deuses...

— E o Senhor das Trevas vai continuar atrás de você até conseguir o que quer — disse ele, desviando o olhar. Eu estremeci. — O quarto deve ser sempre inspecionado antes de você entrar.

Cruzei os braços sobre o peito, sentindo frio apesar do fogo. Observei enquanto ele caminhava de volta até a porta e a fechava com cuidado.

Hawke me encarou, com a mão no punho da espada curta, e o descompasso no meu peito redobrou. O rosto dele era tão impressionante. Dos lábios carnudos, passando pelo arco das sobrancelhas até chegar aos sulcos sob as maçãs do rosto largas e proeminentes, ele poderia ter sido inspiração para uma das pinturas penduradas no Ateneu da cidade.

— Você está bem? — perguntou Hawke.

— Sim. Por que a pergunta?

— Tive a impressão de que alguma coisa aconteceu com você enquanto o Duque se dirigia ao povo.

Fiz uma anotação mental para lembrar o quanto Hawke era observador.

— Eu estava... — Comecei a dizer que estava bem, mas sabia que ele não acreditaria nisso. — Fiquei um pouco tonta. Acho que não comi o suficiente hoje.

Seu olhar intenso percorreu o que ele podia ver do meu rosto e, mesmo com o véu, eu me sentia insuportavelmente exposta quando ele olhava para mim daquele jeito.

— Eu odeio isso.

— Odeia o quê? — perguntei, confusa.

Hawke não respondeu imediatamente.

— Eu odeio falar com o véu.

— Ah. — Compreendi o que ele dizia enquanto estendia a mão e tocava na grinalda que escondia os meus cabelos. — Imagino que a maioria das pessoas não goste.

— Eu não acredito que *você* goste.

— Não gosto — admiti e então olhei ao redor do quarto como se esperasse que a Sacerdotisa Analia estivesse escondida em algum lugar. — Quero dizer, eu preferiria que as pessoas pudessem me ver.

Ele inclinou a cabeça para o lado.

— Como é a sensação?

O ar ficou preso na minha garganta. Ninguém... ninguém nunca havia me perguntado aquilo antes e, embora tivesse muitos pensamentos e sentimentos acerca do véu, eu não sabia muito bem como explicar, apesar de confiar em Hawke.

Algumas coisas, depois de proferidas, ganhavam vida própria.

Fui até uma das cadeiras e me sentei na beirada enquanto tentava descobrir o que dizer. De repente, o meu cérebro cuspiu a única coisa que me veio à mente.

— É sufocante.

Hawke se aproximou.

— Então por que você o usa?

— Eu não sabia que tinha uma escolha. — Olhei para ele.

— Você tem uma escolha agora. — Ele se ajoelhou na minha frente. — Somos apenas você e eu, quatro paredes e uma quantidade ridiculamente inadequada de móveis.

Meus lábios tremeram.

— Você fica de véu quando está com Tawny? — perguntou ele.

Fiz que não com a cabeça.

— Então por que está de véu agora?

— Porque... eu posso ficar sem o véu quando estou com ela.

— Fui informado de que você deveria ficar de véu o tempo todo, mesmo diante das pessoas que tinham permissão de vê-la.

É óbvio que ele estava certo.

Hawke arqueou uma sobrancelha.

Dei um suspiro.

— Não fico de véu quando estou no meu quarto e não espero que ninguém além de Tawny entre. E não uso nesses momentos porque me sinto... mais no controle. Eu posso ter...

— A escolha de não o usar? — concluiu por mim.

Assenti, me sentindo um pouco atordoada por ele ter acertado em cheio.

— Você tem uma escolha agora.

— Tenho, sim. — Mas era difícil explicar que o véu também servia como uma barreira. Com o véu, eu me lembrava do que eu era e da importância disso. Sem ele, bem, era fácil querer... apenas *querer*.

Hawke ficou olhando para o véu e um longo momento se passou. Em seguida, ele assentiu e se levantou devagar.

— Estarei lá fora se você precisar de alguma coisa.

Um estranho nó se formou na minha garganta, impossibilitando a minha fala. Permaneci onde estava enquanto Hawke saía do quarto e fiquei olhando para a porta fechada depois que ele se foi. Eu não me mexi. Não tirei o véu. Por um bom tempo.

Até eu não *querer* mais.

*

Na noite seguinte, fiquei aguardando do lado de fora da sala de recepção da Duquesa no segundo andar. Ficava no extremo oposto do corredor do escritório do Duque, e eu permaneci de costas para a sala dele. Não queria vê-la e muito menos pensar a respeito.

Havia dois Guardas Reais postados do lado de fora da sala de Jacinda enquanto Vikter aguardava ao meu lado. Naquela manhã, eu contei a ele o que tinha acontecido durante o discurso da Duquesa e do Duque, e como não sabia ao certo se tinha mesmo sentido alguma coisa ou não. Ele sugeriu que eu falasse com a Duquesa, já que era improvável que a Sacerdotisa me desse alguma informação útil, enquanto que Jacinda, dependendo do seu estado de humor, talvez fosse mais propensa a ser franca.

Eu só esperava que ela estivesse com um humor falante.

Vikter e eu não conversamos na presença dos outros Guardas Reais, mas sabia que ele estava preocupado com o que eu contaria a ela. Sobre o que podia significar se o meu dom estivesse evoluindo ou se fosse só coisa da minha cabeça.

Pode ser só o estresse por tudo o que aconteceu, ele dissera. *Talvez seja melhor esperar até você ter certeza que é o seu dom antes de alertar alguém.*

Eu sabia que Vikter se preocupava que, se fosse coisa da minha cabeça, aquilo pudesse ser usado contra mim, mas não queria esperar até que acontecesse outra vez. Queria saber logo se tinha algo a ver com o meu dom ou não para que eu pudesse reagir melhor.

A porta se abriu e um dos Guardas Reais saiu da sala.

— Sua Alteza a verá agora.

Vikter permaneceu do lado de fora conforme planejado, pois o conhecimento a respeito do meu dom deveria se limitar ao Duque e à Duquesa e ao clero do Templo.

Eu quebrava tantas regras que não era à toa que Hawke parecesse surpreso quando não tirei o véu na noite passada. Era nisso que eu estava pensando quando entrei na sala. Recolhi esses pensamentos enquanto examinava o aposento.

Eu sempre gostara daquela sala de paredes cor de marfim e móveis cinza-claros. Havia uma paz ali, e o recinto também era acolhedor e convidativo, apesar de não haver janelas. Devia ser por causa de todos os lustres deslumbrantes. Encontrei a Duquesa sentada a uma pequena mesa redonda, bebendo de uma pequena xícara. Usando um vestido amarelo pálido, ela me lembrava da primavera na capital.

Ela ergueu o olhar e abriu um ligeiro sorriso no rosto que não envelhecia.

— Venha. Sente-se.

Eu me aproximei e me sentei diante dela, observando o prato de doces. Só haviam sobrado as guloseimas com nozes. Os pãezinhos de chocolate devem ter sido os primeiros a serem devorados. A Duquesa tinha a mesma fraqueza que Vikter.

— Você queria falar comigo? — Ela pousou a xícara delicada e florida no pires correspondente.

Assenti.

— Sim. Sei que você está muito ocupada, mas espero que possa me ajudar com uma questão.

Ela inclinou a cabeça, fazendo com que as ondas suaves dos cabelos castanho-avermelhados caíssem sobre os ombros.

— Tenho de admitir que você me deixou curiosa. Não me lembro da última vez que você veio pedir a minha ajuda.

Eu me lembrava. Foi quando pedi que os meus aposentos fossem transferidos para a parte mais antiga do castelo, algo que eu tinha certeza de que ela ainda não entendia muito bem.

— Eu gostaria de falar com você... — Respirei fundo. — Eu gostaria de falar com você a respeito do meu dom.

Notei um ligeiro arregalar dos seus olhos escuros como breu.

— Não esperava que esse fosse o assunto. Alguém descobriu a respeito do seu dom?

— Não, Vossa Alteza. Não foi isso que aconteceu.

Ela pegou o guardanapo do colo e limpou os dedos.

— Então, o que foi? Por favor, não faça suspense.

— Acho que está acontecendo alguma coisa com ele — contei a ela. — Houve algumas situações em que eu... eu acredito que senti algo além de dor.

Ela colocou o guardanapo lentamente em cima da mesa.

— Você estava usando o seu dom? Sabe que os Deuses a proibiram de fazer isso. Até que seja considerada digna de tal dom, você não deve usá-lo.

— Sei disso. Eu nunca o uso. — Eu mentia com facilidade. Talvez até demais. — Mas, às vezes, acontece. Quando estou no meio de uma grande multidão, é difícil controlá-lo.

— Você já falou sobre isso com a Sacerdotisa?

Bons Deuses, não.

— Isso não acontece com muita frequência. Juro, só aconteceu recentemente. Vou redobrar os esforços para controlar o meu dom, mas quando isso aconteceu, eu acho que... acho que senti algo diferente de dor.

A Duquesa olhou para mim, sem pestanejar, pelo que me pareceu uma eternidade, e em seguida se levantou da cadeira. Um pouco nervosa, eu observei enquanto ela caminhava até o aparador branco encostado na parede.

— O que você acha que sentiu?

— Raiva — respondi. — Durante o Conselho da Cidade e ontem à noite, eu senti raiva. — Eu não mencionaria Loren. Não faria isso com ela. — Foi aquele homem que...

— O Descendido?

— Sim. Pelo menos, eu acho que sim — emendei. — Acho que estava sentindo a raiva dele.

Ela serviu a bebida de uma jarra.

— Você sentiu algo mais que lhe pareceu anormal?

— Eu... eu acho que senti medo também. Quando o Duque estava falando sobre o ataque dos Vorazes. O terror é muito parecido com a dor, mas a sensação é diferente, e acho que senti algo parecido com... sei lá. Entusiasmo? Ou ansiedade. — Franzi o cenho. — As duas são praticamente a mesma coisa, suponho. De certo modo, pelo menos...

— Você está sentindo alguma coisa agora? — Ela se virou para mim, com um copo do que achava que podia ser xerez na mão.

Pisquei os olhos atrás do véu.

— Você quer que eu use o meu dom em você?

Ela assentiu.

— Eu pensei...

— Não importa o que você pensou — interrompeu ela, e eu me retesei. — Quero que você use o seu dom agora e me diga o que sente, se é que sente alguma coisa.

Apesar de achar o pedido muito estranho, fiz o que ela me pediu. Aguçei os sentidos, senti o fio se esticando entre nós e... e não encontrando *nada* além de um imenso vazio. Senti um arrepio na pele.

— Você sente alguma coisa, Penellaphe?

Encerrei a conexão e balancei a cabeça em negativa.

— Eu não sinto nada, Vossa Alteza.

A Duquesa soltou o ar pelas narinas e tomou a bebida de um gole só.

Fiquei de olhos arregalados enquanto processava a reação dela. Era quase como se a Duquesa esperasse que eu sentisse algo emanando dela, mas eu nunca consegui fazer isso. Achava que *jamais* conseguiria.

— Muito bem — arfou ela, com as saias farfalhando ao redor dos tornozelos conforme voltava para o aparador e largava o copo.

— Eu queria saber se senti mesmo alguma coisa ou... — Parei de falar quando ela me encarou.

— Acho que o seu dom está... amadurecendo — disse ela, vindo na minha direção. A luz brilhante do lustre reluziu no anel de obsidiana em seu dedo enquanto ela segurava as costas da cadeira. — Faz sentido que isso esteja acontecendo tão perto da sua Ascensão.

— Então isso... é normal?

Ela estalou a língua no céu da boca. Por um instante, parecia que ela estava prestes a dizer alguma coisa, mas então mudou de ideia.

— Sim, acho que sim, mas eu... não falaria com Sua Alteza sobre isso.

A tensão tomou conta dos meus ombros com o aviso velado. Eu nunca tive certeza se a Duquesa sabia das... predileções do marido. Não podia acreditar que ela fosse tão cega a respeito disso, mas uma parte de mim esperava que fosse. Pois se ela soubesse e não fizesse nada para detê-lo, isso não significava que era tão má quanto ele? Ou será que eu estava sendo injusta com ela? Só porque a Duquesa era uma Ascendida, isso não queria dizer que ela tivesse algum poder sobre o marido.

— Isso faria... o Duque se lembrar da primeira Donzela — sussurrou ela.

Eu a encarei, chocada. Não esperava que ela fosse mencionar a primeira Donzela, a que veio antes de mim — a única outra Donzela que eu conhecia.

— Isso... aconteceu com a Donzela anterior?

— Sim. — Os nós dos dedos dela começaram a ficar brancos, e eu assenti. Houve apenas duas Donzelas Escolhidas pelos Deuses. — O que você sabe a respeito da primeira Donzela?

— Nada — admiti. — Não sei o nome dela nem em que época viveu. — Ou o que aconteceu com ela em sua Ascensão.

Ou por que importava se o meu dom em desenvolvimento fizesse o Duque se lembrar dela.

— Há uma razão para isso.

É mesmo? A Sacerdotisa Analia nunca tinha me dito nada. Ela ignorava todas as minhas perguntas a respeito dela ou da minha Ascensão.

— Nós não falamos a respeito da primeira Donzela, Penellaphe — disse ela. — Não é que apenas decidimos não falar. É que não podemos.

— Os Deuses... proibiram? — suspeitei.

Ela assentiu enquanto o seu olhar parecia penetrar o meu véu.

— Vou infringir essa regra apenas uma vez e rezar para que os Deuses me perdoem, mas vou lhe contar tudo com a esperança de que o seu futuro não termine da mesma maneira que o da primeira Donzela.

Eu tinha um mau pressentimento sobre essa conversa.

— Nós não falamos a respeito dela. Nunca. O seu nome não é digno dos nossos lábios nem do ar que respiramos. Se fosse possível, eu apagaria o nome e a história dela por completo. — A cadeira estalou sob a mão da Duquesa Teerman, me assustando.

Meu coração quase parou de bater.

— Ela foi... considerada indigna pelos Deuses?

— Por algum milagre, não. Mas isso não quer dizer que ela fosse digna.

Se ela não foi considerada indigna, então por que ninguém nunca falava a respeito dela? Certamente, ela não deveria ter sido tão ruim *assim*, já que não foi considerada indigna.

— No final das contas, o seu valor não importava. — A Duquesa Teerman levantou os dedos. A cadeira estava deformada, lascada. — As ações dela a colocaram em um caminho que culminou na sua morte. O Senhor das Trevas a matou.

Capítulo 20

— Após anos de um desastre que dizimou cidades inteiras, deixando fazendas e vilas em ruínas e acabando com milhares de vidas, o mundo estava à beira do caos quando, na véspera da Batalha dos Ossos Quebrados, Jalara Solis, do Arquipélago de Vodina, reuniu suas forças diante da cidade de Pompay, a última fortaleza Atlante... — Pigarreei, extremamente desconfortável. Além de ser a frase mais longa da história, eu detestava ler em voz alta, ainda mais com Hawke de plateia. Não tinha olhado para ele desde que comecei a ler. Ainda assim, eu podia apostar que ele estava fazendo tudo o que podia para permanecer alerta e não dormir ali de pé. — *...que ficava no sopé das Montanhas Skotos...*

— Skotos — interrompeu a Sacerdotisa Analia. — Pronuncia-se como *Skotis*. Você sabe disso, Donzela. Fale corretamente.

Apertei a capa de couro com força. *A História da Guerra dos Dois Reis e do Reino de Solis* tinha mais de mil páginas e toda semana eu era forçada a ler vários capítulos durante as sessões com a Sacerdotisa. Eu devo ter lido aquele tomo inteiro em voz alta mais de uma dúzia de vezes e podia jurar que, a cada vez, a Sacerdotisa mudava a forma como a palavra *Skotos* era pronunciada.

Não respondi. Em vez disso, respirei fundo e tentei ignorar o impulso quase arrebatador de jogar o livro na cara dela. Faria um belo estrago. Talvez quebrasse o seu nariz. Só de pensar nela tocando o rosto ensanguentado me provocou uma imensa e perturbadora alegria.

Abafei um bocejo enquanto me concentrava no texto. Eu tinha dormido pouco, pois fiquei acordada a maior parte da noite pensando no que a Duquesa havia me dito.

E, como disse a Vikter, não obtive muitas respostas. Mas tinha sido um alívio saber que o que estava acontecendo não era coisa da minha cabeça. As minhas habilidades estavam amadurecendo, fosse lá o que isso significasse. A Duquesa não quis discutir o assunto a fundo. Então, embora eu soubesse que o que estava acontecendo era normal, também fiquei sabendo que a primeira Donzela havia feito algo que a colocou no caminho do Senhor das Trevas, que a tinha matado.

Isso não era lá muito reconfortante.

Nem ficar sabendo que a primeira Donzela estava de alguma forma ligada ao Duque. Será que era por isso que ele me tratava daquele jeito? Talvez não tivesse nada a ver com a minha mãe.

Dei um suspiro.

— *...que ficava no sopé das Montanhas Skotis...*

— Na verdade, pronuncia-se como Skotos. — A interrupção veio do canto da sala.

Arregalei os olhos atrás do véu conforme olhava para Hawke. O rosto dele estava completamente impassível. Olhei de relance para a Sacerdotisa, que estava sentada diante de mim em um banquinho de madeira igualmente duro e sem almofada.

Eu não fazia a menor ideia de quantos anos a Sacerdotisa tinha. Ela não usava maquiagem e tinha o rosto livre de rugas, mas eu achava que ela devia estar no final da terceira década de vida. Não havia nenhum fio grisalho em seus cabelos castanhos, que estavam puxados para trás e presos em um coque na nuca, fazendo com que o rosto dela me lembrasse dos falcões que eu via empoleirados no Jardim da Rainha de vez em quando. Um vestido vermelho e sem forma cobria o seu corpo desde o pescoço, deixando somente as mãos à mostra.

Eu nunca tinha visto aquela mulher sorrindo.

E ela definitivamente não estava sorrindo enquanto olhava por cima do ombro para Hawke.

— E como você saberia disso? — O desdém escorria de sua voz como se fosse ácido.

— A minha família vem das fazendas não muito longe de Pompeia, antes que a região fosse destruída e se tornasse as Terras Devastadas que conhecemos hoje — explicou ele. — O povo daquela região sempre pronunciou o nome das montanhas como a Donzela fez na primeira vez. — Ele fez uma pausa. — O idioma e o sotaque das pessoas do extremo oeste podem ser difíceis... para alguns aprenderem. No entanto, parece que a Donzela não pertence a esse grupo.

Eu tinha certeza de que os meus olhos estavam prestes a saltar do rosto em resposta ao evidente insulto. Mordi o lábio para não abrir um sorriso.

Os ombros já empertigados da Sacerdotisa Analia ficaram ainda mais rígidos enquanto ela olhava para Hawke. Eu quase podia ver o vapor saindo de seus ouvidos.

— Eu não sabia que tinha pedido a sua opinião — disse ela, com um tom de voz tão fulminante quanto o olhar.

— Peço desculpas. — Ele inclinou a cabeça em submissão, mas foi uma tentativa pífia, pois os seus olhos cor de âmbar quase dançavam de divertimento.

Ela assentiu.

— Desculpas...

— Eu só não queria que a Donzela soasse ignorante se surgisse alguma conversa a respeito das Montanhas Skotos — insistiu ele.

Ah, meus Deuses...

— Mas vou permanecer em silêncio de agora em diante — concluiu Hawke. — Por favor, continue, Donzela. Você tem uma voz tão agradável que até mesmo eu fiquei fascinado com a história de Solis.

Tive vontade de rir. A risada brotava da minha garganta, ameaçando se libertar, mas eu não podia ceder a esse impulso. Afrouxei os dedos nas bordas do livro.

— *...que ficava no sopé das Montanhas Skotos. Os Deuses finalmente tinham escolhido um lado.* — Quando a Sacerdotisa não disse nada, continuei: — *Nyktos, o Rei dos Deuses, e o seu filho Theon, o Deus da Guerra, apareceram diante de Jalara e seu exército. Desconfiados do povo Atlante e de sua sede insaciável por sangue e poder, eles tencionavam ajudar a acabar com a crueldade e a opressão que haviam ceifado aquelas terras sob o domínio de Atlântia.* — Tomei fôlego.

— *Jalara Solis e o seu exército eram corajosos, mas Nyktos, em sua sabedoria, viu que eles não conseguiriam derrotar os Atlantes, que haviam obtido uma força física sobrenatural através do derramamento de sangue inocente...*

— Eles mataram milhares de pessoas durante o seu reinado. Derramamento de sangue é uma descrição sutil para o que eles realmente fizeram. Eles *morderam* as pessoas — elaborou a Sacerdotisa Analia, e quando eu olhei para ela, vi um brilho estranho nos seus olhos castanho-escuros. — Beberam o seu sangue e ficaram embriagados de poder, com uma força imensa e praticamente imortais. E aqueles que não morreram se tornaram a peste que conhecemos como Vorazes. Foi contra eles que os nossos amados Rei e Rainha assumiram uma posição e se prepararam para lutar até a morte para derrubar.

Eu assenti.

Os dedos da Sacerdotisa estavam ficando rosados pela firmeza com que apertava as mãos no colo.

— Continue.

Não me atrevi a olhar para Hawke.

— *Não querendo ver o fracasso de Jalara, do Arquipélago de Vodina, Nyktos concedeu a primeira Bênção dos Deuses, compartilhando o sangue dos Deuses com Jalara e seu exército.* — Estremeci. Aquele era outro termo sutil para beber o sangue dos Deuses. — *Encorajados com a força e o poder, Jalara, do Arquipélago de Vodina, e seu exército conseguiram derrotar os Atlantes durante a Batalha dos Ossos Quebrados, terminando assim com o domínio daquele reino corrompido e miserável.*

Comecei a virar a página, sabendo que o próximo capítulo tratava da Ascensão da Rainha e da construção da primeira muralha da Colina.

— Por quê? — perguntou a Sacerdotisa.

Olhei para ela, confusa.

— Por que o quê?

— Por que você estremeceu quando leu a parte sobre a Bênção?

Eu não tinha me dado conta de que o meu gesto tinha sido tão perceptível.

— Eu... — Eu não sabia o que dizer para não irritar a Sacerdotisa e fazer com ela corresse para contar ao Duque.

— Você me pareceu incomodada — salientou ela, suavizando o tom de voz. Eu sabia que não deveria confiar nela. — O que a afetaria tanto a respeito da Bênção?

— Eu não fiquei incomodada. A Bênção é uma honra...

— Mas você estremeceu — insistiu ela. — A menos que você ache o ato da Bênção prazeroso, não devo presumir que isso a incomode?

Prazeroso? Meu rosto ardeu em brasa e fiquei grata pelo véu.

— É só que... a Bênção parece se assemelhar à maneira como os Atlantes se tornaram tão poderosos. Eles beberam o sangue dos inocentes e os Ascendidos beberam o sangue dos Deuses...

— Como você se atreve a comparar a Ascensão com o que os Atlantes fizeram? — A Sacerdotisa se moveu rapidamente, inclinando-se para a frente e segurando o meu queixo entre os dedos. — Não é a mesma coisa. Talvez você tenha se afeiçoado à bengala e está se esforçando para desapontar não somente a mim, mas também ao Duque.

No momento em que a pele dela tocou a minha, eu reprimi os meus sentidos. Não queria saber se ela sentia dor ou qualquer outra coisa.

— Eu não disse que era a mesma coisa — respondi assim que vi Hawke dar um passo à frente. Engoli em seco. — Só que me lembrava...

— O fato de você comparar as duas coisas me preocupa bastante, Donzela. Os Atlantes tomaram algo que não lhes foi dado. Durante a Ascensão, o sangue é oferecido livremente pelos Deuses. — Ela apertou mais o meu queixo, quase provocando dor, e o meu dom forçou a minha pele, como se quisesse ser usado. — Eu não devia ter que explicar isso ao futuro do reino, ao legado dos Ascendidos.

Até onde eu podia me lembrar, todo mundo dizia isso — até mesmo Vikter —, e aquilo me irritava e pesava como um fardo nos meus ombros.

— O futuro de todo o reino depende de eu ser entregue aos Deuses no meu aniversário de dezenove anos?

Seus lábios já finos se tornaram quase inexistentes.

— O que aconteceria se eu não Ascendesse? — exigi saber, pensando na primeira Donzela. Não parecia que ela tinha Ascendido, e todo mundo continuava aqui. — Como isso impediria que as outras pessoas Ascendessem? Será que os Deuses se recusariam a dar o seu sangue tão livremente...?

Segurei a respiração quando a Sacerdotisa inclinou a mão para trás. Não seria a primeira vez que ela me batia, mas, desta vez, o golpe não veio.

Hawke tinha se movido tão rápido que eu não o vi sair do canto da sala. Mas agora ele segurava o pulso da Sacerdotisa com a mão.

— Tire as mãos do rosto da Donzela. Agora.

A Sacerdotisa Analia arregalou os olhos enquanto encarava Hawke.

— Como você ousa me tocar?

— Como você ousa colocar um único dedo na Donzela? — Ele flexionou o maxilar conforme encarava a mulher. — Talvez eu não tenha me feito entender. Tire a mão da Donzela, ou agirei de acordo com a sua tentativa de machucá-la. E posso lhe assegurar que eu tocar em você será a menor das suas preocupações.

Eu devo ter perdido o fôlego enquanto os observava. Ninguém jamais interveio durante uma investida da Sacerdotisa. Tawny não podia. Se o fizesse, ela enfrentaria coisa pior, e eu não esperava nem queria isso. Rylan muitas vezes virava para o outro lado, assim como Hannes. Nem mesmo Vikter se atrevia a tanto. Ele geralmente encontrava uma maneira de interrompê-la, de impedir que a situação se agravasse. Contudo, eu já tinha levado um tapa na frente dele mais de uma vez e não havia nada que ele pudesse fazer.

Mas agora Hawke se interpunha entre nós, nitidamente preparado para cumprir a sua ameaça. E embora eu soubesse que provavelmente pagaria por isso mais tarde, assim como ele, tive vontade de pular e abraçá-lo. Não porque ele tivesse me protegido — eu já fui atingida com mais força por galhos soltos enquanto caminhava pelo Bosque dos Desejos. O meu motivo era muito mais mesquinho. Ver a presunção habitual da Sacerdotisa desaparecer sob o peso do choque e observar como ela ficava boquiaberta e ruborizada era quase tão satisfatório quanto jogar o livro na cara dela.

Vibrando de raiva, ela largou o meu queixo e eu me inclinei para trás. Hawke soltou o seu pulso, mas continuou ali. O peito dela subia e descia sob o vestido enquanto ela espalmava as mãos nas pernas.

Ela se virou para mim.

— O simples fato de falar algo assim revela que você não respeita a honra que lhe é conferida. Mas quando for até os Deuses, você será tratada com o mesmo respeito que demonstrou hoje.

— O que você quer dizer com isso? — perguntei.

— Esta sessão acabou — respondeu ela, se levantando da cadeira. — Eu tenho muito o que fazer para o Ritual daqui a dois dias. Não vou perder o meu tempo com alguém tão indigna quanto você.

Vi os olhos de Hawke se estreitarem e me levantei, colocando o livro em cima do banco e falando antes que Hawke dissesse mais alguma coisa:

— Estou pronta para voltar aos meus aposentos — disse a ele e, em seguida, assenti para a Sacerdotisa. — Tenha um bom dia.

Ela não respondeu e eu segui na direção da porta, aliviada quando Hawke veio atrás de mim. Esperei até que estivéssemos no meio do salão de banquetes antes de falar.

— Você não deveria ter feito aquilo — disse a ele.

— E deveria ter deixado que ela batesse em você? Em que mundo isso seria aceitável?

— Em um mundo onde você acaba sendo punida por algo que nem sequer doeria.

— Eu não me importo se ela bate como uma ratinha. Se alguém acha isso aceitável, este mundo é muito absurdo.

De olhos arregalados, eu parei de andar e olhei para ele. Os olhos de Hawke pareciam fragmentos de âmbar e o seu maxilar tinha a mesma rigidez.

— Vale a pena perder a sua posição e ser banido por causa disso?

Ele olhou para mim.

— Se você precisa fazer essa pergunta, então não me conhece nem um pouco.

— Eu mal o conheço — sussurrei, irritada com a pontada de dor que as suas palavras causaram em mim.

— Bem, agora você sabe que eu nunca vou ficar parado enquanto alguém bate em você ou em qualquer pessoa por nenhum motivo além de achar que pode — rebateu ele.

Comecei a dizer que ele estava sendo ridículo e perdendo o foco, só que Hawke não estava sendo ridículo. O mundo em que vivíamos *era* louco, e os Deuses sabiam que não era a primeira vez que eu pensava isso. Contudo, eu nunca tinha me dado conta disso com tanta nitidez antes.

Em silêncio, eu me virei e recomecei a andar. Ele caminhava ao meu lado. Vários instantes se passaram.

— Não é que esteja tudo bem com o modo como ela me trata. Eu tive que me controlar para não jogar o livro nela.

— Gostaria que você tivesse jogado.

Eu quase ri.

— Se eu tivesse, ela me denunciaria ao Duque. Aposto que ela vai denunciá-lo.

— Para o Duque? Que denuncie. — Ele encolheu os ombros. — Não posso acreditar que ele concorde que ela estapeie a Donzela.

Eu bufei.

— Você não conhece o Duque.

— O que você quer dizer?

— Ele provavelmente a aplaudiria — disse a ele. — Eles compartilham da mesma falta de controle quando se trata de temperamento.

— Ele já bateu em você — afirmou Hawke. — Foi isso o que ela quis dizer quando disse que você tinha se afeiçoado à bengala? — Ele agarrou o meu braço e me virou para que eu o encarasse. — Ele usou uma bengala para bater em você?

A descrença e a raiva naqueles olhos dourados me deixaram enjoada. Ah, Deuses. Ao me dar conta do que tinha acabado de admitir, eu senti o sangue fugir do rosto. Puxei o braço e ele me soltou.

— Eu não disse isso.

Ele estava olhando para a frente enquanto flexionava o maxilar.

— O que você estava dizendo?

— S-só que é mais provável que o Duque puna você e não a Sacerdotisa. Não faço a menor ideia do que ela quis dizer com a bengala — continuei, apressada. — Às vezes, ela diz coisas que não fazem o menor sentido.

Hawke olhou de relance para mim, com as pestanas baixas.

— Eu devo ter interpretado mal o que você disse, então.

Assenti, aliviada.

— Sim. Só não quero que você arranje problemas.

— E quanto a você?

— Eu vou ficar bem — respondi rapidamente assim que recomecei a andar, ciente dos olhares que os empregados nos lançavam. — O Duque vai apenas... me dar uma bronca ou um sermão, mas você enfrentaria...

— Eu não vou enfrentar nada — disse ele, e eu não estava tão certa disso. — Ela é sempre assim?

Dei um suspiro.

— Sim.

— A Sacerdotisa parece ser uma... — Ele fez uma pausa e eu olhei para ele. Seus lábios estavam franzidos. — Uma vadia. Não uso essa expressão com frequência, mas agora digo com orgulho.

Desviei o olhar, quase engasgando com a risada.

— Ela... ela é difícil de lidar e sempre se decepciona com a minha... falta de compromisso em ser a Donzela.

— E como exatamente você deveria provar que está comprometida? — perguntou ele. — Melhor ainda, com o que você deveria se comprometer?

Eu quase pulei em cima de Hawke e dei um abraço nele naquele momento. Não o fiz porque isso seria absurdamente inapropriado. Em vez disso, dei um aceno ponderado.

— Não sei muito bem. Não é como se eu estivesse tentando fugir ou escapar da minha Ascensão.

— Você faria isso?

— Que pergunta estranha — murmurei, com o coração ainda acelerado pelo que quase contei a ele.

— Eu estava falando sério.

Meu coração saltou dentro do peito quando parei no corredor estreito e me aproximei de uma das janelas que davam para o pátio. Olhei para Hawke e parecia que aquela era mesmo uma dúvida genuína.

— Não acredito que você me perguntaria uma coisa dessas.

— Por quê? — Ele se posicionou atrás de mim.

— Porque eu não poderia fazer isso — respondi. — E não faria.

— Parece-me que essa *honra* que lhe foi concedida traz pouquíssimos benefícios. Você não tem permissão para mostrar o rosto ou perambular fora dos arredores do castelo. Não parecia surpresa quando a Sacerdotisa ameaçou estapeá-la, o que me leva a crer que é algo bastante comum — disse ele, com as sobrancelhas escuras franzidas. — Você não tem permissão para falar com a maioria das pessoas, e ninguém deve falar com você. Fica presa no quarto a maior parte do dia, com sua liberdade restringida. Todos os direitos que os outros têm são privilégios para você, recompensas que parecem impossíveis de obter.

Abri a boca, mas não sabia o que dizer. Ele salientou tudo o que eu não tinha, e deixou aquilo dolorosamente evidente. Eu desviei o olhar.

— Então, eu não ficaria surpreso se você tentasse escapar dessa *honra* — concluiu ele.

— Você me impediria se eu tentasse fugir? — perguntei.

— Vikter a impediria?

Franzi o cenho, sem saber muito bem se queria descobrir por que ele tinha perguntado aquilo, mas respondi honestamente de qualquer modo.

— Eu sei que Vikter se importa comigo. Ele é como... ele é como eu imagino que o meu pai seria se ainda estivesse vivo. E eu sou como uma filha para Vikter, aquela que ele perdeu no nascimento. Mas ele me impediria.

Hawke não disse nada.

— Então, você me impediria? — perguntei de novo.

— Acho que ficaria curioso demais em descobrir como você planejaria a escapada para tentar impedi-la.

Deixei escapar uma risada curta.

— Sabe de uma coisa? Eu acredito nisso.

— Ela vai denunciá-la ao Duque? — perguntou ele depois de um momento.

Senti um aperto no peito enquanto olhava para ele. Ele estava olhando pela janela.

— Por que a pergunta?

— Ela vai fazer isso? — insistiu ele.

— Provavelmente não — respondi, mentindo com facilidade. A Sacerdotisa já deveria ter ido direto para Duque. — Ela está muito ocupada com o Ritual. Todo mundo está. — Assim como o Duque, de modo que eu poderia ter sorte e pelo menos conseguir um pouco de tempo antes de ser inevitavelmente convocada. Felizmente, isso significava que Hawke também teria alguma sorte. Se ele fosse afastado do posto, era muito provável que eu nunca mais o visse.

A tristeza que aquele pensamento me causou significava que estava na hora de mudar de assunto.

— Eu nunca fui a um Ritual.

— Nem se esgueirou até algum?

Abaixei o queixo.

— Estou ofendida por você sugerir uma coisa dessas.

Ele riu.

— Que estranho que eu pudesse pensar que você, com o seu histórico de mau comportamento, faria algo assim.

Eu sorri ao ouvir isso.

— Para ser sincero, você não perdeu nada. Há muito falatório, um monte de lágrimas e bebida demais. — Ele olhou para mim. — É depois do Ritual que as coisas podem ficar... interessantes. Você sabe como é.

— Não sei, não — lembrei a ele, apesar de ter uma ideia do que ele queria dizer. Tawny havia me dito que, depois que as cerimônias do Ritual eram concluídas, as Senhoras e os valetes levavam as novas damas e cavalheiros de companhia embora e os Sacerdotes se recolhiam com os terceiros filhos e filhas, a celebração mudava. Tornava-se mais... frenética e bruta. Ou pelo menos era o que eu tinha interpretado do que Tawny dissera, mas parecia bizarro demais imaginar os Ascendidos envolvidos em algo assim. Eles eram sempre tão... frios.

— Mas sabe como é fácil ser você mesma quando está de máscara. — Sua voz era baixa enquanto ele sustentava o meu olhar. — Como tudo o que você deseja se torna possível quando pode fingir que ninguém sabe quem você é.

Um calor invadiu as minhas bochechas. Sim, eu sabia disso, como ele *gentilmente* me lembrou.

— Você não deveria mencionar isso.

Ele inclinou a cabeça.

— Não há ninguém por perto para me ouvir.

— Não importa. Você... nós não deveríamos falar sobre isso.

— Nunca?

Comecei a dizer que sim, mas alguma coisa me impediu. Desviei o olhar dele. Do lado de fora da janela, os arbustos-borboleta em tons de violeta se agitavam suavemente com a brisa.

Hawke permaneceu calado por alguns instantes antes de perguntar:

— Você gostaria de voltar para o seu quarto? — perguntou ele.

Fiz que não com a cabeça.

— Não exatamente.

— Gostaria de ir lá fora?

— Você acha que seria seguro?

— Considerando as nossas habilidades, acho que sim.

Repuxei os cantos dos lábios. Gostei que ele tivesse me incluído, reconhecendo que eu era capaz de me defender.

— Eu costumava adorar o pátio. Era o único lugar onde, sei lá, a minha mente se tranquilizava e eu me sentia em paz. Onde não pensava nem me preocupava... com coisa alguma. Eu o achava tão sossegado.

— Mas não mais?

— Não — sussurrei. — Não mais. É estranho como ninguém fala sobre Rylan ou Malessa. É como se eles nunca tivessem existido.

— Às vezes, lembrar aqueles que morreram é como encarar a nossa própria mortalidade — disse ele.

— Você acha que os Ascendidos ficam desconfortáveis com a ideia da morte?

— Até mesmo eles — respondeu Hawke. — Os Ascendidos podem até ser divinos, mas ainda podem ser mortos. Podem morrer.

Ficamos em silêncio por alguns minutos enquanto os empregados e outras pessoas passavam atrás de nós. Muitas damas de companhia pararam e fingiram apreciar a vista do jardim enquanto conversavam a respeito do Ritual, mas eu sabia que elas permaneciam perto de onde estávamos não por causa das flores deslumbrantes e da rica vegetação, nem porque era muito raro eu ser vista, mas por causa do belo homem ao meu lado. Ele não parecia notá-las, e embora mantivesse o olhar fixo diante de mim, eu podia sentir o olhar de Hawke a cada dois minutos. Por fim, uma das Senhoras apareceu e expulsou as damas dali, e ficamos a sós novamente.

— Você está animada para participar do Ritual?

— Estou curiosa — admiti. O Ritual seria em dois dias.

— E eu estou curioso para vê-la.

Entreabri os lábios e dei um suspiro. Não me atrevi a olhar para ele. Tive receio de fazer algo incrivelmente estúpido. Algo que a primeira Donzela poderia ter feito e que levou a Duquesa a sentir que ela não era digna.

— Você vai estar sem o véu.

— Sim. — E também não teria que me vestir de branco. Seria quase como ir ao Pérola Vermelha, pois seria capaz de me misturar à multidão e ninguém saberia quem eu era — *o que* eu era. — Mas vou estar de máscara.

— Eu prefiro essa versão de você — disse ele.

— A versão de máscara? — perguntei, adivinhando que ele estivesse pensando sobre o tempo que passamos no Pérola Vermelha.

— Posso ser sincero? — A voz dele soou mais próxima e, quando respirei fundo, o cheiro de couro e pinho me cercou. — Prefiro a versão que não usa nem máscara nem véu.

Abri a boca, mas como já estava se tornando comum no que se tratava de Hawke, não sabia o que dizer. Era como se eu devesse desencorajar tais afirmações, mas as palavras não saíam da minha boca, assim como antes.

Sendo assim, fiz a única coisa em que consegui pensar. Mudei de assunto.

— Lembro que você disse que o seu pai era agricultor. — Pigarreei. — Você tem irmãos? Algum cavalheiro de companhia na família? Uma irmã? Ou... — Divaguei. — Eu só tenho o Ian, quero dizer, só tenho um irmão. Estou animada para vê-lo novamente. Sinto falta dele.

Hawke ficou calado por tanto tempo que eu tive de olhar para ter certeza de que ele ainda estava ali. E estava. Ele olhou para mim, com os olhos cor de âmbar frios.

— Eu tinha um irmão.

— Tinha? — Meus sentidos tomaram conta de mim e eu nem tive a chance de controlá-los. Eu me abri às sensações e me esforcei para não dar um passo atrás. Não senti nada de estranho, apenas a angústia de Hawke, uma dor extremamente fria que percorreu a minha pele. Estava mais nítida. Era dali que vinha a sua dor.

Ele tinha perdido o irmão.

Reagi sem pensar sobre o que ele ia achar disso ou no fato de não estarmos sozinhos. Era um impulso incontrolável, como se o meu dom me dominasse.

Toquei a sua mão e a apertei de leve, na esperança de que aquilo fosse interpretado como um gesto de empatia.

— Eu sinto muito — disse, me lembrando das praias quentes e do ar salgado. Aqueles pensamentos logo mudaram para o modo como eu me senti quando Hawke me beijou.

As rugas de tensão no rosto de Hawke se suavizaram conforme ele olhava pela janela. Ele piscou os olhos duas vezes.

Larguei os dedos dele e entrelacei as mãos, esperando que ele não tivesse percebido o que eu havia feito. Contudo, ele ficou parado ali como se fosse incapaz de se mover. Arqueei as sobrancelhas.

— Você está bem?

Ele piscou de novo. Dessa vez, riu baixinho.

— Estou. É que... eu tive uma sensação muito estranha.

— É mesmo? — Eu o observei atentamente.

Hawke assentiu enquanto esfregava a palma da mão sobre o peito.

— Não sei nem como explicar.

Agora eu estava começando a ficar preocupada que tivesse feito algo além de aliviar a sua dor. Não sabia muito bem o quê, mas já que o meu dom estava evoluindo, tudo era possível. Aguicei os sentidos mais uma vez e tudo o que senti foi calor.

— É uma sensação ruim? Seria melhor procurarmos um Curandeiro?

— Não. De modo algum. — Hawke deu uma risada mais forte e menos incerta. Os olhos dele, agora em um tom de mel quente, encontraram os meus. — Aliás, o meu irmão não morreu. Você não precisa me dar os pêsames.

Agora foi a minha vez de pestanejar.

— Ah, é? Eu pensei que... — Parei de falar.

— Tem certeza de que não gostaria de passear pelo jardim?

Achei que já estava na hora de me retirar antes que eu fizesse outra coisa imprudente, então balancei a cabeça em negativa.

— Acho que gostaria de voltar para o meu quarto agora.

Ele hesitou por um momento, mas depois assentiu. Nenhum de nós dois disse nada conforme seguimos adiante. Parecia que Hawke estava tentando descobrir por que se sentia... mais feliz, mais leve. E eu fiquei imaginando o que tinha acontecido com o seu irmão para causar aquela reação, ainda mais se ele estava vivo.

Capítulo 21

Levei menos de vinte e quatro horas para, mais uma vez, fazer algo totalmente imprudente. Dessa vez, no entanto, eu posso acabar me arrependendo. De todas as maneiras que achei que pudesse morrer, eu nunca havia pensado que isso podia acontecer enquanto pegava um livro *emprestado* do Ateneu.

Eu tinha feito coisas muito mais perigosas durante os meus dezoito anos de vida, nas quais havia uma boa probabilidade de morrer. Inúmeros exemplos em que até mesmo eu fiquei surpresa por ter escapado com os membros e a vida intacta. Mas ali estava eu, a um passo de despencar para a morte enquanto segurava o suposto diário de uma tal Senhorita Willa Colyns, o livro sobre o qual Loren e Dafina estavam falando. É claro que aquele livro seria o tipo de material que a Sacerdotisa Analia me proibiria expressamente de ler. E se eu fosse pega com ele, seria mais um motivo para ela acreditar que eu não respeitava o meu dever como Donzela.

Então, é óbvio que eu *tinha* de ler. Estava tão entediada naquele dia.

Eu já tinha lido todos os livros que Tawny roubara para mim pelo menos umas três vezes e não conseguiria ler de novo outra página tão familiar. Ela havia sido convocada pela Duquesa e pelas Senhoras novamente, e eu sabia que talvez não a visse até a manhã seguinte. Sendo assim, eu passaria outro dia olhando

— ininterruptamente, exceto pelo treinamento com Vikter — para as quatro paredes de pedra. E quanto mais eu ficava no meu quarto sem nada para ocupar a mente, mais pensava no que Hawke dissera sobre todos os direitos que tinham sido tirados de mim.

Não era como se eu já não soubesse, mas parecia que as outras pessoas não reconheciam isso. Talvez porque estivessem sempre comigo, de modo que aquilo havia se tornado a norma. Mas para Hawke, que era novo na cidade, nada daquilo era normal.

E foi isso que me levou a perambular sozinha pelo Bosque dos Desejos até o Ateneu, enquanto Hawke estava do lado de fora dos meus aposentos, pensando que eu estava lá dentro. Vikter estava... bem, eu não fazia a menor ideia de onde ele estava. Tive a impressão, pelo modo como os seus olhos pareciam cansados e tristes naquela manhã, de que ele havia sido chamado na noite passada para cuidar de um dos amaldiçoados e não tinha me convidado.

Também tinha a impressão de que ele não iria me envolver mais naquele assunto dali para a frente, o que me deixou irritada. É evidente que eu planejava discutir isso com ele na primeira oportunidade. Eu me recusava a ser excluída quando poderia ajudar as pessoas. Ele teria que lidar com isso.

Mas, naquele exato momento, eu precisava me concentrar em não morrer, ou pior ainda, ser pega.

O ar frio da noite chicoteava ao meu redor enquanto eu pressionava o corpo contra o muro de pedra, rezando para todos os Deuses para que o beiral de trinta centímetros em que eu estava não cedesse sob o meu peso. Eu duvidava muito que alguém tivesse cogitado, durante a sua construção, que, em algum momento, uma Donzela idiota se encontraria de pé ali.

Como foi que aquilo deu tão errado?

Esgueirar-me para dentro do Ateneu não tinha sido difícil. Com a capa preta e sem forma, a minha fiel máscara no lugar e o rosto escondido sob o capuz, eu duvidava que alguém nas ruas da Masadônia pudesse dizer se eu era homem ou mulher, e muito menos a Donzela, enquanto corria pelo beco na direção da entrada dos fundos da biblioteca. Seguir pelos corredores estreitos e escadarias sem ser vista também tinha sido fácil.

Eu sabia como ser um fantasma quando necessário, silenciosa e quieta.

O problema começou quando encontrei o diário encadernado em couro da Senhorita Colyns. Em vez de sair do Ateneu e voltar para o castelo, como sabia que deveria fazer, eu entrei em uma sala vazia.

É que eu... eu estava enlouquecendo naquele quarto e tinha pavor de voltar para lá. Além disso, os sofás cheios de almofadas tinham me chamado. De qualquer forma, o aparador de bebidas abastecido, algo que achei estranho de se encontrar em uma biblioteca, me deixou confusa. Mas eu me sentei perto das amplas janelas com vista para a cidade e abri o livro gasto. Senti as bochechas ardendo no final da primeira página, depois de descobrir o que acontece quando alguém beija outra pessoa não na boca e nem no seio como... como Hawke tinha feito antes de saber quem eu era, mas em um lugar *muito* mais íntimo.

Eu não conseguia parar de ler, quase devorei as páginas cor de creme.

A Senhorita Willa Colyns teve uma vida muito... interessante, com várias pessoas... fascinantes. Eu tinha chegado na parte em que ela contava sobre o breve caso que teve com o Rei, algo que eu não podia, e nem sequer *queria*, imaginar, quando ouvi vozes do lado de fora da sala — uma em particular que jamais imaginei que fosse ouvir no Ateneu.

A voz do Duque.

Ouvir a voz dele significava que eu estava tão absorta na leitura do diário que nem percebi que o sol havia se posto.

Eu não havia sido convocada para encontrá-lo na noite passada nem nesta. Com os preparativos para o Ritual, tive uma trégua temporária, e presumi que Hawke também, já que ainda continuava sendo meu guarda. Mas a trégua acabaria rapidamente se o Duque me encontrasse ali.

E era por isso que eu estava empoleirada em um beiral do lado de fora do que seria a sala pessoal do Duque no Ateneu. A única graça que me foi concedida foi que a janela pela qual eu subira não ficava de frente para a rua, mas oculta pelo Bosque dos Desejos.

Só os falcões poderiam me ver ali... ou testemunhar a minha queda.

O som do gelo tilintando contra o vidro me fez sufocar um gemido. Ele estava na sala havia pelo menos trinta minutos e eu podia apostar que já estava no segundo copo de uísque. Eu não fazia a menor ideia do que ele estava fazendo. Como o Ritual seria dali a algumas horas, eu imaginava que ele estivesse ocupado se encontrando com as novas damas e cavalheiros de companhia, e com os pais que entregariam os terceiros filhos e filhas aos Templos. Mas não, ele estava ali, bebendo uísque sozi...

Uma batida soou na porta. Fechei os olhos e bati a cabeça *de leve* contra a parede. Convidados? Ele iria receber uma visita?

Talvez os Deuses estivessem me observando o tempo todo, e aquele fosse mais um castigo.

— Entre — gritou ele, e ouvi a porta se fechando alguns momentos depois. — Você está atrasado.

Ah, Deuses. Eu reconhecia aquele tom de voz frio e monótono. O Duque não estava satisfeito.

— Peço desculpas, Vossa Alteza. Eu vim o mais rápido que pude — foi a resposta. Era uma voz masculina que eu não reconheci de imediato, o que significava que podia pertencer a qualquer um. Ascendidos. Valetes. Comerciantes. Guardas.

— Não tão rápido quanto deveria — respondeu o Duque, e eu me encolhi de compaixão por quem estava certamente recebendo um olhar de desaprovação. — Espero que você tenha algo para mim. Nesse caso, isso ajudaria muito a restaurar a minha fé em você.

— Sim, Vossa Alteza. Demorou um pouco, pois o homem não era de falar muito.

— Não, eles nunca são depois que você os tira do meio da multidão, onde não podem mais causar um espetáculo com suas palavras — comentou o Duque. — Acredito que você teve de ser extremamente convincente para fazê-lo falar.

— Sim. — Houve uma risada áspera e então: — Ele não é um Atlante. Isso foi confirmado.

— Que pena — disse o Duque, e eu franzi o cenho. Por que isso seria uma má notícia?

— Eu descobri o nome dele. Lev Barron, o primeiro filho de Alexander e Maggie Barron. Ele tinha dois irmãos; o segundo morreu de uma... doença antes do Ritual e o terceiro foi entregue aos Templos há três anos. Ele não era um suspeito, e o seu comportamento na assembleia não era esperado.

Eles estavam falando sobre o Descendido — aquele que tinha atirado a mão do Voraz enquanto o Duque e a Duquesa discursavam para o povo depois do ataque.

— Você investigou a família dele? — perguntou o Duque.

— Sim. O pai é falecido. A mãe mora sozinha na Ala Inferior. Ela foi útil para fazer com que ele falasse.

O Duque riu e o som revirou meu estômago.

— O que mais você descobriu?

— Não acredito que ele estivesse muito conectado à comunidade dos Descendidos. Ele afirma que nunca se encontrou com o Senhor das Trevas nem acredita que ele esteja na cidade.

Um imenso alívio tomou conta de mim ao mesmo tempo que o vento levantava a bainha da minha capa.

— E você acreditou nele? — perguntou o Duque.

— Eu lhe dei um bom motivo para não mentir — respondeu o homem, que presumi que fosse um dos guardas. Pensei na mãe do homem. Será que ela tinha sido um dos motivos para ele se abrir?

Nesse caso, o conhecimento pesava na boca do meu estômago. Os Descendidos precisavam ser tratados com severidade, mas eu não sabia muito bem como me sentia a respeito de coagir membros da família para obter informações.

— E ele disse alguma coisa sobre a alegação que fez? Sobre os terceiros filhos e filhas?

— Tudo o que ele disse era que sabia da verdade, que eles não estavam servindo aos Deuses e que todos descobririam isso em breve.

— Ele não disse o que acreditava ser a verdade?

Virei a cabeça na direção da janela, quase prendendo o fôlego. Eu adoraria saber o que ele achava que estava acontecendo.

— Não, Vossa Alteza. A única informação adicional que pude obter dele foi como estava de posse da mão de um Voraz — respondeu ele e, bem... seria bom saber disso. — Parece que ele a cortou do corpo de um guarda que foi infectado e depois voltou para a cidade. Ele ajudou a família a resolver o problema depois que o guarda se transformou.

— Morte com dignidade — zombou o Duque, e eu arregalei os olhos. Ele... ele sabia disso? Sobre nós? — Esses corações moles vão acabar com a cidade qualquer dia desses.

Aquela afirmação era um pouco exagerada, mas eu não tinha considerado que podia haver Descendidos na rede.

— Ele contou quem estava envolvido na morte do Voraz recém-transformado? — perguntou ele.

— Não. Ele se recusou.

— Isso também é uma pena. Eu adoraria saber quem não entrou em contato conosco e por quê. — O Duque suspirou como se aquilo fosse a pior coisa possível para ficar sem resposta. — Você tem mais alguma coisa a relatar?

— Não, Vossa Alteza.

Não houve uma resposta imediata, mas em seguida o Duque perguntou:

— O Descendido ainda está vivo?

— Por enquanto.

— Ótimo. — Parecia que ele tinha se levantado, e eu esperava que isso significasse que ele estava indo embora. *Por favor, Deuses, que isso signifique que ele está indo embora.* — Acho que vou visitá-lo pessoalmente.

Arqueei as sobrancelhas.

Aquilo me deixou surpresa.

— Como quiser. — Houve um instante de silêncio. — Teremos que nos preparar para um julgamento?

Eu quase dei risada. Os Descendidos não recebiam um julgamento de verdade. Eles eram expostos ao público enquanto as acusações eram feitas contra eles. A execução logo se seguia.

— Não haverá necessidade depois da minha visita — disse o Duque, e eu fiquei boquiaberta.

O significado era evidente. Se não houvesse julgamento, isso significava que não haveria execução pública, e a única razão para isso seria se o Descendido já estivesse morto. Aquilo já tinha acontecido outras vezes enquanto eles estavam presos. Geralmente, acreditava-se que a morte tivesse sido causada pelas próprias mãos do preso ou por um guarda excessivamente zeloso. Mas será que o Duque estava fazendo justiça sozinho?

O mesmo Ascendido que eu duvidava que tivesse sujado as mãos de sangue desde a Guerra dos Dois Reis?

Eu não deveria ficar surpresa com isso. Ele tinha um lado cruel e maligno que mantinha bem escondido sob uma máscara de civilidade. Também não deveria me incomodar com a ideia de o Descendido ser morto sem a farsa de um julgamento. Eles apoiavam o Senhor das Trevas, e, mesmo que alguns deles não tivessem se envolvido em tumultos e derramamento de sangue, suas palavras haviam plantado as sementes que provocaram conflitos em muitas ocasiões.

Mas eu... fiquei incomodada com a ideia de alguém ser morto em uma cela escura e úmida, pelas mãos de um Ascendido que era pouco melhor que um Atlante.

Por fim, a porta se abriu e se fechou, e a sala ficou em silêncio. Aguardei, me esforçando para ouvir algum som. Não ouvi nada. Fiquei imaginando por que o Duque havia decidido fazer aquela reunião ali, e continuava surpresa com o conhecimento que ele tinha a respeito da rede. Arrastei-me pelo beiral na direção da janela. Segurando o diário contra o peito com os dedos dormentes, eu me aproximei da janela...

Houve um som de clique dentro da sala. Eu congelei. Será que era a porta se fechando? Ou trancando? Ah, meus Deuses, se estivesse trancada, eu teria que arrombar a porta — espere aí, a porta só podia ser trancada por dentro. Será que outra pessoa tinha entrado na sala? Será que era o Duque? Ele não tinha como saber que eu estava ali, a menos que pudesse enxergar através das paredes. Quem mais...?

— Você ainda está aí, Princesa?

Entreabri os lábios e arregalei os olhos quando ouvi a voz *dele*. De Hawke. Era Hawke. Naquela sala. Eu não podia acreditar.

— Ou já despencou para a morte? — insistiu ele. Refleti por um breve instante a respeito dos méritos de pular. — Espero que não seja o caso, pois tenho certeza de que isso refletirá mal sobre mim, já que presumi que você estivesse em seu quarto. — Uma pausa. — *Comportando-se*. E não em um beiral, a vários metros de altura, por razões que eu mal consigo entender, mas que estou morrendo de vontade de descobrir.

— Droga — sussurrei, olhando em volta como se pudesse encontrar outra rota de fuga, o que era bem idiota. A menos que eu criasse asas, a única saída era pela janela.

Um instante depois, Hawke enfiou a cabeça para fora da janela e olhou para mim. O brilho suave da lâmpada reluziu no seu rosto quando ele arqueou a sobrancelha.

— Oi? — balbuciei.

Ele olhou para mim por um momento.

— Entre.

Eu não me mexi.

Com um suspiro tão pesado que poderia ter sacudido as paredes, ele estendeu a mão para mim.

— Agora.

— Você poderia dizer *por favor* — murmurei.

Ele estreitou os olhos.

— Há muitas coisas que eu poderia lhe dizer e que você deveria agradecer por eu manter em segredo.

— Tanto faz — resmunguei. — Afaste-se.

Hawke ficou aguardando, mas como eu não peguei a sua mão, ele desapareceu dentro da sala, resmungando baixinho.

— Se você cair, estará em apuros.

— Se eu cair, vou morrer, então não sei como também estaria em apuros.

— Poppy — vociferou ele, e eu não pude evitar. Abri um sorriso.

Aquela era a primeira vez que ele me chamava assim? Eu achava que sim enquanto avançava cuidadosamente pelo beiral. Agarrei o peitoril da janela e me abaixei ali. Hawke estava de pé ao lado do sofá, mas no momento em que me viu, ele se moveu incrivelmente rápido. Assustada, eu recuei, mas não caí. Ele colocou o braço ao redor da minha cintura. Um segundo depois, eu estava dentro da sala, com os pés no chão e o diário preso entre o seu peito e o meu. Ainda havia muito contato físico. Meu abdômen e minhas pernas estavam pressionados contra o corpo de Hawke, e quando respirei fundo, eu quase senti seu gosto de especiarias e pinho. Antes que eu pudesse dizer uma palavra, ele estendeu a mão e agarrou a parte de trás do meu capuz.

— Não... — comecei a dizer.

Tarde demais.

Ele puxou o capuz para baixo.

— De máscara. Isso traz de volta velhas memórias. — Seu olhar vagou sobre mim, se demorando sobre as mechas de cabelo que tinham se soltado da minha trança e que caíam sobre as minhas bochechas.

Corei enquanto tentava me afastar. Ele não me soltou.

— Entendo que você provavelmente está irritado...

— Provavelmente? — Ele riu.

— Tá certo. Você está definitivamente irritado — emendei. — Mas eu posso explicar.

— Eu espero que sim, pois tenho muitas perguntas — disse ele, com os olhos dourados cintilando enquanto olhava para mim. — Comece dizendo como você saiu do seu quarto e termine explicando o que estava fazendo no beiral, por todos os Deuses.

A última coisa que eu queria era contar a ele a respeito da entrada dos empregados. Tentei aumentar a distância entre nós.

— Você já pode me soltar.

— Posso, mas não sei se devo. Você pode fazer algo ainda mais imprudente do que subir em um beiral que não deve ter mais de trinta centímetros de largura.

Estreitei os olhos.

— Eu não caí.

— Como se isso melhorasse a situação.

— Eu não disse isso. Só pontuei que estou com a situação sob controle.

Hawke pestanejou e então riu — ele deu uma gargalhada e o som ecoou em mim, provocando uma onda aguda de arrepios ardentes e tensos. Felizmente, ele não pareceu ter notado a minha reação.

— Você está com a situação sob controle? Eu detestaria ver o que acontece quando não está com a situação sob controle.

Não respondi, pois duvidava que pudesse dizer algo que me ajudasse. Assim como aquela proximidade não ajudava em nada. Como aconteceu na Colina, o modo como ele me tocava me fazia lembrar daquela noite no Pérola Vermelha, e eu não precisava de ajuda para me lembrar daquilo. Era difícil pensar com discernimento quando ele estava tão perto de mim. Eu me contorci, tentando me desvencilhar, mas a parte de baixo dos nossos corpos ficou ainda mais próxima.

Hawke apertou a minha cintura e parecia que o seu toque havia mudado. Como se ele não estivesse mais me mantendo no lugar, mas... mas me segurando. Me *abraçando*. Senti um nó no estômago conforme ergui o olhar para ele.

Ele olhou de volta para mim, com os vincos em torno da boca retesados enquanto o silêncio se alongava entre nós. Eu sabia que deveria exigir que ele me soltasse. Melhor ainda, eu deveria obrigá-lo a me soltar. Sabia como escapar de uma contenção, mas não... não me mexi. Nem mesmo quando ele ergueu a outra mão e colocou os dedos logo abaixo da máscara. Ficar ali, permitindo aquilo, devia ser a tortura mais doce pela qual eu já havia passado. Hawke hesitou, e fiquei imaginando se ele estava esperando para ver o que eu faria, o que eu diria. Quando eu não fiz nada, seus olhos mudaram para um tom de âmbar ardente.

Ele tirou os dedos da máscara e traçou lentamente a curva da minha maçã do rosto. Minha pele zumbia enquanto o seu olhar seguia o mesmo caminho das pontas dos dedos. Ele os deslizou pelo meu rosto e lábios entreabertos. Respirei fundo, sentindo um aperto no peito.

Ele abaixou o queixo, e eu perdi o fôlego conforme ele inclinava a cabeça. Todos os músculos do meu corpo pareciam tensos com uma mistura inebriante de pânico e ansiedade. Havia uma intenção no modo como Hawke fechava os olhos e se inclinava na minha direção. Ele ia me beijar. Senti o meu coração disparar quando ele deslizou os lábios pela minha bochecha, deixando um rastro de fogo em seu encalço. Eu sabia o que deveria fazer, mas não fiz. Talvez Hawke tivesse razão quando disse que eu poderia ter tudo o que desejasse quando estava de máscara, já que podia fingir que ninguém sabia quem eu era. Ele devia ter razão, pois fechei os olhos e não me mexi. Meu primeiro beijo foi com Hawke, mas se ele me beijasse agora, esse... esse seria o nosso primeiro beijo de verdade. Agora ele sabia quem eu era. Já tinha me visto sem o véu. Ele *sabia*.

E eu queria isso — queria *ele*.

Capítulo 22

Meu coração martelava dentro do peito enquanto Hawke deslizava os dedos sobre o meu queixo. Ele inclinou a minha cabeça para trás e eu senti que ia desmoronar. Levou a boca até a minha orelha e o seu hálito quente me deixou arrepiada.

— Poppy — murmurou ele, a palavra soando áspera, rouca.

— Sim? — sussurrei, mal reconhecendo a minha própria voz.

Ele escorregou os dedos pela minha garganta.

— Como você saiu do quarto sem que eu a visse?

Abri os olhos.

— O quê?

— Como você saiu dos seus aposentos? — repetiu ele.

Levei um momento para perceber que ele não estava tentando me beijar. Estava apenas tentando me *distrair*. Xinguei baixinho, me sentindo uma completa idiota, e tentei me desvencilhar do seu abraço. Dessa vez, ele me soltou.

Com o rosto em chamas, eu recuei. Dei vários passos para trás, abaixando o diário enquanto respirava fundo.

Eu era tão incrivelmente... burra.

Desesperada para que ele não percebesse que eu estava prestes a deixar que ele me beijasse, ou que pensava ser essa sua intenção, eu ergui o queixo. Mas a sensibilidade continuava lá e não senti nenhum alívio.

— Talvez eu tenha passado por você.

— Não passou, não. E sei que você não saiu pela janela. Seria impossível — respondeu ele. — Então, como foi que você saiu?

A frustração aumentou quando me virei para a janela, acolhendo o ar fresco que entrava por ali. Eu podia até ser tola o bastante para ser pega, mas não era burra a ponto de achar que podia escapar sem contar a ele.

— Há uma antiga entrada de empregados que dá nos meus aposentos. — Segurei o diário com força. — Por ali, eu consigo chegar ao andar principal sem ser vista.

— Interessante. Onde fica o acesso no andar principal?

Bufei quando me virei para ele.

— Se quiser saber, você vai ter que descobrir sozinho.

Ele arqueou uma sobrancelha.

— Tudo bem.

Sustentei o seu olhar, e não pude deixar de reconhecer que ainda não sentia nenhum conforto. Sentia apenas... Deuses, sentia apenas decepção por ele não ter me beijado. E aquilo significava que eu tinha de me controlar.

— Foi assim que você foi para a Colina sem ser vista — afirmou ele, e eu dei de ombros. — Presumo que Vikter saiba disso. E Rylan?

— Isso importa?

Ele inclinou a cabeça para o lado.

— Quantas pessoas sabem a respeito dessa entrada?

— Por que a pergunta? — desafiei.

Hawke deu um passo na minha direção.

— Porque é uma questão de segurança, Princesa. Caso tenha esquecido, o Senhor das Trevas está atrás de você. Uma mulher foi morta e houve uma tentativa de sequestro. Ser capaz de passar despercebido pelo castelo e seguir diretamente para os seus aposentos é o tipo de conhecimento que ele consideraria valioso.

Senti um calafrio nos ombros.

— Alguns dos empregados que estão há muito tempo no Castelo Teerman sabem a respeito, mas a maioria não. Não é um problema. A porta trava por dentro. Seria preciso arrombá-la, e eu estaria pronta caso isso acontecesse.

— Tenho certeza que sim — murmurou Hawke.

— E eu não me esqueci do que aconteceu com Malessa nem que alguém tentou me sequestrar.

— Não mesmo? Então acho que você simplesmente não levou nada disso em consideração quando decidiu sair perambulando pela cidade até a *biblioteca*.

— Eu não estava *perambulando* por lugar nenhum. Passei pelo Bosque dos Desejos e fiquei na rua por menos de um minuto — disse a ele. — Além disso, eu estava de capa e máscara. Ninguém conseguiria ver nem um centímetro do meu rosto. Não me preocupei em ser capturada, mas vim preparada, só por precaução.

— Com a sua fiel adaga? — A covinha reapareceu.

— Sim, com a minha fiel adaga — vociferei, quase jogando a lâmina na cara dele. Mais uma vez. — Ela nunca me deixou na mão.

— E foi assim que você escapou do sequestro na noite em que Rylan foi morto? — presumiu ele. — O homem não se assustou ao se aproximar dos guardas.

Soltei o ar ruidosamente. Não adiantaria de nada mentir a respeito disso agora.

— Sim. Eu apunhalei o homem. Mais de uma vez. Ele estava ferido quando bateu em retirada. Espero que tenha morrido.

— Você é tão violenta. — Hawke quase ronronou.

— Você fica dizendo isso, mas eu não sou violenta coisa nenhuma.

Hawke riu novamente, o som foi grave e genuíno.

— Você não tem muita consciência de si mesma.

— Tanto faz — murmurei. — Como você percebeu que eu tinha saído?

— Eu fui ver se você estava bem — disse ele, passando a mão pelas costas do sofá. — Pensei que pudesse querer companhia e me pareceu bastante ridículo ficar entediado plantado no corredor com você dentro do quarto, possivelmente também entediada. E devia estar mesmo, já que saiu.

O que ele disse me pegou desprevenida.

— Você fez isso mesmo?

Ele arqueou as sobrancelhas.

— Quero dizer, você foi mesmo me procurar para perguntar se eu... eu queria companhia?

Hawke assentiu.

— Por que eu mentiria sobre isso?

— Eu... — Eu não sabia como explicar que nem Vikter fazia isso quando estava de serviço. Os guardas não podiam fazer isso, pois o Duque acharia que era intimidade demais, e embora ninguém checasse aquela ala. Ainda assim, Vikter ficava do lado de fora e eu ficava do lado de dentro. Mas Hawke era diferente. Ele mostrou isso desde o começo. Sacudi a cabeça. — Deixe para lá.

Hawke estava calado e, quando olhei para ele, vi que estava mais perto, encostado no sofá.

— Como você foi parar no beiral?

— Bem, é uma história engraçada...

— Imagino que sim. Então, por favor, não me poupe dos detalhes. — Ele cruzou os braços.

Suspirei.

— Vim procurar algo para ler e acabei dentro desta sala. Eu... eu não queria voltar imediatamente para o meu quarto e não percebi que a sala era especial. — Olhei para o armário de bebidas. Aquilo por si só devia ter me alertado. — Enquanto estava aqui, ouvi a voz do Duque no corredor. Então me esconder no beiral foi uma opção muito melhor do que ser pega no flagra.

— E o que aconteceria se ele a pegasse no flagra?

Dei de ombros outra vez.

— Ele não me pegou e é o que importa. — Eu logo mudei de assunto. — O Duque teve uma reunião com um guarda da prisão. Pelo menos, acho que era da prisão. Eles estavam conversando sobre o Descendido que jogou a mão do Voraz. O guarda fez o homem abrir a boca. Ele disse que o Descendido não acreditava que o Senhor das Trevas estivesse na cidade.

— É uma boa notícia.

Alguma coisa em seu tom de voz chamou a minha atenção. Olhei para Hawke.

— Você não acredita nele?

— Não acredito que o Senhor das Trevas tenha sobrevivido por tanto tempo deixando que o seu paradeiro fosse conhecido, mesmo pelos seus seguidores mais fervorosos — respondeu ele.

Infelizmente, ele tinha razão.

— Eu acho... acho que o Duque vai matar o Descendido com as próprias mãos.

Ele inclinou a cabeça ligeiramente.

— Isso a incomoda?

— Não sei.

— Acho que sim, você só não quer admitir isso.

Era tão irritante como ele estava certo... e com tanta frequência.

— Eu só não gosto da ideia de alguém morrer em uma masmorra.

— Uma execução pública é melhor?

Eu olhei para ele.

— Não exatamente, mas pelo menos não parece...

— Parece o quê?

Suspirei pesadamente.

— Pelo menos não parece que algo está sendo escondido.

Hawke olhou para mim, quase com curiosidade.

— Interessante.

Repuxei os cantos dos lábios para baixo.

— O que é interessante?

— Você.

— Eu?

Ele assentiu e então avançou, com a mão estendida. Antes que eu soubesse o que estava fazendo, Hawke já havia pegado o livro.

— Não! — Pega desprevenida, eu soltei a capa de couro e ele tirou o livro da minha mão. Ah, meus Deuses, ele havia pegado o diário! Aquilo era pior do que despencar para a morte. Se ele visse do que se tratava...

— O diário da Senhorita Willa Colyns? — Ele franziu as sobrancelhas quando virou a capa. — Por que esse nome me soa familiar?

— Devolva. — Eu estendi a mão, mas Hawke girou o corpo para longe. — Devolva agora!

— Eu devolvo se você ler para mim. Aposto que deve ser mais interessante do que a história do reino. — Ele abriu o livro.

Talvez ele não soubesse ler.

Por favor, tomara que ele não saiba ler.

O sorriso sumiu lentamente do seu rosto.

É óbvio que ele sabia ler. Por que a vida era tão injusta?

Hawke arqueou as sobrancelhas escuras conforme folheava as páginas. Eu sabia o que estava escrito na primeira página. A Senhorita Willa Colyns tinha descrito o beijo *íntimo* nos mínimos detalhes.

— Que material de leitura mais interessante.

O meu rosto ardia com o fogo de mil sóis, e fiquei imaginando se Hawke ficaria muito bravo se eu jogasse a adaga na cara dele.

De novo.

O sorriso voltou e a covinha também.

— *Penellaphe.* — Ele disse o meu nome com tanto choque que eu teria revirado os olhos se não estivesse tão mortificada. — Esse é... um material de leitura muito escandaloso para a Donzela.

— Cale a boca.

— Que menina travessa — repreendeu ele, sacudindo a cabeça.

Ergui o queixo, bastante aborrecida.

— Não há nada de errado em ler sobre o amor.

— Eu não disse que havia. — Hawke olhou para mim. — Mas acho que o que ela escreve não tem nada a ver com o amor.

— Ah, quer dizer que você é um especialista no assunto agora?

— Mais do que você, creio eu.

Fechei a boca. A verdade daquela afirmação me doeu, e eu descontei nele.

— É verdade. As suas visitas ao Pérola Vermelha têm sido motivo de conversa entre muitos empregados e damas de companhia, então suponho que você tenha bastante experiência.

— Parece que alguém está com ciúmes.

— Ciúmes? — Eu ri e revirei os olhos. — Como disse antes, você tem um senso de importância na minha vida bastante desproporcional.

Ele bufou enquanto voltava a folhear o livro.

Irritada, eu me virei para o armário de bebidas. Um copo pequeno tinha ficado ali fora.

— Só porque você tem mais experiência com... o que acontece no Pérola Vermelha, isso não quer dizer que eu não saiba o que é o amor.

— Você já se apaixonou? — perguntou ele. — Um dos valetes do Duque chamou a sua atenção? Um dos cavalheiros? Ou quem sabe um guarda corajoso?

Fiz que não com a cabeça.

— Nunca me apaixonei.

— Então como você saberia?

— Eu sei que os meus pais se amavam profundamente. — Brinquei com a tampa ornamentada da jarra. — E você? Já se apaixonou, Hawke?

Não esperava ouvir uma resposta, então quando ele me deu uma depois de alguns instantes, eu fiquei mais do que surpresa.

— Sim.

Senti uma estranha reviravolta no peito que não entendi muito bem quando olhei para ele por cima do ombro, o que me fez perceber que aquela frieza latejante havia diminuído. Eu não fazia a menor ideia de como ele provocava aquela sensação em mim. Devia ter algo a ver com o fato de que ele me deixava irritada.

— Alguém da sua cidade?

Você ainda a ama?

A segunda pergunta estava na ponta da minha língua, mas, pela graça dos Deuses, eu consegui me abster de perguntar.

— Era, sim. — Ele ainda estava olhando para o livro. — Mas foi há muito tempo, no entanto.

— Há muito tempo? Quando você era uma criança? — perguntei, sabendo que ele não podia ser muito mais velho do que eu, apesar de ele soar como se aquilo fizesse uma eternidade.

Ele riu e em seguida deu um sorrisinho. A covinha surgiu em sua bochecha direita, aumentando aquela reviravolta dentro de mim.

— Quantas páginas você leu?

— Não é da sua conta.

— Provavelmente não, mas tenho de saber se você chegou nesta parte. — Ele pigarreou.

Espere aí.

Ele iria ler aquilo?

Não.

Por favor, não.

— Eu só li o primeiro capítulo — disse rapidamente. — E parece que você está no meio do livro, então...

— Ótimo. Então será uma novidade para você. Deixe-me ver, onde é que eu estava? — Ele deslizou o dedo sobre a página e deu uma batidinha bem no meio. — Ah, sim. Aqui. *Fulton tinha prometido que, quando ele acabasse, eu não conseguiria andar direito pelo resto do dia, e tinha razão.* Hum. Impressionante.

Arregalei os olhos.

— *As coisas que aquele homem fez com a língua e com os dedos só foram superadas pela sua surpreendentemente grande, decadentemente pulsante e perversamente latejante...* — Hawke riu. — Essa mulher tem um talento especial para advérbios, não é?

— Você já pode parar de ler.

— *Masculinidade.*

— O quê? — eu arfei.

— É o final daquela frase — explicou ele e, assim que Hawke olhou para mim, eu soube imediatamente que o que estava prestes a sair da sua boca iria me queimar viva. — Ah, você não deve saber o que ela quer dizer com masculinidade. Acho que ela está falando sobre o pau dele. Piroca. Pênis. O...

— Ah, meus Deuses — sussurrei.

— O, pelo que parece, extremamente grande, pulsante e latejante...

— Já entendi! Eu entendi tudo.

— Eu só queria ter certeza. Não gostaria que você ficasse com vergonha de perguntar e pensasse que ela estava falando sobre seu amor por ela ou algo do tipo.

— Eu te odeio.

— Não odeia, não.

— E eu estou prestes a esfaquear você — alertei. — De uma maneira muito violenta.

Um sentimento de apreensão cintilou no rosto de Hawke conforme ele abaixava o livro.

— Nisso eu acredito.

— Devolva-me o diário.

— Mas é óbvio. — Ele me estendeu o livro e eu o arranquei da sua mão rapidamente, segurando-o contra peito. — Você só tinha que pedir.

— O quê? — Fiquei boquiaberta. — Mas eu pedi.

— Desculpe. — Ele não parecia nada arrependido. — Eu tenho escuta seletiva.

— Você é... você é o pior.

— Você disse as palavras erradas. — Ele passou por mim e deu um tapinha no topo da minha cabeça. Eu avancei sobre ele, errando a mira por pouco. — Você quis dizer que eu sou o melhor.

— Eu disse as palavras certas.

— Venha. Preciso levá-la de volta ao castelo antes que algo maior que a sua própria tolice a coloque em risco. — Ele parou em frente à porta. — E não se esqueça do seu livro. Quero um resumo de cada capítulo amanhã.

Nós nunca mais falaríamos a respeito daquele diário.

Mas eu trouxe o livro comigo quando o segui até a porta. Foi só quando ele tocou na maçaneta que um detalhe me veio à mente.

— Como você sabia onde eu estava?

Hawke olhou para mim por cima do ombro, com um leve sorriso nos lábios.

— Eu tenho uma incrível habilidade de rastreamento, Princesa.

*

— Eu tenho uma incrível habilidade de rastreamento — murmurei baixinho na tarde seguinte.

— O quê? — Tawny se virou para mim, franzindo a testa.

— Nada. Só estou falando sozinha — disse, respirando fundo e me forçando a parar de pensar em Hawke. — Você está linda.

Era verdade.

Os cabelos de Tawny estavam presos em uma trança com alguns cachos soltos emoldurando o rosto. A cor dos seus lábios combinava com a máscara e o vestido de um tom profundo e vibrante de vermelho. O vestido fino e sem mangas se ajustava perfeitamente ao seu corpo esbelto. Ela não estava apenas bonita enquanto caminhava até a lareira, onde eu estava. Estava confiante e à vontade com o próprio corpo e consigo mesma, e eu a admirava por isso.

— Obrigada. — Ela endireitou o tecido ao longo do ombro e depois abaixou a mão. — Você está absolutamente deslumbrante, Poppy.

Uma vibração irrompeu em meu peito e desceu até a minha barriga.

— Estou?

— Deuses, sim. Você ainda não se olhou no espelho?

Fiz que não com a cabeça.

Tawny olhou para mim.

— Quer dizer que você colocou esse vestido, um vestido lindo e feito sob medida, e não se olhou no espelho ainda? Além disso, deixou que eu arrumasse o seu cabelo. Eu poderia ter feito um penteado parecido com um ninho de pássaros.

Soltei uma risada nervosa.

— Tomara que não.

Ela sacudiu a cabeça.

— Você é tão... estranha às vezes.

E era mesmo. Eu tinha que admitir. Mas era difícil explicar por que eu ainda não tinha me olhado no espelho. Era muito raro vestir algo que não fosse branco e, mesmo quando eu me vestia de maneira diferente para sair de fininho do castelo, eu quase não olhava para mim mesma. E aquilo era diferente, pois era permitido. Algumas pessoas que me conheciam me veriam daquele jeito.

Hawke me veria.

A agitação se transformou em grandes aves de rapina que começaram a bicar as minhas entranhas. Eu estava tão... nervosa.

— Vamos. — Tawny pegou a minha mão e me levou até a sala de banho, onde estava o único espelho dos aposentos. Ela me levou direto para o espelho de corpo inteiro apoiado na parede. — Olhe.

Eu quase fechei os olhos, por mais que fosse tolice, mas então olhei. Fiquei encarando meu reflexo sem saber muito bem se me reconhecia na imagem, e não tinha nada a ver com a ausência do véu nem com a máscara de dominó vermelha que havia sido entregue junto com o vestido.

— O que você acha? — perguntou Tawny, o seu reflexo aparecendo atrás de mim.

O que eu achava? Eu me sentia... nua.

O vestido era lindo. Sem dúvida. As mangas de musselina carmesim, sombreadas apenas o suficiente para esconder as cicatrizes nos meus braços, eram compridas e fluidas, com uma renda delicada nos punhos. O tecido frágil era opaco do peito até as coxas, onde o vestido envolvia as minhas curvas e escondia aquelas áreas. A saia era esvoaçante e uma faixa mais grossa de musselina criava a ilusão de camadas a intervalos de alguns centímetros, mas todo o restante era transparente como uma camisola.

Eu deveria ter experimentado aquele vestido antes. Estava pendurado no meu armário havia bastante tempo. Não sei por que eu não tinha feito isso.

Mentira.

Eu sabia que, se experimentasse, teria devolvido o vestido.

Tawny tinha me convencido a ficar com os cabelos soltos. Apenas as mechas laterais foram afastadas do meu rosto, presas por pequenos grampos. O resto descia em ondas suaves pelas minhas costas.

Hawke me veria com este vestido.

— Que tal se eu usasse os cabelos como capa? — sugeri, juntando as mechas em duas seções e puxando-as por cima dos ombros.

— Ah, meus Deuses. — Tawny riu, afastando as minhas mãos. Ela penteou as ondas pesadas para trás. — Não dá para ver nada.

— Eu sei, mas... — Pousei as mãos frias sobre as bochechas coradas.

— Você nunca pôde vestir nada desse tipo — concluiu por mim. — Eu entendo. É normal ficar nervosa. — Ela deu um passo para trás e procurou algo dentro da bolsinha que havia trazido consigo. — Mas você está linda, Poppy.

— Obrigada — murmurei, olhando para o meu reflexo. Eu me sentia linda naquele vestido. Qualquer mulher se sentiria.

Tawny voltou para o meu lado, com um pote na mão e um pincel fino na outra.

— Mantenha os lábios entreabertos e fique parada.

Fiz o que ela me pediu e fiquei completamente imóvel enquanto ela pintava os meus lábios no mesmo tom do vestido. Assim que terminou, ela se afastou. Meus lábios estavam... brilhantes.

Eu nunca tinha usado maquiagem nos lábios ou nos olhos antes. É óbvio que aquilo não era permitido para mim. Por quê? Porque a minha pele deveria ser tão pura quanto o meu coração ou algo do tipo. Eu não fazia a menor ideia. A Duquesa já havia me explicado o motivo, mas eu devo ter me distraído no meio da conversa.

— Perfeito — murmurou Tawny, guardando o pote e o pincel de volta na bolsa. — Você está pronta?

Não.

Não mesmo.

Mas tinha que estar. O Ritual começaria ao crepúsculo, e o sol já estava se pondo.

Assenti, com o coração acelerado. Tawny sorriu para mim e acho que sorri de volta. Ou pelo menos esperava que sim enquanto a seguia de volta para o quarto. Eu me senti um pouco tonta quando ela alcançou a maçaneta e abriu a porta. Hawke estaria lá fora com Vikter, e eu tive vontade de voltar e sair correndo — para onde? Não fazia a menor ideia. Talvez para a cama, onde eu poderia enrolar o cobertor ao redor...

Vikter estava sozinho.

Olhei para os dois lados, esperando ver Hawke, mas o corredor estava vazio.

— Vocês duas estão adoráveis — disse Vikter. Era... estranho vê-lo vestido de outra cor que não fosse o preto e sem o manto branco de um Guarda Real. Ele estava vestido para o Ritual com uma túnica sem mangas e calças carmesim.

— Obrigada — disse Tawny, colocando o braço em volta do meu enquanto eu murmurava a mesma coisa.

Ele repuxou os cantos dos lábios quando olhou para mim.

— Tem certeza de que está pronta, Poppy?

— Ela está, sim — respondeu Tawny, dando um tapinha no meu braço.

— Estou, sim — respondi, percebendo que Vikter não avançaria se eu não dissesse nada.

Ele assentiu, e então nós três começamos a descer pelo corredor. Será que Hawke não estava de serviço hoje à noite? Imaginei que os dois estariam comigo no Ritual, mas e se eu estivesse enganada? Mas ele tinha dito que estava... curioso para me ver.

Isso não significava que, mesmo que não estivesse de serviço, Hawke estaria lá?

Meu coração martelava dentro do peito conforme descíamos as escadas para o segundo andar. Não importava se ele estaria lá nem o que tinha dito. Eu não estava vestida para ele.

Mas onde será que ele estava?

Eu disse a mim mesma para não perguntar. Lembrei-me disso repetidas vezes, mas fiz a pergunta de qualquer modo.

— Onde está Hawke?

— Hawke teve que se encontrar com o Comandante, creio eu. Ele se juntará a nós durante o Ritual.

O alívio tomou conta de mim e logo veio a emoção quase doce da expectativa. Soltei o ar asperamente. Se a pergunta ou a minha reação pareceu estranha a Vikter, ele não demonstrou. Tawny, por outro lado, apertou o meu braço. Eu olhei para ela.

Ela sorriu e, se a máscara não cobrisse as suas sobrancelhas, eu sabia que veria uma delas arqueada.

Seguimos até o vestíbulo, onde havia muitas pessoas — plebeus, damas e cavalheiros, tanto Ascendidos quanto de companhia, e empregados, formando um mar vermelho. O cheiro de colônia e perfume se misturava com os sons das risadas e conversas.

Era... muito para processar conforme passávamos por uma das estátuas. A primeira coisa que fiz foi controlar o meu dom e fortalecer as minhas barreiras. Mas o meu coração continuava batendo acelerado quando entramos no saguão dos estandartes. O arco do Salão Principal surgiu logo adiante, completamente iluminado.

O ar parecia entrar e sair dos meus pulmões quando entramos no Salão Principal.

Deuses...

Havia tantas pessoas ali. Centenas estavam de pé diante do dossel elevado, entre os pilares e nas alcovas das janelas. Normalmente, eu estaria no estrado, afastada da multidão, mas não naquela noite. Eu ainda estava surpresa que o Duque e a Duquesa não tivessem exigido que eu me juntasse a eles, mas simplesmente não havia espaço. Não com pelo menos meia dúzia de clérigos do Templo no estrado, incluindo a Sacerdotisa Analia, e a mesma quantidade de Guardas Reais.

Olhei ao redor, tentando controlar a respiração. Os estandartes brancos e dourados, geralmente pendurados entre as janelas e atrás do dossel, tinham sido substituídos pelos estandartes vermelho-escuros do Ritual estampados com o Brasão Real. Flores vermelho-escuras brotavam das urnas, variações de rosas e de outras flores de tons semelhantes. Perto do estrado havia uma quebra na cor, um toque branco entre o vermelho. Pela primeira vez, não era eu quem se destacava. Trajados com túnicas e vestidos brancos, os segundos filhos e filhas estavam postados ali com a família. Atrás deles estavam os pais dos terceiros filhos e filhas, com as crianças nos braços. Todos, até mesmo os pais, traziam coroas de rosas vermelhas na cabeça.

— Se eu nunca mais vir outra rosa, vou ficar feliz — comentou Tawny, seguindo o meu olhar. — Você não faz ideia de quantos espinhos eu tive que tirar dos dedos enquanto fazia essas coroas.

— Mas são lindas — disse eu enquanto Vikter examinava a multidão que continuava entrando.

A maioria das pessoas não prestou atenção enquanto caminhávamos no meio delas. Somente algumas olharam duas vezes quando passaram por nós, arregalando os olhos por trás das máscaras assim que reconheceram Tawny ou Vikter, sabendo que eu devia ser a mulher ali entre eles. Enrubesci, mas havia tão poucos que me notaram. Para todo o restante, eu era... igual a eles. Em geral, eu estava me misturando à multidão. Eu não era ninguém.

A pressão diminuiu no meu peito e a minha pulsação se acalmou. Respirar ficou muito mais fácil, e as barreiras mentais que bloqueavam o meu dom não pareciam mais estar à beira do colapso.

Naquele momento, eu não era mais a Donzela.

Eu era Poppy.

Fechei os olhos por um breve instante e os meus músculos tensos relaxaram. Era... era *aquilo* que eu estava esperando — o momento em que poderia ser apenas Poppy.

E isso tornava aquele momento, aquela noite, um pouco mágica.

Abri os olhos e olhei para o estrado, ignorando a ponta esquerda do palco onde estava a Sacerdotisa. Vi a Duquesa falando com um dos Guardas Reais que reconheci. Ele geralmente ficava postado do lado de fora do escritório do Duque. Examinei o estrado, mas não vi o Duque. Fiquei imaginando onde ele estava quando um dos Sacerdotes se juntou à Duquesa e ao Guarda Real. Baixei o olhar para as pessoas diante do tablado, e o meu entusiasmo diminuiu quando me lembrei da família Tulis. Eles deviam estar lá em cima com o filho, se preparando para se despedir de mais uma criança. Aquela noite não seria uma celebração para eles, não...

— Donzela.

Os pelos da minha nuca se arrepiaram quando olhei por cima do ombro, já sabendo quem eu veria ali.

Lorde Brandole Mazeen.

Capítulo 23

Além do Duque e do Senhor das Trevas, ele era a última pessoa que eu queria ver parado atrás de mim. Como Vikter, ele vestia uma túnica vermelha sem mangas e, por trás da máscara, seus olhos pretos pareciam reluzir. Eu consegui manter a voz firme ao dizer:

— Milorde.

Um sorriso sarcástico e de lábios franzidos torceu a sua boca enquanto ele olhava para mim, demorando-se de uma maneira que me fez desejar estar coberta por um saco da cabeça aos pés. Por fim, ele desviou o olhar e acenou com a cabeça para Tawny e Vikter. Em seguida, voltou a atenção para mim.

— Ouvi dizer que uma certa Sacerdotisa está muito infeliz com você.

A tensão voltou, afundando as garras no meu pescoço enquanto eu olhava para ele.

O Lorde se aproximou de mim — perto demais para um nível apropriado de decoro.

— Acho que você está querendo outra lição, minha cara.

Puxei o ar bruscamente, quase dominada por algum tipo de colônia forte e almiscarada. Meu olhar voou para o Lorde quando o seu cheiro despertou uma memória. Ele não tinha cheiro de perfume na noite em que me emboscou na alcova — a noite em que Malessa foi assassinada.

Ele tinha cheiro de outra coisa — de algo doce e almiscarado.

Jasmim.

Ele tinha cheiro de jasmim.

Minha mente voltou imediatamente para a pétala que eu tinha descoberto embaixo da cadeira na sala em que Malessa foi encontrada. Não havia jasmim naquela sala, a não ser que as flores tivessem sido substituídas por lírios, mas Tawny não tinha...?

— Com licença — interveio Vikter, colocando a mão no meu braço. — Nós temos que...

— Não precisa fugir. — Mazeen continuou me encarando. — Eu já vou embora. Aproveite o Ritual. — E com isso ele deu a volta e desceu os degraus até o primeiro andar do Salão Principal.

— O que foi aquilo? — perguntou Vikter em voz baixa.

— Não foi nada. — Minha cabeça estava a mil quando me virei para Tawny. — Você disse que viu a Malessa no dia em que ela morreu. De manhã, não foi?

Tawny franziu os lábios.

— Vi, sim.

— Ela não estava carregando um buquê? Você se lembra de quais eram as flores?

Ela pestanejou.

— Não... não lembro. Sei que eram brancas.

A pétala que estava na sala era branca e de jasmim. Senti o estômago embrulhado.

Tawny me encarou.

— Por quê?

— Essa é uma boa pergunta. — Vikter entrou na conversa.

— Não sei... — Eu olhei para a turba de pessoas, mas não localizei o Lorde. Pensei nele parado ali na porta, olhando para mim, imóvel. Ele permaneceu ali quando Rylan me levou de volta aos meus aposentos. E tinha saído de uma daquelas salas. Eu não sabia ao certo de qual delas, mas o que isso significava?

Ele poderia estar com Malessa antes de ela morrer, ou podia ser só uma coincidência, mas um Atlante a tinha matado. Isso era evidente. Nada mais poderia ter causado uma ferida daquelas sem derramar sangue por toda a parte.

— Poppy. — Vikter tocou levemente no meu braço enquanto o Sacerdote caminhava para o centro do estrado. — Está tudo bem?

Fiz que sim com a cabeça. Eu falaria com ele mais tarde sobre isso, mas nem sabia muito bem o que eu estava pensando.

— Onde está o Duque? — sussurrou Tawny. — O Ritual já está começando.

E ele ainda não estava ali. A Duquesa continuava olhando para a esquerda, onde o estrado podia ser acessado pela entrada dos fundos.

— Estamos reunidos aqui hoje à noite para honrar os Deuses — disse o Sacerdote, silenciando a multidão reunida ali embaixo. — Para honrar o Ritual.

— Com licença — veio uma voz suave atrás de nós.

Eu me virei ao mesmo tempo que Vikter e fiquei chocada ao reconhecer a mulher parada ali.

Era Agnes.

Ah, meus Deuses…

Arregalei os olhos enquanto ela olhava nervosamente de Vikter para mim. Agnes estava vestida de vermelho, assim como todo mundo, com a saia e a blusa combinando. Ela parecia melhor do que da última vez em que a vi, mas as olheiras profundas sob os seus olhos me diziam que o seu luto não estava sendo fácil.

— Desculpe pelo incômodo — disse ela, mantendo o olhar baixo. — Eu vi vocês... e tive que me aproximar.

— Tudo bem. — Vikter me lançou um olhar. — Você gostaria de falar comigo em algum lugar privado?

Agnes assentiu sem erguer o olhar, e eu não achei nem por um segundo que ela não tivesse percebido quem eu era.

O olhar de Vikter encontrou o meu.

— Eu já volto.

— Na verdade, eu gostaria de falar com ela — disse Agnes enquanto o Sacerdote iniciava uma oração. — Se não tiver problema. — Ela olhou de relance para mim. — Será só um minuto.

Vikter já ia negar o pedido, mas as pessoas estavam começando a prestar atenção, nos lançando olhares de reprimenda.

— Tudo bem — respondi rapidamente. — Nós podemos ir lá fora.

Quem é essa mulher?, Tawny balbuciou para mim sem emitir som algum e me forcei a dar de ombros.

— Vou ficar aqui — disse ela.

Vikter levou Agnes rapidamente para o corredor quase vazio. Havia alguns retardatários que se apressavam para entrar no salão. Ele nos levou até uma alcova perto de uma das arcadas abertas que davam para o jardim.

— É muito imprudente você se aproximar de nós — começou ele quase imediatamente.

— Eu sei. Sinto muito. Não devia fazer isso, mas... — Ela olhou para mim, arregalando os olhos ligeiramente. — Eu não sabia que você estaria aqui.

— Como você sabia que era eu? — perguntei.

Vikter virou a cabeça na minha direção, com a máscara incapaz de esconder a sua descrença. O fato de que ela tinha me identificado sem ter visto o meu rosto valia o risco.

— Não sabia até ouvir aquele Ascendido... quero dizer, o Lorde, falando com você — disse ela. — Eu não esperava vê-la aqui — repetiu ela.

— Droga — murmurou Vikter.

Bem, aquele era mais um motivo para odiar o Lorde Mazeen. Não que eu precisasse disso.

— Sobre o que você gostaria de falar com ela?

Agnes engoliu em seco.

— Se eu pudesse falar com ela em particular...

— Isso não vai ser possível. — A suavidade desapareceu do tom de voz de Vikter. — De modo algum.

Uma apreensão cintilou no rosto corado da mulher.

— Não mesmo — concordei. — Seja lá o que for que você precisa me dizer, pode ser dito na frente de Vikter.

Ela entrelaçou as mãos.

— Você... eu só... eu queria agradecer pelo que você fez. — Ela olhou em volta antes de continuar. — Pelo meu marido e por mim.

— Não precisa me agradecer — eu assegurei a ela, imaginando por que ela queria falar comigo a sós a respeito daquilo.

Sabia que Vikter estava se perguntando a mesma coisa pelo modo como ele estreitava os olhos.

— Eu sei. Você tem sido tão gentil. Vocês dois. Eu acho que... não, eu *sei* que não conseguiria lidar com aquilo sozinha. Eu só... — Ela parou de falar e franziu os lábios.

Uma salva de palmas ecoou lá dentro e olhei de relance para a porta. Os nomes estavam sendo anunciados. Damas e cavalheiros de companhia que seriam entregues aos empregados.

— Você só o quê? — perguntou Vikter.

— É só que... — O peito dela subiu com uma respiração pesada. — Eu fiquei sabendo o que aconteceu com você, o que está acontecendo aqui. Aquela... aquela pobre garota. E que alguém tentou sequestrá-la. Há rumores.

— Que rumores? — exigiu saber Vikter.

Agnes umedeceu os lábios.

— As pessoas disseram que foi o Senhor das Trevas que veio atrás de você.

Não era nenhuma novidade, mas, ainda assim, senti a pele arrepiar.

— Não sei nada a respeito daquela pobre garota — continuou Agnes. — Eu só... eu não sabia que você estaria aqui hoje à noite. Quando a vi, achei que tinha de contar o que ouvi por aí.

— Obrigada — disse, enquanto outra salva de palmas soava lá dentro. — Fico agradecida.

Meu olhar encontrou o de Agnes por um breve instante.

— Eu só quero ter certeza de que você está em segurança.

— Assim como eu. — Vikter se empertigou.

Ela assentiu.

— Ainda mais no meio de uma multidão como essa. Há tantas pessoas aqui, e se ele... se ele entrou aqui uma vez, pode muito bem entrar novamente. E outros também.

— Ele entrou aqui duas vezes — corrigi. — Ou pelo menos dois de seus seguidores.

Ela abriu e fechou a boca, sem dizer nada.

— Acho que agora você já percebeu que eu sou o Guarda Real pessoal dela — disse Vikter, e Agnes assentiu. — O meu único dever é mantê-la em segurança. Agradeço a sua boa vontade de me contar o que ouviu.

Ela assentiu mais uma vez.

— Ficaríamos para sempre gratos se você pudesse nos contar tudo o que sabe — continuou ele. — E sinto que há algo mais que você não está dizendo.

Olhei bruscamente para Vikter.

— Não sei se entendi bem o que você quis dizer.

— Não mesmo? — perguntou ele suavemente.

Ela balançou a cabeça em negativa.

— Eu já tomei muito tempo de vocês. É melhor ir embora. — Ela começou a recuar. — Sinto muito. Só... — Ela olhou diretamente para mim. — Tome cuidado. Por favor.

Agnes se virou e saiu correndo na direção da entrada do castelo. Vikter começou a segui-la, mas parou.

— Droga — rosnou ele. — Onde está Hawke?

— Não sei. — Eu olhei em volta, me concentrando em uma das arcadas do jardim e na escuridão logo adiante. — O que você acha que ela não está nos contando?

— Não tenho certeza. — Ele passou a mão pelos cabelos. — É só uma impressão. Talvez eu esteja paranoico. Vamos. — Ele colocou a mão sobre as minhas costas. — Não estou certo de que não é nada.

Eu não tinha certeza se ele realmente acreditava naquilo, mas deixei que Vikter me levasse de volta ao Salão Principal, para o lado de Tawny.

— Está tudo bem? — perguntou ela.

— Sim. — Ou, pelo menos, eu esperava que sim. Eu não fazia a menor ideia do que pensar a respeito do que Agnes havia contado.

Tawny olhou de relance para Vikter e disse:

— Eles estão quase terminando com os terceiros filhos e filhas.

Examinei o estrado.

— O Duque ainda não chegou?

— Não — sussurrou ela. — Que estranho, não é?

Era muito estranho. Será que tinha acontecido alguma coisa quando ele foi ver o Descendido na noite passada? Se tivesse, algo já teria sido anunciado. Entre o Duque desaparecido, as minhas suspeitas acerca de Lorde Mazeen e a presença inesperada de Agnes, a minha mente fervilhava enquanto a cerimônia prosseguia. Juro pelos Deuses, parecia que o Sacerdote estava falando grego. Talvez estivesse. Eu não conseguia prestar atenção, e era uma pena, já que sempre tive curiosidade a respeito do...

Senti um formigamento na nuca, e a mais plena sensação de alerta tomou conta de mim. Não podia explicar, mas sabia que quando olhasse para trás, eu o veria ali.

Hawke.

E eu tinha razão.

Perdi o fôlego conforme eu olhava para as calças carmesim e a túnica vermelha que exibia apenas um vestígio de pele abaixo do seu pescoço, assim como o contorno bem delineado do maxilar e os seus lábios exuberantes. A curva da máscara de dominó vermelha chamava a atenção para as altas maçãs do rosto. Uma mecha de cabelo escura caía sobre a sua testa, roçando o tecido rígido.

Ele estava...

Hawke parecia um dos Deuses que aguardavam nos Templos — impressionante e inatingível, atraente de um modo ligeiramente assustador.

Eu sabia que Hawke estava olhando para mim tão intensamente quanto eu olhava para ele. Uma onda de arrepios seguiu o seu olhar, percorrendo o meu corpo como uma carícia. Cada centímetro da minha pele, exposto ou não, ficou em estado de alerta. A vibração voltou com toda a força.

— Oi — cumprimentei, e imediatamente desejei ter ficado de boca fechada.

Ele repuxou um canto dos lábios e aquela covinha apareceu.

— Você está... adorável — disse ele, e eu senti um nó no estômago. Ele se virou para Tawny. — E você também.

Tawny sorriu.

— Obrigada.

Ele olhou para Vikter.

— E você.

Vikter bufou e eu sorri enquanto Tawny dava uma risada.

— Você está excepcionalmente bonito hoje à noite — disse ela, e eu podia jurar que as bochechas de Vikter coravam enquanto eu me virava na direção do estrado.

— Desculpe pela demora — disse Hawke, assim que se postou atrás de mim.

— Está tudo bem? — perguntei enquanto olhava para o estrado. Se Lorde Mazeen sabia o que tinha acontecido com a Sacerdotisa Analia, então ela deve ter procurado o Duque, como era esperado. Eu duvidava muito que ela tivesse deixado de fora o que Hawke havia feito.

— Com certeza — respondeu ele. — Fui convocado para ajudar com a inspeção de segurança. Não achei que demoraria tanto tempo.

Eu queria perguntar se alguém havia contado a ele alguma coisa a respeito da Sacerdotisa. Mas se falasse algo na frente de Vikter, ele me faria perguntas, e eu não queria que ele se preocupasse.

Depois que aqueles entregues à Corte e aos Templos desceram do tablado, a Duquesa saiu do estrado e parou para falar com as famílias e com outros membros da Corte. Ao lado do estrado, a música começou a tocar e os empregados entraram pelas portas de acesso, carregando bandejas de champanhe. Damas e cavalheiros se dividiram em grupos menores. Comerciantes e demais plebeus se juntaram a eles.

Vikter estava estudando a entrada antes de se virar para mim.

— Preciso falar com o Comandante — disse ele. Quando assenti, ele se virou para Hawke.

— Eu cuido dela — respondeu Hawke antes mesmo que Vikter pudesse dizer alguma coisa, e aquela convulsão estúpida atingiu o meu estômago outra vez.

Esperei que Vikter contestasse a afirmação e fiquei surpresa quando ele aceitou a resposta. Será que ele estava começando a gostar de Hawke? A confiar nele? Ou só queria falar com o Comandante antes que o perdesse de vista?

Provavelmente a última opção.

— Perdi alguma coisa? — Hawke se moveu para a minha direita, parando cerca de trinta centímetros atrás de mim.

— Não — respondeu Tawny. — A menos que você estivesse ansioso por um monte de orações e despedidas emocionadas.

— Não particularmente — comentou ele secamente.

Isso me fez lembrar de uma coisa. Olhei para Tawny.

— Eles chamaram a família Tulis?

Ela franziu a testa.

— Sabe de uma coisa? Acho que não.

Será que eles não tinham vindo? Nesse caso, isso seria considerado uma traição. Os guardas iriam até a casa deles, a criança seria enviada para servir aos Deuses e o Sr. e a Sra. Tulis provavelmente seriam presos.

A única maneira de escaparem seria se saíssem da cidade, mas ninguém entrava ou saía sem que a realeza soubesse. Eles teriam que ter conexões muito boas para tentar tal façanha e, mesmo que fizessem isso, para onde iriam? Um alerta seria enviado para todas as cidades e vilarejos vizinhos para procurarem por eles.

Mesmo sabendo de tudo isso, eu ainda entendia por que eles correriam o risco. Era o seu único filho.

Voltei a atenção para a Duquesa, que se aproximava ladeada por vários Guardas Reais que, como Vikter e Hawke, haviam trocado os mantos brancos e as típicas roupas pretas.

— Penellaphe — cumprimentou ela, com o seu sorriso bem-educado.

— Vossa Alteza — murmurei o mais recatadamente possível.

Ela acenou com a cabeça para Tawny e Hawke, seu olhar se demorando nele por alguns segundos. Mordi o interior da bochecha para não sorrir.

— Você está gostando do Ritual?

Levando em consideração que só tinha visto alguns minutos, eu assenti.

— Sua Alteza não está presente?

— Creio que ele esteja atrasado — respondeu ela suavemente, mas os cantos da sua boca se retesaram. Ela se aproximou de mim, abaixando a voz. — Lembre-se de quem você é, Penellaphe. Não deve se misturar nem socializar.

— Eu sei — assegurei a ela.

Seus olhos escuros encontraram os meus por um breve instante e então ela seguiu o seu caminho, como um beija-flor ornamentado, zumbindo de um grupo de pessoas para o outro. Risos ecoaram pelas paredes, chamando a minha atenção. Avistei Loren e Dafina.

— Eu tenho uma pergunta — disse Hawke.

Inclinei a cabeça.

— Sim?

— Se você não deve se misturar nem socializar, o que, aliás, é a mesma coisa — disse ele, e eu sorri —, qual é o sentido de participar da celebração?

Meu sorriso desapareceu.

— É uma boa pergunta — observou Tawny, com as mãos levemente entrelaçadas na frente do corpo.

— Para ser sincera, não sei muito bem qual é o sentido — admiti.

Por alguns minutos, nenhum de nós disse mais nada. Perdi a Duquesa de vista, e parecia que o Duque ainda não tinha aparecido.

Suspirei enquanto olhava para Tawny.

Ela estava absolutamente linda naquela noite, com o vermelho complementando o tom da sua pele negra. Eu sabia no que ela estava tão concentrada sem nem seguir o seu olhar. A expressão em seu rosto só poderia ser descrita como melancólica conforme ela observava os casais emparelhados para dançar uma valsa que eu, provavelmente, nunca conseguiria dominar, mesmo que me permitissem. Tawny acompanhava os movimentos fervorosamente, e eu sabia que ela conhecia cada passo daquela dança. Por que ela estava ali e não na pista de dança com os outros?

É evidente que eu sabia a resposta.

Era por minha causa.

A culpa se instalou no meu peito como uma pedra.

— Tawny?

Ela se virou na minha direção.

— Sim?

— Você não precisa ficar aqui do meu lado. Pode se divertir.

— O quê? — Ela franziu o nariz contra a máscara. — Eu estou me divertindo. Você não?

— É lógico, mas você não precisa ficar aqui do meu lado. Você deveria estar lá no meio do salão. — Fiz um gesto para os dançarinos e para as pessoas que se reuniam em grupos de três ou quatro. — Está tudo bem.

— Eu estou bem. — Ela estampou um sorriso brilhante no rosto e fiquei de coração apertado. — Prefiro ficar aqui com você a ficar lá no meio sem você.

— Você é a melhor — disse, desejando poder abraçá-la. Em vez disso, eu me aproximei e apertei o seu braço. — De verdade, mas eu não preciso que você seja a minha sombra hoje à noite. Já tenho outras duas.

Tawny olhou por cima do meu ombro.

— Você só tem uma. Vikter ainda está com o Comandante.

— E é tudo o que eu preciso. Por favor. — Apertei o braço dela novamente. — Tawny, vá. Por favor.

Tawny me estudou e eu pude perceber que ela estava considerando. Antes que ela pudesse se decidir, eu menti:

— Na verdade, eu estou muito cansada. Não dormi muito bem ontem à noite, então não pretendo ficar aqui por muito tempo.

— Você tem certeza?

Eu assenti.

O corpo inteiro de Tawny praticamente vibrou com o esforço necessário para não me abraçar, mas ela conseguiu acenar com a cabeça quando soltei a sua mão. Ela me deu um último olhar e depois desceu os degraus, atravessando o salão até onde Dafina e Loren estavam com três cavalheiros de companhia.

Sorri, aliviada. Esperava que ela se permitisse aproveitar a noite e, para garantir isso, eu sabia que tinha de ir embora. Se eu ficasse ali por algum tempo, parada entre os enormes gerânios vermelhos, ela voltaria.

Senti Hawke se aproximar de mim antes mesmo que ele falasse, e uma onda trêmula de calor reverberou sobre a minha pele. Virei a cabeça para a direita, onde ele estava não mais do que poucos centímetros atrás de mim.

— Foi muita gentileza sua — comentou ele, olhando para o salão.

— Não exatamente. Por que ela deveria ficar aqui sem fazer nada só porque é tudo o que eu posso fazer?

— Isso é tudo o que você pode fazer?

— Você estava bem aqui quando Sua Alteza me lembrou de que eu não devo me misturar nem...

— Nem confraternizar.

— Ela disse socializar — corrigi.

— Mas você não precisa ficar aqui.

— Não. — Eu me virei na direção do salão, reprimindo outro suspiro. Tinha mesmo que sair dali. A ideia de voltar aos meus aposentos não me entusiasmava, mas, se eu não fizesse isso, Tawny voltaria para o meu lado. — Gostaria de voltar para o meu quarto.

— Tem certeza?

Não.

— Tenho.

— Depois de você, Princesa.

Eu me virei, estreitando os olhos quando ele se afastou para o lado.

— Você precisa parar de me chamar assim.

— Mas eu gosto do apelido.

Passei por ele, levantando a bainha das saias enquanto subia a pequena elevação.

— Mas eu não.

— Mentira.

Sacudi a cabeça enquanto contornava os grupos de rostos sorridentes e mascarados. Ninguém olhou na minha direção, a maioria pensando melhor se tinha mesmo visto a Duquesa falando comigo.

O ar estava muito mais frio fora do Salão Principal, devido à brisa que entrava pelos acessos ao jardim. Lancei um rápido olhar para o jardim antes de começar a descer o corredor.

— Aonde você vai? — perguntou Hawke.

Parei e me voltei para ele, confusa.

— De volta aos meus aposentos, como eu... — Parei de falar.

Os olhos cor de âmbar de Hawke me avaliavam conforme vagavam sobre mim, se demorando nos meus cabelos caídos sobre os ombros. Ele baixou o olhar para a minúscula renda recortada ao longo do corpete do meu vestido. O decote não era tão baixo quanto no vestido de algumas das damas de companhia que eu tinha visto, e somente a curva superior dos meus seios era visível, mas aquilo... aquilo era muito para mim, considerando que os meus vestidos habituais subiam até o pescoço.

— Eu me enganei mais cedo quando disse que você estava adorável — disse ele.

— O quê?

— Você está absolutamente deslumbrante, Poppy. Linda — disse ele, sacudindo a cabeça ligeiramente. — Eu só... eu precisava lhe dizer isso.

As palavras dele suscitaram uma emoção tão intensa e envolvente que perdi o controle sobre o meu dom e os meus sentidos se aguçaram antes que eu pudesse detê-los. Não senti nenhuma dor emanando dele, apenas um zumbido de tristeza. Olhei para o rosto de Hawke. Eu senti... outra coisa. Duas emoções separadas. Uma me lembrava de um limão azedo na minha língua. A outra sensação era mais pesada e... picante, um pouco esfumaçada. Achei que a primeira podia ser confusão ou talvez incerteza. Como se ele não estivesse certo a respeito de alguma coisa. A outra...

Deuses.

Demorei alguns instantes antes que os meus sentidos se concentrassem no que era. Aquilo fazia eu me sentir *acalorada* e... e *latejante*. Parecia excitação.

— Tenho uma ideia — disse ele, erguendo o seu olhar intenso até o meu.

— É mesmo? — Eu me senti estranhamente sem fôlego enquanto controlava o meu dom, abafando-o.

Ele assentiu.

— Não envolve voltar para o seu quarto.

A expectativa e a excitação aumentaram, mas...

— Estou certa de que, a menos que permaneça no Ritual, é esperado que eu volte para o meu quarto.

— Você está de máscara, assim como eu. Não está vestida como a Donzela. Como você pensou na noite passada, ninguém vai saber quem nós somos.

— Sim, mas...

— A menos que queira voltar para o quarto. Talvez você esteja tão absorta naquele livro...

— Não estou absorta naquele livro. — Minhas bochechas coraram.

— Eu sei que você não quer ficar presa nos seus aposentos. — Quando abri a boca, ele acrescentou: — Não há motivo para mentir para mim.

— Eu... — Eu não podia mentir. Ninguém acreditaria em mim. — E aonde você sugere que eu vá?

— Que *nós* vamos? — A luz das arandelas cintilou na curva da sua máscara quando ele inclinou o queixo na direção do jardim.

Meu coração deu um salto dentro do peito.

— Não sei. O jardim…

— Costumava ser um local de refúgio — disse ele. — Agora se tornou um lugar de pesadelos. Mas só vai continuar assim se você permitir.

— Se eu permitir? Isso mudaria o fato de que Rylan morreu lá?

— Não.

Olhei para ele.

— Eu não estou entendendo aonde você quer chegar com isso.

Ele se aproximou de mim, abaixando o queixo.

— Você não pode mudar o que aconteceu lá. Assim como não pode mudar o fato de que o pátio costumava lhe trazer paz. Você apenas substitui a sua última lembrança, uma lembrança ruim, por uma nova lembrança, uma lembrança boa, e continua fazendo isso até que a ruim desapareça.

Abri a boca, mas então pensei melhor sobre o que ele havia falado. Olhei para a escuridão além da porta. O que ele disse realmente fazia sentido.

— Você faz parecer fácil.

— Não é. É difícil e desconfortável, mas funciona. — Ele estendeu a mão e olhei para baixo, como se houvesse um animal perigoso na palma da sua mão, um animal tão fofo que eu queria acariciar. — E você não estará sozinha. Eu estarei lá com você e não apenas cuidando de você.

Eu estarei lá com você e não apenas cuidando de você.

Ergui o meu olhar assustado para o rosto de Hawke. As palavras dele tocaram em um ponto que eu tentava evitar. Deuses, eu mal sabia dizer quantas vezes tinha me sentido sozinha desde que Ian partiu, mesmo que raramente ficasse sozinha. Contudo, as pessoas que me cercavam geralmente estavam lá porque tinham de estar. Até mesmo Tawny e Vikter. Saber disso não diminuía o quanto eu sabia que eles se importavam comigo e o quanto eu me importava com eles, mas também não mudava o fato de que, apesar de estarem comigo, às vezes, eles não estavam *presentes*. Nem mudava o fato de que eu sabia que muito daquilo era coisa da minha cabeça. Aquela pequena parte insegura de mim mesma que se preocupava que a minha amizade com Tawny não existiria se ela não fosse a minha dama de companhia nunca sumia de vista. Eu temia que ela fosse como Dafina, Loren e as outras damas de companhia.

Como Hawke sabia disso? Ou será que ele sabia *mesmo* que eu me sentia assim? Eu queria perguntar, mas não era algo que eu gostava de mencionar ou falar a respeito. A solidão muitas vezes trazia consigo uma camada pesada de vergonha e constrangimento.

Mas com Hawke, mesmo no pouco tempo em que o conhecia, eu não me sentia sozinha. Será que era por causa da simples presença dele? Quando ele estava em um recinto, parecia se tornar o centro das atenções. Ou será que era algo mais? Eu não podia negar que me sentia atraída por ele, fosse proibido ou não.

E não queria voltar para o meu quarto, entregue a pensamentos confusos que não podia pôr em prática. Eu não queria passar outra noite desejando viver, em vez de me entregar à vida.

Mas será que isso seria inteligente, se eu estivesse certa a respeito do que senti emanando dele? Eu poderia ter me enganado, mas e se não tivesse? Será que eu teria a força de vontade para me lembrar do que eu era? Eu não devia nem tentar descobrir.

Mas eu... eu queria.

Respirei fundo e estendi a mão, mas parei.

— Se alguém me visse... visse você...

— Visse nós dois? De mãos dadas? Meus Deuses, que escândalo. — Outro sorriso rápido surgiu no rosto dele e, desta vez, a covinha também apareceu. — Não há ninguém aqui. — Ele olhou ao redor do corredor. — A menos que você veja pessoas que eu não vejo.

— Sim, eu vejo os espíritos daqueles que fizeram más escolhas na vida — respondi secamente.

Ele deu uma risada.

— Duvido que alguém nos reconheça no pátio. Não de máscara, e com somente a luz da lua e de algumas lâmpadas para iluminar o caminho. — Ele agitou os dedos. — Além disso, eu tenho a impressão de que se houver outras pessoas lá fora, elas vão estar muito ocupadas para se importar.

Minha vasta imaginação preencheu as lacunas acerca do que poderia levar os outros a estarem ocupados demais para se importar.

— Você é uma péssima influência — murmurei, enquanto colocava minha mão sobre a dele.

Hawke fechou os dedos ao redor dos meus. O peso e o calor da sua mão me causaram um choque agradável.

— Só os maus podem ser influenciados, Princesa.

Capítulo 24

— Isso me parece uma lógica falha — disse a ele.

Ele riu enquanto se dirigia à arcada do jardim.

— A minha lógica nunca falha.

— Acho que isso não é algo que alguém saberia se fosse verdade — salientei, sorrindo de leve.

O ar frio da noite nos recebeu assim que saímos, e o meu coração disparou com o aroma familiar e doce das flores e do solo rico e úmido.

Olhei de um lado para o outro enquanto procurava por algo estranho, um pouco diferente da última vez em que estive ali. Tinha que haver. Havia lanternas a óleo espaçadas ao longo do caminho principal, mas as trilhas que se ramificavam estavam às escuras — o luar não conseguia sequer penetrar ali. Diminuí o ritmo quando a brisa suave sacudiu os arbustos e levantou algumas mechas dos meus cabelos.

Hawke falou suavemente:

— O último lugar em que eu vi o meu irmão era um dos meus lugares favoritos.

Aquilo prendeu a minha atenção e eu parei de inspecionar todos os ramos de flores por onde passávamos, só não sabia atrás de quê. Era como se eu esperasse ver pétalas murchas pingando sangue, ou então que o Duque finalmente aparecesse. A angústia que Hawke sentia pelo irmão tinha me dado a impressão de que ele não queria falar sobre isso, de modo que o assunto me surpreendeu.

— No meu vilarejo, há cavernas ocultas que poucas pessoas conhecem — continuou ele, com os dedos ainda firmemente entrelaçados aos meus. — Você tem que andar um bom caminho por um certo túnel. É estreito e escuro. Poucas pessoas estão dispostas a seguir a trilha para encontrar o que existe no final.

— Mas você e o seu irmão seguiram?

— O meu irmão, uma amiga nossa e eu seguimos a trilha quando éramos jovens e tínhamos mais coragem do que bom senso. Mas ainda bem que fizemos isso, porque no fim do túnel havia uma caverna enorme cheia da água mais azul, borbulhante e quente que eu já vi.

— Como uma fonte termal? — Conversas abafadas soaram das áreas em meio à penumbra, silenciando enquanto passávamos.

— Sim e não. Aquela água... é sem igual.

— De onde...? — Olhando de relance para um caminho de onde ouvi sons baixos, eu engoli em seco e desviei rapidamente o olhar. Fiquei ainda mais consciente da sensação da mão dele na minha, dos calos ásperos na palma e da força do aperto. Lembrei daquela sensação pesada, picante e esfumaçada que senti emanando dele mais cedo. — De onde... de onde você é?

— De um pequeno vilarejo que eu tenho certeza de que você nunca ouviu falar — disse ele, apertando a minha mão. — Nós nos esgueirávamos para a caverna sempre que podíamos. Nós três. Era como o nosso próprio mundinho e, naquela época, havia muitas coisas acontecendo... coisas adultas e sérias demais para que pudéssemos entender. — Sua voz tinha adquirido um certo distanciamento, como se ele estivesse em outro lugar e em outra época. — Nós precisávamos daquela fuga, de um lugar para onde poderíamos ir e não nos preocupar com o que estava deixando os nossos pais estressados nem com todas as conversas sussurradas que não entendíamos direito. Sabíamos o bastante para ter consciência de que era o prenúncio de algo ruim. Aquele era o nosso refúgio. — Ele parou e olhou para mim. — Assim como este jardim é para você.

A fonte da Donzela velada ficava a poucos metros de nós, e o som da água gotejante nos cercava.

— Eu perdi os dois — disse ele, com os olhos sombreados, mas o olhar não menos intenso. — O meu irmão, quando éramos mais jovens, e a minha melhor amiga alguns anos depois. O lugar que já foi cheio de felicidade e aventura se transformou em um cemitério de lembranças. Eu não conseguia nem pensar em voltar lá sem eles. Era como se o lugar fosse assombrado.

Eu não precisava aguçar os sentidos para saber que a dor o consumia, e não era uma boa ideia usar o meu dom nele duas vezes seguidas, ainda mais quando estava evoluindo. Mas, uma vez que nossas mãos estavam entrelaçadas, eu me detive naquele poço raso de pensamentos felizes e deixei que fluíssem até ele.

Senti a mão dele ligeiramente trêmula e então falei, esperando distraí-lo:

— Compreendo. Fico olhando em volta, achando que o jardim devesse estar diferente. Supondo que haveria alguma mudança visível que representasse como eu me sinto em relação a este lugar agora.

Hawke pigarreou.

— Mas continua igual, não é?

Eu assenti.

— Levei muito tempo para criar coragem de voltar à caverna. Eu também me sentia assim. Como se a água devesse ter ficado lamacenta, suja e fria durante a minha ausência. Mas não. Ela continuava calma, azul e quente como sempre.

— Você substituiu as lembranças tristes por lembranças felizes? — perguntei.

Um sorrisinho surgiu sob a réstia de luar que incidia sobre o seu rosto enquanto ele sacudia a cabeça. Os vincos do seu rosto relaxaram.

— Eu ainda não tive uma oportunidade, mas pretendo fazer isso.

— Espero que sim — disse, sabendo que, como Guarda Real, aquilo ainda não seria possível por muitos anos. A brisa soprou uma mecha de cabelo sobre os meus ombros e peito. — Sinto muito pelo seu irmão e pela sua amiga.

— Obrigado. — Ele olhou para o céu coberto de estrelas e disse: — Sei que não é a mesma coisa que aconteceu aqui, com Rylan, mas eu compreendo a sensação.

Baixei o olhar para a mão de Hawke, que ainda segurava a minha. Eu a apertava de modo frouxo e ao mesmo tempo seguro, com os dedos se projetando para fora em vez de agarrar. Tive vontade de fechá-los ao redor dos dele.

— Às vezes, acho... acho que foi uma bênção eu ainda ser muito nova quando Ian e eu perdemos os nossos pais. As minhas lembranças deles são vagas e, por causa disso, há um certo... não sei, nível de desapego? Por mais errado que pareça, eu tenho sorte, de certa maneira. É mais fácil lidar com a perda, porque é quase como se eles não fossem reais. Não é assim para Ian. Ele tem muito mais lembranças do que eu.

— Não é errado, Princesa. Acho que é assim que a mente e o coração funcionam — disse ele. — Você não vê o seu irmão desde que ele partiu para a capital?

Confirmei.

— Ele escreve sempre que pode. Geralmente, uma vez por mês, mas eu não o vejo desde a manhã em que ele foi embora. — Franzi os lábios e fechei os dedos em torno dos dele, sentindo um nó no estômago. Ele não estava mais segurando a minha mão. Nós estávamos de *mãos dadas*. Para muitas pessoas, aquilo não significaria nada. Algumas provavelmente achariam isso tolo, mas era importante para mim e eu *apreciei* o gesto. — Sinto falta dele. — Ergui o olhar e descobri que Hawke estava olhando para mim. — Tenho certeza de que você sente falta do seu irmão e espero... espero que você o veja outra vez.

Ele inclinou a cabeça ligeiramente e abriu a boca como se estivesse prestes a dizer alguma coisa, mas então a fechou. Um momento se passou, e ele estendeu a outra mão e pegou uma mecha dos meus cabelos. Sobressaltada, minha respiração se tornou cortante quando uma onda de arrepios seguiu o deslizar dos seus dedos na pele nua no meu decote. Aqueles arrepios não pararam por aí. Desceram pelos meus seios até chegar lá embaixo.

Corada, eu soltei a mão dele e dei um passo para trás, me afastando. Entrelacei os dedos, com o coração disparado. Será que era normal ter uma resposta tão intensa a um toque na pele? Eu não sabia muito bem, mas não conseguia imaginar que fosse. Dei alguns passos, procurando algo para dizer. Qualquer coisa.

— Eu... — Pigarreei. — O meu lugar favorito no jardim é perto das rosas que florescem à noite. Há um banco lá — divaguei. — Eu costumava sair quase todas as noites para vê-las se abrindo. Era a minha flor favorita, mas agora acho difícil até mesmo olhar para aquelas que são cortadas e colocadas em buquês.

— Você quer ir até lá agora? — perguntou Hawke, poucos centímetros atrás de mim.

Pensei nisso, nas suas pétalas escuras e sedosas e nos botões violeta dos jacarandás... e no sangue que tinha formado uma poça no chão. O modo como preencheu as rachaduras na pedra me fez lembrar de outra noite.

— Eu... acho que não.

— Você gostaria de ver o meu lugar favorito?

Olhei por cima do ombro quando ele ficou ao meu lado.

— Você tem um lugar favorito?

— Sim. — Ele estendeu a mão mais uma vez. — Quer ver?

Sabendo que não deveria, mas de alguma forma incapaz de me conter, eu coloquei a minha mão sobre a dele. Hawke permaneceu em silêncio enquanto contornávamos a fonte e descíamos o caminho principal. Foi só quando ele desviou para a esquerda, onde o aroma suave e doce de lavanda enchia o ar, que eu soube para onde ele estava me levando.

Até o salgueiro.

Na extremidade do lado sul do Jardim da Rainha havia um enorme salgueiro-chorão de centenas de anos. Seus galhos quase chegavam ao chão, criando uma copa grossa. Nos meses mais quentes, pequeninas flores brancas brotavam das folhas.

— Você é fã do salgueiro-chorão? — perguntei assim que ele surgiu. Inúmeras lanternas pendiam de postes ao lado do salgueiro, com as chamas dentro dos compartimentos de vidro.

Ele assentiu.

— Eu nunca tinha visto um desses até chegar aqui.

Não fiquei surpresa que ele não tivesse visto um salgueiro na capital. Aquelas árvores de raízes rasas eram conhecidas por romper o pavimento, mas fiquei imaginando em que vilarejo ele morava que tinha fazendas e cavernas, mas nenhum salgueiro-chorão.

— Ian e eu costumávamos brincar lá dentro. Ninguém conseguia nos ver.

— Brincar? Ou se esconder? — perguntou ele. — Porque é isso que eu teria feito.

Abri um sorriso.

— Bem, sim. Eu me escondia e Ian me acompanhava como um bom irmão mais velho. — Olhei para ele. — Você já passou por baixo dele? Há bancos ali, mas não dá para ver agora. — Fiz uma careta. — Na verdade, alguém poderia estar lá embaixo agora, e nós nem saberíamos.

— Não há ninguém lá embaixo.

Ergui as sobrancelhas acima da máscara.

— Como você pode ter tanta certeza?

— Eu apenas tenho. Vamos. — Ele puxou a minha mão enquanto avançava. — Cuidado onde pisa.

Gostaria de saber se a certeza dele tinha algo a ver com as suas excelentes habilidades de rastreamento. Caminhei com facilidade pelo muro baixo de pedra, seguindo atrás dele quando passamos por uma das lanternas. Hawke estendeu a mão livre, afastando vários galhos frondosos. Entrei ali e, em uma questão de segundos, fomos lançados na escuridão quase completa quando os galhos voltaram para o lugar. O luar não conseguia penetrar na copa pesada e apenas um brilho fraco das lanternas ali perto se infiltrava debaixo do salgueiro.

Olhei em volta, enxergando somente o contorno do tronco.

— Deuses, eu tinha esquecido como é escuro aqui dentro durante a noite.

— É como se estivéssemos em um mundo diferente aqui embaixo — comentou ele. — Como se passássemos por um véu e entrássemos em um mundo encantado.

Eu sorri. As palavras dele me fizeram lembrar de Ian.

— Você devia ver o salgueiro quando está mais quente. As flores brotam... Ah! Ou então quando neva, e ao anoitecer. Os flocos de neve salpicam as folhas e o chão, mas só um ou outro cai aqui dentro. Então parece mesmo um mundo diferente.

— Talvez nós vejamos.

— Você acha que sim?

— Por que não? — perguntou ele, e eu senti seu corpo se virar na direção do meu. Quando ele falou em seguida, senti seu hálito na minha testa. — Vai nevar, não vai? Podemos nos esgueirar um pouco antes do anoitecer e vir até aqui.

Consciente de como ele estava perto, eu umedeci os lábios nervosamente.

— Mas será que estaremos aqui? A Rainha pode exigir que eu vá para a capital antes disso — disse, reconhecendo algo em que tinha evitado pensar.

— É possível. Nesse caso, acho que teremos que encontrar outras aventuras, não é? — perguntou ele. — Ou devo chamá-las de *desventuras*?

Dei uma risada.

— Acho que vai ser difícil dar uma escapada de qualquer lugar na capital, não comigo... não comigo tão perto da Ascensão.

— Você precisa ter mais fé em mim se acha que não consigo encontrar um modo de escaparmos. Posso garantir que não vou fazer com que você acabe em um beiral. — Na escuridão, imaginei ter sentido as pontas dos dedos dele acariciando a minha bochecha esquerda, mas o toque foi suave e breve demais para que eu tivesse certeza. — Estamos aqui na noite do Ritual, escondidos dentro de um salgueiro-chorão.

— Não me pareceu tão difícil assim.

— É só porque eu estava guiando você.

Eu ri novamente.

— Certo.

— A sua dúvida me deixa magoado. — Ele puxou a minha mão quando se virou. — Você não disse que havia bancos aqui? Espere aí. Já vi.

Olhei para a forma sombreada que eu presumi ser a parte de trás da cabeça dele.

— Como você consegue enxergar os bancos?

— Você não consegue?

— Hã, não. — Apertei os olhos no meio da escuridão.

— Então eu devo ter uma visão melhor do que a sua.

Revirei os olhos.

— Acho que você está mentindo dizendo que consegue vê-los e estamos prestes a tropeçar...

— Aqui estão. — Hawke parou de andar. Inacreditavelmente, ele se sentou como se pudesse ver os assentos perfeitamente.

Fiquei olhando para Hawke, de boca aberta. Então me dei conta de que era bem possível que ele pudesse me ver boquiaberta como um peixe moribundo, então logo fechei a boca. Talvez a visão dele fosse mesmo melhor do que a minha.

Ou a minha visão fosse pior do que eu imaginava.

— Você gostaria de se sentar? — perguntou ele.

— Gostaria, mas ao contrário de você, eu não consigo enxergar no escuro... — Ofeguei quando ele agarrou a minha mão, me puxando para baixo. Antes que percebesse, eu estava sentada no colo de Hawke — no *colo* dele.

— Confortável? — perguntou ele, e parecia estar sorrindo.

Eu não sabia o que responder. Ele ainda estava segurando a minha mão, eu continuava sentada em seu colo, e tudo o que conseguia pensar era na parte do diário de Willa Colyns em que ela descrevia como era estar no colo de um homem. Havia menos roupas...

— Você não deve estar muito confortável. — Ele passou o braço pelas minhas costas, me puxando de lado contra o seu peito. — Pronto. Assim deve ser muito melhor.

Era.

E não era.

— Não quero que você fique com muito frio — acrescentou ele, com o hálito quente na minha têmpora. Ele era tão mais alto, que mesmo empertigada como eu estava, a minha cabeça ainda não alcançava o seu queixo. — Sinto que é uma parte importante do meu dever como seu Guarda Real pessoal.

— É isso o que você está fazendo? Me colocando no seu colo para me proteger do frio?

— Exatamente. — Ele pousou a mão na lateral do meu corpo, o peso como uma marca a ferro.

Olhei para o que eu achei que podia ser o pescoço dele.

— Isso é incrivelmente inapropriado.

— Mais inapropriado do que ler um diário obsceno?

— *Sim* — insisti, ruborizando.

— Não. — A risada grave dele reverberou através de mim. — Não consigo nem mentir. Isso *é* inapropriado.

— Então por que você fez isso?

— Por quê? — Seu queixo roçou o topo da minha cabeça. — Porque eu quis.

Pisquei os olhos repetidas vezes.

— E se eu não quisesse?

Outra risada provocou um arrepio pelo meu corpo.

— Princesa, aposto que se você não quisesse que eu fizesse alguma coisa, eu já estaria no chão com uma adaga na garganta antes mesmo de conseguir tomar fôlego. Mesmo que você não enxergue um palmo à sua frente.

Bem...

— Você está com a sua adaga, não é?

Suspirei.

— Estou, sim.

— Sabia. — Ele soltou a minha mão e eu deixei que ela caísse sobre o meu colo. — Ninguém pode nos ver. Ninguém sabe que estamos aqui. Para os outros, você está no seu quarto.

— Isso ainda é imprudente por inúmeros motivos. Se alguém entrar aqui...

— Eu ouviria os passos antes — interrompeu ele. Antes que eu pudesse dizer que a audição dele não podia ser tão boa quanto a sua visão, ele acrescentou: — E se alguém entrasse aqui, não faria a menor ideia de quem nós somos.

Afastei a cabeça, aumentando a distância entre a parte superior do meu corpo e a dele.

— Foi por isso que você me trouxe aqui?

— O que você quer dizer com *isso*, Princesa?

— Para ser... inapropriado.

— E por que eu faria isso? — perguntou ele, com a voz baixa enquanto tocava o meu braço.

— Por quê? Acho que é bastante óbvio, *Hawke*. Eu estou sentada no seu colo. Duvido que seja assim que você converse inocentemente com as pessoas.

— É muito raro que eu faça algo inocente, Princesa.

— Que surpresa — murmurei.

— Você está sugerindo que eu a trouxe aqui, em vez de ir para um quarto privado com uma *cama* — ele deslizou as pontas dos dedos pelo meu braço direito —, para te envolver em um determinado tipo de comportamento inapropriado?

— É exatamente o que eu estou dizendo, embora o meu quarto fosse uma opção melhor. — Meu coração já tinha disparado no instante em que o meu traseiro aterrissou no colo dele. Agora, parecia que ia explodir dentro do meu peito.

— E se eu dissesse que isso não é verdade?

— Eu... — Eu senti borboletas no estômago quando os dedos dele desceram até o meu quadril. — Eu não acreditaria em você.

— E se eu dissesse que não começou assim? — Ele mexeu o polegar contra o meu quadril. — Mas aí eu vi o luar e você, com os cabelos soltos, nesse vestido, e *então* me ocorreu que este seria um lugar perfeito para um comportamento totalmente inapropriado.

— Bem, eu... eu diria que é mais provável.

Ele deslizou a mão sobre o tecido fino e transparente do vestido.

— Então aí está.

— Pelo menos você é sincero. — Mordi o lábio quando as borboletas se intensificaram. Aquilo era perigoso. Mesmo que ninguém nos descobrisse ali, parecia que eu estava desafiando os Deuses. Alguns beijos roubados — tá certo, um pouco mais que alguns beijos roubados — podiam até ser perdoados. Mas aquilo?

Nem aqueles beijos roubados podiam ser perdoados, pelo menos não de acordo com o Duque e a Duquesa — e a Rainha. Por outro lado, se os Deuses fossem intervir, eles já não teriam feito isso? Pensei no que Tawny havia me dito sobre não ter certeza se as regras impostas a mim eram um decreto dos Deuses.

E se eu tivesse interpretado corretamente o que a Duquesa me contou a respeito da primeira Donzela, ela havia feito muitas coisas proibidas.

E não fora considerada indigna.

— É o seguinte. Farei um acordo com você.

— Um acordo?

— Se eu fizer alguma coisa de que você não goste... — A mão de Hawke deslizou pela minha coxa, me deixando sem fôlego. Através do vestido, ele fechou a mão em torno da adaga. — Eu lhe dou permissão para me apunhalar.

— Isso seria um exagero.

— Espero que você me cause apenas uma ferida superficial — acrescentou ele. — Mas valeria a pena descobrir.

Abri um sorriso.

— Você é uma péssima influência.

— Acho que já estabelecemos que só os maus podem ser influenciados.

— E acho que eu já disse que a sua lógica é falha — repeti, fechando os olhos enquanto os dedos dele seguiam o contorno da lâmina embainhada.

Outro arrepio percorreu a minha espinha, e tive um súbito impulso de fechar as minhas pernas. De alguma forma, eu me contive.

Eu resisti a Hawke, apesar de saber que teria deixado que ele me beijasse na noite passada.

— Eu sou a Donzela, Hawke — lembrei a ele, ou a mim mesma; não sabia muito bem.

— E eu não me importo.

Arregalei os olhos, chocada.

— Eu não acredito que você disse isso.

— Mas eu disse. E repito. Não me importo com o que você é. — Hawke tirou a mão das minhas costas. Um instante depois, senti a sua mão aninhar meu rosto com uma precisão infalível. — Eu me importo com quem você é.

Ah.

Ah, Deuses.

Meu peito inflou tão rápido que foi um milagre que eu não tenha flutuado do colo dele para o salgueiro. O que ele disse...

Devia ser a coisa mais doce e perfeita que alguém poderia dizer.

— Por quê? — exigi saber, quase desejando que ele não tivesse dito aquelas palavras. — Por que você diria uma coisa dessas?

— É sério que você está me perguntando isso?

— Sim, estou. Não faz sentido.

— Você não faz sentido.

Eu bati no ombro dele — ou no peito. Alguma parte bastante rija de Hawke.

Ele resmungou.

— Ai.

Eu não bati nele com força suficiente para isso.

— Você está bem.

— Estou machucado.

— Você é ridículo — retruquei. — E é você quem não faz sentido.

— Eu estou sendo sincero. E você está batendo em mim. Como eu não faço sentido?

— Porque nada disso faz sentido. — A frustração aumentou dentro de mim, e eu comecei a me levantar, mas a mão dele no meu quadril me impediu. Ou eu deixei que ele me impedisse. Eu não sabia muito bem. E isso era ainda mais irritante. — Você poderia passar o seu tempo com qualquer pessoa, Hawke... com quem não teria que se esconder embaixo de um salgueiro.

— E, no entanto, estou aqui com você. E antes que comece a pensar que é por causa do meu dever, não é. Eu poderia simplesmente tê-la levado de volta para o quarto e ficar postado no corredor.

— É o que eu estou dizendo. Não faz sentido. Você pode escolher entre várias participantes dispostas a... seja lá o que for. Seria muito fácil — disse. A bela Britta me veio à mente. Eu podia apostar que ele tinha ficado com ela. — Você não pode me ter. Eu sou... sou "impossuível".

— Estou certo de que essa palavra nem existe.

— Essa não é a questão. Eu não posso fazer isso. Nada disso. Não devia ter feito o que fiz no Pérola Vermelha — continuei. — Não importa se eu quero...

— E você *quer*. — O sussurro dele dançou sobre a minha bochecha. — Você me quer.

Fiquei sem fôlego.

— Não importa.

— O que você quer sempre deveria importar.

Deixei escapar uma risada curta e áspera.

— Não importa, e essa também não é a questão. Você poderia...

— Eu te ouvi da primeira vez, Princesa. Você tem razão. Eu poderia encontrar alguém que fosse mais fácil. — Os dedos dele traçaram o contorno da minha máscara, descendo da orelha direita e ao longo da bochecha. Eu não fazia a menor ideia de como ele conseguia enxergar. — Uma dama ou um cavalheiro de companhia que não tem de seguir regras ou limitações, que não são a Donzela que jurei proteger. Eu poderia ocupar o meu tempo de diversas formas que não necessitam de uma explicação detalhada sobre o motivo de estar *onde* estou e com *quem*.

O meu sorriso começou a sumir.

— O problema é que nenhum deles me intriga — continuou ele. — Mas você, sim.

Você me deixa intrigado.

— É tão simples assim para você? — perguntei, querendo e não querendo acreditar nele ao mesmo tempo.

Ele pousou a testa contra a minha, me deixando sobressaltada.

— Nada nunca é simples. E quando é, raramente vale a pena.

— Então por quê?

— Estou começando a acreditar que essa é a sua pergunta preferida.

— Talvez. — Meus lábios estremeceram. — É só que... Deuses, há tantos motivos pelos quais não entendo como você pode ficar tão intrigado. Você já me viu. — Senti o rosto corado e esperei que ele não pudesse vê-lo. Eu detestava dizer aquilo, mas era uma realidade. — Você viu como eu sou...

— Vi, e acredito que você já sabe o que eu acho. Eu disse na sua frente, na frente do Duque e do lado de fora do Salão Principal...

— Eu sei o que você disse, e não estou mencionando a minha aparência para você me elogiar. É só que... — Deuses, eu gostaria de não ter dito nada. Sacudi a cabeça. — Deixe pra lá. Esqueça o que eu disse.

— Não posso. Não vou esquecer.

— Ótimo — murmurei.

— É que você está acostumada a lidar com idiotas como o Duque — disse ele, e o que parecia um rosnado baixo reverberou dele. — Ele pode até ser um Ascendido, mas é um inútil.

Meu coração deu um salto dentro do peito.

— Você não deveria dizer essas coisas, Hawke. Você...

— Eu não tenho medo de falar a verdade. Ele pode ser poderoso, mas é um homem fraco, que prova a sua força ao tentar humilhar aqueles que são mais poderosos que ele. Alguém como você, com a sua força? Você faz com que ele se sinta incompetente... o que ele é mesmo. E quanto às suas cicatrizes? Elas são uma prova da sua coragem. A prova de que você sobreviveu. Do motivo pelo qual você está aqui quando tantas pessoas com o dobro da sua idade não puderam estar. As cicatrizes não são feias. Longe disso. Elas são lindas, Poppy.

Poppy.

— É a terceira vez que você me chama assim — disse.

— Quarta — corrigiu ele, e eu pestanejei. — Nós somos amigos, não somos? Só os amigos e o seu irmão a chamam assim, e você pode até ser a Donzela e eu um Guarda Real, mas, apesar disso, espero que você e eu sejamos amigos.

— Somos, sim. — E éramos mesmo.

Ele tocou no meu rosto e deu um suspiro.

— E não estou... não estou sendo um bom amigo ou guarda neste momento. Não estou... — Ele deslizou a mão e fechou os dedos ao redor da minha nuca por alguns segundos antes de tirá-la dali. — Eu deveria levar você de volta para o seu quarto. Já está ficando tarde.

Soltei o ar de modo entrecortado.

— Realmente.

Ele ia me levar de volta para o quarto onde eu era a Donzela, a Escolhida. De volta para onde eu não era Poppy, mas a sombra de uma pessoa que não tinha permissão para experimentar, precisar, viver ou *querer*. Eu não seria mais quem ele enxergava.

— Hawke? — sussurrei, com o coração retumbando como um trovão. — Me beija. Por favor.

Capítulo 25

Hawke ficou tão quieto ao meu lado que eu não tinha certeza se ele respirava. O pedido o tinha surpreendido — tinha surpreendido a *mim mesma.*

Acho que *eu* devo ter parado de respirar.

— Deuses — arfou ele e levou a mão de volta ao meu rosto. — Você não precisa me pedir duas vezes, Princesa, muito menos implorar.

Antes que eu tivesse chance de responder, os lábios dele roçaram os meus. Ofeguei com o contato suave e jurei que podia sentir os seus lábios se curvando contra os meus em um sorriso. Eu gostaria de poder vê-lo, pois parecia um sorriso completo, do tipo que repuxava os cantos da boca e fazia as duas covinhas aparecerem, mas então ele moveu a boca lentamente pela minha, como se estivesse traçando a curva dos meus lábios com os dele. Fiquei completamente imóvel, com o coração saltando do peito, conforme ele refazia o caminho por onde passara. Senti pequenos arrepios por todas as partes do meu corpo. Tremi quando enrolei as mãos na parte da frente da sua túnica, certamente amassando o tecido fino.

Aquele toque mal era um beijo, mas, Deuses, a suavidade e a doçura me estremeceram até o âmago.

Em seguida, Hawke inclinou a cabeça, aumentando a pressão e aprofundando o beijo. De repente, tudo mudou. Aquele beijo

— a sua crueza — me deixou sem ar. Nós dois ficamos ofegantes quando nos separamos, com o peito arfando. Eu não conseguia enxergar os olhos dele no escuro, mas pude sentir o seu olhar penetrante.

Não fiquei pensando sobre o que eu era durante aqueles instantes. Não fiquei pensando sobre o que era proibido ou o que era certo. Eu não estava pensando em nada, verdade seja dita, e não sabia quem tinha feito o primeiro movimento. Hawke? Eu? Os dois ao mesmo tempo? Nossos lábios se tocaram novamente e, dessa vez, não houve hesitação. Havia apenas desejo, muito desejo, e centenas de outras coisas poderosas e proibidas que reverberavam em mim. Seus lábios queimaram os meus, aqueceram o meu sangue e atearam fogo aos meus sentidos. Ele levou as mãos para os meus ombros, descendo ao longo dos meus braços Hawke estremeceu e um som emergiu do fundo da sua garganta, metade rosnado e metade gemido. Aquilo me causou arrepios de prazer e pânico conforme ele entreabria os meus lábios. A voracidade por trás do nosso beijo deveria ter me assustado — e talvez tenha me assustado um pouco porque me parecia exagerada e não o suficiente ao mesmo tempo. Gemi quando ele deslizou as mãos pela lateral do meu corpo. Parecia que eu estava faiscando, inflamando...

Ele agarrou a minha cintura, me levantando e me acomodando novamente, de modo que os meus joelhos ficassem ao redor dos seus quadris, *comigo* pressionada contra *ele*. As calças dele e o meu vestido não serviam como uma barreira de verdade. Eu podia senti-lo, e estremeci quando uma sensação aguda e pulsante latejou em mim. Seu gemido de resposta, outro som grave e áspero, acabou com qualquer hesitação que eu tivesse. Pousei as mãos sobre o peito de Hawke, maravilhada com o modo como o seu corpo vibrou quando eu as deslizei sobre os seus ombros e então ao redor do seu pescoço. Foi então que fiz o que queria ter feito no Pérola Vermelha. Afundei os dedos nos cabelos dele, e as mechas eram tão macias quanto eu achava que seriam. Nenhuma outra parte do corpo dele era assim. Ele era todo de uma rigidez cálida contra mim.

Os braços de Hawke se moveram ao meu redor, me puxando com tanta força contra si que quase não havia mais espaço entre nós. Ele me beijou de novo e de novo, e eu sabia que aquilo era mais do que um beijo. Ia além disso, além de como ele se sentia e de como ele me fazia sentir.

As palavras dele tocaram uma parte profunda dentro de mim, e era emocionante. Eu me sentia *viva*, como se estivesse finalmente acordando.

E queria que aquilo nunca terminasse.

Não com a onda de sensações que fluía dentro de mim. Bem no fundo, eu sabia que tinha perdido o controle do meu dom. As minhas barreiras estavam escancaradas e eu não sabia distinguir se o que sentia pertencia a ele, a mim ou a ambos.

O instinto assumiu o controle, guiando o meu corpo — movendo os meus quadris para a frente e para trás — e ele estremeceu novamente, prendendo o meu lábio inferior entre os dele. Hawke agarrou a saia do meu vestido, levantando-a até tocar as minhas panturrilhas. Um tremor percorreu o meu corpo como se fosse um raio.

— Lembre-se disso — disse ele contra os meus lábios enquanto deslizava as mãos até a curva dos meus joelhos. — Se você não gostar de alguma coisa, é só me dizer e eu paro.

Assenti, procurando a sua boca na escuridão. Quando a encontrei, fiquei imaginando como tinha aguentado tanto tempo sem beijá-lo.

Fiquei imaginando como eu poderia viver sem fazer isso.

Aquele pensamento ameaçou dissipar o calor, mas as mãos dele se moveram mais uma vez, deslizando sobre a minha pele e enviando uma corrente de sangue quente pelas minhas veias. Eu me movi para a frente até que os nossos quadris se tornassem um só. Eu me mexi. Nós nos mexemos. E pensei ter sussurrado o nome de Hawke antes de beijá-lo novamente, deslizando a língua entre os lábios e os dentes dele...

Hawke jogou a cabeça para trás e depois ofegou enquanto encostava a testa na minha.

— Poppy — disse ele de uma forma que fez meu nome soar ao mesmo tempo como uma prece e uma maldição.

— Sim? — Abri e fechei os dedos ao redor da maciez dos seus cabelos.

— Essa foi a quinta vez que eu disse o seu nome, caso você ainda esteja contando.

Abri um sorriso.

— Estou, sim.

— Ótimo. — Ele tirou as mãos de debaixo do meu vestido e levou uma delas até a minha bochecha. Traçou o contorno da minha máscara, me surpreendendo mais uma vez com a sua visão. — Acho que não fui muito sincero agora há pouco.

— Sobre o quê? — Soltei os cabelos dele e pousei as mãos em seus ombros.

— Sobre parar — admitiu ele baixinho, passando os dedos pela minha bochecha e maxilar. — Eu pararia, mas acho que você não iria me impedir.

— Não estou entendendo muito bem o que você está dizendo. — Fechei os olhos. Apesar de estar confusa com aquelas palavras e com o fato de não estarmos nos beijando, eu gostava daquela intimidade, da cabeça dele repousando contra a minha.

Ele deslizou as pontas dos dedos pela lateral do meu pescoço.

— Você quer que eu seja franco?

— Quero que você seja sempre honesto comigo.

Os meus sentidos ainda estavam aguçados. Sabia disso porque tive uma sensação estranha vinda da conexão, mas foi muito breve para que eu a decifrasse.

E então ele beijou a minha têmpora, e pensei naquela sensação estranha e áspera que revestia a minha garganta.

— Eu estava prestes a deitar você no chão e me tornar um guarda muito, muito ruim.

Perdi o fôlego, e uma onda de calor tomou conta de mim. Eu não tinha muita experiência, mas sabia o bastante para entender o que ele queria dizer.

— É mesmo?

— Mesmo — respondeu ele, sério.

Eu devia ter ficado aliviada por ele ter parado, e fiquei. Mas não fiquei. O que eu sentia era uma confusão total. Mas de uma coisa eu tinha certeza.

— Acho que eu não o teria impedido — sussurrei. Eu deixaria que ele me deitasse no chão e teria gostado do que ele estava prestes a fazer, não me importava com as consequências.

O corpo de Hawke estremeceu enquanto ele gemia.

— Você não está ajudando.

— Eu sou uma péssima Donzela.

— Não. — Ele beijou a minha outra têmpora. — Você é uma garota perfeitamente normal. O que é esperado de você é que é ruim. — Ele fez uma pausa. — E, sim, você também é uma péssima Donzela.

Em vez de ficar ofendida — pois mesmo sem contar com essa noite, eu não poderia negar aquilo —, dei uma risada e fui recompensada pelo abraço dele. Hawke me puxou para si, deslizando a mão até a minha nuca. Aninhei o rosto no seu ombro enquanto ele se retesou por um breve instante antes de mover os dedos, massageando os músculos do meu pescoço. Não sei por quanto tempo ficamos ali daquele jeito, quietos e escondidos debaixo do salgueiro, mas sei que o meu sangue esfriou e o meu coração desacelerou dentro do peito. Não me mexi, nem Hawke. Pensei que talvez... talvez ser abraçada assim, tão perto e tão apertado, fosse tão bom quanto os beijos e os toques.

Talvez até melhor, mas de uma maneira diferente.

Mas já estava ficando tarde e, sem nenhuma surpresa, Hawke foi o mais responsável. Ele beijou o topo da minha cabeça, fazendo com que o meu coração ficasse apertado de um jeito tão doce que era quase doloroso.

— Tenho que levar você de volta, Princesa.

— Eu sei. — Mas continuei abraçando-o.

Ele riu e eu sorri no seu ombro.

— Você tem que me soltar, então.

— Eu sei. — Dei um suspiro, mas continuei onde estava, pensando que, no instante em que saíssemos do salgueiro, nós estaríamos de volta ao mundo real e não mais no nosso refúgio, onde eu era Poppy e quem eu era importava. — Não quero fazer isso.

Hawke ficou em silêncio por tanto tempo que fiquei com receio de ter dito algo errado, mas então ele me abraçou novamente. Quando ele falou, a sua voz estava estranhamente rouca:

— Nem eu.

Quase perguntei por que tínhamos de ir, mas consegui me conter. Hawke se levantou, me levando consigo, e eu abaixei as pernas com relutância. Ficamos ali por outro breve instante, com o braço dele ao meu redor, os meus braços estendidos acima de mim e os nossos corpos ainda conectados.

Então respirei fundo, abri os olhos e dei um passo para trás. Eu não podia vê-lo, mas não fiquei surpresa quando a mão dele encontrou a minha e ele me levou na direção dos galhos do salgueiro.

Ele parou de andar.

— Pronta?

Nem um pouco, mas eu disse que sim e saímos de baixo do salgueiro, com o peito ameaçando ficar apertado. Eu me recusava a deixar que aquilo acontecesse. Pelo menos não naquele momento. Eu tinha a noite inteira para que tudo que senti virasse lembranças.

Eu ainda tinha muitas noites pela frente.

Encontramos o caminho de volta até a passarela iluminada por lâmpadas a gás, com o jardim silencioso, a não ser pelo som do vento e dos nossos passos. Olhei para as trilhas sombrias, imaginando o que teria acontecido com as conversas abafadas e os gemidos suaves. Nós viramos a esquina, perto da fonte...

E nos deparamos com Vikter, sem máscara.

Meu coração deu um pulo dentro do peito e eu cambaleei para trás. Hawke se virou para me apanhar, mas eu me equilibrei sozinha.

— Ah, meus Deuses — sussurrei, olhando para Vikter. — Eu quase tive um ataque do coração.

Ele olhou para mim por um longo momento e depois se virou para Hawke. Ele retesou um músculo do maxilar quando viu que Hawke segurava a minha mão.

Ah, merda.

Vikter ergueu o olhar lentamente enquanto eu tentava soltar a mão. Hawke esperou um momento e depois soltou. Entrelacei as mãos, de olhos arregalados atrás da máscara.

— Está na hora de voltar para o seu quarto, *Donzela* — exclamou Vikter, em voz baixa.

Estremeci ao ouvir o seu tom de voz.

— Eu já estava escoltando *Penellaphe* de volta para o quarto — respondeu Hawke.

Vikter virou a cabeça na direção dele.

— Eu sei muito bem o que você estava fazendo.

Fiquei boquiaberta.

— Duvido muito — murmurou Hawke.

Aquela era a resposta errada.

— Você acha que não? — Vikter se aproximou de Hawke e, embora Hawke fosse uns quatro ou cinco centímetros mais alto, eles se encararam. — É só olhar para vocês dois para saber.

Só olhar para nós dois? Pestanejei e levei os dedos até os lábios, que ainda estavam latejando e pareciam inchados. Olhei para a boca de Hawke. Os lábios dele também *estavam* inchados.

Hawke sustentou a sua posição e o olhar de Vikter, e eu não fazia a menor ideia do que ele poderia dizer.

— Não aconteceu nada, Vikter.

Bem...

— Nada? — rosnou Vikter. — Garoto, eu posso até ter nascido durante a noite, mas não nasci ontem à noite.

Pestanejei, sem entender.

— Obrigado por dizer o óbvio — respondeu Hawke. — Mas você está passando dos limites.

— *Eu?* — Vikter riu, mas não havia nenhum senso de humor no som. — Você entende o que ela é? — exigiu ele, com a voz tão baixa que era quase inaudível. — Você entende o que poderia ter causado se alguém que não fosse eu tivesse encontrado vocês dois?

Eu dei um passo à frente.

— Vikter...

— Eu sei exatamente quem ela é — disparou Hawke. — Não o que ela é. Talvez você tenha esquecido que ela não é só um maldito objeto inanimado cujo único objetivo é servir ao reino, mas eu não.

— Hawke. — Eu me virei para ele.

— Ah, sim, grande coisa vindo de você. Como você a vê, Hawke? — Vikter se aproximou mais dele. De repente, eles estavam tão perto quanto Hawke e eu debaixo do salgueiro. — Como mais um entalhe na cabeceira da sua cama?

Ofeguei, me virando de volta.

— *Vikter*.

— Isso é porque ela é o maior desafio de todos para você? — continuou Vikter, e eu entreabri os lábios.

Hawke abaixou o queixo.

— Entendo que você seja muito protetor em relação a ela. Eu compreendo isso. Mas vou dizer mais uma vez, você está passando dos limites.

— E eu prometo uma coisa: só por cima do meu cadáver você terá outro momento a sós com ela.

Foi então que Hawke sorriu, repuxando um canto dos lábios. Não havia nenhuma covinha. As feições dele pareciam ficar mais angulosas sob o luar, criando sombras sob os seus olhos e nas maçãs do rosto.

— Penellaphe considera você como um pai — disse ele, com a voz tão suave que um calafrio percorreu a minha espinha. — Ela sofreria demais se algum infortúnio acontecesse com você.

— Isso é uma ameaça? — Vikter arqueou as sobrancelhas.

— Estou apenas informando que esse é o único motivo pelo qual não estou tornando a sua promessa realidade neste instante — advertiu ele. — Mas você precisa dar um passo para trás. Se não der, alguém vai acabar se machucando e não serei eu. Então Poppy vai ficar chateada. — Ele se virou para mim. — E é a sexta vez que eu digo o seu apelido — acrescentou ele, e tudo o que fiz foi encará-lo. — Eu não quero vê-la chateada, então dê a porra de um passo para trás.

— Vocês dois tem que parar com isso — sussurrei, agarrando o braço de Vikter, mas ele não se mexeu. — É sério. Vocês estão exagerando. Por favor.

Eles não desviaram o olhar um do outro, e era quase como se eu não estivesse ali. Por fim, Vikter deu um passo para trás. Não sei se ele viu algo na expressão de Hawke ou se foi porque eu estava puxando o seu braço, mas ele deu outro passo para trás, com a pele extraordinariamente pálida ao luar.

— Eu mesmo vou protegê-la pelo resto da noite — afirmou Vikter. — Você está dispensado.

Hawke deu um sorrisinho e eu o olhei de cara feia, mas ele pareceu não notar. Ele não disse nada quando Vikter me pegou pelo braço e se virou. Fui embora com ele, dando alguns passos antes de olhar por cima do ombro.

O lugar onde Hawke estava tinha ficado vazio.

Olhei à volta rapidamente, sem vê-lo em lugar algum. Onde será que ele tinha...?

— Eu não sei nem o que dizer — afirmou Vikter. — Deuses. Depois que terminei de conversar com o Comandante, eu não consegui encontrar você, mas me deparei com Tawny. Ela me disse que você voltou para o seu quarto. Fui ver se você estava bem e, como não estava lá, imaginei que você pudesse estar aqui. Mas não esperava encontrar *isso*.

Parecia que ele sabia exatamente o que queria dizer.

— Droga, Poppy, você é melhor que isso. Você sabe o que está em risco, e eu não estou falando sobre a porra do reino.

Ouvir Vikter praguejando chamou a minha atenção. Ergui o olhar conforme ele seguia pelo jardim, me levando consigo.

— Se alguém tivesse visto você com ele, perder alguns dias de treinamento seria o menor dos meus temores — continuou ele, e senti um nó no estômago. — E Hawke sabe como é. Droga, ele nunca deveria ter colocado a mão...

— Não aconteceu nada, Vikter.

— Bobagem, Poppy. Você está com uma cara de quem foi beijada de cima a baixo. Espero que tenha sido só isso.

— Ah, meus Deuses — exclamei, com o rosto em chamas.

— Não minta para mim.

— Nós já estávamos voltando para o meu quarto...

Vikter parou de andar, olhando para mim com os olhos arregalados e as sobrancelhas arqueadas.

— Não é o que você está pensando — insisti, e era verdade. — Por favor. Só me deixe explicar o que aconteceu — disse, tentando desesperadamente descobrir como consertar aquilo.

— Acho que não quero saber.

Eu o ignorei.

— Depois que você saiu para falar com o Comandante, eu me senti mal porque Tawny se recusava a sair do meu lado. Eu sabia que, enquanto estivesse no Ritual, ela acharia que teria a obrigação de ficar comigo. Então disse a Tawny que estava voltando para o meu quarto para que ela pudesse se divertir.

— Isso não explica como você acabou aqui fora com ele.

— Eu estava chegando nessa parte — disse, tentando ser paciente. — Hawke sabia que eu não queria voltar para o meu quarto e que eu adorava os jardins. Então, ele me trouxe aqui fora para que eu pudesse... para que eu pudesse superar o que aconteceu com Rylan. É por isso que estávamos aqui.

— Tenho a impressão de que você está deixando de me contar muita coisa.

Naquele momento, eu soube que não podia continuar mentindo, pelo menos não sobre tudo.

— Nós demos uma volta e Hawke me mostrou um lugar de que ele gostava muito no jardim. Eu... eu pedi para que ele me beijasse.

Vikter desviou o olhar, com o maxilar travado.

— E nós nos beijamos. Certo? Aconteceu, mas foi só isso. Ele parou antes que fosse mais longe — continuei, falando a verdade. — Sei que não deveria ter pedido isso a ele...

— Ele não deveria estar tão disposto a obedecê-la.

— Essa não é a questão.

— Essa *é* a questão, Poppy.

— Não, não é. — Libertei o meu braço, fechando os punhos antes que pudesse pegar alguma coisa e jogar em cima dele. — Ele não é a droga da questão!

O choque ficou estampado no rosto de Vikter.

Fiz um esforço para abaixar o tom de voz.

— A questão é essa idiotice toda. A questão é que eu não posso fazer nada. Que eu não posso ter uma noite para fazer algo normal, divertido e agradável. Que não posso vivenciar nada sem ser lembrada do que eu sou. Que todos os privilégios que você tem, que Tawny tem, que todo mundo tem, eu *não* tenho. — Minha voz falhou quando a garganta começou a arder. — Eu não tenho *nada*.

Vikter suavizou a expressão.

— Poppy...

— Não. — Dei um passo para trás, vendo as feições dele borradas. — Você não entende. Não posso comemorar o meu aniversário porque é uma heresia. Não tenho permissão para fazer piqueniques no Bosque ou jantar com outras pessoas porque sou a Donzela. Não tenho permissão para me defender porque isso seria impróprio. Eu nem sei andar a cavalo. Quase todos os livros são proibidos para mim. Não posso socializar ou fazer amigos porque o meu único objetivo é servir ao reino ao ser entregue para os Deuses... algo que ninguém sequer me explicou. O que isso realmente significa?

Respirei pesadamente, tentando controlar as emoções, mas não consegui. Alguma coisa dentro de mim se partiu e eu não conseguia mais parar.

— Eu nem sei se terei um futuro depois da minha Ascensão. Em menos de um ano, posso perder todas as chances de fazer tudo o que os outros dão como certo. Eu não tenho vida, Vikter. Nada.

— Poppy — sussurrou ele.

— Tudo foi tirado de mim... o meu livre-arbítrio, a minha escolha, o meu futuro... e ainda tenho que sofrer com as *lições* do Duque — desabafei, estremecendo. — Ainda tenho que ficar lá e deixar que ele bata em mim. Deixar que ele me olhe e me toque! Que faça o que ele ou o Lorde quiser... — Puxei o ar de modo ardente e doloroso e ergui as mãos, agarrando punhados dos cabelos e os puxando para trás enquanto Vikter fechava os olhos. — Eu tenho que ficar lá e suportar tudo. Não posso gritar nem chorar. Não posso fazer nada. Então sinto muito se escolher algo que eu queira fazer seja uma decepção para você, para o reino, para os outros e para os Deuses. Qual é a honra de ser a Donzela? Do que exatamente eu deveria me orgulhar? Quem iria querer uma coisa dessas? Me diga quem, e eu trocarei de lugar com essa pessoa com prazer. Não devia ser nenhuma surpresa que eu queira ser considerada indigna.

No instante em que aquelas palavras saíram da minha boca, eu levei as mãos até os lábios. Vikter abriu os olhos e, por um longo momento, nós olhamos um para o outro, a verdade como uma faca de dois gumes entre nós.

— Poppy. — Vikter olhou ao redor e então estendeu a mão para mim. — Tudo bem. Vai ficar tudo bem.

Eu me esquivei dele, cobrindo a boca com as mãos. Não estava tudo bem. Não ia ficar nada bem. Eu tinha dito aquilo. A verdade. Em voz alta. Com o coração disparado e o estômago embrulhado, eu me virei e comecei a caminhar na direção do castelo. Achei que iria vomitar.

— Eu quero voltar para os meus aposentos — sussurrei, abaixando as mãos. Vikter começou a falar. — Por favor. Eu só quero voltar para o meu quarto.

Graças aos Deuses, ele não respondeu, mas seguiu logo atrás de mim. Eu só conseguia me concentrar em colocar um pé na frente do outro. Se não fizesse isso, o violento nó de emoções preso na minha garganta irromperia. Eu entraria em erupção. Era assim que eu me sentia. Eu iria explodir por todos os lados em uma cascata de faíscas e chamas, e não me importava com a minha aparência quando entramos no saguão e caminhamos sob a luz, nem com o que as pessoas viam quando olhavam para mim e percebiam que eu era a Donzela. Meu corpo inteiro tremia com o esforço para seguir adiante.

Um som alto e estridente, que me lembrava madeira estalando, nos fez parar. Nós nos viramos na direção do Salão Principal no exato momento em que um berro soou — seguido por outros gritos agudos, um após o outro. Senti meu coração parar.

Alguém — uma dama de companhia — saiu do Salão Principal, com o vestido vermelho farfalhando ao redor dos pés enquanto ela pressionava as mãos sobre a boca.

Vikter começou a seguir na direção da entrada, mas parou. Ele se virou para mim, e eu sabia que ele iria me levar de volta para o meu quarto, mas os berros continuaram vindo, seguidos por gritos de pânico e terror. Outra dama de companhia se juntou à primeira. E depois uma empregada que carregava uma bandeja vazia. Ela se virou e vomitou.

— O que aconteceu? — exigi saber, mas ninguém respondeu. Ninguém conseguia me ouvir por causa dos *gritos*. Olhei para Vikter de olhos arregalados. — Tawny está lá dentro.

A rigidez do seu maxilar me dizia que ele não se importava nem um pouco com isso. Ele se aproximou para me puxar pelo braço, mas eu fui mais rápida, como ele me ensinou a ser quando precisava de velocidade. Eu me esquivei dele conforme corria até a porta, com o murmúrio dos xingamentos de Vikter ecoando nos meus ouvidos.

Uma turba de pessoas saiu pelas portas, esbarrando no meu ombro. Um borrão de rostos mascarados veio de todas as direções. Fui empurrada para o lado, escorregando os pés calçados com sapatilhas pelo chão polido, mas segui em frente. Tawny ainda estava lá dentro. Era só nisso que eu conseguia pensar enquanto abria passagem em meio à multidão em pânico.

Deslizei até parar de supetão, olhando para o tablado, para o que havia ali *atrás*.

— Ah, meus Deuses — sussurrei.

Descobri o que tinha feito aquele som de estalo. Uma das vigas de madeira que prendia os pesados estandartes tinha rachado. A flâmula do Ritual havia caído, se avolumando no piso do estrado, mas o vermelho ainda manchava a parede.

Vi o que tinha quebrado a viga, o que pendia daquela que continuava de pé. Uma corda esticava os braços de alguém para fora e havia muito vermelho sobre aquela pele pálida. Eu sabia quem era. Sabia por que a Duquesa estava no meio do Salão Principal, com os braços estendidos ao lado do corpo, e por que todo mundo estava paralisado de choque. Por causa dos cabelos tão loiros que quase pareciam brancos.

Era o Duque.

Mesmo de onde estava, eu sabia o que tinha sido cravado no seu peito — no seu coração. Eu reconheceria aquilo em qualquer lugar.

Era a bengala que ele usava para me açoitar.

E acima dele, escrita em vermelho — com *sangue* —, estava a marca do Senhor das Trevas.

De Sangue e Cinzas...

Nós Ressurgiremos.

Capítulo 26

O Duque da Masadônia estava morto.

Assassinado.

Eu não conseguia tirar os olhos dele, nem mesmo quando me dei conta de que Vikter estava ao meu lado. Ele disse alguma coisa, mas eu não consegui ouvir por causa das batidas do meu próprio coração.

O Duque havia sido assassinado com uma estaca no peito do mesmo jeito que um amaldiçoado ou um Voraz seria morto — com um objeto de madeira tirada de uma árvore que crescia na Floresta Sangrenta.

Com a mesma bengala que ele costumava acariciar amorosamente antes de girar no ar, açoitando as minhas costas e até cortando a minha pele de vez em quando.

Estupefata, fiquei imaginando como alguém havia conseguido cravar a bengala no peito do Duque. As pontas não eram afiadas, mas lisas e arredondadas. O esforço e a força necessários... Sem contar que o Duque teria revidado, a menos que tivesse sido incapacitado de antemão.

Somente um Atlante poderia ter feito aquilo.

Vikter tocou o meu braço e, lentamente, desviei o olhar do cadáver do Duque.

— Ele está morto — disse. — Ele está realmente morto. — Uma risada muito inapropriada borbulhou dentro de mim e fechei a boca com força enquanto me virava para onde o Duque estava empalado.

Eu não achava aquilo engraçado. De modo algum. Não gostava do homem — para ser sincera, eu o odiava com todas as forças —, mas um Atlante havia entrado no Castelo Teerman outra vez, e isso era assustador. E exatamente por isso que não era engraçado.

Mas também não era triste.

Deuses, eu era mesmo indigna e uma pessoa horrível, mas suspirei baixinho, com um som de... alívio passando pelos meus lábios. Não haveria mais *lições*. Não haveria mais olhares e toques demorados. Não haveria mais dor causada pelas mãos dele. Chega daquela vergonha intensa e suja. Olhei para um Ascendido alto e de cabelos escuros que se juntava à Duquesa. Chega de Lorde Mazeen.

Sem o Duque, ele tinha pouca influência sobre mim e eu quase sorri novamente.

Uma movimentação à minha esquerda chamou a minha atenção, e eu me virei e vi Tawny abrindo caminho por entre um grupo de Ascendidos e de cavalheiros e damas de companhia. Ela correu pelo salão, com os olhos arregalados atrás da máscara. Os cachos chicoteavam suas bochechas enquanto ela sacudia a cabeça.

— Eu não acredito no que estou vendo. — Ela segurou as minhas mãos, olhando de relance para o tablado. Estremecendo, ela olhou de volta para mim. — Isso não pode ser verdade.

— É verdade. — Eu me virei para o estrado mais uma vez. Os guardas estavam tentando tirar o Duque dali, mas ele estava muito para cima na parede. — Eles precisam de uma escada.

— O quê? — sussurrou Tawny.

— Uma escada. Não vão conseguir alcançá-lo — comentei. Eu podia sentir o olhar de Tawny em mim. — Você acha que ele estava lá em cima durante todo o Ritual? O tempo inteiro?

— Eu nem sei o que pensar. — Ela se virou de costas para o tablado. — Não sei mesmo.

— Pelo menos sabemos por que ele não apareceu — disse.

— Poppy — exclamou ela em voz baixa.

— Desculpe. — Vi a Duquesa se virando para o Lorde e falando rapidamente. — A Duquesa não parece tão arrasada assim, não é?

Foi então que Vikter interveio:

— Acho que está na hora de levá-la de volta aos seus aposentos.

Devia estar mesmo, então assenti e comecei a me virar.

Ouvi o som de vidro sendo quebrado. Eu me virei na direção do som enquanto os cacos voavam pelos ares. Vinha de uma das janelas que davam para o jardim. Tawny apertou o meu braço com força. Outra janela se quebrou, dessa vez à esquerda, e nós duas giramos o corpo e vimos os fragmentos atingindo o grupo parado ali — a turma da qual Tawny fizera parte. Gritos de choque deram lugar a urros de dor quando os cacos de vidro cortaram a pele das pessoas. Uma garota cambaleou para longe do grupo que se dispersava, com as mãos trêmulas conforme as levava até o rosto ensanguentado. Inúmeros pequenos cortes marcavam as suas bochechas e testa. Era Loren. Ela curvou o corpo, gritando conforme a garota loira na sua frente se virava lentamente.

Um pedaço de vidro se projetava do olho dela e o sangue vermelho escorria pelo seu rosto. Ela desabou como um saco de papel.

— Dafina! — gritou Tawny, soltando o meu braço e correndo na direção dela.

Saí do estado de choque e avancei, agarrando o braço de Tawny enquanto um cavalheiro de companhia caía de joelhos e desabava no chão. Será que ele também tinha sido atingido por um caco de vidro? Eu não sabia ao certo. Ela se virou para mim.

— O que foi? Eu tenho de ir até ela. Ela precisa de ajuda...

— Não. — Puxei-a de volta enquanto Loren andava até a amiga, tentando fazer com que ela se levantasse, se movesse. Outra janela explodiu. — Você não pode se aproximar das janelas. Sinto muito. Mas *não* pode.

Os olhos de Tawny brilharam.

— Mas...

Algo zuniu no ar, atingindo um cavalheiro. O impacto fez o homem girar e Tawny deu um grito. Uma flecha o atingiu no *olho*. Ele era um Ascendido, mas já estava morto antes mesmo de cair no chão. O sangue fez uma poça debaixo dele.

Os Ascendidos podiam morrer.

A cabeça e o coração deles eram vulneráveis como os dos mortais, e quem quer que tivesse atirado a flecha sabia daquilo.

Com a espada curta desembainhada, Vikter nos empurrou para trás enquanto a Duquesa, cercada pela Guarda Real, gritava:

— Tire-a daqui! Agora! Tire-a...

Uma flecha atingiu o Guarda Real postado diante dela. O sangue jorrou do seu pescoço quando ele tocou a flecha, abrindo e fechando a boca sem emitir nenhum som.

Deuses...

Tropecei em Tawny quando Vikter nos virou e nos conduziu na direção da entrada. Seguimos em frente enquanto eu pegava a adaga embainhada na minha coxa.

Os gritos que vieram de fora do Salão Principal nos deixaram paralisados por alguns segundos. Aqueles sons...

Dor.

Terror.

Morte.

Então uma multidão irrompeu do Salão Principal, Ascendidos e mortais, plebeus e Realeza, todos correndo em nossa direção. Os vestidos e as túnicas de alguns eram de um tom de vermelho mais profundo agora, em contraste com os rostos desprovidos de cor ou salpicados de carmesim. Alguns caíram antes de chegarem aos degraus, com flechas e... *adagas* cravadas nas costas. Outros caíram da escada enquanto corriam em pânico.

Nós estávamos prestes a ser pisoteados.

Eu nem sequer peguei a minha adaga. Não podia lutar contra eles. Não eram o inimigo.

— Merda — rosnou Vikter, girando o corpo na minha direção enquanto Tawny continuava paralisada. Meus olhos encontraram os dele, e eu soube o que estava prestes a acontecer. Meu coração deu um salto. — Proteja a Donzela! — gritou ele.

Agarrei Tawny pelos braços, puxei-a para mim e a abracei, segurando-a o mais forte que podia. Vikter passou os braços ao meu redor. Os guardas avançaram, e já que eu segurava Tawny tão perto de mim, eles foram forçados a formar uma barricada em volta de nós duas.

— Estou com medo — sussurrou Tawny na minha bochecha.

— Está tudo bem — menti, conforme me forçava a abrir os olhos, mesmo que quisesse fechá-los. Meu coração retumbava contra as minhas costelas. Por um breve segundo, fiz uma prece aos Deuses. Rezei para que Hawke estivesse bem longe dali. Para que ele tivesse saído para extravasar e ido para a cidade. — Prepare-se...

Era como ser engolida por uma avalanche.

Corpos atingiam os guardas de todas as direções, empurrando-os para cima de Tawny e de mim. Os cabos das espadas estalavam nas nossas costelas. Cotovelos batiam contra a carne. Vasos se quebravam. Pessoas se *feriam*. A turba de centenas de pessoas que tinham fugido do Salão Principal e que agora retornavam era enorme...

Era como se uma onda gigantesca rebentasse pelo salão, afastando um guarda após o outro, até que senti Vikter afrouxar a mão. E então ele se foi, e algo — *alguém* — rijo me atingiu, colidindo em Tawny e em mim. Ela foi arrancada de mim, levada pela onda de pessoas que gritavam e berravam enquanto fugiam do que quer que as tivesse assustado.

Aquele foi meu último pensamento conforme o salão parecia virar de cabeça para baixo. Tirei os pés do chão e foi como se eu tivesse criado asas. Vi os Deuses pintados no teto e então os rostos aterrorizados, o sangue e a espuma. Caí, escorregando e batendo com os joelhos no chão duro.

Tentei me levantar, sabendo que não podia ficar abaixada ali.

— Tawny! — gritei, procurando por ela, mas tudo que via era vermelho... por toda a parte.

Um joelho golpeou as minhas costelas, arrancando o ar dos meus pulmões. Uma bota desabou sobre as minhas costas, me jogando no chão. A dor percorreu a minha espinha. Eu me arrastei às cegas sobre a comida derramada, as rosas esmagadas e... ah, Deuses, os cadáveres ainda quentes enquanto tentava me erguer. Alguma coisa prendeu as minhas saias, me fazendo cair para a frente.

Fiquei cara a cara com Dafina, e parecia que o tempo tinha parado enquanto eu olhava o seu único olho azul aberto e vidrado. A máscara dela, tão vistosa quanto a de Loren, parecia mais vermelha do que de qualquer outra cor agora que estava encharcada de sangue. Estendi a mão, querendo limpar o sangue dos cristais.

E foi então que vi Loren, encolhida atrás de Dafina, com os braços acima da cabeça. Rastejei para a frente e segurei o seu braço. Ela levantou a cabeça. Viva. Ela estava viva.

— Levante-se — disse, puxando-a enquanto me esforçava para ficar de pé, mas algo me impedia de levantar. Olhei por cima do ombro e desejei que não tivesse feito isso. Era um cadáver. Puxei as minhas saias e rasguei o tecido. Voltei-me para Loren quando o leve cheiro de algo sulfúrico e azedo chegou até mim. Meu estômago ficou revirado. — Levante-se. Levante-se. Levante-se!

— Eu não consigo — choramingou ela. — Não consigo. Não consigo...

Gritando quando alguém caiu em cima de mim, agarrei Loren pelo vestido, pelo braço, pelos cabelos — qualquer coisa que eu pudesse agarrar, e a puxei por cima de Dafina. Os meus sentidos estavam totalmente abertos, e o horror e a dor emanavam dela e de toda parte. Consegui me equilibrar e ajudei Loren a se levantar. Avistei uma pilastra e me dirigi até ela.

— Está vendo aquela pilastra? — perguntei a Loren. — Nós podemos ir para lá e nos apoiar nela.

— Meu braço — arfou ela. — Acho que está quebrado.

— Desculpe. — Coloquei a mão ao redor da cintura dela.

— Tenho que buscar a Dafina — disse ela. — Tenho que buscá-la. Ela não deveria ser abandonada desse jeito. Eu tenho que buscá-la.

Senti um nó na garganta conforme puxava Loren na direção da pilastra. Não podia pensar em Dafina, na sua máscara e no seu belo e único olho. Não podia pensar nos cadáveres sobre os quais rastejei. Não podia.

— Estamos quase lá.

Alguém caiu sobre nós, mas eu me segurei — Loren se segurou, e nós já estávamos quase lá. Mais alguns passos e estaríamos fora do alcance da multidão. Nós estaríamos...

Loren estremeceu, e algo úmido e quente pulverizou o lado direito do meu rosto e pescoço. Os braços de Loren se afrouxaram, mas eu a peguei, o peso repentino repuxando a pele macia ao redor das minhas costelas.

— Aguente firme — eu disse a ela. — Estamos quase lá... — Olhei de relance para ela, pois Loren estava caindo, e eu não conseguia segurá-la.

Ela caiu, e eu não acreditava no que estava vendo. Eu me recusei a compreender o que vi quando fui empurrada para a esquerda e depois para a direita. Havia uma flecha na parte de trás da cabeça dela, vibrando de um lado para o outro.

— Nós estávamos quase lá — sussurrei.

Um assobio agudo soou do lado de fora, seguido por outros. Lentamente, ergui o queixo e olhei para as sombras do jardim, algumas mais profundas e mais escuras do que as outras. Eles estavam se aproximando.

Eu estava lá fora com Hawke agora há pouco. Será que ele saiu a tempo? Ou será que foi atingido por...

Eu não podia pensar nisso. Ele deve ter saído. Ele tinha que ter saído.

Alguém agarrou o meu braço, girando o meu corpo.

— A entrada lateral. — O rosto do Comandante Jansen surgiu na minha frente. — Temos que alcançar a entrada lateral agora, Donzela.

Pestanejei lentamente, entorpecida.

— Vikter, Tawny. Eu tenho que encontrá-los...

— Eles não importam agora. Eu preciso tirar você daqui. Droga — praguejou ele quando eu me afastei, procurando desesperadamente por aqueles que amava em meio à massa de pessoas. Ele me segurou, mas o meu braço estava muito escorregadio. Ele me soltou enquanto eu corria até a multidão.

— Tawny! — gritei, passando por um homem mais velho. — Vikter! Tawny...

— Poppy! — Senti mãos agarrarem as minhas costas e me virei. Tawny se segurou a mim, sem a máscara e com o penteado meio desfeito. — Ah, Deuses, Poppy!

Conforme eu a abraçava, olhei por cima do seu ombro e me deparei com o olhar gélido do Lorde Mazeen.

— É bom saber que você ainda está viva — disse ele.

Antes que eu pudesse responder, Vikter chegou até mim, me afastando de Tawny.

— Você está machucada? — gritou ele, limpando o sangue do meu rosto. — Você está ferida?

Entreabri os lábios. Vi a Duquesa atrás de nós, cercada por guardas. Atrás deles, avistei o Duque.

As chamas subiam e lambiam as suas pernas, avançando pelo tronco e se espalhando pelos braços dele.

— Meus Deuses — exclamou Tawny. Pensei que ela tinha visto a mesma coisa que eu, mas então me dei conta de que ela estava parada de frente para a entrada. Eu me virei.

Dezenas deles estavam postados na entrada e nas janelas quebradas, vestidos com as roupas cerimoniais do Ritual, com os rostos ocultos por máscaras prateadas. *Lupinos*. Suas máscaras tinham sido feitas com as características de um lupino — orelhas, focinhos e presas alongadas. Aqueles que estavam na entrada estavam armados com punhais e machadinhas. Os das janelas estavam munidos de flechas. Havia Descendidos e provavelmente até mesmo Atlantes entre os mascarados.

Foi então que eu me dei conta.

Eles estiveram entre nós a noite toda. Pensei em Agnes, no que ela dissera e em como estava nervosa, e como Vikter teve a impressão de que ela não estava nos contando alguma coisa. Será que ela sabia e tentou me avisar? Mas não os guardas e os plebeus feridos e mortos no chão. Nem os Ascendidos que foram assassinados. Nem Loren e Dafina, que nunca machucaram ninguém.

Fechei os punhos.

— De sangue e cinzas! — gritou um deles.

Outro berrou:

— Nós ressurgiremos!

— De sangue e cinzas! — gritaram vários outros quando começaram a descer os degraus. — Nós ressurgiremos!

Vikter me agarrou quando eu segurei a mão de Tawny.

— Precisamos avançar rápido — disse ele, acenando para o Comandante, que agora estava ao lado do Lorde.

Os Guardas Reais cercaram a Duquesa e a nós, abrindo caminho por entre a multidão. Eu me sentia completamente enojada conforme eles nos guiavam na direção da porta aberta, de onde as pessoas eram afastadas. Nós estávamos fugindo enquanto elas ficavam presas ali dentro.

— Isso não está certo — disse, e então berrei por cima dos gritos enquanto era empurrada pela porta. — Eles vão ser massacrados.

Na minha frente, a Duquesa se virou para mim e os seus olhos escuros encontraram os meus.

— A Realeza vai cuidar deles.

Em outras circunstâncias, eu teria rido daquilo. A Realeza? Os Ascendidos, que pareciam nunca erguer a mão para lutar, cuidariam deles? Mas havia algo nos olhos dela, quase onde as pupilas deviam estar se eu pudesse vê-las. Como um carvão em brasa.

Atravessamos a porta e... e outros foram para o Salão Principal. Eles não eram guardas. Eram Ascendidos, homens e mulheres, com os olhos repletos da mesma luz profana.

Enquanto corria, eu olhei por cima do ombro quando a última Ascendida passou pela porta, com o vestido vermelho parecendo uma capa. Um Guarda Real fechou a porta atrás dela e depois ficou postado ali, com as espadas curtas cruzadas sobre o peito.

Os guardas passaram por nós enquanto corríamos pelo vestíbulo, ao redor das estátuas, e eu olhei para cada um deles, esperando e temendo ver Hawke. Nenhum rosto me era familiar.

E então os gritos que vinham do Salão Principal cessaram.

Eu vacilei e Tawny também olhou para trás. Os gritos simplesmente... pararam.

— Venha, Poppy — insistiu Vikter.

Entramos no salão de banquetes. Um guarda veio correndo, com o rosto e o braço manchados de sangue.

— Eles estão na entrada dos fundos, cercando todo o maldito castelo. Só conseguiremos sair daqui se passarmos por eles.

— Não — contestou a Duquesa. — Vamos esperar eles saírem. Aqui. Este cômodo está bom. — Ela seguiu em frente. — Eles não vão chegar até nós.

— Vossa Alteza... — começou Vikter.

— Não. — A Duquesa se virou para ele, com o mesmo fogo estranho que eu tinha visto antes em seus olhos. — Eles não vão chegar até nós. — Ela olhou para mim. — Traga Penellaphe aqui.

A pele ao redor da boca de Vikter se retesou e nós nos entreolhamos. Ele sacudiu a cabeça. Eu segurei a mão de Tawny conforme atravessávamos a sala de banquetes e entrávamos em uma das salas de recepção. Lá no fundo, eu me sentia agradecida por não ser a sala em que Malessa fora assassinada.

Pois havia uma boa chance de morrermos ali.

O Comandante permaneceu do lado de fora, com a espada desembainhada, e percebi que ele ia voltar para o Salão. Minha adaga quase ardeu contra a coxa.

Assim que a porta se fechou atrás de nós, soltei a mão de Tawny e olhei ao redor. Tinha só uma janela, mas era pequena demais para um adulto passar por ela.

A Duquesa afundou no divã, com os lábios apertados em uma linha reta. Lorde Mazeen foi até ela e vi que vários Guardas Reais continuavam lá dentro.

— Minha querida, parece que você está prestes a desmaiar de medo — a Duquesa disse a Tawny. — Nós ficaremos bem aqui. Eu prometo. Venha. — Ela deu um tapinha no assento. — Sente-se aqui comigo.

Tawny olhou para mim e eu lhe dei um aceno discreto. Ela respirou fundo e então se juntou à Duquesa, que se voltou para o Lorde.

— Bran, por que você não nos serve um pouco de uísque?

Quando o Lorde se levantou para obedecer à Duquesa, olhei para Vikter e sussurrei:

— Isso é uma estupidez sem tamanho.

Ele flexionou o maxilar.

— Se eles entrarem aqui, nós seremos um alvo fácil. — Eu mantive a voz baixa. — Isso se não formos queimados vivos pelo Duque em chamas.

Ele tirou o olhar da Duquesa e assentiu.

— Você está armada?

— Estou.

— Ótimo. — Ele estava com o olhar fixo na porta. — Se alguém entrar aqui, não hesite em usar o que aprendeu.

Olhei para ele, de modo inquisitivo.

— Não me importo se alguém vir você lutando — sussurrou ele. — Defenda-se.

Assenti, soltando o ar devagar, e então ouvi apenas o som de um copo tilintando contra o outro e nada mais. Os guardas continuaram vigiando a porta, e eu fiquei perto de Vikter, de olho em Tawny. Ela estava olhando para a frente, com a bebida meio esquecida na mão. Toda vez que eu olhava para lá, o Lorde estava me encarando.

Era muito injusto que ele ainda estivesse vivo quando tantas pessoas não estavam.

Não me importava como aquele pensamento era indigno. Era o que eu realmente achava. Não sei quanto tempo se passou, mas comecei a pensar em Hawke. O medo corria pelo meu sangue como gelo.

Toquei as costas de Vikter de leve e esperei até que ele me encarasse.

— Você acha que Hawke está bem? — sussurrei.

— Ele é bom em matar — respondeu ele, voltando a se concentrar na porta. — Tenho certeza de que está bem.

Muitos dos guardas que pereceram eram bons em matar. Todo o talento do reino não significava nada quando uma flecha surgia inesperadamente.

Eu me forcei a respirar fundo e devagar. O Duque estava morto. A Masadônia havia se tornado a próxima Mansão Brasão de Ouro, mas Tawny estava bem. Vikter também. E Hawke tinha de estar. Aquilo... aquilo não ia acabar como a noite em que os Vorazes vieram e a minha mãe...

Algo bateu na porta, fazendo Tawny sobressaltar-se. Ela tapou a boca com a mão.

Vikter levou o dedo até os lábios. Prendi a respiração. Podia ser qualquer coisa. Não havia necessidade de entrar em pânico. Sim, nós éramos como peixes em um aquário, mas estávamos...

A porta chacoalhou com o impacto seguinte, sacudindo as dobradiças. Tawny se pôs de pé, assim como a Duquesa. Os guardas bloquearam a entrada, desembainhando as espadas.

A madeira rachou e se estilhaçou quando a lâmina letal de uma machadinha atravessou a soleira da porta.

— O que foi que disse mesmo, Vossa Alteza? — perguntou o Lorde, suspirando. — Que eles não chegariam até nós?

— Cale a boca — sibilou ela. — Nós estamos bem.

Um pedaço de madeira caiu. Nós *não* estávamos bem.

Vikter olhou por cima do ombro para mim. Nossos olhares se cruzaram e eu soltei a respiração que estava prendendo. Eu me virei, plantando o pé no assento de uma cadeira vazia. Levantei as saias.

— Isso está ficando interessante — observou o Lorde.

Olhei para ele enquanto desembainhava a adaga, desejando poder enfiá-la no seu coração. Ele deve ter notado a expressão no meu rosto porque inflou as narinas.

— Penellaphe — arfou a Duquesa. — O que você está fazendo com uma adaga? E debaixo das saias ainda por cima? Esse tempo todo?

Tawny deixou escapar uma risada alta de pânico sob a mão que cobria a sua boca e arregalou os olhos.

— Mil perdões. Mil perdões.

A Duquesa Teerman sacudiu a cabeça.

— O que você está fazendo com uma adaga, Penellaphe?

— Tudo o que posso para não morrer — disse a ela. A Duquesa ficou boquiaberta.

Sabendo que receberia uma reprimenda a respeito disso mais tarde — se *houvesse* mais tarde —, eu me voltei para a porta. O salão havia se acalmado. Nada se movia atrás do entalhe na madeira. Um dos Guardas Reais se aproximou sorrateiramente e se inclinou para espiar.

Ele inclinou a cabeça para o lado.

— Merda — exclamou ele, se virando para nós. — Para trás!

Eu dei um salto, assim como Vikter, mas dois guardas não foram rápidos o bastante. A porta foi arrancada das dobradiças e caiu em cima deles, derrubando um guarda no chão enquanto o outro foi atingido no peito pelo aríete. Ouvi um som repugnante.

Vikter brandiu a espada, cortando carne e osso. O aríete atingiu o chão, junto com um braço. Um homem gritou, tropeçando para trás enquanto o sangue jorrava do membro decepado. Ele caiu para o lado, e então os lupinos invadiram a sala, atacando Vikter e os demais guardas. Não havia tempo para me entregar ao pânico ou ao medo conforme um dos Descendidos avançava, girando a machadinha na mão. Eu não fazia a menor ideia se eles estavam ali para me sequestrar ou só para derramar sangue, mas de máscara e com aquele vestido, eles não tinham como saber que eu era a Donzela.

O homem por trás da máscara de lobo deu uma risada.

— Bela adaga.

Eles não faziam a menor ideia de que eu sabia como usá-la.

Ele ergueu a machadinha e acho que a Duquesa deu um grito. Ou talvez tenha sido Tawny. Eu não sabia ao certo, mas os sons que elas fizeram se dissiparam no ar enquanto eu deixava que o instinto assumisse o controle.

Esperei até que a lâmina da machadinha sibilasse no ar e então avancei, me esquivando sob o braço dele. Girei o corpo atrás do lupino no instante em que ele se virou, cravando a adaga na parte de trás do seu pescoço, bem no lugar que eu golpeava para acabar com a vida dos amaldiçoados.

Ele já estava morto antes mesmo de perceber que eu o tinha matado.

Assim que ele desabou no chão, vi a Duquesa olhando para mim, boquiaberta.

— Atrás de você! — gritou Tawny.

Rodopiei e me abaixei quando outra machadinha cortou o ar. Chutei, dando uma rasteira no homem. Ele caiu no instante em que Vikter se virou, brandindo a espada no ar. Eu me levantei de supetão quando um Descendido tentou cravar uma adaga nas costas de Vikter.

Gritei para alertar Vikter, e ele jogou o cotovelo para trás, atingindo o homem debaixo do queixo e quebrando o seu pescoço.

Um Descendido veio correndo na minha direção, agitando a machadinha. Eu me esquivei para a esquerda quando alguma coisa — um copo — bateu na máscara de metal do Descendido. Olhei por cima do ombro e vi Tawny sem o copo de uísque, mas ela não ficou de mãos vazias por muito tempo. Ela agarrou a garrafa de bebida, segurando-a como uma espada.

Avancei e cravei a adaga no peito do Descendido. Ele desabou, me levando junto para o chão. Eu caí em cima dele com um grunhido e comecei a me levantar. Um chute acertou a minha mão. Senti uma dor lancinante quando a adaga foi arrancada para longe do meu alcance.

O golpe doeu e expulsou o ar dos meus pulmões. Deuses, como latejava. Recuei, caindo sentada. Olhei para cima enquanto rastejava para trás. Minha mão dolorida tocou o cabo de uma machadinha.

Acima de mim, o Descendido ergueu uma espada com ambas as mãos, preparado para me golpear. Meu coração bateu acelerado dentro do peito.

— Ela é a Donzela! — gritou a Duquesa. — Ela é a Escolhida!

O quê...?

O Descendido hesitou.

Fechei a mão em volta do cabo da machadinha e avancei, arrastando a arma pesada pelo ar. Ele tentou se afastar, mas eu o atingi no estômago. O sangue jorrou quando ele gritou, soltando a espada para segurar a barriga, suas...

Senti a bile subir pela garganta quando enfiei a machadinha no pescoço dele, finalizando o que teria sido uma dolorosa morte por estripação.

Com a mão doendo, agarrei a machadinha quando um Descendido derrubou um dos guardas e seguiu na direção de Tawny, com a espada pingando sangue. Ergui a machadinha sobre a cabeça e fiz o que Vikter havia me ensinado. Eu me certifiquei de que a lâmina estivesse perfeitamente reta quando a puxei para trás acima da cabeça, e então a lancei para a frente. Ela voou pelos ares, atingindo o Descendido nas costas. Ele tombou para a frente, derrubando a espada no chão.

— Deuses — exclamou o Lorde Mazeen, me encarando com os olhos arregalados.

— Lembre-se disso — eu o avisei, girando o corpo para pegar a espada curta — E de mais *isso* — vociferei. Com a lâmina leve de dois gumes, abri a garganta do outro Descendido.

Respirando pesadamente, voltei-me para a porta no instante em que Vikter enterrou a espada no último Descendido. Só mais um guarda permanecia de pé. Abaixei a espada, ofegante, conforme pisava em cima de um corpo... de partes de um corpo.

— Acabou?

Vikter olhou para o corredor.

— Acho que sim, mas é melhor não ficarmos aqui.

Eu não ficaria mais naquela sala de jeito nenhum. A Duquesa e o Lorde podiam fazer o que quisessem. Eu me virei para Tawny.

— Como? — perguntou a Duquesa, com as mãos e as roupas livres de sangue enquanto eu devia estar nadando nisso. — Como isso é possível? — exigiu saber ela, olhando para a bagunça. — Como?

— Eu a treinei — respondeu Vikter, me surpreendendo. — Nunca fiquei tão feliz por ter feito isso como agora.

— Creio que ela não precise de Guarda Real nenhum — comentou o Lorde secamente, franzindo o nariz enquanto sacudia algo da túnica. — Mas isso é tão impróprio para uma Donzela.

Eu estava prestes a mostrar a ele o quanto podia ser *imprópria*.

Vikter tocou no meu braço, chamando a minha atenção. *Mais tarde*, ele balbuciou sem emitir nenhum som.

— Vamos. — Ele olhou de relance para Tawny. — Não é seguro aqui.

— Sério? — sussurrou Tawny, ainda segurando a garrafa conforme se aproximava. — Eu nem tinha notado.

Vikter olhou para mim e, embora as suas bochechas estivessem mais vermelhas do que bronzeadas, ele sorriu.

— Eu tenho muito orgulho de você.

Eu queria atirar alguma coisa nele quando estávamos no jardim, mas agora tinha vontade de abraçá-lo. Caminhei na direção de Vikter no exato momento em que Tawny deu um grito.

Tudo ocorreu em câmera lenta, e ainda assim não houve tempo suficiente para impedir o que estava acontecendo.

Vikter girou a cintura na direção da porta, onde um Descendido ferido havia se levantado, brandindo a espada. A arma zumbia no ar, com a lâmina brilhando de sangue.

— Não! — gritei, mas já era tarde demais.

A espada acertou o alvo.

O corpo de Vikter estremeceu, curvando as costas quando a espada perfurou o peito dele, logo acima do coração. O choque ficou estampado no seu rosto quando ele olhou para baixo. Fiquei olhando a cena, sem conseguir compreender o que estava vendo.

O Descendido soltou a espada, e a minha arma escorregou da mão enquanto eu tentava segurar Vikter. Ele não podia cair. Não podia ser derrubado. Ele cambaleou enquanto eu o envolvia nos braços, sua boca abrindo e fechando sem dizer nada.

Suas pernas ficaram bambas e ele tombou. Vikter caiu. Não me lembro de me juntar a ele enquanto pressionava ambas as mãos contra a ferida. Ergui o olhar, tentando pedir ajuda.

Sem aviso, a cabeça do Descendido voou na direção oposta ao seu corpo, e vi Hawke parado ali, com os olhos de um âmbar ardente, as faces salpicadas de sangue e... e fuligem. Atrás dele, havia mais guardas. Hawke examinou a sala e viu nós dois ali no chão. Vi a expressão no rosto dele, naqueles olhos dourados, quando ele abaixou a espada ensanguentada.

— Não — disse a ele.

Hawke fechou os olhos.

— Não. Não, não. — Minha garganta doía conforme eu pressionava o ferimento de Vikter e o sangue jorrava na palma da minha mão e escorria pelo meu braço. — Não Deuses, não. Por favor. Você está bem. Por favor..

— Eu sinto muito — murmurou Vikter, colocando a mão sobre a minha.

— O quê? — perguntei, ofegante. — Você não pode lamentar. Você vai ficar bem. Hawke. — Ergui a cabeça. — Você tem que ajudá-lo.

Hawke se ajoelhou ao lado de Vikter e pousou a mão no ombro dele.

— Poppy — disse ele baixinho.

— Ajude-o — ordenei. Hawke não disse nada, não fez nada. — Por favor! Vá buscar alguém. Faça alguma coisa!

Vikter apertou a minha mão e, quando olhei para baixo, vi a dor estampada em seu rosto. Senti a sua dor por meio do meu dom. Fiquei tão chocada, tão abalada, que nem pensei em usá-lo. Tentei apaziguar a dor dele, mas não consegui me concentrar nem encontrar aquelas lembranças felizes e agradáveis. Não consegui fazer nada.

— Não. Não — repeti, fechando os olhos. Eu tinha aquele dom por um motivo. Eu podia ajudá-lo. Podia tirar a sua dor e isso ajudaria a acalmá-lo até que a ajuda chegasse.

— Poppy — arfou ele. — Olhe para mim.

Abri os olhos e estremeci com o que vi. O sangue escurecia os cantos dos lábios pálidos dele.

— Sinto muito por... não... protegê-la.

O rosto de Vikter ficou turvo quando eu o encarei. O sangue não estava mais jorrando da ferida com tanta força.

— Mas você me protegeu. E ainda vai me proteger.

— Eu... não a protegi. — Ele olhou por cima do meu ombro até onde o Lorde Mazeen estava. — Eu... falhei com você... como homem. Me perdoe.

— Não há nada para perdoar — disse eu chorando. — Você não fez nada de errado.

Os olhos baços dele se fixaram em mim.

— Por favor.

— Eu perdoo você. — Eu me aproximei e encostei a testa na dele. — Eu perdoo você. De verdade. Eu perdoo você.

Vikter estremeceu.

— Por favor, não — sussurrei. — Por favor, não me deixe. Por favor. Eu não posso... eu não posso fazer isso sem você. Por favor.

A mão dele escorregou da minha.

Puxei o ar, mas ele não foi para lugar nenhum enquanto eu erguia a cabeça e olhava para ele. Examinei o rosto de Vikter desesperadamente. Seus olhos estavam abertos, seus lábios entreabertos, mas ele não me via. Ele não via mais nada.

— Vikter? — Pressionei o peito dele, sentindo o seu coração, procurando um batimento. Era só o que eu queria sentir. Só uma pulsação. *Por favor*. — Vikter?

Ouvi o meu nome sussurrado baixinho. Era Hawke. Ele colocou a mão sobre a minha. Eu olhei para ele e sacudi a cabeça.

— Não.

— Sinto muito — disse ele, levantando a minha mão com delicadeza. — Eu sinto muito.

— Não — repeti, agora ofegante. — *Não*.

— Creio que a nossa Donzela ultrapassou certos limites com os seus Guardas Reais. Acho que as lições não foram lá muito eficazes.

Uma onda de gelo desceu do meu crânio até a minha espinha quando Hawke olhou para o Lorde. Ele abriu a boca e acho que disse alguma coisa, mas o mundo simplesmente desapareceu. Eu não conseguia ouvir Hawke por causa do zumbido nos meus ouvidos e da raiva absoluta que ardia nas minhas veias.

Me perdoe.

Eu falhei com você.

Me perdoe.

Eu falhei com você.

Eu estava me movendo, minha mão encontrando o metal. Eu me ergui em meio ao sangue e me virei. Vi Lorde Mazeen parado ali, sem nem um pingo de sangue na roupa, nem um fio de cabelo fora do lugar.

Ele olhou para mim.

Me perdoe.

E abriu um sorriso de desdém.

Eu falhei com você.

— Não me esquecerei *disso* tão cedo — disse ele, acenando para Vikter.

Me perdoe.

O som que irrompeu de dentro de mim veio de um vulcão em fúria e de uma dor tão profunda que algo se partiu para sempre dentro de mim.

Eu fui rápida, como Vikter me ensinou a ser. Girei a espada. Lorde Mazeen não estava preparado para o ataque, mas ele se moveu tão rápido quanto qualquer Ascendido, espalmando a mão como se quisesse pegar o meu braço, e eu aposto que ele achou que conseguiria. O sorriso continuava no seu rosto, mas a raiva foi mais rápida, mais forte, mais letal.

A fúria era poder absoluto, e nem mesmo os Deuses podiam escapar dela, muito menos um Ascendido.

Cortei o seu braço, atravessando tecidos, músculos e ossos. O membro caiu no chão, inútil como o restante do corpo dele. A onda de satisfação foi uma bênção quando ele uivou como um animal ferido e digno de pena. Ele olhou para o sangue que jorrava do toco logo acima do cotovelo. Seus olhos escuros estavam arregalados. Houve gritos e berros, tantos lamentos, mas eu não parei por aí. Abaixei a espada sobre o pulso esquerdo dele, cortando a mão que costumava segurar a minha sobre a mesa do Duque, arrancando o último vestígio de pudor que eu tinha enquanto o Duque açoitava as minhas costas com a bengala.

Eu falhei com você.

O Lorde tropeçou para trás contra a cadeira, abrindo os lábios conforme um som diferente vinha deles, um som que parecia o vento quando a névoa se aproximava. Girei a espada e a brandi, fazendo um arco amplo. Aquela espada — a espada de Vikter — encontrou o seu alvo.

Me perdoe.

Cortei a cabeça de Lorde Brandole Mazeen.

O corpo dele deslizou até o chão quando eu ergui a espada, cortando o seu ombro e o seu peito. Eu não parei por aí. Não parei até que não restasse nada além de pedaços dele. Nem mesmo quando eu me perdi em meio aos gritos e berros.

Um braço me envolveu, me puxando para trás conforme a espada era arrancada das minhas mãos. Senti o cheiro amadeirado de pinho e percebi quem me segurava, quem me afastava do que restava do Lorde. Mas lutei — com unhas e dentes, sacudindo o corpo para me desvencilhar. Não consegui me livrar daqueles braços.

— Pare — disse Hawke, pressionando a bochecha contra a minha. — Deuses, pare. Pare.

Esperneando, o atingi na canela e depois na coxa. Recuei, fazendo Hawke tropeçar.

Me perdoe.

Hawke cruzou os braços ao meu redor, me levantando e depois me derrubando no chão de modo que as minhas pernas ficassem presas embaixo de mim.

— Pare. Por favor — implorou ele. — Poppy...

Eu falhei com você.

Os gritos eram tão altos que feriam os meus ouvidos, a minha cabeça, a minha pele. Em uma parte distante do meu cérebro, sabia que era eu quem gritava daquele jeito, mas não conseguia parar.

Um lampejo de luz explodiu atrás dos meus olhos e o entorpecimento me alcançou.

Perdi os sentidos.

Capítulo 27

Meio apoiada no parapeito, olhei pela janela para as tochas além da Colina, com os olhos doendo e cansados pela pressão das lágrimas que se recusavam a cair.

Eu gostaria de poder chorar, mas era como se o fio que me conectava às minhas emoções tivesse sido cortado. Não que a morte de Vikter não doesse. Deuses, doía e latejava toda vez que eu pensava no nome dele, mas aquilo era praticamente tudo o que eu sentia na semana e meia desde a sua morte. Uma pontada de dor que atravessava o meu peito. Nada de tristeza. Nada de pavor. Apenas dor e raiva... muita raiva.

Talvez eu me sentisse assim porque não tinha ido ao funeral dele. Não tinha ido a nenhum dos funerais, e havia tantos mortos que dez ou mais funerais foram realizados de uma só vez — ou pelo menos foi o que eu soube por Tawny.

Não foi uma decisão minha não comparecer aos velórios. Eu estava dormindo. Dormi muito naquela semana. Dias inteiros se passaram em um borrão de sono e vigília entorpecida. Eu não me lembrava de Tawny me ajudando a limpar o sangue nem de como voltei para a cama. Sabia que ela tinha falado comigo, mas não conseguia me lembrar de nada do que ela dissera. Tive a estranha sensação de que não estava sozinha enquanto dormia. Havia uma sensação de mãos calejadas na minha bochecha, de dedos que afastavam os meus cabelos do rosto. Eu tinha uma vaga lembrança de Hawke conversando comigo, sussurrando quando o quarto estava cheio de luz do sol e quando havia sido tomado pela escuridão. Até mesmo agora, eu ainda podia sentir o toque no meu rosto, nos meus cabelos. Foi a única conexão com a realidade que tive enquanto dormia.

Fechei as pálpebras com força até que aquelas sensações fantasmagóricas desaparecessem e em seguida abri os olhos.

Foi só cerca de quatro dias após o ataque ao Ritual que eu soube que Hawke havia pressionado um ponto sensível no meu pescoço para me deixar inconsciente. Acordei algum tempo depois no meu quarto, sem voz. Os gritos... acabaram com a minha garganta. Hawke estava lá, assim como Tawny, a Duquesa e um Curandeiro.

Ele me deu uma poção para dormir e, pela primeira vez na vida, eu aceitei. Eu continuaria tomando se Hawke não tivesse tirado o pó do meu quarto quatro dias atrás.

Foi então que soube que o ataque à Colina não tinha sido o único naquela noite. Os Descendidos haviam incendiado várias casas luxuosas da Viela Radiante, atraindo os guardas da Colina e do castelo. Foi onde Hawke esteve depois que saiu do jardim, o que explicava a fuligem em seu rosto.

Os incêndios foram uma jogada inteligente dos Descendidos. Eu tinha de admitir. Com os guardas distraídos, os Descendidos conseguiram se mover durante a noite, matando os guardas postados nos arredores do castelo antes mesmo que soubessem que eles estavam ali. Foram capazes de iniciar o massacre antes que aqueles que tinham ido para a Viela Radiante pudessem ser chamados.

Ninguém sabia ao certo qual era o propósito do ataque ao Ritual ou se eles estavam atrás de mim. Nenhum dos Descendidos foi capturado com vida naquela noite, e aqueles que escaparam voltaram para as sombras.

Os Ascendidos fizeram o que a Duquesa disse que fariam. Eles sujaram as mãos, mas a ajuda chegou tarde demais. Grande parte das pessoas que foram deixadas no salão tinha morrido. Somente algumas sobreviveram, a maioria tão traumatizada que nem conseguia se lembrar do que havia acontecido.

Mais de cem pessoas morreram naquela noite.

Deuses, eu preferia ainda estar dormindo.

Pelo menos, enquanto dormia, eu não pensava no Duque em chamas, de onde estava pendurado e empalado. Não pensava no único olho azul de Dafina nem em como Loren tentou voltar para buscar a amiga, só para ser morta. Eu não me lembrava de como era rastejar sobre as pessoas que estavam mortas ou morrendo, sem poder fazer nada para ajudá-las. As máscaras de lobo feitas de metal não assombravam o meu sono. Nem aquele sorriso que Vikter me deu ou o jeito como ele disse que tinha orgulho de mim. Durante o sono, eu não pensava que as últimas palavras que ele me disse foram um pedido de desculpas por não ter me protegido. E não conseguia me lembrar de como o meu dom tinha falhado no momento em que eu mais precisava dele.

Eu gostaria de nunca ter dito o que disse no jardim.

Eu gostaria... eu gostaria de nunca ter ido para o Ritual ou para o salgueiro. Se eu estivesse no meu quarto como deveria, nós não estaríamos no meio daquela confusão. O ataque teria acontecido, as pessoas teriam morrido, mas talvez Vikter ainda estivesse aqui.

No entanto, uma vozinha na minha cabeça me dizia que, no instante em que Vikter soubesse o que estava acontecendo, ele teria ido até lá de qualquer maneira, e eu o teria seguido. A hora dele havia chegado, e aquela voz me disse que a morte teria encontrado um caminho.

Durante os dias em que passei perdida em meio ao nada, eu não conseguia compreender o que tinha feito com o Lorde Mazeen nem como me sentia a respeito disso.

Ou como eu não sentia *nada*.

Não havia um pingo de arrependimento. Cravei as unhas na palma da mão. Eu faria aquilo novamente. Deuses, eu gostaria de poder fazer aquilo novamente, e isso me deixava perturbada.

Enquanto estava medicada, eu não pensava nem me importava com nada.

Mas agora eu estava desperta, e tudo o que tinha eram os meus pensamentos, assim como a dor e a raiva.

Eu queria encontrar cada Descendido e fazer com eles o que tinha feito com o Lorde.

Tentei fazer isso na segunda noite depois que acordei. Coloquei a capa e a máscara e peguei a espada curta que Vikter me deu anos atrás, já que havia perdido a minha adaga em meio ao caos daquela sala na noite do Ritual. Eu tinha planejado fazer uma visita a Agnes.

Ela sabia. Nada poderia me convencer do contrário. Ela sabia, e a sua tentativa de me avisar não foi suficiente. O sangue que havia sido derramado naquela noite estava nas mãos dela — o sangue de Vikter manchava a sua pele. Meu mentor e amigo, que bebeu o chocolate quente que Agnes preparou e a confortou. Ela poderia ter evitado tudo aquilo.

Hawke me alcançou no meio do Bosque dos Desejos e quase me arrastou de volta para o castelo. O baú de armas já tinha sido retirado do meu quarto naquele momento, assim como o acesso dos empregados foi interditado nas escadas.

Então eu me sentei. E esperei.

Toda noite desde que acordei, eu esperava que a Duquesa me chamasse. Para que o castigo fosse determinado. Pois eu tinha feito algo tão expressamente proibido que tudo o que já tinha feito antes não parecia mais importar.

Eu matei um Ascendido.

Donzela ou não, tinha que haver uma punição para isso. Eu tinha que ser considerada indigna.

Uma batida tirou minha atenção da janela. A porta se abriu e Hawke entrou, fechando-a atrás de si. Ele estava vestido com o uniforme dos guardas, todo de preto, exceto pelo manto branco da Guarda Real.

Ninguém tinha assumido o posto de Vikter ainda. Eu não sabia o motivo. Depois de ver do que eu era capaz, talvez a Duquesa tivesse se dado conta de que eu não precisava mais de tanta proteção. Se bem que seria difícil me proteger sem acesso a nenhuma arma. Ou talvez fosse por eu já ter passado por três guardas em um ano. Ou talvez porque tantos haviam morrido durante o ataque que não restava mais guardas.

Fiquei com as costas retesadas quando Hawke e eu nos entreolhamos através do quarto.

As coisas estavam estranhas entre nós.

Eu não sabia muito bem se era por causa do que havia acontecido no jardim e depois com Vikter ou por causa do que eu tinha feito naquela sala após a morte de Vikter. Poderia ter sido tudo isso. Mas ele ficava quieto quando estava perto de mim, e eu não fazia a menor ideia do que ele estava sentindo ou pensando. Meu dom estava escondido atrás de uma barreira intransponível.

Hawke não disse nada enquanto ficava parado ali. Apenas cruzou os braços sobre o peito e olhou para mim. Ele tinha feito aquilo umas quinhentas vezes desde que acordei. Provavelmente porque quando ele tentava falar comigo, a única coisa que eu fazia era encará-lo.

O que deveria ser o motivo pelo qual as coisas estavam tão estranhas.

Estreitei os olhos quando o silêncio se alongou entre nós.

— O que foi?

— Nada.

— Então por que você está aqui? — exigi saber.

— Preciso de um motivo?

— Sim.

— Não preciso, não.

— Você só está verificando se eu não descobri uma maneira de sair do quarto? — desafiei.

— Eu sei que você não pode sair deste quarto, Princesa.

— Não me chame assim — retruquei.

— Vou levar um segundo para me lembrar de que isso já é um progresso.

Franzi as sobrancelhas.

— Progresso com o quê?

— Com você — respondeu ele. — Você não está sendo muito gentil, mas pelo menos está falando. Já é um progresso.

— Eu não estou sendo desagradável — vociferei. — Só não gosto de ser chamada assim.

— Aham — murmurou ele.

— Tanto faz. — Desviei meu olhar do dele, me sentindo... eu não sabia o que estava sentindo. Eu me contorci, incomodada, e não tinha nada a ver com a dureza da pedra em que estava sentada.

Eu não estava brava com Hawke. Eu estava com raiva de... tudo.

— Eu entendo — disse ele calmamente.

Quando olhei para Hawke, vi que ele havia se aproximado, mas eu não tinha ouvido. Ele estava a poucos metros de mim agora.

— Você entende? — Arqueei as sobrancelhas. — Entende mesmo?

Hawke olhou para mim e, naquele momento, senti algo diferente da raiva e da dor. A vergonha queimou dentro de mim como um ácido. É claro que Hawke entendia, pelo menos até certo ponto. Mas ainda assim, ele provavelmente entendia aquilo melhor do que a maioria das pessoas.

— Eu sinto muito.

— Pelo quê? — Minha voz tinha perdido um pouco da dureza.

— Eu já disse isso antes, logo depois que tudo aconteceu, mas acho que você não me ouviu — disse ele. Pensei naquela vaga sensação de Hawke ao meu lado. — Eu devia ter dito isso de novo antes. Sinto muito por tudo o que aconteceu. Vikter era um bom homem. Apesar das últimas palavras que trocamos, eu o respeitava e lamento por não ter podido fazer nada.

Todos os músculos do meu corpo se retesaram.

— Hawke...

— Não sei se a minha presença... e eu deveria ter estado lá... teria mudado o resultado — continuou ele. — Mas lamento por não ter estado. Por não haver nada que eu pudesse fazer quando *finalmente* cheguei. Eu sinto muito...

— Você não tem nada pelo que se desculpar. — Saí do parapeito, com as articulações dormentes de ter ficado sentada por tanto tempo. — Eu não o culpo pelo que aconteceu. Não estou brava com você.

— Eu sei. — Ele olhou por cima de mim para a Colina. — Mas não muda o fato de que eu gostaria de ter feito algo para evitar que aquilo acontecesse.

— Há muitas coisas que eu gostaria de ter feito diferente — admiti, encarando as mãos. — Se eu tivesse ido para o meu quarto...

— Se você tivesse ido para o seu quarto, aquilo ainda teria acontecido. Não coloque esse fardo sobre si mesma. — Um segundo depois, senti os dedos dele no meu queixo. Hawke me fez olhar para ele. — Você não tem culpa disso, Poppy. Nenhuma. Pelo contrário, eu... — Ele parou de falar e xingou baixinho. — Não assuma a culpa que pertence aos outros. Entendeu?

Eu entendia, mas isso não mudava nada, então apenas disse:

— Dez.

Ele franziu as sobrancelhas.

— O quê?

— É a décima vez que você me chama de Poppy.

Ele repuxou um dos cantos dos lábios. Um vislumbre da covinha apareceu.

— Eu gosto de chamá-la assim, mas prefiro *Princesa*.

— Que surpresa — respondi.

Ele abaixou o queixo.

— Está tudo bem, sabe?

— O quê?

— Tudo o que você está sentindo — disse ele. — E tudo o que não está.

Perdi o fôlego e senti um aperto no peito, e não era só por causa da dor. Era algo mais leve, mais caloroso. O modo como ele sabia daquilo era a prova de que, de alguma forma, ele já esteve na minha posição. Não sei se eu dei o primeiro passo ou se foi ele, mas de repente os meus braços estavam em volta de Hawke, e ele me abraçava tão firme quanto eu. Encostei o rosto no seu peito, logo abaixo do coração, e quando ele pousou o queixo no topo da minha cabeça, eu estremeci de alívio. O abraço terno não consertava o mundo. A dor e a raiva continuavam ali. Mas Hawke era tão quente e o seu abraço era... Deuses, era como *esperança*, uma promessa de que eu não me sentiria daquele jeito para sempre.

Ficamos ali por algum tempo antes que Hawke recuasse enquanto afastava as mechas de cabelos rebeldes do meu rosto, me fazendo sentir um arrepio de reconhecimento.

— Eu vim aqui com um propósito — disse ele. — A Duquesa quer falar com você.

Pestanejei. Então tinha chegado a hora.

— E você só me diz isso agora?

— Achei que o que tínhamos para dizer um ao outro era muito mais importante.

— Creio que a Duquesa não concordaria com você — disse a ele, e a expressão no seu rosto me dizia que ele não se importava. — Está na hora de descobrir como serei punida pelo que... pelo que eu fiz com o Lorde, não é?

Hawke franziu o cenho.

— Se achasse que você seria castigada, eu não a levaria até lá.

A surpresa tomou conta de mim, provando que era mais uma emoção que eu podia sentir.

— Para onde você me levaria?

— Para algum lugar longe daqui — disse ele, e eu acreditei. Ele faria o que ninguém mais faria, nem mesmo... nem mesmo Vikter. — Você está sendo convocada porque chegou uma mensagem da capital.

*

Quando Tawny chegou para me ajudar com o véu, me pareceu estranho usá-lo depois de tudo o que tinha acontecido e ainda mais estranho perceber que o castelo parecia o mesmo de antes do ataque. Exceto pelo Salão Principal. Pelo que entendi, o recinto foi fechado por barricadas. Com uma olhada rápida para a sala onde Vikter havia morrido, notei que a porta tinha sido substituída.

Era tudo o que eu precisava saber.

A Duquesa estava vestida de branco, assim como eu, mas enquanto eu usava a indumentária da Donzela, ela usava a cor do luto. Ela estava sentada atrás do que costumava ser a mesa do Duque, olhando por cima de um pedaço de papel. Não era a mesa do escritório particular do Duque. Se a reunião fosse lá, eu não fazia a menor ideia do que teria feito.

Eu ainda não conseguia acreditar no modo como mataram o Duque. Certamente a arma devia ser uma coincidência, mas aquilo ainda me incomodava.

A Duquesa ergueu o olhar quando a porta se fechou atrás de nós. Ela parecia... diferente. Não era a cor nem os cabelos puxados para trás por um coque simples. Era outra coisa, mas eu não conseguia identificar enquanto passava pelos bancos. Havia mais duas pessoas na sala: o Comandante e um Guarda Real.

Seu olhar cintilou sobre mim, e fiquei imaginando se ela sabia que eu tinha deixado os cabelos soltos embaixo do véu.

— Espero que você esteja bem. — Ela fez uma pausa. — Ou pelo menos melhor do que na última vez em que a vi.

— Estou bem — disse, e aquilo não me pareceu nem mentira nem verdade.

— Ótimo. Por favor. Sente-se. — Ela apontou para o banco e eu fiz o que ela pediu.

Tawny se sentou ao meu lado, mas Hawke permaneceu em pé à minha esquerda. Eu fiz tudo o que pude para não pensar no quanto Vikter fazia falta ali.

— Muita coisa aconteceu enquanto você estava... descansando — começou a Duquesa. — A Rainha e o Rei foram notificados a respeito dos últimos acontecimentos. — Ela bateu um dedo comprido no pergaminho.

A mensagem deve ter sido enviada por pombo-correio para a capital, mas apenas um Caçador entregaria uma mensagem Real aqui. Ele deve ter cavalgado noite e dia, trocando de cavalo ao longo do caminho para conseguir voltar. Geralmente, aquela viagem levava várias semanas.

— Depois da tentativa de sequestro e do ataque ao Ritual, eles não acreditam mais que seja seguro para você ficar aqui — anunciou a Duquesa. — Eles a chamaram de volta para Carsodônia.

Eu sabia que aquilo estava por vir. Desde a tentativa de sequestro, aceitei que havia uma grande chance de que a Rainha me convocasse para a capital, e sabia que isso poderia significar uma Ascensão antes do esperado. Devia ser por isso que eu não estava surpresa, mas não explicava a minha ausência de medo e de reação.

Tudo o que eu sentia era... resignação. Talvez até um pouco de alívio, pois aquele castelo era o último lugar em que queria estar no momento, e não estava pensando no que poderia acontecer quando chegasse à capital. Eu não estava pensando nem em ver Ian novamente. Porém, sabia o que mais sentia: confusão.

— Com licença — disparei. — Por que eu não vou ser punida?

Hawke se virou para mim e, sem nem olhar, eu sabia que ele devia ter a mesma expressão no rosto que Vikter teria.

A Duquesa não respondeu por um longo momento até dizer:

— Presumo que você esteja falando sobre Lorde Mazeen.

Senti um aperto no estômago quando assenti.

Ela inclinou a cabeça.

— Você acha que deveria ser punida?

Comecei a responder do modo como faria duas semanas antes do ataque, quando eu ainda me esforçava para ser o que estava começando a acreditar que nunca seria.

— Acho que não posso responder a essa pergunta.

— Por que não? — A curiosidade estava estampada no rosto dela.

— Porque... há uma história por trás disso. — Parei por aí, me dando conta de como Tawny se remexia para encostar a perna na minha. Respirei fundo. — Eu sei que *deveria* ser punida.

— Deveria mesmo — concordou ela. — Ele era um Ascendido, um dos mais antigos.

A tensão irradiou de Hawke quando eu o senti se mover ligeiramente na minha direção.

— Você o fatiou como um açougueiro faria com um pedaço de carne — continuou ela. Eu devia ter sentido horror ou nojo, qualquer coisa que não fosse a onda de gratificação que tomou conta de mim. — Mas estou certa de que você teve os seus motivos.

Fiquei boquiaberta.

A Duquesa se inclinou para trás enquanto pegava uma pena.

— Conhecia Bran havia muitos anos, e há bem pouco a respeito da sua... *personalidade* que eu ignore. Eu esperava que ele se comportasse melhor, por causa do que você é. Pelo jeito, eu estava enganada.

Eu me inclinei para a frente.

— Você...?

— Eu não faria essa pergunta se fosse você — interrompeu ela, fixando o olhar no meu. — Você não gostaria nem entenderia a minha resposta. Mas também espero que você entenda. Tome isso como uma lição muito necessária, Penellaphe. Algumas verdades não fazem nada além de destruir e deteriorar o que não podem apagar. A verdade nem sempre liberta. Só um tolo que passou a vida inteira ouvindo mentiras acredita nisso.

Com o peito arfando, eu fechei a boca e recuei. Ela sabia. Ela sempre soube a respeito do Lorde e do Duque. Talvez não exatamente o que eles faziam, mas ela sabia. Afundei os dedos nas saias do meu vestido.

— Você é a Donzela — continuou ela. — É por isso que não será punida. Agradeça a sua sorte e nunca mais fale a respeito deles. — Um músculo se contraiu sob um dos olhos dela. — E faça um favor a si mesma: não perca mais o seu tempo pensando em nenhum dos dois. Sei que eu não vou.

Fiquei olhando para ela enquanto as falanges pálidas da sua mão se afrouxaram ao redor da pena. Foi então que eu me dei conta. Se o Duque me tratava daquele jeito, por que eu presumia que ele tratava a esposa de modo diferente? Afinal de contas, eu nunca tinha visto os dois demonstrando afeto um pelo outro e aquilo ia além da natureza quase gélida dos Ascendidos. Eu nunca tinha visto eles se tocarem. Ser um Ascendido não impedia ninguém de ser abusado.

Baixei o olhar e assenti.

— Quando... quando parto para a capital?

— Amanhã de manhã — respondeu ela. — Você partirá ao nascer do sol.

Capítulo 28

— Não vou deixar Tawny aqui — afirmei, discutindo com Hawke. — De jeito nenhum.

— Ela não vem conosco. — Seus olhos brilharam com um tom ardente de âmbar. — Sinto muito, mas não.

Nós estávamos nos meus aposentos não mais do que trinta minutos depois que saímos do escritório da Duquesa. Também fizemos uma reunião. Tawny estava lá. Assim como o Comandante, mas era como se eles sequer estivessem no mesmo prédio. Hawke e eu estávamos discutindo nos últimos dez minutos.

— Ainda bem que não é você quem está no comando — salientei, me voltando para o Comandante. — Eu preciso...

— Sinto muito, Donzela, mas não vou viajar com você. — O Comandante Jansen entrou no quarto. — Só um pequeno grupo vai acompanhá-la, mas Hawke é o seu Guarda Real pessoal. Ele assume a liderança.

— Como ele pode assumir a liderança? — quase gritei. — Ele nem é o meu Guarda Real há tanto tempo assim.

— Mas é o seu único Guarda Real.

Aquela declaração ameaçou doer em mim, então me virei para Hawke e fiz a única coisa completamente imatura em que consegui pensar. Descontei nele.

— Você espera mesmo que eu a deixe aqui? Onde os Descendidos estão matando as pessoas a torto e a direito?

— Você espera mesmo que eu a leve para além da Colina?

Tawny deu um passo à frente.

— Se me permitem...

— Sim! — exclamei. — Você vai *me* levar para além da Colina.

— Exato. Apenas poucos guardas podem ser dispensados para acompanhá-la. E todos ficarão concentrados em manter você em segurança. Não ela.

— Eu sou capaz...

— Eu sei que você é capaz de se defender sozinha. Todo mundo neste quarto sabe disso, acredite em mim. Mas nós vamos para além da Colina, Princesa. Você conhece o caminho que teremos de seguir? — perguntou ele. — Teremos de atravessar as Planícies Áridas e a Floresta Sangrenta.

O receio deixou o meu estômago embrulhado.

— Eu sei.

— E também passaremos por áreas altamente povoadas por Descendidos. Não será uma viagem tranquila e não vou pôr a sua segurança em risco — disse ele enquanto olhava de cara feia para mim. Já não era mais o Hawke que me abraçou com tanta força e ternura algumas horas antes. Em seu lugar...

Eu seu lugar havia um Guarda Real de quem Vikter teria orgulho. Não havia como impedir aquela dor. Hawke não era meu amigo ou... ou seja lá o que ele era para mim naquele momento. Ele era um Guarda Real que tinha o dever de me manter viva e me levar em segurança até a Rainha e o Rei.

Ele abaixou o queixo, com os olhos fixos nos meus.

— Se levarmos Tawny conosco, é melhor mandá-la na frente e usá-la como isca para os Vorazes.

Eu fiquei boquiaberta.

— Deve ser a afirmação mais absurda que eu já ouvi.

— Não é mais absurda do que ficar aqui discutindo com metade do seu rosto — retrucou ele.

Joguei as mãos para cima.

— Esse é um problema seu, não meu.

Ele flexionou o maxilar enquanto olhava para mim, e em seguida soltou uma risada curta e se virou para Tawny.

— Sei que você quer ir com ela. Eu entendo, mas não vai ser uma caravana normal. Não haverá dezenas de guardas nem vamos ficar nas melhores estalagens. O ritmo será rápido e difícil, e há uma alta probabilidade de que o Ritual não seja a última vez em que você verá derramamento de sangue.

Virei-me para Tawny, mas antes que pudesse falar, ela disse:

— Eu sei. Compreendo. — Ela se aproximou. — Agradeço que você queira que eu vá com você, Poppy, mas não posso.

Uma pena poderia ter me derrubado naquele instante.

— Você... você não quer ir? — Ela estava tão animada para conhecer a capital.

Mas se eu não estivesse aqui, então ela teria um tempo para si, ou pelo menos uma boa parte. Franzi os lábios.

— Quero, sim. Muito. — Ela parou na minha frente e apertou as minhas mãos. — E espero que você acredite nisso, mas a ideia de sair por aí desse jeito me deixa apavorada.

Eu... eu queria acreditar nela.

Ela levou as nossas mãos entrelaçadas até o peito.

— E não apenas isso, mas o que Hawke disse é verdade. Tantos guardas estão... eles se foram. E aqueles que vão acompanhá--la não podem se concentrar em mim. Eu não sei lutar. Não como você. Não sei fazer o que você fez.

O que eu fiz? Será que ela quis dizer quando eu me defendi ou... ou o que eu fiz com o Lorde?

— Eu não posso ir — sussurrou ela.

Fechei os olhos e soltei o ar de modo entrecortado. Ela tinha razão. Hawke também. Seria irresponsável e irracional que Tawny viajasse conosco. E embora estivesse preocupada em abandoná-la em uma cidade nesse estado de inquietação, eu estava discutindo porque... porque...

Eu estava abandonando tudo que me era familiar.

Tanta coisa havia acontecido. Tantas perdas. E embora eu não tivesse espaço no meu cérebro nem estrutura emocional para me preocupar com a possibilidade de que a Ascensão fosse antecipada ou de ser considerada indigna pelos Deuses, eu não estava me preocupando com o que poderia acontecer no futuro. Mas tudo continuava mudando e Tawny era... ela era a última pessoa que pertencia ao meu passado.

E se eu nunca mais a visse?

Respirei fundo, não podia pensar nisso. Não podia deixar que Tawny pensasse nisso. Abri os olhos.

— Você tem razão.

As lágrimas encheram os olhos dela.

— Eu detesto ter razão.

— Graças aos Deuses, há alguém racional neste quarto — murmurou Hawke.

Virei a cabeça na direção dele.

— Ninguém pediu a sua opinião.

O Comandante Jansen assobiou baixinho.

— Bem, você me ouviu, Princesa. — Hawke deu um sorrisinho quando soltei as mãos de Tawny e me virei para ele. Ele caminhou até a porta e então parou. — E tenho mais informações para você. Leve poucas malas. E não se incomode em levar esse maldito véu. Você não vai usá-lo.

*

De olhos fechados e com o queixo erguido para o sol nascente, eu apreciei a sensação do ar fresco da manhã beijando minhas bochechas e testa desnudas enquanto me postava ao lado das muralhas pretas da Colina. Era uma coisa tão pequena, mas fazia *anos* desde a última vez que o sol e o vento tocaram o meu rosto inteiro. Minha pele formigou agradavelmente e nem mesmo o motivo pelo qual eu podia fazer isso estragou o momento.

O véu me tornava um alvo muito óbvio enquanto viajávamos para a Carsodônia. A melhor maneira de evitar os Descendidos e o Senhor das Trevas era garantir que ninguém com quem entrássemos em contato percebesse quem eu era, e era por isso que o nosso grupo se reunia perto da Colina e eu vestia uma capa marrom-escura simples com um suéter pesado por baixo e o meu único par de calças e botas. Eu não fazia a menor ideia do que as pessoas pensariam quando me vissem, mas definitivamente não pensariam na Donzela.

Foi também por isso que eu me despedi de Tawny no meu quarto. Os poucos empregados por perto no castelo poderiam reconhecer Tawny como a minha dama de companhia e Hawke não queria arriscar a possibilidade de que ainda pudesse haver Descendidos entre os que trabalhavam lá.

E isso fez com que fosse ainda mais difícil dizer adeus a Tawny. Qualquer coisa poderia acontecer entre aquele momento e quando ela se juntasse a mim na capital, e eu não ficaria sabendo até que alguém decidisse me contar. Aquilo deixou o meu estômago embrulhado pela impotência, pois não havia nada que eu pudesse fazer a respeito. Eu só podia *esperar* que a veria outra vez. Podia *acreditar* que sim.

Mas me recusava a rezar.

Os Deuses nunca tinham atendido as minhas preces antes.

E não me parecia certo pedir nada a eles quando eu... eu não podia mais negar o que Vikter tinha afirmado.

Que eu queria ser considerada indigna.

Suspirei, concentrando-me na sensação do vento soprando as mechas de cabelo ao redor da minha testa e têmpora.

A Duquesa não tinha vindo se despedir.

Isso não me surpreendeu. E não doeu como antes. Não houve nem decepção, e eu não sabia ao certo se isso era bom ou ruim.

— Parece que você está se divertindo.

Abri os olhos ao ouvir a voz de Hawke, me virei e quase desejei ter continuado de olhos fechados.

Hawke estava ao lado de um enorme cavalo preto e não vestia o uniforme de guarda. As calças marrom-escuras envolviam as suas pernas compridas, exibindo a rigidez do seu corpo. Sua túnica era pesada e de mangas compridas, adequada para o clima frio, assim como a capa forrada de pele. Sob a luz do sol, os cabelos dele eram da cor das asas de um corvo.

De alguma maneira, ele parecia ainda mais impressionante vestido como plebeu.

E ele ficou ali olhando para mim com a sobrancelha arqueada enquanto eu... bem, eu olhava admirada para ele. Senti as bochechas ruborizadas.

— É gostoso.

— A sensação do ar no seu rosto? — perguntou ele, se dando conta do que eu estava falando.

Assenti.

— Só posso imaginar que sim. — Ele estudou o meu rosto. — Eu prefiro essa versão de você.

Mordi o lábio e estendi a mão até a lateral do focinho do cavalo.

— Que lindo. Qual é o nome dele?

— Me disseram que é Setti.

Eu sorri ao ouvir isso.

— Ele tem o nome do cavalo de batalha de Theon? — Setti cutucou a minha mão para receber mais afagos. — É uma grande responsabilidade nos seus cascos.

— Isso é verdade — respondeu Hawke. — Presumo que você não saiba andar a cavalo.

Fiz que não com a cabeça.

— Eu não monto em um cavalo desde... — Meu sorriso alargou. — Deuses, já faz três anos. Tawny e eu entramos de fininho nos estábulos e conseguimos montar em um cavalo antes que Vikter chegasse. — Meu sorriso desapareceu quando abaixei a mão e dei um passo para trás. — Então, não, eu não sei andar a cavalo.

— Isso vai ser interessante. — Ele fez uma pausa. — E uma tortura, já que você vai cavalgar comigo.

Meu coração deu um sobressalto quando olhei para ele.

— E por que isso é interessante? E uma tortura?

Ele repuxou um canto dos lábios. A covinha apareceu.

— Além do fato de que vou poder ficar de olho em você? Use a imaginação, Princesa.

A minha imaginação não falhou.

— Isso é inapropriado — eu disse a ele.

— É mesmo? — Ele abaixou o queixo. — Você não é a Donzela aqui fora. Você é Poppy, sem véu e sem obrigações.

Meu olhar encontrou o dele, e a onda de expectativa e alívio me provou que, sob a dor e a raiva, outras emoções fervilhavam dentro de mim.

— E quando eu chegar à capital? Vou me tornar a Donzela mais uma vez.

— Mas isso não vai acontecer nem hoje nem amanhã — disse ele, se voltando para um dos alforjes do cavalo. — Eu trouxe uma coisa para você.

Eu esperei, imaginando o que poderia ser, já que a única coisa que consegui trazer foi uma roupa de baixo e duas túnicas de reserva.

Ele abriu uma das bolsas de couro, enfiou a mão lá dentro e puxou algo dobrado em um pano. Ele desfez o embrulho conforme se virava para mim.

Meu coração parou e depois bateu acelerado quando vi o que ele segurava, reconhecendo o punho cor de marfim e a lâmina preta-avermelhada.

— Minha adaga. — Senti um nó na garganta. — Pensei... pensei que a tivesse perdido.

— Eu a encontrei mais tarde naquela noite. — Havia uma bainha debaixo dela. — Não quis devolver quando tinha de me preocupar que você fugisse para usá-la, mas vai precisar dela para a viagem.

O fato de que Hawke estava se assegurando de que eu estivesse preparada para me defender caso fosse necessário era muito significativo. Mas o fato de ele ter encontrado a adaga e a guardado para mim...

— Eu não sei o que dizer. — Pigarreei quando ele me entregou a arma. No instante em que fechei os dedos ao redor do cabo, soltei um suspiro trêmulo. — Vikter me deu essa adaga no meu aniversário de dezesseis anos. É a minha adaga preferida.

— É uma bela arma.

O nó se dissipou, e tudo o que pude fazer foi assentir enquanto embainhava cuidadosamente a adaga e a prendia na coxa direita. Levei um momento antes de conseguir falar.

— Obrigada.

Hawke não respondeu. Quando olhei para cima, vi um pequeno grupo se aproximando. Dois homens desconhecidos montados a cavalo e mais seis homens, que traziam as montarias na nossa direção.

Reconheci dois guardas de imediato. Eu tinha jogado cartas com eles no Pérola Vermelha. O nome de um deles era Phillips e acho que o outro se chamava Airrick. Eles não demonstraram que haviam me reconhecido quando me cumprimentaram com um aceno breve, sem me olhar nos olhos.

Minhas cicatrizes formigavam, mas resisti ao impulso de tocá-las ou de me virar para que não ficassem visíveis.

Fiquei surpresa ao vê-los, sabendo que eles não eram Caçadores, mas presumi que não havia muitos Caçadores disponíveis para se juntar a nós e fiquei feliz de ver Phillips. Ele tinha enfrentado os Vorazes diversas vezes e continuava vivo.

— A comitiva chegou — murmurou Hawke, e então começou a fazer as apresentações em um tom de voz mais alto. Ele pronunciou os nomes, a maioria um borrão além dos dois que eu já conhecia, mas então disse um nome do qual eu me lembrava. — Esse é Kieran. Ele veio da capital comigo e está familiarizado com a estrada que vamos percorrer.

Era o guarda que bateu na porta do quarto naquela noite no Pérola Vermelha. Parecia uma reunião, pensei, assim que o vi pela primeira vez. Ele parecia ter a mesma idade de Hawke, com os cabelos escuros aparados rente à cabeça. Os olhos dele tinham um tom de azul-claro deslumbrante, que me lembravam o céu durante o inverno, e faziam um contraste surpreendente com a sua pele negra, que me lembrava de Tawny.

— É um prazer conhecê-la — disse Kieran enquanto montava no cavalo.

— Igualmente — murmurei, notando que ele tinha o mesmo sotaque leve de Hawke, com uma cadência que eu não conseguia identificar.

Ele olhou para Hawke, com os ângulos do rosto bem definidos e mais que agradáveis aos olhos.

— Precisamos seguir caminho se quisermos atravessar as planícies ao cair da noite.

Hawke se virou para mim.

— Está pronta?

Olhei para o oeste, na direção do centro da Masadônia. O Castelo Teerman se erguia no alto da Ala Inferior e da Cidadela, uma estrutura ampla de pedra e vidro, de belas lembranças e pesadelos assustadores. Em algum lugar lá dentro, Tawny vagava e a Duquesa assumia o comando da cidade. Em algum lugar lá dentro, o meu presente virou passado. Eu me virei para a Colina. Em algum lugar lá fora, o futuro me aguardava.

Capítulo 29

Depois de algumas horas através das Planícies Áridas, eu não precisava mais contar com a minha imaginação para saber o que Hawke queria dizer sobre eu cavalgar com ele.

Havia pouco espaço entre os nossos corpos. Não tinha começado assim quando os pesados portões da Colina se abriram e passamos pelas tochas. Ciente de que os homens que viajavam conosco sabiam quem eu era, eu me sentei ereta e tentei desesperadamente ignorar a sensação do braço de Hawke em volta da minha cintura, mas o ritmo era difícil. Não era uma corrida desabalada, mas como eu não estava acostumada com o movimento de um cavalo, a posição rígida logo se tornou incômoda e dolorosa. A cada hora que passava, eu chegava mais perto de Hawke, até que fiquei com as costas pressionadas contra o seu peito e os quadris aninhados no meio das suas coxas. O capuz da minha capa havia escorregado em algum momento, e eu o deixei ali, em parte porque queria sentir o vento no rosto.

E em parte porque eu podia sentir o hálito quente de Hawke na minha bochecha toda vez que ele se inclinava para falar comigo.

Eu tinha razão. Para uma Donzela, aquilo era totalmente inapropriado. Ou, pelo menos, a sensação de ser embalada por ele era inapropriada para uma Donzela.

Mas depois de um tempo, relaxei e apreciei a sensação de estar em seus braços, sabendo que, quando chegássemos ao nosso destino, aquilo terminaria, não importava o quanto Hawke acreditasse que suas habilidades fossem boas.

As coisas seriam diferentes na capital.

Olhei para a terra vazia. Tempos atrás, havia fazendas ali e estalagens onde as pessoas podiam parar e descansar. Mas agora não havia nada além de uma grama interminável, árvores curvadas e retorcidas e juncos altos que subiam pelas ruínas das casas de fazendas e tavernas.

Eu estava convencida de que todas por onde passávamos eram assombradas.

Os Vorazes haviam destruído as Planícies, contaminando o solo outrora fértil com sangue e matado qualquer um que se atrevesse a fincar raízes fora da Colina.

E tão perto da Floresta Sangrenta.

Mantive meus olhos abertos para o primeiro vislumbre da floresta e fiz tudo o que pude para não pensar na posição do sol nem em onde estaríamos quando a noite caísse.

Hawke se mexeu e, de alguma forma, metade do seu braço acabou deslizando entre as dobras da minha capa. Minha boca ficou seca quando o cavalo diminuiu a velocidade. Hawke colocou a mão no meu quadril e, embora o suéter de lã e as calças separassem a nossa pele, o peso da sua mão era como uma marca a ferro.

— Você está bem? — perguntou ele, com sua respiração dançando na minha bochecha.

— Não consigo sentir minhas pernas — admiti.

Ele deu uma risada.

— Você vai se acostumar com isso daqui a alguns dias.

— Ótimo — disse, respirando fundo quando senti o polegar dele deslizando pelo meu quadril. Me segurei na sela com mais força.

— Você tem certeza que comeu o suficiente?

Nós tínhamos comido queijo e nozes enquanto cavalgávamos, e embora eu tivesse um almoço muito mais substancioso, não sabia muito bem se conseguiria aprender a comer enquanto era sacudida pelo cavalo. Fiz que sim com a cabeça, notando que Kieran e Phillips, que estavam à frente, também tinham diminuído a velocidade. Eles estavam conversando um com o outro, mas estavam muito longe para que eu pudesse ouvir o que diziam.

— Nós vamos dar uma parada? — perguntei.

— Não.

Franzi as sobrancelhas.

— Então por que estamos diminuindo a velocidade?

— É o caminho... — interrompeu Airrick, que andava à nossa esquerda, e eu sorri. Sabia que ele estava prestes a me chamar de *Donzela*. Ele tinha feito isso tantas vezes nas últimas duas horas que Hawke ameaçou derrubá-lo do cavalo caso fizesse novamente. Felizmente, ele se conteve. — O caminho fica irregular neste trecho, e também há um riacho, mas é difícil ver com toda a vegetação.

— Não é só isso — acrescentou Hawke, com o polegar ainda em movimento, puxando a lã e arrastando-a em um círculo lento e constante.

— Não?

— Você viu o Luddie? — Hawke estava falando sobre um dos Caçadores que cavalgavam à nossa direita. O homem não falara muito desde que partimos. — Ele está de olho nos jarratos.

Franzi os lábios. Os jarratos não eram roedores comuns. As pessoas diziam que aqueles animais tinham o tamanho de um javali e que pareciam ter saído de um pesadelo.

— Pensei que eles estivessem extintos.

— Eles são a única coisa que os Vorazes não comem.

Isso não queria dizer alguma coisa? Estremeci.

— Quantos você acha que existem por aqui?

— Não sei. — Hawke apertou o braço em volta da minha cintura e tive a sensação de que ele sabia exatamente quantos havia.

Olhei para Airrick.

Ele desviou o olhar.

— Você sabe quantos, Airrick?

— Ah, bem, eu sei que costumava haver mais — respondeu ele, lançando um olhar nervoso para Hawke. Ele imediatamente olhou para a frente. — Eles não costumavam ser um problema, sabe? Ou pelo menos foi o que meu avô me disse quando eu era menino. Ele morava aqui. Foi um dos últimos a ir embora.

— É mesmo?

Airrick assentiu enquanto o polegar de Hawke continuava se movendo.

— Ele cultivava milho, tomate, feijão e batata. — Airrick abriu um sorriso de leve. — Ele me dizia que os jarratos não passavam de um estorvo.

— Não consigo imaginar que ratos que pesam quase noventa quilos sejam só um estorvo.

— Bem, eles se alimentavam do lixo e tinham mais medo das pessoas do que nós tínhamos deles — explicou Airrick. Eu podia apostar que teria medo deles, não importava se eles deixassem as pessoas em paz ou não. — Mas depois que todo mundo foi embora, eles perderam a...

— Fonte de alimentação? — concluí por ele.

Airrick assentiu enquanto examinava o horizonte.

— Agora, tudo o que eles encontram vira comida.

— Incluindo nós. — Eu realmente esperava que Luddie tivesse uma visão perfeita e um sexto sentido quando se tratava dos jarratos.

— Você é intrigante — comentou Hawke quando Setti trotou na frente de Airrick.

— Intrigante é a sua palavra favorita — disse a ele.

— Só quando estou perto de você.

Eu me permiti sorrir, já que eu queria e ninguém estava olhando.

— Por que sou intrigante agora?

— Quando você *não* é intrigante? — perguntou ele. — Você não tem medo dos Descendidos nem dos Vorazes, mas ficou tremendo como um gatinho molhado com a simples menção de um jarrato.

— Os Vorazes e os Descendidos não andam em quatro patas e não têm pelos.

— Bem, os jarratos não andam — respondeu ele. — Eles correm tão rápido quanto um cão de caça fixo na sua presa.

Outro calafrio percorreu a minha espinha.

— Isso não está me ajudando em nada.

Ele deu uma risada.

— Você sabe o que eu adoraria fazer agora?

— Não falar de ratos gigantes que comem pessoas?

Hawke me abraçou com força e senti um aperto no peito.

— Além disso.

Resfoleguei.

— Faça-me um favor e enfie a mão no alforje ao lado da sua perna esquerda. Mas tome cuidado. Segure firme na sela.

— Eu não vou cair. — Mas segurei firme, me esticando para a frente e levantando a aba do alforje.

— Aham.

Eu o ignorei e enfiei a mão lá dentro. Meus dedos roçaram em algo macio feito de couro. Franzindo a testa, agarrei o objeto e o tirei dali. No momento em que vi a capa vermelha, ofeguei e guardei o livro de volta no alforje.

— Ah, meus Deuses. — Eu me empertiguei, com os olhos arregalados.

Hawke começou a rir e, lá na frente, Kieran olhou por cima do ombro para nós. Será que ele podia ver como o meu rosto estava vermelho?

— Eu não acredito nisso. — Girei a cintura e, por um momento, me perdi naquela covinha na bochecha direita de Hawke. A esquerda também estava começando a aparecer. E então me lembrei do que estava no alforje. — Como você encontrou esse livro?

— Como eu encontrei esse diário obsceno de Lady Willa Colyns? Eu dei o meu jeitinho.

— Como? — A última vez que vi o livro, ele estava enfiado debaixo do meu travesseiro e, depois de tudo o que aconteceu, eu nem pensei que alguém poderia encontrá-lo e começar a fazer perguntas.

Muitas perguntas.

— Jamais revelarei — respondeu ele, e eu bati no seu braço. — Que agressiva.

Revirei os olhos.

— Você não vai ler para mim?

— Não. De jeito nenhum.

— Talvez eu leia para você mais tarde.

Aquilo era ainda pior.

— Isso não é necessário.

— Tem certeza?

— Absoluta.

Ele deu uma risada baixa e suave contra o meu pescoço.

— Até onde você leu, Princesa?

Apertei os lábios e depois suspirei.

— Eu quase o terminei.

— Você vai ter que me contar tudo a respeito.

Aquilo era muito improvável. Eu não podia acreditar que ele não apenas tivesse encontrado aquele maldito livro, mas também trazido na viagem. De tudo o que poderia ter trazido, ele pegou logo o diário. Os cantos dos meus lábios se contraíram e, antes que eu percebesse, comecei a rir. Quando senti o braço de Hawke apertado ao meu redor, eu relaxei contra o corpo dele.

Hawke era... intrigante.

Nosso ritmo aumentou depois disso e parecia até que estávamos fazendo uma corrida contra a lua. Eu não precisava olhar para cima para saber que estávamos perdendo.

E foi então que vi aquilo.

Senti um arrepio na pele com o primeiro vislumbre de vermelho. E então surgiu à vista. Um mar de vermelho se estendia até onde os olhos alcançavam.

Nós tínhamos chegado na Floresta Sangrenta.

Os cavalos nos levaram adiante, embora todos os instintos do meu corpo gritassem um sinal de alerta. Eu não conseguia tirar os olhos da floresta, mesmo que parecesse uma visão que assombraria os meus sonhos por muitos anos vindouros. Eu nunca a tinha visto de perto, tendo ido para a Masadônia por uma rota diferente que acrescentaria vários dias à nossa viagem. O que via era uma massa retorcida de vermelho e de um tom mais escuro que me lembrava sangue seco. Sob os cascos do cavalo, o chão ficou mais rochoso. Alguma coisa era esmagada e partida. Será que eram galhos? Ramos? Comecei a olhar para baixo...

— Não — ordenou Hawke. — Não olhe para baixo.

Eu não consegui me conter.

Meu estômago embrulhou. O chão estava *coberto* de ossos alvejados pelo sol. Crânios que pertenciam a veados e animais menores. Coelhos? Havia também ossos mais longos, longos demais para pertencerem a um animal e...

Respirei fundo e desviei o olhar.

— Os ossos... — disse, engolindo em seco. — Não são só ossos de animais, não é?

— Não.

Levei a mão para o braço em volta da minha cintura. E me segurei firme.

— São os ossos dos Vorazes que morreram? — Se não se alimentavam, eles secavam até que não restasse nada além de ossos.

— Alguns deles.

Um tremor percorreu a minha espinha.

— Eu disse para você não olhar.

— Eu sei.

Mas eu olhei.

Assim como eu não conseguia fechar os olhos agora. As folhas vermelhas cintilavam sob o sol que se punha, parecendo que um milhão delas tinham captado pequenas poças de sangue. Era uma visão tão horripilante quanto perturbadoramente bela.

Os cavalos diminuíram a velocidade e a montaria de Airrick empinou, sacudindo a cabeça, mas ele seguiu em frente. Nós avançamos, meu coração disparado dentro do peito enquanto os galhos se estendiam na nossa direção, com as folhas escorregadias ondulando suavemente e parecendo nos convidar a seguir adiante.

A temperatura caiu no instante em que passamos debaixo dos primeiros galhos e quase nada do sol que restava conseguia penetrar nas copas. Senti a pele arrepiada quando olhei para cima. Alguns galhos eram tão baixos que achei que pudesse estender a mão e tocar nas folhas com o mesmo formato daquelas encontradas em uma árvore de bordo. Mas não fiz isso.

Ninguém falou quando entramos em fila, dois a dois, lado a lado, seguindo a trilha desgastada no solo. Todos estavam atentos. Como não havia nenhum som, eu me senti segura para olhar para baixo.

— Sem folhas — disse.

— O quê? — Hawke se inclinou para mim, mantendo a voz baixa.

Examinei o chão que escurecia rapidamente na floresta.

— Não há folhas no chão. É só grama. Como é possível?

— Esse lugar não é natural — respondeu Phillips.

— Isso é um eufemismo — acrescentou Airrick, olhando em volta.

Hawke se inclinou para trás.

— Vamos ter que parar em breve. Os cavalos precisam descansar.

Senti um aperto no peito e segurei o braço de Hawke com mais força. Eu sabia que estava começando a cravar as unhas no braço dele, mas não conseguia soltar.

Exalei e vi o meu hálito condensando no ar.

Cavalgamos por mais uma hora e, quando não havia nada além de uma faixa prateada de luar, Hawke fez um sinal para o grupo. Os cavalos diminuíram a marcha e depois pararam, com a respiração pesada.

— Parece ser um lugar melhor do que a maioria para acampar — comentou Hawke.

Tive um ímpeto inusitado de rir, mas não havia nada de engraçado no que estávamos prestes a fazer.

Nós iríamos passar a noite ali, dentro da Floresta Sangrenta, por onde os Vorazes vagavam.

Capítulo 30

Acho que eu nunca havia sentido tanto frio antes.

O saco de dormir não impedia que a friagem subisse do chão, e o cobertor, apesar de ser de pele pesada, não era suficiente contra o ar gélido. Meus dedos pareciam cubos de gelo dentro das luvas, e o tremor não era capaz de aquecer a minha pele.

A temperatura devia ter diminuído, no mínimo, uns vinte graus durante a noite dentro da Floresta Sangrenta e imaginei que, se chovesse, ficaria tão frio como se tivesse nevado.

Nos últimos vinte minutos, tentei me forçar a pegar no sono, pois se estivesse inconsciente, eu não ficaria tão preocupada em virar um pedaço de gelo. Mas a cada estalo na grama e rajada de vento, eu levava a mão até a adaga guardada embaixo da bolsa que usava como travesseiro. Entre o frio, a possibilidade de que houvesse jarratos rondando o acampamento e a ameaça de um ataque dos Vorazes, estava impossível dormir naquela noite. Não sabia como alguém conseguiria. Eu mal consegui comer qualquer coisa durante o nosso jantar rápido e silencioso.

Quatro guardas dormiam. Outros quatro ficavam de vigia a vários metros de distância, um em cada canto do acampamento. Hawke estava falando com um deles, mas agora caminhava na minha direção. Uma parte de mim pensou que eu deveria fingir que estava dormindo, mas tive a impressão de que ele saberia.

Hawke parou na minha frente e se ajoelhou.

— Você está com frio.

— Eu estou bem — murmurei, batendo os dentes.

Um instante depois, senti os dedos sem luvas dele roçarem a minha bochecha. Fiquei tensa.

— Correção. Você está congelando.

— Eu vou me aquecer. — É o que esperava. — Em algum momento.

Ele deixou que a mão balançasse entre os seus joelhos.

— Você não está acostumada com esse tipo de frio, Poppy.

— E você está?

— Você não faz ideia do que estou acostumado.

Isso era verdade. Olhei para a silhueta da mão dele. Para mãos tão ásperas e calejadas, Hawke tinha os dedos bastante compridos e graciosos. Dedos que pertenciam a um artista e não a um guarda. Um assassino.

Hawke se levantou e, por um momento, pensei que ele fosse se juntar aos outros guardas de vigia, mas não fez isso.

Enquanto segurava o cobertor grosso o mais perto que podia do corpo, observei-o soltar o cobertor enrolado na bolsa e largá-la no chão. Sem dizer nem uma palavra, ele passou por cima de mim como se eu fosse nada mais do que um tronco. Antes que eu pudesse respirar fundo, ele já estava deitado atrás de mim.

Virei a cabeça para ele.

— O que você está fazendo?

— Estou me certificando de que você não congele até a morte. — Ele desenrolou o cobertor pesado de pele e o jogou sobre as pernas. — Eu seria um péssimo guarda se isso acontecesse.

— Eu não vou congelar até a morte. — Meu coração começou a bater de modo irregular. Ele estava tão perto que, se eu me virasse, meu ombro tocaria o dele.

— Mas vai atrair todos os Vorazes em um raio de oito quilômetros com os seus tremores. — Ele se deitou de lado, de frente para as minhas costas.

— Você não pode dormir ao meu lado — sibilei.

— E não vou. — Com a ponta do cobertor na mão, ele o colocou, *junto* com seu braço, sobre mim.

O peso do braço dele se acomodou sobre a minha cintura, me deixando atordoada por alguns segundos preciosos.

— Como você chama isso, então?

— Eu vou dormir *com* você.

Arregalei os olhos.

— E qual é a diferença?

— Há uma enorme diferença. — Seu hálito quente cobriu a minha bochecha, fazendo com que a minha pulsação acelerasse.

Examinei a escuridão, com cada parte do meu corpo concentrada na sensação do braço dele ao meu redor.

— Você não pode dormir comigo, Hawke.

— Eu não posso deixar que você congele ou fique doente. É muito perigoso acender uma fogueira e, a menos que você prefira que outra pessoa durma com você, não há muitas opções.

— Eu não quero que ninguém mais durma comigo.

— Eu já sabia disso — respondeu ele, com um tom de voz zombeteiro e presunçoso.

O rubor subiu até as minhas bochechas.

— Eu não quero que *ninguém* durma comigo.

Na escuridão, o olhar de Hawke encontrou o meu e, quando ele falou, foi em um tom de voz ainda mais baixo:

— Eu sei que você tem pesadelos, Poppy, e que eles podem ser bastante intensos. Vikter me alertou a respeito.

A tristeza atravessou o constrangimento antes que ele pudesse se formar, despedaçando-o.

— É mesmo? — Minha voz soou áspera e rouca.

— É.

Fechei os olhos para enfrentar a dor. É lógico que Vikter havia alertado Hawke. Ele deve ter feito isso na primeira noite em que Hawke teve de me vigiar. No fundo do coração, eu sabia que Vikter tinha compartilhado aquela informação em meu benefício e não para preparar Hawke para a noite em que um dos pesadelos me acordasse. Ele tinha feito isso para que Hawke não reagisse de uma maneira que me causaria constrangimento ou estresse.

Vikter era... Deuses, eu sentia tanta falta dele.

— Quero estar perto o suficiente para intervir no caso de você ter um pesadelo — continuou ele, e eu abri os olhos. — Se você gritar...

Ele não precisava terminar a frase. Se gritasse, eu poderia atrair um Voraz nas proximidades.

— Então, por favor, relaxe e tente descansar. Teremos um dia difícil pela frente amanhã se não quisermos ser obrigados a passar duas noites na Floresta Sangrenta.

Havia centenas de recusas na ponta da minha língua, mas eu estava com frio e, se tivesse um pesadelo, seria bom que houvesse alguém por perto para me impedir antes que eu começasse a gritar como uma louca. E o calor de Hawke... o calor do seu corpo já se infiltrava pelo cobertor enrolado à nossa volta, entrando pela minha pele e ossos gelados.

Além disso, ele só estava dormindo ao meu *lado*. Ou *comigo*, como tinha dito. Mas essas coisas não eram proibidas.

E não era como se já não tivéssemos feito coisas contra as quais eu *deveria* ter protestado ou que deveria ter evitado. Em comparação com a noite no Pérola Vermelha e durante o Ritual, aquilo era extraordinariamente casto, não importava que agora eu tremesse por uma razão completamente diferente do frio.

— Durma, Poppy — insistiu ele.

Bufei do modo mais alto e desagradável possível e então pousei a bochecha em cima da bolsa e estremeci. O tecido havia esfriado significativamente enquanto eu estava com a cabeça erguida. Acabei olhando para a frente, concentrada na silhueta disforme de um dos guardas em pé ao luar.

Fechei os olhos e toda a minha concentração foi imediatamente para onde o corpo de Hawke tocava o meu.

O braço de Hawke estava quase enrolado em volta da minha cintura, mas sua mão não me tocava. Devia estar pendurada na frente do meu corpo. Aquilo era surpreendentemente... cortês da parte dele. Seu peito estava de encontro às minhas costas e, a cada respiração, o corpo de Hawke entrava mais em contato com o meu.

Os únicos sons além do meu coração disparado — que fiquei imaginando se ele poderia ouvir — eram o chocalhar do vento agitando as folhas, que me fazia lembrar de ossos ressecados se esfregando um contra o outro, e o relinchar suave dos cavalos.

Será que Hawke já estava dormindo? Se estivesse, eu ficaria *muito* irritada.

— Isso é absurdamente inapropriado — murmurei.

Sua risada de resposta tocou os meus nervos de todas as maneiras erradas — e certas.

— Mais inapropriado do que você se disfarçar de plebeia e agir de modo bastante diferente no Pérola Vermelha?

Fechei o maxilar tão rápido e com tanta força que fiquei surpresa por não quebrar um dente.

— Ou mais inapropriado do que a noite do Ritual, quando você deixou que eu...

— Cale a boca — sibilei.

— Eu ainda não terminei — disse ele, com o peito pressionado contra as minhas costas. — Que tal sair de fininho para enfrentar os Vorazes na Colina? Ou aquele diário...?

— Eu já entendi, Hawke. Você pode calar a boca agora?

— Foi você quem começou.

— Na verdade, não.

— O quê? — Ele deixou escapar uma risada baixa. — Você disse e eu cito: "Isso é absurda, grosseira e irrefutavelmente..."

— Você acabou de aprender o que é um advérbio? Porque não foi isso o que eu disse.

Hawke suspirou.

— Desculpe.

Ele não parecia nada arrependido.

— Eu não sabia que tínhamos voltado a fingir que não fizemos todas aquelas coisas inapropriadas — disse ele. — Não que eu esteja surpreso. Afinal de contas, você é uma Donzela pura, imaculada e intocada. A Escolhida.

Ah, meus Deuses....

— Que está se guardando para um marido da Realeza. Que, aliás, *não* será puro, imaculado, nem intocado...

Eu me remexi para cutucá-lo com o cotovelo, mas esqueci que estava envolta em um cobertor e coberta com outro. Tudo o que consegui foi descobrir a parte da frente do corpo, expondo-o ao ar frio.

Hawke deu uma risada.

— Eu te odeio. — Eu me esforcei para me enrolar novamente no meu casulo de cobertores.

— Mas esse é o problema. Você não me odeia.

Eu não tinha resposta para aquilo.

— Sabe o que eu acho?

— Não. Nem quero saber.

Ele me ignorou.

— Você gosta de mim.

Franzi as sobrancelhas enquanto olhava para a pequena clareira.

— O suficiente para ser *absurdamente inapropriada* comigo. — Uma pausa. — Em várias ocasiões.

— Bons Deuses, eu preferiria congelar até a morte agora.

— Ah, certo. Estamos fingindo que nada disso aconteceu. Eu sempre esqueço.

— Só porque não falo disso a cada cinco minutos não significa que eu esteja fingindo que não aconteceu.

— Mas mencionar isso a cada cinco minutos é tão divertido.

Repuxei os cantos dos lábios conforme puxava a ponta do cobertor sobre o queixo.

— Não estou fingindo que nada disso aconteceu — admiti em voz baixa. — É só que…

— Não devia ter acontecido?

Eu não queria dizer aquilo. Tinha a impressão de que depois que dissesse, eu não poderia mais voltar atrás.

— É só que eu não deveria... fazer nada disso. Você sabe. Eu sou a Donzela.

Hawke ficou em silêncio por um bom tempo.

— E como você se sente a respeito disso, Poppy?

Depois de várias tentativas de responder, fechei os olhos e apenas respondi com sinceridade.

— Eu não quero isso. Não quero ser entregue aos Deuses e depois, isso se houver um depois, me casar com alguém que nunca conheci e que provavelmente deve ser...

— Deve ser o quê? — A voz dele era suave e até mesmo tranquilizadora.

Engoli em seco.

— Que provavelmente deve ser... — Suspirei. — Você sabe como é a Realeza. A beleza está nos olhos de quem vê e os defeitos são inaceitáveis. — O calor finalmente subiu até as minhas faces. As palavras tinham gosto de cinzas. — Se eu Ascender, aposto que a Rainha vai me juntar com alguém assim.

Hawke não disse nada por um longo momento, e eu me senti tão agradecida que quase me virei e o abracei. Não havia nada que ele pudesse dizer que tornaria o que eu havia falado menos humilhante.

— O Duque Teerman era um bosta — disse ele. — E estou feliz que ele esteja morto.

Soltei uma risada atônita, alta o bastante para que um dos guardas parasse de andar de um lado para o outro.

— Ah, Deuses, eu ri alto demais.

— Tudo bem. — Parecia que ele estava sorrindo.

Sorrindo dentro do cobertor, eu disse:

— Ele era mesmo um bosta, mas é... mesmo que não tivesse essas cicatrizes, eu não ficaria entusiasmada. Não entendo como Ian fez isso. Ele mal conhecia a esposa e... acho que ele não é feliz. Ele nunca fala sobre ela, e é muito triste, pois os nossos pais se amavam. Ele também deveria ter isso.

Eu deveria ter isso, não importava se era a Donzela ou não.

— Ouvi dizer que a sua mãe se recusou a Ascender.

— É verdade. O meu pai era um filho primogênito. Ele era rico, mas não foi escolhido — disse. — Mamãe era uma dama de companhia quando eles se conheceram. Foi por acaso. O pai dele, meu avô, era amigo do Rei Jalara. Certo dia, o meu pai foi ao castelo com ele e foi então que viu a minha mãe. Aparentemente, foi amor à primeira vista. — Meu sorriso minguou. — Sei que parece bobagem, mas eu acredito nisso. Acontece... pelo menos com algumas pessoas.

— Não é bobagem. Existe, sim.

Franzi os lábios ligeiramente. A voz de Hawke parecia estranha. Eu não sabia explicar muito bem, mas fiquei imaginando se ele tinha visto alguém e se apaixonado depois de apenas uma conversa. Pensei em como ele contara que já havia se apaixonado antes.

O meu coração ardia.

— Foi por isso que você foi ao Pérola Vermelha? À procura de amor?

— Não acredito que alguém procure o amor por lá.

— Nunca se sabe o que você pode encontrar lá. — Ele ficou calado por um instante.

— O que você encontrou, Poppy?

A pergunta era tão suave que chegava a ser... sedutora.

— Vida.

— Vida?

Fechei os olhos novamente.

— Eu só quero ter algumas experiências antes da minha Ascensão. — Antes do que aconteceria *durante* a Ascensão. — Há tanta coisa que eu ainda não experimentei. Você sabe disso. Não fui até lá procurando por algo em particular. Eu só queria experimentar...

— A vida — respondeu ele. — Entendo.

— Entende? De verdade? — Eu achava que nem Tawny entendia muito bem.

— Entendo. Todo mundo ao seu redor pode fazer tudo o que quiser, mas você está presa a regras arcaicas.

— Você está dizendo que a palavra dos Deuses é arcaica?

— Foi você quem disse isso, não eu.

Franzi o nariz.

— Eu nunca entendi por que as coisas são assim. — Abri meus olhos. — Só por causa do modo como nasci.

— Os Deuses a escolheram antes mesmo de você nascer. — Ele parecia estar mais perto, como se, se nós não estivéssemos embrulhados, eu pudesse sentir a sua respiração na minha nuca. — Só porque você foi *nascida no manto dos Deuses, protegida mesmo dentro do útero, velada desde o nascimento.*

— Sim — sussurrei, abrindo os olhos. — Às vezes, eu gostaria de... eu gostaria de ser...

— O quê?

Outra pessoa. Alguém que não fosse a Donzela. Mas pensar nisso era uma coisa. Dizer em voz alta era outra. Eu quase tinha admitido para Vikter, mas foi o mais perto que cheguei de pronunciar aquelas palavras.

Já estava na hora de mudar de assunto.

— Deixe pra lá. Além do mais, não durmo muito bem. Também foi por isso que eu fui ao Pérola.

— Por causa dos pesadelos?

— Às vezes. Outras vezes, a minha cabeça não... fica quieta. Fica repassando as coisas sem parar — respondi, sentindo o calafrio diminuir um pouco.

— Sobre o que você pensa tanto? — perguntou ele.

A pergunta me pegou de surpresa. Ninguém além de Tawny — nem mesmo Vikter — havia me perguntado aquilo antes. Ian teria feito isso se ainda estivesse por perto.

— Ultimamente, sobre a Ascensão.

— Imagino que você esteja animada para conhecer os Deuses.

Eu bufei como um leitão.

— Longe disso. Na verdade, eu estou apavorada... — Respirei fundo, chocada por ter admitido aquilo de bom grado e em voz alta.

— Está tudo bem — disse ele, parecendo pressentir a minha descrença. — Não sei muito a respeito da Ascensão e dos Deuses, mas eu ficaria apavorado de conhecê-los.

— Você? — A descrença se agravou ainda mais. — Apavorado?

— Acredite ou não, algumas coisas me assustam. O segredo em torno do ritual da Ascensão é uma delas. Você tinha razão sobre o que disse para a Sacerdotisa naquele dia. É muito parecido com o que os Vorazes fazem; mas o que será que é feito para impedir o envelhecimento... para evitar a doença durante o que deve ser uma eternidade aos olhos de um mortal?

Senti um desconforto no estômago.

— São os Deuses, a Bênção deles. Eles se mostram para nós durante a Ascensão. Até mesmo olhar para eles transforma você — expliquei, mas as palavras pareceram desconfortavelmente vazias.

— Deve ser uma visão e tanto. — Enquanto eu parecia vazia, ele parecia seco como uma extensão das Terras Devastadas. — Estou surpreso.

— A respeito de quê?

— De você. — O peito dele roçou as minhas costas outra vez quando Hawke respirou fundo. — Você não é o que eu esperava.

Não era mesmo.

A maioria das pessoas ficava ansiosa para conhecer os Deuses e se tornar um Ascendido. Era assim com Ian, com Tawny e todas as damas e os cavalheiros de companhia, mas não comigo nem com a minha mãe, e isso nos tornava diferentes. Não de um jeito peculiar. Não de um jeito especial. Mas de um jeito que fazia com que fosse... difícil ser quem éramos, mesmo que os nossos motivos fossem bastante diferentes.

Sacudi a cabeça.

— Eu devia estar dormindo. E você também.

— O sol vai nascer antes do que imaginamos, mas você não vai dormir tão cedo. Está tensa como a corda de um arco.

— Bem, dormir no chão duro e frio da Floresta Sangrenta, esperando que um Voraz tente morder a minha garganta ou que um jarrato coma o meu rosto, não é muito reconfortante.

— Nenhum Voraz vai chegar até você. Nem um jarrato.

— Eu sei. A minha adaga está embaixo da bolsa.

— É óbvio que sim.

Abri um sorriso para a noite.

— Aposto que posso deixá-la relaxada o suficiente para que você durma como se estivesse deitada em uma nuvem, se aquecendo ao sol.

Bufei outra vez, revirando os olhos.

— Você duvida de mim?

— Não há nada que alguém possa fazer para que isso aconteça.

— Há tanta coisa que você não sabe.

Estreitei os olhos.

— Pode até ser verdade, mas disso eu sei.

— Você está errada. E eu posso provar.

— Tanto faz — disse, suspirando.

— Eu vou provar e, quando terminar, logo antes de dormir com um sorriso no rosto, você vai me dizer que eu estava certo — disse ele.

— Duvido muito — retruquei, desejando que ele pudesse mesmo fazer...

A mão de Hawke, que antes estava pendurada, se espalmou sobre a parte superior do meu estômago, me deixando assustada. Girei a cabeça para trás.

— O que você está fazendo?

— Estou deixando você relaxada — respondeu ele, e tudo que eu pude perceber foi que a sua cabeça estava inclinada.

— Como é que isso vai me relaxar?

— Espere, e eu vou lhe mostrar.

Comecei a dizer que ele não precisava me mostrar nada, mas então a sua mão começou a se mover em círculos lentos. Fiquei de boca fechada. De alguma forma, ele tinha passado a mão entre as dobras do cobertor, através da capa e debaixo do suéter até chegar na minha fina camisola interior. Hawke movia os dedos em círculos, primeiro pequenos e apertados, e depois em arcos maiores até que chegassem abaixo do meu umbigo, enquanto o polegar quase roçava a parte de baixo dos meus seios. Ele só estava massageando a minha barriga, mas aquilo era novo e diferente, e parecia... algo mais. Uma sensação quente e trêmula irradiava da sua mão.

— Acho que isso não está me deixando relaxada.

— Deixaria se você parasse de tentar esticar o pescoço. — De repente, ele abaixou a cabeça e os seus lábios tocaram de leve na minha bochecha. — Deite-se de costas, Poppy.

Obedeci só porque a boca dele estava perto demais da minha.

— Quando você me ouve, fico achando que as estrelas vão cair do céu. — Ele se deitou comigo, de modo que disse aquilo logo acima da minha orelha. — Eu gostaria de poder capturar este momento.

— Bem, agora fiquei com vontade de erguer a cabeça novamente.

— Por que não estou surpreso? — O toque da mão dele desceu ainda mais, para além do meu umbigo. — Mas se fizesse isso, você não descobriria o que planejei. E se eu sei alguma coisa a seu respeito, é que você é curiosa.

Um calor de resposta brotou sob sua mão e se espalhou mais para baixo. Olhei nervosamente para o guarda.

— Acho... acho que isso não deveria acontecer.

— *Isso* o quê? — Os dedos dele roçaram o cós das minhas calças, me fazendo estremecer. — Eu tenho uma pergunta melhor. Por que você foi ao Pérola Vermelha, Poppy? Por que você deixou que eu a beijasse debaixo do salgueiro?

Abri a boca, mas senti os lábios dele roçando o contorno da minha bochecha, me deixando sem palavras.

— Você estava lá para viver. Não foi isso o que disse? Você deixou que eu a puxasse para dentro daquele quarto vazio para ter experiências. Deixou que eu a beijasse debaixo do salgueiro porque queria sentir. Não há nada de errado com isso. Nada mesmo. — Os lábios dele subiram de volta pela minha bochecha, deixando a minha pele arrepiada. — Por que esta noite não pode ser assim?

Fechei os olhos por um breve instante e então os abri, encarando o guarda.

— Deixe-me mostrar um pouco do que você perdeu quando não voltou ao Pérola Vermelha.

— Os guardas — sussurrei, me dando conta de que eu me preocupava com eles. Não com os Deuses. Nem com as regras. Nem com o que eu era.

— Ninguém pode ver o que eu estou fazendo. — Ele mexeu a mão, deslizando-a para baixo e entre as minhas coxas. Eu arfei quando ele me apalpou através das calças que não pareciam mais tão grossas assim. — Mas nós sabemos que eles estão ali.

Eu mal podia respirar com o redemoinho de sensações que se assentava no meu baixo-ventre e fazia o meu peito parecer pesado e dolorido.

— Eles não fazem a menor ideia do que está acontecendo. Não têm a mínima ideia de que a minha mão está entre as coxas da Donzela. — A voz dele era um sussurro quente quando ele me puxou para trás e me pressionou contra si, fazendo com que outro sopro de ar escapasse dos meus lábios. O meu traseiro se aninhou em seus quadris. Ele emitiu um som grave e retumbante que fez com que um lampejo de calor percorresse o meu corpo. — Eles não fazem a menor ideia de que estou tocando em você.

E então ele não estava mais apenas me apalpando. Ele *estava* me tocando, esfregando dois dedos sobre a costura da calça, bem no meu âmago. Uma onda de calor úmido me inundou. Olhei para baixo, quase esperando ver o que ele estava fazendo debaixo do cobertor.

Eu não via nada na escuridão.

Mas sentia tudo.

Como foi que nós chegamos àquele ponto? Eu não conseguia entender muito bem e não sabia ao certo se queria. Já havia experimentado antes o que estava sentindo agora, e só uma amostra me parecia uma coisa tão injusta. Viver não era isso? Era mais que dar um gole aqui e uma mordidinha ali. Era abocanhar e engolir o máximo que você podia.

Eu queria sentir o máximo que pudesse, ainda mais depois de só sentir dor e raiva por tanto tempo. Não sentia nada daquilo no momento.

Em breve, eu estaria na capital e era bem possível que a minha Ascensão acontecesse antes do que o esperado. E se eu saísse com vida dela, sabia, sem sombra de dúvida, que o homem com quem me casaria não me faria sentir nem metade do que Hawke parecia provocar em mim, fosse irritação e raiva, riso e divertimento ou aquilo — aquela onda reverberante de prazer intenso.

Os dedos dele brincavam com a costura, pressionando com força o suficiente para que eu sentisse o toque até as pontas dos pés. Cada parte do meu corpo ficou em estado de alerta.

Como foi que ele pensou que aquilo me ajudaria a dormir?

Eu estava bem acordada agora, com o pulso acelerado e o coração batendo forte, e ele estava me tocando, me esfregando de um modo que fazia com que os meus quadris estremecessem.

Ele deslizou a mão pela frente das calças. A palma roçou a carne nua do meu baixo-ventre. Aqueles dedos compridos pousaram sobre um ponto latejante e se moveram em círculos lentos e firmes.

— Aposto que você está macia, molhada e pronta. — A voz dele era um rosnado exuberante no meu ouvido. — Devo descobrir?

Estremeci, quase com medo que ele fizesse isso.

E quase receosa de que ele não fizesse.

A fricção dos seus dedos, o tecido áspero contra a minha carne... e as palavras de Hawke... Ah, Deuses, elas eram decadentes e puramente pecaminosas, e eu queria que aquilo nunca terminasse.

— Você quer que eu faça isso? — perguntou ele, e os meus quadris ondularam instintivamente, buscando o seu toque. Ele emitiu aquele som outra vez, aquele ronco de aprovação tão cru e primitivo. — Eu faria mais do que só isso.

Com os olhos semicerrados, vi a silhueta não muito distante de um dos guardas que patrulhava o lado norte do acampamento, enquanto sentia a pele e o corpo em chamas com aquele calor proibido conforme movia os quadris novamente. Dessa vez, não foi apenas uma reação que eu não pude controlar. Eu me movi intencionalmente, ondulando os quadris contra aquele círculo lento e constante dos dedos dele. Eu me deleitei com o pico de prazer intenso que se seguiu.

Não deveria permitir isso. Nem mesmo na privacidade de um quarto e muito menos onde alguém poderia nos ver. Eu acreditava que, se prestassem atenção, os guardas saberiam que tinha alguma coisa acontecendo. Quase podia apostar que o guarda mais próximo, aquele que eu estava observando no momento, era Kieran. Ele parecia tão alerta quanto Hawke.

Aquilo era errado.

Mas como é que podia... como é que podia parecer tão certo? Tão bom? Eu estava me tornando um ser feito de fogo líquido e pulsante, só por causa de dois dedos compridos e graciosos.

— Você está sentindo o que eu estou fazendo, Poppy?

Eu assenti.

— Imagine como seria a sensação dos meus dedos sem nada entre eles e a sua pele.

Estremeci.

— Eu faria isso. — Ele esfregou os dedos com mais força e aspereza, e as minhas pernas tremeram. — Eu poderia entrar em você, Poppy. Eu provaria o seu gosto. Aposto que você é doce como o mel.

Ah, Deuses...

Mordi o lábio conforme soltava o cobertor. Estendi a mão e toquei o antebraço de Hawke. Ele parou. Esperou. Sem dizer nem uma palavra, ergui os quadris contra a mão dele enquanto cravava os dedos na sua pele. O latejamento estava se tornando insuportável.

— Sim — arfou ele. — Você quer que eu faça isso, não quer?

— Sim — sussurrei, me forçando a pronunciar a palavra.

Os dedos dele retomaram o movimento, e eu quase dei um grito.

— Eu colocaria mais um dedo. Você estaria tensa, mas pronta para mais.

Minha respiração estava ofegante conforme eu sentia os tendões do braço dele se flexionando sob a minha mão, e movia os quadris no mesmo movimento circular que ele fazia em mim.

— Eu meteria e tiraria os dedos de dentro de você. — Os lábios dele roçaram a pele logo abaixo da minha orelha. — Você cavalgaria neles como está fazendo na minha mão neste exato momento.

Era isso o que eu estava fazendo, sem vergonha alguma. Segurava o braço de Hawke e me agitava contra a sua mão, buscando aquela tensão inacreditável que continuava aumentando.

— Mas não vamos fazer isso hoje à noite. Não podemos. Pois se colocar *alguma* parte do meu corpo dentro de você, eu vou querer entrar *todo* em você, e quero ouvir cada som que você fizer quando isso acontecer.

Antes que eu pudesse sentir a decepção, antes que eu pudesse compreender a promessa nas palavras suaves dele, Hawke moveu a mão para baixo, pressionando os dedos contra o meu âmago enquanto esfregava o polegar sobre o ponto que latejava. Não havia nada de lento nos seus movimentos. Ele sabia exatamente o que estava fazendo com toda aquela tensão rodopiante e inescapável. Hawke mudou de posição ao meu lado, passando o outro braço sob os meus ombros. Ele me puxou contra si, e eu não estava mais me movendo contra a mão dele, mas contra *ele*, com os movimentos dos quadris erráticos e precisos. Gemidos suaves e baixos escaparam dos meus lábios. Eu me sentia presa, maravilhosamente presa entre a mão dele e a extensão dura e inflexível do seu corpo. Alguma coisa... alguma coisa estava acontecendo. Era aquilo o que os beijos e os toques breves dele tinham sugerido e prometido antes. De repente, o meu corpo ficou tão tenso quanto a corda de um arco e os meus lábios se entreabriram um segundo antes de Hawke pousar a mão sobre a minha boca, silenciando o gemido que eu não teria sido capaz de reprimir. Ele desceu a boca quente sobre a lateral do meu pescoço, assim como os lábios e os dentes. Havia uma agudez perversa...

A tensão irrompeu. Eu entrei em erupção. O prazer jorrou, intenso e repentino. Era como estar em um beiral e ser empurrada. Caí, estremecendo em ondas pulsantes, e continuei caindo até que a mão no meio das minhas pernas diminuísse a velocidade e então parasse. Eu não sabia muito bem quanto tempo havia se passado, nem quando Hawke tinha afastado os dedos das minhas coxas ou tirado a mão da minha boca. O meu coração estava começando a desacelerar quando me dei conta da mão dele pressionada na minha barriga e do seu braço ao redor dos meus ombros, mantendo o meu corpo frouxo aninhado ao dele.

Pensei que talvez devesse dizer alguma coisa, mas... o quê? *Obrigada* me parecia inadequado. E achei que não era muito justo que ele tivesse me dado aquilo e eu não tivesse dado nada em troca. Além disso, achei que deveria ver se Kieran ou outro guarda havia notado o que Hawke havia feito — o que *nós* havíamos feito debaixo dos cobertores, mas não conseguia manter os olhos abertos. Não conseguia falar nada.

— Sei que você não vai admitir — disse Hawke, com a voz grave e densa. — Mas nós dois sabemos que eu estava certo.

Repuxei os lábios em um sorriso fraco e sonolento.

Ele *estava* certo.

De novo.

Capítulo 31

Quando acordei, pouco antes do amanhecer, não consegui acreditar como tinha dormido profundamente. Era como se eu não estivesse deitada no chão duro, mas na cama mais luxuosa.

Acho que não teria acordado por conta própria se não fosse pelo som de uma conversa abafada perto de mim.

— Nós chegamos mais longe do que eu imaginava — disse Hawke, em voz baixa. — Devemos chegar a Três Rios antes do anoitecer.

— Não podemos ficar lá — veio a resposta, e eu reconheci a voz de Kieran. — Você sabe disso.

Havia muita atividade dos Descendidos em Três Rios, então aquilo fazia sentido. Pisquei até abrir os olhos. Através da escuridão, vi os dois parados a alguns metros de mim. Corei quando ergui o olhar para Hawke. Não podia ver muito do rosto dele, mas pensei no que havíamos feito.

— Eu sei. — Os braços de Hawke estavam cruzados. — Se pararmos na metade do caminho para Três Rios, podemos cavalgar durante a noite e chegar a Novo Paraíso pela manhã.

— Você está pronto para isso? — perguntou Kieran, e eu franzi as sobrancelhas.

— Por que não estaria?

— Você acha que eu não percebi o que está acontecendo?

Meu coração deu um salto dentro do peito. Imediatamente, a minha mente evocou a imagem de Kieran patrulhando enquanto Hawke sussurrava aquelas palavras tão indecentes e pervertidas no meu ouvido. Será que Kieran tinha nos visto?

Ah, Deuses. Senti a pele irritadiça e quente, mas, sob o embaraço, fiquei surpresa ao descobrir que não havia nem um pingo de arrependimento. Eu não mudaria um segundo sequer do que tinha vivido.

Hawke não respondeu, e logo comecei a imaginar os piores cenários. Será que ele tinha se arrependido? O que tínhamos feito não era proibido só para mim. Embora não estivesse exatamente ciente das regras estabelecidas para a Guarda Real, eu tinha certeza de que o que Hawke e eu havíamos feito, o que estávamos fazendo, não era algo que o Comandante ignoraria.

Mas Hawke tinha que saber disso.

Assim como eu sabia. E, no entanto, fiz de qualquer modo.

— Lembre-se da sua missão — afirmou Kieran quando Hawke não respondeu. Ele olhou para Hawke e repetiu: — Lembre-se da sua missão.

— Eu não a esqueci nem por um segundo. — A voz dele endureceu. — Sequer.

— É bom saber.

Hawke começou a se virar para mim e eu fechei os olhos, sem querer que eles se dessem conta de que eu tinha ouvido a conversa. Senti quando ele fez uma pausa, seguida um instante depois pelo toque dos seus dedos na minha bochecha.

Abri os olhos e não fazia a menor ideia do que dizer enquanto olhava para ele. Meus pensamentos se dispersaram conforme ele deslizava o polegar ao longo do contorno da minha bochecha e depois sobre o meu lábio inferior, despertando todas as células do meu corpo.

— Bom dia, Princesa.

— Bom dia — sussurrei.

— Você dormiu bem.

— Dormi.

— Eu te avisei.

Sorri enquanto ruborizava e apesar da conversa que tinha ouvido.

— Você estava certo.

— Eu estou sempre certo.

— Duvido muito.

— Vou ter que provar para você novamente? — perguntou ele.

Meu corpo despertou e estava totalmente de acordo com aquela ideia. Porém, o meu cérebro também começou a funcionar.

— Acho que não será necessário.

— Que pena — murmurou ele. — Temos que ir.

— Certo. — Eu me sentei, estremecendo com a rigidez nas articulações. — Eu só preciso de alguns minutos.

A mão de Hawke encontrou a minha depois que eu me desvencilhei do cobertor. Ele me ajudou a levantar, endireitando a minha túnica. Suas mãos se demoraram nos meus quadris de um jeito familiar e íntimo que provocou um aperto no meu peito. Ergui o olhar para ele e, mesmo sob as sombras da Floresta Sangrenta, o modo intenso como ele olhava para mim me deixou enfeitiçada.

— Obrigado por ontem à noite — disse ele, com a voz baixa para que somente eu ouvisse.

Fiquei surpresa.

— Acho que sou eu quem deveria agradecer.

— Embora saber que você se sente assim deixe o meu ego inflado, não precisa fazer isso. — Ele entrelaçou os dedos nos meus. — Você confiou em mim ontem à noite, mas o mais importante é que sei que o que fizemos foi arriscado.

Foi mesmo.

Ele se aproximou de mim, e senti aquele seu cheiro de pinho e especiarias.

— E é uma honra que você corra esse risco comigo, Poppy. Sendo assim, obrigado.

Aquela sensação doce e ondulante tomou conta de mim, mas havia um peso estranho na voz dele. De mãos dadas, eu agucei os meus sentidos, algo que não tinha feito desde a noite do Ritual.

Senti a intensa tristeza que cortava tão fundo dentro dele, mas havia algo mais. Não era arrependimento, mas tinha um gosto azedo. Eu me concentrei até que as emoções de Hawke se tornassem minhas, para que pudesse filtrá-las e entender o ele que estava sentindo. Confusão. Foi isso o que senti. Confusão e conflito, o que não era nenhuma surpresa. Eu também me sentia assim.

— Você está bem? — perguntou Hawke.

Cortando a conexão, assenti e soltei a mão dele.

— Vou me arrumar.

Sentindo o olhar dele sobre mim enquanto me afastava, eu olhei para cima. Uma débil luz cinzenta penetrava através dos galhos frondosos. Meu olhar encontrou o de Kieran.

Ele estava nos observando o tempo todo, e a tensão em seu maxilar me dizia que ele não estava nada satisfeito.

Kieran parecia preocupado.

*

A apreensão que senti de que a conversa com Kieran pudesse alterar o comportamento de Hawke desapareceu antes mesmo de tomar forma. O alívio que tomou conta de mim deveria ter sido um alerta de que as coisas estavam... bem, estavam progredindo

Já tinham progredido.

Eu não deveria me sentir reconfortada. Pelo contrário, nós dois precisávamos desesperadamente ser lembrados dos nossos deveres. Mas eu não estava apenas aliviada. Estava entusiasmada e esperançosa.

Mas que esperança eu poderia ter? Não havia futuro para nós. Eu poderia até ser Poppy agora, mas ainda era a Donzela e, mesmo que fosse considerada indigna no momento da minha Ascensão, aquilo não significava que haveria um final feliz para Hawke e eu. Era bem provável que eu fosse exilada, e não gostaria que isso acontecesse com ele também.

O que quer que nós significássemos um para o outro, eu não pensava que Hawke estaria disposto a ser exilado comigo. Aquilo era bobagem. Era...

Era parecido com o tipo de amor épico que a minha mãe tinha sentido pelo meu pai.

De qualquer maneira, a noite passada parecia um sonho. Era a única maneira como eu conseguia descrevê-la. E não deixaria que as suposições ou as consequências estragassem aquela lembrança nem o que tinha significado para mim. Pensaria nisso quando chegasse a hora.

No momento, eu só conseguia me concentrar em não cair de Setti.

Minhas bochechas queimavam com o vento gelado enquanto cavalgávamos pela Floresta Sangrenta, as folhas de bordo vermelhas e os troncos cinza-avermelhados um mero borrão.

Nós tínhamos chegado ao coração da floresta, onde as árvores eram menos densas, permitindo a passagem dos raios de luz. Contudo, o sol não aquecia a área. Pelo contrário, o ar ficou mais frio e as árvores ainda mais estranhas, com troncos e galhos retorcidos, espiralando para cima, e os ramos emaranhados. Não podia ser o vento. As árvores eram todas retas e o tronco... parecia *úmido*, quase como se a seiva estivesse vazando.

Eu estava certa quando pensei que nevaria caso chovesse. Depois de algumas horas de cavalgada, os flocos de neve rodopiaram e flutuaram, cobrindo a grama verde e vibrante nos dois lados da trilha de terra batida. Eu até colocaria as luvas de novo, mas achava que os meus dedos não tinham chegado a descongelar da noite passada. Prendi o capuz, mas o tecido só protegia o meu rosto até certo ponto e eu não fazia a menor ideia de quanto tempo teríamos que seguir adiante. A floresta parecia interminável.

Diminuímos a velocidade no ponto em que as raízes grossas e retorcidas se soltavam do chão e subiam pela trilha como se tentassem recuperar o pedaço de terra usado pelos vivos.

Afrouxei a mão da sela e olhei para baixo, impressionada com a força das raízes, enquanto os cavalos trotavam com cuidado pelos obstáculos. Algo na trilha chamou a minha atenção. Olhei para a direita, além do cavalo de Airrick. Perto de uma das árvores, havia uma pilha de pedras dispostas tão ordenadamente que eu não acreditava que tivessem ficado daquela maneira de modo natural. Meio metro adiante, havia outro agrupamento de pedras. Só que dessa vez não estavam empilhadas, mas formando um padrão. À esquerda, avistei outro círculo perfeito de pedras. Havia outros, alguns com uma pedra colocada no meio, alguns vazios e até outros onde as pedras haviam sido dispostas de modo a parecer que uma flecha cortava o círculo.

Como no Brasão Real.

A inquietação percorreu a minha espinha. Era impossível que as pedras tivessem formado aqueles padrões naturalmente. Virei-me na sela para mostrá-las a Hawke.

De repente, um dos cavalos na dianteira empinou, quase derrubando Kieran. Ele se segurou na sela, acalmando o cavalo enquanto acariciava o pescoço dele.

— O que foi isso? — perguntou Noah, um Caçador que estava cavalgando na nossa frente quando paramos.

Phillips ergueu um dedo, silenciando o grupo. Prendi a respiração e olhei ao redor. Não ouvi nem vi nada, mas senti os músculos de Setti se contorcendo sob as minhas pernas. Ele começou a empinar, recuando. Pousei a mão no pescoço dele, tentando acalmá-lo enquanto Hawke puxava as rédeas. Os outros cavalos começaram a se mover nervosamente.

Hawke deu um tapinha discreto na região onde a minha adaga estava presa, e eu assenti. Enfiei a mão debaixo da capa, desembainhei a lâmina e a empunhei. Examinei as árvores...

Aquilo veio do nada. Uma explosão de preto e vermelho, saltando no ar e atingindo a lateral de Noah. Assustado, o cavalo empinou e Noah tombou, caindo no chão com toda a força. De repente, a coisa estava em cima dele, atacando o seu rosto com dentes afiados enquanto ele lutava para mantê-la a distância.

Era um jarrato.

Consegui sufocar o grito que subiu pela minha garganta. A coisa era enorme, maior do que um javali. Ele tinha o pelo oleoso e lustroso, que se erguia ao longo da sua espinha curva, as orelhas pontudas e o focinho comprido, da extensão de metade do meu braço. Suas garras se enterravam na grama, arrancando-a do chão enquanto ele tentava atingir o Caçador.

Phillips se virou na sela, com o arco na mão e uma flecha encaixada. Ele soltou o arco e o projétil zumbiu pelo ar, atingindo a criatura na parte de trás do pescoço. A coisa guinchou enquanto Noah a tirou de cima dele, chutando-a, enquanto a criatura rolava no chão para tentar arrancar a flecha.

Noah se levantou e sacou a espada curta. A pedra de sangue cintilava sob o raio de sol quando ele baixou a lâmina, silenciando o jarrato.

— Deuses — rosnou ele, limpando o jorro de sangue da testa. Ele se virou para Phillips, que ainda segurava o arco, com outra flecha encaixada. — Obrigado, cara.

— Não tem de quê.

— Se há um jarrato, então há dezenas deles — aconselhou Hawke. — Temos que chegar a...

De todas as direções, parecia que a floresta tinha voltado à vida. Um farfalhar soou mais alto, vindo da direita.

Recuei, praticamente grudando as costas em Hawke, quando a matilha de jarratos nos alcançou. Noah praguejou em voz alta enquanto pulava em um galho baixo, puxando as pernas para cima conforme os roedores saíam dos arbustos e andavam entre as árvores.

Eles não atacaram.

Eles *passaram* correndo por nós, disparando entre os cavalos agitados. Havia dezenas deles, rangendo os dentes e guinchando enquanto atravessavam as raízes, e em seguida desapareciam no meio dos arbustos.

Nada disso me deixou aliviada. Se eles estavam correndo, era porque estavam *fugindo* de alguma coisa.

Olhei para o chão e vi as espirais densas da névoa. Fiquei toda arrepiada. O aroma repentino...

Tinha cheiro de morte.

— Temos que sair daqui. — Kieran tinha percebido a mesma coisa que eu. — Agora.

Noah caiu no chão agachado, e os pés dele sumiram debaixo da névoa espessa. Meu coração quase saiu pela boca quando me inclinei para a frente, segurando na sela. Senti Setti retesado debaixo de mim enquanto Noah corria até o cavalo, segurando as rédeas com uma das mãos e a espada com a outra. Ele brandiu a lâmina no ar.

O Voraz veio tão rápido quanto a flecha que atingiu o jarrato, saindo do meio das árvores. As roupas rasgadas e esfarrapadas farfalharam quando ele pegou Noah, enterrando as garras no peito do Caçador enquanto se agarrava ao seu pescoço. O sangue escorreu pela frente da túnica de Noah conforme ele gritava e caía de costas, largando a espada enquanto o seu cavalo corria, passando pelos guardas na dianteira do nosso grupo.

Um uivo gelou o meu sangue e senti o estômago revirar quando o som foi respondido por outro e mais outro...

— Merda — rosnou Hawke, conforme Luddie virava o cavalo e atingia na cabeça com uma lança de pedra de sangue o Voraz que tinha derrubado Noah.

— Não vamos escapar se tentarmos fugir. — Luddie girou a lâmina da arma para cima. — Não com essas raízes.

Com o coração disparado, eu sabia o que aquilo significava. A névoa já alcançava os nossos joelhos e estávamos sem sorte.

— Você sabe o que fazer — disse Hawke. — Faça.

Dei um breve aceno de cabeça, e então ele tirou uma das pernas de cima de Setti e aterrissou em cima das raízes. Deslizei do cavalo, descendo de modo a não ficar no meio daquela massa retorcida. Vi que os outros estavam fazendo o mesmo. Airrick avistou a adaga na minha mão e arqueou as sobrancelhas.

— Sei como usá-la — disse a ele.

Ele me deu um sorriso travesso.

— Por alguma razão, não estou surpreso.

— Eles estão aqui. — Kieran brandiu a espada.

Ele tinha razão.

Eles voaram das árvores, uma massa de carne cinzenta e emaciada, e roupas puídas. Não havia tempo para entrar em pânico. Eram assustadoramente rápidos mesmo sendo apenas pele e ossos.

— Não deixe que eles ataquem os cavalos! — gritou um dos guardas quando Hawke deu um passo à frente, cravando a espada no peito de um Voraz.

Eu me preparei, sem ver nada além de presas manchadas de sangue, e então um deles veio na minha direção. Avancei, batendo a mão no ombro do Voraz, ignorando o modo como sua pele e ossos pareciam ceder sob a palma da minha mão, e, em seguida, enfiei a adaga em seu peito. O sangue podre jorrou quando puxei a lâmina. O Voraz caiu, e eu girei o corpo, agarrando a camisa rasgada de outro Voraz que estava correndo na direção de Setti. Cravei a adaga na base do seu crânio e fiz uma careta quando puxei a lâmina.

Olhei para cima e me deparei com Hawke. Ele me deu um sorriso tenso que só insinuava a covinha.

— Nunca pensei que acharia sexy algo relacionado a um Voraz. — Ele girou o corpo, cortando a cabeça do Voraz mais próximo. — Mas vê-la lutar contra eles é incrivelmente excitante.

— Isso é tão inapropriado — murmurei, soltando o Voraz. Eu me virei e me esquivei de outro. Ataquei quando ele agarrou a minha capa, cravando a adaga em seu peito. Ele caiu, quase me levando junto.

A minha lâmina era eficaz. Mas, infelizmente, necessitava de um contato próximo. Examinei a área e vi Kieran se movendo com a graça de um dançarino, com uma espada em cada mão enquanto derrubava um Voraz após o outro. Luddie estava fazendo um bom uso da sua lança, assim como Phillips do seu arco. Airrick ficou perto de mim, com a névoa agora alcançando as nossas coxas.

Um Voraz uivou e correu na minha direção. Segurei o punho de osso de lupino com força e esperei até que ele estivesse ao meu alcance, então joguei o corpo para a esquerda enquanto empurrava a pedra de sangue sob o seu queixo. Respirando com força, dei um passo para trás enquanto desejava que o meu estômago se acalmasse. Aquele cheiro...

— Princesa, tenho uma arma melhor para você. — Hawke pegou a espada de pedra de sangue de Noah e a jogou para mim.

— Obrigada. — Embainhando a adaga, eu me virei e ataquei, cortando o pescoço do Voraz mais próximo.

Eu adorava a adaga, mas a espada de pedra de sangue era muito mais útil naquela situação. Agora que conseguia me manter a distância, apunhalei outro Voraz enquanto o meu coração martelava dentro do peito. A parte de trás da minha perna esbarrou em algo e eu pulei para a direita, colocando o pé no chão. Minha bota escorregou no meio das raízes quando girei o corpo, atingindo o Voraz no peito. Não foi um golpe limpo. Eu tinha errado o coração. Puxei a espada e ajeitei as pernas para me preparar enquanto mirava no pescoço dele.

Eu me esqueci das raízes.

Com o pé preso, tropecei e tentei desesperadamente me equilibrar, mas caí quando alguém bateu em mim, me libertando das raízes. Airrick. Ele atingiu o Voraz quando eu caí, atacando-o enquanto os dois desapareciam sob a névoa.

Minha cabeça deslizou para dentro da neblina e, por um momento, não vi nada além de uma película branca. Fiquei em pânico. A minha mão livre bateu no chão escorregadio. Voltei no tempo, para quando eu era uma criança assustada e segurava a mão da minha mãe desesperadamente...

Ouvi a voz de Vikter na minha mente. Um conselho que ele me deu no início do treinamento. *Nunca se renda ao pânico. Se fizer isso, você vai morrer.* Ele tinha razão. O medo podia aguçar os sentidos, mas o pânico abafava tudo.

Eu não era uma criança.

Eu já não era pequena e indefesa.

Eu sabia como lutar, como me defender.

Com um grito, eu me libertei da lembrança e me levantei no instante em que um Voraz me alcançou. Lancei a espada para a frente, cravando-a em seu coração. Ele nem sequer se lamentou quando seus olhos sem alma encontraram os meus. Tudo o que fez foi estremecer e cair para trás. Eu me virei para procurar Airrick, me dando conta de que a névoa havia recuado, escorregando pelas nossas pernas e se dissipando. Era um bom sinal conforme eu seguia na direção de um Voraz ferido e agora visível, que rastejava pelo chão até um dos cavalos. Plantei minha bota em suas costas, empurrando-o no chão enquanto ele uivava. Cravei a espada nele, silenciando a criatura. A névoa estava quase desaparecendo.

Respirando pesadamente enquanto Hawke enterrava a espada no peito do último Voraz, eu me virei para avaliar o estrago. Havia apenas cinco guardas de pé, sem contar com Hawke. Vi Kieran e Luddie pairando acima de um Caçador que estava nitidamente morto. Vi o guarda cuja espada eu empunhava, e sabia que Noah havia morrido no instante em que o Voraz cravou as presas em seu pescoço. Continuei me virando até encontrar Phillips. Ele estava ajoelhado ao lado de...

Airrick.

Não.

Ele estava deitado de costas, com as mãos dele e de Phillips pressionadas sobre o abdômen. Sua pele pálida fazia com que os cabelos castanhos parecessem muito mais escuros e havia... havia tanto sangue. Abaixei a espada e caminhei até Airrick, contornando o Voraz caído.

— Ela... está... ela está bem? — O sangue escorria da sua boca quando ele olhou para Phillips. — O...

Phillips olhou para mim, com a pele negra assumindo um tom de cinza. Seus olhos estavam sombrios quando ele assentiu.

— Ela está mais do que bem.

— Bom. — Ele soltou um suspiro ofegante. — Isso é... bom.

Com o coração apertado, eu me ajoelhei e coloquei a espada de lado.

— Você me salvou.

Ele olhou para mim e soltou uma risada fraca e sangrenta.

— Eu não... acho que você... precisava ser salva.

— Precisava, sim — disse a ele, olhando para seu abdômen. As garras do Voraz o atacaram, cravando fundo, fundo demais. As entranhas dele não estavam mais para *dentro*. Reprimi um estremecimento quando Hawke se aproximou. — E você estava lá para mim. Você me salvou, Airrick.

Hawke se ajoelhou ao lado de Phillips e me encarou. Ele sacudiu a cabeça, não que eu precisasse ser informada. Não era uma ferida superficial e devia ser bastante dolorosa. Eu não precisava do meu dom para saber disso, mas aguçei os sentidos, estremecendo com a agonia absoluta que pulsava através da conexão.

Concentrei toda a atenção em Airrick, peguei a mão dele e fechei ambas as mãos ao redor da sua. Não podia salvá-lo, mas podia fazer o que não fui capaz de fazer por Vikter. Podia ajudar Airrick e tornar aquilo mais fácil. Aquilo era proibido e não muito inteligente de se fazer quando havia testemunhas por perto, mas eu não me importava. Não podia ficar parada ali sem fazer nada quando sabia que poderia ajudar.

Então pensei nas praias e em como Hawke me fazia rir, como ele fazia eu me sentir viva, e passei o calor e a felicidade por meio do vínculo para dentro de Airrick.

Notei o instante em que aquelas sensações alcançaram o guarda. Os vincos do rosto dele relaxaram e o seu corpo parou de tremer.

Ele olhou para mim, de olhos arregalados. Parecia tão jovem.

— Eu não... sinto mais dor.

— Não? — Forcei um sorriso enquanto mantinha a conexão aberta, inundando-o com ondas de luz e calor. Não queria que nem um pouquinho de dor entrasse ali.

— Não. — Uma expressão de assombro ficou estampada em seu rosto. — Sei que não estou, mas me sinto... me sinto bem.

— Fico aliviada por saber disso.

Ele olhou para mim, e eu sabia que Phillips e Hawke estavam observando tudo. Mesmo sem olhar, sabia que eles tinham percebido que aquele alívio repentino não tinha nada a ver com os estágios da morte. Ninguém com aquele tipo de ferimento morria em paz.

— Eu conheço você — disse Airrick, com o peito subindo pesadamente e lentamente se acomodando. — Achei que não... devia dizer nada, mas nós já nos encontramos antes. — Mais sangue vazou da sua boca. — Nós jogamos cartas.

Surpresa, abri um sorriso genuíno.

— Sim, é verdade. Como você sabia?

— São... os seus olhos — disse ele. Houve um intervalo grande entre o momento em que o peito dele se assentou e subiu novamente. — Você estava perdendo.

— Estava mesmo. — Eu me inclinei, mantendo a dor longe dele. — Eu costumo jogar melhor. Meu irmão me ensinou, mas eu só recebia cartas ruins.

Ele riu de novo, o som ainda mais fraco.

— Sim... eram bem ruins. Obrigado... — Ele olhou para o meu ombro. O que ele via estava além de mim, além de todos nós. Era bem-vindo. Os lábios de Airrick tremeram quando ele sorriu. — Mamãe?

Seu peito não se acalmou. Subiu, mas não desceu mais. Airrick se foi alguns segundos depois, com os lábios ainda repuxados em um sorriso e os olhos embotados, mas reluzentes. Eu não sabia se ele tinha visto a mãe ou qualquer outra coisa, mas esperava que sim. Desejei que a mãe dele tivesse vindo buscá-lo e não o Deus Rhain. Era bom pensar que os entes queridos estavam lá para acolher aqueles que faziam a passagem. Gostaria de acreditar que a esposa e o filho de Vikter estavam esperando por ele.

Lentamente, abaixei a mão dele e a coloquei sobre o peito. Olhei para cima e vi Phillips e Hawke me encarando.

— Você fez alguma coisa com ele — afirmou Hawke, me estudando.

Eu não disse nada.

Não precisei. Phillips disse para mim.

— É verdade. Os rumores. Eu ouvi, mas não acreditei neles. Deuses. Você tem o toque.

Capítulo 32

Nosso grupo cavalgou arduamente, em um ritmo agressivo e ruidoso, e com três guardas a menos do que quando saímos da Masadônia. Algumas horas mais tarde, encontramos o cavalo de Noah pastando e, depois que o prendemos à montaria de Luddie, seguimos o nosso caminho outra vez.

Após pararmos na fronteira de Três Rios por algumas horas para descansar os cavalos, viajamos durante a noite toda. Meu coração estava pesado, minhas pernas, dormentes e doloridas, e eu estava preocupada.

Phillips não falou nada a respeito do que eu tinha feito depois que os outros se juntaram a nós, mas não parava de olhar para mim. Toda vez ele me encarava como se não soubesse muito bem se eu era real, me fazendo lembrar dos olhares dos empregados sempre que me viam de véu.

Aquilo me deixava desconfortável, mas não era nada comparado com a reação de Hawke ao meu dom.

Ele olhou para mim sobre o corpo de Airrick como se eu fosse um quebra-cabeça sem as peças das bordas. Estava nitidamente surpreso, e eu não podia culpá-lo. Imaginei que ele tivesse algumas perguntas. Quando paramos na fronteira de Três Rios, tentei falar com ele sobre o que eu havia feito, mas Hawke apenas sacudiu a cabeça. Ele me disse "mais tarde" e que eu deveria descansar um pouco. É óbvio que resisti à ideia, e ele acabou fingindo cair no sono ao meu lado ou dormindo de verdade.

Não sabia dizer se ele estava bravo ou incomodado ou... chateado por eu não ter contado a ele, mas não me arrependi de usar o meu dom para aliviar a morte de Airrick. Hawke e eu conversaríamos, e o mais tarde poderia chegar antes do que ele gostaria. Mas consegui resistir ao impulso de usar o meu dom para determinar como ele estava se sentindo. Preferiria que ele me contasse em vez de trapacear.

Pois ler as emoções dele neste momento seria trapaça.

Quando chegamos a Novo Paraíso, o crepúsculo estava quase sobre nós. Passamos pela pequena Colina sem problemas. Hawke desmontou e foi falar com um dos guardas antes de voltar para o cavalo atrás de mim, liderando o caminho pela rua de paralelepípedos.

Kieran tomou o lugar de Airrick, cavalgando ao nosso lado enquanto percorríamos a cidade sonolenta cercada por uma área densamente arborizada. Passamos por lojas trancadas, fechadas durante a noite, e entramos em uma área residencial. As casas eram tão pequenas quanto as da Ala Inferior, mas não tão amontoadas umas sobre as outras. Também estavam em condições muito melhores. A pequena cidade comercial era certamente lucrativa, e a Realeza que a governava parecia exercer um melhor controle sobre a manutenção do que os Teerman.

A cerca de uma quadra da vizinhança, a porta da primeira casa se abriu e um homem negro e mais velho saiu. Ele não disse nada, apenas acenou com a cabeça para Kieran e Hawke quando passamos. Atrás do homem, um menino correu para a casa ao lado. Ele bateu na porta e as persianas se abriram. À nossa frente, Phillips pousou a mão sobre a espada quando outro menino colocou a cabeça para fora.

— O meu pai está... — Ele parou de falar, arregalando os olhos ao ver a nossa pequena caravana. Ele deu um grito e, com um sorriso cheio de dentes, desapareceu dentro da casa, chamando pelo pai.

O garoto da primeira casa correu até duas casas abaixo, chamando outra criança, uma menina com os cabelos mais ruivos que os meus. Seus olhos se arregalaram como dois pires quando ela nos viu.

Em seguida, do outro lado da rua, mais uma porta se abriu, dessa vez revelando uma mulher de meia-idade com uma criança pequena no colo. Ela sorriu e a criança acenou. Levantando a mão, dei um aceno desajeitado e depois notei que o primeiro garoto tinha angariado uma multidão e tanto. Um grupo inteiro de crianças seguia o nosso avanço pelas calçadas, e mais e mais portas se abriam conforme o povo de Novo Paraíso saía para assistir. Nenhum deles gritou. Alguns acenaram. Outros sorriram. Uns poucos olharam de modo desconfiado de seus alpendres.

Eu me inclinei para trás e sussurrei:

— Isso é meio estranho.

— Acho que eles não recebem muitos visitantes — respondeu Hawke apertando a minha cintura, e o meu coração bobo pulou dentro do peito em resposta.

— É um dia emocionante para eles — comentou Kieran, espirituoso.

— É mesmo? — murmurou Hawke.

— Eles estão se comportando como se a Realeza estivesse entre eles.

Hawke bufou.

— Então eles não devem mesmo receber muitos visitantes.

Kieran lançou-lhe um olhar de esguelha, mas Hawke parecia ter relaxado atrás de mim, e eu encarei aquilo como um bom sinal.

— Você já esteve aqui antes? — perguntei.

— Apenas brevemente.

Olhei para Kieran.

— E você?

— Já passei por aqui uma ou duas vezes.

Arqueei a sobrancelha, mas então avistei o Forte Paraíso. Situado perto da floresta, o forte não possuía uma muralha secundária como o Castelo Teerman, mas também não era nem perto do seu tamanho. Com apenas dois andares de altura, a estrutura de pedra cinza-esverdeada parecia ter sobrevivido a uma época diferente.

Por pouco.

Seguimos em frente quando algo frio tocou a ponta do meu nariz. Olhei para cima. Flocos de neve caíam fortuitamente enquanto atravessávamos o pátio na direção dos estábulos. Vários guardas vestidos de preto nos aguardavam, acenando assim que entramos no espaço aberto que cheirava a cavalo e feno.

Soltei o ar, fechando os olhos por um breve instante enquanto afrouxava a mão na sela. A viagem pelo reino estava longe de acabar, mas, pelo menos naquela noite, teríamos uma cama, quatro paredes e um teto para dormir.

Coisas que eu não subestimaria nunca mais.

Hawke desmontou atrás de mim e se virou, levantando os braços enquanto mexia os dedos. Arqueei a sobrancelha e desci do outro lado do cavalo.

Hawke suspirou.

Sorri e acariciei o pescoço de Setti, esperando que ele enchesse a barriga de feno e descansasse um pouco. Ele merecia.

Com o alforje pendurado no ombro, Hawke se aproximou

— Fique perto de mim.

— É lógico.

Ele me lançou um olhar que dizia que não confiava na minha rápida concordância. Depois que os outros se juntaram a nós, saímos. A neve estava caindo com mais intensidade, cobrindo o chão. Puxei a capa para perto do corpo quando a entrada da frente se abriu, revelando outro guarda — um loiro alto com olhos de um azul-claro invernal.

Kieran cumprimentou o guarda com um aperto de mão.

— É bom ver você — disse o guarda, voltando o olhar para Hawke e depois para mim. Seus olhos se demoraram por alguns segundos no lado esquerdo do meu rosto antes de se virarem para Kieran. — É bom ver todos vocês.

— É bom ver você também, Delano — respondeu Kieran enquanto Hawke pousava a mão na minha lombar. — Faz muito tempo.

— Não o suficiente — retumbou uma voz grave de dentro da fortaleza.

Eu me virei e vi uma área aberta iluminada por lâmpadas a óleo. Um homem alto, barbudo, de cabelos escuros e ombros largos saiu de dois portões de madeira. Ele usava calças escuras e uma túnica pesada. Uma espada curta estava presa à sua cintura, embora ele não estivesse vestido como um guarda.

Kieran sorriu e eu pestanejei. Era a primeira vez que eu o via sorrindo, e ele passou de friamente bonito a incrivelmente atraente.

— Elijah, você sentiu a minha falta mais do que qualquer um.

Elijah encontrou Kieran no meio do caminho, envolvendo o homem mais jovem em um abraço de urso que tirou o guarda do chão. Seus olhos cor de avelã, mais dourados do que marrons, pousaram em Hawke e em mim.

O homem repuxou um canto dos lábios quando soltou Kieran. Ou, melhor dizendo, o largou. O guarda tropeçou para trás, se equilibrando enquanto sacudia a cabeça.

— O que temos aqui? — perguntou Elijah.

— Precisamos de abrigo durante a noite — respondeu Hawke.

Por algum motivo, aquele tal de Elijah achou a resposta de Hawke engraçada. Ele jogou a cabeça para trás e riu.

— Temos bastante abrigo.

— É bom saber. — Hawke abaixou a mão enquanto eu olhava ao redor da entrada, confusa.

Várias pessoas vieram pelos portões, tanto homens quanto mulheres. Assim como os habitantes da cidade, havia vários tipos de olhares. A maioria sorria, mas alguns olhavam para nós de um jeito que me fazia lembrar do Descendido loiro que tinha atirado a mão do Voraz.

Onde estava o Lorde ou a Lady que supervisionava a cidade? O sol ainda estava no céu, mas o lugar não tinha janelas e, portanto, não seria uma afronta aos Deuses se eles entrassem ali. Eu não vi nenhum Ascendido entre as pessoas reunidas. Será que aquele homem era um dos valetes do Lorde e ele estava ocupado em outro lugar? Percebi que Kieran estava olhando ao redor com um olhar desconfiado, provavelmente pensando a mesma coisa que eu.

— Nós temos muito o que... conversar — disse Elijah, dando um tapinha no ombro de Kieran com a mão tão pesada que me fez arquear as sobrancelhas.

Uma mulher de cabelos pretos, vestida com uma túnica verde-escura na altura dos joelhos e calças da mesma cor, se aproximou, com um xale cor de creme sobre os ombros. Imediatamente, olhei para o calçado dela.

Ela estava de botas.

Ela deu um passo à frente e notei que a cor dos seus olhos era muito semelhante à de Elijah, se não igual. Será que eles eram parentes? Ela parecia ter pelo menos dez anos a menos do que ele, mais próxima da minha idade e de Hawke. Talvez fosse uma sobrinha? Ela nos deu um sorriso de boca fechada e, assim como Delano, olhou fixamente para as minhas cicatrizes visíveis. Não havia pena em seu rosto, apenas... curiosidade, o que era muito melhor.

— Eu preciso falar com algumas pessoas, mas Magda a levará até o seu quarto. — Hawke se virou para a mulher de cabelos escuros antes que eu pudesse responder. — Certifique-se de que ela tenha um local para tomar banho e comida quente.

— Sim... — Ela começou a se curvar, quase como se estivesse fazendo uma reverência, mas parou no meio do caminho. Suas bochechas coraram intensamente quando ela olhou para mim. — Desculpe-me. Às vezes, eu perco o equilíbrio. — Ela deu um tapinha na barriga ligeiramente arredondada. — Culpa do bebê número dois.

— Parabéns — disse, esperando que aquela fosse a resposta apropriada, e depois me virei para ele. — Hawke...

— Mais tarde. — Ele disse, e depois girou nos calcanhares e foi se juntar a Kieran e Elijah, agora acompanhados por Phillips, que observava cada centímetro da fortaleza.

— Venha. — Magda tocou de leve no meu braço. — Temos um quarto no segundo andar com uma sala de banho. Vou pedir água quente e você pode tomar banho enquanto o cozinheiro prepara o jantar.

Sem saber o que fazer, segui Magda desde a entrada e pela porta lateral que dava para uma escada. Surpresa por Hawke ter me deixado sozinha, imaginei que fosse porque ele sabia que eu estava mais do que preparada para me defender, mas aquilo ainda me pareceu estranho. A menos que ele tivesse certeza de que não havia Descendidos ali.

Mas, mesmo que fosse o caso, isso não explicava como Hawke sabia o nome daquela mulher se só tinha passado pela cidade brevemente e não fomos apresentados.

*

O quarto era surpreendentemente grande e arejado, embora a única fonte de luz natural fosse uma janela pequena e estreita com vista para o pátio. Gostei das vigas de madeira no teto, e a cama parecia a coisa mais convidativa que eu já tinha visto na vida.

Não me atrevi a chegar perto dela, não com a capa e as roupas manchadas de sujeira, suor e sangue dos Vorazes. Coloquei a capa sobre uma cadeira pesada de madeira e em seguida me certifiquei de que o suéter cobrisse a minha adaga.

A lareira foi acesa e a comida, um ensopado de carne rico e saboroso, veio antes da água quente. Tomei cada gota do ensopado, assim como comi todos os pãezinhos que o acompanhavam, e teria lambido a tigela se não fosse pela presença do pequeno exército de empregados comandado por Magda.

Enquanto a banheira era cheia com a água quente, Magda pendurou um roupão azul-claro em um gancho na sala de banho. Olhei para ele, com um súbito nó na garganta de emoção.

Não era branco.

Fechei os olhos.

— Poppy — disse a mulher, e eu abri os olhos. Ela tinha perguntado como deveria me chamar e aquele foi o nome que dei. — Você está bem?

— Sim. — Pestanejei. — Passamos por... muita coisa para chegar até aqui.

— Eu imagino — respondeu ela, embora eu duvidasse disso. — Se você deixar as roupas ao lado da porta, eu vou me certificar de que sejam lavadas durante a noite.

— Obrigada.

Ela sorriu.

— Coloquei um sabonete novo e toalhas limpas ao lado da banheira. Você precisa de mais alguma coisa?

Eu queria perguntar onde Hawke estava, mas achei que ela não soubesse. Fiz que não com a cabeça e ela seguiu na direção da porta. Foi então que me lembrei dos Ascendidos.

— Magda? — chamei. — Quem são o Lorde e a Lady que moram aqui?

— O Lorde Halverston foi caçar com alguns homens — respondeu ela. — Ele viria aqui para cumprimentá-la, mas já estava se preparando para sair, já que está tão perto do anoitecer.

— Ah. — O Lorde foi caçar com os homens? As pessoas daqui eram... estranhas.

— Mais alguma coisa?

Dessa vez, balancei a cabeça em negativa e não a detive. Despi-me rapidamente, deixando as roupas ao lado da porta, e então corri pelo chão gelado que o fogo ainda não havia esquentado, com a adaga na mão.

A grande banheira devia ser a segunda melhor coisa que eu já tinha visto na vida.

Meus músculos doloridos acolheram a água quente e fiquei ali mais tempo do que o necessário, me esfregando com o sabonete com cheiro de lilases e lavando o cabelo duas vezes antes de me preocupar em ficar enrugada como uma ameixa seca se ficasse ali um minuto a mais. Eu me enxuguei com a toalha, vesti o roupão quente e andei descalça até a penteadeira, satisfeita por encontrar um pente. Fui até o quarto, desembaraçando os nós dos cabelos distraidamente, e coloquei a adaga na mesinha de cabeceira. Depois disso, não havia nada a fazer a não ser esperar.

Eu me sentei na beira da cama, imaginando o que Tawny estaria fazendo naquele momento. Será que ela estava fazendo amizade com as outras damas e cavalheiros de companhia? A tristeza pesou em meu peito e eu a acolhi. Era muito melhor do que sentir somente raiva e dor, mas eu sentia falta dela.

Sentia falta de Vikter.

O nó voltou para a minha garganta enquanto eu deslizava a mão sobre o tecido azul e macio. Meus olhos ardiam, mas as lágrimas... não vinham. Eu quase desejei que viessem. Suspirei e olhei para a cabeceira da cama. Havia dois travesseiros, como se a cama fosse para duas pessoas...

Uma batida na porta me assustou. Pulei da cama e já estava a caminho da mesinha de cabeceira quando a porta se abriu. Peguei a adaga e me virei.

— Hawke — arfei.

Ele arqueou as sobrancelhas.

— Achei que você já estivesse dormindo.

— Foi por isso que invadiu o quarto?

— Já que bati na porta, não considero isso uma invasão. — Ele fechou a porta atrás de si e ficou sob a luz. Hawke tinha tomado banho e trocado de roupa, e os cabelos úmidos cacheavam ao redor das bochechas. — Mas fico feliz de saber que você estava preparada caso fosse alguém que não quisesse ver.

— E se você for alguém que não quero ver?

Aquele sorrisinho apareceu.

— Você e eu sabemos que não é o caso. — Seu olhar vagou sobre mim. — De modo algum.

— Seu ego nunca deixa de me surpreender. — Guardei a adaga e então olhei ao redor. Já que o outro assento era aquela cadeira de aparência desconfortável, a cama era a única opção. Eu me sentei na beirada.

— Eu nunca deixo de surpreender você — retrucou ele.

Sorri.

— Obrigada por provar o que acabei de dizer.

Ele riu enquanto avançava.

— Você já comeu?

Assenti.

— E você?

— Enquanto tomava banho.

— Multitarefa.

— Eu sou habilidoso. — Ele parou ali, a vários metros de mim. — Por que você não está dormindo? Deve estar exausta.

— Sei que a manhã chegará em breve e retomaremos a viagem, mas não consigo dormir. Ainda não. Eu estava esperando por você. — Subitamente nervosa, brinquei com a faixa do roupão. — Este lugar é... diferente, não é?

— Imagino que alguém acostumado apenas com a capital e a Masadônia acharia que sim — respondeu ele. — As coisas são muito mais simples aqui, sem pompa e circunstância.

— Percebi. Eu não vi nenhum Brasão Real.

Ele inclinou a cabeça.

— Você esperou por mim para falar sobre estandartes reais?

— Não. — Suspirei, soltando a faixa. — Esperei para falar com você sobre o que fiz com Airrick.

Hawke não disse nada.

Meu nervosismo deu lugar à irritação.

— Agora é tarde o bastante para você? É uma boa hora?

Ele repuxou os lábios.

— É uma boa hora, Princesa. E é privado o suficiente, algo que achei que precisaríamos.

Abri e fechei a boca. Droga. Será que foi por isso que ele ficou adiando a conversa? Se sim, até que fazia sentido.

— Vai me explicar por que nem você nem Vikter mencionaram que você tinha esse... toque?

Fiquei de queixo caído.

— Eu não o chamo assim, só algumas pessoas que ouviram... rumores a respeito. É por isso que alguns pensam que sou a filha de um deus. Você, que parece ouvir e saber de tudo, nunca ouviu esse boato?

— Eu sei de muita coisa, mas não, nunca ouvi falar disso — respondeu ele. — E nunca vi ninguém fazer o que você fez.

Estudei a expressão de Hawke e achei que ele estava dizendo a verdade.

— É um dom concedido pelos Deuses. É por isso que sou a Escolhida. — Ou pelo menos um dos motivos. — Fui instruída pela Rainha a nunca falar sobre isso nem a usá-lo. Não até que eu seja considerada digna. Na maioria das vezes, eu obedeço.

— Na maioria das vezes?

— Sim, na maioria das vezes. Vikter sabia a respeito, mas Tawny não. Rylan e Hannes também não. A Duquesa sabe, o Duque sabia, mas é só — expliquei. — E eu não uso o dom com muita frequência... ou *quase*.

— O que é esse dom?

Soltei um longo suspiro.

— Eu consigo... sentir a dor das outras pessoas, tanto física quanto emocional. Bem, pelo menos começou assim. Parece que quanto mais eu me aproximo da Ascensão, mais o dom evolui. Acho que posso dizer que consigo sentir as emoções das pessoas agora — corrigi, puxando o cobertor ao meu lado. — Eu não preciso tocá-las. É só olhar para elas e é como... como se eu aguçasse os meus sentidos. Geralmente, eu consigo controlar, mas, às vezes, é difícil.

— Como no meio de uma multidão?

Sabendo que ele estava pensando na noite em que o Duque fez o pronunciamento à cidade, assenti.

— Sim. Ou quando alguém projeta a sua dor sem perceber. Essas ocasiões são raras. Eu não vejo nada além do que você ou qualquer outra pessoa veria, mas sinto o que a pessoa sente.

— Você... apenas sente o que as pessoas sentem?

Olhei para ele.

Ele estava me encarando com os olhos ligeiramente arregalados.

— Então você sentiu a dor que Airrick, que havia sofrido um ferimento muito doloroso, estava sentindo?

Fiz que sim com a cabeça.

Hawke pestanejou.

— Deve ter sido...

— Uma agonia? — sugeri. — Foi, mas não foi a pior dor que eu já senti. A dor física é sempre quente e intensa, mas questões emocionais e psicológicas são como... como tomar um banho de gelo no dia mais frio do ano. Esse tipo de dor é muito pior.

Hawke se aproximou e sentou na cama ao meu lado.

— E você consegue sentir outras emoções? Como felicidade ou ódio? Alívio... ou culpa?

— Consigo, mas é algo novo. E nem sempre sei muito bem o que estou sentindo. Tenho que me basear no que conheço, e bem... — Dei de ombros. — Mas para responder a sua pergunta, sim.

Pela primeira vez desde que conheci Hawke, ele parecia sem palavras.

— Não é só isso que eu consigo fazer — acrescentei.

— Obviamente.

Ignorei a frieza no tom de voz dele.

— Também consigo aliviar a dor das pessoas por meio do toque. Geralmente a pessoa nem percebe, a menos que esteja sentindo muita dor.

— Como?

— Eu penso em... momentos felizes e repasso a sensação por meio do vínculo que o meu dom estabelece entre nós — expliquei.

Hawke olhou para mim com intensidade.

— Você tem pensamentos felizes e é só isso?

— Bem, eu não explicaria desse jeito. Mas, sim.

Algo cintilou no rosto de Hawke, e então ele olhou para mim.

— Você já sentiu as minhas emoções?

Eu queria mentir. Mas não fiz isso.

— Sim.

Ele inclinou o corpo para trás.

— A princípio eu não fiz de propósito... bem, eu fiz, sim, mas só porque você sempre me parecia... sei lá. Como um animal enjaulado toda vez que eu o via pelo castelo, e fiquei curiosa para descobrir o porquê. Sei que não deveria ter feito isso. Não fiz... muitas vezes. Eu me contive. Mais ou menos — acrescentei, e suas sobrancelhas se arquearam em sua testa. — Na maioria das vezes. Às vezes, eu não consigo evitar. É como se eu estivesse negando a minha natureza em não...

Em não usar algo com que nasci.

Era por isso que às vezes era difícil de controlar. É lógico que a curiosidade muitas vezes me levava a usar o meu dom, mas parecia que era contra a natureza negá-lo e mantê-lo trancado. Era sufocante.

Assim como o véu e todas as regras e expectativas, e... o futuro que não escolhi para mim mesma.

Por que a minha vida inteira parecia tão errada?

— O que você sentiu emanando de mim?

Deixei os meus pensamentos de lado e olhei para ele.

— Tristeza.

O choque ficou estampado em seu rosto.

— Um pesar e um sofrimento profundos. — Baixei o olhar para o peito dele. — A dor está sempre presente, mesmo quando você brinca ou sorri. Não sei como você lida com isso. Acho que tem a ver com o seu irmão e a sua amiga. — Quando Hawke não disse nada, pensei que tivesse falado demais. — Desculpe. Eu não devia ter usado o meu dom em você e era melhor que tivesse mentido agora...

— Você já aliviou a minha dor?

Espalmei as mãos sobre as pernas.

— Sim.

— Duas vezes. Certo? Depois da sessão com a Sacerdotisa e na noite do Ritual.

Assenti.

— Bem, agora eu sei por que me senti... mais leve. Na primeira vez, isso durou... droga, durou um bom tempo. Fazia anos que eu não dormia tão bem. — Ele deu uma risada curta e eu olhei para ele. — É uma pena que isso não pode ser engarrafado e vendido.

Eu não sabia muito bem o que dizer.

— Por quê? — perguntou ele. — Por que você tirou a minha dor? Sim, eu sinto... tristeza. Sinto falta do meu irmão todos os segundos do dia. A ausência dele me assombra, mas eu sei lidar com isso.

— Eu sei. Você não deixa que isso interfira em sua vida, mas eu... eu não gostei de saber que você estava sofrendo — admiti. — E eu podia ajudar, pelo menos temporariamente. Eu só queria...

— O quê?

— Eu queria ajudar. Queria usar o meu dom para ajudar as pessoas.

— E você ajuda? Além de mim e Airrick?

— Sim. Sabe os amaldiçoados? Eu costumo aliviar a dor deles. E Vikter tinha dores de cabeça horríveis. Às vezes, eu o ajudava com isso. E Tawny também, mas ela nunca soube de nada.

— Foi assim que os rumores começaram. Com você ajudando os amaldiçoados.

— E as famílias também. Normalmente eles sentem tanta tristeza que eu tenho de fazer isso.

— Mas você não tem permissão.

— Não, e isso me parece tão estúpido. — Joguei as mãos para cima. — Não ter permissão para usar o meu dom. Não faz sentido. Os Deuses já não me consideraram digna ao me concedê-lo? — argumentei.

— Parece que sim. — Ele fez uma pausa. — Seu irmão consegue fazer isso? Ou outra pessoa da sua família?

— Não. Só eu e a última Donzela. Nós duas nascemos envoltas em um tipo de membrana — disse a ele. — E a minha mãe percebeu o que eu podia fazer quando eu tinha uns três ou quatro anos de idade.

Ele franziu o cenho e voltou a me encarar como se eu fosse um quebra-cabeça com peças faltando.

— O que foi?

Ele sacudiu a cabeça e suavizou a expressão do rosto.

— Você está me lendo agora?

— Não. Eu tento não fazer isso, mesmo quando quero muito. Fazer isso parece trapaça quando é com alguém que... — Parei de falar. Eu ia dizer "quando é com alguém de quem eu gosto".

Meu estômago revirou quando olhei para ele de olhos arregalados. Eu gostava de Hawke. Muito. Mas não do mesmo jeito que eu gostava de Tawny ou Vikter. Era diferente.

Ah, Deuses.

Isso não devia ser nada bom, mas não parecia ruim. Parecia com expectativa e esperança, com entusiasmo e centenas de outras coisas que não eram ruins.

— Gostaria de ter o seu dom neste momento, pois adoraria saber o que você está sentindo.

Eu não poderia estar mais agradecida que ele não soubesse.

— Eu não sinto nada vindo dos Ascendidos — disparei. — Absolutamente nada, mesmo sabendo que eles sentem dor física.

— Isso é...

— Estranho, não é?

— Eu ia dizer perturbador, mas certamente é estranho.

— Sabe de uma coisa? — Eu me aproximei dele, abaixando a voz. — Sempre me incomodou que eu não sentisse nada emanando deles. Deveria ser um alívio, mas nunca foi. Só me fazia sentir uma... frieza.

— Entendo. — Ele avançou, abaixando a voz também. — Eu devia agradecer a você.

— Pelo quê?

— Por aliviar a minha dor.

— Não precisa.

— Sei disso, mas eu quero — disse ele, com a boca incrivelmente perto da minha. — Obrigado.

— Não foi nada. — Semicerrei os olhos. Ele tinha cheiro de pinho e sabonete, e o seu hálito era quente nos meus lábios.

— Eu tinha razão.

— Sobre o quê?

— Sobre você ser corajosa e forte — explicou ele. — Você se arrisca muito quando usa o seu dom.

— Acho que não me arrisquei o suficiente — admiti. — Não pude ajudar Vikter. Eu estava muito... sobrecarregada. Talvez se eu não estivesse sempre lutando contra o meu dom, pelo menos teria aliviado a dor dele.

— Mas aliviou a dor de Airrick. Você o ajudou. — Ele abaixou a cabeça e a sua testa beijou a minha. — Você não é nada como eu esperava.

— Você sempre diz isso. O que você esperava?

— Para ser sincero, eu nem sei mais.

Fechei os olhos, descobrindo que gostava daquela proximidade. Eu gostava de ser... tocada quando era minha escolha.

— Poppy?

Eu também gostava do jeito que ele dizia o meu nome.

— Sim?

Ele tocou a minha bochecha com os dedos.

— Espero que você perceba que, não importa o que alguém tenha lhe dito, você é mais digna do que qualquer pessoa que eu já conheci.

Meu coração ficou apertado da melhor maneira possível.

— Você não deve ter conhecido muitas pessoas.

— Eu já conheci muitas. — Hawke ergueu o queixo e beijou a minha testa. Em seguida, ele se inclinou para trás, deslizando o polegar ao longo do meu maxilar. — Você merece muito mais do que aquilo que está por vir.

Merecia.

Eu abri os olhos.

Merecia mesmo.

Eu não era uma pessoa má. Debaixo do véu e atrás do meu título e do meu dom, eu era como qualquer outra pessoa. Só que nunca fui tratada como tal. Como Hawke havia me dito antes, todos os privilégios que as pessoas tinham eram algo que eu nem conseguia almejar. E eu estava tão...

Cansada disso.

Hawke recuou, com a voz pesada, quando disse:

— Obrigado por confiar o seu segredo a mim.

Incapaz de responder, fiquei muito absorta com o que estava acontecendo dentro de mim, pois algo estava se transformando, mudando. Algo enorme e também pequeno. Meu coração começou a disparar dentro do peito como se eu estivesse lutando pela minha vida e... bons Deuses, era isso o que eu estava fazendo. Naquele exato momento. Lutando não pela minha vida, mas pelo direito de vivê-la. Era isso que estava se encaixando dentro de mim.

Donzela ou não, boa ou má, Escolhida ou renegada, eu merecia *viver* e existir sem ser enclausurada por regras com as quais nunca concordei.

Eu olhei para Hawke, *de verdade*, e o que vi ia além do físico. Ele sempre agiu de modo diferente comigo e nunca tentou me impedir. Desde aquela noite na Colina até a Floresta Sangrenta, quando jogou a espada para mim, ele não só me protegeu. Ele acreditou em mim e respeitou a minha necessidade de me defender. E, como ele havia me dito antes, era como se nós nos conhecêssemos há séculos. Ele... ele me entendia, e eu achava que o entendia também. Pois ele era corajoso e forte, e sentia e pensava intensamente. Ele sofreu perdas, sobreviveu e seguiu em frente, mesmo com a agonia que eu sabia que carregava dentro de si. Ele me aceitou.

E eu confiava nele com a minha vida.

Com *tudo*.

— Você não devia olhar para mim desse jeito. — A voz dele tinha engrossado.

— Que jeito?

— Você sabe muito bem como está olhando para mim. — Ele fechou os olhos. — Na verdade, você pode não saber, e é por isso que eu deveria ir embora.

— Como eu estou olhando para você, Hawke?

Ele abriu os olhos.

— Como eu não mereço que alguém me olhe. Não você.

— Não é verdade — disse a ele.

— Eu gostaria que não. Deuses, como eu gostaria. Tenho de ir. — Ele se levantou e recuou, olhando insistentemente para mim. Não achei que ele quisesse ir embora coisa nenhuma. Ele respirou fundo. — Boa noite, Poppy.

Observei Hawke caminhar na direção da porta, com o seu nome na ponta da minha língua. Não queria que ele fosse embora. Não queria passar a noite sozinha. Não queria que ele acreditasse que não era merecedor.

O que eu queria era viver.

O que eu queria era ele.

— Hawke?

Ele parou, mas não se virou.

Meu coração disparou outra vez.

— Você... você vai ficar comigo hoje à noite?

Capítulo 33

Hawke não respondeu, e eu não sabia dizer se ele estava respirando, o que me fez lembrar de nós dois debaixo do salgueiro na noite do Ritual. Aquela lembrança não trouxe nenhuma pontada de dor.

Então ele disse:

— Não há nada que eu queira mais do que isso, mas acho que você não entende o que vai acontecer se eu ficar.

Eu me sentia um pouco tonta.

— O que vai acontecer?

Ele se virou para mim, com um olhar penetrante.

— É impossível me deitar nessa cama e não me atirar para cima de você em uma questão de segundos. Nós nem chegaríamos na cama antes que isso acontecesse. Eu conheço as minhas limitações. Sei que não sou um homem bom o bastante para me lembrar dos nossos deveres e nem de que sou tão incrivelmente indigno de você que deveria ser um pecado. Mesmo sabendo disso, seria impossível para mim não arrancar esse roupão e fazer tudo o que eu disse que faria quando estávamos na floresta.

O calor percorreu o meu corpo inteiro enquanto eu o encarava.

— Eu sei disso.

Ele respirou fundo.

— Sabe?

Assenti.

Hawke se afastou da porta.

— Eu não vou só abraçar você. Não vou parar de beijá-la. Os meus dedos não serão a única coisa dentro de você. O meu desejo por você é intenso demais, Poppy. Se eu ficar, você não sairá por essa porta ainda Donzela.

Eu tremi com a franqueza daquelas palavras. Não eram um choque, mas o desejo de Hawke, sim. Eu não me via como alguém que pudesse ser o objeto de algo tão feroz. Ninguém nunca tinha me permitido algo assim.

— Eu sei disso — repeti.

Ele deu mais um passo na minha direção.

— Sabe mesmo, Poppy?

Eu sabia, sim.

E era estranho ter essa consciência e estar segura depois de ter passado tanto tempo *sem* me conhecer — sem ter realmente permissão para descobrir quem eu era, o que poderia gostar ou não, o que iria querer ou precisar. Mas agora eu sabia.

Soube no instante em que pedi para ele ficar. Sabia quais seriam as consequências. Sabia o que eu era e o que não era esperado de mim, e sabia que não poderia mais ser aquilo. Não era o que eu queria para a minha vida. Nunca foi minha escolha.

Mas... eu queria isso.

Queria Hawke.

Essa era a minha escolha.

Eu estava reivindicando a minha vida, e isso começou muito antes dele. Quando exigi aprender a lutar e quando fiz Vikter me levar quando ele saía para ajudar os amaldiçoados. Aqueles foram passos significativos, mas houve passos menores ao longo do caminho. De certa forma, eles eram ainda mais importantes. Eu estava mudando, evoluindo, assim como o dom que eu era proibida de exercer, mas que continuava determinada a usar. A evolução estava em todas as aventuras e riscos que eu corria.

Estava no meu desejo de vivenciar o que me disseram que não era para mim.

Foi por isso que fiquei no quarto do Pérola Vermelha com Hawke.

Foi assim que sustentei o olhar do Duque e sorri para ele quando tirei o véu.

Foi assim quando falei com Loren pela primeira vez e quando fui para a Colina. Minha evolução me manteve quieta enquanto o Duque ministrava as suas *lições*, e quando cortei o braço, a mão e a cabeça de Lorde Mazeen, foi como se eu cortasse as correntes que nunca escolhi usar. Eu só não tinha me dado conta ainda. Houve inúmeros pequenos passos ao longo dos anos e especialmente nas últimas semanas. Eu não sabia quando aconteceu exatamente, mas tinha certeza de uma coisa.

Hawke não foi o catalisador.

Ele era a recompensa.

Levei as mãos surpreendentemente firmes até a faixa. Não desviei o olhar enquanto desfazia o nó. O roupão se abriu e então deslizou sobre os meus ombros. Deixei que ele se esparramasse aos meus pés.

Hawke não desviou o olhar nem por um segundo. Ele sequer piscou enquanto me encarava, com os olhos fixos nos meus. Lentamente, seu olhar percorreu a extensão do meu corpo. Eu sabia que havia luz suficiente para que ele visse tudo. Todas as curvas, os segredos e cicatrizes. As marcas irregulares nos meus braços e no meu abdômen, e aquelas que pareciam feridas de unhas afiadas nas minhas pernas, as que provavam que eu havia sido escolhida pelos Deuses.

Pois as marcas nas minhas pernas não eram de garras, mas de presas que rasgaram a minha pele. Fui mordida naquela noite.

Mas eu não fui amaldiçoada.

Hawke não veria a verdade por trás daquelas cicatrizes. Duas pessoas que sabiam já se foram, e apenas a Rainha e o Rei, a Duquesa e o meu irmão sabiam agora. Pela primeira vez na vida, eu queria contar a alguém a verdade por trás delas. Queria contar a Hawke.

Mas aquele não era o momento certo.

Não quando seu olhar voltava lentamente para o meu. Não quando ele olhava para mim como se estivesse memorizando cada centímetro do meu corpo. Eu não pude deixar de tremer quando os olhos dele finalmente encontraram os meus.

— Você é tão linda — sussurrou ele, com a voz embargada. — E tão inesperada.

Então ele se moveu daquele jeito que sempre tornava difícil acreditar que ele não era um Ascendido. Em um piscar de olhos, eu estava em seus braços, com a boca dele sobre a minha. Não havia nada lento e doce no modo como ele me beijava. Era como ser devorada, e eu queria aquilo. Retribuí o beijo, segurando-o com força, e no instante em que senti o toque da sua língua contra a minha, Hawke se afastou.

Foi então que tudo virou um borrão. A túnica dele saiu com a minha ajuda, seguida pelas botas e calças. Eu tremi quando vi o seu corpo pela primeira vez.

Ele era... lindo.

A pele bronzeada pelo sol e os músculos esbeltos. Seu tórax e abdômen eram definidos por anos de exercícios, e não havia como duvidar do poder e da força do corpo dele. Também não havia dúvida de como a vida deixara marcas em forma de pequenos cortes e cicatrizes mais profundas na sua carne. Ele era um lutador, como eu, e agora vi o que estava nervosa demais para notar antes. Seu corpo também era um registro de tudo a que ele havia sobrevivido, e a cicatriz mais profunda e vermelha na parte superior da coxa era a prova de que ele devia ter os seus próprios pesadelos. Parecia uma espécie de marca a ferro, como se algo quente e doloroso tivesse sido pressionado contra a pele dele.

— A cicatriz na sua coxa — perguntei. — Quando você a conseguiu?

— Há muitos anos, quando eu era burro o bastante para ser capturado — respondeu ele.

Era tão estranho como ele às vezes falava como se tivesse vivido dezenas de anos a mais do que eu achava que ele tinha. Mas sabia que, para algumas pessoas, um ano podia parecer uma vida inteira. Desviei o olhar dali e arregalei os olhos.

Ah, meus Deuses.

Mordi o lábio, sabendo que provavelmente não deveria ficar encarando. Parecia uma indecência, mas eu queria fazer isso.

— Se você continuar olhando para mim desse jeito, vou acabar antes de começar.

Com o rosto quente, eu me forcei a olhar para longe.

— Eu... você é perfeito.

A expressão dele enrijeceu.

— Não sou, não. Você merece alguém que seja perfeito, mas eu sou cretino demais para permitir isso.

Sacudi a cabeça, sem saber como ele não via o próprio valor.

— Eu discordo de tudo que você acabou de dizer.

— Que surpresa — disse ele, e então passou o braço ao meu redor.

Em um piscar de olhos, eu estava na cama, com ele em cima de mim, os pelos ásperos das suas pernas roçando nas minhas do modo mais surpreendente e agradável possível. Mas a sensação dele contra o meu quadril me deixou nervosa e me lembrou de uma consequência muito real que poderia advir daquilo.

— Você está...?

— Protegido? — Os pensamentos dele nitidamente seguiam o mesmo caminho que os meus. — Eu tomo o antídoto mensal.

Ele se referia à erva que tornava homens e mulheres temporariamente inférteis. Podia ser bebida ou mastigada, e ouvi dizer que tinha gosto de leite azedo.

— Presumo que você não — acrescentou ele.

Bufei.

— Isso não seria um escândalo? — perguntou ele, passando a mão pelo meu braço.

— Seria, sim. — Abri um sorriso. — Mas isso...

Aqueles olhos encontraram os meus.

— Isso muda tudo.

Sim.

Mudava mesmo.

E eu estava pronta para isso.

Hawke me beijou, e eu não pensei em nada além de como os seus lábios tinham um efeito quase entorpecente. Nós nos beijamos até que o meu coração começasse a bater acelerado e a minha pele formigasse de prazer. Em seguida, depois que eu fiquei sem fôlego, ele começou a me tocar.

Seus dedos percorreram cada centímetro de pele exposta e, quando Hawke colocou a mão no meio das minhas coxas, eu dei um gritinho, descobrindo rapidamente que o que ele tinha feito com os dedos por cima das minhas calças na floresta não era nada comparado com a sua pele na minha.

Ele desceu, usando a boca e depois a língua para seguir o caminho que as suas mãos haviam incendiado. Hawke se demorou nas áreas particularmente sensíveis, arrancando sons de dentro de mim que me fizeram pensar na espessura das paredes, e então se concentrou nas cicatrizes do meu abdômen, beijando e *venerando-as* até que eu tivesse certeza de que ele não as achava repulsivas ou feias.

Mas depois ele seguiu ainda mais para baixo, além do meu umbigo.

Meu coração parou de bater quando senti o hálito dele sobre o ponto onde eu latejava tão ferozmente. Abri os olhos e o vi acomodado entre as minhas pernas, com o olhar dourado fixo no meu.

— Hawke — sussurrei.

Ele repuxou um canto dos lábios em um sorrisinho malicioso e dissimulado.

— Lembra daquela primeira página do diário da Senhorita Willa?

— Sim. — Eu jamais esqueceria daquela primeira página.

Então, com o olhar fixo no meu, ele abaixou a boca.

Arqueei as costas com o primeiro toque dos lábios dele e afundei os dedos nos lençóis com o deslizar da sua língua. Pensei que o meu coração fosse parar de bater, que talvez já tivesse parado. A profusão de sensações que ele evocou parecia incompreensível até aquele momento. Era quase demais, e eu não conseguia ficar parada. Ergui os quadris, e o rugido de aprovação de Hawke foi quase tão bom quanto aquilo que ele estava fazendo.

Deuses...

Deixei a cabeça afundar no colchão, e eu sabia que estava me contorcendo e que não havia nenhum senso de ritmo por trás dos meus movimentos. Mas aquela pressão intensa dentro de mim se contraía e então tudo se desfez, me deixando impressionada com a sua intensidade. Eu devo ter dito seu nome. Devo ter gritado algo incoerente. Não sabia, e demorei o que me pareceu uma eternidade antes que eu conseguisse abrir os olhos.

Hawke levantou a cabeça, com os lábios inchados e brilhantes sob a luz das velas. A intensidade em seu olhar deixou a minha pele em brasa conforme ele me encarava. Ele nunca pareceu mais orgulhoso de si mesmo do que quando abriu a boca e deslizou a ponta da língua sobre os lábios.

— Mel — rosnou ele. — Exatamente como eu falei.

Fiquei sem fôlego e estremeci. Ele se moveu por cima do meu corpo relaxado como um animal selvagem. Eu o observei, incapaz de desviar o olhar enquanto a firmeza do corpo dele acariciava o meu, incapaz de deter um arrepio quando os pelos ásperos das suas pernas fizeram cócegas na minha pele sensível.

— Poppy — sussurrou ele, tocando os meus lábios com os seus. Ele me beijou, e a minha pele se aqueceu com o sabor, o gosto do meu corpo e dos seus dentes estranhamente afiados. Meus sentidos entraram em um turbilhão com a sensação dele se acomodando entre as minhas pernas, incitando e pressionando só um pouco. — Abra os olhos.

Eu tinha fechado os olhos? Tinha. Abri os olhos e vi que ele tinha repuxado um canto dos lábios, mas aquela expressão zombeteira não estava mais ali. Ele não disse nada enquanto olhava para mim, com os quadris e o corpo imóveis.

— O que foi?

— Quero que você fique de olhos abertos — disse ele.

— Por quê?

Ele riu, e eu suspirei ao sentir como estávamos próximos.

— Tantas perguntas.

— Acho que você ficaria decepcionado se eu não perguntasse nada.

— É verdade — murmurou ele, deslizando a mão pelo meu pescoço e depois mais para baixo. Ele fechou a mão em volta do meu seio.

— Então, por quê? — insisti.

— Porque quero que você me toque — disse ele. — Quero que você veja o que faz comigo quando me toca.

Um arrepio percorreu a minha pele.

— Como... como você quer que eu toque em você?

— Como você quiser, Princesa. Não dá para fazer nada errado — sussurrou ele com a voz rouca.

Tirei os dedos do lençol e ergui a mão, tocando a bochecha dele. Seu olhar permaneceu fixo no meu enquanto eu deslizava os dedos ao longo da curva do maxilar, sobre os lábios macios e depois pela sua garganta. Eu tinha sensações demais para que o meu dom pudesse ser remotamente funcional enquanto deslizava as pontas dos dedos sobre o peito dele. Senti sua respiração sob a minha mão e continuei explorando, memorizando a sensação dos músculos retesados da parte inferior do seu abdômen e da penugem abaixo do umbigo e depois ainda mais para baixo. Meus dedos roçaram uma dureza sedosa e o corpo inteiro dele estremeceu. Hesitei.

— Por favor. Não pare — murmurou ele, com o maxilar cerrado e os dedos imóveis sobre o meu seio. — Bons Deuses, não pare.

Eu me concentrei no rosto de Hawke enquanto o tocava. Havia tantas pequenas reações por todo o seu corpo. Sua mandíbula estalou e seus lábios se entreabriram. As linhas do rosto ficaram mais nítidas e os tendões do pescoço se retesaram quando fechei a mão em torno dele. Ele jogou a cabeça para trás e o seu corpo grande e forte tremeu. Percebi como a respiração dele tinha acelerado quando deslizei a mão até o ponto onde os nossos corpos estavam quase unidos. Foi então que ele estremeceu de corpo inteiro, e eu fiquei impressionada de ver como o meu toque o afetava. Segurei-o com força, mais confiante.

— Deuses — rosnou ele.

— Estou fazendo certo?

— Qualquer coisa que você fizer é mais do que certo. — A voz dele tinha ficado ainda mais grave. — Mas especialmente isso. Exatamente isso.

Eu ri baixinho e depois fiz novamente, deslizando a mão para cima e para baixo. Ele ergueu os quadris, assim como eu havia feito, pressionando-os contra a palma da minha mão, contra mim. Ele emitiu um som, um gemido profundo e intenso que enviou uma descarga de prazer pelo meu corpo.

— Está vendo o que seu toque faz comigo? — perguntou ele, seguindo a minha mão com os quadris.

— Sim — sussurrei.

— Você acaba comigo. — Hawke abaixou a cabeça e aqueles olhos... pareciam quase luminosos quando ele olhou para mim, e então baixou os cílios volumosos, escondendo-os. — Você acaba comigo de um jeito que acho que nunca vai conseguir entender.

Estudei o rosto dele.

— De um... jeito bom?

As feições de Hawke se suavizaram quando ele levou a mão até a minha bochecha.

— De um jeito que eu nunca senti antes.

— Ah.

Ele abaixou a cabeça, me beijando enquanto se apoiava sobre o braço esquerdo. Soltou a minha bochecha e deslizou a mão pelo meu corpo até que ela ficasse entre nós dois.

— Você está pronta?

Assenti, ofegante.

— Eu quero ouvir você dizer isso.

Repuxei os cantos dos lábios.

— Sim.

— Ótimo, pois acho que poderia até morrer se você não estivesse.

Eu ri, surpresa pelo som leve em um momento tão tenso e importante.

— Acha que eu estou brincando? Você não faz ideia — provocou ele, me beijando mais uma vez antes de pressionar mais um pouco. Ele parou e fez aquele som novamente. — Ah, sim, você está tão pronta.

Meu corpo inteiro corou e tremeu.

Hawke olhou para mim mais uma vez.

— Você me impressiona.

— Como? — sussurrei, confusa. Eu não fiz quase nada enquanto ele... ele me destruiu com aqueles beijos sobre os quais eu só tinha lido.

— Você enfrenta os Vorazes sem medo nenhum. — Ele deslizou os lábios sobre os meus. — Mas cora e estremece quando eu falo sobre como você está molhada e gostosa.

Eu estava certamente ainda mais corada agora.

— Você é tão inapropriado.

— Estou prestes a ser bastante inapropriado — prometeu ele. — Mas, primeiro, isso pode doer.

Eu sabia o suficiente sobre sexo para deduzir disso.

— Eu sei.

— Andou lendo livros obscenos novamente?

Uma palpitação começou no meu estômago e se espalhou pelo meu corpo.

— Quem sabe?

Ele riu, mas a risada terminou em um gemido quando ele começou a se mover.

Senti uma pressão e, em um momento em que não achei que ele poderia ir mais fundo, uma pontada súbita e intensa me deixou sem fôlego e fechei os olhos com força. Cravei os dedos em seus ombros, tensa. Sabia que sentiria um pouco de dor, mas todo aquele calor lânguido se transformou em pedaços de gelo.

Hawke parou em cima de mim, respirando pesadamente.

— Desculpe. — Seus lábios tocaram meu nariz, minhas pálpebras e minhas bochechas. — Desculpe.

— Tudo bem.

Ele me beijou outra vez, suavemente, e depois pousou a testa contra a minha. Uma respiração superficial ergueu o meu peito. Era isso. Eu tinha atravessado a última fronteira proibida.

Não houve nenhum choque de culpa nem surto de pânico. Na verdade, eu tinha atravessado aquela fronteira quando Hawke me beijou antes de saber quem eu era, e tudo o que levou a esse momento tinha apagado lentamente aquela barreira até que ela não existisse mais. Não havia mais volta desde a noite no Pérola Vermelha, e isso... isso parecia bom demais para não ser, de algum modo, predestinado. Eu sentia que deveria estar ali, naquele exato momento, com Hawke, onde importava quem eu era e não *o que* eu era. Não importava se os Deuses me considerassem indigna, porque eu era digna daquilo — de risos e emoção, de felicidade e expectativa, de segurança e aceitação, de prazer e experiência, de tudo o que Hawke me fazia sentir. E ele era digno de todas as consequências que viriam daquilo, pois não se tratava apenas dele. Eu sabia disso desde o momento em que pedi para ele ficar.

Aquilo dizia respeito a mim.

Ao que eu queria.

Era a minha escolha.

Respirei fundo e a queimação diminuiu. Hawke permaneceu imóvel em cima de mim, esperando. Timidamente, ergui os quadris contra os dele. Doeu, mas não tanto quanto antes. Tentei de novo. Hawke estremeceu, mas não se mexeu. Não até que eu afrouxasse as mãos sobre os ombros dele e ficasse sem fôlego por um motivo completamente diferente. Houve um atrito ardente, mas não como antes. Os músculos do meu baixo-ventre se retesaram quando uma onda de prazer percorreu o meu corpo.

Só então Hawke se moveu, e ele o fez com tanto cuidado e gentileza que senti as lágrimas aflorarem nos meus olhos. Fechei-os enquanto passava os braços em volta do pescoço dele, permitindo que eu me perdesse no meio daquela loucura mais uma vez, naquele crescente de sensações. Algum tipo de instinto primitivo tomou conta, fazendo com que os meus quadris seguissem os dele. Nós nos movíamos juntos e o único som no quarto vinha dos meus suspiros suaves e dos seus gemidos profundos. Aquela sensação de pressão intensa voltou. Minhas pernas levantaram por vontade própria, se envolvendo nos quadris dele. A intensidade crescia dentro de mim mais uma vez, mas agora era mais potente.

Hawke passou o braço por baixo da minha cabeça e fechou a mão no meu ombro enquanto apertava o meu quadril com a outra. Ele começou a se mover mais rápido e profundamente, com as investidas mais intensas enquanto me mantinha presa embaixo dele. Eu me segurei nele, minha boca procurando cegamente a sua enquanto Hawke deslizava a mão entre nós dois. Seu polegar encontrou aquele ponto sensível e, quando os quadris se moviam com os meus, a tensão explodiu novamente. Eu gritei quando a sensação reverberou pelo meu corpo, mais intensa e profunda do que antes. O alívio que ele me fez sentir antes, de alguma forma, não parecia nada em comparação com aquilo. Eu estava me desfazendo da melhor maneira possível, e foi só quando a última onda pareceu ter atingido o pico que me dei conta daqueles olhos dourados fixos no meu rosto, conforme ele tirava a mão de baixo de mim. Eu soube imediatamente que ele estava me observando o tempo todo e soltei um gemido ofegante.

Coloquei uma mão trêmula na bochecha dele.

— Hawke — sussurrei, desejando ser capaz de expressar o que tinha acabado de sentir, o que *ainda* estava sentindo.

As feições dele ficaram sérias, o seu rosto ficou tenso, e então... ele pareceu perder o controle que lhe restava. Hawke pressionou seu corpo contra o meu, se movendo com força. Senti os músculos dele flexionando e em seguida ele jogou a cabeça para trás e gemeu alto, estremecendo.

Ele abaixou a cabeça ao lado da minha, no ponto sensível ao longo da minha garganta. Senti seus lábios na minha pele enquanto o movimento dos seus quadris diminuía. Houve um arranhar de dentes que me deixou arrepiada, seguido pela pressão dos seus lábios.

Não sei quanto tempo ficamos assim, com a pele úmida esfriando e a respiração desacelerando enquanto eu afundava os dedos nos cabelos dele. Seus músculos relaxaram e ele apoiou o peso sobre os cotovelos, mas então fui me dando conta da tensão no corpo dele. Era o meu dom, surgindo entre as minhas sensações inebriantes.

Os lábios de Hawke roçaram a minha bochecha e encontraram a minha boca. Ele me beijou de um jeito suave e doce.

— Não se esqueça disso.

Eu coloquei a mão em seu rosto.

— Acho que eu nunca conseguiria.

— Prometa para mim — disse ele, parecendo não me ouvir enquanto levantava a cabeça. Seu olhar encontrou o meu. — Prometa que não vai se esquecer disso, Poppy. Que não importa o que aconteça amanhã, no dia seguinte, na semana seguinte, você não vai se esquecer disso... que isso foi verdadeiro.

Eu não conseguia desviar o olhar.

— Eu prometo. Não vou esquecer.

Capítulo 34

Algumas horas depois, um barulho me despertou. Eu estava de conchinha com um corpo enorme e quente me abraçando. Uma de suas pernas estava entre as minhas coxas, e eu estava envolta em seus braços. Embora ainda estivesse meio adormecida, eu percebi por inteiro a sensação desconhecida de estar nos braços de alguém. A sensação de pele na pele, dos pelos curtos e ásperos contra a minha carne, dos bíceps embaixo da minha cabeça e do hálito quente na minha bochecha. Tudo aquilo era maravilhoso e novo. Até mesmo naquele estado sonolento, eu sabia que não seria fácil me desvencilhar dessa sensação.

A última coisa de que me lembrava era de estar deitada de frente para Hawke enquanto ele brincava com os meus cabelos e me contava as histórias por trás das suas cicatrizes menores. A maioria foi conquistada através de combate, embora algumas fossem de quando ele era uma criança levada e imprudente. Eu pretendia contar a ele a verdade sobre algumas das minhas cicatrizes, mas devo ter caído no sono.

Hawke mudou de posição atrás de mim, levantando a cabeça quando o som veio novamente. Era uma batida suave na porta. Cuidadosamente, ele tirou a perna do meio das minhas. Parou por um segundo, e então senti as pontas dos seus dedos no meu braço. Eles desceram e passaram pela curva dos meus quadris até chegar ao cobertor. Ele puxou o cobertor sobre o meu peito enquanto se desvencilhava, se certificando de que o travesseiro substituísse seu braço embaixo da minha cabeça. Um sorriso sonolento e satisfeito surgiu nos meus lábios.

O colchão se moveu quando ele levantou, e eu o ouvi hesitar ao pé da cama. Pisquei até abrir os olhos. Uma das lâmpadas a óleo ainda estava acesa, lançando um brilho amanteigado pelo quarto. Ainda estava escuro como breu além da pequena janela, mas pude ver Hawke se empertigar enquanto vestia as calças, deixando-as desabotoadas. Meu estômago afundou com aquela visão. Ele foi atender a porta daquele jeito, sem camisa e seminu. Será que isso não denunciaria o que fizemos para quem estivesse lá fora?

Esperei que o pânico se manifestasse, junto com a preocupação e o receio de ser descoberta em uma situação proibida e bastante comprometedora.

Mas ele não veio.

Talvez porque eu ainda estivesse meio adormecida. Talvez a languidez agradável nos meus músculos tivesse se infiltrado no meu cérebro e acabado com o meu bom senso.

Talvez eu simplesmente não me importasse em ser descoberta.

Hawke abriu a porta e quem estava do lado de fora falou baixo demais para que eu pudesse ouvir. Não entendi a resposta de Hawke, mas vi que ele aceitou algo que lhe foi entregue. Ele ficou na porta só por alguns instantes antes de fechá-la novamente, colocando o que tinha nas mãos na cadeira.

Percebendo que eu estava acordada, ele se aproximou. Sem dizer nada, ele se abaixou, pegou uma mecha dos meus cabelos e a afastou do meu rosto.

— Oi — sussurrei, fechando os olhos enquanto pressionava a bochecha contra a palma da mão dele. — Já está na hora de levantar?

— Não.

— Está tudo bem?

— Tudo bem. Eu só preciso cuidar de uma coisa — respondeu ele. Abri os olhos. Ele olhou para mim enquanto deslizava o polegar pela minha bochecha, logo abaixo da cicatriz. — Você não precisa se levantar agora.

— Você tem certeza? — bocejei.

Um leve sorriso apareceu.

— Sim, Princesa. Durma. — Ele ajeitou o cobertor em volta de mim mais uma vez e depois se levantou. — Voltarei assim que puder.

Eu queria dizer alguma coisa, reconhecer o que havia acontecido entre nós e o que aquilo significava para mim, mas não sabia ao certo como dizer isso, e os meus olhos estavam ficando pesados. Voltei a dormir, mas não fiquei ali por muito tempo. Acordei pela segunda vez, com a lâmpada ainda acesa e a cama vazia ao meu lado.

Eu me espreguicei e franzi os lábios quando senti aquela dor estranha e embotada no meio das pernas. Não precisava de um lembrete da noite passada, mas ali estava ele. Olhei ao redor do quarto e avistei a cadeira. Minhas roupas estavam dobradas ali em cima. Será que fora Magda que bateu na porta? Ou outra pessoa? De qualquer modo, fosse lá quem fosse, o estado seminu em que Hawke tinha atendido a porta dizia tudo.

Mordi o lábio e fiquei deitada ali, olhando para a janela. Como antes, não senti nem pânico nem pavor. As pessoas falariam a respeito disso. De um jeito ou de outro, o que tinha acontecido viajaria para além das ruas de paralelepípedos. Acabaria por chegar à capital e depois até a Rainha. Mesmo diante da baixa probabilidade de isso não acontecer, os Deuses deviam saber que eu não era mais uma donzela de verdade. Não fazia a menor ideia se eu ainda era *a* Donzela aos olhos deles.

Mas eu não me considerava mais assim.

Não poderia mais voltar para aquela vida.

Uma breve pontada de medo fisgou o meu peito, mas não tinha problema, pois uma onda de determinação rapidamente a apagou, como um balde de água fria apagando uma fogueira.

Eu *não* iria voltar para aquela vida sem direitos, uma vida de esconder o meu dom e não poder ajudar as pessoas, de permitir que os outros fizessem o que quisessem comigo, ou porque não tinha escolha ou porque era constantemente colocada em uma posição em que tinha de aceitar o que era feito por medo do que pudesse acontecer com outra pessoa. Pois embora soubesse que a Rainha nunca me trataria mal, eu ainda deveria esconder o meu dom, ser quieta e invisível, amigável e conciliadora. Cada uma dessas coisas ia contra o próprio cerne da minha natureza.

Eu não podia Ascender.

E isso significava que eu tinha duas opções. Podia tentar desaparecer e me esconder — viver atrás do véu por tanto tempo seria de grande ajuda aqui, já que poucas pessoas sabiam como era a minha aparência. No entanto, havia pessoas que poderiam me descrever. Eu tinha certeza de que todas as cidades e vilarejos seriam notificados para ficar de olho em mim, mas sabia como permanecer invisível.

Mas para onde eu iria? Como sobreviveria? E o que aconteceria com Hawke se eu desaparecesse enquanto ele me escoltava?

Não presumi que o meu futuro, agora desconhecido e incerto, incluísse Hawke. No entanto, meu peito ainda vibrava. O que compartilhamos na noite passada tinha que significar algo mais do que um mero prazer físico. Ele poderia encontrar aquilo em qualquer lugar, mas me escolheu.

E eu o escolhi.

Aquilo tinha que significar algo que ia além da noite passada — algo que eu nunca pensei que teria a chance de vivenciar.

Quer Hawke fizesse parte da minha vida ou não, a outra opção seria procurar a Rainha e ser sincera. Agora *isso* me assustava porque eu... eu não queria decepcioná-la. Mas ela tinha que entender. Ela entendeu a minha mãe e eu era a favorita da Rainha. Ela tinha que entender que eu não podia ser aquilo. Caso contrário, eu teria que fazer com que ela entendesse.

Eu me sentei na cama, mantendo o cobertor em volta de mim. Eu sabia o que não podia fazer, mas não sabia o que aquilo significava a longo prazo para o reino ou para mim. O céu do lado de fora da janela começou a clarear. Eu precisava conversar com Hawke sobre isso e não podia mais esperar. Ele tinha que saber, e eu queria saber o que ele achava disso.

O que ele diria.

Sabendo que o amanhecer estava se aproximando, levantei-me e me arrumei, usando a água que tinha sobrado para me lavar rapidamente. A água estava fria, mas como eu não fazia ideia de quando teríamos acesso a água limpa novamente, não reclamei. Aliviada por vestir roupas limpas, prendi a adaga na coxa. Eu estava terminando de trançar o meu cabelo quando ouvi uma batida na porta.

Achando que Hawke entraria sem bater, eu me aproximei com cautela.

— Sim?

— É Phillips — veio a voz familiar.

Abri a porta e ele entrou correndo, me forçando a recuar enquanto fechava a porta atrás de si. Ele se virou e a sua capa se abriu, revelando que estava com a mão no punho da espada.

Os sinos de alerta soaram na minha cabeça conforme eu dava um passo para trás.

— Você está sozinha? — perguntou ele, olhando na direção da sala de banho.

— Estou. — Meu coração disparou dentro do peito. — Aconteceu alguma coisa?

Ele se virou para mim, de olhos arregalados.

— Onde está Hawke?

— Eu... eu não sei. O que está acontecendo?

— Tem algo estranho neste lugar.

Arqueei as sobrancelhas.

— Isso tudo está muito esquisito. Eu devia ter prestado atenção aos meus instintos. Só estou vivo hoje por causa deles, mas não dei ouvidos dessa vez — divagou ele enquanto caminhava até um pequeno alforje. — Dei umas voltas pela cidade. Não vi nenhum Ascendido. E onde está o Lorde Halverston? Não vi sequer uma evidência da Realeza.

— Fiquei sabendo que ele está caçando com seus homens — assegurei a ele. — Perguntei a Magda onde ele estava ontem à noite.

Com a minha bolsa na mão, ele me encarou, com as sobrancelhas escuras arqueadas.

— Você conhece algum Ascendido que saia para caçar?

— Nenhum, mas não conhecemos todos os Ascendidos.

— Sabe quem nós não conhecemos? Esse tal de Kieran. — Ele parou na minha frente. — Não sabemos nada a respeito dele.

Atordoada com o rumo daquela conversa, sacudi a cabeça.

— Eu não conheço nenhum de vocês.

Exceto por Hawke. Ele eu conhecia.

— Você não está me entendendo. Eu nunca vi o Kieran antes. Não até a manhã em que ele apareceu na Colina. Não consegui descobrir nada sobre ele além de que trabalhava na capital. Ele só me deu respostas curtas e evasivas.

Eu me lembrei de que vi os dois conversando durante toda a viagem. Ainda assim, a falta de vontade de Kieran de responder as perguntas de um estranho não significava nada.

— Há muitos guardas na Colina. Você conhece todo mundo?

— Conheço o bastante para achar suspeito que um guarda que acabou de ser transferido faça parte da equipe encarregada de escoltar a Donzela — afirmou ele. — Ele foi solicitado pessoalmente por Hawke, outro guarda novo que, de algum modo, em uma questão de meses, se tornou uma das pessoas mais importantes da Guarda Real de todo o reino.

Respirei fundo.

— Do que você está falando?

— Hawke é outro sobre o qual ninguém sabe quase nada. Mas depois que ele apareceu, você perdeu não apenas um, mas *dois* Guardas Reais pessoais.

Fiquei boquiaberta.

— Eu estava presente quando Rylan e Vikter foram mortos...

— E eu sei que não é normal que vários guardas tenham sido preteridos para a posição de guarda pessoal da Donzela por um garoto que mal saiu das fraldas — interrompeu ele. — Não me importo com as recomendações que fizeram ele chegar à Masadônia nem com o que o Comandante disse a respeito dele. Hawke solicitou Kieran e aqui estamos nós, em um forte onde não há nenhum Ascendido.

— O que você está tentando dizer, Phillips?

— Estou tentando dizer que isso é uma armadilha. Saímos da cidade com eles e caímos em uma maldita armadilha.

— Eles? — sussurrei.

— Kieran — respondeu ele. — E Hawke.

Por um momento, tudo o que consegui fazer foi encará-lo.

— Sei que não é o que você quer ouvir. Você e Hawke parecem... próximos, mas estou lhe dizendo, Donzela, que tem algo estranho neste lugar, tem algo de estranho sobre eles, e...

— E o quê?

— Evans e Warren estão desaparecidos. — Ele mencionou os dois guardas enquanto olhava para a porta. — Luddie e eu não os vimos mais desde cerca de uma hora depois que chegamos. Eles foram para os seus quartos e agora desapareceram. As camas não foram desfeitas e ninguém viu nenhum dos dois em lugar algum do forte.

Isso... Se fosse verdade, isso não era nada bom. Mas o que ele estava sugerindo era inacreditável. Eu não conhecia Kieran, mas conhecia Hawke e, se Hawke confiava em Kieran, eu também confiava. Então o que Phillips teria a ganhar dizendo uma coisa dessas?

Fiquei com a pele arrepiada quando a única opção me veio à mente. Phillips devia ser um Descendido. Chocada, eu não quis acreditar, mas lembrei como os Descendidos estavam vestidos para a celebração do Ritual. Eles estavam se misturando à multidão o tempo todo. Não era impossível.

Porque nada era.

E se Phillips fosse um Descendido, então isso... isso era bem ruim. Ele era excepcionalmente bem treinado. Pior ainda, ele sabia que eu sabia lutar e que estava armada, de modo que não teria o elemento surpresa. Detestava estar sozinha naquele quarto com ele, ainda mais sem saber quem estava por perto.

Eu precisava ficar cercada por outras pessoas.

— Certo. Você... você está na Masadônia há muito tempo. E Vikter... ele só me disse coisas boas a seu respeito — disse a ele. Pelo que podia me lembrar, Vikter nunca tinha mencionado Phillips, mas eu precisava que ele acreditasse em mim. Foi então que aguicei os meus sentidos. — O que devo fazer?

— Graças aos Deuses, você é inteligente. Eu estava com medo de ter que arrastá-la para fora daqui. — Ele olhou para a porta mais uma vez enquanto as suas emoções eram filtradas através de mim. — Nós temos que sair logo daqui.

— E depois? — Levei um segundo para entender o que eu sentia. Não havia nenhuma dor notável, mas senti o gosto de... medo.

— Venha. — Ele acenou na direção da porta, tocando a espada. Abriu uma fresta e olhou lá fora, rápido demais para que eu tirasse proveito dele de costas para mim. — Tudo limpo. — Seus olhos encontraram os meus. — Gostaria de acreditar que você sabe que estou lhe dizendo a verdade, mas não sou burro. Sei que você deve estar armada e que sabe como usar a adaga. Então, quero que mantenha as mãos onde eu possa vê-las. Não quero machucar você, mas vou incapacitá-la se precisar tirá-la daqui e levá-la para um lugar seguro.

Ser ameaçada não fazia eu me sentir segura, mas ele estava assustado.

Phillips estava apavorado. Soube disso quando ele se afastou e percebi que queria que eu fosse na frente. Senti a mão tremer para pegar a adaga. O que será que ele temia? Ser pego?

— Luddie e Bryant estão nos esperando nos estábulos. Estão preparando os cavalos.

Assenti, saindo no exato momento em que a porta no fim do corredor se abriu.

Kieran entrou e o ar frio soprou pelo corredor. Sem minha capa, eu não chegaria muito longe. Será que Phillips não tinha percebido isso? Ou não era relevante? Kieran parou, com as sobrancelhas arqueadas.

— O que você está fazendo aqui fora?

Antes que eu pudesse responder, ouvi Phillips desembainhar a espada. Meu coração começou a disparar dentro do peito.

— O que *você* está fazendo aqui fora? — exigiu saber Phillips. — Não é hora de partir.

Kieran começou a avançar.

— Eu estava indo para o meu quarto. — Ele olhou para mim. Acho que não tinha percebido que Phillips empunhava a espada. — E você não respondeu a minha pergunta.

Phillips estava atrás de mim e eu sabia que tinha de tomar cuidado. Ele podia até querer me manter viva, mas mesmo morta eu ainda seria uma mensagem eficaz. Ele enterraria a espada nas minhas costas antes que eu conseguisse alcançar a adaga.

Olhei para Kieran em silêncio, esperando que ele fosse capaz de ver o que eu não podia dizer.

Ele avançou, pousando a mão casualmente sobre a espada ao lado do corpo.

— O que está acontecendo aqui?

Phillips agarrou o meu braço e me puxou para trás. Ele foi rápido quando brandiu a espada. Assim como Kieran. Ele se esquivou do golpe, mas a ponta letal da lâmina foi apenas desviada da rota. Em vez de penetrar em seu peito, cortou Kieran no abdômen e na perna. Dei um grito enquanto Kieran olhava para si...

O som que veio de Kieran quando ele tropeçou e caiu para trás deixou todos os meus pelos arrepiados. Fiquei paralisada. Começou como um ronco baixo que não era nem de longe um som que viria da garganta de um mortal. Eu já tinha ouvido aquilo antes — na noite em que Rylan foi assassinado no Jardim da Rainha. O Descendido havia feito aquele mesmo som.

O ronco se intensificou, se transformando em um grunhido grave que me deixou sem fôlego. Quando ele levantou a cabeça, o meu coração quase parou de bater.

Seus pálidos olhos azuis...

Tinham um brilho iridescente em meio à penumbra.

— Você não deveria ter feito isso. — A voz que saiu dele era distorcida e soava errada, como se a sua garganta estivesse cheia de cascalho. — De jeito nenhum.

Kieran jogou a espada para o lado e ela quicou no assoalho de madeira. Eu não consegui entender por que ele tinha largado a arma, mas então vi o motivo.

Ele havia se *transformado.*

Sua pele parecia ficar mais fina e escura. Seu maxilar se projetou, alongando junto com o nariz. Os ossos quebraram e se rearranjaram enquanto pelos fulvos brotavam de cada centímetro de pele que eu podia ver. A túnica que ele usava abriu-se no peito. As calças rasgaram quando seus joelhos se dobraram. Ele se inclinou para a frente, com os dedos crescendo e as garras substituindo as unhas. As orelhas se alongaram quando ele abriu a boca com um rosnado frio e violento. Presas saíram da sua mandíbula quando as mãos — as *patas* — dele bateram no chão.

Aquilo levou segundos — uma questão de segundos — e então não havia mais um homem diante de nós. O que havia ali era uma criatura enorme, quase do tamanho de Phillips, uma besta de músculos sólidos e pelos sedosos. Eu olhava incrédula. Aquilo era impossível, eles estavam extintos havia *séculos*, desde a Guerra dos Dois Reis.

Mas eu sabia o que ele era.

Ah, meus Deuses.

Kieran era um *lupino.*

— Fuja! — gritou Phillips, agarrando o meu braço.

Eu não precisava ouvir duas vezes.

Phillips estava absolutamente errado a respeito Hawke, mas não em relação a Kieran. Havia algo incrivelmente *estranho* sobre ele.

As garras de Kieran arranhavam a madeira enquanto ele avançava em nossa direção, estendendo o braço e errando por pouco a capa de Phillips. Corri o mais rápido que já corri em toda a minha vida. Olhei por cima do ombro quando Phillips abriu a porta. Meu instinto gritava para que eu não fizesse aquilo, mas não consegui me conter. Então *olhei*.

O lupino saltou, girando no ar. Ele pousou na *parede*. Suas garras cravaram na pedra, e então ele pegou impulso e se soltou, aterrissando no meio do corredor.

— Vá! — Phillips me empurrou na direção da escada à sua frente.

O lugar estava escuro, apenas uma luz fraca iluminando o caminho. Minhas botas escorregaram sobre a pedra. Agarrei o corrimão quando alcancei o patamar, quase caindo. Mas não parei.

Voamos pelo último lance de degraus e saímos porta afora, quando finalmente me lembrei de algo útil, de que eu tinha uma arma. Pedra de sangue. Capaz de matar um lupino se o coração ou a cabeça fossem atingidos, assim como um Voraz.

Meus pés bateram no chão congelado enquanto eu puxava a adaga.

— Os estábulos. — Phillips correu, com a capa ondulando atrás de si como as ondas de um mar escuro.

Hawke.

Será que Kieran havia feito alguma coisa com Hawke? Meu coração disparou...

O uivo irrompeu no silêncio da manhã, fazendo com que eu erguesse a cabeça no momento em que o lupino saltava pelo gradil.

Ele aterrissou no chão atrás de nós, soltando outro uivo arrepiante.

Vindo da floresta ou do forte, ouvi uma resposta. Um rugido que provocou um calafrio de horror pelo meu corpo.

Havia mais de um.

— *Deuses* — arfei, correndo mais rápido do que nunca. Eu não iria embora dali sem Hawke, mas precisava me afastar daquela coisa o máximo possível. Era tudo em que podia pensar, pois, se diminuísse a velocidade por um segundo, ele me alcançaria.

Dobramos a esquina, Phillips escorregou e recuperou o equilíbrio enquanto corríamos em direção aos estábulos, sem um único guarda à vista, e aquilo não estava certo. Devia haver guardas ali àquela hora.

Avistei Luddie e o outro guarda.

— Fechem os portões! — gritou Phillips quando disparamos pelos estábulos, assustando os cavalos selados. — Fechem os portões, cacete!

Os dois homens se viraram quando parei, deslizando. Eu soube assim que eles viram o lupino.

— Puta merda — sussurrou Bryant, com o sangue se esvaindo do rosto.

Kieran estava nos alcançando.

Avancei para o lado dos portões no momento em que Luddie e Bryant saíam do estado de choque. Segurando um lado junto com Luddie, nós o fechamos um segundo antes que Bryant e Phillips cerrassem o outro lado.

— Tranquem! — berrou Luddie, e os outros dois se viraram, agarrando o pesado suporte de madeira. Eles abaixaram a viga e a madeira rangeu no lugar.

Ofegante, recuei — e continuei recuando até pisar em uma das vigas. O punho da adaga pressionava a palma da minha mão. Olhei para ela, para o osso de lupino...

Tive um sobressalto conforme os enormes portões estremeciam quando o lupino colidiu contra eles.

— É o que eu estou pensando? — perguntou alguém. Acho que Bryant. — Um lupino?

— A menos que você conheça outra criatura parecida com um lobo, então sim. — Phillips se virou quando Kieran bateu na porta novamente, sacudindo a viga de madeira. — Aquele portão não vai aguentar por muito tempo. Há outra saída?

— Há uma porta nos fundos. — Luddie avançou. — Mas os cavalos não vão conseguir passar por ali.

— Danem-se os cavalos. — Bryant empunhou a espada. — Vamos dar o fora daqui.

— Vocês viram Hawke? Ele foi chamado no meio da noite — disse a eles. Três pares de olhos pousaram em mim, e não me importei com o que eles pensavam. — Algum de vocês o viu?

Uma tábua de madeira se estilhaçou quando uma mão coberta de pelos deu um soco nos portões. Kieran pegou o pedaço de madeira e o arrancou dali.

— Temos que ir. — Phillips começou a caminhar na minha direção.

Eu saí do caminho dele.

— Não vou embora antes de encontrar Hawke...

— Você viu o que eu acabei de ver? — perguntou Phillips, com as narinas dilatadas. — Você disse que tinha me entendido. Hawke é um deles.

— Hawke não é um lupino — argumentei. — Ele não faz parte *disso*. — Apontei para o portão enquanto o lupino arrancava outra parte. — Você estava certo a respeito de Kieran, mas não de Hawke. Algum de vocês o viu?

— Eu vi.

Virei a cabeça na direção da voz. Havia um homem nas sombras, e alguma coisa... alguma coisa dentro de mim se encolheu.

Ele caminhou para a luz. Cabelos pretos e desgrenhados. Um resquício de barba. Olhos azuis invernais. Um lampejo de pura raiva pulsou através de mim.

Era ele.

O homem que matou Rylan estava ali, sorrindo.

— Eu disse que a veria novamente.

Passei os olhos por ele e arqueei as sobrancelhas enquanto os três guardas apontavam as espadas para o homem.

— Você parece ter perdido a *mão*. Gostaria de ter feito isso.

Ele levantou o braço esquerdo, que terminava em um toco logo acima do pulso.

— Eu me viro. — Aqueles olhos pálidos e lúgubres voaram para mim quando os sons de Kieran cessaram atrás de nós. Eu só podia esperar que fosse algo que aumentasse as nossas chances de sair dali. — Lembra-se da minha promessa?

— De se banhar no meu sangue e se banquetear com as minhas entranhas? — perguntei. — Eu não esqueci.

— Ótimo — murmurou ele, dando um passo à frente. — Porque estou prestes a cumpri-la.

— Para trás! — ordenou Phillips.

— Ele é um lupino — alertei, agora sabendo que havia pelo menos três no forte.

— Garota esperta — disse o homem.

Phillips se manteve firme.

— Não me importo com o tipo de criatura profana que você seja, dê mais um passo e será o seu último.

— Profana? — Ele jogou a cabeça para trás e riu, levantando os braços ao lado do corpo. — Nós fomos criados à imagem dos Deuses. Não somos os profanos aqui.

— Se isso o faz se sentir melhor — respondi, segurando a adaga com força. — A cabeça ou o coração, não é, Phillips?

— Sim. — Phillips baixou o queixo. — Tanto faz...

Atrás de nós, a viga se estilhaçou quando os portões explodiram das dobradiças, batendo nas laterais do celeiro. Os cavalos empinaram, mas como estavam amarrados, não tinham para onde ir. Girei o corpo para o lado, mantendo a adaga apontada para o lupino enquanto esperava ver Kieran rasgando a palha.

O que vi quase me fez cair de joelhos no chão.

— Hawke! — gritei, aliviada demais para ter vergonha de como aquilo pareceria enquanto corria na direção dele. — Graças aos Deuses, você está bem.

— Afaste-se dele. — Phillips pegou o meu braço.

Tentei me desvencilhar de Phillips quando vi que Hawke tinha algo nas mãos. Parecia um arco recurvo, mas estava montado em uma espécie de manivela, com um projétil já encaixado ali, preso no lugar de algum modo. Tanto faz. Aquilo também servia.

— Mate-o! — gritei, me livrando de Phillips. — Foi ele quem...

Uma silhueta enorme assomou atrás dele, tão grande que quase alcançava o peito de Hawke. Kieran rondou na sua direção. Meu coração quase parou de bater.

— Hawke, atrás de você! — gritei.

Phillips me agarrou pela cintura, me puxando para trás enquanto Hawke erguia o estranho arco. Kieran estava quase em cima dele, e não vi nenhuma pedra de sangue no arco. Aquilo não o mataria.

O olhar de Hawke encontrou o meu.

— Está tudo bem.

Sem nenhum aviso, Phillips foi arrancado de mim. Tombei para a frente, caindo de joelhos. Minha trança deslizou por cima do ombro quando olhei para trás, esperando ver o lupino com Phillips nas garras.

O lupino do Jardim da Rainha não se mexeu, mas Phillips...

Phillips estava encostado na viga, com a espada jogada sobre a palha. Um momento. Ele estava apoiado ali porque os seus pés nem tocavam o chão, e algo escuro pingava na palha. Olhei para cima.

Não consegui sequer gritar enquanto meu estômago revirava. Hawke tinha disparado o arco. Eu sequer vi quando ele fez isso. O projétil atravessou a boca de Phillips e a viga, prendendo-o ali.

Estremecendo, ouvi Luddie gritar. Tirei os olhos de Phillips e me virei para Hawke.

Em forma de lupino, Kieran passou por ele, com a cabeça grande abaixada sobre a palha enquanto cheirava o ar. Luddie o atacou, mas perdeu o equilíbrio e tombou para a frente.

Respirei fundo, mas a pressão expulsou o ar de mim.

Luddie não havia tropeçado.

Um projétil tinha atingido as costas dele. O guarda que nos recebeu na porta um dia antes saiu de trás de um dos cavalos. Delano. Ele também tinha aqueles olhos claros. Olhos que agora eu sabia que pertenciam a um lupino. Ele abaixou o arco.

Bryant saiu em disparada.

Ele se virou e correu, mas não foi muito longe. Kieran se agachou e em seguida saltou no ar. Elegante e rápido como uma flecha — e com a mesma precisão. Ele aterrissou nas costas de Bryant, derrubando-o sobre a palha. O guarda nem teve a chance de gritar. O lupino arreganhou os dentes e investiu...

Virei a cabeça quando ouvi o som úmido que ecoou pelo celeiro.

Então, houve um silêncio.

Vi o homem que tinha matado Rylan avançando na minha direção, com os passos de pernas longas e relaxado. Ele lançou um sorriso malicioso para mim.

— Estou muito grato por estar aqui para presenciar esse momento.

— Cale a boca, Jericho — respondeu Hawke, com um tom de voz sem emoção.

Lentamente, olhei para Hawke. Ele estava ali parado, com o vento soprando as mechas escuras de cabelo para trás do seu rosto deslumbrante. Ele tinha a mesma aparência de quando saiu do quarto no meio da noite, de algumas horas antes quando me beijava, me tocava e me envolvia em seus braços.

Mas ele continuou parado ali, com um lupino ensanguentado ao seu lado.

— Hawke? — sussurrei, com a mão livre agarrando a palha úmida embaixo de mim.

Ele olhou para mim e o meu dom voltou à vida. O fio invisível se estendeu e estabeleceu uma conexão, e não senti... não senti nada vindo dele. Nenhuma dor. Nenhuma tristeza. *Nada*.

Recuei, arfando. Devia ter alguma coisa errada com o meu dom. Só os Ascendidos eram desprovidos de emoções. Não os mortais. Não Hawke. Mas era como se a conexão tivesse atingido uma parede tão grossa quanto as muralhas da Colina.

Tão formidável quanto a barreira que eu construía ao meu redor quando tentava manter o meu dom trancado lá dentro. Será que ele... ele estava me *bloqueando*? Isso era possível?

— Por favor, diga-me que posso matá-la — disse Jericho. — Eu sei exatamente quais pedaços quero cortar e mandar de volta.

— Toque-a e você perderá mais do que só a mão desta vez. — A frieza no tom de voz de Hawke me gelou até a alma. — Nós precisamos dela. — Ele não desviou o olhar de mim. — Viva.

Capítulo 35

De joelhos, olhei para Hawke, eu ouvia o que ele dizia e olhava o que estava acontecendo, mas era como se o meu cérebro não conseguisse compreender nada daquilo.

Ou o meu cérebro compreendia e o meu coração... o meu coração não aceitava.

Nós precisamos dela.

Viva.

Nós.

— Você não é nada divertido — resmungou Jericho. — Eu já disse isso antes?

— Uma dezena de vezes — respondeu Hawke, e eu me encolhi. Meu corpo inteiro recuou. Ele retesou o maxilar e desviou o olhar, examinando o celeiro. — Essa bagunça precisa ser limpa.

Ao lado dele, o lupino se sacudiu, como um cachorro depois de pegar chuva. Em seguida, ele se apoiou nas patas traseiras e se transformou, enrolando o pelo e revelando a pele, que era mais espessa. As pernas se endireitaram e os dedos voltaram ao tamanho normal. A mandíbula voltou ao lugar. Sem camisa, Kieran ficou parado ali com as calças rasgadas, e o ferimento no abdômen provocado pela espada de Phillips não era nada mais do que uma marca rosada.

Eu me sentei.

Kieran girou o pescoço de um lado para o outro, estalando os ossos.

— Essa não é a única bagunça que precisa ser limpa.

Hawke flexionou um músculo do maxilar enquanto olhava para mim.

— Você e eu precisamos conversar.

— Conversar? — Deixei escapar uma risada, que soou completamente errada.

— Tenho certeza de que você tem um monte de perguntas — respondeu ele, e ouvi um vislumbre daquele tom de provocação com que eu estava acostumada.

Aquilo me fez estremecer outra vez.

— Onde... onde estão os outros dois guardas?

— Mortos — respondeu ele sem um pingo de hesitação enquanto apoiava o arco sobre o ombro. — Foi uma necessidade infeliz.

Eu sou bom no que faço.

E o que é?

Matar.

Eu não tinha dúvida de que ele havia feito aquilo assim que saiu do quarto. Ouvi um zumbido nos ouvidos quando me dei conta de que outros se reuniam atrás dele no pátio, imóveis sob o sol da manhã.

Ele deu um passo na minha direção.

— Vamos...

— Não. — Eu me pus de pé, surpreendentemente firme. — Diga-me o que está acontecendo agora.

Hawke parou. A voz dele suavizou-se um pouco quando disse:

— Você sabe o que está acontecendo agora.

O fôlego seguinte queimou a minha garganta e pulmões pois percebi que sim. Ah, Deuses, eu sabia o que estava acontecendo.

O zumbido aumentou quando vi Elijah do lado de fora, com os braços cruzados sobre o peito largo. Vi Magda, com a mão embalando a barriga de grávida de forma protetora enquanto olhava para o celeiro, o rosto franzido de... de compaixão e *pena*.

Você merece muito mais do que aquilo que está por vir.

Foi o que ele me dissera ontem à noite. E eu, burra e ingênua, pensei que ele estava falando sobre a minha Ascensão. Não. Ele estava falando *disso*.

Magda se virou, passando por Elijah enquanto voltava para o forte.

— Phillips estava certo — disse, com a voz trêmula enquanto tornava realidade o que eu já sabia.

— Ele estava? — perguntou Hawke, entregando o estranho arco para um dos homens que surgiram atrás dele.

— Acho que Phillips estava começando a suspeitar das coisas — respondeu Kieran enquanto olhava para o abdômen. As marcas rosadas já haviam desaparecido. — Eles estavam saindo do quarto quando fui vê-la. Mas ela não parecia acreditar no que quer que ele tivesse dito.

E não tinha acreditado.

Não acreditei em Phillips porque acreditava em Hawke. Eu confiava nele — confiava nele com a minha vida e com...

Senti uma súbita dor no meu peito como se alguém tivesse cravado uma adaga em mim. Baixei o olhar porque parecia muito real, mas não havia lâmina nem ferida aberta que se comparasse com a agonia que me torturava. Quando olhei para cima, Hawke flexionou um músculo no maxilar.

— Bem, ele não vai suspeitar de mais nada. — Jericho segurou o projétil e o arrancou dali. Phillips caiu no chão. Jericho cutucou o corpo do guarda com a bota. — Isso é certo.

Virei-me para Hawke, sentindo como se o chão estivesse se abrindo sob os meus pés.

— Você é um Descendido.

— Um Descendido? — Elijah riu profundamente, me fazendo estremecer.

Kieran sorriu.

— E eu disse que você era inteligente — disse Jericho.

Eu ignorei os três.

— Você está lutando contra os Ascendidos.

Hawke assentiu.

Outra fissura se formou em meu peito.

— Você... você conhecia essa... essa coisa que matou o Rylan?

— Coisa? — bufou Jericho. — Estou insultado.

Hawke não disse nada.

— Isso é um problema seu, não meu. — Encarei Hawke. — Eu achava que os lupinos estivessem extintos.

Hawke encolheu os ombros.

— Há muitas coisas que você pensou serem verdadeiras que não são. Mas apesar de não estarem extintos, não restaram muitos lupinos.

— Você sabia que ele matou Rylan? — gritei.

— Achei que podia agilizar as coisas e sequestrá-la, mas sabemos como tudo acabou — interveio Jericho.

Virei a cabeça na direção de Jericho.

— Sim, eu lembro muito bem como acabou para você.

Ele repuxou o lábio superior enquanto soltava um rosnado de ameaça que me deixou arrepiada.

— Eu sabia que ele me abriria uma brecha — respondeu Hawke, atraindo o meu olhar de volta para ele.

— Para que você... se tornasse o meu Guarda Real pessoal?

— Eu precisava me aproximar de você.

Puxei o ar, trêmula, conforme o meu coração parecia se rasgar dentro do peito.

— Bem, você conseguiu, não foi?

Ele flexionou aquele músculo no maxilar novamente.

— Isso que você está pensando... não podia estar mais longe da verdade.

— Você não faz a menor ideia do que estou pensando — retruquei, apertando a mão dolorosamente em torno da adaga. — E isso foi tudo... o quê? Um truque? Você foi enviado para se aproximar de mim?

Kieran arqueou as sobrancelhas.

— Enviado...

Hawke o silenciou com um olhar, e Kieran revirou os olhos.

Eu sabia o que ele ia dizer.

— Você foi enviado pelo Senhor das Trevas.

— Eu vim para a Masadônia com um objetivo em mente — respondeu Hawke. — Você.

Estremeci.

— Como? Por quê?

— Você ficaria surpresa com o número de pessoas próximas a você que apoia a Atlântia, que quer ver o reino restaurado. Muitas delas abriram o caminho para mim.

— O Comandante Jansen? — suspeitei.

— Ela é esperta — disse Hawke. — Como eu disse a vocês.

Meus olhos ardiam, junto com a minha garganta e peito.

— Você ao menos trabalhou na capital? — Então me dei conta de uma coisa quando olhei para Kieran. — A noite no... — Não consegui dizer *Pérola Vermelha*. — Você sabia quem eu era desde o início.

— Eu a estava observando enquanto você me observava — disse ele suavemente. — Na verdade, há mais tempo.

Aquele golpe quase me matou. Era como se o meu peito tivesse se estraçalhado. Comecei a me afastar, mas então vi Jericho, que tinha criado um espaço para que Hawke ganhasse um acesso mais pessoal e íntimo de mim.

Tudo se encaixou com um tremor que quase me fez largar a adaga.

— Você... você estava planejando isso havia um bom tempo.

— Há *bastante* tempo.

— Hannes. — Minha voz estava áspera e rouca. — Ele não morreu de doença cardíaca, não é?

— Eu realmente acho que o coração dele deu um basta — respondeu Hawke. — O veneno que ele bebeu junto com a cerveja naquela noite no Pérola Vermelha deve ter algo a ver com isso.

O zumbido era quase demais.

— Uma certa mulher o ajudou com a bebida? A mesma que me mandou lá para cima?

Hawke não respondeu. Delano, por outro lado, disse:

— Sinto que perdi informações cruciais.

— Conto tudo a você mais tarde — comentou Kieran.

Eu estava tremendo. Podia sentir. Assim como podia sentir as paredes do celeiro se fechando ao meu redor. Eu era tão incrivelmente ingênua.

— Vikter?

Hawke sacudiu a cabeça.

— Não minta para mim! — gritei. — Você sabia que haveria um ataque ao Ritual? Foi por isso que desapareceu? Por isso que não estava lá quando Vikter foi morto?

Os sulcos nas suas bochechas ficaram mais nítidos.

— O que eu sei é que você está chateada. Eu não a culpo, mas já vi o que acontece quando você fica com muita raiva — disse ele, dando um passo na minha direção e erguendo as mãos. — Há muitas coisas que eu preciso contar para você...

A dor irrompeu dentro de mim como na noite do Ritual, quando descontei em Lorde Mazeen. Perdi o controle sobre mim mesma e me movi por instinto, inclinando o braço para trás e atirando a adaga.

Dessa vez, mirei em seu peito.

Hawke soltou um palavrão enquanto se esquivava, pegando a adaga no ar. Alguém atrás dele soltou um assobio baixo quando Hawke girou o corpo sobre mim, com uma expressão de descrença quase cômica no rosto. Mas, lá no fundo, eu sabia que ele ia pegar a adaga. Só precisava de uma distração para poder me abaixar e pegar a espada de Phillips. Avancei, mirando no bastardo que havia matado o Rylan. Jericho deu um pulo para trás, mas não foi rápido o suficiente. Eu o apunhalei novamente, dessa vez no abdômen.

— Vadia! — gritou Jericho, apertando a única mão sobre a ferida que jorrava sangue.

Girei o corpo assim que alguém se atirou em mim de um lado e depois do outro. Meu braço foi torcido. Algo quente cortou o meu abdômen enquanto eu recuava, usando o peso do meu agressor contra ele mesmo. Ele caiu, com os braços ainda ao meu redor. Bati a cabeça, acertando o crânio no rosto dele. Ouvi um grito, e a mão afrouxou o suficiente para que eu pudesse me libertar. Peguei a espada da palha e a empunhei às cegas. Vi apenas um lampejo de choque nos olhos castanhos de um homem não muito mais velho do que eu quando ele olhou para baixo. Puxei a espada e girei, ficando cara a cara com Hawke.

Vacilei.

Como uma completa idiota, eu vacilei, mesmo sabendo que ele trabalhava para o Senhor das Trevas. Ele era um Descendido. Por causa dele, muitas pessoas inocentes estavam mortas. Hannes. Rylan. Loren. Dafina. Malessa — Deuses, será que ele a matou?

Vikter.

— Isso foi tolice — resmungou Hawke, arrancando a espada da minha mão como se eu não a segurasse. — Você é tão violenta. — Ele abaixou o queixo e sussurrou: — Ainda fico excitado.

Um grito de fúria irrompeu de mim quando lancei o cotovelo para cima, golpeando a cabeça de Hawke.

— Droga — disse ele, tossindo; não, rindo. Ele estava *rindo*. — Não muda o que acabei de dizer.

Girei nos calcanhares e corri em direção aos portões, mas parei quando Elijah apareceu na minha frente, depois de se mover em um piscar de olhos. Ele fez que não com a cabeça, soltando um som de reprovação com a boca.

Eu me virei e vi Kieran, que parecia entediado, e então, percebendo uma abertura entre as vigas, disparei...

Braços me pegaram pela cintura, e eu reconheceria aquele cheiro em qualquer lugar. Pinho. Especiarias. *Hawke*. E o chão duro de terra avançou na direção do meu rosto. Aquilo ia doer. Bastante.

O impacto nunca chegou.

Ágil como um gato, Hawke se contorceu de modo a suportar a pior parte da queda, mas o tombo ainda me deixou atordoada. Por um momento, não consegui me mexer.

— De nada — resmungou Hawke.

Gritei e bati com o calcanhar da minha bota na canela dele. O seu gemido de dor me fez abrir um sorriso selvagem conforme rolava no chão, me contorcendo até que o meu abdômen chiasse em protesto, mas consegui me desvencilhar do seu abraço frouxo. Montei em Hawke...

Ele sorriu para mim, exibindo a covinha na bochecha direita.

— Gosto de aonde isso vai dar.

Dei um soco na cara dele, bem na maldita covinha. A dor latejou nas falanges dos meus dedos, mas puxei o braço para trás.

Hawke pegou o meu pulso e me puxou para baixo até que o meu corpo estivesse quase nivelado ao dele.

— Você bate como se estivesse com raiva de mim.

Mudei de posição, enfiando o joelho entre as pernas dele e mirando em um ponto bastante sensível. Ele antecipou o movimento, e o meu joelho atingiu a sua coxa.

— Isso teria causado um estrago e tanto — disse ele.

— Ótimo — rosnei.

— Ora, ora. Você ficaria decepcionada mais tarde se eu não pudesse mais usá-lo.

Por um momento, eu não pude acreditar que ele realmente tinha dito aquilo, mas disse. De verdade.

— Prefiro arrancá-lo do seu corpo.

— Mentirosa — sussurrou ele.

O som que veio de dentro de mim teria me assustado se viesse de outra pessoa. Dei um salto, me libertando dele. Tentei enfiar o pé em sua garganta, mas Hawke o pegou e puxou. Desabei no chão, caindo de lado. A dor irrompeu, mas eu a ignorei e bati com o punho no corpo dele.

— Uau — exclamou Kieran.

— Devemos intervir? — perguntou Delano, parecendo preocupado.

— Não — respondeu Elijah, com uma risada. — É a melhor coisa que eu vejo há um bom tempo. Quem diria que a Donzela sabia lutar?

— É por isso que não se deve misturar negócios com prazer — comentou Kieran.

— É esse o caso? — Elijah assobiou. — Então eu aposto nela.

— Traidores — arfou Hawke, rolando até que ficasse em cima de mim. Avancei no rosto dele, mas ele prendeu os meus pulsos. — Pare com isso.

Tentei erguer os quadris e, quando isso não funcionou, empurrei a parte superior do corpo. Tive que usar toda a minha força para fazer isso, e ele simplesmente prendeu os meus pulsos sobre a palha.

— Saia de cima de mim!

— Pare com isso — repetiu ele. — Poppy. Pare...

— Eu te odeio! — gritei ao ouvir o meu nome, libertando uma das mãos em meio à raiva. Dei um soco no rosto dele. — Eu te odeio!

Hawke pegou a minha mão, empurrando-a de volta no chão enquanto repuxava os lábios ensanguentados.

— Pare com isso!

Eu parei.

Fiquei completamente imóvel enquanto olhava para ele, incapaz de falar por vários minutos por causa do choque. Eu vi — vi o que ele realmente era.

Ele não era apenas um Descendido seguidor do Senhor das Trevas.

— É por isso que você nunca sorri de verdade — sussurrei.

Pois como poderia?

Ele tinha que esconder os dentes afiados e cortantes.

Dois deles.

Presas.

Eu me lembrei da sensação deles contra os meus lábios, o meu pescoço — como pareciam estranhamente afiados.

Deuses.

Agora eu entendia como ele conseguia se mover tão rápido, porque ele parecia ter uma audição e visão melhores do que qualquer pessoa que eu conhecia, e porque, às vezes, parecia ter vivido décadas a mais do que eu. Era por isso que ele interrompia o beijo sempre que eu chegava perto de sentir os seus caninos.

Eu fui tão cega.

Ele não era mortal.

Ele não era um lupino.

Hawke era um Atlante.

Estremeci conforme algo dentro de mim definhava.

— Você é um monstro.

Os olhos de Hawke cintilaram com um dourado intenso, e não eram normais. Nunca foram naturais.

— Você finalmente me vê como eu sou.

E via mesmo.

Ele era uma coisa saída dos pesadelos e escondido sob o disfarce de um sonho, e eu tinha caído naquela armadilha. De jeito.

Perdi a vontade de lutar.

Ser um Descendido já era bastante ruim, mas um Atlante? O povo dele deu vida às criaturas que tiraram a minha mãe e o meu pai de mim, e quase me mataram.

Hawke pareceu sentir isso, pois se moveu rapidamente e me ajudou a levantar.

— Delano — chamou ele. — Leve-a daqui.

Fui entregue como um saco de batatas e Delano manteve os meus braços presos ao lado do corpo.

— Onde devo colocá-la? — perguntou Delano.

O peito de Hawke subiu bruscamente.

— Em algum lugar onde ela não possa fugir nem se machucar. — Ele fez uma pausa. — Ou machucar alguém, o que é bem mais provável.

— Vamos mantê-la como prisioneira? — perguntou alguém. — Vamos mantê-la viva? Alimentar e abrigar isso?

Isso.

Como se o monstro fosse eu, que seguia o Senhor das Trevas e podia criar os Vorazes. Aquelas pessoas não eram dignas de ajuda.

— Ela é a Donzela — gritou outro. — Ela tem que morrer!

Um murmúrio de concordância ecoou, e alguém disse:

— Devolva-a para a Rainha e o Rei de mentira. Mas só a cabeça para que eles saibam o que os aguarda.

— De sangue e cinzas! — gritou um garoto que andou até a frente do grupo. Era o menino do dia anterior, aquele que correu de casa em casa.

Minhas pernas ficaram bambas.

Várias vozes responderam:

— Nós ressurgiremos!

— Ninguém toca nela. — Hawke examinou o grupo no pátio, fazendo com que eles se calassem. — Ninguém — repetiu ele quando se virou. — Ninguém além de mim.

*

No momento em que vi as celas úmidas e sombrias sob o forte e a massa de ossos brancos e retorcidos que cobriam toda a extensão do teto, o ímpeto de lutar voltou. Eu não ia deixar que ninguém me colocasse em um lugar de onde parecia que as pessoas nunca mais saíam. Nem mesmo quando morriam.

Delano não estava preparado.

Eu me libertei dele e corri até o final do corredor quando me dei conta de que a única saída era a entrada. Eu o confrontei, mas fui encurralada e, com a ajuda de outro homem que tinha os olhos quase tão dourados quanto os de Hawke, fui arrastada para a cela com apenas um colchão fino no chão e fui algemada, o ferro frio estalando ao redor dos meus pulsos.

E então fiquei sozinha.

Olhei ao redor, mas não vi nenhuma saída. As frestas nas grades eram muito estreitas e, quando puxei as correntes, o gancho ao qual estavam presas nem se mexeu.

O pânico irrompeu quando dei um passo para trás. Como foi que aquilo aconteceu? Como passei de planejar um futuro que seria todo meu, onde eu controlava o que fazia e o que acontecia comigo, para aquilo? Para ficar presa em uma cela, cercada por pessoas que queriam me cortar em pedaços?

Eu sabia a resposta.

Hawke.

A pontada de agonia no meu peito ofuscava a dor no meu abdômen. Minha garganta e olhos ardiam. Hawke... ele sequer era mortal. Ele era um Atlante, o povo dele havia criado os Vorazes que se tornaram uma praga incontrolável sobre aquela terra, as mesmas criaturas que assassinaram os meus pais e quase me mataram. Ele seguia o Senhor das Trevas, que havia matado a última Donzela e estava atrás de mim. Hawke e os lupinos eram a personificação de tudo contra o qual os Deuses tinham se revoltado e os humanos, se rebelado. Foi por causa deles que os Ascendidos foram abençoados pelos Deuses.

Como eu pude ignorar o que ele era? Será que eu era tão tola assim? Ou ele era muito esperto?

Ou uma mistura das duas coisas?

Porque Hawke foi muito bom. Ele disse e fez todas as coisas certas, e eu estava tão desesperada para fazer uma conexão real com alguém, para ter experiências e me sentir viva. Tão desesperada que nem me dei conta de algo que deveria ter me alertado. Ele veio para a Masadônia com uma ordem. obtei acesso a mim. Ele tinha feito aquilo e muito mais. Ganhou a minha amizade, a minha confiança, a minha.

Uma raiva e uma tristeza pulsantes me invadiram. Eu tinha vontade de gritar, mas o som não conseguiu passar através do nó de emoção em minha garganta.

Por que ele tinha que... fazer o que fez? Tudo o que ele havia me dito e feito não passava de um artifício engenhoso. Quando ele me disse que eu era corajosa e forte. Quando disse que eu era linda. Seu foco aparentemente decidido não se baseava no dever, mas em ordens. E eu acreditei nisso. Caí na conversa dele.

Será que alguma parte era de verdade?

A dor dele era.

Isso eu sabia, mas e quanto à origem? Não sabia mais ao certo.

Levei as mãos trêmulas até o rosto e afastei os fios de cabelo que tinham escapado da trança. Mas por que ele teve de ir tão longe? Por que ele teve de entrar na minha pele e no meu coração? Eu não apenas confiei nele. Eu me entreguei a ele. Por inteiro.

E foi tudo uma mentira.

Ele sabia desde o início quem eu era, desde a primeira noite no Pérola Vermelha, e eu, sem perceber, tinha exposto tanto sobre mim para ele.

Fui para o canto da cela, me sentei no colchão e me encostei lentamente na parede, respirando com cuidado enquanto uma dor ardente dilacerava o meu abdômen. Olhei para a mão direita. As falanges estavam machucadas e inchadas pelo soco que eu tinha dado. Meu sorriso logo sumiu. Duvidava muito que Hawke tivesse ficado com qualquer vestígio de lesão. Ele era um Atlante.

Senti o estômago embrulhado.

Uma parte de mim não conseguia acreditar. Ele parecia tão... mortal, mas por que isso me deixava surpresa? Os Atlantes podiam se passar por mortais, assim como os lupinos. Eu beijei um Atlante.

Eu *dormi* com um Atlante.

Fechei os olhos com força enquanto a bile subia pela minha garganta. Não podia pensar nisso. Os gritos começavam a ecoar na minha cabeça. Eu tinha que me concentrar.

O que eu iria fazer?

A cidade inteira estava cheia de Descendidos e Atlantes que queriam me ver morta, e eu não podia estar mais agradecida por Tawny ter ficado para trás. Certamente, eu ficaria presa ali até que o Senhor das Trevas chegasse ou mandasse alguma ordem. O Senhor das Trevas havia matado a última Donzela, e ali estava eu, capturada e pronta para ele. Eu tinha que dar o fora dali, mas não havia saída.

Olhei para cima e estremeci. Os ossos retorcidos me faziam lembrar das raízes da Floresta Sangrenta. Eles subiam uns por cima dos outros e se sobrepunham, costelas e fêmures, espinhas e crânios. Qualquer um que ficasse preso ali tinha que olhar para o que deveria ser um lembrete do que havia acontecido com os prisioneiros anteriores. Quem criaria uma coisa dessas? Quem poderia manter a sanidade olhando para aquilo?

Não sei quanto tempo se passou antes que a porta se abrisse e eu ouvisse o som de passos se aproximando. Devia fazer algumas horas, com base em como meu estômago estava vazio. Fiquei tensa, e só relaxei ligeiramente quando vi que era Delano.

Ele veio até as grades, estendendo uma pequena bolsa.

— Com fome?

Estava, sim, mas não respondi.

Ele jogou a sacola, que pousou ao lado dos meus pés com um ruído suave. Fiquei olhando para aquilo.

— É queijo e pão — explicou Delano. — Eu teria trazido um pouco de ensopado, mas tive medo de que você jogasse na minha cara, e o ensopado está bom demais para ser desperdiçado.

Ergui o olhar até ele.

— Não há nada de errado com a comida. Não está envenenada ou algo do tipo.

— Por que eu acreditaria em qualquer coisa que você me dissesse?

— Ele disse que ninguém deveria tocar em você. — Ele se inclinou contra as grades. — Não é preciso ser muito inteligente para presumir que isso também inclui não lhe fazer mal.

Curvei os lábios.

— Por que esperar? O Senhor das Trevas vai me matar de um jeito ou de outro.

Aqueles olhos pálidos encontraram os meus

— Se o Príncipe quisesse matá-la, você já estaria morta. Coma alguma coisa.

O *Príncipe*. Só porque os Descendidos acreditavam que Casteel era o herdeiro legítimo, não queria dizer que aquilo fosse verdade.

Olhei para a sacola. Eu estava com fome e precisava das minhas forças... e provavelmente de um Curandeiro pois, embora o ferimento tivesse parado de sangrar, ia acabar infeccionando naquele lugar.

Eu me movi com cuidado e peguei a sacola.

— Vai ficar parado aí, me vendo comer?

— Não quero que você se engasgue.

Eu tive uma estranha vontade de rir, mas abri a sacola e comi o queijo e o pão. A comida caiu no meu estômago vazio como se fosse uma pedra.

Delano não disse nada depois disso. Eu também não, e voltei a me encostar na parede. Algum tempo depois, a porta se abriu mais uma vez e eu olhei para fora, embora não quisesse. Vi a silhueta alta e reconhecível, vestida de preto, parecendo muito com o... com o guarda que tinha zombado de mim por causa do diário da Senhorita Willa Colyns. Meu coração ficou apertado como se estivesse preso dentro de um punho.

Hawke parou na frente da porta trancada. Seu rosto marcante parecia ao mesmo tempo familiar e estranho.

— Saia — ordenou Hawke, e Delano hesitou por apenas um momento antes de dar um breve aceno com a cabeça e sair. E então havia somente nós dois, separados pelas grades.

— Poppy — suspirou Hawke, e eu estremeci. — O que devo fazer com você?

Capítulo 36

Como se ele já não soubesse.

— Não me chame assim. — Eu me esforcei para me levantar, e as correntes bateram no chão de pedra enquanto eu ignorava o leve repuxo da pele ao redor do ferimento. Doía, mas eu não ia deixar que ele percebesse.

— Mas achei que você gostasse.

— Você estava errado — respondi, e ele deu um sorrisinho. — O que você quer?

Ele inclinou a cabeça e um segundo se passou.

— Mais do que você poderia imaginar.

Eu não fazia a menor ideia do que ele queria dizer com aquilo, e não me importava. Nem um pouco.

— Você veio aqui para me matar?

— Por que eu faria isso? — perguntou ele.

Levantei as mãos, sacudindo as correntes.

— Você me acorrentou.

— Acorrentei, sim.

A fúria ferveu dentro de mim com aquela resposta *blasé*.

— Todos lá fora querem me ver morta

— Isso é verdade.

— E você é um Atlante — disparei. — É isso o que você faz Você mata. Você destrói. Você amaldiçoa.

Ele bufou.

— Isso é muito irônico vindo de alguém que esteve cercada por Ascendidos a vida toda.

— Eles não matam inocentes nem transformam pessoas em monstros...

— Não — interrompeu ele. — Eles só forçam jovens mulheres que os fazem se sentir inferiores a exibir a pele para serem açoitadas por uma bengala e só os Deuses sabem mais o quê. Sim, Princesa, eles são modelos exemplares de tudo o que é bom e correto neste mundo.

Respirei fundo, com os lábios entreabertos. Não. Estremeci. De jeito nenhum.

— Você achou que eu não descobriria quais eram as *lições* do Duque? Eu lhe disse que iria descobrir.

Dei um passo para trás, com a humilhação por ele descobrir a verdade queimando na minha pele com mais intensidade do que qualquer açoitada que o Duque já tivesse me dado.

— Ele usava uma bengala feita com a madeira de uma árvore da Floresta Sangrenta e a obrigava a se despir parcialmente. — Ele segurou as grades conforme o meu coração martelava contra as costelas. — E dizia que você merecia aquilo. Que era para o seu próprio bem. Mas, na verdade, tudo o que ele fazia era suprir uma necessidade doentia de infligir dor.

— Como? — sussurrei.

Ele repuxou um canto dos lábios.

— Eu posso ser *bastante* persuasivo.

Desviei o olhar e, de repente, vi o Duque na minha mente, com os braços esticados e a bengala enfiada no coração. Um calafrio me sacudiu quando olhei de volta para Hawke.

— Você o matou.

Foi então que Hawke sorriu, e era um sorriso que eu nunca tinha visto antes. Dessa vez, não foi de boca fechada. Mesmo de onde estava, eu podia ver a ponta das presas. Outro calafrio percorreu o meu corpo.

— Matei — respondeu ele. — E nunca gostei tanto de ver a vida se esvaindo dos olhos de alguém como quando vi o Duque morrer.

Eu o encarei.

— Ele mereceu, e acredite em mim quando digo que a morte lenta e dolorosa do Duque não teve nada a ver com o fato de ele ser um Ascendido. Eu também teria matado o Lorde eventualmente — acrescentou ele. — Mas você cuidou daquele desgraçado primeiro.

Eu não... eu não sabia o que pensar sobre isso. Ele matou o Duque e teria matado o Lorde porque...

Interrompi aqueles pensamentos e sacudi a cabeça. Não conseguia entender por que ele se sentiria impelido a fazer o que tinha feito, considerando onde estávamos agora. Mas não precisava entender. Pelo menos foi o que disse a mim mesma. Não importava. Nem aquela parte oculta de mim que ficou emocionada ao saber que havia uma possibilidade de que o que ele fazia comigo tivesse um papel considerável na morte do Duque.

— Só porque o Duque e o Lorde eram horríveis e perversos, isso não faz de você uma pessoa melhor — eu disse a ele. — E não faz com que todos os Ascendidos sejam culpados.

— Você não sabe de absolutamente nada, Poppy.

Fechei os punhos enquanto resistia à vontade de gritar, mas então ele destrancou a porta. Cada músculo do meu corpo se retesou.

Eu olhei fixamente para Hawke quando ele entrou na cela. Gostaria de ter alguma arma, embora soubesse que, mesmo que estivesse armada até os dentes, haveria muito pouco que eu pudesse fazer. Ele era mais rápido, mais forte e podia me vencer com apenas um movimento de seu pulso.

Mas eu morreria lutando.

— Você e eu precisamos conversar — disse ele enquanto fechava a porta atrás de si.

— Não precisamos, não.

— Bem, você não tem muita escolha, não é? — Ele baixou o olhar para as algemas em meus pulsos, deu um passo na minha direção e então parou. Dilatou as narinas e as pupilas ao mesmo tempo. — Você está ferida.

Meu sangue. Ele sentiu o *cheiro* do meu sangue. Com a boca seca, dei um passo para trás.

— Eu estou bem.

— Não, não está. — Ele me examinou, parando na altura da minha cintura. — Você está sangrando.

— Quase nada — disse a ele.

Em um piscar de olhos, ele estava à minha frente. Ofegante, cambaleei contra a parede. Como ele havia escondido tal velocidade antes? Ele pegou a bainha da minha túnica e o pânico explodiu.

— Não toque em mim! — Eu me esquivei dele, estremecendo quando a dor irradiou ao longo da lateral do meu corpo. Ele se retesou, olhando para mim enquanto o meu coração batia contra as costelas. — Não.

Ele arqueou uma sobrancelha.

— Você não se importou que eu tocasse em você ontem à noite.

O rubor tomou conta da minha pele conforme eu repuxava os lábios em um rosnado.

— Aquilo foi um erro.

— Foi mesmo?

— Foi — sibilei. — Eu gostaria que não tivesse acontecido.

Deuses, aquela era a verdade. Eu não queria nada além de esquecer como o que tínhamos feito parecera tão bonito e transformador, como parecera tão incrivelmente certo.

Eu fui uma tola.

Ele retesou o maxilar e um longo momento se passou.

— Seja como for, você está ferida, Princesa, e vai deixar que eu dê uma olhada nisso.

Respirando pesadamente, ergui o queixo.

— E se eu não deixar?

A risada dele me lembrou de antes, mas agora estava repleta de um divertimento gélido.

— Como se você pudesse me impedir — afirmou ele suavemente, e a verdade no que ele disse era arrebatadora. — Você pode deixar que eu a ajude ou...

Meus dedos formigavam com a força com que fechei os punhos.

— Ou você vai me forçar?

Hawke não disse nada.

Senti um ardor no peito quando olhei para Hawke, odiando-o e me odiando por me sentir como prometi que nunca mais me sentiria.

Indefesa.

Eu poderia recusar a ajuda e tornar aquilo difícil, mas que bem isso faria no final das contas? Ele me dominaria e eu só conseguiria me machucar ainda mais. Estava furiosa o bastante para fazer isso, mas não era burra.

Desviei o olhar e respirei fundo.

— Por que você se importa se eu sangrar até a morte?

— Por que acha que eu quero que você morra? Se quisesse, por que não teria concordado com o que foi exigido lá fora? — perguntou ele, e virei a cabeça para ele. — Você não serve de nada para mim morta.

— Quer dizer que eu sou a sua refém até que o Senhor das Trevas chegue aqui? Todos vocês planejam me usar contra o Rei e a Rainha.

— Garota esperta — murmurou ele. — Você é a Donzela favorita da Rainha.

Eu não sabia nem queria saber por que, mas o conhecimento de que ele queria cuidar do meu ferimento apenas porque planejava me usar me deixou profundamente magoada.

— Vai deixar que eu veja a ferida agora?

Não respondi porque aquilo não era uma pergunta de verdade. Eu não tinha escolha. Ele pareceu satisfeito por eu ter entendido, pois estendeu a mão e, dessa vez, o meu corpo ficou rígido, mas não me mexi.

Hawke fechou as mãos ao redor da barra da túnica escura. Ele levantou o tecido, e eu mordi o interior da bochecha quando as falanges dos seus dedos roçaram na parte de baixo do meu abdômen e quadril. Será que ele fez aquilo de propósito? Fiquei olhando para as ondas escuras e sedosas dos seus cabelos enquanto ele continuava levantando a minha camisa. Ele parou logo abaixo dos meus seios, expondo o que provavelmente deixaria mais uma cicatriz.

Se eu vivesse tanto tempo assim.

Pois depois de servir ao propósito que eles tinham em mente, eu duvidava muito de que seria libertada. Não fazia sentido que isso acontecesse.

Hawke olhou para mim e para o corte ensanguentado por muito tempo. Minha pulsação acelerou, e eu me lembrei da sensação dos dentes — não, das *presas* — dele na minha pele. Estremeci. Seria repulsa? Medo? Um resquício, uma sensação indesejável que a memória provocou? Talvez tudo isso. Eu não fazia ideia.

— Deuses — disse ele, com a voz gutural enquanto levantava os cílios volumosos e olhava para mim. As maçãs do seu rosto pareceram mais nítidas quando as sombras surgiram sob elas. — Você quase foi estripada.

— Você sempre foi tão observador.

Ele ignorou o comentário enquanto olhava para mim como se eu não fosse nada além de uma garota boba.

— Por que você não disse nada? A ferida pode infeccionar.

Precisei de toda a minha força de vontade para manter os braços ao lado do corpo.

— Bem, eu não tive muito tempo, já que você estava ocupado me traindo.

Ele estreitou os olhos.

— Isso não é desculpa.

Soltei uma risada dura e fiquei imaginando se eu já não estaria com febre.

— É óbvio que não. Eu sou uma tola por não ter percebido que o indivíduo que participou da morte das pessoas de quem eu gostava, que me traiu e fez planos com aquele que ajudou a massacrar a minha família, para me usar para algum propósito nefasto, se importaria com o fato de eu estar ferida.

Os olhos cor de âmbar se iluminaram, repletos de um fogo dourado. Suas feições se tornaram severas, e senti um arrepio por toda a minha pele. Uma sensação gélida correu pelas minhas veias com a lembrança de que ele não era quem eu achava que fosse. Mortal. Resisti ao ímpeto de recuar, embora quisesse sair correndo dali.

— Sempre tão corajosa — murmurou ele. Ele soltou a minha túnica e se virou, chamando Delano, que não devia ter ido muito longe, já que chegou na frente da cela em uma questão de segundos.

Eu me apoiei na parede, imóvel, enquanto Hawke esperava que Delano retornasse com os itens que havia pedido. O fato de ele ficar de costas para mim por tanto tempo dizia tudo o que eu precisava saber sobre ele me ver ou não como uma ameaça.

Delano apareceu com uma cesta, o que me fez pensar por que tais coisas eram mantidas tão à mão. Examinei a cela. Será que eles estavam acostumados a manter os prisioneiros saudáveis? Melhor ainda, será que foi ali que todos os Ascendidos e o Lorde do forte foram parar?

Quando Hawke se virou de frente para mim, ficamos sozinhos outra vez.

— Por que você não se deita...? — Ele olhou ao redor da cela, avistando o colchão puído como se tivesse acabado de perceber que não havia cama ali. Retesou os ombros. — Por que você não se deita?

— Estou bem de pé, obrigada.

A impaciência cintilou em seu olhar enquanto ele se aproximava de mim, com a cesta na mão.

— Você prefere que eu me ajoelhe?

Um sorriso mordaz surgiu em meus lábios quando comecei a concordar.

— Não me importo. — Ele baixou o olhar enquanto mordia o lábio inferior. — Eu ficaria na altura perfeita para fazer algo que sei que você gostaria bastante. Afinal de contas, estou sempre desejoso por um pouco de mel.

O ar saiu dos meus pulmões com o choque, mas a raiva logo colidiu contra ele. Afastei-me da parede e desci até o colchão. Sentei-me mais devagar do que quando levantei, lançando um olhar gélido para ele.

— Você é repulsivo.

Rindo baixinho, ele caminhou até o colchão e se ajoelhou.

— Se você diz.

— Eu sei que é.

Ele deu um sorrisinho conforme colocava a cesta no chão. Uma olhada rápida me mostrou que havia ataduras e pequenos frascos ali dentro. Nada que pudesse ser transformado em uma arma ineficaz. Ele acenou para que eu me reclinasse e, depois de balbuciar um xingamento, fiz o que ele pediu.

— Olha a boca suja — murmurou ele, e quando fez menção de pegar a minha túnica mais uma vez, eu a levantei. — Obrigado.

Cerrei os dentes.

Ele deu outro sorriso quando se ajoelhou, tirando um frasco claro da cesta. Desenroscou a tampa e um cheiro azedo e distinto surgiu no ambiente bolorento.

— Quero lhe contar uma história — disse ele, com as sobrancelhas abaixadas enquanto olhava para o ferimento.

— Não estou a fim de ouvir história nenhuma... — Arfei quando ele puxou a minha camisa. Segurei o pulso dele com ambas as mãos, mal sentindo o frio das correntes contra o meu abdômen. — O que você está fazendo?

— A lâmina quase arrancou a sua caixa torácica — disse ele, os olhos reluzindo com um dourado profano mais uma vez. — A ferida vai até o lado das suas costelas.

O ferimento não era tão ruim assim, mas subia pela lateral do meu corpo.

— Acha que isso aconteceu quando a espada foi arrancada de você? — perguntou ele.

Não respondi e, como não o soltei, esperei que ele simplesmente se desvencilhasse de mim, mas, em vez disso, Hawke suspirou.

— Acredite ou não, não estou tentando tirar a sua roupa para me aproveitar de você. Não vim aqui para seduzi-la, Princesa.

O que deveria ter sido um alívio teve o efeito oposto. O ardor no meu peito subiu pela garganta, formando um nó que quase me impedia de respirar enquanto eu olhava para ele. É lógico que ele não estava tentando me seduzir. Não depois que já tinha conseguido o que queria, fazendo com que eu não apenas baixasse a guarda, mas também confiasse nele. Eu me abri com Hawke, compartilhei com ele os meus sonhos de me tornar outra coisa, o meu medo de voltar para a capital e — ah, Deuses — o meu dom. Compartilhei muito mais do que apenas palavras. Deixei que ele entrasse no meu quarto, na minha cama e depois em mim. Ele disse que o meu toque o consumia, que venerava o meu corpo e as minhas cicatrizes. Ele me disse que elas me deixavam ainda mais bonita, e eu...

Eu gostei dele.

Eu fiz mais do que gostar dele.

Deuses, eu me apaixonei por ele, muito embora isso fosse proibido. Eu me apaixonei por ele o bastante para saber que lá no fundo aquilo tinha desempenhado um papel na minha decisão de dizer à Rainha que me recusaria a Ascender. Um calafrio percorreu os meus dedos quando a queimação na garganta alcançou meus olhos.

— Algo daquilo foi verdadeiro? — A pergunta irrompeu de mim em uma voz rouca que mal reconheci e, no instante em que pronunciei aquelas palavras, desejei não ter dito nada, pois eu sabia... eu já sabia a resposta.

Hawke ficou tão quieto quanto as estátuas que adornavam o vestíbulo do Castelo Teerman. Afastei as mãos. Um músculo vibrou em seu maxilar enquanto seus lábios permaneciam firmemente fechados.

Um soluço entrecortado subiu pela minha garganta e precisei de toda a minha força de vontade para suprimi-lo. Aquilo aliviou muito pouco a vergonha que ardia em meu peito como um carvão em brasa. *Não vou chorar. Não vou chorar.*

Incapaz de olhar para ele por mais tempo, fechei os olhos. Isso não ajudou. Imediatamente, lembrei como ele tinha olhado para mim, com os lábios inchados e brilhantes. Raiva, vergonha e uma mágoa profunda que eu nunca tinha sentido antes alfinetavam as minhas pálpebras.

Foi então que senti as mãos dele se moverem e levantarem a túnica com cuidado, parando antes de expor o meu peito por completo. Dessa vez, as falanges dos seus dedos não roçaram a minha pele e, como antes, mesmo na penumbra, eu sabia que as faixas quase brilhantes de carne cicatrizada eram visíveis, ainda mais aos olhos de um Atlante. Na noite passada, eu me despi para Hawke e deixei que ele me contemplasse, acreditando no que ele havia me dito. Ele tinha sido tão convincente, e senti o estômago revirado só de pensar no que ele deve ter achado de verdade.

Como ele realmente deve ter se sentido quando tocou e beijou as minhas cicatrizes.

Hawke quebrou o silêncio, me sobressaltando:

— Pode arder um pouco.

Achei que a voz dele parecia mais ríspida do que o normal, mas então senti quando ele se aproximou e o primeiro jato de líquido morno atingiu a ferida. Dei um assobio quando a dor escaldante atingiu o lado direito do meu abdômen e subiu pelas costelas. O cheiro azedo e adstringente subiu pelo ar conforme o líquido borbulhava no corte, e acolhi o ardor, concentrando-me nele e não na dor que sentia no peito.

Joguei a cabeça para trás e fiquei de olhos fechados enquanto mais líquido era espirrado ao longo da lesão, criando mais espuma e provocando outra onda de dor pelo meu abdômen.

— Desculpe por isso — murmurou ele, e eu quase acreditei que Hawke estivesse se desculpando de verdade. — Será necessário esperar um pouco para que o remédio queime qualquer possível infecção.

Ótimo.

Talvez queimasse até chegar ao meu coração idiota.

O silêncio recaiu, mas não durou muito.

— Os Vorazes foram nossa culpa — disse ele, me assustando. — A criação deles, quero dizer. A história toda. Os monstros na névoa. A guerra. O que aconteceu com essa terra. Vocês. Nós. Tudo começou com um ato de amor incrivelmente desesperado e tolo, muitos séculos antes da Guerra dos Dois Reis.

— Eu sei — disse, pigarreando. — Conheço a história.

— Mas você conhece a história verdadeira?

— Eu conheço a única história. — Abri os olhos e desviei o olhar das correntes e dos ossos retorcidos.

— Você conhece apenas o que os Ascendidos fizeram todo mundo acreditar, e não é a verdade. — Ele estendeu a mão, puxando a corrente que atravessava uma parte do meu abdômen. Fiquei tensa conforme ele a afastava com cuidado. — O meu povo viveu em harmonia com os mortais por milhares de anos, mas quando o Rei O'Meer Malec...

— Criou os Vorazes — interrompi. — Como eu disse...

— Você está errada. — Ele se sentou com uma perna dobrada e o braço apoiado sobre o joelho. — O Rei Malec se apaixonou perdidamente por uma mulher mortal. O nome dela era Isbeth. Alguns dizem que a Rainha Eloana a envenenou. Outros afirmam que uma amante preterida do Rei a apunhalou, pois parece que ele tinha um longo histórico de infidelidade. De qualquer maneira, ela foi mortalmente ferida. Como disse antes, Malec ficou desesperado para salvá-la. Ele cometeu o ato proibido de Ascendê-la... o que você conhece como a Ascensão.

Meu coração subiu pela garganta até chegar perto do nó confuso de emoção.

Ele ergueu o olhar e me encarou.

— Sim. Isbeth foi a primeira a Ascender. Não os seus falsos Rei e Rainha. Ela se tornou a primeira vampira.

Mentiras. Mentiras absolutas e inacreditáveis.

— Malec bebeu o sangue de Isbeth, só parando quando sentiu que o coração dela estava começando a falhar e, em seguida, compartilhou o seu sangue com ela. — Ele inclinou a cabeça, com aqueles olhos dourados reluzindo. — Talvez se o seu ato de Ascensão não fosse tão bem guardado, os detalhes mais delicados não seriam uma surpresa para você.

Comecei a me sentar, mas me lembrei da ferida e do líquido espumante.

— A Ascensão é uma Bênção dos Deuses.

Ele deu um sorrisinho.

— Longe disso. É mais como um ato que pode criar a imortalidade ou transformar pesadelos em realidade. Nós, os Atlantes, nascemos quase como os mortais. E continuamos assim até a Seleção.

— A Seleção? — perguntei antes que pudesse me controlar.

— É quando nós mudamos. — Ele repuxou o lábio superior e cutucou um canino afiado com a ponta da língua. Eu sabia disso. Estava nos livros de história. — As presas aparecem, se alongando apenas quando nos alimentamos, e mudamos de... outras maneiras.

— Como? — A curiosidade me dominou, e imaginei que tudo o que pudesse aprender me ajudaria se eu conseguisse escapar daquilo.

— Isso não é importante. — Ele pegou um pano. — Nós podemos até ser mais difíceis de matar do que um Ascendido, mas ainda *podemos* ser mortos — continuou ele. Eu também sabia disso. Os Atlantes podiam ser mortos do mesmo modo que um Voraz. — Envelhecemos mais devagar que os mortais e, se nos cuidarmos, podemos viver milhares de anos.

Tive vontade de salientar que tudo era importante, especialmente como os Atlantes mudavam de outras maneiras, mas a curiosidade levou a melhor sobre mim.

— Quantos... quantos anos você tem?

— Mais do que aparento.

— Centenas de anos a mais? — perguntei.

— Eu nasci depois da guerra — respondeu ele. — Vi a passagem de dois séculos.

Dois séculos?

Deuses...

— O Rei Malec criou a primeira vampira. Eles são... uma parte de nós, mas não somos iguais. A luz do dia não nos afeta. Não como acontece com um vampiro. Me diga uma coisa: você já viu algum Ascendido à luz do dia?

— Eles não andam sob a luz do sol porque os Deuses não fazem isso — respondi. — É assim que honram os Deuses.

— Que conveniente. — O sorriso de Hawke se tornou presunçoso. — Os vampiros podem ser abençoados com a coisa mais próxima possível da imortalidade, assim como nós, mas não podem andar à luz do dia sem que a sua pele comece a se deteriorar. Quer matar um Ascendido sem sujar as mãos? Tranque-o do lado de fora sem nenhum abrigo disponível. Ele estará morto antes do meio-dia.

Aquilo não podia ser verdade. Os Ascendidos *escolhiam* não andar sob o sol.

— Eles também precisam se alimentar e, por *alimentação*, quero dizer sangue. Eles precisam fazer isso com frequência para continuar vivos, para impedir que qualquer ferida letal ou doença que sofreram antes de Ascenderem volte. Não são capazes de procriar, não depois da Ascensão, e muitos deles sentem sede de sangue quando se alimentam, geralmente matando mortais no processo.

Ele passou o pano ao longo da ferida, tomando cuidado para não exercer muita pressão enquanto absorvia o líquido depositado.

— Os Atlantes não se alimentam de mortais...

— Tá bom — retruquei. — Você espera mesmo que eu acredite nisso?

Ele olhou para mim.

— O sangue mortal não nos oferece nada de valor real, pois nunca fomos mortais, Princesa. Os lupinos não precisam se alimentar, mas nós sim. Nós nos alimentamos quando precisamos, mas de outros Atlantes.

Sacudi a cabeça. Como ele poderia esperar que eu acreditasse naquilo? O modo como eles tratavam os mortais, como se fossem gado, foi o que levou os Deuses a abandoná-los e a população mortal a se revoltar contra eles.

— Podemos usar o nosso sangue para curar um mortal sem transformá-lo, algo que um vampiro não é capaz de fazer, mas a diferença mais importante é a criação dos Vorazes. Um Atlante nunca criou um Voraz. Mas os vampiros sim. E caso você não tenha entendido, os vampiros são aqueles que você conhece como Ascendidos.

— Isso é mentira. — Minhas mãos se fecharam inutilmente ao meu lado.

— É a verdade. — Com as sobrancelhas franzidas em concentração enquanto olhava para o ferimento, ele olhou para mim apenas quando colocou o pano de lado. — Um vampiro não pode criar outro vampiro. Eles não são capazes de completar a Ascensão. Quando drenam o sangue de um mortal, eles criam um Voraz.

— O que você está dizendo não faz o menor sentido.

— Como não?

— Porque se o que você está dizendo é verdade, então os Ascendidos são vampiros e não podem fazer a Ascensão. —

A raiva no meu peito ardia mais do que o líquido que ele tinha usado para limpar a ferida. — Se isso é verdade, então como eles fizeram outros Ascendidos? Como o meu irmão?

Ele retesou o maxilar, com os olhos glaciais.

— Porque não é um Ascendido que concede o dom da vida. Eles estão usando um Atlante para fazer isso.

Soltei uma risada áspera.

— Os Ascendidos nunca trabalhariam com um Atlante.

— Eu falei algo errado? Acho que não. Eu disse que eles estão *usando* um Atlante. Não trabalhando com um. — Ele pegou um frasco e desenroscou a tampa. — Quando os nobres descobriram o que o Rei Malec havia feito, ele suspendeu as leis que proibiam a Ascensão. À medida que mais vampiros foram criados, muitos foram incapazes de controlar a sede de sangue. Eles drenaram muitas das suas vítimas, criando a peste conhecida como Vorazes, que varreu o reino como uma praga. A Rainha de Atlântia, Eloana, tentou impedir isso. Ela proibiu a Ascensão mais uma vez e ordenou que todos os vampiros fossem destruídos em um esforço para proteger a humanidade.

Vi quando ele mergulhou a mão no frasco e o colocou de lado. Uma substância espessa e branca como leite recobria os seus dedos compridos. Reconheci o cheiro. Era o mesmo unguento que já havia sido usado em mim antes.

— Milefólio?

Ele assentiu.

— Entre outras coisas que vão ajudar a acelerar a sua cura.

— Posso... — Estremeci quando o unguento frio tocou a minha pele. Hawke espalhou a mistura pelo meu abdômen, aquecendo o bálsamo e a minha carne.

E em seguida, eu mesma.

Meus dedos começaram a latejar quando um arrepio indesejado de reconhecimento percorreu a minha pele. *Ele traiu você,* lembrei a mim mesma. *Ele brincou com você.* Eu o odeio. De verdade. O nó cresceu em minha garganta ao mesmo tempo que um rubor inebriante tomou conta de mim.

Hawke parecia estar completamente concentrado no que estava fazendo, e isso era uma bênção. Eu não queria que ele visse como o seu toque me afetava.

— Os vampiros se revoltaram — disse ele depois de retirar mais um pouco de unguento do frasco. — Foi isso que desencadeou a Guerra dos Dois Reis. Não foram os mortais lutando contra os Atlantes cruéis e desumanos, mas os vampiros que revidaram.

Desviei o olhar da mão de Hawke e olhei para o seu rosto. Parte do que ele dizia parecia familiar, mas era uma versão distorcida e mais sombria do que eu sabia ser a verdade.

— O número de mortos durante a guerra não foi exagerado. Na verdade, muitas pessoas acreditam que o número foi muito maior. Não fomos derrotados, Princesa. O Rei Malec foi deposto, divorciado e exilado. A Rainha Eloana se casou novamente e o novo Rei, Da'Neer, fez o exército recuar, chamou o povo de volta para casa e encerrou uma guerra que estava destruindo este mundo.

— E o que aconteceu com Malec e Isbeth? — perguntei, mesmo não acreditando muito no que ele havia me dito.

— Os relatos dizem que Malec foi derrotado em combate, mas a verdade é que ninguém sabe. Ele e a amante simplesmente desapareceram — afirmou Hawke, colocando a tampa de volta no frasco. — Os vampiros ganharam o controle das terras remanescentes, ungindo o próprio Rei e Rainha, Jalara e Ileana, e as renomearam como o Reino de Solis. Eles se autodenominaram Ascendidos, usando os *nossos* Deuses, que entraram em hibernação há muito tempo, como um motivo para se tornarem quem são. Nas centenas de anos que se passaram desde então, eles conseguiram apagar a verdade da história, que a grande maioria dos mortais, na verdade, lutou ao lado dos Atlantes contra a ameaça em comum dos vampiros.

Não consegui falar pelo que me pareceu um minuto inteiro.

— Nada disso me parece plausível.

— Imagino que seja difícil acreditar que você pertence a uma sociedade de monstros assassinos, que pegam as terceiras filhas e filhos durante o Ritual para se alimentarem. E se não drenam o seu sangue, eles se transformam em...

— Em quê? — perguntei, ofegante, com a descrença se transformando em raiva. — Você passou esse tempo todo me dizendo um monte de mentiras, mas agora foi longe demais.

Ele colocou um curativo limpo na ferida e alisou as bordas até que aderissem bem à minha pele.

— Eu não disse nada que não fosse verdade, assim como o homem que jogou a mão do Voraz.

Sentei-me e puxei a camisa para baixo.

— Você está afirmando que aqueles que foram entregues para servir aos Deuses se transformaram em Vorazes?

— Por que você acha que os Templos são inacessíveis a qualquer pessoa, a não ser pelos Ascendidos e aqueles que eles controlam, como os Sacerdotes e as Sacerdotisas?

— Porque são lugares sagrados onde nem mesmo a maioria dos Ascendidos entra — argumentei.

— Você já viu alguma criança que foi entregue? Pelo menos uma, Princesa? Você conhece alguém que não seja um Sacerdote ou Sacerdotisa, ou um Ascendido que alegou ter visto uma? Você é esperta. Sabe que ninguém viu — desafiou ele. — Isso porque a maioria morre antes mesmo de aprender a falar.

Abri a boca.

— Os vampiros precisam de uma fonte de alimento que não desperte suspeitas, Princesa. Que maneira melhor de fazer isso do que convencer um reino inteiro a entregar os filhos sob o pretexto de honrar os Deuses? Eles criaram uma religião em torno disso, de modo que os próprios familiares se voltam uns contra os outros se algum deles se recusar a entregar o filho. Eles enganaram um reino inteiro, usando o medo daquilo que criaram contra o povo. E não é só isso. Você já pensou como é estranho que tantas crianças pequenas morram da noite para o dia de uma misteriosa doença do sangue? Como a família Tulis, que perdeu o primeiro e o segundo filhos? Nem todo Ascendido consegue seguir uma dieta rigorosa. A sede de sangue de um vampiro é um problema comum e muito real. Eles agem como ladrões durante a noite, roubando crianças, esposas e maridos.

— Você acha mesmo que eu acredito nisso? Que os Atlantes são inocentes e tudo o que me ensinaram é uma mentira?

— Não muito, mas valia a pena tentar. Não somos inocentes de todos os crimes...

— Como assassinato e sequestro? — joguei na cara dele.

— Entre outras coisas. Você não quer acreditar no que estou dizendo. Não porque parece tolice, mas porque há coisas que você está começando a questionar. Porque isso significa que o seu precioso irmão está se alimentando de inocentes...

— Não.

— E transformando-os em Vorazes.

— Cale a boca — rosnei, me pondo de pé com um salto. O movimento brusco e repentino quase não me causou dor.

Ele se levantou em um movimento fluido e assomou sobre mim.

— Você não quer aceitar o que estou dizendo, mesmo que pareça lógico, porque isso significa que o seu irmão é um deles e que a Rainha que cuidou de você matou milhares...

Não parei para pensar no que fiz em seguida. Eu estava tão furiosa e com medo porque Hawke tinha razão, o que ele me disse suscitara alguns questionamentos. Por exemplo, como nenhum dos Ascendidos era visto durante o dia, ou como ninguém, exceto eles, entrava nos Templos. Mas, pior ainda, me fez me perguntar por que Hawke inventaria tudo aquilo. Qual o sentido de inventar uma mentira tão elaborada quando ele sabia como seria difícil me convencer?

Não, eu não pensei em nada disso.

Eu só reagi.

A corrente deslizou pelo chão enquanto eu avançava na direção dele, com a mão fechada em punho.

Hawke ergueu a mão, pegando a minha antes que atingisse o seu maxilar. Deuses, ele se movia incrivelmente rápido, torcendo o meu braço enquanto me girava. Ele me puxou contra a barreira rígida que era seu peito, prendendo o meu braço entre nós dois enquanto segurava a minha outra mão. Um grito de frustração rasgou a minha garganta quando tentei levantar a perna.

— Não. — A voz dele soou como um alerta suave no meu ouvido, provocando um arrepio na minha espinha.

Não dei atenção.

Hawke grunhiu quando o meu calcanhar atingiu a sua perna. Ergui a perna e dei um chute para trás.

De repente, me vi imprensada contra a parede com Hawke atrás de mim. Lutei, mas não adiantou. Não havia nem um centímetro entre ele e a parede fria e úmida.

— Eu já disse que não. — Seu hálito quente percorreu a minha têmpora. — Estou falando sério, Princesa. Não quero machucá-la.

— Ah, não? Você já me ma... — Parei de falar.

— O quê? — Ele moveu o meu braço de modo que não ficasse mais preso entre nós dois. Mas não o soltou. Em vez disso, ele pressionou a minha mão contra a parede, assim como fez com a outra.

Fechei a boca, me recusando a dizer que ele já tinha me machucado. Admitir aquilo significava que havia algo para machucar, para ser explorado, e ele já tinha muita coisa para usar contra mim.

— Você sabe que não pode me machucar de verdade — disse ele, pousando a bochecha contra a minha.

Retesei o corpo.

— Então por que estou acorrentada?

— Porque levar chutes, socos ou unhadas continua não sendo bom — replicou ele. — E embora os outros tenham recebido ordens para não tocar em você, não quer dizer que eles serão tão tolerantes quanto eu.

— Tolerante? — Tentei me afastar da parede, mas não cheguei a lugar algum. — Você chama isso de ser tolerante?

— Levando em consideração que acabei de limpar e cobrir o seu ferimento, eu diria que sim. E seria bom ouvir um agradecimento.

— Eu não pedi para você me ajudar — vociferei.

— Não. Porque é muito orgulhosa ou muito tola para isso. Você teria deixado que a ferida gangrenasse em vez de pedir ajuda — disse ele. — Quer dizer que não vou ouvir nenhum agradecimento, não é?

Minha resposta foi jogar a cabeça para trás. Porém, ele antecipou o golpe e não consegui atingi-lo. Ele forçou o meu rosto contra a parede. Eu me contorci, tentando me desvencilhar dele.

— Você é excepcionalmente hábil em ser desobediente — rosnou ele. — Só fica atrás do seu talento para me fazer perder o controle.

— Você se esqueceu de mais uma habilidade.

— É mesmo?

— Sim. — disse entre dentes. — Sou habilidosa em matar Vorazes. Imagino que matar Atlantes não seja muito diferente.

Hawke riu profundamente e senti o som ao longo das minhas costas.

— Nós não somos consumidos pela fome, de modo que não somos tão fáceis de distrair quanto um Voraz.

— Você ainda pode ser morto.

— É uma ameaça?

— Entenda como quiser.

Ele ficou calado por um momento.

— Sei que você já passou por muita coisa. E sei que o que eu lhe contei é muito para digerir, mas é tudo verdade. Tudo mesmo, Poppy.

— Pare de me chamar assim! — Eu me contorci.

— E você deveria parar de fazer isso — disse ele, com a voz mais áspera e grave. — Por outro lado... Por favor, continue. É o tipo perfeito de tortura.

Por um instante, não entendi o que ele quis dizer, mas então senti Hawke contra a minha lombar e prendi a respiração quando finalmente compreendi.

— Você é doente.

— E pervertido. Depravado e sombrio. — A barba áspera do seu queixo deslizou sobre a minha bochecha, e arqueei a coluna em resposta. Ele parecia se aproximar ainda mais conforme estendia os dedos sobre os meus. — Eu sou um monte de coisas...

— Assassino? — sussurrei, sem saber se estava lembrando a ele ou a mim mesma. — Você matou Vikter. Matou todos os outros.

Ele ficou imóvel e, em seguida, empurrou o peito contra as minhas costas quando puxou o ar.

— Matei, sim. Delano e Kieran também. Eu e aquele que você chama de Senhor das Trevas contribuímos para a morte de Hannes e Rylan, mas não daquela pobre garota. Foi um dos Ascendidos, muito provavelmente dominado pela sede de sangue. E aposto que foi o Duque ou o Lorde.

O Lorde.

Que tinha o aroma da flor que Malessa colhera mais cedo naquele dia.

— Além disso, nós não tivemos nada a ver com o ataque ao Ritual e nem com o que aconteceu com Vikter.

Deuses, eu queria acreditar nisso. Eu precisava acreditar que não tinha dormido com o homem envolvido na morte de Vikter.

— Então quem foi?

— Foram aqueles que você chama de Descendidos. Os nossos seguidores — disse ele, a voz um mero sussurro. — Mas não houve nenhuma ordem para atacar o Ritual.

— Você espera mesmo que eu acredite que aquela *coisa* que os Descendidos seguem não ordenou que eles atacassem o Ritual?

— Só porque eles seguem o Senhor das Trevas, não significa que sejam liderados por ele — respondeu Hawke. — Muitos dos Descendidos agem por conta própria. Eles conhecem a verdade. Não querem mais viver com medo de que os seus filhos sejam transformados em monstros ou roubados para alimentar outro tipo de monstros. Eu não tive nada a ver com a morte de Vikter.

Estremeci, acreditando no que ele disse a respeito do seu envolvimento e sem saber muito bem por quê. Mas mesmo que o Senhor das Trevas não liderasse efetivamente os Descendidos, ele ainda era a causa da morte de Vikter. Eles tinham assumido a sua causa e agido de acordo com ela.

— Mas e os outros? Você os matou. Admitir não muda nada.

— Foi necessário. — Ele afastou o queixo da minha bochecha e então disse: — Assim como você precisa entender que não há como escapar disso. Você pertence a mim.

Meu coração deu um salto dentro do peito.

— Você não quis dizer que eu pertenço ao Senhor das Trevas?

— Eu quis dizer o que disse, Princesa.

— Eu não pertenço a ninguém.

— Se acredita nisso, então você *é* uma tola — provocou ele, pressionando a cabeça contra a minha antes que eu pudesse atacar. — Ou está mentindo para si mesma. Você pertencia aos Ascendidos. Sabe disso. É uma das coisas que você detestava. Eles a mantinham presa em uma jaula.

Eu não deveria ter contado nada para ele.

— Pelo menos aquela jaula era mais confortável que esta.

— É verdade — murmurou ele, e um segundo se passou. — Mas você nunca foi livre.

— Mesmo que isso seja verdade — e aquela era uma verdade dolorosa —, eu não vou parar de lutar contra você — alertei. — Não vou me submeter.

— Eu sei disso. — Havia um tom estranho na voz dele que parecia... admiração. Mas isso não fazia o menor sentido.

— E você ainda é um monstro — eu disse a ele.

— Sou, mas não nasci assim. Foi o que *fizeram* de mim. Você perguntou sobre a cicatriz na minha coxa. Você olhou para ela com atenção, ou estava muito ocupada olhando para o meu pa...

— Cale a boca! — gritei.

— Você deveria ter notado que era o Brasão Real marcado a ferro na minha pele — disse ele, e eu ofeguei. Parecia mesmo com o Brasão Real. — Quer saber como eu tenho um conhecimento tão profundo a respeito do que acontece durante a porra da sua Ascensão, Poppy? Como eu sei de coisas que você não sabe? Porque fiquei preso em um daqueles Templos por cinco décadas, onde fui fatiado, cortado e usado como alimento. Meu sangue foi derramado em cálices de ouro que os segundos filhos e filhas bebiam depois de serem drenados pela Rainha, pelo Rei ou por outro Ascendido. Eu era o maldito gado.

Não.

Eu não podia acreditar nisso.

— E não fui usado só como alimento. Forneci todo tipo de entretenimento. Eu sei exatamente como é não ter escolha — continuou ele, e o horror acompanhou as suas palavras. — Foi a sua Rainha quem me marcou e, se não fosse pela bravura de outra pessoa, eu ainda estaria lá. Foi assim que consegui essa cicatriz.

Sem nenhum aviso, ele largou as minhas mãos e se afastou. Trêmula, eu não me mexi. Por um bom tempo. Quando me virei, ele já estava fora da cela.

Se o que ele disse era verdade...

Não. Não podia ser. Deuses, não podia ser.

Senti um frio repentino e insuportável e cruzei os braços ao redor do corpo, estalando as correntes.

Hawke olhou para mim através das grades.

— Nem o Príncipe nem eu queremos vê-la ferida. Como disse antes, precisamos de você viva.

— Por quê? — sussurrei. — Por que eu sou tão importante?

— Porque eles estão de posse do verdadeiro herdeiro do reino. Eles o capturaram quando ele me libertou.

Eu achava que o Senhor das Trevas fosse o único herdeiro do trono Atlante. Se o que Hawke diz for verdade, isso só pode significar...

— O Senhor das Trevas tem um irmão?

Ele assentiu.

— Você é a favorita da Rainha. Você é importante para ela e para o reino. Não sei o motivo. Talvez tenha algo a ver com o seu dom. Talvez não. Mas nós a libertaremos se eles libertarem o Príncipe Malik.

Tudo o que ele acabou de dizer penetrou pouco a pouco no meu cérebro.

— Você planeja me usar como moeda de troca.

— É melhor do que mandar você de volta em pedacinhos, não é?

A descrença tomou conta de mim, seguida por aquela dor pulsante no meu peito.

— Você passou esse tempo todo me dizendo que a Rainha, os Ascendidos e o meu irmão são todos vampiros maus que se alimentam dos mortais, mas vai me mandar de volta para eles assim que libertar o irmão do Senhor das Trevas?

Hawke não disse nada.

Soltei uma risada entrecortada. Se o que ele disse for verdade, isso só confirmava o que já estava se tornando evidente.

Ele não se importava com a minha segurança ou com o meu bem-estar, mas somente em se certificar de que eu estivesse respirando na hora de fazer a troca.

Levei a mão até o peito para aliviar a pulsação quando outra risada irrompeu de mim.

Hawke flexionou o maxilar.

— Vou arrumar um lugar mais confortável para você dormir.

Eu não sabia o que responder, mas ele certamente não iria receber nenhum agradecimento de mim.

Ele ergueu o queixo.

— Você pode decidir não acreditar em nada do que eu disse, mas, se acreditar, o que estou prestes a dizer não será tão chocante. Vou partir em breve para me encontrar com o Rei Da'Neer, de Atlântia, e dizer a ele que capturei você.

Ergui a cabeça de supetão.

— Sim. O Rei está vivo. Assim como a Rainha Eloana. Os pais daquele que você chama de Senhor das Trevas e do Príncipe Malik.

Chocada, não consegui me mexer enquanto Hawke se virava para ir embora, mas então ele parou.

E não olhou para trás quando disse:

— Nem tudo era mentira, Poppy. Nem tudo.

Capítulo 37

Nem tudo era mentira.

Qual parte?

A história sobre o irmão de Hawke? O restante da família dele? A parte sobre cultivar terras, e as cavernas que ele costumava explorar quando criança? Que ele já tinha se apaixonado antes e perdido aquele amor? Ou todas as coisas que ele disse sobre mim?

Fosse lá o que fosse verdade, não importava. Ou não deveria, pensei enquanto andava de um lado para o outro até onde as correntes me permitiam, o que não era muito longe.

Depois que ele saiu, eu me sentei no colchão e tentei separar a verdade da ficção, o que me pareceu impossível. De alguma forma, ainda mais improvável, eu tinha caído no sono. Minha mente não se desligou, mas o meu corpo simplesmente desistiu de mim. Dormi até que os pesadelos me acordaram, com os meus gritos ecoando nas paredes de pedra.

Fazia muito tempo que a lembrança da noite da morte dos meus pais não me procurava durante o sono, mas o fato de me encontrar ali não era nada surpreendente.

Afastei várias mechas soltas de cabelo do rosto quando me virei, tomando cuidado para não me enroscar nas correntes.

Talvez... talvez os Ascendidos *fossem* vampiros, criados acidentalmente pelos Atlantes. Eu poderia acreditar nisso. Parecia uma mentira elaborada demais para não ser real. E poderia acreditar que Lorde Mazeen tinha causado a morte de Malessa. Não era como se ele não fosse capaz de tamanha crueldade.

E Deuses, eu acreditava no que Hawke havia me dito sobre a história por trás daquela marca a ferro. Talvez não a parte sobre a Rainha tê-la infligido nem o motivo pelo qual ele fora aprisionado, mas a frieza em sua voz não podia ser forçada Ele foi preso contra a vontade e usado de maneiras que nem mesmo eu conseguiria compreender.

Acreditar nisso não queria dizer que tudo o que ele afirmava era verdade. Que os Ascendidos se alimentavam de mortais, isolando--os em templos e invadindo casas no meio da noite para criar Vorazes daqueles que não drenavam por completo. Como eles conseguiriam manter aquilo em segredo? As pessoas descobririam.

Já deviam ter descoberto.

Se é que foi aquele conhecimento que levou os Descendidos a apoiar o reino deposto da Atlântia.

Sacudi a cabeça.

Mas isso significaria que todo Ascendido estava ciente do que acontecia. Que nenhum deles havia recusado a Ascensão depois de saber o que aquilo custaria. Nem mesmo o meu irmão.

A nossa mãe, entretanto, havia recusado.

Meu coração deu um sobressalto.

Ela recusou porque amava o meu pai. Não porque descobriu a verdade e não quis aquela oportunidade. Ela recusou por amor e o Senhor das Trevas a matou mesmo assim.

A menos que... a menos que a Duquesa tenha mentido sobre isso. Mas por quê? Por que ela teria mentido? O Senhor das Trevas, Príncipe Casteel, controlava os Vorazes.

Só que os Vorazes não pareciam ser controlados por nada além da fome. Eu nunca os vi parar no meio de um ataque ou exibir algum grau de pensamento cognitivo.

Mas se isso não era verdade, se o Senhor das Trevas não podia controlá-los, então será que os Ascendidos estavam usando os Vorazes para controlar a população? Para impedir que as pessoas fizessem perguntas demais e para que se prontificassem a entregar os filhos para que os Deuses não ficassem descontentes, expondo a cidade a um ataque dos Vorazes?

Eu me sentia como se pudesse ser atingida por um raio por questionar isso. Porque Hawke tinha razão. Era uma religião.

Comecei a andar de um lado para o outro novamente.

Como foi que os Vorazes chegaram a uma cidade que não via um ataque havia décadas quando cheguei com a minha família, a menos que o Senhor das Trevas os tivesse enviado?

Aquilo não fazia o menor sentido, e toda essa reviravolta começou a me dar dor de cabeça. Mesmo que parte do que Hawke afirmasse fosse verdade, eles ainda eram responsáveis por muitas mortes.

Não podia ser tudo verdade, pois era impossível que o meu delicado e gentil irmão Ascendesse se soubesse o que estava sendo feito. Impossível.

Hawke estava... ele estava apenas mexendo com a minha cabeça, me deixando com a mente fraca e cheia de dúvidas. Ele era capaz disso.

Parei de andar e olhei para as minhas mãos. Ele ia me mandar de volta para as pessoas que supostamente abusavam dele. Isso não era horrível?

Senti a pressão das lágrimas atrás dos meus olhos, mas respirei fundo. Eu me recusava a chorar. Não derramaria nem uma única gota por Hawke, pelo que pode ter sido feito com ele e pelo que ele fez comigo. Não deixaria que aquilo me afetasse. Não quando ele já tinha partido o meu coração.

A porta no final do corredor se abriu e eu levantei a cabeça. Delano apareceu, junto com outro homem de pele negra. Os olhos dele tinham o mesmo tom de avelã que alguns dos outros. Atlante.

— Que bom que você está acordada — disse Delano. — Não quis incomodá-la mais cedo, quando vim ver como você estava.

Eu nem queria pensar sobre o fato de ele estar ali enquanto eu dormia.

— Vou abrir a porta, e então Naill e eu vamos levá-la para aposentos mais confortáveis — explicou ele, e eu arqueei as sobrancelhas. — E você não fará nenhuma tolice. Certo?

— Certo — repeti, com esperança.

Delano sorriu.

— Isso não foi nem um pouco convincente.

— Não foi mesmo — concordou Naill. — Não que eu possa culpá-la. No lugar dela, eu pensaria que é uma boa oportunidade para fugir.

Perdi as esperanças.

O sorriso de Delano desapareceu.

— Você precisa entender uma coisa, Donzela. Eu sou um lupino.

— Eu já tinha percebido isso.

— Então você tem de saber que a única razão pela qual ultrapassou Kieran ontem é porque ele não queria pegar você. Mas eu vou querer.

Um calafrio percorreu a minha pele.

— Minha habilidade de rastreamento é impecável. Não há nenhum lugar aonde você possa ir que eu não a encontraria — continuou ele.

— A verdade — disse Niall, atraindo o meu olhar para as suas maçãs do rosto altas e angulosas — é que sou ainda mais rápido do que ele, mas nenhum de nós quer machucá-la. Infelizmente, isso vai acontecer se você sair correndo, pois tenho a sensação de que, de alguma maneira, você transformará o ar em uma arma e então teremos que nos defender. Duvido que *ele* faça uma distinção entre querermos machucá-la e sermos obrigados a fazer isso ao tentar nos defender.

Dilatei as narinas com o ar que exalei. Eu não me importava com o que ele queria, fazia ou pensava.

— Ele nos prenderia às paredes do saguão, e nós dois gostamos de respirar e de ter todas as partes do corpo intactas. Então, por favor, seja boazinha — disse Delano, destrancando a porta. — Pois apesar de correr o risco de perder a mão ou de ter uma morte certa, eu abomino a ideia de ter que bater em uma mulher. — Ele entrou na cela. — Mesmo que seja alguém aparentemente tão perigosa quanto você.

Sorri para ele, mas não era exatamente uma expressão agradável. O sorriso surgiu porque fiquei feliz que eles soubessem que eu era perigosa.

Mas também não era burra. Eu não conseguiria fugir deles. Sabia disso. Não fazia sentido me machucar só para tornar as coisas mais difíceis. Até mesmo eu reconhecia isso.

Levantei os pulsos, sacudindo as correntes.

Delano olhou para mim enquanto pegava uma chave no bolso da túnica e soltava as algemas. Elas escorregaram, batendo no chão duro.

Naill se virou primeiro, girando a cabeça na direção da porta e, em seguida, Delano seguiu o seu exemplo. E lá estava eu, com os olhos fixos na espada presa à cintura de Delano e com as mãos soltas.

— Merda — disse Naill, e isso chamou a minha atenção.

Delano soltou um ronco baixo de alerta que me deixou arrepiada.

— Que porra você está fazendo aqui, Jericho?

Prendi a respiração quando vi a silhueta de alguém alto saindo das sombras.

— Só dando um passeio — respondeu ele.

— Mentira — vociferou Naill. — Você veio aqui sozinho. Veio por causa dela.

Fiquei tensa quando Jericho olhou para mim.

— Você está errado — disse ele. — E também está certo.

Ouvi passos vindo da entrada e Delano soltou outro xingamento.

— Estou aqui por causa dela — disse Jericho. — Mas não vim sozinho.

Não, não veio. Havia seis homens com ele, todos se mantendo perto das sombras.

— Você está sendo incrivelmente idiota — salientou Naill, bloqueando a porta.

Jericho me encarou através das grades.

— Talvez.

— Sei que você acha que deve se vingar. Ela o apunhalou.

— Duas vezes — entrei na conversa.

Delano me lançou um olhar que dizia que eu não estava ajudando.

Jericho fez uma careta de desdém.

— Não se esqueça da mão. — Ele levantou o braço esquerdo. — Também tem isso.

— Isso é culpa sua — respondeu Delano. — Não dela.

— É, bem, mas não posso descontar no Príncipe, não é? — disse Jericho, e eu franzi o cenho, pois achava que tivera sido Hawke quem cortara a mão dele.

— Você entende que ele vai arrancar a sua cabeça se machucá-la? A cabeça de todos vocês? — perguntou Delano. — Ele disse que *ninguém* deve machucá-la. Se tentarem fazer o que querem, todos vocês vão morrer. É isso o que você quer, Rolf? Ivan? — Ele pronunciou os nomes dos homens que estavam escondidos. — Ele vai encarar isso como uma traição, mas vocês ainda têm uma chance de sair desta com vida. Mas não se alguém der um passo adiante.

Nenhum deles fez menção de ir embora dali.

Um deles avançou, um homem mais velho de olhos castanhos.

— Ela é a porra da Donzela, Delano. Ela foi criada como uma Ascendida pela própria Rainha, caralho. Os Ascendidos levaram o meu filho no meio da noite.

— Mas não foi *ela* quem levou o seu filho — respondeu Naill.

— Entendo que o Príncipe queira usá-la para libertar o irmão, mas você e eu sabemos que Malik deve estar morto — vociferou Jericho. — E se não estiver, não deve ser uma coisa boa. Ele deve estar tão fodido da cabeça que nem se lembra mais de quem é.

— Mas se nós a mandarmos de volta para a Realeza sugadora de sangue, será uma mensagem poderosa — contestou outro. — Isso vai deixá-los abalados. Precisamos dessa vantagem.

— E queremos fazer isso — disse aquele que se chamava Rolf. — Vocês têm que entender. Aqueles bastardos mataram toda a sua matilha, Delano. Sua mãe. Seu pai. Suas irmãs não tiveram tanta sorte. Eles esperaram um pouco antes de matá-las...

— Eu sei muito bem o que aconteceu com a minha família — rosnou Delano, e senti o meu estômago revirar. — Mas não vou permitir que você a machuque.

— Ela estava ao lado do Duque e da Duquesa Teerman — surgiu uma voz que provocou um calafrio na minha espinha. — Ela ficou parada lá quando eles disseram para a minha esposa e para mim que o nosso filho deveria ser entregue aos Deuses. Ficou parada lá e não fez *nada*.

Cambaleei para trás quando o homem que falou saiu das sombras. Era o Sr. Tulis. Fiquei tão abalada com a sua aparência que não consegui fazer nada além de encará-lo.

Foi então que ele olhou para mim, com ódio nos olhos.

— Não vai me dizer que não sabia o que eles estavam fazendo. Não vai me dizer que não fazia a menor ideia do que acontecia com os nossos filhos! — gritou ele. — O que acontecia com as pessoas que iam dormir e nunca mais acordavam. Você tinha que saber o que eles eram.

Abri a boca e a única coisa que consegui perguntar foi:

— O seu filho está com você agora?

— Os Ascendidos nunca vão colocar as mãos em Tobias — prometeu ele. — Não vamos perder outro filho para eles.

Quando o meu dom voltou à vida, eu mal consegui prestar atenção no que Delano disse.

— E você trairia o Príncipe, que ajudou a sua família a fugir? Que garantiu que o seu filho pudesse crescer e prosperar?

O Sr. Tulis não tirou os olhos de mim.

— Eu faria qualquer coisa para sentir o sangue dos Ascendidos nas minhas mãos.

— Eu não sou uma Ascendida — sussurrei.

— Não — desdenhou ele, brandindo uma faca. — Você é apenas o futuro deles.

Eu queria dizer a ele que planejava intervir em nome deles com a Rainha, mas não tive a chance. Não que fosse fazer alguma diferença. Não com aquele nível de desprezo que emanava dele.

— Não faça isso — advertiu Delano, desembainhando a espada.

— Ele vai superar isso — disse Jericho. — E se tivermos que matar vocês dois para garantir que ele nunca descubra, que assim seja. É o seu túmulo. Não o meu.

Tudo aconteceu tão rápido.

Rolf empurrou o Sr. Tulis para trás quando Naill atacou como uma víbora, agarrando o homem maior pelo peito. Naill cravou os dentes em seu pescoço, cortando e rasgando...

Um homem colidiu com Naill, fazendo-o soltar Rolf, que tropeçou contra as grades. O sangue jorrou e o homem riu.

— Você me mordeu. — Ele afastou os braços do corpo enquanto arqueava e estalava as costas. — Você realmente me mordeu — disse ele, as palavras se transformando em cascalho quando ele dobrou os joelhos. O homem rosnou, caindo de quatro no chão.

Naill chutou o homem, mostrando as presas em um sibilo que parecia tão selvagem que me lembrei do felino que tinha visto dentro da jaula anos atrás.

O felino das cavernas que Hawke sempre me lembrava.

Naill voou sobre o homem, derrubando-o no chão conforme Delano se virava para mim.

— Mate qualquer um que se aproximar de você. — Ele jogou a espada para mim, e eu a apanhei de surpresa, enquanto ele se voltava para os homens reunidos na porta da cela.

Delano se transformou, rasgando a parte de trás da camisa quando caiu para a frente, com as mãos alongadas batendo contra o chão conforme o pelo branco surgia em um clarão ofuscante sobre a sua forma gigantesca.

Em uma questão de segundos, um enorme lupino apareceu ao meu lado no exato momento em que outros chegaram no corredor.

— É uma festa — disse Jericho, e qualquer esperança que eu tivesse de que eles fossem ajudar acabou ali. Ele piscou para mim. — Você é popular.

— E tenho as duas mãos — respondi.

O sorriso desapareceu em seu rosto.

Rolf entrou no recinto e Delano colidiu contra ele. Eles rolaram pela cela, em uma bola de pelo marrom e branco. Delano ganhou a vantagem, batendo os dentes a meros centímetros de Rolf.

Naill pegou um dos homens que corria. Ele se virou, batendo o homem contra as grades com tanta força que o ferro se partiu. O homem caiu e não se levantou mais.

O Atlante se virou, alcançando um dos outros que haviam entrado na cela. Uma inspeção rápida nos olhos dele — nem azuis e gélidos nem dourados — me informou que eu estava enfrentando um mortal. Aquele que tinha sido o primeiro a falar.

— Eu não quero machucar você — disse ele.

— Tudo bem — disse ele, segurando uma espada no formato de foice. — Mas eu quero machucá-la.

Ele avançou urrando e foi muito fácil me esquivar. Girei o corpo e golpeei a nuca dele com o punho da espada, nocauteando o homem. Talvez causando um pouco mais de estrago. Não queria reconhecer que as palavras dele tinham me afetado tanto que desferi um golpe propositalmente fatal.

O que veio em seguida não era mortal. Era um grande lupino de cor tigrada. Ele repuxou os lábios, vibrando com o rosnado enquanto exibia as presas enormes.

— Merda — sussurrei.

O lupino saltou sobre mim. Eu pulei para trás, me esquivando. A ponta da espada atingiu a lateral da criatura quando ele bateu na parede e imediatamente saltou. Entrei em pânico, girando e brandindo a espada. Dessa vez, a lâmina atingiu a enorme fera no abdômen. Tentei arrancar a espada, mas ela não saiu do lugar enquanto o lupino uivava e se debatia. Soltei a espada, mas não fui rápida o suficiente. Garras atingiram a frente da minha túnica, logo abaixo do pescoço. O tecido se rasgou, e uma dor intensa e cortante percorreu toda a parte posterior do meu corpo.

Cambaleando para trás, olhei para baixo e vi metade da minha camisa dilacerada, com o vermelho salpicando a pele exposta.

Naill correu para a frente.

— A espada de foice! — gritou ele. — Pegue a...

Um homem golpeou a parte de trás da sua cabeça com uma espécie de taco. O corpo de Naill sofreu um espasmo e os seus olhos se reviraram. Ele tombou enquanto eu mergulhava para apanhar a espada.

Ouvi um grito assim que me levantei. Era Delano. O sangue cobria o seu pelo branco, e eu rezei para que fosse de Rolf.

Delano cambaleou para o lado, e então descobri que não. O sangue pertencia a Delano. Uma de suas pernas desabou sob ele, que caiu enquanto Rolf rondava em sua direção, sacudindo a enorme cabeça.

Não sei por que fiz aquilo em seguida. Eu tinha que me concentrar nos outros homens determinados a me matar, mas avancei, brandindo a espada de foice na parte de trás do pescoço do lupino. A lâmina era tão afiada que cortou os tendões e os ossos como se fossem manteiga.

Rolf nem gritou. Não houve tempo para isso.

E eu não tive tempo para evitar o golpe que me atingiu no meio das costas, me derrubando no chão. Minhas costas *arderam*, mas eu segurei a espada, respirando através do fogo que parecia ter sido aceso ali.

Dei um berro. Adagas afiadas foram cravadas no meu ombro, me virando de costas no chão. Não adagas. Garras. Brandi a lâmina da foice, e ela cortou a lateral do corpo do lupino. Rosnando, ele saiu de cima de mim e eu rolei para o lado, com a visão momentaneamente embaçada enquanto apoiava o corpo sobre o joelho.

Não vi a bota chegando.

A dor explodiu ao longo das minhas costelas e o ar escapou dos meus pulmões. Caí de lado quando uma ardência irrompeu ao longo do meu braço esquerdo. Rastejei para trás enquanto olhava para cima.

Jericho avançava na minha direção.

— O que eu prometi?

— Que se banharia no meu sangue — sibilei, achando que as minhas costelas deviam estar quebradas. — E se banquetearia com as minhas entranhas.

— Sim. — Ele se ajoelhou. — Sim, eu...

Brandi a espada. Jericho recuou rapidamente, caindo de bunda no chão. Ele gritou, se contorcendo e em seguida se endireitando.

— Sua cadela! — vociferou ele, erguendo o rosto. A espada de foice tinha cortado a bochecha e a testa dele.

Assim como o seu olho.

— Eu vou cortar você ao meio.

— Isso vai fazer a sua mão crescer de volta? — perguntei, me levantando. Como *doía*. — Ou o seu olho? — Andei ao redor dele, mantendo a distância quando me virei...

E vi o Sr. Tulis, e a coisa mais estranha aconteceu quando os meus olhos se encontraram com os dele. O fôlego seguinte pareceu vir acompanhado por uma explosão de dor que vinha do meu abdômen. Meu corpo inteiro deu um espasmo e eu deixei a espada cair.

Confusa, olhei para baixo. Havia algo no meu abdômen. Uma adaga. A lâmina de uma adaga. Ergui a cabeça.

— Eu... fiquei... aliviada quando não vi você e o seu filho no Ritual.

Os olhos do Sr. Tulis se arregalaram quando eu abaixei a mão, puxando a adaga e arrancando um grito da garganta. Recuei, tentando recuperar o fôlego enquanto o sangue escorria pelas minhas pernas. Eu me virei quando ouvi Jericho se levantando.

A mão direita dele... não parecia mais humana, e quando ele atacou, eu não consegui me mover rápido o bastante. Suas garras cortaram o tecido e a carne, e o meu pé escorregou no chão agora molhado de sangue — do meu sangue.

Minha perna esquerda cedeu e eu caí. Tentei estender os braços para me segurar, mas eles não responderam ao comando do meu cérebro. Tombei no chão, mal sentindo o impacto.

Alguém riu.

Levante-se.

Tentei fazer isso. Eu ainda segurava a adaga. Podia senti-la na palma da minha mão.

Houve... aplausos. Ouvi alguém dar *vivas* de alegria.

Levante-se.

Nada se mexeu.

Estremeci quando senti o gosto metálico na garganta. Eu sabia o que aquilo significava. Sabia o que significava não conseguir mover os braços ou ficar de pé.

O rosto ensanguentado de Jericho pairou acima de mim, com seus cabelos desgrenhados salpicados de sangue.

— Você sabe por qual parte vou começar? Pela sua mão. — Ele pegou o meu braço. — Acho que vou guardar de lembrança. — O brilho de uma lâmina surgiu. — Também sei exatamente como vou usar isso. O que vocês acham? — perguntou ele.

Houve risadas em resposta, e alguém sugeriu outras partes para guardar. Partes que provocaram mais risadas.

Eu estava morrendo.

Tudo o que podia fazer era esperar que fosse rápido e que eu não estivesse consciente durante o que estava por vir.

— É melhor começar logo! — Jericho riu quando abaixou a lâmina.

O golpe nunca chegou.

A princípio, pensei que eu estivesse entorpecida, mas depois me dei conta de que Jericho não estava mais de pé sobre mim. Houve sons — berros e rosnados. Gritos estridentes, e então senti um hálito quente contra o topo da minha cabeça e sobre a minha bochecha. Virei a cabeça e vi olhos azul-claros e um pelo branco como a neve. O lupino cutucou a minha bochecha com o focinho úmido, e em seguida ergueu a cabeça e uivou.

Pestanejei e de repente havia uma sombra pairando sobre mim. Ali estava Kieran.

— Merda — disse ele. — Chame o Príncipe. Chame-o *agora*.

Capítulo 38

Braços gentis me levantaram do chão de terra. Kieran. Seu rosto estava embaçado e eu ouvia um zumbido nos ouvidos. Tudo o que havia ao meu redor desapareceu até que não restasse mais nada e eu não sentisse mais nenhuma dor. Fiquei ali até ouvi-lo chamar por mim. Hawke.

— Abra os olhos, Poppy. Vamos lá — pediu ele, e eu senti os seus dedos arrancando a adaga da minha mão. Ela bateu no chão ao meu lado. Hawke fechou a mão em concha sobre o meu queixo. — Preciso que você abra os olhos. Por favor.

Por favor.

Eu nunca tinha ouvido ele dizer a palavra *por favor* daquele jeito. A batida lenta do meu coração acelerou quando a consciência voltou, trazendo consigo uma dor ardente e arrebatadora. Forcei-me a abrir os olhos.

— Aí está você. — Um sorriso apareceu, mas parecia errado e forçado. Não havia covinhas profundas nem calor ou brilho risonho nos seus olhos dourados.

Por falta de força de vontade ou estupidez, fiz o que não tinha feito desde que descobri a verdade a respeito de Hawke. Agucei os meus sentidos enfraquecidos e senti o zumbido de angústia emanando dele. Ela estava mais profunda do que antes, não se parecendo mais com lascas de gelo contra a minha pele, mas com adagas.

Com garras.

Respirei fundo e senti um gosto metálico.

— Isso dói.

— Eu sei. — Interpretando mal o que eu disse, ele me encarou. — Vou dar um jeito nisso. Vou fazer a dor desaparecer. Vou fazer tudo ir embora. Você não vai ficar com mais nenhuma cicatriz.

A confusão tomou conta de mim. Eu não sabia como ele poderia fazer qualquer uma dessas coisas. Havia feridas demais. Eu tinha perdido muito sangue. Podia sentir o frio subindo pelas minhas pernas.

Eu estava morrendo.

— Não, não está — contestou ele, e eu me dei conta de que tinha dito a última parte em voz alta. — Você não pode morrer. Eu não vou permitir isso.

Foi então que ele levou o braço até a boca e vi aqueles dentes afiados que já tinha sentido antes, observando incrédula enquanto ele mordia o próprio pulso, rasgando a pele. Dei um grito, tentando erguer a mão para cobrir a ferida. Ele me sequestrou. Ele matou para chegar até mim, me traiu e era o meu inimigo. Por causa disso, eu fiquei indefesa outra vez. Eu estava morrendo, não devia me importar se ele estava sangrando ou não.

Mas eu me importava.

Porque eu era uma tola.

— Eu vou morrer como uma imbecil — murmurei.

Ele franziu as sobrancelhas.

— Você não vai morrer — repetiu ele, com os vincos da boca retesados. — E eu estou bem. Só preciso que você beba.

Beba? Olhei para o pulso dele. Ele não quis dizer...

— Casteel, você... — interrompeu a voz de Kieran.

Casteel?

— Eu sei muito bem o que estou fazendo e não quero ouvir a sua opinião ou o seu conselho. — O sangue vermelho vivo escorria pelo braço dele. — E também não a pedi.

Kieran não respondeu nada enquanto eu observava, fascinada e horrorizada. Hawke abaixou o pulso rasgado na minha direção — na direção da minha boca.

— Não. — Eu me afastei, sem conseguir ir muito longe com o braço dele ao redor das minhas costas como uma tira de aço. — Não.

— Você tem que fazer isso. Vai morrer se não beber.

— Prefiro... morrer a me transformar em um monstro — jurei.

— Um monstro? — Ele riu, mas era um som áspero. — Poppy, eu já lhe contei a verdade a respeito dos Vorazes. Isso só vai fazer você melhorar.

Eu não acreditava nele. Não podia. Porque se acreditasse, isso significava... isso significava que tudo o que ele tinha me dito era verdade e que os Ascendidos eram maus. E Ian seria...

— Você vai fazer isso — repetiu ele. — Vai beber. E vai continuar viva. Faça essa escolha, Princesa. Não me force a fazê-la por você.

Eu me virei, respirando com força. Senti um aroma estranho. O cheiro... não tinha cheiro de sangue nem dos Vorazes. Ele me fazia lembrar de frutas cítricas na neve, frescas e ácidas. Como.. como sangue poderia ter um cheiro desses?

— Penellaphe — disse Hawke, e havia algo diferente na sua voz. Mais suave e grave, como se transmitisse um eco. — Olhe para mim

Quase como se não tivesse controle sobre o meu corpo, eu olhei. Os olhos de Hawke... o tom de mel se agitou, rodopiando com manchas douradas e cintilantes. Entreabri os lábios. Eu não conseguia parar de olhar para ele. O que... o que será que ele estava fazendo?

— Beba — sussurrou ou gritou ele, eu não sabia muito bem, mas a sua voz estava em toda parte, ao meu redor e dentro de mim. E os seus olhos... eu não conseguia parar de olhar para eles. Suas pupilas pareciam dilatadas. — Beba de mim.

Uma gota de sangue caiu do braço dele para os meus lábios. Escoou entre eles, ácido e, ao mesmo tempo, doce na minha língua. Minha boca formigou. Ele pressionou o pulso contra os meus lábios, e o seu sangue escorreu para dentro da minha boca, fluindo pela minha garganta, denso e quente. Em uma parte distante do cérebro, pensei que não deveria permitir aquilo. Que era errado. Eu iria me transformar em um monstro, mas o gosto... era diferente de tudo que eu já tinha provado antes, um despertar completo. Engoli o sangue, sugando cada vez mais.

— Isso. — A voz de Hawke estava mais grave e profunda. — Beba.

E assim eu o fiz.

Bebi enquanto o olhar dele permanecia fixo em mim, parecendo não perder nada. Bebi, e a minha pele começou a zumbir. Bebi, apertando o seu braço ensanguentado e segurando-o de encontro a mim antes de me dar conta do que estava fazendo. O sabor do sangue dele... era puro pecado, decadente e exuberante. A cada gole, as dores diminuíam e o ritmo do meu coração desacelerava, se tornando regular. Bebi até meus olhos se fecharem. Até ficar cercada por um caleidoscópio de azuis vívidos e brilhantes, uma cor que me fazia lembrar do mar de Stroud. Aquele azul continha uma limpidez tão surpreendente que parecia uma extensão de água intocada pelo homem.

Mas não era o oceano. Havia uma rocha fria e dura sob os meus pés e as sombras recaíam sobre a minha pele. Uma risada suave me fez tirar os olhos do poço d'água para o homem de cabelos escuros...

— Chega — irrompeu Hawke. — É o bastante.

Não podia ser o bastante. Ainda não. Agarrada ao pulso dele, bebi avidamente. Eu me alimentei como se estivesse morrendo de fome, e era assim que eu me sentia. Como se sentisse falta daquela nutrição a minha vida inteira.

— Poppy — gemeu ele, se desvencilhando de mim e puxando o pulso devastado.

Comecei a ir atrás dele, pois queria mais, mas senti os músculos flácidos e os ossos líquidos. Afundei em seu abraço e me senti como se estivesse flutuando, um pouco perdida no modo como a minha pele continuava a zumbir e o calor se derramava dentro do meu peito. Não fazia a menor ideia de quanto tempo havia se passado. Pode ter sido alguns minutos ou algumas horas antes que Hawke chamasse o meu nome.

Abri os olhos devagar e me deparei com ele olhando para mim. Suas feições estavam um pouco embaçadas, turvas. Ele estava recostado na parede, com a cabeça apoiada, e parecia completamente relaxado naquele momento, como se fosse ele quem tivesse experimentado a magia e não eu.

— Como você está se sentindo? — perguntou ele.

Eu não sabia como responder àquela pergunta. Será que o meu corpo estava queimando como se estivesse pegando fogo? Estava doendo e latejando? Não.

— Eu não estou com frio. O meu peito... não está frio.

— Não deveria estar.

Ele não entendeu.

— Eu me sinto... diferente.

Um ligeiro sorriso surgiu no rosto dele.

— Que bom.

— Sinto que o meu corpo... não está conectado a mim.

— Isso vai sumir dentro de alguns minutos. Só relaxe e aproveite.

— Não sinto mais dor. — Tentei acalmar os pensamentos, mas a minha mente estava a mil. — Não entendo.

— É o meu sangue. — Ele ergueu a mão e afastou as mechas de cabelo da minha bochecha. O toque provocou um arrepio de consciência pelo meu corpo e eu gostei da sensação. Gostava do jeito que ele me fazia sentir. Sempre gostei, mas não deveria gostar mais. — O sangue de um Atlante tem propriedades curativas. Eu contei isso para você.

— Isso... isso é inacreditável — sussurrei.

— É mesmo? — Ele estendeu a mão e pegou o meu braço. — Você não foi ferida aqui?

Meu olhar seguiu o dele até a parte interna do meu antebraço. Havia sangue seco e sujeira sobre a superfície, mas a pele agora estava lisa onde as garras tinham rasgado o tecido.

— E aqui? — perguntou ele, movendo a mão de modo que o polegar girasse em volta do meu braço, logo abaixo do ombro. — Você não foi arranhada aqui?

Olhei para a cicatriz pálida do antigo ataque dos Vorazes, na parte de dentro do meu cotovelo. Forcei-me a olhar para o ponto onde o polegar dele continuava deslizando em pequenos círculos. Não havia nenhuma marca recente. Nenhuma ferida aberta. Fiquei olhando, maravilhada.

— Não... não há nenhuma cicatriz nova.

— Você não terá outras cicatrizes — disse ele. — Foi o que prometi.

Prometeu, sim.

— O seu sangue... é incrível.

E era mesmo. Minha mente contemplou tudo o que poderia ser realizado com aquele sangue. As feridas que poderiam ser curadas e as vidas que poderiam ser salvas. A maioria das pessoas seria contra beber sangue, mas...

Espere aí.

Olhei de volta para ele.

— Você me fez beber o seu sangue.

— Fiz, sim.

— Como?

— É uma daquelas coisas que ocorrem durante a maturidade. Nem todos nós somos capazes de... compelir os outros.

— Você já fez isso antes? Comigo?

— Você gostaria de poder justificar as suas ações prévias com isso, mas eu não fiz nada, Poppy. Nunca precisei, nem quis.

— Mas fez isso agora.

— Agora, sim.

— Você não parece nem um pouco envergonhado.

— Não estou — respondeu ele, e um vislumbre daquele sorriso provocante apareceu. — Eu disse que não deixaria que você morresse e você teria morrido, Princesa. Você estava morrendo. Eu salvei a sua vida. Algumas pessoas diriam que um agradecimento seria a resposta apropriada.

— Eu não pedi que você fizesse isso.

— Mas você está agradecida, não está?

Fechei a boca porque, de fato, estava.

— Só você discutiria comigo sobre isso.

Eu não queria morrer, mas também não queria me tornar um Voraz.

— Eu não vou me tornar...

— Não — suspirou ele, colocando o meu braço de volta sobre o estômago. — Eu lhe contei a verdade, Poppy. Os Atlantes não criaram os Vorazes. Foram os Ascendidos.

Meu coração parou de bater quando olhei para as vigas de madeira expostas do teto. Nós não estávamos na cela. Virei a cabeça e vi uma cama rústica com cobertores grossos e uma pequena mesa ao lado.

— Estamos em um quarto de dormir.

— Precisávamos de privacidade.

Lembrei-me de ouvir a voz de Kieran, mas o quarto estava vazio agora.

— Kieran não queria que você me salvasse.

— Porque é proibido.

Levei alguns instantes para me lembrar do que ele tinha me dito antes e senti um nó no estômago.

— Vou me transformar em uma vampira?

Ele riu.

— Qual é a graça?

— Nada. — Ele repuxou o outro canto dos lábios. — Sei que você não quer acreditar na verdade, mas lá no fundo já acredita. Por isso fez essa pergunta.

Ele tinha razão, mas eu não estava em condições de discutir isso. Não naquele momento.

— Para se transformar, você precisaria de muito mais sangue do que isso. — Ele voltou a encostar a cabeça contra a parede. — E também exigiria que eu fosse um participante mais ativo.

Os músculos na parte inferior do meu corpo se retesaram, provando que não estavam verdadeiramente flácidos.

— Como... como você poderia ser um participante mais ativo?

O sorriso de Hawke virou fumaça e se tornou tão pecaminoso quanto o seu sangue.

— Você prefere que eu mostre em vez de contar?

Minha pele enrubesceu.

— Não.

— Mentirosa — sussurrou ele, fechando os olhos.

O calor na minha pele começou a se espalhar como se fosse uma faísca, e eu me remexi, me sentindo menos... flutuante, mais... pesada. Tentei ignorar aquilo.

— Naill e Delano estão bem?

— Eles vão ficar bem e aposto que ficarão felizes em saber que você perguntou por eles.

Eu duvidava disso, mas algo estava acontecendo, mudando.

Meu corpo parecia que não pertencia mais a mim, não com aquele calor entrando nos meus músculos, corando a minha pele e se acumulando no meu âmago. Imaginei que fosse ele — o sangue de Hawke percorrendo lentamente todas as partes do meu corpo.

Ele estava dentro de mim.

Eu me senti fora de controle, assim como naquela noite na Floresta Sangrenta e quando estávamos no quarto no andar de cima da taverna.

Meu peito doeu de repente e ficou pesado, mas não por dor, falta de ar ou frio. Não. Era como quando Hawke me tocou, quando ele me despiu e me beijou — me beijou em todos os lugares. Eu me senti solta. Minhas entranhas formigavam e a minha pele zumbia. Uma luxúria afiada como uma navalha pulsava através de mim, um desejo sombrio que chegava a arder.

As narinas de Hawke dilataram-se quando ele puxou o ar e então o seu peito parou de se mover. Suas feições ainda estavam turvas, mas quanto mais eu o encarava, mais quente me sentia.

— Poppy! — exclamou ele.

— O quê? — Minha voz parecia cheia de mel.

— Pare de pensar no que você está pensando.

— Como você sabe o que eu estou pensando?

Ele baixou o queixo e o seu olhar era como uma carícia.

— Eu sei.

Tremendo, eu remexi os quadris, e Hawke apertou o braço ao meu redor.

— Você não sabe.

Ele não respondeu, e fiquei imaginando se ele podia sentir o fogo líquido nas minhas veias e o calor úmido no meu âmago.

Mordi os lábios, senti o gosto do sangue dele e gemi, fechando os olhos.

— Hawke?

Ele emitiu um som e pode ter dito alguma coisa, mas não consegui decifrar o que era.

Alonguei o corpo, respirando de modo rápido e superficial. A camisa e as calças grossas pinicavam a minha pele e os meus mamilos ficaram sensíveis e entumecidos.

— Hawke — arfei.

— Não — disse ele, se retesando. — Não me chame assim.

— Por que não?

— Apenas não faça isso.

Havia muitas coisas que eu não deveria fazer ou dizer, mas estava absolutamente concentrada no modo como o meu corpo inteiro ardia e pulsava de desejo. Deslizei a mão pelo abdômen, por cima da camisa arruinada pelas garras, até o meu seio. Guiada apenas pelo instinto e pelo desejo, fechei os dedos sobre a carne trêmula, moldando-a na palma da mão. Um arrepio latejante percorreu o meu corpo.

— Poppy — rangeu Hawke. — O que você está fazendo?

— Não sei — sussurrei, arqueando as costas enquanto me acariciava através da camisa fina e gasta. — Estou em chamas.

— É só o sangue — disse ele com uma voz densa, e o instinto me disse que Hawke estava me observando, e isso me deixou ainda mais excitada. — Vai passar, mas você deveria... você tem de parar com isso.

Não parei. Não consegui. Girei o polegar sobre o mamilo rijo como uma pedra e ofeguei. Aquilo me lembrava o que Hawke tinha feito, mas ele usara mais do que somente as mãos. Eu queria que ele fizesse aquilo novamente. Uma dor intensa e pulsante no meio das minhas pernas retorceu as minhas entranhas. Remexi os quadris, apertando as coxas, mas não adiantou. A pressão só piorou tudo.

— Hawke?

— Poppy, pelo amor dos Deuses.

Com o coração palpitante, abri os olhos e vi que estava certa. O olhar dele estava fixo em mim — na minha outra mão, aquela que tinha uma mente própria e descia pelo meu estômago.

— Me beija?

Vincos rígidos se formaram ao redor da boca de Hawke.

— Você não quer isso.

— Quero, sim. — Meus dedos chegaram até a cintura, onde as calças estavam abertas. — Eu preciso disso.

— Você só acha que precisa agora. — O rosto dele ficou mais distinto e não havia como confundir a maneira como as suas feições tinham se aguçado. — É o sangue.

— Eu não me importo. — Rocei a pele nua abaixo do umbigo com as pontas dos dedos. — Me toca? Por favor?

Hawke emitiu um som baixo no fundo da garganta.

— Você acha que me odeia agora? Se eu fizer o que está pedindo, você vai querer me matar. — Ele fez uma pausa e repuxou os lábios. — Bem, vai querer me matar mais do que já quer. Você não tem controle sobre si mesma no momento.

O que ele estava dizendo fazia sentido, mas também não fazia.

— Não.

— Não? — Ele arqueou as sobrancelhas, mas não tirou os olhos da minha mão.

— Eu não odeio você — disse a ele, e senti um aperto de dor no coração que me dizia que era verdade. Eu deveria ficar chateada com isso.

Ele emitiu aquele som outra vez e, quando fechou a mão sobre o meu pulso, eu quase chorei de alegria. Hawke ia me tocar.

Só que ele não fez nada além de prender a minha mão ali.

— Hawke?

— Eu planejei afastar você de tudo o que conhecia e consegui fazer isso, mas esse não é o pior dos meus crimes. Eu matei pessoas, Poppy. Há tanto sangue nas minhas mãos que elas nunca mais ficarão limpas. Vou destronar a Rainha que cuidou de você e muitas pessoas vão morrer no processo. Eu não sou um bom homem. — Ele engoliu em seco. — Mas estou tentando ser agora.

Uma vibração nervosa encheu o meu estômago. As palavras dele... deveriam me deixar furiosa, mas eu... eu o queria e pensar era... bem, era tudo o que eu fazia. Não queria mais fazer isso.

— Eu não quero que você seja bom. — Mesmo sem perceber, eu levantei a outra mão e segurei a frente da camisa dele. — Eu quero você.

Hawke sacudiu a cabeça, mas quando puxei a mão que ele segurava, ele se inclinou sobre mim. Segurei a sua camisa com força quando ele parou com a boca a poucos centímetros da minha.

— Daqui a alguns minutos, quando essa tempestade passar, você vai voltar a detestar a minha existência, e por um bom motivo. Você vai odiar ter implorado para que eu a beijasse e fizesse ainda mais do que isso. Mesmo sem o meu sangue dentro de você, eu sei que você nunca deixou de me querer. Mas quando eu estiver dentro de você novamente, e vou estar, você não vai poder culpar a influência do sangue ou qualquer outra coisa.

Olhei para Hawke, com um pouco da névoa da luxúria saindo da mente quando ele pegou a minha mão e a levou até a boca. Ele deu um beijo no meio da minha palma, me deixando surpresa. Foi um ato tão... terno, do tipo que eu imaginava que os amantes fizessem o tempo todo.

Puxei a mão e ele a soltou. Pousei-a sobre o peito. O formigamento estava sumindo da minha pele, mas a dor do desejo não satisfeito continuava ali. Bem menos devastadora do que minutos antes, mas a parte de mim que parecia estar começando a despertar sabia que ele tinha dito a verdade. O que eu sentia por ele não tinha nada a ver com o sangue.

O que eu sentia era... era confuso e intenso. Eu o odiava e... não odiava ao mesmo tempo. Eu me importava com ele, por mais idiota que fosse. E eu o desejava — o seu beijo, o seu toque. Mas também queria machucá-lo.

Nós não éramos amantes.

Éramos inimigos e nunca poderíamos ser outra coisa. Eu estava cercada por pessoas que me odiavam.

— Eu não deveria ter saído — disse ele. — Já deveria saber que algo assim poderia acontecer, mas subestimei o desejo deles por vingança.

— Eles... eles me queriam morta — disse.

— Eles vão pagar pelo que fizeram.

Mudei de posição, me sentindo menos... flutuante e mais sólida. Movi o meu braço ao longo da perna, ainda surpresa por não sentir dor.

— O que você vai fazer? Matá-los?

— Sim — respondeu ele, e eu arregalei os olhos. — E vou matar qualquer um que pensar em seguir o mesmo caminho.

Encarei Hawke, sem duvidar nem por um segundo do que ele dizia. Hawke não podia interrogar cada um dos seus seguidores ou toda a sua espécie. Eu não estava segura ali.

— E eu... o que você vai fazer comigo?

Ele desviou o olhar do meu e flexionou um músculo do maxilar.

— Eu já lhe disse. Vou usá-la para negociar com a Rainha para libertar o Príncipe Malik. Juro que nada de mau acontecerá com você novamente.

Comecei a falar, mas então me lembrei do nome pelo qual Kieran o tinha chamado. Meu corpo inteiro pareceu se contrair quando olhei para aqueles lindos olhos.

— Casteel?

Ele congelou contra mim.

— Kieran... Kieran disse o nome Casteel. — Estudei as suas feições deslumbrantes quando as palavras de Loren me vieram à mente. Ela afirmou ter ouvido dizerem que o Senhor das Trevas era bonito e que conseguiu entrar na Mansão Brasão de Ouro com a ajuda da sua aparência, permitindo que ele seduzisse Lady Everton...

E as próprias palavras de Hawke me vieram à mente, as que ele disse para mim no Pérola Vermelha. *Minha aparência levou muitas pessoas a fazerem escolhas questionáveis na vida.*

Meu coração parecia ter parado de bater, mas agora acelerava dentro do peito. As coisas começaram a se encaixar. Coisas irrelevantes, como pequenos comentários que ele fez aqui e ali, e coisas mais importantes, como o jeito como ele me silenciou quando eu o chamei pelo nome na noite em que... na noite em que fizemos amor. O modo como todos seguiam as ordens dele, e como Jericho o obedeceu no celeiro, parecendo não querer desafiá-lo, mesmo que isso não o tenha impedido. A maneira como Kieran e os outros pronunciavam o nome dele como se fosse uma piada.

Porque Hawke não era o nome dele.

E nós não fizemos amor. Ele me fodeu.

— Ah, meus Deuses. — Com o estômago revirado, levei a mão até a boca. — Você é ele.

Ele não disse nada.

Achei que poderia vomitar quando levei a mão ao peito para rasgar a camisa já rasgada.

— Foi isso que aconteceu com o seu irmão. Por isso que você sente tanta tristeza por ele. Ele é o Príncipe que você espera trocar por mim. Seu nome não é Hawke Flynn. Você é ele! Você é o Senhor das Trevas.

— Prefiro o nome Casteel ou Cas — replicou ele, com o tom de voz duro e distante. — Se você não quiser me chamar assim, pode me chamar de Príncipe Casteel Da'Neer, o segundo filho do Rei Valyn Da'Neer, irmão do Príncipe Malik Da'Neer.

Estremeci.

— Mas *não* me chame de Senhor das Trevas. Esse *não* é o meu nome.

O terror tomou conta de mim. Como eu podia descobrir isso só agora? Os sinais estavam todos lá. Eu tinha sido *tão* burra. Não apenas uma vez. Não fiquei nem um pouco mais sábia depois que descobri que ele era um Atlante. Eu não tinha visto o que estava bem na minha frente.

Que tudo *realmente* tinha sido uma mentira.

Reagi sem pensar, batendo com o punho no peito dele. Eu o golpeei. Minha mão ardeu com a força do tapa que dei em seu rosto, e ele deixou que eu fizesse isso. Ele aguentou quando empurrei os seus ombros. Gritei com ele conforme as lágrimas embaçavam os meus olhos. Bati de novo e de novo...

— Pare com isso. — Ele me pegou pelos ombros, me puxando contra si e me envolvendo nos braços, prendendo os meus braços ao lado do corpo. — Pare com isso, Poppy.

— Me solte — exigi, com a garganta queimando.

Meu coração ficou apertado com o tipo de angústia que eu estava acostumada a sentir vindo das outras pessoas. Quase agucei os sentidos para ver se aquilo havia irradiado dele ou irrompido de dentro de mim, mas me detive.

Eu vou usar você.

A dor... a dor era minha. Ele não me salvou porque se importava comigo. Não prometeu que nada de mau aconteceria comigo novamente porque se importava comigo. Como é que eu continuava me esquecendo disso? Hawke...

Hawke.

Aquele nem mesmo era o seu nome. Era Casteel.

E ele tinha um plano. Todas as nossas conversas, todas as vezes que ele me beijou, me tocou e me disse que eu era corajosa e forte, que o intrigava e que não me parecia com ninguém que ele já tivesse conhecido. Ele fez aquelas coisas não apenas sob disfarce, mas também sob um nome falso, para ganhar a minha confiança. Para fazer com que eu baixasse a guarda e deixasse a Masadônia com ele de bom grado e caísse direto em um covil de cobras que queriam me usar por eu ser a Donzela, a Escolhida — a favorita da Rainha — ou me matar pelo mesmo motivo.

Fechei os olhos com força.

Ele era pior do que Jericho e os outros que queriam me matar. Pelo menos não havia fingimento com eles. Tudo a respeito de Haw... tudo a respeito de *Casteel*, desde o seu nome até a primeira noite no Pérola Vermelha, tinha sido uma mentira elaborada para angariar a minha confiança.

Ele teve êxito, mas a que custo?

Rylan estava morto.

Phillips, Airrick e todos os guardas e Caçadores estavam mortos agora.

Vikter estava morto.

Meus pais estavam mortos.

Ele tirou de mim todo mundo com quem eu me importava, fosse pela própria mão ou por meio de ordens, pela separação ou pela morte. Tudo para que pudesse se reunir com o irmão, outro Príncipe, algo que até mesmo eu poderia entender, poderia ter compaixão. Mas ele também roubou o meu coração.

E fez com que eu me apaixonasse pelo Senhor das Trevas.

Esse era quem ele era, mesmo que tudo o mais que ele dissesse parecesse ser verdade. Mesmo que a história que eu tivesse aprendido fosse mentira. Mesmo que os Ascendidos fossem vampiros responsáveis pela criação dos Vorazes, pelo que aconteceu com os meus pais e comigo. Mesmo que o meu irmão fosse um deles agora.

— Poppy?

Com os olhos ardendo, eu rolei para o lado. Precisava de espaço. Tinha que sair dali — de perto dele. Eu não estava a salvo de ninguém dali e muito menos dele.

Pois quanto mais ele me mantivesse ali com ele, mais difícil seria para eu me lembrar da verdade. Eu iria querer acreditar desesperadamente que era especial para ele apenas porque queria ser especial para *alguém*. Qualquer pessoa. Ser mais do que uma peça em um tabuleiro. Quanto mais tempo eu passasse com ele, maior a probabilidade de esquecer todo o sangue que havia em suas mãos.

E que ele já tinha partido o meu coração duas vezes, porque isso estava acontecendo novamente. Mesmo após a primeira traição, eu ainda me importava com ele. Muito embora quisesse odiá-lo. Eu precisava odiá-lo, mas não conseguia. Sabia disso porque sentia que estava morrendo de outra morte. Como eu pude ser tão burra?

Não podia deixar que ele fizesse isso mais uma vez. Não podia me esquecer disso.

O pânico me invadiu, me forçando a abrir os olhos. Examinei o quarto com um olhar desvairado.

— Me solte.

— Poppy — repetiu ele, colocando os dedos no meu pescoço. Fiquei tensa antes de perceber que ele estava verificando os meus batimentos. — Seu coração está acelerado demais.

Eu não me importava. Não me importava se o meu coração explodisse dentro do peito.

— Me solte! — gritei.

Ele afrouxou a mão o suficiente para que eu me afastasse e me sentasse. Seu braço continuava em minha cintura. Coloquei a mão no chão para pegar impulso, mas a minha palma roçou na adaga.

A *adaga* com que o Sr. Tulis havia me apunhalado. Era feita com pedra de sangue.

Com o coração na boca, olhei para a lâmina. A angústia aumentou, fechando a minha garganta. Não conseguia respirar, sabendo que eu... eu amava o homem responsável por tantas mortes.

Que me deixou ali com aquelas pessoas, os *seus* seguidores, que queriam me ver morta.

Que mentiu para mim a respeito de tudo, incluindo quem ele realmente era.

Meu coração se abriu, derramando uma lama gélida em meu peito. Eu sempre sentiria frio, daquele momento até o fim.

— Poppy...

Eu me contorci nos braços dele, me movendo por instinto. Não senti o cabo frio na mão, mas senti a lâmina afundando em seu peito. Senti o sangue quente dele espirrando contra o meu punho quando o cabo da adaga alcançou a pele.

Lentamente, ergui o olhar para ele.

Seus olhos cor de âmbar se arregalaram de surpresa quando ele sustentou o meu olhar por um instante antes de olhar para baixo.

Para onde a adaga se projetava do seu peito.

Do seu coração.

Capítulo 39

Com as mãos trêmulas, soltei a adaga e saí do colo dele. Rastejei para trás, incapaz de desviar o olhar da expressão de choque que pairava sobre as suas feições.

— Sinto muito — sussurrei, sem saber muito bem por que lamentava. Eu não sabia por que as minhas bochechas estavam úmidas. Será que era sangue? O sangue dele?

Ele olhou para mim.

— Você está chorando. — Um fio de sangue escorreu do canto da sua boca.

Eu estava *mesmo* chorando. Não tinha chorado desde que vi Vikter morrer, mas agora as lágrimas escorriam pelo meu rosto enquanto me levantava com as pernas bambas. Eu me afastei dali. Não sabia o que estava fazendo nem para onde ia, mas cheguei até a porta. Estava aberta.

— Sinto muito — repeti, tremendo.

Ele soltou uma risada engasgada e úmida enquanto se inclinava para a frente e apoiava a mão no chão.

— Não — engasgou ele. — Não sente, não.

Mas eu sentia muito.

Eu me virei, cambaleando às cegas até a passarela vazia que se conectava a outra porta no final. O ar frio e úmido entrava pelo muro aberto, mas eu mal senti. Eu não tinha nenhum plano. Não fazia a menor ideia de como sair do forte. Segui adiante.

No meio da passarela, foi como se um interruptor tivesse sido acionado dentro de mim. Todo o horror e a tristeza cessaram e o instinto assumiu o controle. Respirando pesadamente, abri a porta e desci correndo pelas escadas estreitas, depois saí por uma porta aberta para a...

A neve.

Por um momento, fiquei impressionada com a beleza dos flocos de neve que caíam lentamente. Uma fina camada já revestia o chão e cobria as árvores nuas. Era tão silencioso, e tudo estava limpo e intocado.

Uma voz vinda de dentro do forte me fez entrar em ação. Disparei pela grama coberta de neve, correndo na direção da floresta. Bem no fundo da minha mente, eu sabia que não estava preparada para empreender uma fuga. As roupas que eu vestia eram finas demais, mesmo se não estivessem quase em frangalhos. Eu não fazia a menor ideia de onde estava ou para onde iria. Podia haver Vorazes naqueles bosques. Certamente havia Descendidos. Também podia haver lupinos, certamente capazes de rastrear os meus movimentos, mas corri mesmo assim, com as solas finas das botas deslizando no chão empoeirado da floresta. Corri porque...

Eu o apunhalei.

Eu o apunhalei no coração.

Ele já devia estar morto a essa altura.

Eu o matei.

Deixei escapar um soluço entrecortado conforme a neve que caía se misturava às minhas lágrimas. Ah, Deuses, eu tive que fazer aquilo. Tudo a respeito dele, a respeito de nós, era uma mentira. *Tudo*. Eu tive que fazer aquilo. Eu tive que...

Não houve nenhum aviso, nem som, nada.

Um braço envolveu a minha cintura, me pegando no meio da corrida. Dei um grito quando os meus pés escorregaram debaixo de mim, mas não caí. Fui puxada para trás e bati contra um peito duro e quente. Meus pés balançaram a uns trinta centímetros do chão.

O choque roubou o ar dos meus pulmões. Soube quem era antes mesmo que ele dissesse alguma coisa. Era aquele cheiro exuberante de especiarias e pinho. Foi a explosão de angústia repleta de raiva e incredulidade que espelhava a minha, vinda por meio dos sentidos que eu não tinha fechado. Pela primeira vez desde que eu o conheci, as emoções o dominavam e, por conseguinte, a mim também.

Aquele que me apertava contra si não era o Hawke por quem eu me apaixonei tão perdidamente.

Não era o guarda que jurou me proteger com a própria vida, e que agora puxava os meus cabelos e jogava a minha cabeça para trás.

Não era o hálito quente de Hawke que acariciava a minha garganta exposta.

Era *ele*.

Príncipe Casteel Da'Neer de Atlântia.

O Senhor das Trevas.

— Um Atlante, ao contrário de um lupino ou de um Ascendido, não pode ser morto por uma adaga no coração — rosnou ele, puxando a minha cabeça ainda mais para trás. — Se queria me matar, você devia ter mirado na minha cabeça, Princesa. Mas, pior ainda, você *esqueceu*.

— Esqueci o quê?

— Que aquilo foi *verdadeiro*.

Então ele atacou.

Duas rajadas gêmeas de dor ardente atingiram o meu pescoço, fazendo com que o meu corpo inteiro tremesse. O ardor me invadiu, me deixando paralisada com a sua intensidade. Eu não consegui me mexer. Não consegui nem gritar de dor.

O braço ao redor da minha cintura era como uma morsa de ferro conforme ele chupava com afinco o ferimento que as presas haviam criado. Eu me sacudi, de olhos arregalados, quando toquei em seu braço. Cravei as unhas ali. O ardor e a pressão profunda e impressionante contra a minha garganta conforme o meu sangue fluía livremente de mim para ele desestabilizaram todo o meu organismo. O grito iminente subiu pela minha garganta apesar de toda a dor.

E então, em uma questão de segundos depois que ele afundou as presas em mim, tudo mudou.

A dor intensa virou outra coisa, algo arrebatador de um modo totalmente diferente. Uma nova dor irrompeu dentro de mim, aquecendo o meu sangue, como se cada parte de mim estivesse se enchendo de lava derretida.

Meus olhos arregalados ficaram cegos quando o calor tomou conta do meu peito e do meu abdômen, se acumulando no vão entre as minhas coxas. A boca dele sugou a minha garganta novamente e, dessa vez, aquele puxão foi direto para o meu âmago. Meu corpo estremeceu com uma onda de excitação.

Ele gemeu, apertando o braço ao meu redor, e eu o senti duro e grosso. Agarrei seu braço quando a tensão se contraiu dentro de mim.

Sem aviso prévio, ele arrancou a boca do meu pescoço, me soltou e eu cambaleei para a frente, quase caindo. Tremendo de confusão e com o desejo ainda desperto dentro de mim, eu me virei para ele.

Ele estava postado a vários metros de mim, com o peito ofegante. Os olhos arregalados. Os lábios manchados de vermelho.

Ergui a mão e a levei até o pescoço. Senti um calor úmido nos dedos. Dei um passo para trás.

— Não acredito nisso — disse ele, passando a língua pelo lábio inferior. Seus olhos se fecharam por um breve instante enquanto ele estremecia, deixando escapar um ronco que me fez lembrar dos lupinos. Ele ergueu as pestanas e suas pupilas estavam tão dilatadas que somente uma faixa de âmbar era visível.

— Mas já deveria saber.

Antes que eu conseguisse entender o que ele queria dizer ou o que aconteceria em seguida, ele estava *em cima* de mim, se movendo tão rápido que não consegui acompanhá-lo.

A boca dele colidiu na minha enquanto ele enroscava a mão nos meus cabelos e me segurava pela cintura. Eu não estava sendo beijada.

Estava sendo *devorada*. Senti o gosto do meu sangue em seus lábios e na sua língua. Senti o gosto dele.

Não sei muito bem quando retribuí o beijo. Será que foi depois de alguns segundos ou desde o instante em que a sua boca tocou a minha? Não sabia dizer. Tudo o que sei é que estava ávida por ele, não importava se fosse certo ou errado, eu o queria.

Foi por isso que não lutei quando ele me deitou no chão. O contraste da neve fria nas minhas costas com o calor do seu corpo no meu peito me fez arfar. Acho que ele não ouviu em meio aos beijos ávidos, e eu me dei conta de que ele estava se segurando quando me beijou todas as vezes antes. Agora, ele não escondia mais quem era.

Ele balançou o corpo no meu enquanto deslizava a mão pela minha cintura até o quadril. Nós nos movemos juntos, tensos e ofegantes. Ele prendeu o meu lábio inferior com os dentes. Senti uma pequena mordida, e ele estremeceu, gemendo, assim que provou o gosto metálico.

Interrompendo o beijo, ele ergueu a cabeça para olhar para mim.

— Diga que quer isso. — Seus quadris continuavam pressionados contra os meus. — Diga que precisa de mais.

— Mais — sussurrei antes que eu pudesse pensar sobre o que estávamos fazendo, o que tínhamos feito, quem ele era.

— Obrigado, porra — rosnou ele, e então colocou a mão entre nós dois e puxou o cós das minhas calças. Ele puxou com força suficiente para levantar os meus quadris. Os botões se soltaram, voando para a neve ali perto.

— Deuses — murmurei.

Ele soltou uma risada curta e áspera quando empurrou a minha calça para baixo até que uma perna estivesse completamente livre, com o tecido preso no outro tornozelo.

— Você sabe que essa camisa não tem mais conserto, não é?

— O quê...?

O som do pano rasgado foi a única explicação. Abaixei o queixo e me deparei com os meus seios. Ele também os estava encarando, puxando as próprias calças enquanto examinava as manchas de sangue seco ao longo do meu abdômen e depois subindo até os meus mamilos entumecidos.

— Vou matá-los — sussurrou ele. — Vou matar aqueles desgraçados.

Não achei que ele estivesse falando sobre as velhas cicatrizes.

E em seguida não achei mais nada.

Ele me beijou quando se acomodou em cima de mim, no meio das minhas pernas, e então as coisas... aconteceram. Dessa vez, não houve uma sedução lenta nem carícias e beijos prolongados. Houve uma pontada de desconforto, que logo deu lugar ao prazer pulsante, e não sobrou espaço no meu corpo, na minha mente ou entre nós dois para que houvesse algo além do que sentíamos. Éramos só eu e ele, o gosto do meu sangue e do dele nos lábios e aquela *necessidade* que eu não entendia muito bem.

Ao nosso redor, a neve caía mais pesada entre as árvores, encharcando as costas dele e os meus cabelos enquanto nos agarrávamos. Havia apenas os sons dos nossos beijos molhados, dos nossos corpos se unindo e se separando, e dos nossos gemidos.

Um beijo longo e demorado se seguiu, e então ele deslizou a boca da minha até o queixo e depois mais para baixo, roçando os lábios e aqueles dentes afiados sobre a minha garganta. Os gestos dele provocaram um arrepio que percorreu a minha espinha quando ele parou em cima de mim. Será que ele... ele ia me morder novamente? Em vez de medo, senti uma onda de calor perverso. A dor das suas presas havia sido breve, e o que veio depois...

Apertei os ombros dele, perdida demais para me perguntar se não devia querer que ele fizesse aquilo, distante demais para pensar nas consequências se ele quisesse.

Senti a sua língua contra a minha pele, circulando e lambendo a marca sensível que ele havia deixado para trás. Então, ele levantou a cabeça. Vi os seus olhos por tempo suficiente para perceber que as pupilas tinham se contraído antes que ele baixasse os cílios e sua boca fosse de encontro à minha outra vez.

Em seguida, ele retomou o movimento.

Recuava e empurrava os quadris, rolando o corpo enquanto brincava com o meu seio. Ele se movia devagar, tão preguiçosamente que eu me sentia como se estivesse sendo exaurida. Estremeci embaixo dele, deslizando a mão pelos seus cabelos úmidos de neve.

A tensão estava aumentando de novo, até que não consegui mais aguentar os seus movimentos lentos e comedidos. Aquela sarrada provocante. Levantei os quadris, tentando incitá-lo a se mover mais rápido, mais fundo, mas ele se conteve até que eu gritei e puxei os seus cabelos.

Ele meio que riu e meio que rosnou quando levantou a cabeça.

— Sei o que você quer, mas...

Com o coração disparado e fora de controle, eu me contorci sob o peso dele.

— Mas o quê?

— Quero que você diga o meu nome.

— O quê?

Os quadris dele continuaram se movendo em círculos insanamente lentos.

— Quero que você diga o meu nome verdadeiro.

Entreabri os lábios e respirei fundo.

Ele parou mais uma vez, com os olhos luminosos.

— É tudo o que peço.

Tudo o que ele pedia? Já era muito.

— É um reconhecimento — disse ele, girando o polegar. — É admitir que você sabe muito bem quem está dentro de você, quem você deseja tão ardentemente, mesmo sabendo que não deveria. Mesmo que você queira *não* sentir o que sente. Quero ouvir você dizer o meu nome verdadeiro.

— Você é um cretino — sussurrei.

Ele repuxou um canto dos lábios.

— Algumas pessoas me chamam assim, mas esse não é o nome que estou esperando ouvir, Princesa.

Eu queria me negar a fazer aquilo. Deuses, como eu queria...

— O quanto você me quer, *Poppy*? — perguntou ele.

Segurei os cabelos dele com força conforme empurrava a sua cabeça para baixo. Houve um lampejo de surpresa naqueles olhos brilhantes.

— Muito — rosnei. — Vossa *Alteza*.

Ele abriu a boca, mas eu levantei as pernas e as passei ao redor dos seus quadris. Aproveitando a surpresa dele e a minha própria raiva, eu o rolei de costas no chão, com a intenção de deixá-lo deitado ali, mas não tinha previsto o que o movimento faria quando eu voltasse...

Mergulhei por completo na sua extensão, nivelando o corpo com o dele. Meu grito emendou com o gemido dele quando coloquei as mãos sobre o seu peito. *Deuses*. A plenitude era quase demais para mim.

— Ah — sussurrei, ofegante.

O peito dele também arfava sob as minhas mãos.

— Sabe de uma coisa?

— O quê? — Encolhi os dedos do pé dentro das botas.

— Não preciso que você diga o meu nome — disse ele, com os olhos semicerrados. — Só preciso que você faça isso novamente, mas se não começar a se mover agora, você vai acabar me matando.

Deixei escapar uma risada assustada.

— Eu... eu não sei o que fazer.

Algo se suavizou nas feições dele, embora a urgência brilhasse através das réstias dos seus olhos.

— Só se mexa. — Ele levou as mãos até os meus quadris, me ergueu alguns centímetros e me trouxe de volta para baixo. Um som profundo irrompeu dele. — Desse jeito. Não dá para fazer nada errado. Como você não aprendeu isso ainda?

Eu não sabia muito bem o que ele queria dizer com aquilo, mas imitei o movimento, subindo e descendo enquanto a neve caía sobre a sua camisa. Minha mão escorregou, fazendo com que eu me inclinasse para a frente. Um ponto fundo dentro de mim foi tocado, provocando ondas de um prazer intenso.

— Desse jeito? — ofeguei.

Ele apertou os meus quadris.

— Exatamente desse jeito.

A cada movimento dos meus quadris, aquele ponto era tocado e mais raios de felicidade percorriam o meu corpo. Antes que percebesse, eu me movia com mais rapidez em cima dele, e sabia que ele estava me observando quando fechei os olhos e joguei a cabeça para trás. Sabia que o seu olhar estava fixo nos meus seios e no lugar onde nos encaixávamos, e aquele conhecimento era demais para mim.

A tensão começou, me estraçalhando. Gritei conforme estremecia, contorcendo o corpo em espasmos enquanto raios intensos de êxtase me atingiam.

Ele se moveu, me rolando de volta debaixo dele e empurrando os quadris contra os meus. Sua boca reivindicou a minha enquanto o seu corpo fazia o mesmo, colidindo contra mim e dentro de mim até que o prazer pareceu atingi-lo mais uma vez com uma ferocidade surpreendente, enquanto ele parecia perder todo o controle. Ele moveu o corpo imenso sobre o meu e em mim até que pressionou com mais força, o grito abafado pelos nossos beijos conforme estremecia.

Não sei quanto tempo ficamos ali debaixo da neve, com o coração e a respiração demorando a se regularizar enquanto eu o segurava pelos ombros, com a testa dele encostada na minha. Depois de algum tempo, eu me dei conta de que o polegar dele se movia distraidamente ao longo da minha cintura.

O calor da paixão esfriou e, no seu encalço, havia confusão. Nada de arrependimento. Nem de vergonha. Apenas... confusão.

— Eu não... eu não entendo — sussurrei, com a voz rouca.

— Não entende o quê? — Ele mudou de posição em cima de mim.

— Nada disso. Como foi que isso aconteceu? — Estremeci quando ele começou a se levantar.

Ele parou, com as sobrancelhas franzidas.

— Você está bem?

— Sim. Sim. — Fechei os olhos enquanto ele permaneceu parado por alguns momentos antes de se deitar ao meu lado.

— Tem certeza? — perguntou ele.

Assenti.

— Olhe para mim e me diga que não está machucada.

Abri os olhos e olhei para ele. Ele estava apoiado sobre o cotovelo, parecendo não se dar conta da neve que caía à nossa volta.

— Eu estou bem.

— Você estremeceu. Eu vi.

Sacudi a cabeça, sem conseguir acreditar naquilo. O meu dom era totalmente inútil, já que eu sentia coisas demais para me concentrar, de modo que não podia nem... trapacear.

— É isso que eu não entendo. A menos que eu tenha imaginado os últimos dois dias.

— Não, você não imaginou nada. — Ele estudou o meu rosto enquanto eu piscava para tirar a neve dos cílios. — Você gostaria que isso, o que aconteceu agora, não tivesse acontecido?

Eu poderia mentir, mas não menti.

— Não. E... você?

— Não, Poppy. Detesto que você precise perguntar isso. — Ele desviou o olhar e flexionou a mandíbula. — Quando nós nos conhecemos, foi como... não sei. Fiquei atraído por você. Eu podia tê-la sequestrado naquela ocasião, Poppy. Podia ter evitado muito do que aconteceu depois, mas eu... eu perdi a noção das coisas. Toda vez que estava perto de você, eu me sentia como se já a conhecesse. E acho que sei por quê.

Ele disse aquilo como se fosse a resposta de como tínhamos ido de eu apunhalando-o no coração para nós arrancando a roupa um do outro. Tremi no ar frio e úmido quando sacudi a cabeça outra vez.

Sermos atraídos um pelo outro não explicava nada disso.

— Você está com frio. — Ele se levantou com um movimento suave, fechou as calças com o único botão que restava e então estendeu a mão para mim. — Precisamos nos abrigar desse clima.

Precisávamos mesmo. Bem, eu precisava. Ele provavelmente não, levando em consideração que podia ser apunhalado no peito e ficar bem alguns minutos depois.

Coloquei a mão na dele e declarei o que eu achava que ele precisava se lembrar.

— Eu tentei matar você.

— Eu sei. — Ele me ajudou a me levantar. — Não posso culpá-la.

Fiquei parada ali, atordoada, enquanto ele se abaixava e puxava as minhas calças para cima.

— Não?

— Não. Eu menti para você. Traí você e participei da morte de pessoas que você amava — disse ele, listando os motivos como se fosse uma lista de compras. — Estou surpreso que tenha sido a primeira vez que você tentou me matar.

Continuei encarando-o.

— E duvido que seja a última — Ele repuxou os cantos dos lábios para baixo quando tentou prender as calças e descobriu que os botões estavam em algum lugar no chão coberto de neve. — Droga — murmurou ele, pegando a minha camisa. Estava rasgada bem no meio. Ele agarrou os lados e os juntou como se isso fosse consertar alguma coisa. Praguejou de novo, desistindo. Então estendeu a mão e puxou a própria camisa por cima da cabeça. — Toma.

Fiquei parada ali, imaginando se estava sofrendo com a perda de sangue ou de felicidade pós-orgasmo. Talvez uma combinação de ambas as coisas, pois não conseguia acreditar naquilo.

— Você... não está bravo?

Ele arqueou uma sobrancelha quando olhou para mim.

— Você ainda está brava comigo?

Eu não precisava nem pensar sobre isso.

— Sim. Eu ainda estou com raiva.

— E eu ainda estou com raiva por você ter me apunhalado no peito. — Ele deu um passo na minha direção. — Levante os braços.

Eu levantei os braços.

— Aliás, você não errou o meu coração. Você o acertou em cheio — continuou ele, colocando a camisa por cima da minha cabeça e puxando-a para baixo sobre os meus braços rígidos. — Foi por isso que demorei um minuto para alcançá-la.

— Você demorou mais do que um minuto. — Minha voz saiu abafada quando a minha cabeça ficou presa por um momento no meio da camisa antes de sair do outro lado.

Ele repuxou um canto dos lábios conforme ajeitava a outra manga para baixo.

— Demorei uns *dois* minutos.

Olhei para a camisa e vi o rasgo irregular bem na frente. Não se alinhava com o meu peito, mas com o meu abdômen. Olhei para o seu peito nu. Havia uma ferida ali, com a pele rosada e rasgada ao redor. Sentindo o estômago revirar, sacudi a cabeça.

— Vai sarar?

— Vai melhorar daqui a algumas horas. Provavelmente antes.

— Sangue Atlante — sussurrei e engoli em seco.

— O meu corpo começa a se curar de feridas não letais imediatamente — explicou ele. — E eu me alimentei. Isso também ajuda.

Eu me alimentei.

Levei a mão até a garganta, para as duas pequenas feridas que pareciam já ter começado a sarar. Uma leve pontada de prazer pulsou através do meu corpo. Afastei a mão.

— Vai acontecer alguma coisa comigo por... por você se alimentar?

— Não, Poppy. Eu não bebi o bastante e você não bebeu o bastante de mim antes. Você provavelmente se sentirá um pouco cansada mais tarde, mas só isso.

Voltei a olhar para o ferimento dele.

— Está doendo?

— Quase nada — murmurou ele.

Eu não acreditei nele. Pousei a mão no seu peito, a alguns centímetros do ferimento, e tentei usar o meu dom. Agucei os sentidos. Ele ficou muito quieto. A angústia que sempre sentia estava lá, mais intensa e forte do que antes, muito embora ele tenha conseguido controlá-la em algum momento. A sensação não o dominava mais, porém, havia um tipo diferente de dor ali. Quente. Dor física. A ferida iria até sarar, mas doía e não era superficial.

Fiz o que podia sem nem pensar. Tirei a dor dele, ambas as dores, e não pensei nas praias do mar de Stroud. Pensei em como me senti quando ele estava em mim, se movendo dentro de mim. E isso só me deixou ainda mais confusa.

Ele pousou a mão sobre a minha e, quando olhei para cima, vi que as rugas de tensão ao redor da sua boca tinham desaparecido. Havia admiração nos olhos dele.

— Eu já deveria saber. — Ele levou a minha mão manchada com o nosso sangue até a boca e beijou os meus dedos.

— Saber o quê? — perguntei, tentando ignorar como aquele gesto deixava o meu coração sobressaltado.

— O motivo de eles a quererem tanto que a transformaram na Donzela.

Não entendi muito bem o que ele estava dizendo, mas isso podia ter mais a ver com o meu cérebro enevoado do que com qualquer coisa.

— Venha. — Ele puxou a minha mão e começou a andar.

— Para onde vamos?

— Agora? Vamos lá para dentro nos limpar e... — Ele parou de falar e deu um suspiro quando se deu conta de que eu estava segurando a lateral da calça para mantê-la no lugar. Antes que eu soubesse o que ele ia fazer, ele me pegou e me segurou nos braços, junto ao peito, como se eu não pesasse mais do que um gatinho ensopado. — E, pelo jeito, encontrar umas calças novas para você.

— Eram as únicas que eu tinha.

— Vou arranjar calças novas para você. — Ele seguiu em frente. — Aposto que uma criança não se importaria de vender as calças em troca de algumas moedas.

Franzi as sobrancelhas.

A boca dele era macia, e um leve sorriso surgiu em seus lábios quando ele se desviou de um galho caído.

— E depois disso? — perguntei.

— Vou levar você para casa.

Meu coração parou de bater pela centésima vez naquele dia.

— Casa? — Eu não esperava que ele dissesse aquilo. — Vamos voltar para Masadônia? Ou para Carsodônia?

— Nenhuma das duas. — Ele olhou para mim, cheio de segredos. E em seguida abriu um sorriso largo que me deixou sem fôlego. Ele tinha mesmo duas covinhas, uma em cada bochecha, e percebi por que só dava pequenos sorrisos. Vi as duas pontas afiadas dos caninos. — Vou levar você para Atlântia.

Capítulo 40

Fui deixada no mesmo quarto em que bebi o seu sangue e depois o apunhalei. *Ele*. Olhei para a marca úmida no assoalho de madeira, onde o sangue havia sido limpo.

Ele.

Eu tinha que parar de me referir a ele daquela maneira. Ele tinha um nome. Um nome verdadeiro. Posso nunca o pronunciar quando e como ele gostaria, mas eu tinha que parar de pensar nele como se ele fosse Hawke ou não tivesse um nome.

O nome dele era Casteel. Cas.

Foi ali que ele salvou a minha vida e eu tentei tirar a vida dele.

Ele teve êxito.

Eu fracassei.

Olhei para Kieran, que estava ao lado da porta e me encarava como se esperasse que eu corresse até a janela e me jogasse dali Ele arqueou uma sobrancelha e eu desviei o olhar.

Ele havia saído, para fazer só os Deuses sabiam o quê, deixando Kieran como vigia. Bem, eu sabia que ele tinha feito alguma coisa. Depois que ele saiu, mais ou menos uma dúzia de empregados encheram a banheira de latão na sala de banho com água fumegante, e outro colocou um par de calças pretas e uma túnica em cima da cama.

Parte de mim ficou surpresa por ele ter me trazido de volta para cá e não para as celas. Eu não sabia ao certo o que isso significava ou se deveria importar se significava alguma coisa.

Com a mente a mil por tudo o que tinha acontecido, eu não sabia de nada até o momento, e ele não respondeu a nenhuma das perguntas que fiz no caminho de volta. Por exemplo, será que Atlântia ainda existia?

Pois até onde eu sabia, ela havia sido completamente destruída durante a guerra.

Por outro lado, tudo o que pensei que sabia estava se revelando uma mentira.

Esfreguei a mão na bochecha enquanto olhava de relance para Kieran.

— Atlântia ainda existe?

Se a pergunta aleatória o pegou desprevenido, ele não demonstrou.

— Por que não existiria?

— Ouvi dizer que as Terras Devastadas...

— Costumavam ser Atlântia? — interrompeu ele. — Era um reduto, mas aquela região nunca foi a totalidade do reino.

— Então Atlântia ainda existe?

— Você já foi além das Montanhas Skotos?

Repuxei os cantos dos lábios para baixo.

— Você sempre responde uma pergunta com outra pergunta?

— Respondo?

Lancei um olhar espirituoso para ele.

Um leve sorriso surgiu e logo sumiu de seus lábios.

— Ninguém nunca foi além das Montanhas Skotos — disse a ele. — São apenas mais montanhas.

— Montanhas que se estendem por tão longe que os topos se perdem na névoa mais profunda? Essa parte é verdadeira, mas as montanhas não se estendem indefinidamente, Penellaphe, e aquela névoa pode até não abrigar os Vorazes, mas também não é natural — disse ele, e senti um arrepio nos ombros. — A névoa é uma proteção.

— Como?

— É tão espessa que você não consegue enxergar nada. Você acha que vê tudo. — Uma luz estranha surgiu nos olhos azul-claros dele. — A névoa que cobre as Montanhas Skotos está lá para que qualquer um que se atreva a atravessá-la queira voltar.

— E aqueles que não voltam?

— Não conseguem atravessar.

— Porque... porque Atlântia está além das Montanhas Skotos? — perguntei.

— O que você acha?

O que achava era que conversar com Kieran era um exercício de paciência e energia, duas coisas que eu não tinha mais.

— Você vai tomar banho? — perguntou ele.

Eu queria. Minha pele não estava apenas suja, também estava gelada, e eu ainda estava usando a *camisa ensanguentada* dele.

Mas também queria dificultar, pois estava terrivelmente confusa a respeito de tudo, e como *ele* tinha me alertado, eu estava cansada.

— E se eu não tomar?

— É uma escolha sua — respondeu ele. — Mas você cheira a Casteel.

Estremeci ao ouvir o nome dele. O nome *verdadeiro*.

— Estou usando a camisa dele.

— Não é desse tipo de cheiro que estou falando.

Levei um instante para entender do que ele estava falando. Assim que entendi, fiquei de queixo caído.

— Você consegue sentir o cheiro...?

O sorriso de Kieran só poderia ser descrito como lupino.

— Vou tomar banho.

Ele riu.

— Cale a boca — retruquei, recolhendo as roupas novas e correndo até a sala de banho. Fechei a porta atrás de mim, irritada quando vi que não havia fechadura.

Xinguei baixinho, olhei em volta e notei vários ganchos na parede. Pendurei a túnica e as calças ali. Tirei a roupa e entrei no banho rapidamente, ignorando a pontada de dor em uma área muito íntima enquanto afundava na água com cheiro de lavanda. Não me permiti pensar em nada conforme comecei a esfregar as manchas do meu sangue e... e do dele. Meu estômago revirou quando usei o sabonete para lavar os cabelos. Quando a espuma escorreu pela minha nuca, mergulhei na água e fiquei ali.

Permaneci até que os meus pulmões e garganta queimassem e pontos brancos surgissem atrás dos meus olhos fechados. Só então emergi, ofegante.

O que eu ia fazer a respeito *dele*? A respeito de tudo?

Deixei escapar uma risada estrangulada e rouca. Eu não sabia nem por onde começar a desvendar aquela bagunça. Acabei de saber que o reino de Atlântia ainda existia e me pareceu a coisa menos louca que descobri. Deuses, eu ainda nem entendia como eu tinha passado de descobrir quem ele realmente era a apunhalá-lo no coração, e então cair voluntariamente em seus braços.

Fechei os olhos com força e deslizei as mãos pelo rosto. Eu não podia culpar a mordida, muito embora ela tivesse algum tipo de efeito excitante, assim como o sangue dele. E quem, por acaso, acharia que aquilo seria bom?

Mas, nossa, como era...

Tremi quando senti um movimento de ondulação no meu baixo-ventre.

Aquela era a última coisa em que eu precisava pensar no momento se quisesse ter alguma esperança de descobrir o que fazer.

E precisava bolar algum plano logo, pois embora ele não parecesse usar a minha tentativa de assassinato contra mim, eu não estava a salvo ali. Não estaria a salvo em lugar algum no meio do seu povo. Eles me odiavam e, se metade do que ele e Kieran disseram a respeito dos Ascendidos e do que eles haviam feito fosse verdade, eu não poderia culpá-los, mesmo que não tivesse feito nada contra eles. Era o que eu representava.

Ainda assim, era demais acreditar que os Atlantes fossem a parte inocente e os Ascendidos os tiranos violentos, que de algum modo conseguiram afastar um reino inteiro da verdade.

Mas…

Mas eu nunca tinha visto nenhum dos terceiros e quartos filhos e filhas que foram entregues aos Deuses durante o Ritual.

E nunca consegui entender como pessoas como o Duque Teerman e o Lorde Mazeen haviam recebido a Bênção dos Deuses.

Assim como nunca vi um Ascendido levantar um dedo para enfrentar os Vorazes, a única coisa que o povo de Solis temia mais do que a própria morte.

A única coisa pela qual eles fariam e *acreditariam* em tudo para permanecer a salvo.

Ele afirmou que a Realeza usava os Vorazes para manter o povo sob controle e, se fosse verdade, aquilo funcionava. Eles entregavam os próprios filhos para manter as bestas a distância.

Aquilo só podia ser verdade.

Pior ainda, outras pessoas deviam estar envolvidas. Os Sacerdotes e as Sacerdotisas. Amigos íntimos da Corte, que não tinham Ascendido. Meus pais?

Deuses, eu não podia mais mentir para mim mesma.

O que havia acontecido era prova suficiente. O sangue dele me curou, mas não me transformou. Seus beijos não me amaldiçoaram. E, até agora, nem a sua mordida.

Os Ascendidos eram vampiros — eram eles a maldição que atormentava esta terra. Eles usavam o medo para controlar as massas e eram o mal oculto no meio de todos, se alimentando daqueles que juraram aos Deuses que iriam proteger.

E agora o meu irmão era um deles.

Puxei os joelhos até o peito e passei os braços em volta das pernas. Fechei os olhos contra o ardor das lágrimas, pousando a bochecha sobre o joelho. Ele não podia ser como o Duque. A Duquesa não era tão ruim assim. Nem a Rainha, mas...

Mas se elas se alimentavam de crianças e quase drenavam pessoas inocentes, criando os Vorazes, não eram melhores do que o Duque.

Apertei os lábios, lutando contra as lágrimas que teimavam em cair. Eu já tinha chorado o suficiente naquele dia, mas Ian... Deus, Ian não podia ser como eles. Ele era gentil e bondoso. Eu não podia acreditar que ele faria uma coisa dessas. Não podia.

E então havia eu. Se tudo fosse mentira, eu nunca seria entregue aos Deuses. O que será que eles haviam planejado para mim? Por que eles me transformaram na Escolhida e me conectaram a todas aquelas Ascensões? Por causa das minhas habilidades? Pensei no que ele havia me dito depois que tirei a sua dor. Ele sabia de alguma coisa.

E precisava me contar o que era.

Eu não estava a salvo ali e certamente não estava a salvo no meio dos Ascendidos. Se conseguisse escapar, como eu poderia voltar para eles sabendo o que sabia agora? Como eu poderia ficar ali e deixar que ele me levasse para Atlântia, quando representava um reino que havia massacrado um número incontável de pessoas e escravizado o seu Príncipe para usá-lo para fazer mais vampiros?

Como eu poderia ficar com ele?

Não importava o que eu sentia, eu nunca poderia confiar nele. Mas também não conseguia mais fingir que aquele sentimento não existia. Eu o amava.

Eu estava *apaixonada* por ele.

E mesmo que houvesse uma pequena chance de eu esquecer o fato de que ele foi para Masadônia com a intenção de me sequestrar e me usar como moeda de troca, eu nunca conseguiria superar todo o sangue que foi derramado por sua causa. Eu nunca conseguiria esquecer que Rylan e Vikter, Loren e Dafina e tantos outros foram mortos por suas próprias mãos, por suas ordens ou pelo que ele representava. Eu nunca conseguiria acreditar no que ele dizia quando se tratava de nós.

E o que ele dissera sobre nós?

Ele me levou a acreditar que nutria sentimentos por mim. Que eu era muito mais do que uma pessoa que ele precisava proteger enquanto Hawke e usar para os seus próprios fins enquanto Príncipe de Atlântia. Ele ficou intrigado comigo desde o começo, pois eu não era quem ele esperava que fosse, uma defensora imoral e mimada dos Ascendidos. Ele foi gentil e atencioso porque precisava descobrir tudo o que podia a meu respeito, e talvez porque estivesse atraído por mim. Mas o que aquilo significava?

O que aconteceu na floresta pode até ter provado que ele estava atraído por mim e que isso não era uma farsa, mas luxúria não era amor ou lealdade, e não duraria muito.

Enquanto Hawke ou como Casteel, ele nunca afirmou nada a nosso respeito.

A realidade era chocante e doía. Magoava porque ele me fazia sentir bem, mas eu tinha que lidar com aquilo.

Refleti sobre as minhas opções. Fugir. Encontrar o meu irmão, pois eu precisava saber se ele ainda era o mesmo e depois...

o quê? Desaparecer? Mas antes eu tinha que descobrir como fugir.

Os lupinos poderiam me rastrear, e ele...

Fugir dele seria quase impossível.

Mas eu tinha que tentar e tinha que haver uma maneira. Talvez quando a minha cabeça não parecesse estar cheia de teias de aranha, eu descobrisse o que fazer. Cansada, deixei que os meus pensamentos vagassem. Devo ter cochilado, ainda encolhida na banheira, pois a próxima coisa que ouvi foi alguém chamando o meu nome.

— Penellaphe.

Sobressaltada, levantei a cabeça, piscando os olhos sem parar quando o rosto de Kieran surgiu na minha frente. O quê...?

— Ótimo. — Ele estava ajoelhado do outro lado da banheira, da banheira em que eu estava completamente nua! — Fiquei preocupado que você tivesse morrido.

— O quê? — Coloquei a mão sobre os seios e fechei as pernas o máximo que pude. Não queria nem pensar no que ele podia ver abaixo da linha da água. — O que você está fazendo aqui?

— Eu a chamei, mas você não respondeu — retrucou ele, com o tom de voz tão sem emoção quanto uma tábua. — Você está aqui há um bom tempo. Achei que deveria me certificar de que você ainda estivesse viva.

— É óbvio que estou viva. Por que não estaria?

Ele arqueou uma sobrancelha.

— Você está cercada de pessoas que tentaram matá-la, caso já tenha esquecido.

— Eu não esqueci. Mas duvido que algum deles estivesse escondido na água da banheira!

— Nunca se sabe. — Ele não fez a menor menção de se levantar para ir embora.

Olhei para ele.

— Você não deveria estar aqui e eu não deveria ter que explicar isso.

— Você não tem nada a temer de mim.

— Por quê? Por causa *dele*? — disparei.

— Por causa de Cas? — disse ele, e eu pestanejei ao ouvir o apelido pela primeira vez da boca de alguém que não fosse *ele*. — Ele ficaria irritado se me encontrasse aqui.

Eu não sabia muito bem se deveria me sentir bem ou ficar ainda mais irritada ao ouvir isso.

O vislumbre de um sorriso surgiu nos lábios dele.

— E então ele ficaria... intrigado.

Abri a boca, mas então a minha mente captou a informação e correu solta. Eu não tinha nada a dizer. Absolutamente nada, mas pensei sobre o que tinha lido a respeito dos lupinos e dos Atlantes. Havia um vínculo entre alguns deles e, embora eu não soubesse muito sobre o que aquele vínculo envolvia, eu podia apostar que um Príncipe fosse da classe com a qual os lupinos estariam vinculados. Tive vontade de perguntar, mas levando em consideração que estava nua na banheira aquele não era o momento certo.

Kieran baixou o olhar, movendo-o pelos meus braços até a curva do meu abdômen e coxas.

— Entre o meu povo, as cicatrizes são reverenciadas. Elas nunca ficam escondidas.

A única cicatriz que ele podia ver ficava do lado da minha cintura. Pelo menos, era o que eu esperava.

— Entre o meu povo, não é educado ficar olhando para uma mulher nua na banheira.

— O seu povo parece ser muito chato.

— Saia daqui! — gritei.

Rindo, Kieran se levantou com quase a mesma graça e fluidez com que se movia.

— O Príncipe não gostaria que você ficasse sentada na água fria e suja. Você deveria terminar o seu banho.

Cravei as unhas na pele das pernas.

— Eu não me importo com o que ele gosta.

— Pois deveria — respondeu ele, e eu cerrei os dentes. — Porque ele gosta de você mesmo sabendo que não deveria, mesmo sabendo que isso terminará em mais uma tragédia.

Capítulo 41

Depois de me secar rapidamente e vestir uma roupa limpa e seca, fiz tudo ao meu alcance para me esquecer de que a breve conversa com Kieran tinha acontecido.

As calças eram um pouco apertadas e fiquei imaginando se pertenciam *mesmo* a uma criança, mas estavam limpas e macias, e eu não iria reclamar. A túnica de manga comprida era feita de lã pesada e chegava até os joelhos. As fendas nas laterais terminavam na altura dos quadris e facilitariam o acesso à minha adaga.

Mas eu não tinha visto a adaga desde os estábulos e, considerando que havia feito com a última...

Estremeci.

Eu duvidava muito de que teria acesso a uma arma tão cedo, o que dificultava a minha fuga. Precisava de uma arma, qualquer uma, mas queria mesmo era a adaga que Vikter havia me dado.

Acrescentei aquilo ao meu plano que não era exatamente um plano. Pelo menos, ainda não.

Kieran foi embora logo depois que eu saí da sala de banho, trancando a porta atrás de si. Eu duvidava que ele tivesse ido muito longe. Provavelmente estaria ali fora.

Comecei a trançar o cabelo ainda úmido, mas me lembrei da marca no pescoço e deixei as mechas soltas. Em seguida, perambulei sem rumo pelo quarto. Não havia nenhum modo de escapar dali. Eu não conseguia nem passar pela janela. Será que ficaria presa ali até o momento em que *ele* considerasse adequado que eu saísse?

Suspirei e me joguei em cima da cama. Era macia, muito mais grossa do que o colchão de palha da cela. Deitei-me de frente para a porta enquanto me encolhia de lado.

O que será que aconteceria quando ele voltasse para mim? Será que a aparente aceitação da minha tentativa de assassinato mudaria? Tudo o que ele tinha dito sobre os Ascendidos podia muito bem ser verdade, mas ele ainda era o Senhor das Trevas e igualmente perigoso. Ele mesmo disse isso.

Havia muito sangue em suas mãos.

Com os nervos à flor da pele, não imaginei que fosse cair no sono novamente, mas foi exatamente o que aconteceu. Devia ser... devia ser por causa da mordida ainda tenra e dos seus efeitos colaterais. Pois, em um instante, eu estava alerta, de olho na porta fechada. E no seguinte, eu estava em um sono profundo e sem sonhos. Não sei muito bem o que me acordou. Não foi o meu nome sendo chamado. Nem palavras de nenhum tipo.

Foi um leve toque na minha bochecha e depois no lado do meu pescoço, logo acima da mordida. Abri os olhos. O quarto estava escuro, exceto pelas arandelas e pela única lâmpada a óleo na mesinha de cabeceira, mas eu o vi mesmo assim.

Ele estava sentado na beira da cama e senti uma euforia no peito ao vê-lo, como sempre acontecia. Imaginei que sempre me sentiria assim, não importava o que eu soubesse a respeito dele.

Pelo menos, ele encontrou uma camisa.

E tomou banho em algum lugar, pois os seus cabelos estavam úmidos e ondulados na altura da têmpora e das orelhas.

Vestido de preto, ele parecia uma figura imponente e impressionante, e não vi mais o seu traje como o uniforme de um guarda. Vi o Senhor das Trevas. Olhei para a manga da túnica escura que eu usava e depois para a minha perna encolhida, onde esperava ver as calças pretas. Em vez disso, eu me deparei com uma colcha de lã ajeitada sobre as pernas. Perturbada, ergui o olhar para ele.

Ele não disse nada. Nem eu. Não por um bom tempo. Seus dedos permaneceram na minha garganta, acima da marca. Depois do que pareceu uma eternidade, ele tirou a mão e perguntou:

— Como você está se sentindo?

Eu ri. Não pude evitar. Soltei uma risadinha.

Ele inclinou a cabeça para o lado quando um sorrisinho surgiu em seus lábios.

— O que foi?

— Não acredito que você está me perguntando como estou me sentindo depois que eu o apunhalei no coração.

— Acha que você é quem deveria me fazer essa pergunta?

Sim? Não? Talvez?

O sorriso se intensificou.

— Fico aliviado ao saber que você se importa. Estou perfeitamente bem.

— Eu não me importo — resmunguei, me sentando.

— Mentirosa — murmurou ele.

Ele tinha razão, é óbvio, pois sem me dar conta do que estava fazendo, agucei os sentidos para ver se ele estava sentindo alguma dor física. Não estava. O que eu fiz já havia passado. Soube disso porque senti a angústia que sempre se formava logo abaixo da superfície. Contudo, havia algo mais ali. Eu já tinha sentido aquilo antes. Confusão ou conflito.

— Você não respondeu a minha pergunta.

— Eu estou bem. — Ocultei o meu dom e olhei para a colcha. Era velha e de um amarelo desbotado. Fiquei imaginando a quem ela pertencia.

— Kieran me disse que você cochilou no banho.

— Ele contou para você que entrou na sala de banho?

— Sim.

Surpresa, meu olhar disparou para o seu.

— Eu confio em Kieran — disse ele. — Você dormiu por várias horas.

— Isso não é normal?

— Não é anormal. Acho que estou... — Ele franziu o cenho como se algo tivesse acabado de lhe ocorrer. — Acho que estou me sentindo culpado por morder você.

— Você acha? — Arqueei as sobrancelhas

Ele pareceu refletir a respeito e então assentiu.

— Acredito que sim.

— Você deveria se sentir culpado!

— Mesmo que você tenha me apunhalado e me deixado para morrer?

Fechei a boca quando senti o estômago embrulhar com náuseas.

— Você não morreu. Evidentemente.

— Evidentemente. — Havia um brilho provocante nos olhos dele. — Eu mal perdi o fôlego.

— Parabéns — murmurei, revirando os olhos.

Ele riu.

Irritada, afastei a colcha das pernas e fui para o outro lado da cama.

— O que você está fazendo aqui? Vai me levar de volta para a cela?

— Eu deveria fazer isso. Se alguém além de Kieran soubesse que você tinha me apunhalado, eu teria que fazer isso.

Eu fiquei de pé.

— Então por que não faz?

— Porque eu não quero.

Eu o encarei, abrindo e fechando as mãos ao lado do corpo enquanto ele continuava sentado na cama.

— E agora? Como vai ser, Vossa *Alteza*? — A satisfação surgiu quando vi o modo como ele retesou o maxilar. — Você vai me manter trancada neste quarto até que esteja pronto para irmos embora?

— Você não gosta deste quarto?

— É muito melhor do que uma cela suja, mas ainda é uma prisão. Uma jaula, não importa como as acomodações sejam boas.

Ele permaneceu calado por um momento.

— Você saberia, não é? Afinal de contas, você está presa desde criança. Enjaulada e velada.

Não havia como negar aquilo. Fui aprisionada em jaulas confortáveis e em celas vazias. Os motivos eram diferentes, mas o resultado era o mesmo. Cruzei os braços e olhei através da pequena janela para o céu noturno lá fora.

— Eu vim aqui para levá-la para jantar.

— Me levar para jantar? — A descrença me deixou de olhos arregalados quando voltei a olhar para ele.

— Acho que tem um eco neste quarto, mas sim, imagino que você esteja com fome — disse ele, e o meu estômago aproveitou aquele momento para confirmar que era verdade. — Podemos discutir o que vai acontecer depois que comermos alguma coisa.

— Não.

Ele arqueou as sobrancelhas.

— Não?

Eu sabia que estava criando caso por algo que não valia a pena. Assim como havia feito com Kieran. Mas não ficaria mais à disposição de ninguém. Eu não era mais a Donzela. E as coisas não estavam bem entre nós só porque tivemos uma perda temporária de racionalidade na floresta. Ele me traiu. Eu tentei matá-lo. Ele ainda planejava me usar para libertar o irmão. Nós éramos inimigos, não importava o que fosse verdade.

Não importava se eu o amasse.

— Você deve estar com fome — disse ele, fazendo uma pausa enquanto se deitava de lado, apoiando a bochecha no punho. Ele não podia parecer mais confortável nem se tentasse.

Ou mais atraente.

Sacudi a cabeça.

— Eu estou com fome.

Ele suspirou.

— Então qual é o problema, Princesa?

— Eu não quero comer com você — eu disse a ele. — Esse é o problema.

— Bem, é um problema que você vai ter que superar porque é a sua única opção.

— Veja bem, é aí que você se engana. Eu tenho opções. — Dei as costas para ele. — Prefiro morrer de fome a comer com você, *Vossa Alteza*... — sibilei, quase morrendo de susto quando ele surgiu na minha frente, se movendo tão rápido e silenciosamente que eu mal pude vê-lo. — Deuses — murmurei, levando a mão até o coração disparado dentro do meu peito.

— É aí que você se engana, Princesa. — Seus olhos tinham um brilho âmbar e ardente quando ele olhou para mim. — Você não tem opção quando se trata do seu bem-estar e da sua teimosia estúpida.

— Como é que é?

— Eu não vou deixar que você fique fraca ou morra de fome porque está brava. E eu entendo. Entendo por que você está chateada. Por querer lutar comigo em tudo, a cada etapa. — Ele deu um passo na minha direção e a minha coluna travou quando eu me recusei a recuar. Seus olhos tinham um brilho ainda mais intenso. — Eu quero que você aja assim, Princesa. Gosto disso.

— Você é louco.

— Eu nunca disse que não era — retrucou ele. — Então, lute comigo. Discuta comigo. Veja se consegue me machucar de verdade da próxima vez. Eu a desafio.

Arregalei os olhos e abaixei os braços.

— Você é... tem alguma coisa errada com você.

— Isso pode até ser verdade, mas também é verdade que não vou deixar que você se coloque em um risco desnecessário.

— Talvez você tenha esquecido, mas eu sei me defender — respondi.

— Eu não esqueci. E nunca vou impedi-la de brandir uma espada para proteger a sua vida ou aqueles com quem você se importa — disse ele. — Mas não vou deixar que você crave essa espada em seu próprio coração para vencer uma discussão.

Eu estava um pouco impressionada — ainda chocada por ele não me impedir de lutar. A outra metade estava furiosa por ele achar que poderia me controlar. De corpo inteiro, soltei um pequeno guincho de frustração.

— É óbvio que não! O que eu significo para você se estiver morta? Imagino que ainda planeje me usar para libertar o seu irmão.

Ele flexionou um músculo ao longo do maxilar.

— Você não é nada para mim se estiver morta.

Puxei um ar quente que queimou os meus pulmões. O que eu esperava que ele dissesse? Que ele não queria que eu morresse porque se importava comigo? Eu era mais inteligente do que isso.

Eu *tinha* que ser mais inteligente.

— Venha. A comida vai esfriar. — Sem esperar pela minha resposta, ele pegou a minha mão e começou a andar, mas eu cravei os calcanhares no chão. Ele virou a cabeça na minha direção, apertando a minha mão com força, mas sem provocar dor. — Não lute comigo por causa disso, Poppy. Você precisa comer, e o meu povo precisa ver que você tem a minha proteção se não quiser passar os dias trancada neste quarto.

Cada parte do meu ser exigia que eu fizesse exatamente o que ele dizia gostar. Que eu lutasse com ele a cada etapa, mas o bom senso prevaleceu. Por pouco. Eu estava faminta e precisava me fortalecer se quisesse fugir dali. Além disso, precisava que o povo dele visse que eu estava fora de alcance. Se tivesse que jantar com ele como se fôssemos melhores amigos para conseguir isso, então que fosse.

Portanto foi o que eu fiz.

Deixei que ele me levasse para fora do quarto e não fiquei surpresa quando encontrei Kieran nos aguardando. Pela expressão de divertimento em seu rosto, ele deve ter ouvido pelo menos metade da discussão.

Kieran abriu a boca.

— Não me provoque — advertiu *ele*.

Rindo baixinho, Kieran não disse nada quando seguiu atrás de nós. Subimos as mesmas escadas que tínhamos descido correndo algumas horas antes, e tentei não pensar na minha corrida desvairada pela floresta. Nem no que aconteceu quando ele me alcançou.

Mas uma onda de calor inundou as minhas veias mesmo assim.

Ele olhou para mim com uma expressão inquisitiva que eu ignorei enquanto rezava para que ele não pudesse sentir para onde meus pensamentos tinham ido.

Assim que entramos no pátio, Kieran diminuiu o passo de modo a caminhar logo atrás de mim. Eu sabia que não era um gesto inconsciente. Os Descendidos ladeavam as paredes, com os rostos pálidos enquanto cochichavam e nos acompanhavam com os olhos. Reconheci alguns dos que tinham se reunido do lado de fora da cela. Avistei Magda. Não havia nenhuma piedade nos olhos dela agora. Mas apenas... especulação.

Ergui o queixo e endireitei a coluna. Os Ascendidos podiam até ser o mal encarnado e um número incontável de pessoas em Solis podia ser cúmplice deles, mas o que aquelas pessoas haviam feito comigo provava que não eram melhores.

Nós viramos a esquina e eu olhei para cima...

— Ah, meus Deuses — sussurrei e cambaleei para trás, levando a mão livre até a boca. Trombei em Kieran.

Ele pousou a mão sobre o meu ombro, me firmando enquanto eu olhava para as paredes do saguão. Não consegui me mexer. Mal pude respirar enquanto o horror me sufocava.

Agora eu entendia os rostos pálidos no pátio. Corpos ladeavam as paredes, com os braços esticados e estacas de pedra de sangue pregadas nas mãos. Alguns tinham sido encravados com uma estaca marrom-avermelhada no meio do peito, e outros na cabeça. Alguns eram mortais. Outros eram Atlantes. Havia seis deles de cada lado. Vi Rolf e o homem que deixei inconsciente e...

E o Sr. Tulis.

Meus joelhos ficaram bambos quando olhei para ele. O homem estava morto, seu rosto tinha uma horrível cor acinzentada. Ele era mortal, mas havia uma estaca cravada no peito imóvel.

Tudo o que ele queria era salvar o seu último filho. Ele teve a oportunidade de fazer isso. Fugiu e agora... agora estava ali.

Nem todos estavam mortos.

Um deles ainda estava respirando.

Jericho.

Ocultei os sentidos antes que eu pudesse identificar o tipo de dor que ele sentia. Sua cabeça desgrenhada pendia enquanto o peito arfava em respirações irregulares. A pedra de sangue perfurava a palma da sua mão e o antebraço logo acima do toco, mas a estaca fatal estava atravessada em sua garganta. Carmesim manchava a frente do peito nu e das calças e se acumulava no chão embaixo dele.

— Prometi a você que eles pagariam pelo que fizeram. — *Ele* não parecia arrogante. Nem orgulhoso. — E agora os outros já sabem o que vai acontecer se me desobedecerem e tentarem machucá-la.

A bile subiu pela minha garganta.

— Ele... ele ainda está vivo — sussurrei, olhando para o lupino.

— Só até que eu esteja pronto para executá-lo — comentou ele, soltando a minha mão. Ele avançou sem olhar para trás. Dois homens abriram as grandes portas de madeira do Grande Salão e ele entrou, caminhando na direção da mesa central, onde vários pratos cobertos nos aguardavam.

Achei que iria vomitar.

Kieran apertou o meu ombro.

— Eles não mereciam menos do que isso.

Será que não?

Até mesmo o Sr. Tulis, que provavelmente desferiu o golpe fatal em mim.

— Entre. — Ele me incitou com a mão. De alguma forma, consegui mover os pés enquanto passava pelos corpos presos na parede como borboletas.

Atordoada, não percebi que estava sentada à direita dele na mesa, normalmente um lugar de honra. Kieran tomou a cadeira ao meu lado. Apática, fiquei sentada ali enquanto os empregados apresentavam os pratos de comida e o restante da comitiva seguia o nosso exemplo e se sentava à mesa. Reconheci Delano e Naill e me senti estranhamente aliviada ao ver que eles estavam bem. Eles tinham me defendido e eu não queria pensar nos motivos por trás daquilo.

Havia um banquete diante de nós. Carne cozida. Pato assado. Frios e queijos. Batatas assadas. Tudo cheirava maravilhosamente bem.

Mas o meu estômago estava embrulhado conforme eu ficava parada ali, incapaz de me mexer. Kieran me ofereceu um pouco de carne, e eu devo ter aceitado, pois ela foi parar no meu prato. Depois veio o pato e a batata. *Ele* partiu um pedaço de queijo e o colocou no meu prato enquanto alcançava o seu copo, parecendo lembrar que eu tinha um fraco por queijo.

Encarei meu prato, mas não vi a comida. Vi os corpos do lado de fora da sala enquanto as conversas demoravam a engatar, mas logo pegaram o ritmo e se tornaram um burburinho constante. Copos e pratos tilintaram. Risadas soaram.

E havia corpos pregados nas paredes do lado de fora do Grande Salão.

— Poppy.

Pisquei os olhos e olhei para ele. Seus olhos dourados haviam esfriado, mas o maxilar estava duro o bastante para cortar vidro.

— Coma — ordenou ele em voz baixa.

Peguei um garfo e espetei um pedaço de carne. Dei uma mordida, mastigando devagar. Tinha o gosto tão bom quanto o cheiro, mas caiu pesadamente no meu estômago. Peguei algumas batatas.

Alguns instantes se passaram e então ele perguntou:

— Você não concorda com o que eu fiz a eles?

Olhei de relance para ele, sem saber muito bem como responder à pergunta — se é que era mesmo uma pergunta.

Ele se recostou, com o copo na mão.

— Ou ficou tão chocada que não sabe mesmo o que dizer?

Engoli o último pedaço da comida e coloquei lentamente o garfo sobre a mesa.

— Eu não esperava aquilo.

— Imagino que não. — Ele sorriu enquanto levava o copo até os lábios.

— Quanto... quanto tempo você vai deixá-los ali?

— Até quando eu quiser.

Meu peito se contorceu.

— E Jericho?

— Até eu ter certeza de que ninguém se atreverá a erguer a mão contra você novamente.

Ao perceber que vários homens ao nosso redor tinham parado de falar e ficaram prestando atenção, escolhi as próximas palavras com cuidado.

— Não conheço muito bem o seu povo, mas acho que eles já aprenderam a lição.

Ele tomou um gole.

— O que eu fiz a incomoda.

Eu sabia que não era uma pergunta. Voltei a olhar para o prato. Aquilo me incomodava? Sim. Acho que perturbaria a maioria das pessoas. Ou, pelo menos, eu esperava que sim. A manifestação ostensiva do tipo de violência que ele era capaz de infligir era chocante, senão muito surpreendente, separando-o ainda mais do guarda que eu conhecia como Hawke.

— Coma — repetiu ele, abaixando o copo. — Sei que você precisa comer mais do que isso.

Reprimi o ímpeto de dizer a ele que eu era capaz de determinar quanta comida precisava consumir. Em vez disso, agucei os meus sentidos para ele. A angústia ali estava diferente, com um gosto... ácido e quase amargo. O desejo de estender a mão até ele bateu forte, fazendo com que eu fechasse a mão sobre o colo. Será que o que aconteceu entre nós havia provocado aquilo? Ou era por causa do que ele tinha feito com os próprios seguidores? Peguei minha bebida, fechei os olhos e, quando os reabri, eu me deparei com ele olhando para mim através dos cílios volumosos.

Eu poderia dizer a ele que aquilo me incomodava. Ou poderia não dizer nada. Imaginei que ele devesse esperar uma daquelas duas opções de mim. Mas eu disse a verdade. Não porque sentisse que devia isso a ele, mas porque devia a mim mesma.

— Quando eu vi os homens, fiquei horrorizada. Foi chocante, especialmente o Sr. Tulis. O que você fez foi surpreendente, mas o que mais me incomoda é que eu... — Respirei fundo. — Eu não me sinto tão mal assim.

Aquelas pálpebras pesadas se levantaram e o olhar dele era penetrante.

— Aquelas pessoas riram quando Jericho disse que iria cortar a minha mão. Aplaudiram quando eu sangrei e gritei, e ofereceram outras opções de partes do meu corpo para Jericho estripar e guardar — disse, e o silêncio à nossa volta ficou quase insuportável. — Eu nunca tinha conhecido a maioria daqueles homens e eles ficariam felizes em me ver despedaçada. Então eu não sinto compaixão por eles.

— Eles não merecem isso — afirmou ele calmamente.

— Concordo — murmurou Kieran.

Ergui o queixo.

— Mas eles ainda são mortais... ou Atlantes. Merecem morrer com dignidade.

— Eles achavam que você não merecia dignidade alguma — afirmou ele.

— Eles estavam errados, mas não torna isso certo — repliquei.

Ele estudou o meu rosto. Aquele músculo tinha parado de se contrair.

— Coma — repetiu ele.

— Você está obcecado em garantir que eu coma — disse a ele.

Ele repuxou um canto dos lábios.

— Coma e vou lhe contar os nossos planos.

Aquilo chamou a atenção de outras pessoas. Esperando que o meu estômago não se revoltasse, comecei a comer em vez de ficar brincando com a comida. Não me atrevi a olhar para Kieran, pois ele estava sentado diante da porta do Salão Principal que dava no saguão.

— Vamos partir pela manhã — declarou ele, e eu quase engasguei com o pedaço de queijo que tinha mordido. Nenhuma das pessoas ao meu redor pareceu surpresa.

— Amanhã? — balbuciei, dividida entre o pânico e a esperança. Eu teria uma chance melhor de fugir na estrada do que ali.

Ele assentiu.

— Como disse antes, nós vamos para casa.

Tomei um gole grande da bebida.

— Mas Atlântia não é a minha casa.

— É, sim. Pelo menos em parte.

— O que você quer dizer com isso? — Sentado à minha frente, Delano falou pela primeira vez.

— Quero dizer que é algo que eu deveria ter descoberto antes. Tantas coisas passaram a fazer sentido agora. O motivo de eles a transformarem na Donzela, como você sobreviveu a um ataque dos Vorazes. O seu dom — disse ele, abaixando a voz na última parte para que apenas eu e aqueles que estavam ao nosso redor pudessem ouvi-lo. — Você não é mortal, Poppy. Pelo menos, não por inteiro.

Abri e então fechei a boca, sem saber ao certo se tinha ouvido direito. Por um momento, achei que tivesse algum pedaço de comida preso na garganta. Tomei um gole, mas a sensação permaneceu ali.

Delano arregalou os olhos azuis como pedras preciosas.

— Você está sugerindo que ela é...

— Metade Atlante? — concluiu por Delano. — Sim.

Minha mão tremeu, derramando o líquido sobre os meus dedos.

— Isso é impossível — sussurrei.

— Você tem certeza? — perguntou Delano e, quando olhei para ele, pude ver o choque em seus olhos enquanto o seu olhar se movia sobre mim, parando no meu pescoço.

— Cem por cento — respondeu ele.

— Como? — exigi saber.

Um leve sorriso surgiu em seus lábios carnudos. Ele também baixou os olhos e parou... na minha garganta.

Na mordida que eu me dei conta de que mal estava escondida sob as mechas de cabelo. Meu sangue. Ele soube daquilo depois de... provar o meu sangue?

Delano arregalou os olhos conforme se recostava na cadeira, olhando para mim como se fosse a primeira vez que me via. Eu me esqueci do saguão e olhei para Kieran. Não vi nada parecido. Ele arqueou uma sobrancelha para mim. Aquilo não era novidade para ele.

— É raro, mas acontece. Um mortal cruza o caminho de um Atlante. A natureza segue o seu curso e, nove meses depois, nasce uma criança mortal. — Kieran fez uma pausa e passou o polegar sobre a borda do cálice. — Mas, de vez em quando, nasce uma criança de ambos os reinos. Mortal e Atlante.

— Não. Você só pode estar enganado. — Eu me remexi na cadeira. — A minha mãe e o meu pai eram mortais...

— Como você pode ter certeza? — interrompeu Hawke; não, não Hawke. *Casteel*. O Príncipe. — Você achava que eu era mortal.

Meu coração deu um pulo dentro do peito.

— Mas o meu irmão é um Ascendido agora.

— Esse é um bom ponto — retrucou Delano.

— Só se supusermos que ele seja seu irmão de sangue — disse ele, e eu ofeguei.

— Ou que ele tenha mesmo Ascendido — comentou alguém.

O copo começou a escorregar dos meus dedos.

Seus reflexos foram muito rápidos. Ele pegou o copo antes que caísse em cima da mesa. Deixou-o de lado e cobriu a minha mão com a sua, abaixando-a sobre a mesa.

— O seu irmão está vivo.

Meu coração parou de bater.

— Como você sabe?

— Estou de olho nele há meses, Poppy. Ele nunca foi visto durante o dia, e só posso imaginar que isso significa que ele seja um Ascendido.

Alguém praguejou e depois cuspiu no chão. Fechei os olhos. Metade... metade Atlante? Se era por isso que eu era a Escolhida, assim como a origem das minhas habilidades, será que o Duque e a Duquesa sabiam? E a Rainha? Abri os olhos.

— Por que eles me manteriam viva se soubessem disso?

Ele estreitou os lábios.

— Por que eles mantêm o meu irmão vivo?

Estremeci, e o meu corpo inteiro ficou paralisado.

— Eu não posso fazer isso. Não é? Quero dizer, eu não tenho as... ãh, partes para fazer isso.

— Partes? — disse Kieran, engasgando-se. — O que você anda botando na cabeça dela?

O Príncipe lançou um olhar sem emoção para ele.

— Dentes. Acho que foi o que ela quis dizer com isso. — Ele repuxou o lábio superior e passou a língua sobre a presa, e o meu estômago se contorceu com uma mistura de prazer e inquietação. — Eles não precisam disso. Só precisam do seu sangue para completar a Ascensão.

Se não estivesse sentada, eu teria caído no chão. Queria refutar sua afirmação, mas não conseguia pensar em nenhum motivo para que ele mentisse a respeito daquilo. Não havia nada a ganhar com isso. Eu me recostei ligeiramente na cadeira, imaginando se estava tendo um ataque do coração.

— Tenho uma pergunta, Cas. Por que temos de ir para casa? — perguntou Kieran, e eu podia jurar que ele tinha elevado a voz com um propósito. — Só vamos nos afastar de onde o seu irmão está preso.

— É o único lugar para onde podemos ir — respondeu ele, com aqueles olhos dourados fixos em mim. — Você sabia que um Atlante só pode se casar se ambas as partes estiverem na sua terra? É a única maneira de se tornarem um só.

Entreabri os lábios conforme o silêncio recaía por todo o aposento. Ainda confusa com a ideia de ser metade Atlante, eu não podia acreditar no que estava ouvindo. Que ele estava dizendo...

Aquela maldita covinha apareceu na sua bochecha direita e depois na esquerda. Casteel Da'Neer, o Príncipe de Atlântia, abriu um sorriso largo quando ergueu as nossas mãos unidas e anunciou:

— Nós vamos para casa nos casar, minha *Princesa*.

Agradecimentos da autora

Laura Kaye e eu estávamos no aeroporto de Cincinnati em 2016 quando contei a ela sobre *De sangue e cinzas*. Ela foi a primeira pessoa que falou: "eu preciso que você escreva isso imediatamente." Não escrevi. Era uma alta fantasia, algo que eu nunca escrevera antes e eu repetia para mim mesma que precisava de tempo para ver se conseguiria transformar essa ideia maluca em algo que fizesse sentido. Eu não encontrei tempo, não em 2016, 2017 ou 2018. Não até estar conversando com JR Ward sobre escrever livros que viessem do nosso coração — livros que não eram exatamente o que se esperava de nós, mas que precisavam ser escritos mesmo assim. Foi essa conversa, em setembro de 2019, que me deu a coragem de finalmente dizer "agora é a hora de escrever este livro". Então, Laura Kaye e JR Ward, devo a vocês dois incontáveis agradecimentos. Sem vocês, *De sangue e cinzas* nunca passaria de uma ideia para um romance completo.

Há outras pessoas envolvidas em garantir que eu terminaria o livro. Brigid Kemmerer, cujo entusiasmo quando contei a ela sobre a história me deu a coragem de continuar escrevendo algo que não era familiar para mim. Wendy Higgins — e o Harém de Duas de Hawke —, que me falou as coisas mais lindas e inspiradoras depois de ter terminado a sua leitura. Jen Fisher, que se apaixonou por Hawke no capítulo três e ofereceu um feedback essencial. Andrea Joan, que imediatamente abraçou a história e embarcou nesta jornada comigo.

Inicialmente eu planejava lançar *De sangue e cinzas* de forma independente. Havia muitos motivos, mas dois deles eram os mais importantes para mim. Uma era o meu objetivo de lançá-lo o mais rápido possível. O outro era escrevê-lo e publicá-lo sem expectativa e pressão. Mas então conheci a Blue Box Press e o incrível trabalho que fizeram nos livros da *1001 Dark Nights*, e decidi entrar em contato com Liz Berry. Eu não fazia ideia do que ela acharia quando contei a ela o que estava escrevendo e como queria publicar. Eu realmente pensei que ela fosse fugir na mesma hora, mas pelo contrário. Em uma ligação, ela não apenas quis o livro, mas, juro, tinha um plano de marketing que alinhava com o que eu queria antes mesmo de Liz ler a história. Eu sabia que *De sangue e cinzas* estava em mãos fantásticas. Para MJ, Liz e Jillian (e Steve, porque É HORA DA HISTÓRIA DE STEVE BERRY), obrigada por darem esse passo inesperado comigo. Seu entusiasmo, amor, apoio e comentários foram fundamentais para o fim dessa história e para que ela chegasse aos leitores. Para toda a equipe nos bastidores: Chelle Olson, Jenn Watson, Kim Guidroz, muito obrigada!

Obrigada a Sarah J. Maas pelo apoio. Vou tentar não ser estranha e mexer no seu cabelo na próxima vez que a encontrar. Lexi Blake, sem o seu conselho não tenho dúvidas de que ainda estaria indecisa sobre a capa. Obrigada. E Hang Lee, você é tão incrivelmente talentosa. Eu falei a você três coisas: espadas, flechas e uma floresta sangrenta, e com essa pouca descrição você criou a capa mais incrível que eu vi em muito tempo. Você arrasa demais! Obrigada a Stephanie Brown por cuidar de tudo e Ernesto Floofington III por parecer um pequeno *gremlin* correndo no andar de cima enquanto eu escrevia. Para todos os JLAnders Reviewers que sabiam da existência desse livro muito antes de qualquer outra pessoa, obrigada por não divulgarem e por sempre me oferecerem críticas sinceras. Finalmente, obrigada a VOCÊ, leitor, que pegou esse livro e o leu. Sem você, nada disso seria possível.

